PHILIPPA CARR
besser bekannt als
VICTORIA HOLT

DER SCHWARZE SCHWAN

Roman

Aus dem Englischen
von Christiana Haack

Deutsche Erstausgabe

WILHELM HEYNE VERLAG
MÜNCHEN

HEYNE ALLGEMEINE REIHE
Nr. 01/8787

Redaktion: Dr. Uta Vogel

Printed in Germany 1993
Umschlagillustration: Bildagentur Mauritius/ACE, Mittenwald
Umschlaggestaltung: Atelier Ingrid Schütz, München
Satz: Compusatz GmbH, München
Druck und Bindung: Ebner Ulm

ISBN: 3-453-06426-7

Mord auf offener Straße

Meine Stiefmutter und ich saßen gerade beim Frühstück, als der Brief ankam. Briggs, der Butler, überreichte ihn mit der gewohnten Förmlichkeit auf dem glänzenden Silbertablett.

Meine Stiefmutter schaute beklommen auf den Brief. Sie war sehr schnell aus der Ruhe zu bringen. Das lag meines Erachtens am Zusammenleben mit meinem Vater, der manchen Leuten Angst einjagte. Ich konnte ihre Gefühle nachempfinden, obwohl sich seine Beziehung zu mir von denen zu allen anderen Personen deutlich unterschied.

Während ich gespannt wartete, blieb der Brief ein paar Sekunden lang ungeöffnet auf dem Tisch liegen.

Celeste, meine Stiefmutter, warf mir einen ängstlichen Blick zu. »Er kommt aus Australien.«

Das hatte ich schon bemerkt.

»Es sieht wie Leahs Schrift aus.«

Auch das war mir nicht entgangen.

»Ich frage mich, was...«

Ich mochte Celeste sehr gern. Sie war mir immer eine gute, liebevolle Stiefmutter gewesen, doch bisweilen brachte sie mich zur Verzweiflung.

»Warum machst du ihn nicht auf und schaust nach?« schlug ich vor.

Behutsam hob sie den Brief hoch. Celeste gehörte zu jenen Leuten, die sich ihr Lebtag lang vor allen möglichen schrecklichen Fährnissen fürchten. Gewiß ereignete sich manchmal etwas Schlimmes, aber das war doch kein Grund, in beständiger Angst zu leben. Sie begann zu lesen, und während ihrer Lektüre errötete sie.

»Tom Marner ist gestorben«, sagte sie.

Tom Marner! Dieser große, kräftige Australier, der vor

Jahren die Goldmine meines Vaters übernommen hatte, der in ebendieses Haus gekommen war und Leah, unser Kindermädchen, mitgenommen hatte – und auch Belinda. Dadurch wurden lang verborgene Geheimnisse, die andernfalls für immer hätten gewahrt bleiben können, notwendigerweise aufgedeckt. Unser aller Leben änderte sich deshalb von Grund auf. Und jetzt war Tom Marner tot.

»Was schreibt sie sonst noch?« fragte ich.

»Sie selbst kränkelt auch. Ganz offensichtlich macht sie sich wegen Belinda Sorgen. Falls ihr etwas zustoßen sollte...«

»Du meinst, falls auch sie stirbt. Steht es denn auch um sie so schlimm?«

»Sie deutet es wenigstens an. Auf jeden Fall ist sie krank. Die Goldmine wirft seit ein paar Jahren keinen Gewinn mehr ab. Tom wollte sie aber nicht aufgeben und hat deshalb viel Geld verloren. Ich kann mir denken, warum sie mir schreibt. Sie möchte mich daran erinnern, daß ich Belindas Tante bin.«

»Also soll Belinda nach ihren Vorstellungen wieder hierher zurückkommen?«

»Ich muß das mit deinem Vater besprechen. Tom Marner ist ganz unerwartet an einem Herzschlag gestorben. Und jetzt ist sie plötzlich verwitwet. Ihrer Meinung nach waren Toms Sorgen an der Herzattacke schuld.«

»Wie traurig! Bei ihrer Hochzeit war sie so glücklich. Noch nie habe ich sie so glücklich erlebt. Und dabei machte sie sich zu der Zeit doch solche Sorgen um Belinda... und die ganze Geschichte. Aber als dies alles bereinigt war, änderte sie sich ziemlich, nicht wahr? Und jetzt ist er tot. Arme Leah!«

»Und obendrein ist sie leidend.«

Celeste nahm den Brief zur Hand und las ihn mir vor:

»Was wird mit Belinda geschehen? Ich wäre so erleichtert, wenn ich sie nach England zurückbringen könnte.

Schließlich haben wir hier keine Verwandten. Mrs. Lansdon, Sie sind meines Wissens ihre nächste Angehörige. Natürlich gibt es ihren Vater... aber ich weiß nichts von ihm. Sie aber... waren immer so gütig ihr gegenüber... beiden Kindern gegenüber... selbst als Sie noch nicht die Wahrheit wußten. Belinda läßt sich von ihren Gefühlen beherrschen...«

Celeste hörte auf zu lesen und schaute mich hilflos an.

»Sie wird zurückkommen müssen«, meinte ich.

Ich spürte eine gewisse Erregung in mir, war mir aber nicht sicher, ob ich mich freute oder ärgerte. Belinda war mit meiner Kindheit fest verwoben und hatte mein Leben entscheidend beeinflußt. Sie hatte mich unablässig gepiesackt, aber nach ihrem Weggehen hatte ich sie arg vermißt. Doch das war nun schon mehr als sechs Jahre her... fast sieben wohl.

»Ich rede mit deinem Vater darüber, wenn er heimkommt«, sagte Celeste.

»Gestern abend dauerte die Sitzung lange«, erwiderte ich. »Er hat wohl bei den Greenhams übernachtet.«

Sie nickte. »Vielleicht könntest du die Sache ansprechen.«

»Ja.«

Sie gab mir den Brief, und ich vertiefte mich in ihn.

Welche Erinnerungen er in mir weckte! Ich sah die liebe, geduldige Leah deutlich vor mir, unser treusorgendes Kindermädchen, das mich freundlich und sanft behandelt hatte – mich, die Außenseiterin, für die mich damals jeder mit Ausnahme Leahs gehalten hatte. Dennoch hatte sie mir Belinda immer deutlich vorgezogen. Sie konnte ihre Gefühle für ihr eigenes Kind nicht verleugnen. Als die Wahrheit ans Tageslicht kam, wurde all dies verständlich.

Jetzt kehrte Belinda möglicherweise zurück. Wie sie jetzt wohl sein mochte? Ich wußte genau, wie alt sie war, weil wir am gleichen Tag geboren waren; beide waren wir jetzt knapp siebzehn Jahre alt. Seit unserer letzten Begegnung hatte ich mich ziemlich verändert. Wie mochte sich Belinda nach all den Jahren in einer australischen Minenstadt entwickelt haben? Doch irgend etwas sagte mir, daß nichts Belinda wirklich ändern konnte, ganz egal, wie ihr Leben verlaufen sein mochte.

Den ganzen Vormittag über dachte ich an die Geschehnisse der Vergangenheit.

Unser Leben war seltsam verlaufen – manches daran kaum zu glauben, sofern man nicht alle Beteiligten kannte.

Im Mittelpunkt unserer Geschichte stand die intrigante Hebamme aus Cornwall, die sowohl Belinda als auch mir ans Licht der Welt geholfen hatte. Die selbstgerechte und bigotte Mrs. Polhenny hatte eine Tochter namens Leah. Und eben diese Leah war, während sie für eine französische Emigrantenfamilie arbeitete, der auch Celeste und ihr Bruder Jean Pascale angehörten, geschwängert worden... von Jean Pascale, wie sich später herausstellte. Verständlicherweise war Mrs. Polhenny entsetzt, daß nach all ihren frommen Sprüchen in der Nachbarschaft ausgerechnet ihrer eigenen Tochter so etwas passieren mußte. Deshalb heckte sie einen verschlagenen Plan aus. In der Nachbarschaft lebte eine verwirrte Frau, Jenny Stubbs, deren Kind gestorben war. Seit dessen Tod lebte Jenny Stubbs in dem Wahn, sie erwarte ein zweites Baby. Mrs. Polhenny plante nun, Jenny um die Zeit der Niederkunft Leahs bei sich aufzunehmen und nach der Geburt Leahs Kind als das Jennys auszugeben.

Die äußeren Umstände erleichterten ihr die Ausführung ihres Planes beträchtlich. Er wäre ihr auch gar nicht eingefallen, wenn nicht die Gegebenheit sich als so günstig für sie dargestellt hätten.

In der Zwischenzeit stand meine Mutter kurz davor, auf Cador, dem nahegelegenen Herrenhaus, mit mir niederzukommen. Mrs. Polhenny sollte ihr als Hebamme beistehen.

Meine Mutter starb bei der Geburt. Da man mir keine Überlebenschance einräumte, kam Mrs. Polhenny auf die

Idee, daß sie mich vernünftigerweise doch als Jennys Kind ausgeben und Leahs Kind meinen Platz auf Cador einnehmen könnte. Damit eröffnete sie Leahs Tochter Möglichkeiten, die ihr andernfalls verschlossen geblieben wären.

Mrs. Polhenny glückte die Ausführung des Plans; und Leah, die bei ihrem Kind bleiben wollte, wurde Belindas Kindermädchen, während ich meine ersten Lebensjahre in Jenny Stubbs' Behausung verbrachte.

An diesem Punkt betritt meine Schwester Rebecca den Schauplatz des Geschehens. Rebecca empfand für mich von jeher tiefe Zuneigung. Später pflegte sie dies auf den Einfluß unserer verstorbenen Mutter zurückzuführen. Darüber erlaube ich mir kein Urteil, aber von Anfang an spürte ich starke Gefühlsbande zwischen uns. Es schien beinahe, als wache eine seltsame Macht über mich, denn nach Jennys Tod bestand Rebecca darauf, daß ich nach Cador kommen und dort aufwachsen sollte. Die Umstände von Jennys Tod und Rebeccas Beharrlichkeit sowie das Entgegenkommen ihrer Familie ermöglichten dies.

Wie viele Frauen unserer Familie schreibt Rebecca, gewissermaßen als Fortführung einer Tradition, Tagebuch. Sie hat mir versprochen, daß sie es mich in ein paar Jahren lesen läßt. Dann verstünde ich die damaligen Geschehnisse besser.

Allerdings wußte ich damals bereits, daß Tom Marner Leah heiraten und mit ihr nach Australien gehen wollte. Und da Leah sich nicht von ihrer Tochter, Belinda, trennen konnte, gestand sie alles.

In welchen Gefühlsaufruhr dies alle Beteiligten stürzte! Vor allem meinen Vater und mich. Damals änderte sich unsere Beziehung grundlegend; und ich hatte das Gefühl, daß er mich für all die Jahre, in denen er von seiner Vaterschaft zu mir nichts wußte, entschädigen wollte.

Es schien, als könnten wir einander nicht entbehren. Celeste zeigte mir gegenüber niemals Groll. Mit einer fast traurigen Schicksalsergebenheit akzeptierte sie seine innigen

Empfindungen zu mir, die seine Gefühle für sie weit übertrafen. Er hatte meine Mutter auch lange nach ihrem Tod aufrichtig und abgöttisch geliebt und hatte ihren Verlust nie überwunden. Niemand konnte sie ersetzen. Im Verlauf der Jahre gelang mir das noch am ehesten von allen. Vermutlich weil ich ein Teil von ihr war – ihre Tochter und auch die seine.

Seine Gefühle für meine Halbschwester Rebecca hatten sich mit der Zeit abgeschwächt. Aber meinen innersten Überzeugungen zufolge vergaß er nie, daß sie zwar die Tochter meiner Mutter, jedoch nicht die seine war. Er konnte den Gedanken an die erste Ehe meiner Mutter einfach nicht ertragen. Deshalb wandte er sich mir zu.

Er war ein eindrucksvoller Mann, eine vornehme Erscheinung; sein ganzes Wesen strahlte Macht aus. Ehrgeiz war die treibende Kraft seines Lebens. Ihm waren Unnachsichtigkeit und Rücksichtslosigkeit zu eigen, was ihn schon manchmal in gefährliche Situationen gebracht hatte. Solche Männer gehen in den seltensten Fällen völlig ohne Skandale durchs Leben. Manchmal fragte ich mich, ob meine Mutter, würde sie noch leben, diesen Charakterzug hätte bezwingen können.

Für beide war es die zweite Ehe gewesen. Obwohl sie sich seit ihrer Kindheit gekannt hatten, hatte das Leben sie erst getrennt und dann wieder zusammengebracht, auf romantische Weise, aber nur kurz. Er bedauerte immer zutiefst jene Jahre, die sie fern voneinander vergeudet hatten, und daß ihnen, als sie einander fanden, nur mehr so wenig Zeit miteinander vergönnt war.

Seine erste Frau hatte er wegen einer Goldmine geheiratet, meine Mutter aus Liebe; und Celeste? Er hatte wohl vergeblich Trost zu finden versucht, eine Frau, die ihn gern hatte und die schmerzvolle Sehnsucht nach meiner Mutter linderte. Arme Celeste. Das war ihr nicht gelungen. Ich nehme an, das Wissen, daß dies niemand vermochte, wäre ihr ein schwacher Trost.

Doch weil er eine Tochter gefunden hatte, weil er sich

immer zu ihr hingezogen gefühlt hatte – wie er mir später erzählte –, selbst als sie ein heimatloses Kind schien, das ihm aufgrund von Rebeccas Schrulle ins Haus geschneit war, hatte er beschlossen, daß ich den Platz meiner Mutter einnehmen könne. Und weil mich dieser mächtige Mann mit den unglücklichen Augen in seinen Bann zog und mir die Tatsache, daß er mein Vater war, immer wie ein Wunder erschien, wollte ich nur zu gern die mir zugedachte Rolle spielen. So wurde das starke Band zwischen uns geschmiedet.

Einmal gestand mir mein Vater: »Ich bin froh, daß du meine Tochter bist. Ich konnte Belinda nie als mein Fleisch und Blut betrachten. Ich redete mir ein, dies komme daher, weil ich sie am Anfang für den Tod ihrer Mutter verantwortlich machte. Aber das stimmte nicht, denn für dich hege ich ganz andere Gefühle. Mir scheint, daß deine Mutter dich mir... mir als Trost geschenkt hat.«

Ich vermißte Belinda, nachdem sie weggegangen war, sehr. Sie war ein Teil meines Lebens gewesen, und obwohl man mit ihr nicht immer leicht auskommen konnte, sehnte ich mich nach ihrer Gegenwart. Natürlich hatte ich meine geliebte Rebecca; aber bald nach all den überraschenden Enthüllungen heiratete sie Pedrek Cartwrigth und zog nach Cornwall. Ich besuchte sie häufig und genoß dann jedesmal das Zusammensein mit ihr. Obgleich nur elf Jahre älter als ich, war sie mir, seit sie mich ins Haus gebracht hatte, wie eine Mutter gewesen.

Auf Wunsch meines Vaters wurde ich nicht zum Schulbesuch fortgeschickt, sondern von einer Gouvernante unterwiesen. Als ich eines umfassenderen Unterrichts bedurfte, kam Miss Jarrett, eine sehr gebildete, ein wenig strenge Frau in mittleren Jahren. Wir arbeiteten gut miteinander, und ich bin fest davon überzeugt, daß sie mir eine so gute Ausbildung angedeihen ließ, wie ich sie in keiner Schule besser hätte bekommen können.

Ich verbrachte ziemlich viel Zeit mit meinem Vater in

unserem Londoner Haus und auf Manorleigh, wo er seinen Wahlkreis hatte. Celeste begleitete uns dabei immer, ebenso Miss Jarrett.

Rebecca war sehr beglückt über den Lauf der Dinge, und sie hätte mich am liebsten in ihrem Haus in Cornwall aufwachsen sehen, hätten nicht die starken Bande zwischen meinem Vater und mir gestanden. Sie erzählte mir oft, wie sie unserer Mutter vor meiner Geburt versprochen hatte, immer für mich zu sorgen.

»Sie scheint die künftigen Geschehnisse fast vorhergesehen zu haben«, sagte sie. »Da bin ich mir ganz sicher. Manchmal passieren seltsame Dinge. Ich gelobte ihr, mich um die zu kümmern, und tat dies auch... sogar als wir deine wahre Indentität noch gar nicht kannten. Wann immer du mich brauchst, mußt du nach Cornwall kommen. Besuch uns einfach... jederzeit. Aber ich glaube, dein Vater braucht dich. Ich freue mich, daß ihr einander so liebt. Bisweilen befällt ihn großer Kummer.«

Der Gedanke, daß Rebecca in Notsituationen immer für mich dasein würde, war sehr beruhigend.

Ich hatte neue Interessen entwickelt. Als Tochter des Hauses hatte ich an Selbstbewußtsein gewonnen, woran es mir bis dahin gemangelt hatte. Wahrscheinlich wegen Belinda, die mich als einzige so oft an meinen Platz in der Hierarchie des Hauses erinnert hatte. Belinda war eine bestimmende Kraft in meinem Leben gewesen. Ich dachte oft wehmütig an ihr unruhestiftendes Temperament. Vielleicht kam dies daher, weil wir zusammen aufgewachsen waren, weil wir durch das dunkle Geheimnis unserer Geburt miteinander verbunden und so ein Teil der anderen geworden waren, noch ehe wir selbst hätten bewußt Einfluß nehmen können.

Aber ich war schnell in der neuen Beziehung zu meinem Vater aufgegangen. Vorher war er in meinen Augen nahezu gottähnlich zu Hause aufgetreten. Ich hatte geglaubt, daß er uns Kinder kaum wahrnahm, obwohl ich zuweilen seinen

Blick auf mir ruhen spürte. Und mir schien, daß seine Stimme, wenn er denn überhaupt zu mir sprach – was damals wirklich selten geschah, sanft und gütig klang.

Belinda behauptete immer, daß sie ihn nicht ausstehen könne. »Das kommt daher, weil er mich haßt«, erklärte sie. »Durch meine Geburt habe ich meine Mutter umgebracht. Er gibt mir die Schuld daran. Aber ich kann mich doch überhaupt nicht daran erinnern.«

Schon zu Beginn unserer neuen Beziehung unterhielt sich mein Vater gern mit mir über Politik. Anfangs hatte ich davon keinen blassen Schimmer, aber mit der Zeit begann ich mehr von der Sache zu verstehen. Namen wie William Ewart Gladstone, Lord Salisbury und Joseph Chamberlain wurden mir geläufig. Weil ich ihm gefallen wollte, fragte ich Miss Jarrett Löcher in den Bauch und lernte eine ganze Menge von ihr. Sie selbst begann sich durch das Leben in einem Politikerhaushalt und den dadurch bestehenden guten Draht zu den Ereignissen in Parlamentskreisen verstärkt für Politik zu interessieren.

Als ich älter wurde, besprach mein Vater seine Arbeit mit mir; er las mir sogar seine Reden vor und beobachtete ihre Wirkung auf mich. Manchmal klatschte ich ihm Beifall, und ich getraute mich sogar, ihm Vorschläge zu unterbreiten. Er förderte dies und hatte für meine Überlegungen immer ein offenes Ohr.

Als ich ins Backfischalter kam, verfügte ich bereits über ein solides politisches Wissen, was sein Wohlgefallen an meiner Gegenwart noch erhöhte. Mir gegenüber öffnete er sein Herz. William Ewart Gladstone war der Mann, zu dem er am meisten aufblickte, der seiner Meinung nach eigentlich die Macht in Händen hätte halten müssen.

Seit 1886 hatte die Liberale Partei nicht mehr die Regierung gestellt – dies war jetzt etwa vier Jahre her – und auch damals nur für kurze Zeit.

Mein Vater hatte mir dies damals mit folgenden Worten

erklärt: Die fixe Idee des alten Herrn, die Autonomie Irlands, stellt das absolut größte Hindernis dar. Davon hält man hier wenig. Diese Frage spaltet die Partei. Joseph Chamberlain und Lord Hartingdon sagen sich gerade von ihr los. Ebenso John Bright. Etwas Schlimmeres kann einer Partei nicht passieren, als daß sich Teile der Parteiprominenz zum Austritt entschließen.

Begierig hörte ich zu. Ich hatte ein wenig Ahnung von den Vorgängen, und ich erinnere mich an jene Nacht vor einigen Jahren, als er entmutigt nach Hause kam.

»Die Gesetzesvorlage wurde abgelehnt«, sagte er. »Dreihundertdreizehn dafür, dreihundertdreiundvierzig dagegen; dreiundneunzig Liberale haben sich dagegen entschieden.«

»Was für Folgen hat das denn?« fragte ich ihn.

»Rücktritt! Das Parlament wird aufgelöst. Das bedeutet eine Niederlage für die Partei.«

Genau dies traf natürlich ein. Mr. Gladstone war nicht länger Premierminister. Lord Salisbury wurde sein Nachfolger. Das ereignete sich 1886, als ich gerade die Denkweise der Politiker zu verstehen begann.

Ich erkannte die Enttäuschung meines Vaters, weil er nie den Sprung ins Kabinett geschafft hatte. Man tuschelte über ihn, über irgendwelche heiklen Vorfälle in der Vergangenheit, aber niemand wollte mir Genaueres darüber erzählen. Eines Tages würde Rebecca mir sicher darüber berichten und ausführlich auf meine geheimnisumwitterte Kindheit eingehen.

Mein Vater gehörte nicht zu den Leuten, die leicht aufgeben. Obwohl er nicht mehr jung war, stellten sein Scharfsinn und seine Erfahrung im politischen Leben größere Aktivposten als Jugend dar.

Mrs. Emery, unsere Wirtschafterin auf Manorleigh, meinte einmal: »Sie sind sein Augapfel, Miss Lucie, ungelogen. Wie schön, daß er an Ihnen so eine Freude hat, Madam tut mir allerdings leid.«

Arme Celeste! Ich fürchte, damals dachte ich nicht viel

über sie nach, und es kam mir nicht in den Sinn, daß ich womöglich die Stelle einnahm, die eigentlich sie ausfüllen sollte. Ihretwegen hätte er doch gerne nach Hause kommen sollen, mit ihr hätte er sich gerne unterhalten müssen.

Ich wußte nun, daß mein Vater ihrer Meinung nach über die Aussicht auf Belindas Rückkehr keineswegs erfreut wäre und daß ich bei ihm dieses Thema zur Sprache bringen sollte.

Das war das mindeste, was ich tun konnte.

Ich hatte es mir zur Gewohnheit gemacht, an jenen Abenden, wenn er vom Parlament spät nach Hause kam, auf ihn zu warten. Mit Einverständnis der Köchin hielt ich in seinem Arbeitszimmer eine kleine Abendmahlzeit für ihn bereit. Ich erhitzte beispielsweise eine Suppe auf einem kleinen Ofen, ober es gab ein Hühnerbein oder ähnliches. Ich hatte einmal gehört, daß Benjamin Disraelis Gattin ihren Ehemann mit solch einem Essen abends zu empfangen pflegte. Das hatte ich immer für eine liebevolle Geste gehalten.

Meinem Vater gefiel das sehr. Anfangs hatte er gescholten, daß ich nicht so lange aufbleiben dürfe. Aber mir entging sein Wohlgefallen darüber nicht. Zudem wußte ich, wie erwartungsvoll er unseren Gesprächen über die Ereignisse des Abends entgegensah, und wir plauderten, während er aß.

Zwischen uns bestand die Übereinkunft, daß er im Hause seines Kollegen Sir John Greenham, der in Westminster nahe beim House of Parliament wohnte, übernachtete, falls er nicht bis halb zwölf Uhr zu Hause eintraf.

An dem Tag, als Leahs Brief ankam, blieb er abends lange aus, so daß ich wie üblich das Essen vorbereitete, um in seinem Arbeitszimmer auf ihn zu warten. Gegen zehn Uhr kam er heim und traf mich mit seinem Abendimbiß an.

»Ich weiß, du bist derzeit arg beschäftigt«, sagte ich, »aber ich habe damit gerechnet, daß du schon noch kommst.»

»Zur Zeit ist wirklich viel los.«

»Die Vorbereitungen für die nächste Wahl. Glaubst du, ihr kommt diesmal an die Macht?«

»Wir haben wohl eine realistische Chance. Aber es dauert noch etwas, bis wir aufs Land gehen.«

»Wie schade! Lord Salisbury ist ganz offenbar ziemlich beliebt.«

»Es ist schon in Ordnung. Die Leute rechnen ihm das Jubiläumsfest anscheinend noch immer hoch an. Brot und Spiele, das kennst du ja.«

»Ich dachte, sie würden alle die Königin verehren. Wegen der fünfzig Jahre auf dem Thron und so.«

»Ja, die Königin und ihren Premierminister. Oh, er hat schon was auf dem Kasten. Der kostenlose Schulbesuch ist auch ein Pluspunkt für ihn. Überdies schätzt ihn die Königin. Im Gegensatz zu Disraeli schmeichelt er ihr nicht, und sie ist gerissen genug, ihm dafür Respekt zu zollen. Obwohl sie Disraelis Schmeicheleien mit der Maurerkelle, wie er es selbst bezeichnete, genoß...«

»Für Mr. Gladstone hegt die Königin keine solche Bewunderung.«

»Um Himmels willen, nein. Sie empfindet richtiggehende Abneigung gegen ihn. Sehr eigenwillig von Ihrer Majestät. Aber so ist sie nun mal.«

»Aber du setzt große Hoffnungen auf die Wahl.«

»O ja. Die Leute sehnen sich immer nach einem Wechsel. Egal, ob er zum Besseren gereicht. Obwohl dies in unserem Fall natürlich zuträfe. Ein Regierungswechsel – danach schreien sie alle.«

Aufgrund seiner sanftmütigen Stimmung hielt ich es für den geeigneten Augenblick, Belindas Rückkehr anzuschneiden: »Übrigens kam heute ein Brief aus Australien. Tom Marner ist tot.«

»Tot!«

»Ja, am Herzschlag gestorben. Offenbar lief die Mine nicht mehr gut...«

»Sie ist erschöpft, würde ich meinen. Das war zu erwarten. Armer Kerl! Wer hätte das gedacht?«

»Offensichtlich war es ein schwerer Schlag, und Leah erfreut sich auch nicht bester Gesundheit.«

»Was fehlt ihr denn?«

»Das hat sie nicht geschrieben, aber sie hat angedeutet, daß es ziemlich schlimm um sie steht. Und sie hat Celeste wissen lassen, daß sie sich um Belinda Sorgen macht.«

»Aha.« Er schaute auf die Hühnerknochen auf seinem Teller. »Also... hat sie den Brief an Celeste gerichtet.«

»Nun ja, Celeste ist schließlich Belindas Tante. Der Brief kam heute früh.«

»Und was möchte sie nun eigentlich?«

»Daß Belinda wieder zu uns kommt.«

Er sagte eine Weile nichts.

Ich fuhr fort: »Celeste fühlt sich ihr gegenüber wohl verantwortlich.«

»Dieses Mädchen hat uns doch nur Scherereien gemacht«, entgegnete er.

»Sie war doch noch so jung damals.«

»Sie hätte um ein Haar Rebecca das Leben verpfuscht.«

Ich schwieg.

»Mir fiel wirklich ein Stein vom Herzen, als sie uns verließ«, gab er zu.

Wieder kurze Stille.

Schließlich fragte ich: »Was soll denn aus ihr werden? So weit weg in Australien... womöglich mittellos, und Tom Marner lebt nicht mehr. Leah liegt schwerkrank darnieder...«

»Du meinst wohl, wir sollten sie einladen, wieder hier zu leben?«

»An vielem, was geschah, trug sie keine Schuld.«

»Erkundige dich mal bei Rebecca, ob sie auch so darüber denkt. Ihr hinterhältiges Märchen, als sie vorgab, daß Pedrek sie überfallen habe. Wie sie alles zwischen ihm und Rebecca zu zerstören versuchte, nur weil sie die Hochzeit der beiden hintertreiben wollte.«

»Sie meinte, es sei so für Rebecca am besten.«
»Sie meinte, es sei so für Belinda am besten.«
Ich gab mich nicht geschlagen: »Aber sie war damals noch ein Kind. Sie ist doch in der Zwischenzeit älter geworden.«
»Und zu noch schlimmerer Niedertracht fähig.«
»Ich wage zu behaupten, daß sie jetzt vernünftiger geworden ist. Den Briefen nach zu schließen, scheinen sie alle recht glücklich da unten gewesen zu sein.«
»Willst du sie denn hier haben?«
Ich nickte.
»Nun ja, wenn sie käme, würden wir ihr aber nicht das Geringste durchgehen lassen.«
»Heißt das, daß sie kommen darf?«
»Ich nehme an, Celeste fühlt sich verantwortlich für sie. Und du willst es auch.« Er zuckte die Achseln.
»Ach, wie ich mich freue. Das muß ich morgen gleich Celeste erzählen. Sie befürchtete wohl, du könntest ablehnen.«
»Um Himmels willen! Das ist schließlich ihr Haus.«
»Ihr würde es nicht im Traum einfallen, gegen deinen Willen jemanden hierherzubitten.«
»Nein, wohl kaum. Tja, ihr beide habt also die Entscheidung getroffen, du und Celeste, nicht wahr? Also sollten sich Belinda und Leah auf die Reise machen.«
Ich war ganz aufgeregt: Belinda kam heim.
Mit spöttischem Blick meinte mein Vater: »Ich glaube, sie hat sich nicht eben reizend dir gegenüber betragen.«
»Ach... das war eben typisch Belinda.«
»Das trifft den Kern – typisch Belinda!« gab er retour. »Nun ja, wir werden ja sehen. Aber sie darf sich keine Mätzchen erlauben. Wenn sie sich nicht ordentlich aufführt, kann sie gleich ihre Koffer packen.«
»Sie verhält sich jetzt sicher anders. Schließlich ist sie erwachsen, so alt wie ich.«
»Ach. Das Alter der großen Weisheit. Übrigens, ich habe

die Greenhams für morgen zum Abendessen eingeladen. Das paßt dir doch, oder?«

»Selbstverständlich. Ich nehme an, ihr werdet euch vor allem Gedanken über den Ausgang der nächsten Wahl machen.«

»Dessen kannst du dir sicher sein.«

Er sprach dann über die letzte Parlamentsdebatte, aber meines Erachtens dachte er noch immer über Belinda nach

Ich freute mich immer, wenn die Greenhams uns besuchten oder wir sie – und der Hauptgrund dafür hieß Joel Greenham. Joel und ich waren seit jeher sehr gute Freunde. Er war jetzt ungefähr fünfundzwanzig Jahre alt. Obschon ich seinen Vorsprung allmählich aufholte, mußte ich ihm zeitweise wie ein Kind vorgekommen sein. Doch selbst als ich noch nicht einmal im Backfischalter war, hatte er mir immer seine Aufmerksamkeit geschenkt.

In ihm verkörperten sich alle Eigenschaften, die ich an einem Mann am meisten bewunderte. Er sah nicht unbedingt gut aus – dafür war sein Gesicht zu unregelmäßig geschnitten –, aber mit seinem Lächeln vermochte er zu bezaubern. Ich lauschte gern seiner wohlklingenden Stimme. Er war hochgewachsen und wirkte wegen seiner schlanken Gestalt noch größer. Er gehörte dem Parlament an – wohl als einer der jüngsten Abgeordneten –, und man sagte, daß er dort eindrucksvolle und überzeugende Reden hielt. Dennoch umgab ihn eine gewisse, für einen Mann ungewöhnliche Sanftheit, die ich besonders anziehend fand. Er hatte mich immer als eine vernunftbegabte Person behandelt. Mein Vater schätzte ihn und sagte oft, er habe das Zeug zu einem guten Politiker. In seinem Wahlkreis, wo man ihn mit einer großen Mehrheit gewählt hatte, war er beliebt.

Joel hegte seinerseits große Bewunderung für meinen Vater. Vielleicht mochte ihn mein Vater aus diesem Grund. Man muß schon über ausgeprägte Selbstkritik verfügen, um seine

Bewunderer nicht zu mögen – was auf meinen Vater gewiß nicht zutraf. Joel hatte mir immer Beachtung geschenkt; er freute sich über meine Beiträge zur Unterhaltung und griff meine Anregungen auf, als seinen sie des Nachdenkens durchaus wert.

Bei den Tischgesprächen zwischen meinem Vater, Sir John und Joel lauschte ich immer aufmerksam. Lady Greenham versuchte gewöhnlich, mich und Celeste in ein Gespräch zu verwickeln. Aber ich unternahm größte Anstrengungen, dies zu vermeiden, damit ich den Männern zuhören konnte.

Mein Vater vertrat seine Ansichten immer hitzig und herrisch, Sir John die seinen heiter und eher halbherzig. Joel griff gewöhnlich die Argumente meines Vaters auf und brachte, wenn er damit nicht übereinstimmte, seine Anschauungen meines Erachtens prägnant und klug vor. Mir entging nicht, daß seine Art auch meinem Vater zusagte. Ich hörte ihnen voll Genuß zu und liebte beide von ganzem Herzen.

Bei den Greenhams mußte es aufgrund einer jahrhundertealten Tradition immer einen Politiker in der Familie geben. Sir John hatte das Mandat von Marchlands viele Jahre innegehabt und es aufgegeben, als Joel in seine Fußstapfen treten konnte. Seit seiner Übernahme des Wahlkreises hatte Joel die ohnehin beachtliche Mehrheit noch vergrößern können.

Den Greenhams gehörte ein alter Familienbesitz, Marchlands in Essex, nahe bei Epping Forest, was praktischerweise nicht sehr weit von London entfernt liegt. Sie besaßen aber zusätzlich das Haus in Westminster. Obwohl Sir John nicht mehr dem Parlament angehörte, war doch sein ganzes Leben von der Politik bestimmt, und er verbrachte viel Zeit in London. Laut eigenem Bekunden hielt er sich gern im Schatten von Big Ben auf.

Joel hatte noch einen Bruder, Gerald, der in der Armee diente. Gelegentlich sah ich auch ihn und fand ihn nett und charmant. Aber mein Herz hatte ich Joel geschenkt.

Lady Greenham gehörte zu jenen Frauen, die ihre Familie

geschickt lenken und allen nichtfamiliären Belangen gern jede wirkliche Bedeutung absprechen. Meines Erachtens hielt sie jene männlichen Beschäftigungen, die derart heftige Anteilnahme bei ihrem Gatten und ihren Söhnen weckten, für eine Art Spielerei, vergleichbar jenen der Kindheit. Sie pflegte sie mit geschürzten Lippen und einer leicht verächtlichen Nachsicht zu beobachten, als gestehe sie ihnen ihr Steckenpferd gerne zu, solange sie nicht vergaßen, daß sie, Lady Greenham, die ehernen Familiengesetze hütete.

Ich freute mich auf ein Gespräch mit Joel. Celeste wies mir, mit Wohlwollen meines Vaters, bei Tisch immer den Platz neben ihm zu.

Tatsächlich glaube ich, daß mein Vater und Celeste es für eine gute Idee hielten – und womöglich teilten auch Sir John und Lady Greenham diese Ansicht –, wenn Joel und ich zu gegebener Zeit uns vermählten und so die beiden Familien vereinten.

Als Tochter Benedict Lansdons wäre ich den Greenhams als Schwiegerkind willkommen und Joel umgekehrt auch meiner Familie. Mir behagte dieser Gedanke, und so genoß ich in der Zwischenzeit meine Freundschaft mit Joel.

Die beiden Familien freuten sich wohl immer auf ihre Zusammenkünfte. Celeste genoß die Gesellschaft Lady Greenhams. Sie besprachen dann Themen, bei denen sich Celeste auskannte. Aus Lady Greenhams Zustimmung schien sie Selbstvertrauen zu gewinnen.

Joel sprach von der Möglichkeit, daß wir während der Parlamentsferien vielleicht eine Woche auf Marchlands verbringen sollten. Dem sah ich gespannt entgegen. Die Greenhams besuchten uns manchmal auf Manorleigh, so daß wir sowohl in London als auch auf dem Land ziemlich viel Zeit miteinander verbrachten.

Mein Vater sprach über ein Vorhaben in Afrika. Selbst Lady Greenham unterbrach ihr Gespräch mit Celeste, um zuzuhören.

»Es steht jetzt bald zur Debatte«, meinte mein Vater. »Das Aussenden einiger Abgeordneter scheint mir eine gute Idee. Sie werden aus beiden Parteien mit Bedacht ausgewählt, da die Regierung Wert auf eine neutrale Sichtweise legt. Schließlich handelt es sich nicht um eine parteipolitische Angelegenheit.«

»Um welches Gebiet in Afrika geht es denn?« erkundigte sich Sir John.

»Um Buganda. Seit Mwangas Machtübernahme häufen sich die Schwierigkeiten. Als Mutesa noch Kabaka war, lief alles viel glatter. Unter Mwanga hat sich alles ganz anders entwickelt. Ihr erinnert euch an die Märtyrer. Und jetzt erweitern wir natürlich unseren Einflußbereich.«

»Waren auch die Deutschen daran beteiligt?« fragte Sir John.

»Es gab ja die Übereinkunft zwischen England und Deutschland, die aber kürzlich widerrufen wurde. Das Gebiet um Buganda gehört unter unseren Einfluß. Daher richtet man so großes Augenmerk darauf.«

»Wird man also einige Abgeordnete dorthin schicken?« fragte ich.

»Das entspricht der üblichen Vorgehensweise. Damit sie das Land erkunden und schauen, wie man sie empfängt... welchen Eindruck sie bekommen. Buganda ist ein reiches Land. Wir wollen sichergehen, daß man das Beste daraus macht.«

»Und wer sind die Märtyrer von Buganda?« wollte ich wissen.

»Es handelt sich um dreiundzwanzig römisch-katholische Afrikaner«, erläuterte Joel. »Es geschah vor ein paar Jahren, etwa um siebenachtzig... und schon etwas früher. Die ersten Missionare wurden von Mutesa freundlich aufgenommen. Mit der Machtübernahme durch Mwanga aber begann der Ärger. Er ordnete ein Blutbad unter den Missionaren an, bei dem ein englischer Bischof, James Hannington, mit seiner

Gruppe von Missionaren ermordet wurde. Wir müssen also einschreiten, weil allem Anschein nach Buganda über kurz oder lang britisches Protektorat wird.«

»Und wann soll der Ausflug stattfinden?« fragte Sir John meinen Vater.

»Meines Erachtens schon bald«, erwiderte er. »Es ist sehr wichtig, die richtigen Leute zu entsenden. Die Lage erfordert Fingerspitzengefühl.« Er schaute Joel an. »Die Teilnahme daran kann für das eigene Ansehen nur nützlich sein.«

»Wirst du denn nach Buganda fahren?« fragte ich.

Er schüttelte den Kopf. »Nein, mit Sicherheit nicht. Das überlasse ich Jüngeren. Ich habe hier zu viele Eisen im Feuer, und andere in meinem Alter ebenso. Für diese Aufgabe braucht man kräftige, gesunde junge Männer – allein schon wegen des Klimas. Sie müssen sich schon ein wenig Ansehen erworben haben, um ihrer Partei und dem Volk ihre Handlungsfähigkeit zu beweisen.«

»Sie schauen mich so an«, sagte Joel.

»Nun, das wäre keine schlechte Idee.«

»Klingt aufregend«, merkte ich an.

»Ja«, erwiderte Joel bedächtig.

»Tja, wer weiß«, fuhr mein Vater fort. »Bis jetzt ist die Wahl noch nicht getroffen, aber meines Erachtens liegst du sehr gut im Rennen, Joel.«

»Es wäre eine großartige Erfahrung.«

»Solange dich die Kannibalen nicht verschlingen», warf Lady Greenham ein. »In diesen entlegenen Gebieten gibt es sie ja wohl noch. Und obendrein Fieberkrankheiten und alle möglichen gräßlichen Tiere.«

Alle lachten.

»Das stimmt doch«, fügte Lady Greenham hinzu. »Meiner Meinung nach sollte man die Eingeborenen ruhig mit ihren Blutfehden weitermachen lassen. Sollen sie sich doch gegenseitig umbringen, dann können sie keine Schwierigkeiten mehr machen.«

»Sie haben schließlich einen englischen Bischof getötet, Lady Greenham«, wandte ich ein.

»Na ja, wäre er eben daheim in England geblieben.«

Immer hatte Lady Greenham das letzte Wort. Aber mir entging nicht, daß Joel die mögliche Teilnahme an der Delegation nach Afrika alles andere als kalt ließ.

Dann wechselte man das Thema und sprach über die brennende Frage der nächsten Wahl und die Spekulationen über ihren wahrscheinlichen Termin. Gladstones Rückkehr an die Regierung wurde nicht in Zweifel gezogen, vielmehr ging es darum, wie groß seine Mehrheit ausfallen würde.

Joel und ich spazierten um den Teich im Hyde Park. Während unserer Londonaufenthalte ritten wir manchmal in Rotten Row, allerdings nicht sehr häufig. Unserer Leidenschaft für Pferde frönten wir hauptsächlich auf Marchlands oder Manorleigh. Aber wir genossen die Spaziergänge in den Londoner Grünanlagen – in Green Park, St. James's, Hyde Park und Kensington Gardens. Man konnte von einem Park zum anderen wandern und sich dabei fast wie auf dem Land fühlen. Denn man mußte sich dabei nur gelegentlich in den Großstadtverkehr hinauswagen. Beim Schlendern auf den bewaldeten Wegen erschien er sehr weit weg.

Wir saßen am Teich und beobachteten die Enten.

Ich fragte ihn: »Wirst du wirklich nach Afrika fahren?«

»Ich weiß es nicht«, antwortete er. »Falls man mich dazu bestimmte, würde ich wohl gehen.«

»Nach Ansicht meines Vaters würde es deiner Laufbahn sehr nützen.«

»Damit hat er recht – wie immer.«

»Ich stelle mir vor, daß er deinen Namen an erster Stelle nennt.«

»Sein Wort könnte die Waagschale erheblich beeinflussen.«

»Ach, Joel, wie aufregend das für dich wäre.«

»Mhm. Dein Vater hat mit mir unter anderem darüber gesprochen. Ihm ist es sehr wichtig, daß ich mir im Abgeordnetenhaus einen Namen mache. Es ist mir unverständlich, daß er selber nie im Kabinett vertreten war.«

»In der Politik spielt das Glück eine entscheidende Rolle. Es kommt so sehr auf den richtigen Ort und den richtigen Zeitpunkt an. Wenn man nicht gleich seine Chance ergreift, bietet sich eine andere wahrscheinlich nie wieder... Und obendrein muß ein Politiker darauf warten, bis seine Partei am Ruder ist.«

»Wie recht du hast!«

»Ich kenne die Hintergründe nicht genau, aber ich weiß ganz sicher, daß er um ein Haar eine bedeutende Stelle im Kabinett bekleidet hätte. Gerüchteweise sollte er sogar Mr. Gladstone als Premierminister nachfolgen.«

»Das könnte er immer noch.«

»Wer weiß? Das Leben ist voller Überraschungen.«

»Er hat mir immer sehr geholfen.«

»Das freut mich, Joel. Ich weiß, wie gern er dich mag.«

»Und meine Familie mag ihn und Celeste... und dich sehr.«

»Unsere Familien verbindet eine wunderbare Freundschaft.«

»Lucie, du bist noch sehr jung.«

»Du bist auch nicht gerade alt.«

»Fünfundzwanzig Jahre, ein ganzes Stück älter als du.«

»Jetzt erscheint das viel, aber mit den Jahren wird es einem immer weniger vorkommen.«

»Genau. Ich... ich glaube, sie hegen Pläne mit uns.«

»Unsere Familien?«

Er nickte. »Sie würden es gern sehen, wenn du und ich... eines Tages, wenn du älter bist... tja, wenn wir dann heiraten.«

»Und was meinst du dazu?«

»Ich könnte mir nichts Schöneres vorstellen. Und du?«

»Mir gefällt der Gedanke auch sehr. Aber weißt du, ich bin noch nicht einmal siebzehn.«

»Ich dachte, wenn du achtzehn…«

»Soll das ein Heiratsantrag sein? Den habe ich mir immer ganz anders vorgestellt.«

»Auf die Form kommt es doch nicht an… solange sich beide einig sind.«

»Da ist etwas, Joel. Ich habe noch gar nichts erlebt.« Das klang derart banal, daß ich lachen mußte. Trotzdem fuhr ich fort. »Es stimmt. Hast du denn Erfahrungen gesammelt, Joel?« Da er keine Antwort gab, sprach ich weiter: »Ich weiß nicht viel über Menschen… über Männer, meine ich. Mir scheint, als hätten uns unsere Familien füreinander bestimmt. Ist dies denn die beste Art, sich die Gemahlin oder den Gatten auszusuchen?«

»Wir kennen uns schon so lange. Wir würden keine bösen Überraschungen wie manch andere Leute erleben.«

»Keinerlei Überraschungen, weder angenehme noch unangenehme.«

»Nun gut, aber das gefällt mir.«

»Mir auch«, sagte ich.

Plötzlich drehte er sich zu mir her und küßte mich auf die Wange.

»Wollen wir uns als verlobt betrachten?«

»Inoffiziell… versuchsweise. Joel, wenn du dich in jemand anderes verliebst, dann darfst du nicht zögern, dies zu sagen.«

»Als ob ich das jemals täte!«

»Man kann nie wissen. Manchmal trifft einen die Leidenschaft wie ein Blitzschlag, zumindest sagt man so. Du weißt nie, woher sie plötzlich kommt.«

»Ich weiß, daß ich nie eine andere Frau so wie dich lieben werde.«

»Wie kannst du dir dessen so sicher sein? Bis jetzt hat dich der Blitzschlag der Liebe nicht ereilt. Irgendein aufregendes weibliches Wesen könnte auftauchen... eine Frau, der du noch nie begegnet bist... eine geheimnisvolle, unwiderstehliche Frau.«

»Du redest Unsinn, Lucie.«

»Weißt du was, das hoffe ich auch.«

Er hakte mich unter, und wir schmiegten uns eng aneinander.

Dann sagte er: »Wir sind verlobt.«

»Heimlich«, erinnerte ich ihn. »Unsere Familien sollen doch nicht schon jetzt mit dem Planen anfangen. Ich muß noch ein bißchen erwachsener werden, und du gehst erst nach Buganda oder wohin auch immer.«

»Falls ich weggehe,... wenn ich dann wiederkomme...«

»Das wäre dann der beste Zeitpunkt für die Bekanntgabe unserer Verlobung. Du... als der ruhmbedeckte Held.«

»Ach, Lucie! Es handelt sich doch lediglich um eine kleine Entsendung, bei der ein halbes Dutzend Abgeordnete die wahren Begebenheiten herauszufinden versucht. Daran ist doch gar nichts Glorreiches.«

»Bei deiner Rückkehr bist du dann auf dem besten Weg, irgendwann in den nächsten zwanzig oder dreißig Jahren Premierminister zu werden. Premierminister wird man doch für gewöhnlich erst in relativ fortgeschrittenem Alter, nicht wahr? Bei deiner Heimkehr geben wir also unsere Verlobung bekannt. Was für eine Überraschung das sein wird. Mein Vater wird sich ungeheuer freuen.«

»Das hoffe ich.«

»Das weißt du doch. Du bist sein Schützling, dessen Fortschritte er mit Wohlgefallen verfolgt. Meiner Meinung nach möchte er dich zum Premierminister aufbauen, wenn er es schon selbst nicht geworden ist. Vor allem aber wird er sich für den Ehemann seiner Tochter einsetzen. Schon deshalb solltest du mich heiraten.«

»Ich lebe in der beständigen Hoffnung, daß ich seine Erwartungen erfülle.«

»Künftig mußt du dir nur mehr um die Erwartungen einer Person Gedanken machen ... und das werde ich sein. Gleichviel weiß ich, was du für meinen Vater empfindest. Er ist ein großartiger Mensch. Trotz unserer innigen Beziehung spüre ich oft, daß ich ihn nicht völlig verstehe. Das macht ihn aufregend.«

»Ich stimme ganz mir dir überein«, bekräftigte Joel.

Wir gingen ziemlich gemessenen Schrittes heim.

Wir waren verlobt, unsere Heirat vorherbestimmt. Unsere Familien würden unseren Plänen zweifellos zustimmen.

Mein Leben verlief in wohlgeordneten Bahnen und überaus beruhigend.

Es gab Post aus Australien, von Leah an Celeste und von Belinda an mich. Wie gewöhnlich trafen die Briefe zum Frühstück bei uns ein. Celeste zeigte mir Leahs Schreiben.

Es war eine sehr betrübliche Nachricht. Leah glaubte sterben zu müssen. Man könne ihr nicht mehr helfen. Sie sei jetzt sehr ausgezehrt und viel zu schwach für eine lange Reise.

Celestes Antwort habe sie sehr beruhigt, und sie treffe jetzt die nötigen Vorkehrungen. Sie fühle sich unendlich erleichtert in dem Wissen, daß nach ihrem Hinscheiden Belinda ein Zuhause in England finden würde. Sie danke Gott, daß er ihr die Zeit gewähre, die Dinge zu ordnen, und sie nicht zu plötzlich niedergestreckt habe.

Die letzten Jahre ihres Lebens seien ihre glücklichsten gewesen. Tom habe sie und Belinda gütig behandelt, und sie hatten ein wundervolles Leben miteinander geführt. Trotz des weitgehenden Verlustes seines Vermögens habe er ihnen doch ein wenig Geld hinterlassen können. Das würde Belinda erben und somit nicht völlig mittellos dastehen.

»Ich will ja nur, daß sie ein Zuhause hat«, schrieb sie. »Wie glücklich macht mich die Gewißheit, daß sie in das Heim ihrer Kindheit zurückkehren kann. Mein Leben ist schon in seltsamen Bahnen verlaufen. Das kommt vermutlich immer so, wenn man ungewöhnliche Dinge tut. Aber nun, da ich Belinda bei euch geborgen weiß, finde ich zu innerem Frieden.«

Celeste las diesen Brief mit Tränen in Augen.

»Wie froh macht mich Benedicts Zustimmung zu Belindas Rückkehr«, sagte sie. »Arme Leah. Sie war immer eine Seele von Mensch. Wie schade, daß ihr Glück nicht länger währen durfte.«

Belindas Brief weckte in mir Erinnerungen an sie.

Liebe Lucie!
Ich weiß, meine Mutter hat Euch von ihrer Krankheit geschrieben. Bald darf ich nach England kommen. Ich erinnere mich an so vieles von damals... und ganz besonders an Dich. Denkst Du auch manchmal an mich?

O ja, Belinda, dachte ich, ich werde dich niemals vergessen.

Was für schreckliche Dinge ich angestellt habe! Ich wundere mich, daß du mich nicht haßt. Sicher hast Du manchmal so etwas empfunden, aber nicht wirklichen Haß, Lucie. In gewisser Weise waren wir fast wie Schwestern, nicht wahr? Ich erinnere mich an so vieles. Als ich die Kleider Deiner Mutter anzog und vorgab, aus dem Grab gestiegen zu sein. Ich habe Dich und Celeste bis aufs Mark erschreckt. Aber trage es mir nicht nach. Ich mag mich zwar nicht völlig gebessert haben, aber zumindest bin ich jetzt alt genug, solch dumme Dinge nicht mehr zu tun.
Ich bin wegen meiner Mutter zutiefst betrübt. Toms Tod traf uns schrecklich. Es kam so unerwartet. Er erfreute sich guter Gesundheit, und plötzlich hatte er einen Herzschlag. Wir konnten es kaum glauben. Auf einmal weilte er nicht mehr unter uns.

Damals änderte sich unser ganzes Leben, und meine Mutter wurde ernsthaft krank, schwer krank. Ich habe ein wenig Angst. Ich lebe nun hier in diesem Land, und irgendwie fühle ich mich hier nicht zugehörig... jedenfalls nicht ohne Tom und meine Mutter. Ich spüre, daß ich auf Manorleigh und in London verwurzelt bin – bei Dir, Lucie. Ob wir uns wohl bald sehen? Ich weiß, daß ich mir das mehr als irgend etwas sonst wünsche... falls ich meine Mutter verliere.

Ich verbleibe mit den innigsten Grüßen und Erinnerungen

Deine Belinda

Ich erinnerte mich in der Tat. Vor meinem geistigen Auge sah ich sie in den Kleidern meiner Mutter, die sie aus dem verschlossenen Zimmer entwendet hatte, im Garten sitzen. Und zwar auf jener vom Spuk heimgesuchten Bank, die Gerüchten zufolge als Schauplatz von Gespensterzusammenkünften gedient hatte. Ich sah Belinda auch schwören, daß Pedrek sie zu belästigen versucht habe, als sie seine Heirat mit Rebecca hintertreiben wollte. Ich sah uns beide, ganz klein noch, vor mir, wie sie mit einer brennenden Kerze um mich herumtanzte und die Kerze plötzlich mein Kleid in hochlodernde Flammen setzte. Ich sah Jenny Stubbs vor mir, die mich mehr als ihr eigenes Leben geliebt hatte, sah, wie Jenny zu mir hinstürzte und die Flammen mit ihrem Körper erstickte und dabei ihr Leben ließ, um meines zu retten.

Ja, Belinda, dachte ich, du hast mir die Erinnerungen zurückgebracht.

Ich sprach mit Celeste und meinem Vater über Belinda.

»Arme, bedauernswerte Leah«, meinte Celeste. »Ob für sie wohl noch irgendeine Hoffnung auf Genesung besteht? Sie schreibt nicht, woran sie leidet.«

»Nein, aber sie ist zu krank zum Reisen. Ich bin sicher, daß sie Belinda begleiten würde, wenn es ihr besser ginge.«

»Wir können lediglich abwarten,« sagte mein Vater. »Auf jeden Fall haben wir ihr hier ein Zuhause angeboten. Mehr zu tun steht nicht in unserer Macht.«

Und dabei blieb es.

Bald darauf kursierten Gerüchte über einen bald bevorstehenden Wahltermin, und wie gewöhnlich dominierte dieses Thema alles andere.

Die Delegation nach Buganda würde man natürlich bis nach den Wahlergebnissen verschieben müssen.

»Ich muß erst sicher wissen, daß ich meinen Sitz behalte, ehe ich mich für die Teilnahme an der Delegation entscheide«, sagte Joel.

»Natürlich behältst du dein Mandat«, erwiderte ich. »Es hat doch schon Tradition, daß ein Greenham für Marchlands im Unterhaus sitzt.«

»Hundertprozentig sicher kann man das vorher nicht sagen.«

Die Spannung wuchs. Vor fast sechs Jahren hatten die letzten Wahlen stattgefunden. Jetzt, mittlerweile erwachsen, war ich brennend daran interessiert und verstand ein wenig von den Vorgängen.

Jeden Tag lasen wir gründlich die Zeitungen. Oft wurde darin Gladstones Alter erwähnt. Der Mann verfügte zweifelsohne über hervorragende Fähigkeiten, aber war er nicht zu alt? Geistig schien er voll auf der Höhe zu sein, auch wenn er ziemlich gebückt und am Stock ging.

»Letztendlich zählt nur die Geisteskraft«, meinte mein Vater.

Eine Bemerkung der Königin ihrem Sekretär gegenüber drang an die Öffentlichkeit. »Die Vorstellung, daß ein irregeleiteter Tattergreis von zweiundachtzig Jahren mit jämmerlichen Demokraten in seinem Gefolge England und mein riesiges Empire zu regieren versucht, ist einfach lächerlich. Wie ein schlechter Scherz.«

»Bedauerlich daran ist erstens«, meinte mein Vater, »daß sie es überhaupt von sich gegeben hat, und zweitens, daß man es nach draußen sickern ließ.«

»Aber schließlich wählt das Volk die Regierung und nicht die Königin«, erwiderte ich.

»Wofür wir dankbar sein müssen«, kommentierte er bitter.

Bald darauf war der Wahlkampf in vollem Gang. Die Greenhams hielten sich nun auf Marchlands auf, wir auf Manorleigh.

Celeste und ich saßen bei meinem Vater auf der Rednertribüne. Dadurch entstand eine freundliche, familiäre Stimmung, was die Wähler an ihren Abgeordneten schätzten. Wir spielten die uns zugeteilten bescheidenen Rollen und fuhren in unserem leichten zweirädrigen Einspänner übers Land – Manorleigh umfaßte als großflächiger Wahlbezirk viele entlegene, weit versprengte Dörfer – und erzählten den Leuten, weshalb sie für Benedict Lansdon stimmen sollten.

Als schwungvoller Redner konnte mein Vater das Publikum in riesigen Versammlungsräumen oder Gemeindesälen mühelos in seinen Bann ziehen. Wenn man ihm zuhörte, erkannte man die Macht der Worte und seine Gabe, sie für sich zu nutzen, was eine unabdingbare Voraussetzung für eine steile politische Karriere darstellt. Mein Vater verfügte über alle nötigen Qualitäten – mit einer Ausnahme: Besonnenheit. Statt dessen legte er ein gewisses Ungestüm an den Tag. Dadurch war er schon ein oder zweimal ins Straucheln geraten, und deshalb trauten ihm auch manche nicht die Nachfolge Gladstones zu.

Im ärgsten Wahlkampftrubel knapste er sich ein wenig Zeit ab, um auf Marchlands die Werbetrommel für Joel zu rühren.

Das überraschte mich. Denn trotz seiner Überzeugung, daß er sein Mandat behalten würde, hatte er seit jeher die Forderung aufgestellt, kein Kandidat dürfe im Wahlkampf auch nur für kurze Zeit lockerlassen.

Doch für Joel hegte er besondere Sympathie; und ich

glaubte den Grund dafür zu kennen: meinetwegen. Er hatte den Entschluß gefaßt, daß ich Joel heiraten würde. Und mir schien, er wolle Joel zu seinem Alter ego umformen. Joel sollte all die Früchte ernten, die ihm entgangen waren, und er wollte ihm gern dabei helfen.

Wir blieben nur eine Nacht auf Marchlands, dann reisten wir wieder nach Manorleigh. Ich hatte mich schon immer gern auf Marchlands aufgehalten, und seit meinem Gespräch mit Joel zog es mich noch mehr dorthin. Denn nach unserer Hochzeit würde ich hier leben.

Diesem herrlichen alten Haus verlieh der mit Zinnen bewehrte Turm das Aussehen einer Burg. Durch das graue Gestein und die leichte Hanglage schien es, als beherrsche es stolz die Gegend. Es war von wunderschöner Landschaft umgeben: Bewaldete Hügel und Wiesen und ein entzückendes Dörfchen mit einer normannischen Kirche und einem Teich auf dem Dorfanger befanden sich in der Nähe.

Seit Jahrhunderten war dies der Stammsitz der Greenhams.

Wir saßen im Gemeindesaal und lauschten der Rede meines Vaters. Seine Überzeugungskraft und sein schwungvolles Temperament wirkten in einer solchen Umgebung nahezu überwältigend, man applaudierte ihm dröhnend. Auch Joel sprach gut – weniger bombastisch zwar, aber seine ruhige Selbstgewißheit überzeugte die Zuhörer.

Beim Heimweg nach diesem erfolgreichen Abend erschien mir das Haus im Sternenlicht sehr malerisch.

Ich war wunschlos glücklich.

Nach den Wahlen würde Joel mit größter Wahrscheinlichkeit nach Buganda reisen... vielleicht nur für wenige Monate. Und nach seiner Rückkehr würden wir unsere Verlobung bekanntgeben.

Später dachte ich oft an diesen Abend und wunderte mich jedesmal aufs neue, wie schnell – innerhalb von wenigen Sekunden – sich alles von Grund auf ändern konnte.

»Die Sache mit Buganda ist ziemlich sicher«, sagte Sir John.

»Wenn ich wieder ins Parlament komme«, gab Joel zu bedenken.

»Mein lieber Junge«, sagte mein Vater, »du glaubst doch nicht im Ernst, daß du mit der Tradition brichst. Seit zweihundert Jahren sitzt immer ein Greenham im Unterhaus.«

»Man soll das Fell des Bären nicht verkaufen, bevor man ihn erlegt hat.«

»Über das Fell brauchst du dir doch keine Sorgen zu machen«, gab Sir John retour.

»Wir müßten unsere Mandate halten können«, warf mein Vater ein. »Es liegt natürlich ein Wechsel in der Luft. Eine Menge törichter Leute reden davon. Sie möchten unbedingt, daß sich etwas ändert, bloß damit sich etwas tut... ganz gleichgültig, ob es zum Besseren ist. Sie wollen den Wandel nur um des Wandels willen.«

»Nun ja, wir müssen es abwarten«, meinte Lady Greenham. »Einige Leute mögen einen Wandel anstreben, aber ich kann mir nicht vorstellen, daß unsere Pächter und die Leute aus der Gegend so unvernünftig sind.«

Aus unserer Mitte konnte sich auch sonst niemand vorstellen, daß Joel seinen Sitz verlieren könnte.

Endlich kam der Wahltag mit all seinem Nervenkitzel. Wir versammelten uns in der Stadthalle von Manorleigh, um das Ergebnis zu hören. Es fiel wie erwartet aus – ein eindeutiger Sieg für meinen Vater.

An jenem Abend kam ein Bote von Marchlands mit der Nachricht, daß Joel sicher, mit klarer Mehrheit, in den Hafen eingelaufen war.

Der Partei war es leider nicht so gut ergangen. Gladstone erreichte nur knapp die Mehrheit, was der Regierung keine sehr verheißungsvolle Zukunft versprach.

Gladstone begab sich nach Osborne, auf die Isle of Wight,

um der Königin die Hand zu küssen, worüber sie sich nicht besonders entzückt zeigte. Der große alte Herr war also bereit, die politische Führung noch einmal zu übernehmen. Und wenn er auch gesundheitlich angeschlagen war, seine Überzeugungen waren so stark wie eh und je. Obwohl die Liberalen nur mit hauchdünner Mehrheit die Wahl gewonnen hatten, stellten sie also die Regierung. Dies bedeutete, daß die von ihnen angestrebten Reformen von der Opposition leicht abgeschmettert werden konnten. Das verhieß nichts Gutes für die Dauer der Regierung. Die Liberalen hatten einen Pyrrhussieg errungen.

Die Regierung wurstelte vor sich hin. So verstrich nahezu ein Jahr, vielleicht wegen der Schwierigkeiten der Exekutive, ehe die Frage der Delegation nach Buganda wiederaufgenommen wurde.

Ende August, ein Jahr später, war die Delegation zur Abreise bereit. Und Joel gehörte zu den sechs Auserwählten.

Zwei Tage vor seiner Abfahrt lud mein Vater zu einem Abschiedsdiner für alle Freunde und guten Bekannten. Wir verlebten einen wunderschönen Abend, obwohl manche Parlamentarier sich betrübt fragten, wie lange die Regierung sich noch durchhangeln könne. Doch es war ein Triumph für Joel, als einer der jüngsten Abgeordneten für diese wichtige Mission auserkoren zu sein.

Nachdem die Herren ihren Portwein getrunken und sich den Damen im Salon angeschlossen hatten, saßen Joel und ich beieinander.

»Alles läuft gut«, sagte er. »Ich weiß nicht, wie lange ich fort sein werde. Nicht mehr als zwei Monate, denke ich, und dann ...«

»Unsere Eltern werden wohl kaum besonders überrascht sein«, antwortete ich.

»Ist es nicht beruhigend zu wissen, daß wir dann einen von allen gewünschten Schritt wagen?«

»Aber ja. Es ist schön, andere zu erfreuen.«

»Trotzdem sollst du eines wissen, Lucie«, fügte Joel hinzu, »wenn wir auf Widerstand gestoßen wären – selbst auf den deines Vaters –, hätte dies nichts für mich geändert.«

»Damit machst du mich unendlich glücklich«, erwiderte ich.

Mein Vater kam zu uns herüber. »Du klingst so leidenschaftlich. Darf ich den Grund deiner Freude erfahren?«

Ich zögerte.

»Geheimnisse?« fragte er.

Ich schaute Joel an und wußte, daß er meinen fragenden Blick verstand. Zwischen uns herrschte stillschweigendes Einvernehmen.

Ich antwortete: »Wir möchten uns nach Joels Rückkehr von Buganda verloben.«

Die Gefühle meines Vaters waren offensichtlich.

»Das«, meinte er, »scheint mir eine ausgezeichnete Idee.«

»Wir hatten es schon länger ausgemacht. Und eben freuten wir uns darüber, daß unsere Familien dasselbe für uns wünschen.«

»Deshalb klangst du so ungestüm. Wie recht ihr habt. Wir hatten dies mit euch schon immer im Sinn.«

»Wir wollen es jetzt noch geheimhalten, außer uns dreien soll es bis zu Joels Rückkehr niemand wissen«, bat ich.

»Der ideale Zeitpunkt!« Er strahlte uns an. Noch selten hatte ich ihn derart beglückt erlebt.

Hinterher war ich froh, daß wir ihn an jenem Abend eingeweiht hatten.

Mein Vater, Celeste und ich fuhren nach Southampton, um Joel zu verabschieden. Die Abreise geriet zu einer richtiggehenden Feier. Auch die Presse war anwesend, um über den Aufbruch der Abgeordneten zu berichten und ihren Standpunkt über die Gesandtschaft nach Buganda mit einiger Begeisterung darzulegen.

Mein Vater wechselte mit den Journalisten ein paar Worte,

dann gingen wir an Bord und tranken Champagner, ehe das Schiff davonsegelte.

»Nach seiner Rückkehr ist Joel ein gemachter Mann«, meinte er auf unserem Heimweg nach London. »Er ist sehr jung, und zu einer solchen Aufgabe ausgewählt zu werden ist eine große Ehre. Ich wünschte, wir säßen fester im Sattel. Salisbury will uns unbedingt niederzwingen, und wie sollten wir ihn mit unserer kleinen Mehrheit aufhalten? Dem stehen wir ohnmächtig gegenüber.«

Kurz danach brachte Mr. Gladstone seine Gesetzesvorlage zu Irlands Autonomie ein. Mein Vater war sehr dagegen eingenommen. Während eines unserer Gespräche erzählte er mir von seiner Überzeugung, daß die Irlandfrage Gladstone zu Fall bringen und die Liberalen sowohl Mehrheit wie auch Regierungsverantwortung kosten würde.

Er wurde sich immer stärker bewußt, daß er in einer für ihn ungewohnten Zwangslage steckte. Normalerweise war er von der Richtigkeit seines Standpunkts überzeugt. Schließlich gestand er mir seine starken Bedenken an Gladstones Lösung.

Ihn plagten tiefe Zweifel. Seiner Meinung nach befand sich die Regierung auf dem Holzweg und konnte sich nicht viel länger halten. Seine eigenen Hoffnungen auf einen Ministerposten drifteten in immer weitere Ferne ab. Und dabei gehörte er doch zu jenen Männern, die, einmal zu einem Ziel entschlossen, dieses nicht leichtherzig aufgeben könne.

Mir wurde allmählich klar, daß er um eine Entscheidung rang.

Einmal gab er mir gegenüber zu, daß er in bezug auf die Gesetzesvorlage die Meinung der Opposition teilte. Was wohl passierte, wenn er sich gegen Gladstone stellte? Wie sahen dann seine Zukunftschancen innerhalb der Partei aus? War er seinem Parteiführer oder seinem Gewissen zur Treue verpflichtet?

Konnte er einer Sache, an die er nicht glaubte, seine

Unterstützung gewähren? Durfte er andererseits einer Partei die Gefolgschaft verweigern?

Wir führten endlose Gespräche darüber. Seine Meinung schwankte. Schließlich war er sehr ehrgeizig und keineswegs mehr jung. Er konnte jetzt nicht gut die andere Seite unterstützen. Jemandem, der die Fahnen wechselte, war nicht so recht zu trauen. Man sagte solchen Leuten für gewöhnlich nach, es um des eigenen Vorteils willen getan zu haben.

Ihm aber lag die Irlandfrage wirklich am Herzen.

»Weißt du«, vertraute er mir an, »der Premierminister wird alt, nach Ansichten vieler zu alt. In seiner Blütezeit verfügte er über einen ausgezeichneten Spürsinn. Er gehörte wohl zu den größten Staatsmännern, die dieses Land je gekannt hat, aber jetzt läßt er sich allmählich von Marotten beherrschen. Man erinnere nur an seinen Kreuzzug zur Errettung gefallener Frauen.«

Das war mir bekannt. Ich hatte Gespräche darüber verfolgt, wie Mr. Gladstone des Nachts um Piccadilly und in Soho umherzuschlendern pflegte, auf den Tummelplätzen der Prostituierten also. Wenn er angesprochen wurde – was jedem Mann, der hier herumbummelte, passieren mußte –, stellte er der jungen Frau ein paar Fragen, wobei er bewußt einen moralisierenden Ton vermied, sprach ihr seine Sympathie aus und lud sie in sein Haus ein. Die Frauen, die ihn dorthin begleiteten, mußte es verblüffen, dort von einer freundlichen Mrs. Gladstone mit einem Abendessen und guten Ratschlägen empfangen zu werden. Mrs. Gladstone hatte sich ganz dem Versuch ihres Mannes, diese gefallenen Mädchen wieder auf den rechten Pfad zu bringen, angeschlossen.

Über vierzig Jahre lang hatte er, wenn möglich, eine Nacht pro Woche seiner selbstgestellten Aufgabe gewidmet.

»Natürlich hat er sich immer von anderen Männern unterschieden«, meinte mein Vater. »Er überragt die meisten bei weitem. Er verfolgt beharrlich eine Idee. Und es kommt ihm nicht in den Sinn, daß er sich dadurch schaden könnte. Er muß einfach nach seinen Überzeugungen handeln. Und genau wie bei seinen Errettungsversuchen von Straßenmädchen ist er jetzt fest entschlossen, den Iren das Selbstbestimmungsrecht zu geben. Der Umgang mit Dirnen hätte leicht seine Karriere zerstören können. Tatsächlich ließen sich gewisse Gerüchte über die Lauterkeit seiner Absichten nicht vermeiden. Doch die hat er mit einem Achselzucken abgetan. Er spürte eine innere Berufung und ließ sich keineswegs davon abbringen. In mancherlei Hinsicht ist er weit davon entfernt, sich wie ein gewöhnlicher Mensch zu verhalten.«

»Er glaubt felsenfest an das Selbstbestimmungsrecht Irlands,» sagte ich. »So wie du zu erkennen beginnst, daß es nicht die richtige Lösung ist. Seine Überzeugung könnte ihn zu Fall bringen. Und doch wird er nicht nachgeben«.

»Ich habe Angst vor einem Bürgerkrieg. Er vergißt, daß viele, insbesondere in Nordirland, die Autonomie nicht wollen. Er wird noch gestürzt, wenn er so weitermacht.«

»In gewisser Weise ähnelt er einem Heiligen. Ungeachtet der Folgen für ihn muß er das tun, was er für richtig hält.«

Meinem Vater wurde zunehmend klarer, daß er diesmal nicht mit Gladstone konform gehen konnte. Schließlich traf er seine Entscheidung. Sie sollte sich als tödlich für ihn erweisen.

Sein Gewissen siegte.

Als erstes brachte er auf einer Versammlung seinen Widerstand gegen die Gesetzesvorlage zum Ausdruck. Wie bei seinen Reden üblich, berichteten alle Zeitungen darüber. Als beeindruckender, geistreicher Redner war er mit großer Ausstrahlung gesegnet und zog im Nu die Aufmerksamkeit auf sich. Seine ein wenig überschattete Vergangenheit und die Tatsache, daß er deswegen eine einzigartige Gelegenheit verpaßt hatte, machten ihn nur um so interessanter. Darüber hinaus war er immer für prägnante Zitate gut.

Am Tag nach dieser Rede beherrschte sein Name alle Schlagzeilen.

LANSDON SPRICHT SICH GEGEN GESETZESVORLAGE AUS. GLADSTONES GEFOLGSMANN VOLLFÜHRT SCHWENK NACH RECHTS. JUBEL BEI DEN KONSERVATIVEN.

Ich suchte ihn in seinem Arbeitszimmer auf, wo er gerade die Zeitungen las. »Du hast es also getan«, sagte ich.

»Ich habe es für richtig gehalten.« Er wirkte erleichtert.

Es folgte eine Zeit der Anspannung und Aufregungen. Wir verfolgten den Verlauf der Gesetzesvorlage im Unterhaus. Sie passierte alle Hürden, wenngleich – wie mein Vater mir gegenüber betonte – nur mit hauchdünner Mehrheit.

Dann wurde sie vom Oberhaus abgelehnt.

Dicke schwarze Schlagzeilen glotzten uns von allen Zeitungen entgegen. Sie hatten alle nur ein Thema: die Gesetzesvorlage und Gladstones Niederlage. In etlichen Kolumnen wurde betont, daß der deutliche Widerstand meines Vaters entscheidend zur Ablehnung der Vorlage beigetragen hatte.

Die Spannung stieg. Mein Vater gestand mir, daß er sich jegliche Chance auf einen Ministerposten verscherzt hatte.

Gladstone war verbittert. Er wollte Neuwahlen ausrufen und den Gang an die Urnen unter das Motto ›Das Land gegen die Lords‹ stellen.

»Der alte Herr merkt nicht, daß den Leuten das Thema zum Hals heraushängt. Er meint, daß allen die Irlandfrage so sehr wie ihm auf den Nägeln brennt.«

»Und wie ist sein Verhältnis zu dir?« fragte ich.

»Ich habe ihn schwer enttäuscht, auch verletzt. Ich wünschte, ich könnte mich ihm verständlich machen. Er schaut dieser Tage wirklich alt und müde aus.«

»Was wirst du nun tun?«

Er schaute mich achselzuckend an, eines der wenigen Male, daß ich ihn verunsichert sah.

Dann antwortete er: »Zunächst einmal weitermachen.

Anderer Ansicht als der Premierminister zu sein heißt nicht, mein Mandat für Manorleigh zu verlieren.«

»Willst du denn die Politik bald an den Nagel hängen?«

»Mit Sicherheit nicht! Eine Niederlage hinnehmen? Gewiß nicht, und ich werde auch nicht mit meinen Ansichten hinterm Busch halten.«

»Sollten das denn nicht alle Abgeordneten tun?«

»Schon, aber manchmal stehen die eigenen Überzeugungen mit denen der Partei nicht im Einklang. Dann muß man eine Entscheidung treffen.«

»Wie du.«

Ich spürte, daß ich damals ihm nahe sein wollte, ständig in Bereitschaft, falls er mit mir sprechen wollte. Und er wollte sich in der Tat mit mir unterhalten, offener denn je und nicht nur über Politik.

Und so nahte jener Abend, als ich ihn nach der Parlamentssitzung zu Hause erwartete.

Wie üblich hatte ich in seinem Arbeitszimmer das Abendessen vorbereitet. Die Suppe brauchte nur mehr auf dem kleinen Ofen erhitzt zu werden, dazu gab es kaltes Huhn und hausgemachtes knuspriges Brot.

Es wurde immer später, schon fast zehn Uhr. Ich fragte mich, was sich wohl gerade im Unterhaus zutrug. Einige seiner Parteifreunde waren wohl nicht sehr erfreut über ihn. Aber er hatte richtig entschieden, beruhigte ich mich. Man muß gemäß seinen Überzeugungen handeln, selbst wenn es sich gegen die Linie der eigenen Partei richtet. Das Parlament war schließlich der Ort für Diskussionen. Das mußte man doch verstehen.

Ich versuchte, es mir mit einem Buch gemütlich zu machen. Dann kam mir Joel in den Sinn, und ich fragte mich, was er gerade tat. Wie lange die Unternehmung wohl dauerte? Mindestens sechs Wochen nach seiner Ankunft. Bis zu seiner Rückkehr würde noch einige Zeit vergehen.

Die Zeit verstrich zäh. Fast elf Uhr. Bisweilen tagte das

Unterhaus bis in die frühen Morgenstunden. Wenn er bis halb zwölf nicht da war, würde ich schlafen gehen. Das hatten wir so abgemacht. Wenn er so spät das Parlament verließ, übernachtete er immer bei den Greenhams. Aber noch blieb eine halbe Stunde.

Ich trat ans Fenster und schaute hinaus. Draußen blies ein heftiger Wind. Er hatte die Bäume weitgehend entlaubt. Auf dem Bürgersteig auf der anderen Straßenseite lagen welke Blätter. Sie stammten aus der für die Anwohner des Platzes bestimmten Grünanlage.

Ich bemerkte einen Mann am Geländer der Grünanlage. Er trug einen Umhang und einen Klappzylinder. Er machte ein paar Schritte nach rechts, dann drehte er sich um und ging in die entgegengesetzte Richtung. Schließlich blieb er stehen und schaute die Straße hinauf.

Dank der Straßenlaterne in der Nähe konnte ich ihn recht gut sehen. Und während ich so stand, hörte ich eine Kutsche daherkommen.

Das mußte mein Vater sein. Ich schaute hinunter, in der Erwartung, sie verlangsame ihr Tempo und mein Vater steige aus. Aber sie fuhr geradewegs am Haus vorbei.

Enttäuscht verweilte ich am Fenster. Dann bemerkte ich, daß der Mann an den Bordstein getreten war. Die Hand in der Umhängtasche vergraben, starrte er der Droschke nach. Merkwürdigerweise glaubte ich an ihm eine Wut der Enttäuschung zu erahnen. Dies würde bedeuten, daß auch ihn das Vorbeifahren der Kutsche entmutigt hatte.

Während ich mich über sein seltsames Verhalten wunderte und mich nach dem Grund seines Wartens fragte, fegte ihm ein Windstoß den Hut vom Kopf und über das Straßenpflaster bis unter die Laterne.

Ein paar Sekunden lang schaute ich ihm voll ins Gesicht. Ich bemerkte sofort, daß ihm das dunkle Haar ziemlich weit in die Stirn mündete. Auf seiner linken Wange zeichnete sich ein weißes Mal ab, das wie eine Narbe ausschaute.

Dann jagte er seinem Hut hinterher. Er ergatterte ihn wieder und knallte ihn sich auf den Kopf.

Mittlerweile hatte er meine Neugierde geweckt. Ich fragte mich, ob er hier die ganze Nacht ausharren wolle. Er wartete doch sicher auf jemanden. Doch auf wen?

Ich ging wieder zu meinem Buch und versuchte noch ein wenig zu lesen. Bald mußte ich gähnen. Mein Vater würde jetzt nicht mehr kommen. Offensichtlich übernachtete er bei den Greenhams. Die Debatte mußte sich lange hingezogen haben.

Ich ging in mein Zimmer. Aber ehe ich mich schlafen legte, schaute ich noch einmal auf den Platz hinunter.

Der Mann war verschwunden.

Mein Vater kam gegen elf Uhr am nächsten Vormittag heim.

»Die Debatte hat sehr lange gedauert«, meinte ich.

»Ja, bis um eins.«

»Wie geht es den Greenhams?«

»Sie sind ganz begeistert von Joel. Sie reden von gar nichts anderem mehr.«

»Wie lange, schätzt du, dauert es, bis er wieder kommt?«

»Da unten wird er wohl so an die sechs Wochen bleiben, und dann muß man natürlich noch die Hin- und Rückreise einberechnen. Ich muß sagen, die Gastfreundschaft der Greenhams kommt mir sehr gelegen. Vom Parlament aus geht man zu ihnen nur fünf Minuten. Und es ist immer jemand auf, der mich hereinläßt. Mein Zimmer ist auch immer frisch gerichtet. Ich glaube, Sir John will einfach den Debattenverlauf des vorangegangenen Abends erfahren. Er plaudert morgens immer so gerne.«

»Ich nehme an, Bates könnte dich nach Hause fahren.«

Bates, unser Kutscher, brachte meinen Vater zum Unterhaus, aber für den Heimweg nahm sich Vater wegen des ungewissen Sitzungsendes immer eine Droschke.

»Das geht nicht«, meinte er jetzt. »Unter Umständen

müßte Bates die ganze Nacht warten. Nein. Es ist ein ausgesprochener Glücksfall, daß Freunde so nah am Unterhaus wohnen. Unsere Übereinkunft hat sich bestens eingespielt. Wahrscheinlich wären sie gekränkt, wenn ich davon keinen Gebrauch mehr machte.«

»Muß du heute Nachmittag wieder ins Parlament?«

»Gewiß doch.«

»Wird es wieder so spät?«

»Das läßt sich schwer sagen. Aber nach vergangener Nacht dürften wohl alle noch etwas erschöpft sein. Zur Zeit ist allerdings ganz schön viel los. Ich glaube kaum, daß sich die Regierung noch lange halten kann. Salisbury steht schon in den Startlöchern, und diese Schlappe, die uns die Lords mit der Ablehnung der Gesetzesvorlage...«

Ich schwieg, weil ich seinen Anteil an der Niederlage nicht hervorheben wollte.

Am Nachmittag war er zum Aufbruch bereit.

»Ich glaube kaum, daß es heute wieder spät wird«, sagte er, »aber richte mir doch für alle Fälle ein Abendessen.«

»Gern.«

In der Halle half ich ihm in den Mantel und schlang ihm den weißen Seidenschal um den Hals. »Den brauchst bei diesem schneidenden Wind.«

Mit einem nachsichtigen Lächeln gab er vor, sich über meine Fürsorglichkeit zu mokieren. Aber ich wußte, daß er sie insgeheim schätzte.

Bates hatte die Kutsche schon von den Stallungen geholt und erwartete ihn. Das Pferd scharrte ungeduldig mit den Hufen.

Ich begleitete ihn die vier Stufen hinunter bis zur Kutsche. Beim Einsteigen wandte er sich lächelnd zu mir um. Da geschah es. Ich hörte den lauten Knall. Ich sah den erstaunten Gesichtsausdruck meines Vaters. Das Blut spritzte ihm über den Mantel, besudelte den weißen Seidenschal, den ich ihm vor wenigen Augenblicken umgebunden hatte.

Dann sah ich den Mann da stehen... mit der Waffe in der Hand.

Mein Vater schwankte auf mich zu. Ich streckte die Hände aus und stützte ihn, als er langsam niedersank.

Ich kniete mich neben ihn und schaute mich hilflos um. Ich war wie betäubt.

Mit einem schnellen Blick auf den Mann erkannte ich in ihm den wartenden Fremden der vergangenen Nacht, obwohl er jetzt andere Kleidung trug. Statt des Umhangs und Zylinders hatte er eine Stoffmütze an, die er sich bis in die Augen heruntergezogen hatte. Eine Sekunde lang schauten wir einander an. Sein Haaransatz war nicht zu sehen. Aber ich erkannte die Narbe auf seiner linken Wange wieder. Unwillkürlich wurde mir klar, daß ebendieser Mann auf der anderen Straßenseite gestanden hatte. Gestern Nacht hatte er also schon meinem Vater aufgelauert, um das zu tun, was er heute verbrochen hatte.

Er drehte sich um und rannte davon.

Menschen überall um uns herum riefen durcheinander. Bates kniete neben meinem Vater, und die Dienerschaft stürzte aus dem Haus.

Es war wie ein Alptraum... nur grauenhaft echt. Eine entsetzliche Furcht hatte sich meiner bemächtigt. Ich könnte ihn womöglich nie mehr mit einem Abendessen erwarten... mich nie mehr mit ihm über seine Ziele unterhalten.

Ich hatte mich noch nie so verlassen und unglücklich gefühlt.

Meine Erinnerungen an jene Zeit suchen mich wie ein schlimmer Traum immer wieder heim – überschattet von einem fürchterlichen Verlustgefühl. Ich merkte, wie ich mich an die Vergangenheit zu klammern versuchte, indem ich mir einredete, daß es nicht wirklich geschehen war. Aber es war doch passiert.

Celeste war an meiner Seite und klammerte sich an mich. Sie war ebenso verstört wie ich.

Man brachte ihn ins Krankenhaus. Celeste und ich fuhren mit. Wir saßen nebeneinander, hielten uns an den Händen und warteten.

Ich wußte wohl von vornherein, daß keine Hoffnung bestand. Der Schuß hatte ihn ins Herz getroffen. Als wir mit ihm das Krankenhaus erreichten, war er schon tot.

Celeste, dessen bin ich mir gewiß, fand einen Hauch von Trost, indem sie sich um mich kümmerte. Ich war im entscheidenden Augenblick dabeigewesen, ich hatte alles mitangesehen. Kein Wunder, daß ich einen Schock erlitten hatte.

Man fuhr mich wieder nach Hause. Dort herrschte eine Atmosphäre des Schweigens. Unser Haus erschien mir ganz fremd. Das Personal sagte keinen Ton. Die Spannung war überall zu spüren.

Man gab mir etwas zu trinken und brachte mich zu Bett. Nach einer Weile glitt ich in einen segensreichen Zustand des Vergessens.

Aber bald schon erwachte ich wieder. Meine Schonfrist hatte nur kurze Zeit gewährt; der Alptraum dauerte fort.

Ich erkannte bald, daß mir in dieser Tragödie eine wichtige Rolle beschieden war. Dann schließlich war ich bei meinem Vater gewesen, als es passierte. Ich war diejenige, mit der die Polizei sprechen wollte.

Nicht lange, und ich fand mich in Gesellschaft von Polizeibeamten. Sie stellten mir Fragen, die ich zu beantworten suchte. Das Gespräch ging mir ständig im Kopf herum.

»Haben Sie den Mann mit der Waffe gesehen?«

»Ja.«

»Würden Sie ihn wiedererkennen?«

»Ja.«

»Sie scheinen sich sicher zu sein.«

»Ich sah ihn schon am Abend zuvor.«

Sie hörten sofort alarmiert zu. Ich hatte etwas von allergrößter Wichtigkeit geäußert und mußte das erklären.

»Ich wartete auf die Rückkehr meines Vaters vom Unterhaus. Wenn er spät heimkam, hielt ich in seinem Arbeitszimmer eine kleine Abendmahlzeit für ihn bereit. Das hatte sich zwischen uns so eingebürgert. Während ich wartete, schaute ich aus dem Fenster und sah einen Mann auf der anderen Straßenseite bei den Grünanlagengeländer. Er wirkte, als warte er auf jemanden.«

»Wie sah er aus? War er groß?«

»Mittelgroß. Es wehte ihm den Hut davon. Der Wind blies so stark. Im Laternenlicht konnte ich ihn deutlich sehen. Er hatte dunkles Haar, das ihm mitten auf der Stirn zu einem Spitz zulief. Und auf der linken Wange hatte er eine weiße Narbe.«

Die Beamten wirkten jetzt sehr aufgeregt. Sie schauten mich verwundert an und tauschten dann Blicke. Einer von ihnen, wohl der Inspektor, nickte langsam.

»Die Beschreibung ist ausgezeichnet,« sagte er. »Und als der Schuß fiel, sahen Sie denselben Mann?«

»Ja, aber jetzt hatte er sich eine Stoffmütze weit ins Gesicht gezogen. Sein Haar sah ich nicht, aber die Narbe. Und ich wußte, daß es der Mann von gestern Nacht war.

»Sehr gut. Vielen Dank, Miss Lansdon.«

BENEDICT LANSDON ERMORDET.

Benedict Lansdon wurde heute vor seinem Haus erschossen. Seine Tochter, Miss Lucie Lansdon, stand neben ihm.

Die Zeitungsjungen riefen es in den Straßen aus. Ganz London sprach vom Tod Benedict Lansdon, der erst kürzlich mit seinem Widerstand gegen Gladstones Gesetzesvorlage zur Autonomie Irlands die Schlagzeilen bestimmt hatte.

Am Tag darauf traf meine Halbschwester Rebecca am Spätnachmittag aus Cornwall ein. Ihr bloßer Anblick verbesserte meine Gemütsverfassung ein wenig. Ich erinnerte mich, wie ich als Kind schon immer bei ihr Trost gesucht hatte.

Sie kam in mein Zimmer, und wir hielten uns fest umschlungen.

»Meine arme, arme Lucie«, sagte sie. »Wie schrecklich. Und du warst bei ihm. Warum nur mußte das geschehen? Wer kann denn es getan haben?«

Ich schüttelte den Kopf. »Die Polizei war schon hier. Sie haben mir viele Fragen gestellt. Celeste wollte sie nicht zu mir lassen, aber sie bestanden darauf.«

»Es gibt Anzeichen, daß es mit seinem Widerstand gegen die Irland-Gesetzesvorlage zusammenhängen könnte.«

Ich nickte. »Man sagt, daß die Gesetzesvorlage wegen Vaters Ablehnung im Oberhaus gescheitert ist. Und selbstverständlich hat er selber auch dagegen gestimmt.«

»Aber das kann doch nicht ein Grund für einen Mord sein!«

»Ich weiß es nicht. Vielleicht handelt es sich um eine wilde Spekulation. Das hat sich vermutlich die Presse aus Sensationshascherei ausgedacht. Die Morde im Phönix-Park werden auch erwähnt.«

»Das war doch schon vor Jahren.«

»Vor ungefähr zehn. Und es wurden Lord Frederick Cavendish und sein Unterstaatssekretär erschossen... wie Vater.«

Sie nickte.

»Es erscheint durchaus möglich«, sagte ich. »Wer soll es sonst getan haben?«

»Vielleicht jemand, den er früher einmal kannte. Womöglich war es irgendeine persönliche Fehde. Ist dir irgend etwas bekannt? Ein Mann wie er hatte doch wohl Feinde.«

»Ich weiß es nicht. Aber ich denke, die Polizei wird es herausfinden.«

»Lucie, komm mit mir nach Cornwall.«

»Das kann ich jetzt noch nicht, Rebecca. Ich muß noch ein wenig hierbleiben. Ich stand doch neben ihm, als es geschah... sie werden bestimmt noch mehr wissen wollen. Es wird eine Untersuchung geben und danach... was, meinst du, wird passieren? Ob sie den Täter erwischen?«

Sie hob die Schultern.

»Ich habe ihn gesehen, weißt du, ganz deutlich.«

Ich erzählte ihr von dem Mann, der die Nacht vor dem Mord am Geländer gewartet hatte. Daß ich am nächsten Tag mitansah, wie er Vater ermordete.

Sie war erstaunt. »Ganz offensichtlich hätte er es schon in der Nacht zuvor getan, wenn dein Vater heimgekommen wäre. Bist du dir sicher, daß es derselbe Mann war?«

»Völlig sicher, er sieht so auffallend aus. Obendrein umgab ihn etwas... etwas, das ich nicht beschreiben kann... eine Art von Entschlossenheit.«

»Hast du das den Polizeibeamten erzählt?«

»Ja, es hat sie sehr interessiert.«

»Glaubst du, daß ihnen der Mann möglicherweise bekannt ist?«

»Daran habe ich noch gar nicht gedacht. Aber das wäre gut möglich. Ach, Rebecca, du bist so lieb, daß du gekommen bist. Jetzt, wo du da bist, geht es mir gleich besser.«

»Ich weiß«, sagte sie sanft.

»Bleibst du länger?«

»Bis nach der Beerdigung. Dann nehme ich dich mit zu uns.«

»Aber es wird doch eine offizielle Befragung geben.«

»Mit Sicherheit. Ich bleibe so lange, bis das alles vorbei ist, und dann kommst du mit mir.«

»Was ist mit Celeste? Ich finde, daß ich sie nicht allein lassen sollte.«

»Sie kann doch auch zu uns kommen. Ihr werdet beide eine Weile diesem Haus fernbleiben wollten.«

»Es wird sich alles ändern«, sagte ich. »Ich nehme an, wir müssen darüber nachdenken, was wir in Zukunft machen. Im Augenblick kann ich nur daran denken, wie er da stand. Er sah so überrascht aus. Es dauert wahrscheinlich nicht einmal eine Sekunde, aber es erschien mir so lang, und Vater taumelte, blutüberströmt. Ach Rebecca, es war fürchterlich.«

Sie nahm mich in den Arm und hielt mich fest.

»Du mußt versuchen, es zu verdrängen. Es ist vorbei, und wir können nichts daran ändern. Wir müssen an die Zukunft denken.«

»Ja. Aber später...«

»Die Kinder freuen sich so auf dich, und Pedrek auch.«

Ich nickte. Ich genoß immer meine Besuche bei Rebecca. Sie waren eine so glückliche Familie. Sie hatten zwei goldige Kinder, Alvina war ungefähr sechs Jahre und Jake vier, zwei aufgeweckte, lustige Kerlchen. Ich liebte das Meer und die Moorlandschaft mit ihrer Abgeschiedenheit. Aber während meiner Aufenthalte dort dachte ich die ganze Zeit an meinen Vater, der zunehmend unruhiger wurde – wie immer, wenn ich fort war. Wegen Vaters Widerwillen, mich ziehen zu lassen, hatte ich Rebecca weniger oft besucht, als ich es eigentlich gern getan hätte.

Ich vernahm auf einmal seine Stimme. »Fährst du nach Cornwall?«

»Mein letzter Besuch ist schon eine Weile her.«

»Na schön, wie lange bleibst du denn weg?«

»Mindestens einen Monat. Weniger rentiert sich ja nicht.«

»Einen ganzen Monat!«

Ich wußte, ich würde mich an solche Gespräche mein Leben lang erinnern. Und es würde mir dabei das Herz zerreißen.

London wurde von den Neuigkeiten über den Mord an meinem Vater beherrscht. Nicht nur die Zeitungen waren voll davon. Wildfremde Leute schlenderten an unserem Haus vorbei und schauten tuschelnd herauf. Wir konnten nicht umhin, sie vom Fenster aus zu sehen. Ich ertappte mich oft dabei, wie ich auf den Bürgersteig hinunterschaute. Dort hatte mein Vater in seinem Blut gelegen, und auf der anderen Straßenseite hatte jener Mann am Geländer auf ihn gewartet. Wenn ich das doch nur hätte ahnen und ihn warnen können!

Die offizielle Befragung, bei der ich anwesend sein mußte,

wurde mir zu einer schmerzhaften Zerreißprobe. Alle Aufmerksamkeit konzentrierte sich auf mich. Schließlich war meine Aussage von größter Wichtigkeit. Ich hatte neben ihm gestanden. Ich hatte den Mörder gut sehen können und in ihm den Mann erkannt, der die Nacht zuvor auf meinen Vater gewartet hatte.

Das Befragungsergebnis lautete auf ›Mord durch eine oder mehrere unbekannte Personen‹.

Mein Name prangte auf den Titelseiten der Zeitungen. *Miss Lucie Lansdon, die achtzehnjährige Tochter von Bendict Lansdon.*

»Er liebte sie innig«, sagte Emily Sorrel, das Stubenmädchen.

»Sie war sein Augapfel«, meinte die Wirtschafterin. »Nie habe ich einen Vater gekannt, der seine Tochter mehr zugetan war«, erzählte der Butler unserem Berichterstatter. Miss Lucie Lansdon war im Augenblick seines Todes bei ihrem Vater.

Celeste versuchte die Zeitungen von mir fernzuhalten, aber ich wollte Bescheid wissen.

Am Tag nach der Untersuchung besuchte mich Inspector Gregory. Er war groß, hatte stechend blaue Augen, ein kantiges Profil, aber ein freundliches Wesen. Und er behandelte mich sehr schonungsvoll.

»Ich will offen mit Ihnen sprechen, Miss Lansdon. Ihre Aussage hat uns entscheidend weitergeholfen. Sie haben uns die genaue Beschreibung eines Mannes geliefert, den wir verhören wollen. Und wir glauben zu wissen, wer er ist. Es handelt sich um einen Iren, einen fanatischen Verfechter des Selbstbestimmungsrechts Irlands, der schon mehr als einmal unter Verdacht stand. Es gibt Hinweise, daß Ihr Vater wegen seiner Ablehnung der Autonomie Irlands ermordet wurde. Der Mann, den wir verdächtigen, war schon in andere einschlägige Verbrechen verwickelt. Wir wollten ihn schon längere Zeit verhören. Dies gibt uns die Gelegenheit zu seiner Festnahme. Wir brauchten einen konkreten Verdacht gegen ihn. Tatsächlich halten wir im Augenblick einen Mann in Haft. Ich möchte, daß Sie mich begleiten und ihn identifizieren. Sie sollen ihn aus einer Gruppe von Männern herausfinden. Und wenn Sie in ihm den Mann erkennen, der Ihren Vater erschoß, dann haben wir den Richtigen.«

»Sie haben ihn also gefaßt?«

»Wir sind uns nicht sicher. Natürlich hoffen wir, daß er derjenige ist. Aber wir brauchen den Beweis dafür. Sie waren Augenzeugin des Mordes und haben den Mann in der Nacht zuvor deutlich gesehen. Sie sollen uns also sagen, ob der Mann, den wir Ihnen vorführen, identisch ist mit dem Mann mit der Pistole, den Sie die Nacht vorher von Ihrem Fenster aus gesehen haben. Sie müssen ihn aus einer Gruppe von mehreren Männern herausfinden. Das ist ganz einfach. Ich weiß, dies wird Ihnen Qualen bereiten, aber es wird nicht lange dauern. Ich kann Ihnen versichern, es wird für uns und alle gesetzestreuen Menschen eine große Erleichterung sein, wenn wir diesen Mann in Gewahrsam behalten können. Wir wollen verhindern, daß er noch mehr Verbrechen wie dieses begeht.«

»Wann soll ich denn kommen?«

»Morgen vormittag. Wir schicken Ihnen um halb elf einen Wagen.«

»Ich werde bereit sein.«

Er berührte leicht meine Hand. »Vielen Dank, Miss Lansdon.«

Nachdem Inspector Gregory gegangen war, grübelte ich dauernd über den Mann nach. Wie konnte er nur kaltblütig einen ihm unbekannten Menschen erschießen? Er hatte bestimmt nicht innegehalten, um über das Leid, das er einigen Leuten damit zufügte, nachzudenken. Man schien anzunehmen, daß er damit seiner politischen Überzeugung dienen wollte. Doch welche Überzeugung war schon ein Menschenleben und all jene Pein wert, die so ein Verbrechen mit sich bringt.

In jener Nacht brachte ich kaum ein Auge zu. Einmal stand ich auf und ging zum Fenster. Ich schaute auf die verlassene Straße, wo das Laternenlicht auf den feuchten Bürgersteig fiel. Ich erschauderte, fast in der Erwartung, jenen Mann dort zu sehen.

Am nächsten Vormittag fuhr die Kutsche vor.

Man führte mich in ein Zimmer, wo Inspector Gregory schon auf mich wartete.

»Ich danke Ihnen für Ihr Kommen, Miss Lansdon. Wir müssen hier hinein.«

Er geleitete mich in einen Raum, in dem acht Männer in einer Reihe nebeneinander standen.

»Schreiten Sie nur die Reihe ab und schauen Sie, ob der Mann sich darunter befindet.«

Ich näherte mich ihnen. Einige waren groß, andere klein, manche von mittelgroßem Wuchs, dunkelhaarig, blond. Ich ging langsam an ihnen vorüber.

Da stand er – der fünfte. Ich erkannte ihn sofort wieder. Er hatte sich seinen auffallenden Haaransatz abrasiert. Doch beim genauen Hinsehen bemerkte ich den eigentlichen Haarverlauf. Auf seiner linken Wange entdeckte ich eine schwache weiße Narbe, die er mit irgendeiner Schminke zu vertuschen versucht hatte. In mir regten sich keinerlei Zweifel, als ich wieder zum Inspector trat.

»Er ist dabei«, sagte ich, »der fünfte. Ich konnte den Schatten seines Haaransatzes sehen. Und er hat versucht, die Narbe zu verbergen. Beim zweitenmal sah ich nicht sein Haar. Dennoch wußte ich, daß es derselbe Mann war. Und ich bin mir auch jetzt sicher.«

»Das ist gut. Sie haben uns damit entscheidend geholfen, Miss Lansdon. Wir sind Ihnen zu größtem Dank verpflichtet.«

Sie brachten mich heim. Ich fühlte mich erschöpft. Ich dachte ständig an den Moment, als sich unsere Blicke getroffen hatten. Ich konnte den Ausdruck seiner Augen nicht beschreiben. Er wußte, daß mir klar war, wer er war. Er mußte mich in jener Nacht am Fenster gesehen haben. Wir hatten einander angesehen, als er die Waffe in der Hand hielt. Seine Augen zeigten einen herausfordernden, spöttischen, ein wenig verächtlichen Ausdruck. O ja, er wußte, daß ich ihn erkannt hatte.

Bei meiner Ankunft zu Hause zog ich mich in mein Zimmer zurück. Celeste brachte mir ein Glas heißer Milch.

»War es sehr qualvoll?«

»Ich ging nur an einer Reihe von Männern entlang und fand ihn heraus. Er merkte, daß ich ihn wiedererkannte. Ach, Celeste, es war beängstigend. Wie er mich anschaute... so herausfordernd, so spöttisch.«

»Er hatte wohl große Angst.«

»Da bin ich mir nicht sicher. Vielleicht messen Leute, die anderen einfach das Leben nehmen, ihrem eigenen auch nicht allzu große Bedeutung bei. Was, denkst du, wird mit ihm geschehen?«

»Wenn man ihm seine Schuld nachweist, wird er gehenkt.«

»Er ist schuldig. Was für ein schrecklicher Gedanke. Wenn ich ihn nicht erkannt hätte, könnte man ihm dem Mord womöglich gar nicht nachweisen.«

»Wahrscheinlich hätte er sich irgendwie verraten. Man hat ihn doch wohl schon früher wegen ähnlicher Dinge aufgegriffen. Die Polizei ist sehr klug. Schließlich haben sie ihn verdächtigt und ihn sehr schnell zu fassen gekriegt. Sie müssen ihn also gekannt haben. Vermutlich haben sie ihn beobachtet, denn er war ihnen nicht unbekannt. Die Tatsache, daß du ihn identifiziert hast, erleichtert ihnen die Anklage gegen ihn.«

»Aber wenn sie ihn henken, wird es meinetwegen geschehen.«

»Nein. Sie werden ihn henken, weil er ein Mörder ist.«

»Ja«, sagte ich mit fester Stimme, »so muß ich die Dinge betrachten.«

»Wenn alles vorbei ist, fährst du vermutlich zu Rebecca.«

»Vielleicht für kurze Zeit.«

»Wir werden entscheiden müssen, was wir in Zukunft tun wollen. Ich hoffe, du ziehst nicht ganz weg.«

»Du solltest mich nach Cornwall begleiten, Celeste... zumindest für eine Weile. Das hat Rebecca vorgeschlagen.«

»Ich weiß nicht. Ich komme mir so verloren vor... unfähig, Entscheidungen zu treffen ohne Benedict. Obwohl ich weiß, daß er mich nie wirklich geliebt hat. Aber er spielte immer so eine große Rolle in meinem Leben.«

»Er hatte dich schon lieb, Celeste. Er hat seine Gefühle nur nicht gezeigt.«

»Er konnte seine Gefühle für mich nicht zeigen, weil er sie nicht hatte. Er hat dich mit seiner Zuneigung überschüttet... und deine Mutter.«

»Aber, Celeste, er hat dich wirklich geliebt. Er war dir dankbar, das weiß ich.«

»Nun gut«, sagte sie kläglich, »das ist nun vorbei.«

»Und wir zwei sind übrig. Laß uns zusammenbleiben, Celeste.«

Sie nahm mich in den Arm.

»Du bist mir ein großer Trost, Celeste.«

»Du mir auch«, erwiderte sie.

Mein Vater wurde mit großer Feierlichkeit bestattet. Wir hätten zwar lieber ein Begräbnis im kleinen Kreis vorgezogen. Aber in Anbetracht der Umstände hatten wir erkannt, daß dies nicht möglich war.

Sein Sarg war unter Blumen verborgen; es mußte sogar ein zusätzlicher Wagen fahren, um alle Kränze unterzubringen. Viele der Gestecke, so dachte ich verbittert, hatten jene gesandt, die zu seinen Lebzeiten mit ihm verfeindet waren. Aber jene, die mit Neid auf ihn erfüllt gewesen waren, mußten dies nicht mehr sein. Wer wollte einen Toten beneiden? Man konnte sich jetzt, wo seine Hoffnungen auf ein hohes Regierungsamt vorzeitig beendet waren, an seinen überragenden Verstand, seinen Esprit, seinen Scharfsinn erinnern. Man sprach davon, daß er mit Sicherheit eines Tages Premierminister geworden wäre... wenn er am Leben geblieben wäre. Eine großartige politische Laufbahn wurde von einem sinnlosen Mord jäh beendet, sagten sie. Durch seinen Tod war mein Vater zum Helden geworden.

Die Nachrufe in der Presse waren beinahe peinlich. Der frühe Skandal, der die Erfüllung seiner Hoffnungen vereitelt hatte, wurde mit keinem einzigen Wort erwähnt. Davor hatte er sich immer gefürchtet. Jetzt schien es, als wäre ihm von allen Seiten nur Liebe und Bewunderung entgegengebracht worden.

Dies ist der durch den Tod erlangte Ruhm, je plötzlicher und gewalttätiger der Tod zuschlägt, um so größer der Nachruhm.

Wie Celeste und Rebecca las ich all diese Nachrufe. Wir erkannten ihre Floskelhaftigkeit, aber ließen wir uns von der Flut der Unaufrichtigkeit nicht doch mit wegschwemmen? Ein wenig wohl schon. Doch echten Trost gab es für mich nicht. Ich hatte ihn auf immer verloren. Er hinterließ eine schreckliche Lücke.

Erst bei der Testamentseröffnung erfuhren wir von seinem tatsächlichen Reichtum. Alle seine treuen Diener belohnte er mit einer nennenswerten Gabe. Für Celeste war bestens gesorgt; und Rebecca hatte er eine beträchtliche Geldsumme hinterlassen. Der Rest seines Vermögens sollte unter Treuhandschaft gestellt werden. Zu meinen Lebzeiten sollte dies mir gehören, danach würde es an meine Kinder gehen. Falls ich keine bekäme, sollten Rebecca oder ihre Kinder die Nutznießer sein.

Das Londoner Haus erbte Celeste, ich hingegen den Besitz auf Manorleigh.

Ich hatte nie viele Gedanken an Geld verschwendet. Und zu einem solchen Zeitpunkt, zu dem mir derart viel anderes unablässig im Kopf herumging, erkannte ich die Bedeutung des Testaments nicht in vollem Umfang.

Wenn ich mich ein wenig erholt hätte, wollten mir die Anwälte alles Nötige genau erklären. Doch das eilte nicht. Ich konnte mich zu der Zeit auf solche Dinge gewiß nicht konzentrieren.

Rebecca sagte: »Wenn das alles vorbei ist, wirst du dir Gedanken über deine Zukunft machen. Das beste für dich – und Celeste – ist es, wenn ihr mich nach Cornwall begleitet... fort von alldem. Dann wirst du die Dinge klarer sehen.«

Sie hatte zweifellos recht. Dennoch zögerte ich. Bald würde Joel heimkommen. Ich klammerte mich an den Gedanken, daß ich mich ihm würde anvertrauen können.

Der Tod meines Vaters hatte mich derart getroffen, daß ich an nichts anderes hatte denken können. Jetzt kamen allmählich die Erinnerungen an Joel wieder. Ich würde nicht allein sein. Joel würde zurückkehren und mir dann helfen, über diesen entsetzlichen Schicksalschlag hinwegzukommen.

Einerseits sehnte ich mich danach, London zu verlassen. Ich würde mich in Cornwall wohler fühlen. Ich hing an Cador, dem alten Familiensitz, und war immer gern mit Rebecca zusammen.

Aber während des Prozesses mußte ich in London sein. Und vor dem Urteilsspruch konnte ich keinen Frieden finden. Ich war mir gewiß, daß meine Anwesenheit nötig war. Schließlich war ich die Hauptbelastungszeugin. Es war sinnlos, nach Cornwall zu fahren, solange dieses Damoklesschwert noch über mir schwebte.

Ich bin überzeugt, daß ich für den Rest meines Lebens nie den Erinnerungen an jenen Gerichtssaal werde entfliehen können. Ich werde nie den Anblick des Mannes auf der Anklagebank vergessen. Ich hatte mir vorgenommen, nicht hinüberzuschauen. Vergebens. Und bei jedem Blick zu ihm schien es mir, als ruhten seine Augen auf mir, teils haßerfüllt, teils amüsiert, teils spöttisch.

Er hieß Fergus O'Neill und war schon früher in ähnliche Delikte verwickelt. Dabei hatte er zweifellos die Narbe im Gesicht davongetragen. Er hatte eine Freiheitsstrafe in einem irischen Gefängnis verbüßt, wo er in einen Aufstand verwikkelt gewesen war. Er gehörte einer Organisation an, die das Recht in seine Hände nahm. Er war ein Mörder, der sein Leben einer bestimmten Idee verschrieben hatte. Und er hatte keinerlei Skrupel, dafür jemanden zu töten. Er stand schon länger unter polizeilicher Beobachtung. Deshalb hatte man ihn aufgrund meiner Beschreibung auch so schnell dingfest machen können.

Mr. Thomas Carstairs, der Vertreter der Anklage, eröffnete die Verhandlung. Er legte schier endlos die Geschehnisse dar.

Dann begann die Beweisaufnahme der Anklage. Verschiedene Personen wurden aufgerufen. Fergus O'Neills Vermieterin zum Beispiel. Er war eine Woche vor dem Mord aus Irland gekommen und hatte sich in dieser Zeit offensichtlich auf die Tat vorbereitet.

Zwei andere Personen hatten als Mieter im selben Haus gelebt. Die Gerichtsmediziner und der Arzt, der meinen Vater untersucht hatte, sowie ein paar andere Personen wurden befragt. Mir fiel die Rolle der Hauptbelastungszeugin zu, da ich zum Tatzeitpunkt anwesend war und den Attentäter sowohl gesehen als auch wiedererkannt hatte. Es war klar, sogar mir selbst – und ich kannte mich in juristischen Dingen wenig aus –, daß nur meine Aussage Fergus O'Neills Schuld letztendlich beweisen konnte.

Am ersten Tag kam ich völlig erschöpft heim. Rebecca und Celeste blieben bei mir am Bett sitzen und redeten mir gut zu, bis ich einschlief.

Aber selbst im Schlaf suchte mich dieser Mann heim. Ich wußte, daß ich genau so hatte handeln müssen, wie ich es getan hatte. Ich hätte nichts verschweigen können. Ich wußte mit absoluter Sicherheit, daß der Mann meinen Vater ermordet hatte. Aber ich stellte mir immer wieder den Strick um seinen Hals vor. Und ich konnte nicht aufhören, mir einzureden, daß ich ihn schließlich an den Galgen lieferte.

Als ich Rebecca davon berichtete, sagte sie: »Das ist Unsinn. Er hat sich selbst dorthin gebracht. Der Mann ist ein Mörder. Und wenn er schuldig ist, muß er bestraft werden. Man kann doch nicht zulassen, daß solche Leute frei herumlaufen und noch mehr Menschen umbringen, bloß weil sie eine andere Meinung vertreten.«

Sie hatte ja so recht. Aber wie konnte man sich solch grausige Vorstellungen aus dem Kopf schlagen?

Noch war der Prozeß nicht beendet. Ich mußte in den Gerichtssaal zurückkehren. Mr. Thomas Carstairs glaubte, daß die Verteidigung mich in den Zeugenstand berufen wolle, um meine Beweiskraft nach Möglichkeit in Zweifel zu ziehen.

Und so mußte es denn sein. Die getragene Atmosphäre im Gerichtssaal flößte Respekt ein. Der Richter thronte mit strenger Miene über den Anwälten und den Geschworenen. Doch war ich mir unablässig der Gegenwart von Fergus O'Neill bewußt: Die Erinnerung an sein Gesicht, so fürchtete ich allmählich, würde mich mein Lebtag lang verfolgen.

Schließlich berief mich die Verteidigung doch nicht in den Zeugenstand. Sie dachten wohl, daß meine Äußerungen den Angeklagten nur noch schwerer belasten würden.

Der Richter zog das Resümee der Verhandlung. Eine Verurteilung war seiner Meinung nach unvermeidlich. Das Verbrechen war bewiesen (nicht allein durch mich, sagte ich mir immer wieder vor). Der Mann war ein fanatischer Rebell und Anarchist. Aller Wahrscheinlichkeit nach hatte er noch mehr Morde auf dem Gewissen. Er hatte schon länger auf den Fahndungslisten der Polizei gestanden.

Ich hätte mich am liebsten verkrochen, als die Geschworenen wiederkamen, den Angeklagten schuldig sprachen und der Richter sein schwarzes Barett aufsetzte.

Ich werde nie seine Stimme vergessen: »Angeklagter, Sie sind von den Geschworenen für schuldig befunden worden. Das Gesetz läßt mir keinen Ermessensspielraum. Ich muß das Urteil des Gesetzes fällen, das da lautet: Dieses Gericht verfügt, daß Sie von hier zum Platz der Hinrichtung geschafft werden, daß ihr Körper gehenkt wird, bis der Tod eintritt, daß ihre Leiche danach auf dem Gefängnisgelände, in dem Sie von der Verurteilung bis zur Hinrichtung verwahrt werden, begraben wird. Möge der Herr Ihrer Seele Gnade walten lassen.«

Ich warf einen letzten angsterfüllten Blick auf ihn. Seine Augen fixierten mich – gehässig, rachelüstern und voller Spott.

Rebecca wünschte unsere sofortige Abreise, aber ich konnte nicht fahren.

»Manchmal werden zum Tode Verurteilte begnadigt«, sagte ich. »Ich will hierbleiben, damit ich es erfahre.«

»In so einem Fall kommt es zu keiner Begnadigung«, entgegenete Rebecca. »Um Himmels willen, Lucie, der Mann verdient den Tod. Er hat deinen Vater ermordet.«

»Er tat es um seiner innersten Überzeugung wegen, nicht zu seinem persönlichen Nutzen. Das ist doch ein Unterschied.«

»Mord bleibt Mord«, sagte Rebecca eisern. »Und auf Mord steht die Todesstrafe. Laß uns bald fahren. Die Kinder und Pedrek finden, daß ich schon zu lang weg bin.«

»Fahr du nur heim, Rebecca. Celeste und ich kommen nach, wenn alles endgültig vorbei ist.«

Rebecca schüttelte den Kopf. »Ich muß bei dir bleiben, Lucie, Pedrek versteht das schon.«

Drei Wochen waren seit dem Urteilsspruch verstrichen, und der Tag der Hinrichtung nahte. Natürlich wurde O'Neill nicht begnadigt, Zutiefst in meinem Innersten hatte ich gewußt, daß das unmöglich war.

Ich saß in meinem Zimmer. Rebecca und Celeste wollten mir ursprünglich Gesellschaft leisten. Aber sie konnten meine Gefühle nachempfinden und achteten mein Bedürfnis, allein zu sein.

So saß ich denn da, als es geschah. Dieser Mann, dieser Fergus O'Neill, ein Mensch, mit dem ich nie ein Wort gewechselt hatte, starb in diesem Augenblick. Und ich war, bildlich gesprochen, die Person, die ihm den Strick um den Hals gelegt hatte.

Rebecca hatte recht. Wie töricht von mir, so etwas zu denken. Ihre Besonnenheit und ihr gesunder Menschenverstand sollten eigentlich wie eine kalte Dusche auf meine übersteigerten Vorstellungen wirken. Und manchmal war es auch so.

Dennoch suchten diese Gedanken mich immer wieder heim.

Wer hätte denn vor einem Jahr gedacht, daß ich, ein unbedarftes junges Mädchen, das das Leben mit seinem überragenden Vater genoß, ihn verlieren würde und eine schreckliche Bürde der Schuld zu tragen hätte?

Wie war es denn möglich, daß sich das Leben in so kurzer Zeit völlig veränderte!

»Jetzt hält uns hier nichts mehr«, meinte Rebecca. »Wir müssen nun vor allem die Zukunft planen. Und das tust du besser nicht hier. In Cornwall wirst du über alles viel unbelasteter nachdenken können.«

Selbstverständlich hatte sie recht.

»Also pack deine Sachen. Wir fahren morgen mit dem ersten Zug.«

»Ich muß dir noch etwas erzählen, Rebecca. Es betrifft Joel Greenham.«

Sie lächelte. Ich bemerkte ihren verständnisvollen Blick.

»Vor seiner Abreise«, fügte ich hinzu, »haben wir uns verlobt... heimlich.«

Mit einem Lächeln wandte sie sich mir zu. Ich hatte sie seit den Mord nicht so glücklich erlebt.

»O Lucie«, sagte sie, »wie ich mich freue. Das ist ja wundervoll. Ich wußte natürlich, daß zwischen Joel und dir gewisse Bande bestehen. Er wird sich um dich kümmern. Wann kommt er denn heim?«

»Das weiß ich nicht. Ich habe bis jetzt noch nichts von ihm gehört.«

»So eine Mission dauert normalerweise nicht sehr lange. Und er ist auch schon einige Zeit weg. Ich fragen mich, ob er es schon erfahren hat... nein. Denn dann wäre er bestimmt sofort heimgereist.«

»Mir kommt es so vor, als wäre er schon seit Ewigkeiten weg«, sagte ich.

»Sobald er zurückkommt, fährst du wieder nach London... oder er kommt zu uns. Ach Lucie, ich kann gar dir gar nicht sagen, wie glücklich mich das macht.«

»Ich hätte es dir eher sagen sollen. Aber wir wollten es erst bei seiner Rückkehr bekanntgeben.«

»Das wird dir darüber hinweghelfen. Du kannst mit ihm ein neues Leben anfangen. Ich verstehe schon, daß du ohne ihn nicht zu vielen Pläne schmieden willst.«

Ihre Stimmung hatte sich gewandelt. Sie dachte zweifellos, wie sehr Joel mir beistehen könnte.

Selbstverständlich hatte sie auch hierin recht.

»Also«, bekräftigte sie, »wir fahren morgen früh.«

Ich hatte gepackt; nun hielt uns nichts mehr.

»Wir sollten uns gut ausschlafen«, riet Rebecca.

Sie brachte mir ein Glas Milch ans Bett, blieb noch ein wenig und plauderte mit mir.

»In Cornwall ist alles ganz anders«, beruhigte sie mich. »Die Kinder freuen sich schon auf dich. Sie sind wirklich allerliebst. Und die Großeltern, unsere und Pedreks – du weißt ja, wie gern sie dich zu Besuch haben. Unsere werden dich von uns loseisen wollen, damit du bei ihnen auf Cador wohnst. Aber das werde ich nicht zulassen.«

»Das klingt alles so traulich.«

»Es ist so am besten, Lucie. Und bald werden wir auch von Joel hören. Er kommt bestimmt schnurstracks nach Cornwall, wenn er erfährt, daß du bei uns bist.«

»Ich mache mir allmählich ziemliche Sorgen um ihn. Er ist schon so lange fort.«

»Na ja, er ist auch recht weit weg. Ich glaube nicht, daß der Postweg von Buganda sehr einfach ist. Bald kommt er nach Hause. Ach, wie froh ich bin, daß du dich mit Celeste so gut verstehst. Arme Celeste!«

»Ich will mich irgendwie ihrer annehmen«, sagte ich.

Rebecca nickte. »Jetzt trink deine Milch und schlaf schön. Uns steht ein anstrengender Tag bevor.«

Sie stellte das Glas hin und kuschelte mich warm ein, wie sie es in meiner Kindheit zu tun pflegte.

Ich schlang ihr die Arme um den Hals.

»Ich bin so froh, daß ich dich habe, Rebecca.«

»Und ich, daß ich dich habe«, entgegnete sie.

Dann gab sie mir einen Kuß und verließ das Zimmer.

Ich schlummerte wohl ein wenig. Dann... weckte mich etwas auf. Es klang wie ein Kratzen am Fenster. Ich lag da und starrte ins Dunkel. Das Licht der Straßenlaterne zeigte mir die vertrauten Umrisse des Mobiliars. Das hatte ich als Kind immer als sehr beruhigend empfunden. Ich war über diese Lampe dankbar. Sie hatte in meinem Leben einen festen Platz eingenommen. Und dann hatte sie mir deutlich das Gesicht von Vaters Mörder gezeigt. Ich hätte mir nicht so sicher sein können, wenn er nicht in jener schicksalsschweren Nacht ohne Hut unter ihr gestanden hätte.

Wieder dieses Kratzen am Fenster. Ich schaute auf und es war mir, als hätte jemand eine Handvoll Kieselsteine dagegen geworfen.

Ich stand auf und trat ans Fenster. Mein Herz schien für eine Sekunde stillzustehen. Denn da, unter der Straßenlampe, stand eine Gestalt in einem Umhang, mit einem Zylinder. Ein Mann. Er schaute geradewegs zu mir hoch. Ein paar Sekunden rührte sich keiner von uns. Dann nahm er plötzlich den Hut ab und verbeugte sich. Da er unter der Laterne stand, konnte ich ihn deutlich sehen. Ich sah den markanten Haaransatz, der in einem Spitz bis tief in die Stirn verlief, sogar den schwachen Umriß der Narbe.

Er lächelte mich an.

Ich konnte mich nicht von der Stelle bewegen. Ich stand wie gelähmt vor Entsetzen da.

Der Mann setzte sich den Hut wieder auf und schlenderte aus meinem Blickfeld.

Ich zitterte am ganzen Leib. Was hatte ich gesehen? Ein Gespenst? Das war mein erster Gedanke. Er war zurückgekehrt, um mich heimzusuchen.

Einige Augenblicke starrte ich auf die verlassene Straße. Dann legte ich mich wieder zu Bett.

Ich bebte noch immer. Dann kam mir ein anderer, noch schrecklicherer Gedanke. Vielleicht war der Mann, zu dessen Verurteilung ich beigetragen hatte, gar nicht der Mörder meines Vaters? Dieser Mann lebte noch. Ich hatte ihn heute nacht gesehen, *nachdem* der andere gehenkt worden war.

Allmächtiger Gott, steh mir bei, betete ich. Ich habe einen Unschuldigen an den Galgen gebracht.

Aber der Mann, den ich im Gerichtssaal gesehen hatte, *war* der Mann, den ich jene zwei Mal auf der Straße gesehen hatte. Aber wenn dem so war, wie hatte er dann heute nacht wieder da unten stehen können?

Er hatte beabsichtigt, daß ich ihn sah. Er hatte Kieselsteine an mein Fenster geworfen.

War er ein Mensch aus Fleisch und Blut oder ein Geist, der zurückkam, um mich zu verfolgen?

Belinda

Bei unserer Ankunft erwartete uns Pedrek schon mit der Kutsche am Bahnhof. Die Reise war mir lang vorgekommen. Die ganze Zeit über hatte ich das Erlebnis der vergangenen Nacht zu vergessen gesucht. Es gab Momente, in denen ich beinahe überzeugt war, das Ganze nur geträumt zu gaben.

Ich befand mich zweifellos in einer außergewöhnlichen Verfassung. Ich hatte einen fürchterlichen Schock erlitten. Durchaus möglich, daß ich einer Sinnestäuschung erlegen war. Dies war noch die beste Schlußfolgerung, die mir einfiel. Obgleich mir die Vorstellung, geistig derart verwirrt zu sein, zuwider war.

Ich wollte Rebecca davon erzählen. Bestimmt fand sie dafür eine Erklärung. In der Tat hatte ich mich die ganze Nacht über zusammenreißen müssen, um sie nicht in ihrem Zimmer aufzusuchen und mich ihr anzuvertrauen.

Als wir an grünen Feldern und bewaldeten Hügeln vorbeieilten, durch Dörfer und Vororte, kam ich allmählich wieder zur Vernunft. Je mehr ich über die Geschehnisse der vergangenen Nacht nachdachte, um so einleuchtender erschien es mir, daß ich mir alles nur eingebildet hatte.

Pedrek umarmte uns alle der Reihe nach.

Rebecca begrüßte er mit den Worten: »Du warst lange Zeit fort.«

»Ja, ich weiß, aber…«, erwiderte sie. Er nickte verständnisvoll.

Wir stiegen in die Kutsche, das Gepäck wurde neben uns verstaut.

»Die Kinder sind schon ganz aus dem Häuschen«, meinte Pedrek. »Nanny Billings hat ihnen ein großes Zugeständnis gemacht. Sie dürfen eurer Ankunft wegen heute abend ein bißchen länger aufbleiben.«

»Meine Lieblinge« rief Rebecca. »Ich habe sie so lange nicht gesehen. Hoffentlich haben sie mich nicht vergessen.«

»Bestimmt nicht!« beruhigte sie Pedrek, »Jeden Morgen, erzählt mir Nanny Billings, bestürmen sie sie: Wann kommt Mummy heim?«

»Da bin ich aber erleichtert«, antwortete Rebecca. »Ich könnte es nicht ertragen, wenn mich meine eigenen Kinder kaum mehr kennen würden.«

»Ganz High Tor wartet auf eure Ankunft. Ich kann euch verraten, im gesamten Haushalt wird fieberhaft vorbereitet und gearbeitet, seit wir von eurem Kommen erfahren haben.«

»Was für eine liebevoller Empfang«, meinte ich.

»O ja«, sagte Rebecca. »Ich weiß, wie sich alle auf das Wiedersehen mit dir und Celeste freuen.«

Wir kurvten durch schmale Straßen, wo die Hecken gegen die Kutsche streiften. Schier endlos schlängelten wir uns dahin und erhaschten flüchtige Blicke auf das Meer und die Moorlandschaft. Endlich erreichten wir das offene Land. Und da stand das Haus in all seiner Pracht – das von Glück erfüllte Heim meiner innigst geliebten Rebecca und ihrer Familie.

Sogar die Pferde wirkten freudig, weil sie sich High Tor näherten. Trotz allem Schlimmen fühlte ich mich allmählich entspannter und weiter von dem Schauplatz des plötzlichen Todesfalls entfernt.

Rebecca und Pedrek hatten sich dieses Haus ausgewählt, weil es mehr oder weniger auf halber Strecke zwischen Cador und Pencarron, dem Haus von Pedreks Großeltern, lag. Pedrek leitete jetzt das Pencarron-Bergwerk, das er von seinem Großvater geerbt hatte, obgleich der alte Herr wohl noch immer daran beteiligt war. Es war vielleicht eine halbe Meile von High Tor entfernt, also für Pedrek angenehm zu erreichen.

High Tor trug seinen Namen zu Unrecht, da es sich auf einem leichten Abhang befand und somit kaum als Felsturm bezeichnet werden konnte. Es konnte eine spannende Geschichte vorweisen. Einst hatte Celeste darin gelebt, da es ihrer Familie, den Bourdons, gehörte. Doch dann zogen sie mit der Exilkaiserin Eugenie nach Chislehurst und später nach Farnborough.

Ich erinnere mich, daß sich Pedrek und Rebecca erst dagegen entschieden hatten. Aber dann waren sie doch dem Charme des Hauses erlegen.

Es war im späten 16. oder frühen 17. Jahrhundert erbaut. Man hatte mir schon in meiner Kindheit erzählt, daß es im Inigo-Jones-Stil errichtet sei. Damals hatte ich den Namen zum erstenmal gehört und war sehr beeindruckt, weil ich sah, daß dies allen imponierte. Aber mich hatten schon immer die bleiverglasten Fenster entzückt, die Giebel und Firste. Und ich liebte alte Häuser. Sie ließen mich über das Schicksal derer, die in ihnen über all die Jahre gelebt hatten, nachsinnen.

High Tor weckte meine besondere Aufmerksamkeit, weil in einem seiner Gemächer Belinda gezeugt worden war. An diesen Ort war Leah Polhenny gekommen, um die Gobelins zu reparieren, die die Bourdons aus Frankreich mitgebracht hatten. Und während ihres Aufenthalts hatte Jean Pascal, Celestes Bruder, also der Sohn des Hauses, sie verführt. Somit hatte eigentlich in diesem Haus unsere verzwickte Geschichte begonnen – meine und die von Belinda.

Kein Wunder, daß es mich so in seinen Bann zog.

Wir fuhren durch die Einfahrt auf den Hof. Ein Pferdeknecht kam herbeigelaufen.

»Willkommen daheim, Mrs. Cartwright.«

»Guten Tag, Jim«, rief Rebecca. »Es ist schön, wieder daheim zu sein.«

Rebecca konnte es kaum erwarten, daß die Kutsche hielt und sie heraushüpfen konnte. Sie verging fast vor Sehnsucht nach ihren Kindern.

Und da standen sie schon, eins links neben Nanny Billings, das andere rechts. Als sie Rebecca sahen, sausten sie zu ihr hin und warfen sich ihr in die Arme.

Alle redeten gleichzeitig. Die Kinder quietschten vor Freude. Alvina wollte ihrer Mutter ihr neues Malbuch zeigen, Jake seine Spielzeuglokomotive.

Glückliche Rebecca, dachte ich, mit so einer Familie. Und in der Tat schienen Kummer und Leid der letzten Monate von ihr zu weichen, als sie sie an sich drückte.

»Und was sagt ihr zu Tante Lucie und Tante Celeste?« fragte sie die Kinder.

Sie kamen auf uns zu. Ich kniete nieder und umarmte sie.

»Na na«, meinte Nanny Billings energisch, »wir dürfen nicht zu sehr aus dem Häuschen geraten. Wir bleiben heute ein bißchen länger auf, weil es ein ganz besonderer Tag ist.«

Die Kinder lachten, während wir ins Haus gingen.

Die Halle war, wie in solchen Häusern üblich, groß. Ein hohe Deckengewölbe wurde von dicken Eichenpfeilern gestützt. Der Butler und die Wirtschafterin waren zu unserem Empfang erschienen. Sie erzählten uns, daß unsere Zimmer gerichtet seien und wir sie sofort aufsuchen könnten.

»Wir machen uns ein wenig frisch, und dann essen wir etwas«, schlug Rebecca vor. »Wir haben eine weite Reise hinter uns und sind ein wenig müde.«

»Ich lasse im kleinen Eßzimmer in einer halben Stunde servieren«, sagte Mrs. Willows, die Wirtschafterin. »Oder ist das zu früh?«

»Nein, nein, das paßt genau«, meinte Rebecca.

Die Kinder begleiteten uns hinauf. Mein Zimmer befand sich gleich neben dem von Celeste. Ich bewohnte es immer bei meinen Aufenthalten auf High Tor.

Rebecca schaute mich besorgt an. Sie hatte im Zug meine Geistesabwesenheit bemerkt. Ich dachte an die vielen Male, die ich hier in diesem Zimmer gewesen war. Alles wird jetzt anders sein, dachte ich. Es führt kein Weg zurück.

»Nun kommt weiter, Kinder«, rief Nanny Billings.

Alvina schaute, als wolle sie gleich widersprechen. Rebecca kniete sich zu einem Kuß nieder und flüsterte ihr zu, daß sie sie heute abend selber warm einkuscheln und ihr vielleicht eine Geschichte erzählen würde. Das schien sie zufriedenzustellen.

Als ich mit Rebecca allein in meinem Zimmer war, fragte sie: »Irgend etwas ist doch passiert, nicht wahr?«

Bei meinem überraschten Blick fuhr sie eilig fort: »Ich meine gestern abend. Ich spürte, daß etwas...«

Ich nickte.

»Du mußt es mir später erzählen. Ich komme vor dem Schlafengehen noch auf einen Plausch zu dir.«

Mir fiel ein Stein vom Herzen. Ich hatte mich gefragt, ob ich meine Befürchtungen Rebecca mitteilen sollte. Und jetzt wußte ich, daß ich das tun würde.

»Ich muß dich jetzt allein lassen«, fuhr sie fort. »In einer halben Stunde sehen wir uns unten.«

Nach dem Umkleiden klopfte ich an Celestes Tür. Sie wartete schon.

»Wie fühlst du dich denn in deinem früheren Zuhause?« fragte ich.

»Etwas merkwürdig.«

»Es sieht doch jetzt sicher anders aus?«

»Ganz anders.«

»Als deine Eltern es besaßen, muß er ziemlich imposant gewesen sein – mit all den Gobelins, die Leah ausbesserte.«

»Wir hatten einige schöne Stücke, aber jetzt – jetzt herrscht hier Liebe.«

Schweigend ging ich mit ihr hinunter. Beneidenswerte Rebecca! Ob Joel und ich uns wohl ein so glückliches Leben aufbauen konnten?

In Joel legte ich jetzt meine ganze Hoffnung. Welch üble Laune des Schicksals, daß er ausgerechnet dann im Ausland weilen mußte, wenn ich ihn so sehr brauchte. Aber bald würde er wieder daheim sein. Und dann war alles anders. Wir würden sofort anfangen, uns ein neues Leben miteinander aufzubauen.

Das Tischgespräch schleppte sich dahin. Pedrek wollte wohl nicht über den Mord an meinem Vater sprechen. Und da dies und alle nachfolgenden Ereignisse unser Denken beherrschten, fanden wir kaum ein Thema. Wir fühlten uns wahrscheinlich alle erleichtert, als die Tafel aufgehoben wurde.

»Das war ein langer Tag«, meinte Rebecca. »Morgen früh wird es uns allen bessergehen.«

Ich befand mich kaum fünf Minuten in meinem Zimmer und bürstete mir am Frisiertisch das Haar, als es an der Tür pochte. Das konnte nur Rebecca sein, die zu unserem Gespräch hereinkam. Sie setzte sich mir gegenüber in den Sessel.

»Was ist geschehen, Lucie?«

Mein Bericht entsetzte sie.

»Aber... wer könnte das gewesen sein?«

»Ich weiß nicht. Aber ich habe den fürchterlichen Verdacht, daß man den Falschen gehenkt hat.«

»Du hast ihn doch erkannt, aus einer Reihe von Männern herausgefunden. An sein Aussehen konnte man sich doch gut erinnern. Sein Haaransatz hat schon gereicht, und dann noch diese Narbe. Und er war der Polizei als politischer Attentäter bekannt. Schließlich war er schon vorher in ähnliche Verbrechen verwickelt.«

»Ja, ja. Es schien alles sicher. Aber wie kann er, wenn er tot und begraben ist, unten auf de Straße stehen?«

»Betrachten wir die Sache doch einmal nüchtern. Meiner Meinung nach hast du den Mann nur in deiner Vorstellung gesehen.«

»Rebecca, er hat doch Steine an mein Fenster geworfen. Er stand wirklich unten. Er lüftete den Hut verneigte sich vor mir... als ob er mich verspotten wolle.«

Ein paar Augenblicke schwieg sie. Dann sagte sie: »Du

warst sehr aufgewühlt und bist es noch immer, Lucie. Das ist ganz normal. Solch schlimme Ereignisse wirken noch lange nach. Schließlich hast du alles mit eigenen Augen gesehen. Und ihr standet euch so nahe – du und dein Vater. Du warst ihm näher als irgend jemand sonst. Das mußte dich einfach zutiefst erschüttern.«

»Rebecca, wenn du glaubst, daß ich mir das nur eingebildet habe, hältst du mich doch auch für geistig verwirrt.«

»Natürlich nicht. Das könnte in einer solchen Situation jedem passieren.«

»Willst du damit sagen, daß ich mir die Steinchen an der Fensterscheibe nur eingebildet habe?«

»Wahrscheinlich hast du geträumt. Du gingst ans Fenster, und da stand ein Mann. Er hat dich vielleicht gesehen und verbeugte sich.«

»Er nahm den Hut ab. Im Laternenlicht sah ich seinen Haaransatz ganz deutlich. Und er wollte, daß ich ihn sah.«

»Das hast du dir sicher nur eingebildet.«

»Aber ich habe es wirklich gesehen. Rebecca, es gibt nur zwei Erklärungen. Entweder habe ich seinen Geist gesehen, der gekommen ist, um mich zu verfolgen. Oder sie haben den Falschen gehenkt... und ich bin daran schuld.«

»Mir erscheint weder das eine noch das andere plausibel.«

»Du glaubst doch, daß Mutter nach ihrem Tod zurückkam und dich dazu brachte, dich um mich zu kümmern.«

Sie schwieg.

»Also glaubst du selbst, daß die Toten zurückkommen können, wenn ihnen etwas sehr am Herzen liegt. Mutter kehrte noch einmal wieder, als ich bei Jenny Stubbs leben mußte. Sie wollte, daß ich in meinem Elternhaus lebte. Also erschien sie dir und beeinflußte dich. Davon warst du immer felsenfest überzeugt, Rebecca. Und wenn sie zurückkommen konnte, warum sollte er es nicht auch tun? Unsere Mutter kehrte wieder, um Gutes zu tun, aber sie war auch ein guter Mensch. Fergus O'Neill brachte Menschen um, weil sie seine

Überzeugungen nicht teilten, weil sie nicht so handelten, wie er es wollte. Er mordete um seiner Überzeugung willen. Er könnte also aus Rache zurückkommen.«

»Lucie, du mußt dir das alles aus dem Kopf schlagen. Du bist völlig erschöpft. Du warst einer schlimmeren Zerreißprobe ausgesetzt, als dir klar ist. Du mußt dich jetzt erst wieder zurechtfinden. Ich bin so glücklich, daß du mitgekommen bist. Hier wirst du dich gut erholen. Ich sorge schon für dich.«

»Wie du das immer getan hast, Rebecca. Ich kann mir gar nicht vorstellen, wie mein Leben ohne dich verlaufen wäre.«

»Wir sind schließlich Schwestern. Bei Mutters Tod habe ich schrecklich gelitten. Ich haßte deinen Vater, daß er sie geheiratet und sie mir genommen hatte. Das war schlimm für mich. Dann besserte sich allmählich unser Verhältnis, und das machte mich um so viel glücklicher. Lucie, wir dürfen nicht vergessen, daß wir beim Tod eines geliebten Menschen Schreckliches durchmachen müssen. Wir sind dann gar nicht mehr wir selbst. Ja, wir können sogar ein bißchen aus dem seelischen Gleichgewicht geraten. Wir sehen dann die Dinge nicht mehr so, wie sie eigentlich sind. Wir erkennen nicht immer klar...«

»Du meinst, ich habe gestern nacht nichts gesehen, nicht wahr?«

»Ich weiß es nicht. Vielleicht hattest du einen Alptraum, bist ganz verstört aufgewacht und halb im Traum noch ans Fenster gegangen. Du sahst den Mann auf der Straße, in Abendgarderobe. Daran ist nichts Ungewöhnliches. Vielleicht spazierte er gerade von der Oper nach Hause. schaute zum Fenster hoch. Und als er dich sah, lüftete er den Hut und verbeugte sich. Na, wahrscheinlich war er beschwipst und in ausgelassener Stimmung. Er sah eine junge Frau am Fenster, und da verneigte er sich eben.«

»Aber sein Gesicht...«

»Meine liebe Lucie, du hast den Hut und den Umhang

gesehen. Im trüben Laternenlicht hast du dir den Rest eingebildet.«

»Meinst du wirklich, so könnte es gewesen sein?«

»Das ist doch wohl die wahrscheinlichste Antwort.«

Ich schloß die Augen. Darauf hatte ich gehofft. Rebeccas gesunder Menschenverstand gewann allmählich Einfluß auf mich.

Bestimmt hatte sie recht. Ich hatte kein Gespenst gesehen. Fergus O'Neill hatte nicht unten gestanden. Fergus O'Neill war tot. Er hatte die vom Gesetz verlangte Strafe verbüßt. Er war ein Mörder.

Rebecca freute sich, daß sie mich überzeugt hatte.

»So«, sagte sie, »jetzt bringe ich dir einen Schlummertrunk.«

»Die unumgängliche heiße Milch?« fragte ich.

»Die wirkt am besten. Vertraue nur auf deine Rebecca.«

Ich warf mich ihr in die Arme. »Ja, das tue ich«, versicherte ich. »Das habe ich schon immer. Du warst immer da, wenn ich dich brauchte.«

»Und das werde ich auch in Zukunft immer sein. Das weißt du.«

Davon war ich überzeugt. Ich fühlte mich jetzt viel besser. Und als sie mit der heißen Milch kam, trank ich sie aus und fiel sogleich in tiefen Schlaf.

Rebecca behielt recht. Cornwall übte einen heilsamen Einfluß auf mich aus. Wir hatten die Brücke zwischen dem Unheil und dem neuen Leben, das wir uns aufbauen mußten, überschritten.

Ich dachte immer häufiger an Joel. Bald mußte er heimkommen, dann würden wir unsere Verlobung bekanntgeben und Zukunftspläne schmieden. Wir würden ein Haus in London unterhalten und vermutlich auf Marchlands leben. Er würde sich an beiden Orten häufig aufhalten müssen... nahe beim Abgeordnetenhaus und in seinem Wahlkreis. Bei langen Unterhaussitzungen würde ich wie früher nach meinem gewohnten Brauch mit dem Abendessen warten, nur jetzt auf Joel statt auf meinen Vater.

Ich durfte nicht mehr über die Vergangenheit nachgrübeln, sondern mußte an die Zukunft denken. Sie würde herrlich sein. Lediglich die Gegenwart war so schwer zu ertragen.

Aber wir waren gerade dabei, die Brücke zu überschreiten.

Cornwall hatte mich seit jeher in seinen Bann gezogen. Das war vermutlich nur natürlich, da ich in dieser Grafschaft geboren war. Rebecca sorgte für viel Zerstreuung. Ich war froh, daß ich ihr von meinem Erlebnis erzählt hatte. Sie verstand jetzt meine zeitweilige Geistesabwesenheit, meine nervliche Anspannung. Und sie hatte ihr Bestes versucht, sie mit ihrem gesunden Menschenverstand zu vertreiben. Was ihr auch gelungen war... jedenfalls beinahe.

Es fiel uns nicht schwer, unsere Tage auszufüllen. Es gab so viel zu tun. Die Parkanlagen auf High Tor waren eine Augenweide. Es gab keine akkurat abgegrenzten Blumenbeete, die Büsche und Bäume wuchsen ganz nach der Natur. In gewisser Weise ähnelte der Park den Anlagen von Manor Grange auf Manorleigh. Die Kinder spielten mit Begeisterung draußen, und ich begleitete sie häufig. Es gab einen Teich, um den sie auf ihren Ponys am Leitzügel ritten. Sie erwarteten von Celeste und mir, daß wir ihren Kunststücken zuschauten und eifrig Beifall klatschten. Wir selbst ritten auch aus. Natürlich mußten wir auf Pencarron einen Besuch abstatten, dem Haus von Pedreks Großeltern, die unseretwegen einen ziemlichen Wirbel veranstalteten.

Wir besuchten auch meine Großeltern auf Cador. An Cador hing ich ganz besonders, denn in diesem imposanten Gebäude hatte ich den größten Teil meiner Kindheit verbracht. Ich konnte mich kaum mehr an jene frühen Kindertage in Jenny Stubbs Behausung erinnern. Aber Cador mit seinem mit Zinnen bewehrten Turm und seinem Meerblick beeindruckte mich immer tief.

Zwischen meinen und Pedreks Großeltern schien Einvernehmen darüber zu herrschen, daß der Tod meines Vaters nicht erwähnt werden sollte. Aber ich hatte den Eindruck, als stehe das Thema unausgesprochen im Raum. Und wir mußten uns manchmal derart zusammenreißen, daß wir besser ausgesprochen hätten, was uns bewegte. Mein Vater beherrschte ohnehin ständig meine Gedanken… und ihre vermutlich auch.

Ich mußte zum Branok-Teich pilgern. Rebecca begleitete mich.

Sie verstand mich. Der Teich bedeutete uns beiden viel. Für sie barg er schreckliche Erinnerungen. Denn dort hatte Belinda Pedrek beschuldigt, er habe sie zu belästigen versucht. Um ein Haar hätte sie damit Rebecca das Leben verpfuscht. Der Teich bedeutete also etwas ganz Bestimmtes für sie. Und er befand sich ganz in der Nähe meines ersten Zuhauses – jenes Häuschens, in dem ich mit Jenny Stubbs gelebt hatte.

Wir ritten bis dicht an den Teich heran. Mit den ins trübe Wasser hängenden Weiden, das von den letzten Regenfällen noch aufgewühlt war, sah er so trostlos wie eh und je aus. Ein unheimlicher Fleck, voller Geheimnisse und Erinnerungen, ein Ort, wie geschaffen für düstere Geschichten.

»Das Häuschen steht ja noch«, sagte ich.

»Ja. Manchmal wohnt dort jemand. Es ist in Notlagen sehr praktisch. Seit gut einem Jahr leben die Blakeys hier.«

Ich nickte.

Gewiß dachte sie an die Leute, die damals hier waren, als Belinda den Teich als Schauplatz ihres grausamen Spiels gewählt hatte, das zum Glück noch rechtzeitig als solches entlarvt worden war. Und ich dachte an die arme, verrückte Jenny Stubbs – eine verschwommene, schattenhafte Gestalt in meiner Erinnerung, eine sanfte, singende Stimme, zärtliche Hände. Jenny, die mich kränkelnden Säugling so freudig als ihr Kind angenommen und mich gesund gepflegt hatte.

Diese Erinnerungen gaben Rebecca und mir viel Stoff zum

Nachsinnen, als wir uns dem Teich näherten. Vielleicht war es nicht besonders klug von uns, hierher zu reiten.

Als wir so am Teich verweilten, kam Mrs. Blakey aus ihrem Häuschen.

»Gut'n Tag, Mrs. Cartwright«, rief sie. »Ah, Sie haben ja Miss Lucie dabei. Ihnen auch einen schönen Tag, Miss Lucie.«

»Wir müssen uns ein wenig mit ihr unterhalten«, flüsterte Rebecca, und wir schlenderten zu ihr hinüber.

»Miss Lucie macht hier Ferien«, erklärte Rebecca.

»Ach, meine Liebe, ich habe davon gehört, daß...«

»Ja, das war alles sehr traurig«, warf Rebecca schnell ein. »Sie haben sich in Ihrem Häuschen anscheinend gut eingelbt.«

»Wir sind ja schon ein Jahr oder noch mehr da, Mrs. Cartwright. Aber jetzt müssen Sie hereinkommen und meinen Apfelwein probieren. Mein Tom sagt immer, daß er besser schmeckt als alles, was man in der Fischerkneipe kriegt.« Sie tat auf einmal bescheiden. »Naja, das sollen andere beurteilen.«

Rebecca begegnete der hiesigen Bevölkerung immer mit großem Taktgefühl. Das hatte sie von meiner Großmutter gelernt.

»Ja, gerne, nicht wahr, Lucie,« sagte sie.

Mrs. Blakey strahlte über das ganze Gesicht. Sie war zweifelsohne stolz auf ihr Zuhause. Und in der Tat blitzte es nur so. Die Wärmpfanne über dem Herd funkelte wie Gold, ebenso die Schürhaken, das Linoleum schimmerte, und die Möbel waren auf Hochglanz poliert.

»Sie haben es wirklich gemütlich«, meinte Rebecca.

Erinnerungsfetzen stiegen plötzlich in mir auf. In meinen frühen Kindheitstagen war ich hier zu Hause gewesen. Das Häuschen kam mir vertraut und doch fremd vor. Zu Lebzeiten Jenny Stubbs' mußte es hier ganz anders ausgeschaut haben.

Mrs. Blakey stellte den Apfelwein auf den Tisch.

»Wenn Sie vielleicht eine kleine Pastete möchten. Ich bin regelrecht stolz auf meine Pasteten. Jeden Tag nimmt doch mein Tom eine zur Arbeit mit... wenn er Arbeit hat. Er sagt, die Pastete reicht ihm, bis er wieder heimkommt.«

»Ich fürchte, die Pastete können wir nicht mehr kosten«, erwiderte Rebecca, »so gern wir auch möchten. Wenn wir nach Hause kommen, steht das Essen schon auf dem Tisch. Das dürfen wir nicht ausfallen lassen. Ihr Apfelwein schmeckt köstlich.«

»Ja, köstlich«, echote ich.

Mrs. Blakey war eine geschwätzige Frau. Ich spürte sofort, daß sie Pedrek dankbar war. Und sie wollte Rebecca wissen lassen, daß sie ihm nicht vergessen hatte, was er für sie getan hatte.

»Es war ein schwerer Schlag für Tom«, sprach sie vertraulich mehr zu mir als zu Rebecca, die diese Geschichte sicher schon oft gehört hatte, »wie er da sein Rheuma gekriegt hat. Aus heiterem Himmel war es da... mal hat's ihn hier ein bißchen gezwickt, mal da weh getan. Und dann konnte er kaum mehr aufstehen, wenn er sich hingekniet hat. Der Doktor, er hat gesagt: ›Du hast Rheuma, Tom. Schaut so aus, als wären deine Tage im Bergwerk vorbei.‹ Wir haben in einem ganz schönen Schlamassel gesteckt, das kann ich Ihnen verraten. Sein ganzes Leben hat Tom im Bergwerk geschafft, und sein Vater vor ihm... und sein Großvater auch schon. Der Doktor hat gesagt, daß er jetzt nur mehr leichte Arbeit machen darf. Tom hat es schier das Herz gebrochen. Er ist immer ein guter Arbeiter gewesen, hat immer seine Lohntüte regelmäßig nach Hause gebracht... ein stolzer Mann, mein Tom. ›Was soll jetzt aus uns werden?‹ ›Na, ich kann doch gut nähen‹, hab' ich gesagt. ›Wir schaffen das schon.‹ Ja, und da war unsere Wohnung. Das Häuschen beim Bergwerk, das hat ihm als Bergmann zugestanden. Und das hat nun der bekommen, der Toms Stelle gekriegt hat. Da hat Mr. Cartwright gesagt: ›Ich kann Ihnen sicher das Häuschen bei Branok verschaffen. Es gehört Mrs. Cartwrights Familie. Es steht leer; ich rede mal mit ihnen.‹ Und das hat er getan, und so sind wir hergezogen... Dank Mr. Cartwright und den Herrschaften auf Cador.«

»Unseren Großeltern«, erklärte mir Rebecca mit einem kleinen Lächeln.

»Ja, sie haben doch glatt gesagt: ›Zieh nur ein, Tom, und mach dir wegen der Miete und so keine Sorgen. Es ist für die, die ein Dach über dem Kopf brauchen. Bleibt, solange ihr wollt.‹ Und es gibt schon bißchen Arbeit für Tom... auf den Bauernhöfen und auf Cador. Da hat er bisher immer zu tun gehabt. Und meine Näherei bringt auch hübsch was ein. Also sehen Sie, jetzt geht es uns besser als damals, als mein Tom noch im Bergwerk geschafft hat.«

»Und was ist mit seinem Rheuma?« erkundigte ich mich.

»Mal so, mal so, Miss Lucie. Er erkennt daran, wie das Wetter wird. ›Morgen regnet es bißchen‹, sagt Tom zum Beispiel. ›Ich hab ein Ziehen im Bein.‹ Und wissen Sie was, er hat immer recht. Er ist ein richtiger Wetterhahn, mein Tom, seit er sein Rheuma hat. Und jetzt lassen Sie mich Ihnen nachschenken, Mrs. Cartwright.«

»Oh, nein danke, Mrs. Blakey« rief Rebecca erschreckt. »Ihr Apfelwein ist ziemlich stark.«

Mrs. Blakey lachte vergnügt. Dann schaute sie mich mit ernster Miene an. »Ja, wir sind glücklich hier. Manche Leute sagen ja, daß es ein düsterer Ort ist und daß hier Gespenster und sowas herumgeistern. Aber Tom und ich, uns machen die Gespenster nichts aus.«

»Hören Sie manchmal die Glocken?« fragte ich. »Sie wissen schon, die, die im Kloster auf dem Teichgrund läuten sollen.«

»Dieses alte Märchen! Wie sollen die Mönche da unten seit Hunderten von Jahren leben können? Das ist doch Unsinn, sag' ich immer. Und Tom meint das auch. Nein, wir hören keine Glocken nicht. Wir haben uns hier niedergelassen, und ich kann Ihnen sagen, wenn mein Tom nicht ab und an das Rheuma hätte, wäre ich überglücklich. Bergwerke sind so gefährlich. So schlimme Sachen können den Bergleuten zustoßen. Was hab ich mich immer um Tom da unten in der Mine gesorgt. Aber wir haben Glück gehabt. Tom hat für einen guten Herrn gearbeitet. Das werde ich Mr. Cartwright und Ihrem Großvater nie vergessen, Mrs. Cartwright. Mr. Cartwright, er ist ein guter Dienstherr.«

»Ich freue mich, daß Sie so empfinden«, Rebecca. »Das werde ich Mr. Cartwright erzählen. Es freut ihn bestimmt. Er will immer nur das Beste für die Bergleute.«

»Der Herr wird ihn segnen«, sagte Mrs. Blakey, »für das, was er für uns getan hat.«

Nach dieser schönen Bemerkung verließen wir sie.

Auf dem Rückweg meinte Rebecca: »Sie hat das Häuschen völlig verändert. Mir kam es immer ziemlich unheimlich vor. Und jetzt schaut es so warm und gemütlich aus. Ich frage mich, wie lange sie an den Möbeln und dem Messing herumpoliert.«

»Es macht ihr Freude«, erwiderte ich.

»O ja. Apropos Bergwerk. Wir müssen nach Pencarron fahren. Unser letzter Besuch ist schon über eine Woche her. Diesmal müssen wir auch die Kinder mitnehmen. Die Pencarrons sind ein bißchen eingeschnappt, wenn sie sie nicht regelmäßig besuchen.«

»Könnten wir morgen fahren?«

»Bestimmt.«

Am nächsten Tag fuhren Rebecca und ich mit den Kindern zum Herrenhaus von Pencarron. Celeste hatte gesagt, sie wolle nach Poldoreys zum Einkaufen. Sie war ängstlich bemüht, sich nicht aufzudrängen. Die Kinder waren ganz außer sich. Sie besuchten ihre Großeltern gerne, denn auf Pencarron wurde ihnen jeder Wunsch von den Augen abgelesen.

Das Herrenhaus von Pencarron war nicht so alt wie Cador

und High Tor. Es war ein solides viktorianisches Gebäude und, wie Josiah sagte, ›für den Gebrauch bestimmt‹. Was ihm an mit Zinnen bewehrten Türmen abging, machte es durch moderne Ausstattung wett. ›Ein wenig Komfort ist mehr wert ein ganzes Haus voller Geister‹, war Josiahs beliebter Spruch.

Josiah war ein gutmütiges Rauhbein. In gewisser Weise verachtete er die phantasiebegabten Leute von Cornwall ein wenig, mit ihren, wie er es nannte, phantastischen Märchen über dieses und jenes, was nur Leuten, die sich nicht vorsahen, passierte. Das Bergwerk war sein Lebensinhalt gewesen. Er war nach seiner Hochzeit nach Pencarron gekommen, hatte das Haus erbaut und eine schlechtgehende alte Mine in eine prosperierende verwandelt.

Er und seine Frau hatten sich erst vergebens ein Kind gewünscht. Als Morwenna nach langem Warten endlich auf die Welt kam, wurde sie ihr Ein und Alles. Und jetzt entschädigten sie Pedrek und die Kinder dafür, daß Morwenna hauptsächlich in London lebte, wo ihr Mann sich mit Zinntransport und anderen Dingen, die man nicht so leicht von Cornwall aus erledigen konnte, befaßte.

Uns allen wurde ein herzlicher Empfang bereitet, aber mir entging nicht, daß die Pencarrons ihren Blick kaum von den Kindern abwenden konnten.

Sie erkundigten sich nach Pedreks Befinden, obwohl sie ihn erst wenige Tage zuvor gesehen haben mußten. Man servierte uns ein üppiges Mahl, was auf Pencarron eine typische Geste der Gastfreundschaft darstellte. Die Kinder mußten mit uns essen, da die Großeltern nicht einmal für kurze Zeit auf ihre Gesellschaft verzichten mochten. Es gab bei Tisch viel zu lachen.

Nach dem Essen wollten die Kinder im Garten spielen und durften dies auch. Wir setzten uns vor die französischen Fenster, damit wir sie während unseres Gesprächs im Auge behalten konnten.

Beim Kaffee sagte Mrs. Pencarron, daß wir sie häufiger besuchen sollten. Daß die Kinder so schnell wuchsen und Jake seinem Vater wie aus dem Gesicht geschnitten sei. Die Ähnlichkeit sei schon jetzt unverkennbar, und Alvina beneh-me sich schon wie eine richtige kleine Dame, nicht wahr?

»Die Landluft bekommt ihnen so gut«, meinte Josiah.

»Ich kann gar nicht sagen, wie erleichtert wir waren, als Pedrek sich entschloß, das Bergwerk zu übernehmen«, fügte seine Frau hinzu.

»Wir dachten, daß er vielleicht lieber ins Unternehmen seines Vaters in London einsteigen wollte. Aber er war so vernünftig, sich für die Mine zu entscheiden.«

»Für die Kinder wäre London überhaupt nichts.«

»Wir haben dort aber auch Parks«, warf ich ein.

»Parks«, schnaubte Josiah. »Das ist doch kein Vergleich mit dem Moor und dem Meer.«

»Sie sind aber sehr hübsch«, meinte Rebecca.

»Aber die Landluft ist einfach gesünder«, beharrte Josiah. »Und man lebt hier viel sicherer.«

»Na schön, aber hin und wieder ereignet sich im Bergwerk ein Unfall. Und bei Sturm haben die Fischer auch nichts zu lachen.«

»Unglücksfälle gibt es überall. Was ist eigentlich mit diesen Abgeordneten?«

»Im großen und ganzen haben sie wohl nichts zu befürchten.«

»Ich meinte diese beiden da. Über die heute etwas in der Morgenzeitung stand. Habt ihr schon die Zeitung gelesen?«

»Nein, noch nicht. Wir wollten möglichst zeitig aufbrechen. Da haben wir uns gesputet.«

»Dann ist es euch natürlich entgangen. Offenbar waren sie in Afrika oder so wo. Zwei von ihnen werden vermißt.«

»Wo genau waren sie denn?« fragte ich schnell.

»Sie reisten in einer Gruppe mit anderen..«

»Durch Buganda?«

»Jetzt, wo du es erwähnst, fällt es mir wieder ein. Die Regierung hatte sie ausgeschickt, sie sollten die Lage erkunden, wie sie es nannten. Ja, und jetzt sind zwei von ihnen verschwunden. Der Rest von ihnen fährt heim – und zwar bald. Schaut nicht so aus, als hätten ihnen die Eingeborenen einen freundlichen Empfang bereitet.«

»Ich... ich weiß von dieser Gesandtschaft«, sagte ich. »In der Tat kenne ich einen der Teilnehmer sehr gut. Er war ein Freund meines Vaters, der ganzen Familie... Wie heißen die beiden Vermißten?«

»In dem Zeitungsartikel wurden ihre Namen genannt, aber ich habe sie vergessen.«

Er bemerkte meine Beklommenheit.

Rebecca schaute mich besorgt an.

»Könnten wir vielleicht den Artikel lesen?« schlug sie vor.

»Wir finden die Zeitung bestimmt noch, nicht wahr, Mutter?« meinte Josiah.

»Natürlich. Darf ich noch etwas Kaffee nachschenken, Rebecca, Lucie?«

Ich konnte mich nicht mehr auf das Gespräch konzentrieren, sondern dachte nur mehr an Joel. Zwei von ihnen vermißt. Um Himmels willen, doch nicht Joel!

Mir erschien es endlos, bis sich die Zeitung fand. Und als ich den Artikel las, wünschte ich beinahe, ich hätte ihn nicht zu Gesicht bekommen.

Ich las: *Die Regierungsdelegation nach Buganda hat sich nicht als uneingeschränkter Erfolg erwiesen. Einige der Eingeborenen wandten sich dagegen, nannten sie eine Einmischung in ihre Angelegenheiten. Die Delegation wurde nicht immer freundlich empfangen, vielmehr stieß sie oft auf Feindseligkeit. Innerhalb der nächsten Tage werden die Abgeordneten ihre Heimreise antreten. Unglücklicherweise werden zwei Teilnehmer fehlen. Es handelt sich dabei um Mr. James Hunter und Mr. Joel Greenham...*

Beim Lesen schlug mir das Herz schneller, und die Zeitung zitterte mir in den Händen. *Offenbar nahm die ganze Delegation an einer Sitzung teil und wollte danach ins Hotel zurückkehren. Die Kutsche war nicht groß genug für alle. Deshalb entschlossen sich Mr. Hunter und Mr. Greenham als jüngste Teilnehmer dazu, zu Fuß zum Hotel zu gehen. Seither wurden sie nicht mehr gesehen. Die Untersuchungen dauern an.*

Ich starrte auf seinen Namen. Ich sah ihn wie damals vor mir, als wir unsere gemeinsame Zukunft geplant hatten. »Bei meiner Rückkehr geben wir unsere Verlobung bekannt...«

Aber er würde nicht mit den anderen heimkommen. Was konnte ihm nur zugestoßen sein?

Rebecca fragte leise: »Geht es dir nicht gut, Lucie?«

»Es... es ist ein schwerer Schlag. Das... äh.«

»Genau das meinte ich«, sagte Josiah. »Das Landleben ist einfach besser. Da weiß man, wo man ist.«

Ich weiß nicht, wie ich die Zeit bis zu unserer Heimfahrt überstand. Rebecca half mir, so gut sie nur konnte.

Auf dem Heimweg sagte sie: »Bis jetzt wissen wir natürlich sehr wenig. Der Artikel ist wahrscheinlich ziemlich aufgebauscht. Wir müssen auf detailliertere Nachrichten warten.«

Aber ich war ganz bestürzt und fühlte mich verlassen. Allmählich fragte ich mich, welches Unheil als nächstes über mich hereinbrach.

In der Tat war es kaum vorstellbar, daß dies tatsächlich so kurz nach dem anderen Unglück geschehen sollte.

Celeste, die geahnt hatte, welch innige Gefühle zwischen Joel und mir herangereift waren, war völlig verstört. Sie hatte so viel Schweres durchgemacht, daß sie das Unglück anderer nachfühlen konnte.

»Ich kann es nicht glauben«, sagte ich. »So bald danach. Doch heißt es nicht, daß ein Unglück selten allein kommt?«

»Dieses Mal ist es anders«, versicherte mir Celeste. »Er wird zurückkommen.«

»Was in aller Welt kann denn nur mit ihm passiert sein?«

Die Zeitungen berichteten mehr darüber. Doch es handelte sich lediglich um Spekulationen. Die Delegation war in Buganda unerwünscht gewesen. Und es wurde Besorgnis laut, wo sich denn die beiden vermißten Abgeordneten befinden könnten.

»Es muß doch eine Erklärung dafür geben«, meinte Rebecca. »Ich bin überzeugt, wir werden bald mehr darüber erfahren.«

»Aber was für eine Erklärung? Welche Neuigkeiten sollte es geben?«

Darauf konnte mir Rebecca keine Antwort geben.

»Ich muß bald heimfahren«, kündigte ich an.

»Ach nein, nicht jetzt schon. Du bist noch nicht soweit.«

»Ich möchte in London sein. Ich möchte wissen, was vorgeht. Ich möchte seine Familie besuchen. Vielleicht wissen sie mehr.«

»Ich bezweifle, daß sie über mehr Informationen als die amtlichen Stellen verfügen.«

»Sie sind sicher verzweifelt. Sie hängen doch so an ihm. Er ist ein so wunderbarer Mensch, Rebecca.«

»Bleib lieber hier«, riet mir Rebecca. »Reise nicht überstürzt ab. Ich kann den Gedanken nicht ertragen, daß du in dieses Haus zurückkehrst.«

»Ich kann aber nicht anders, Rebecca.«

»Laß es dir erst ein paar Tage durch den Kopf gehen.«

Das versprach ich ihr. Jeden Tag durchfilzte ich die Zeitungen nach Neuigkeiten. Vergebens. Ich las nur immer: *Es gibt noch immer keine Nachrichten von den Vermißten, James Hunter und Joel Greenham.*

Ich wußte, daß ich nach London fahren mußte. Hier hatte ich keine ruhige Minute mehr. Ich wußte nicht genau, was ich durch meine Fahrt nach London erreichen konnte, aber es zog mich einfach dorthin.

Während ich noch in diesem Zustand der Unsicherheit

schwebte, wurde mir und Celeste jeweils ein Brief von Belinda aus London nachgeschickt.

Gespannt schlitzte ich den Umschlag auf.

Liebe Lucie!

Meine Mutter starb letzte Woche. Es war schrecklich. Ich vermisse sie so sehr. Wie Du weißt, war sie seit langer Zeit schwer krank und ihr Ende unausweichlich. Ich fühle mich allein und verlassen. Sie ist immer für mich da gewesen, und ich weiß nicht, was ich ohne sie tun soll. Es hat mich arg getroffen, obwohl ich es seit Monaten ahnte. Ich mußte ihr versprechen, nach England zurückzukehren. Und das tat ich auch. Sie war so glücklich und erleichtert, als Du und Celeste in Euren Briefen ihr zusicherten, daß ich kommen könnte.

Nun ist die Zeit gekommen. Ich kenne Engländer, die hier bei Verwandten in Melbourne zu Besuch sind. Wir waren mit ihren Angehörigen in Melbourne befreundet. Meine Mutter sagte ihnen vor ihrem Tod, daß sie ihnen dankbar sei, wenn sie mich nach England mitnehmen würden, falls es möglich sei. Damit meinte sie den Fall, daß sie vor ihrer Abreise starb. Sie hatte alle Anweisungen schriftlich niedergelegt. Ich glaube, sie wollte rechtzeitig sterben, damit ich sie begleiten könnte. Ja, so ist es nun geschehen: Nächsten Monat reise ich mit ihnen ab, sofern ich keine Absage von Dir und Celeste erhalte.

Ich habe vom tragischen Tod Deines Vaters erfahren. Die Zeitungen hier berichteten darüber, nicht viel, nur daß er von einem politischen Gewalttäter erschossen wurde, weil er eine Gesetzesvorlage vereitelt hatte. Du mußt einen bösen Schock erlitten haben, wo du es doch mitangesehen hast.

Lucie, ich möchte Dich so gerne sehen. Ich habe oft an Dich gedacht und mich gefragt, wie es Dir geht. In dieser schlimmen Zeit freue ich mich auf eines: auf das Wiederse-

hen mit Dir.Ich schreibe Dir das genaue Datum und alles andere, sobald ich Genaueres weiß.
In der Zwischenzeit übermittle ich Dir meine Liebe und die Hoffnung, daß ich bald bei Dir sein werde.

Deine Belinda

Ich zeigte den Brief Celeste, und sie ließ mich den ihren lesen. Er war kürzer.

Liebe Tante Celeste!
Meine Mutter ist tot. Ihr letzter Wunsch war, daß ich nach England kommen sollte. Sie sagte, daß Du so gütig versprochen hast, daß ich zu Dir kommen dürfte. Ich werde mich bemühen, Dir nicht zur Last zu fallen. Aber falls ich bleiben könnte, bis ich weiß, was ich machen kann, wäre ich Dir sehr dankbar.
In meinem Brief an Lucie habe ich ihr von Mr. und Mrs. Wilberforce geschrieben, die Verwandte in Melbourne besuchten und nächsten Monat wieder nach England fahren. Sie haben mir zugesagt, daß ich mit ihnen reisen darf, was es für mich leichter macht.
Die Einzelheiten meiner Reise lasse ich dich bald wissen.
Deine Dich liebende und dankbare Nichte

Belinda

Die Aussicht auf ein Wiedersehen mit Belinda munterte mich etwas auf. Der Gedanke daran hielt mich davon ab, unablässig an Joels ungewisses Schicksal zu denken.

Celeste war verständlicherweise beklommen. Ihr fiel unausweichlich ein, daß Belinda früher viele Probleme verursacht hatte. Aber auch sie spürte wohl, daß Belindas bevorstehende Ankunft uns davon ablenkte, die ganze Zeit über Joels Los nachzugrübeln.

Wir zeigten Rebecca die Briefe.

»Jetzt muß ich aber abreisen«, sagte ich. »Ich weiß nicht, wie lange diese Briefe hierher gebraucht haben. Belinda befindet sich möglicherweise schon auf dem Schiff.«

»Sie schreibt, daß sie uns das Datum ihrer Ankunft mitteilt.«

»Ja. Aber angesichts der Entfernung und wie lange die Briefe von dort unterwegs sind, ist sie jetzt vielleicht schon unterwegs.«

Es schien, als zwängen mich die Ereignisse, Entscheidungen zu treffen.

»Kehr nicht nach London zurück«, riet mir Rebecca. »Fahre lieber nach Manorleigh.«

»Ich muß einfach nach London. Ich möchte Joels Eltern besuchen. Und ich möchte auch dort sein... um mich auf Belinda vorzubereiten.«

Sie seufzte.

»Es wird zu viele Erinnerungen in dir wachrufen...«

»Ich muß wirklich nach London, Rebecca.«

»Wie gerne würde ich dich begleiten. Aber ich kann Pedrek und die Kinder nicht schon wieder allein lassen.«

»Natürlich nicht. Liebste Rebecca, ich kann sehr wohl auf eigenen Füßen stehen. Ich kann mich doch nicht mein ganzes Leben hinter dem Rockzipfel meiner großen Schwester verstecken.«

»Du weißt, daß ich immer für dich da bin. Daß dieses Haus dir immer offensteht, wenn du es anderswo nicht mehr aushältst.«

»Ich werde London nicht unerträglich finden. Ich muß darüber hinwegkommen. Ich kann mich doch nicht immer an einem Zufluchtsort verbergen. Überdies möchte ich soviel wie nur irgend möglich über Joel herausfinden. Und schließlich gibt es noch Belinda.«

Rebecca runzelte die Stirn. »Ich frage mich, ob sie noch ganz die alte ist.«

»Wir werden dich natürlich beide besuchen kommen.«

Sie gab mir einen liebevollen Kuß. »Paß auf dich auf, Lucie. Vergiß nicht, ich denke an dich.«

Mit der Rückkehr nach London wuchs mein Unbehagen.

Sobald ich mich allein in meinem Zimmer befand, ging ich ans Fenster. Fast schon erwartete ich, eine Gestalt unter der Laterne zu sehen, obwohl es hellichter Tag war. Mir kam der Gedanke, daß ich in ein anderes Zimmer ziehen sollte. Doch das wäre feige. Nein. Ich mußte gegen meine Ängste ankämpfen.

Rebeccas Erklärung leuchtete mir immer mehr ein. Ich hatte mir die Steine am Fenster sicher nur eingebildet. Nun gut, es hatte ein Mann unten gestanden, er war in ausgelassener Stimmung. Er hatte sich vor mir verbeugt. Und ich hatte gedacht, ich sähe den markanten Haaransatz und die Narbe.

Ich mußte meine Vorstellungskraft wieder in den Griff bekommen und dafür sorgen, daß sie für und nicht gegen mich arbeitete.

Ich war froh über Celestes Anwesenheit. Sie mußte mit ihrem eigenen Kummer fertig werden. Doch zumindest waren keine Schuldgefühle mit ihrem Leid verbunden. Dieser Gedanke ging mir nicht mehr aus dem Kopf. Hatte ich womöglich mitgeholfen, einen Unschuldigen an den Galgen zu bringen?

Am Tag nach meiner Ankunft in London besuchte ich Sir John und Lady Greenham.

In ihrem Haus herrschten Kummer und schlimmste Befürchtungen. Sie begrüßten mich herzlich.

»Meine liebe, liebe Lucie«, sagte Lady Greenham. »Das ist ein schwerer Schlag für uns. Ich war von Anfang an gegen diese Reise. Ach, hätte ich ihn doch nur überzeugen können.«

»Gibt es irgendwelche Neuigkeiten? Ich kenne nur die Berichte aus der Lokalzeitung in Cornwall.«

»Man weiß sehr wenig«, entgegnete Sir John. »Er löste sich einfach in Luft auf. Er verließ diese Sitzung mit den anderen, und dann beschlossen er und James Hunter, zu Fuß zu gehen.«

»Das hätten sie im Ausland unter keinen Umständen tun dürfen«, warf Lady Greenham ein.

»Aber was wird denn nun unternommen?«

»Alles mögliche läuft derzeit«, erwiderte Sir John. »Du weißt ja, es handelt sich um eine politische Angelegenheit. Die Regierung bemüht sich, die Wahrheit zu erfahren... auf diplomatischem Weg. Es ist schließlich eine Regierungssache. Gleichzeitig wollen sie unsere Beziehung mit Buganda nicht überstrapazieren.«

»Also glaubt man, daß es ausschließlich mit seiner Aufgabe dort zusammenhängt?«

»Das scheint der offizielle Standpunkt zu sein. Ich nehme nicht an, daß es sich einfach um einen Raubüberfall handelt und... äh... um die Beseitigung der Opfer.«

»O John!« rief Lady Greenham. »Um Himmels willen, sag doch nicht so etwas!«

»Wir müssen den Tatsachen ins Auge schauen, meine Liebe. In solchen Regionen kann man nicht überall gefahrlos nachts herumspazieren.«

»Joel hätte das doch wissen müssen«, sagte Lady Greenham.

»Man kann sich vorstellen, wie es passierte«, fuhr Sir John fort. »Mit der Kutsche fuhren so viele, wie hineinpaßten. Und die beiden jüngsten Delegationsteilnehmer boten selbstverständlich an, zu Fuß zu gehen.«

»Und auf dem Heimweg verschwanden sie«, sagte ich.

»So ist es.«

»Aber Sie sagen, daß die Verantwortlichen sich in der Angelegenheit bemühen. Sie lassen es nicht einfach auf sich beruhen.«

Sir John nickte. »Du kannst sicher sein, daß alles Erdenkliche getan wird.«

»Wie gut, daß du uns besuchst«, meinte Lady Greenham. »Es ist zuviel Schreckliches in letzter Zeit geschehen. Ich denke, du hast gut daran getan, nach Cornwall zu fahren.«

»Wäre es nach meiner Schwester gegangen, hätte ich noch länger bleiben sollen, aber angesichts...«

Sir John beugte sich herüber und tätschelte mir die Hand.

»Wir haben schon immer gewußt, daß du ihn gern hast«, meinte er.

»Um die Wahrheit zu sagen... vor seiner Abreise haben wir miteinander gesprochen. Wir wollten bei seiner Rückkehr unsere Verlobung bekanntgeben.«

Beide lächelten mich an.

»Er wird zurückkommen«, sagte Sir John, »und dann hören wir die Hochzeitsglocken läuten. Leider...«

Ich erriet seine Gedanken. Es würde ganz anders sein, als wir es uns vorgestellt hatten. Mein Vater, der unsere Zukunftspläne stark mitbestimmt hatte, würde nicht mit uns feiern. Er war durch die Hand eines Attentäters zu Tode gekommen. Und der Bräutigam wurde in einem fremden Land vermißt.

Ich fragte mich, wieviel Unheil noch hereinbrechen würde.

Während ich mich mit Sir John und Lady Greenham unterhielt, kam Gerald Greenham. Er und Joel waren etwa ein Jahr auseinander. Zwischen den beiden Brüdern bestand eine innige Beziehung. Gerald diente in der Armee – ein sympathischer Mann voller Energie, obwohl er nicht über jene innere Sanftheit verfügte, die mir an Joel so gut gefiel.

Auch Gerald sprach über das Verschwinden seines Bruders, das Hauptgesprächsthema in diesem Haus. Er vertrat die Auffassung, es würde nicht genug unternommen, um die Geschehnisse aufzuklären.

Sir John erwiderte, daß selbstverständlich derlei Handlungspläne nicht von den Dächern herunterposaunt würden. In solchen Fällen sei schließlich ein gewisser Grad an Geheimhaltung unterläßlich.

Gerald beharrte auf seiner Meinung. Er fragte mich nach meinem Befinden und erinnerte sich anscheinend auf einmal, daß ich einen noch größeren Schicksalsschlag erlitten hatte. Denn im Gegensatz zum Tod meines Vaters konnten die Greenhams jetzt noch hoffen.

Als ich mich verabschieden wollte, schlug Sir John vor, Gerald solle mich nach Hause begleiten. Dem stimmte Gerald begeistert zu.

Nach Verlassen des Hauses winkte er eine Droschke herbei. Während wir dahinzockelten, meinte er: »Meine Eltern hat das arg getroffen. Sie verbergen es... aber ich weiß, wie nahe es ihnen geht.«

»Das kann ich verstehen.«

»Ich werde ungeduldig. *Ich* möchte etwas tun.«

»Was könntest du denn unternehmen?«

»Das ist die Frage. Aber ich halte es einfach nicht mehr aus, daheim herumzusitzen und zu warten, daß etwas passiert. Ich brenne vor Ungeduld.«

»Verständlicherweise.«

»Du mußt doch ähnlich empfinden. Ich weiß, was Joel für dich bedeutet.«

»Ich wünsche mir so sehr, daß er wieder zurückkommt.«

»Ich würde gern dorthin fahren und die Sache erkunden, natürlich ganz im geheimen. Ohne jemandem zu sagen, daß es sich um meinen Bruder handelt.«

»Die Regierung wird doch wohl mehr als ein Privatdetektiv ausrichten können.«

»Nicht unbedingt. Auf jeden Fall möchte ich es versuchen.«

Ich sah ihn verstohlen an. Er hatte einen sehr energischen Zug um die untere Mundpartie und einen forschenden Blick.

Ich mochte ihn sehr gern. Er sorgte sich wirklich um seinen Bruder. Beim Abschied fühlte ich mich etwas wohler... seinetwegen.

Die Wochen gingen so dahin. Post von Belinda für mich und Celeste traf ein. Als uns die Briefe erreichten, war Belinda schon unterwegs.

Ich machte einen kurzen Abstecher nach Manorleigh. Aber ich spürte, daß ich in London sein wollte. Ich schaute nachts nicht mehr ängstlich aus dem Fenster. Das hatte ich in den ersten Wochen getan und dabei nur die menschenleere Straße gesehen.

Ein oder zwei Mal hatten mir die Anwälte ausführlich die Einzelheiten der Treuhandschaft dargelegt und mir erklärt, was mit dem Geld, das nun praktisch mir gehörte, geschehen solle. Ich konnte jedoch solchen Angelegenheiten nicht meine ungeteilte Aufmerksamkeit widmen. Verglichen mit meinen Ängsten um Joel schienen sie von geringer Bedeutung.

Seit seinem Verschwinden war mittlerweile über ein Monat verstrichen. Mir war indessen schmerzlich zu Bewußtsein gekommen, daß ich ihn möglicherweise nie mehr wiedersehen würde.

Ab und zu besuchte ich die Greenhams. Sie hatten die Hoffnung noch nicht aufgegeben. Doch bisweilen fragte ich mich, ob sie dies nicht nur vorgaben. Einmal begegnete ich auch Gerald, den das Verschwinden seines Bruders noch immer sehr zu quälen schien.

Die Zeit verging.

Celeste vertrat die Ansicht, daß wir wieder mehr unternehmen sollten. Sie fühlte sich für mich verantwortlich und meinte, daß junge Mädchen meiner gesellschaftlichen Stellung offiziell in die Gesellschaft eingeführt würden. Ihrer Überzeugung nach habe mein Vater ebendies für mich geplant.

»Obwohl ich glaube«, fügte sie hinzu, »daß er das Thema noch eine Weile auf die lange Bank schieben wollte. Er fürchtete, jemand könnte dich heiraten und dich ihm wegnehmen.«

Ich legte meine Hand auf die ihre. Wir brachten beide vor Rührung kein Wort über die Lippen.

Sie faßte sich wieder: »Nun ja, angesichts unserer Situation ist es zu früh dafür. Wir müssen noch warten.«

»Ich brauche keine offizielle Einführung in die Gesellschaft, Celeste«, entgegnete ich. »Das würde mir auch gar nicht gefallen. Falls – wenn – Joel wiederkommt, heiraten wir. Und eine Ballsaison ist nichts für verheiratete Frauen.«

»Er muß doch zurückkommen«, sagte Celeste.

Wir schauten einander traurig an.

»Und dann«, fuhr Celeste fort, »wird Belinda bald hiersein.«

»Eine Saison für Belinda«, murmelte ich. »Für uns beide.«

Belinda tauchte überraschend oft in unseren Gesprächen auf.

An einem Frühlingstag lief die *African Star* in den Hafen von Tilbury ein – mit Belinda an Bord.

Celeste und ich fuhren nach Tilbury, um sie abzuholen. Ich erkannte sie auf den ersten Blick: mit dunklen Haaren und Augen, schön wie Leah und mit einer unbeschreibbaren fremdartigen Ausstrahlung, vielleicht einem Erbe ihrer französischen Vorfahren. Ihre auffallendste Eigenschaft war jene überschäumende Lebendigkeit, die sie schon als Kind gezeigt hatte. Sie sprühte nur so vor Lebensfreude. Sie hatte sich überhaupt nicht verändert und wirkte sehr anziehend.

Sie stellte uns Mr. und Mrs. Wilberforce vor, die sehr erleichtert schienen, ihre Bürde übergeben zu dürfen. Nicht daß Belinda sich als solche betrachtete. Sie hatte die Wilberforces keineswegs als Beschützer, sondern als Reisebegleiter gesehen.

In ihrer gewohnt überschwenglichen Art stürzte sie auf mich zu.

»Lucie, Lucie, ganz die alte Lucie! Ich hätte dich überall sofort erkannt. Ach, es ist herrlich, dich zu sehen!«

Celeste begrüßte sie eher zurückhaltend.

»Willkommen in der Heimat, Belinda«, sagte sie.

»Vielen Dank«, erwiderte Belinda und küßte sie. »Ich freue mich, daß ich wieder hier bin.«

Celeste dankte den Wilberforces, daß sie sich um Belinda gekümmert hatten.

»Eigentlich«, teilte uns Belinda mit, »habe ich mich um sie gekümmert, nicht wahr?« Sie lächelte Mr. Wilberforce schelmisch an, der das Lächeln nachsichtig erwiderte. Ich konnte bereits jetzt ihre Fähigkeit, andere um den Finger zu wickeln, erahnen. »Wir hatten manchmal recht hohen Seegang«, erklärte sie. »Die arme Mrs. Wilberforce. Ihr erging es nicht allein so. Das halbe Schiff lag darnieder. Mr. Wilberforce und ich gehörten zu den ganz wenigen, die nicht seekrank wurden.«

»Tja, die stürmische See«, murmelte Mrs. Wilberforce. »Doch jetzt sollten wir schnell nach Hause fahren.«

»Sie müssen uns besuchen kommen«, lud Celeste sie ein. »Wir möchten Ihnen noch richtig Dankeschön sagen.«

»Belinda weiß unsere Anschrift.«

Wir verabschiedeten uns und trafen Vorkehrungen, damit Belindas Gepäck nach Hause geschafft wurde. Danach fuhren wir mit Belinda in unserer Mitte heim.

Belinda deutete dauernd auf irgendwelche markanten Punkte, an die sie sich erinnerte. Sie freute sich deutlich über ihre Rückkehr.

Als wir zu Hause ankamen, warf ich wie immer einen flüchtigen Blick auf die Grünanlageneinzäunung und den Laternenpfahl und erwartete selbst diesmal halb, den Mann dort stehen zu sehen.

»Das alte Haus!« rief Belinda. »Ich erinnere mich so gut daran! Und an das Herrenhaus auf Manorleigh... Manor Grange. Bist du oft dort?«

»Ab und zu.«

»Ich habe es geliebt. Die ganzen antiken Möbel und das Gespenst... die Gespenster. Du erinnerst dich an die Geister, Lucie?«

In der Tat. Und auch Celeste, wie ich ihrem Gesichtsausdruck entnehmen konnte. Sie dachte daran, wie Belinda den

Geist meiner Mutter gespielt hatte, was sie zu Tode erschreckt hatte.

Ich wunderte mich, daß Belinda, die den Zwischenfall doch nicht vergessen haben konnte, so wenig einfühlsam sein konnte, dieses Thema anzuschneiden. Sie hatte sich wohl überhaupt nicht verändert.

Wir stiegen aus der Kutsche.

Belinda sah mich an und sagte unvermittelt: »An dieser Stelle muß es geschehen sein.«

Ich nickte.

»Es muß entsetzlich für dich gewesen sein.«

»Bitte«, hauchte ich, »nicht jetzt...«

»Nein, natürlich nicht. Schließlich komme ich jetzt heim, die Heimkehr der verlorenen Tochter. Aber das bin ich nicht, oder? Daß ich fortgegangen bin, war ganz natürlich und schien damals die richtige Entscheidung.«

»Komm doch herein«, meinte ich. »Die Diener sind schon ganz aufgeregt und wollen dich begrüßen.«

Sie lächelte geschmeichelt, und wir gingen mit Celeste ins Haus.

Celeste hatte beschlossen, daß Belinda in der Nähe meines Zimmers untergebracht werden sollte. Auch Belindas Zimmer hatte einen Balkon zur Straßenseite.

»Oh, wie hübsch«, rief sie. »Da kann ich hinunterschauen und sehen, was los ist. Und wie schön, dich in meiner Nähe zu wissen, Lucie!«

An diesem Abend saßen nur wir drei am Tisch. Belinda redete mehr als Celeste und ich. Sie berichtete uns von den Goldminen und dem fremdartigen Leben dort. Mit Trauer sprach sie über Leah. Ich bin überzeugt von ihrer Liebe zu ihrer Mutter; und sie äußerte sich voller Zuneigung über Tom Marner.

»Er war so wunderbar zu uns beiden«, meinte sie. »Am Anfang fand ich alles sehr spannend. Dann bekam ich Heimweh. Wir lebten nicht sehr weit von Melbourne entfernt.

Tom pflegte mit uns für ein paar Tage dorthin zu fahren. Das waren immer Glanzlichter. Wir gaben hin und wieder in unserem Haus dort Einladungen. Nach den Maßstäben der Goldminen ging es dabei sehr ruhig zu. Wie geht es Rebecca? Sie würde sich natürlich erinnern.«

»Sie kommt irgendwann nach London.«

»Geht es ihr gut? Sie hat Kinder, nicht wahr?«

»Zwei. Alvina und Jake. Ganz liebe Kinder.«

Sie fühlte sich in bezug auf Rebecca wohl ein wenig unbehaglich, und das zu Recht. Rebecca hatte ihr vermutlich verziehen. Ich fragte mich, ob Pedrek es jemals würde vergessen können. Mit Sicherheit würde bei einer Begegnung zwischen ihnen Verlegenheit aufkommen.

»Kommt... mein Vater je hierher?« fragte sie auf einmal.

Celeste schaute ein wenig nervös.

Belinda bemerkte es und fuhr fort: »Nun ja, er ist schließlich mein Vater, nicht wahr? Er streitet es doch nicht ab. Meine Mutter hat mir alles erzählt – wie jung und unschuldig sie war und daß ihr nie der Gedanke kam, er würde sie nicht heiraten. Meinst du, er wird mich sehen wollen?«

»Ich... ich weiß nicht«, erwiderte Celeste.

»*Ich* möchte ihn schon kennenlernen.«

»Vielleicht irgendwann einmal«, murmelte Celeste.

»Es war alles so dramatisch und ging so schnell. An einem Tag noch war ich die Tochter des Hauses, und am Tag darauf war Leah meine Mutter und Monsieur Bourdon mein Vater. Dann mußte ich schleunigst verschwinden. Ich habe oft gedacht, wie seltsam das alles war, und mich gefragt, wie er und ich miteinander auskämen, wenn wir uns irgendwann begegneten.«

»Wir müssen abwarten, wie sich die Dinge entwickeln«, meinte Celeste vage.

Die Stimmung beim Abendessen war nicht gerade behaglich. Belinda hatte sich von jeher unverblümt geäußert und nie auch nur im geringsten die üblichen Verhaltensregeln beachtet. Ich atmete auf, als das Essen vorbei war. Und Celeste erging es sicher genauso. Sie schlug vor, wir sollten auf unsere Zimmer gehen, da wir nach den Aufregungen des Tages doch müde sein mußten.

Ich war noch nicht lange in meinem Zimmer, als es klopfte. Ich wußte sofort, daß es Belinda war.

»Ein bißchen steif, nicht?« gab sie von sich. »Die gute alte Celeste! Ich glaube nicht, daß sie mich gern hier hat.«

»Doch, doch. Schließlich bist du ihre Nichte. Mit ihr bist du verwandt, nicht mit mir.«

»Hm, aber zwischen uns bestand immer eine besondere Verbindung, nicht? Wir mußten gar nicht miteinander verwandt sein. Wir wuchsen zusammen auf. Dann tauschten wir die Familien. Darüber wundere ich mich noch heute. Erzähl mir von allem. Wie viele Todesfälle! Zuerst... ich denke immer von ihm als meinen Vater, weil ich ihn so lange dafür gehalten habe. Und jetzt lebt er nicht mehr. Ich konnte ihn nie ausstehen. Das beruhte auf Gegenseitigkeit. Er dachte, ich hätte durch meine Geburt deine Mutter getötet. Und dabei war letzten Endes nicht ich ihre Tochter, sondern du.«

»Mir hat er das nie vorgeworfen.«

»Nein. Mich hat er gehaßt. Er konnte nicht glauben, daß seine geliebte Annora einem solchen Biest das Leben geschenkt haben sollte.«

»Du warst in der Tat manchmal ganz schön unausstehlich.«

Sie lachte. »Ich weiß. Ich war von Natur aus ein Ungeheuer. Kein Wunder, daß er erleichtert war, als er herausfand, daß ich gar nicht seine Tochter war.«

Ich schwieg. Ich wußte, daß das stimmte.

»Dann bekam er seine liebe kleine Lucie. Und er schien darüber hoch erfreut.«

»Das war er auch«, entgegnete ich trotzig. »Wir verstanden uns ausgezeichnet.«

»Die Wilberforces wußten genau über seinen Tod Bescheid. Sie hatten Zeitungen nach Australien mitgebracht. So las ich von euren kleinen Abendessen und allem anderen. Und daß du dabei warst, als es passierte. Wie gräßlich!«

»Er war wirklich entsetzlich.«

»Jemand anderes konnte ihn auch nicht ausstehen... nicht nur ich.«

»Bitte mach nicht so respektlose Bemerkungen darüber, Belinda. Das ertrage ich nicht.«

»Entschuldige. Es tut mir wirklich leid, Lucie. Aber wie ich schon sagte, alle diese Todesfälle. Die liebe Leah... ich konnte es kaum aushalten. Daß sie nicht mehr für mich da war. Sie sorgte doch immer für mich. Ich liebte Leah. Ich liebte sie für alles, was sie meinetwegen durchgemacht hat. Es war schlimm genug bei Toms Tod, aber Leah...«

»Ich verstehe schon, Belinda. Ich kann nur jetzt noch nicht darüber sprechen. Es erscheint mir zu früh.«

»Alles hat sich verändert, nicht wahr? Die kleine Lucie..., du warst immer so schwach und unterwürfig, immer das kleine heimatlose Kind.«

»Dafür habe ich mich gehalten. Und du hast dir größte Mühe gegeben, mich immer daran zu erinnern, wenn ich es fast vergessen hätte.«

»Das war wieder das kleine Biest. Es tut mir Leid, Lucie. Ich werde von jetzt anders sein.«

»Hoffentlich. Celeste und ich haben so schlimmes Leid erfahren. Er hat uns beiden so viel bedeutet. Wir müssen uns erst wieder fangen. Mach uns bitte keine Schwierigkeiten.«

»Schwierigkeiten! Meine liebe Lucie. Ich werde euch helfen, euch ablenken.«

»Wir denken noch derart oft daran, daß das schwierig sein dürfte.«

»Leah sagte immer, ich sollte besser in London leben. Dort würde ich Leute kennenlernen. Sie erhoffte sich eine glückliche Zukunft für mich.«

»Selbstverständlich. Schließlich war sie deine Mutter.«

»Ich nehme an, er wünschte dasselbe für dich.«

»Ich glaube nicht, daß er viel darüber nachgedacht hat. Wir haben einander viel bedeutet.«

»Er wollte, daß du bei ihm bleibst, nehme ich an. Die hingebungsvolle Tochter und so. Er hätte dich nicht gern mit einem Ehemann geteilt.«

»Ich weiß nicht. Aber nun ist er dahingegangen...«

»Und auf welch fürchterliche Weise. Alles, was ihm widerfuhr, mußte wie ein Paukenschlag sein. Er war, wie man so sagt, größer als das Leben; deshalb passierte ihm immer so Außergewöhnliches. Und sein Tod war am spektakulärsten.«

»Belinda...«

»Schon gut. Ich rede nicht mehr davon. Du und ich, Lucie, wir werden erwachsen. Wenn das alles nicht geschehen wäre, würden die Leute sagen, daß wir allmählich heiraten sollten. Hat dich schon jemand gefragt?«

Ich schwieg eine Weile, dann rief sie aus: »Also ja. Ach, Lucie! Man stelle sich vor... du! Erzähl mir davon!«

Erst zögerte ich. Aber ich nahm an, daß sie früher oder später davon erfahren würde. Also erzählte ich ihr von Joel.

Sie war fasziniert. »Vermißt! Liebste Lucie, du ziehst die Katastrophen ja geradezu an. In Buganda spurlos verschwunden! Auf einer Gesandtschaft! Es ist so spannend. Oh, er kommt zurück, dann könnt ihr heiraten. Die Hochzeit wird großartig. Die Zeitungen werden davon berichten. Schließlich ist er ein Abgeordneter... und nach dem, was ihm passiert ist. Er muß heimkommen. Kaum zu glauben, daß sich das alles um dich – dich, Lucie – dreht.«

»Und was ist mit dir«, wollte ich wissen.

»Tja, ich habe nicht in einer so aufregenden Umgebung gelebt, nicht wahr? Da gibt es keine Abgeordneten, Attentäter und Gesandtschaftsreisen nach Afrika. Stell dir mal so eine Goldmine vor...«

»Meine Mutter erzählte Rebecca immer davon, und Rebecca mir. Die Lagerfeuer und die Feste, wenn jemand fündig wurde. Ich hörte von den Liedern, die sie immer sangen, und den Hütten, in denen die Goldsucher mit ihren Familien lebten…«

Als ich innehielt, fuhr sie fort. »Ja, so war es. Ich nehme an, es ist ein bißchen besser geworden. Ich lebte natürlich in einem großen Haus. Es war eigentlich gar nicht so übel. Aber ich sehnte mich immer nach England zurück, außer wenn wir nach Melbourne fuhren. Eine hübsche Stadt. Ich freute mich immer auf unsere Abstecher dorthin. Aber dann wurde Tom krank.«

»Er wirkte immer so gesund und munter, als er hier lebte.«

»Er hatte es am Herzen. Er mußte einen Verwalter einsetzen. Da kam Henry Farrell.«

Ich wartete gespannt, denn offenbar wollte sie von Henry Farrell erzählen.

»Er sah gut aus. Die geborene Führernatur. Ganz braungebrannt, wie die meisten Männer da unten. Tom übergab ihm die Leitung. Henry konnte mit den Männer gut umgehen.«

»Das klingt, als hätte er dir gefallen.«

»Hat er auch.«

»Und mochte er dich?«

»Er war ganz vernarrt in mich.«

»Das war wohl unausweichlich.«

»Er wollte mich heiraten. Wie du siehst, hast nicht allein du einen Heiratsantrag bekommen.«

»Und du hast abgelehnt?«

»Ich wußte rechtzeitig, daß ich nicht mein ganzes Leben in der Goldmine verbringen wollte. Ich hatte mich bereits entschlossen, daß ich wieder nach England wollte. Ich hätte ihn wahrscheinlich zu einer Reise nach England überredet. Ich fand, Tom sollte in London behandelt werden. Aber dann starb er. Und wir entdeckten, daß die Mine keineswegs so gut lief, wie sie eigentlich sollte. Aber Henry Farrell blieb dennoch… und dann fragte er mich.«

»Wahrscheinlich hatte er ein Auge auf die Mine geworfen.«

»Naja, das könnte man annehmen. Aber ich war nicht Toms leibliches Kind, nur seine Stieftochter. Er hatte keine eigenen Nachkommen, und er hatte immer Leahs Tochter als die seine angesehen. Ich mochte Henry. Er ist ein feiner Kerl. Wenn die Dinge anders gestanden hätten...«

»Was meinte er denn zu deiner Abreise?«

»Er war niedergeschmettert, der Ärmste. Sag mal, was hältst du von meinem Vater?«

»Ich kenne ihn kaum. Er ist meines Wissens im Weingeschäft tätig. Hin und wieder fährt er nach Frankreich. Ich glaube, er hat ein Haus in London. Wir sehen ihn nicht oft. Er besucht wohl seine Familie in Farnborough ziemlich häufig. Sie zogen zur selben Zeit wie Kaiserin Eugenie von Chislehurst weg. Sie hält in Farnborough sozusagen hof.«

»Wie aufregend! Da würde ich gern hinfahren.«

»Sie lebt doch dort nur im Exil. Erwarte kein Versailles wie zu Zeiten des Sonnenkönigs.«

»Ich frage mich, ob er jemals an mich denkt. Wo genau in Chislehurst lebt denn seine Familie?«

»In einem Haus namens Red House, glaube ich. Jedenfalls hat das Celeste einmal erwähnt. Dabei handelt es sich um das Heim ihrer Eltern. Ich weiß nicht, ob er selbst dort einen eigenen Wohnsitz unterhält. Ich wage zu behaupten, daß er zu viel herumzieht, als daß er ein eigenes Zuhause anstrebt.«

»Ein Mann sollte schon von der Existenz seiner Tochter wissen. Ich muß seine Adresse herausfinden und ihm schreiben. Ob Celeste sie mir wohl gibt? Ich nehme an, sie möchte uns nicht zusammenbringen.«

»Nun ja, er weiß, daß es dich gibt. Wenn er dich sehen wollte, würde er es schon tun.«

»Manche Leute müssen ein wenig angetrieben werden. Gib mir seine Adresse.«

»Ich weiß sie nicht.«

»Ich nehme an: Red House, Farnborough, würde genügen.«

»Warum fragst du nicht Celeste?«

»Vielleicht würde sie ihn vorwarnen, und er wäre dann auf der Hut.«

»Wenn du mit einer solchen Reaktion rechnest, solltest du dann die ganze Sache nicht besser auf sich beruhen lassen?«

»Aber das will ich nicht. Ich möchte, daß er von mir weiß. Ich möchte ihn am Hof in Farnborough besuchen.«

»Weshalb?»

»Ich habe einfach Lust darauf, mich in Kreisen des Hochadels zu bewegen. Sicher kennt jeder das Red House in Farnborough. Schließlich verbindet man es doch mit der dort lebenden kaiserlichen Hoheit.«

Ihre Augen funkelten vor Begeisterung, wodurch sie in mir wieder Vergangenes wachrief. Jetzt erkannte ich, daß das Leben auf den australischen Goldfeldern sie kein bißchen verändert hatte.

»Du schaust müde aus, Lucie. Ich gehe jetzt und lasse dich schlafen.«

Ich wußte, daß etwas sie forttrieb. Wenn sie sich früher etwas in den Kopf gesetzt hatte, hatte sie keinen Aufschub geduldet. Es mußte immer alles sofort geschehen.

Ich wußte, sie ging jetzt in ihr Zimmer, um einen Brief an ihren Vater zu schreiben.

Nach mehreren Tagen gab es noch immer keine Nachricht von Joel. Ich mußte zugeben, daß Belindas Anwesenheit unsere Anspannung bis zu einem gewissen Grad verringerte, und jene Niedergeschlagenheit trat weniger deutlich zutage. Belinda weigerte sich, traurig zu sein; und irgendwie riß sie uns mit.

London entzückte sie; und ich mußte bis zu einem gewissen Maß ihre Begeisterung einfach teilen. Nur sehr selten glitt sie beim Gedanken an Leah in Melancholie ab. Aber ihre Trauer dauerte nur kurz, und sie schien entschlossen, sie schnell abzuschütteln.

Zweifellos war sie über ihre Rückkehr überglücklich. Selbst Celeste wurde ein wenig munterer. Auch sie mußte über Belindas Ausgelassenheit lächeln. Sie war wohl besonders angetan, weil Belinda ihre Nichte war. Sie hatte immer nach Zuneigung gehungert, die sie von ihren eher unnahbaren Eltern nicht bekommen hatte. Was ihren Bruder anbelangte, so wurde er wohl von seinen eigenen Angelegenheiten zu sehr in Anspruch genommen, als daß er noch viel an seine Schwester hätte denken können. Celeste hätte ihre Zuneigung gern Belinda geschenkt. Ich war mir nicht ganz sicher, ob sie darin wirklich Befriedigung finden könnte. Ich kannte die alte Belinda zu gut und wußte deshalb, daß sie Celeste nicht die Zuwendung, nach der sie sich verzehrte, geben konnte.

Belinda wollte sich nach eigenem Bekunden London ansehen. Sie hatte es vermißt und so oft daran gedacht. Sie mochte die Parks und die Geschäfte – vor allem letztere, fand ich heraus. Einmal war ich mit ihr in London unterwegs. Wir schauten uns modische Kleider an, kauften aber nichts.

Dann gingen wir in ein Café; und bei Tee und Kuchen wurde Belinda von düsterer Stimmung befallen und begann sich mir anzuvertrauen.

»Ich hätte wohl doch nicht heimkehren sollen«, sagte sie.

»Was meinst du damit?« fragte ich. »Ich dachte, du wärst hier glücklich.«

»O ja. Danach habe ich mich auch gesehnt. Aber...« Sie biß sich auf die Lippe und fuhr dann mit einem Kopfschütteln fort: »Nein, ich kann es dir nicht sagen. Du würdest es nicht verstehen. Du bist so reich.«

Ich sah sie erstaunt an. »Wovon sprichst du denn?«

»Na ja, ich weiß doch, wie vermögend dein Vater war. Und das meiste davon hast du geerbt. Denk nur mal daran. Du kannst dir kaufen, was du nur willst. Wohingegen ich... Lucie, ich bin arm, furchtbar arm.«

Nachdenklich rührte sie in ihrem Tee. Sie saß da wie ein Häufchen Elend. Ich erinnerte mich, daß ich mich schon früher über ihre schnellen Stimmungswechsel gewundert hatte.

»Weißt du«, sprach sie weiter, »ich verfüge nur über die kümmerlichsten Einkünfte. Einer der Gründe für Toms Herzanfälle war meines Erachtens der Druck, unter dem er stand. Er machte sich entsetzliche Sorgen über die Mine. Goldminen sind das reinste Glücksspiel. Du kannst ein Vermögen damit verdienen oder dich ruinieren. Sie ging recht gut, kurz nachdem Tom sie kaufte, dann begann ihr Niedergang. Sei froh, daß dein Vater rechtzeitig ausgestiegen ist. Der arme Tom war so besorgt, daß er krank wurde und starb. Er hinterließ selbstverständlich alles meiner Mutter... und sie stieß die Mine ab. Ihr blieb gar nichts anderes übrig. Henry Farrell übernahm sie. Das war einer der Gründe, weswegen sie so ängstlich darauf bedacht war, daß ich nach England kommen sollte. Sie dachte, Celeste, die ja schließlich meine Tante ist, würde für mich sorgen. Ich würde einen reichen Mann heiraten und für den Rest meines Lebens in Wohlstand leben.«

»Na, vielleicht geschieht es auch so.«

»Schau mich an!« sagte sie. »Wie wirke ich auf dich?«

»Tja, ich denke, daß man dich als recht attraktiv einstufen kann.«

»Mach dich nicht über mich lustig! Ich schaue wie eine Provinzgans aus. Wie kann ich dann in die Londoner Gesellschaft hineinkommen?«

»Wer sagt denn, daß du in die Londoner Gesellschaft hineinkommst?«

»Ich werde in eurem Haus leben. Schließlich werden wir irgendwann zum normalen Leben zurückfinden... und dann wird es auch Einladungen geben, oder?«

»Ich weiß nicht. Es hat zu Lebzeiten meines Vaters so viele Einladungen gegeben.«

»Ja, und so wird es wieder sein.«

»Celeste ist kein sehr geselliger Mensch.«

»Ich denke doch, daß du offiziell in die Gesellschaft eingeführt wirst.«

»Genug, Belinda! Bei allem, was passiert ist, habe ich an so etwas noch keinen Gedanken verschwendet.«

»Nein, wohl kaum. Aber mittlerweile... Ach, ich fühle mich so elend! Ich möchte am liebsten gar nicht hier sein, nicht als heruntergekommene arme Verwandte. Ich sollte nicht bei dir und Celeste wohnen.«

»Was für ein Unsinn! Wenn du Geld brauchst, kann ich dir etwas geben. Ich habe genug.«

»Ich weiß, daß du reich bist. Beneidenswerte Lucie. Wie seltsam das Leben doch spielt. Wir hielten dich für ein Waisenkind und mich für die Tochter des Hauses. Nicht daß er mir das ganze Vermögen vermacht hätte... selbst wenn er mich weiterhin als seine Tochter betrachtet hätte.«

»Höre auf, über Geld zu reden. Schau, ich werde dir welches geben.«

»Wie könnte ich das annehmen?«

»Nun ja, ich könnte es dir borgen, und dann zahlst du es zurück, wenn du unbedingt meinst.«

»Wie denn?«

»Du findest mit Sicherheit einen Weg. Das lag dir doch schon immer, nicht? Und jetzt möchte ich nicht mehr darüber sprechen.«

Sie warf mir einen sehr liebevollen Blick zu. »O Lucie«, sagte sie, »ich habe dich ja so gern. Seit jeher, weißt du. Auch wenn ich mich dir gegenüber so abscheulich benommen habe.«

»Nun, das gehört doch längst der Vergangenheit an.«

»Lucie, willst du mir denn tatsächlich Geld zukommen lassen?«

Ich schaute sie erst ungehalten an, aber auf ihrem Gesicht lag solche Freude, daß mir ein Lächeln entkam.

»Erinnerst du dich an das Kleid mit den Fältchen... das lavendelfarbene...?«

Ich nickte, belustigt über ihre Begeisterung.

»Wenn wir in das Geschäft gehen könnten ... wenn ich mir das Kleid kaufen könnte und das mit dem strengen Oberteil und auch das Gerüschte. Wenn ich die Kleider hätte, käme ich schon eine Weile zurecht.«

»Dann kauf sie doch!«

»O Lucie, du bist ein Schatz. Aber es ist nur geliehen. Darauf bestehe ich.«

»Nur geliehen«, pflichtete ich ihr bei.

Also gingen wir zu dem Geschäft zurück und kauften die Kleider auf meine Rechnung. Und ich fühlte mich so glücklich wie lange nicht mehr. Belindas Freude zu sehen tat gut.

Als wir heimkamen, eilte uns eins der Hausmädchen entgegen.

»Ach, Miss Lansdon«, sagte sie. »Ein Mr. Gerald Greenham ist hier. Er wollte Sie persönlich sprechen.«

Mein Herz begann schneller zu schlagen. Ein Gedanke schoß mir durch den Kopf: Ob es Nachricht von Joel gibt?

Belinda, die noch immer über ihre Erwerbungen frohlockte, trug sie nach oben. Ich ging in den Salon.

»Gerald«, rief ich. »Wie schön, dich zu sehen.«

Er trat näher und faßte mich an beiden Händen. Ich bemerkte sofort seine Aufregung.

»Gibt es Neuigkeiten?« fragte ich gespannt.

»Ja, aber noch nichts über Joel. Tatsache ist, daß ich abreise. Ich habe Sonderurlaub bekommen und fahre nach Buganda, Lucie.«

»Tatsächlich! Wie hast du das geschafft? Ich hätte gedacht, das Regiment...«

Sein Lächeln wurde immer breiter: »Ich muß fort. Es ist eine Ausnahmesituation. Schließlich handelt es sich um meinen Bruder. Jedenfalls breche ich morgen auf. Ich mußte es dir unbedingt erzählen.«

»Was wirst du da unten denn tun?«

»Ich werde ihn finden, Lucie.«

»Oh, Gerald, meinst du wirklich...?«

»Ich setze große Hoffnungen darauf und mußte einfach vorbeischauen und es dir sagen.«

»Ich danke dir. Wie nett von dir, daß du an mich gedacht hast. Und deine Eltern?«

»Sie glauben auch, daß ich ihn ausfindig mache... und das werde ich auch, Lucie.«

»Das hoffe ich sehr.«

Er schilderte mir seine Pläne. Zu dumm, daß die Reise so lange dauerte. Aber er würde auf dem Weg dorthin viel nachzudenken haben. »Ich bin fest entschlossen, ihn zu finden... oder zumindest zu erfahren, was passiert ist.«

»Wäre es nicht herrlich, wenn er wiederkäme!«

Er nickte. »Wünsche mir alles Gute, Lucie.«

»Von ganzem Herzen!«

Er war vom Erfolg seiner Reise so überzeugt, daß er größere Hoffnungen in mir weckte, als ich seit der Nachricht von Joels Verschwinden je gehegt hatte.

Als er gerade gehen wollte, betrat Belinda das Zimmer. Sie trug das lavendelblaue Kleid mit den Fältchen. Es paßte ausgezeichnet zu ihrer etwas üppigen Figur, sie sah sehr gut darin aus.

»Ach, guten Tag«, sagte sie. »Ich wußte nicht, daß du noch Besuch hast. Ich mußte es einfach anprobieren, Lucie. Ich war so gespannt.«

»Das ist Mr. Gerald Greenham«, entgegnete ich, »und das ist Celestes Nichte, Miss Belinda... Marner.« Bei ihrem Nachnamen zögerte ich. Als sie bei uns lebte, hatte sie Lansdon geheißen. Aber natürlich war dies nicht ihr richtiger Name gewesen. Sie hieß wohl Belinda Polhenny nach dem Mädchennamen ihrer Mutter. Aber das paßte überhaupt nicht zu ihr. Bei Leahs Hochzeit hatte sie Tom Marners Namen angenommen, was durchaus vernünftig schien.

Sie lächelte ihn auf eine Weise an, die ich allmählich schon an ihr kannte – herausfordernd, Bewunderung heischend.

Gerald gab sie ihr bereitwillig.

»Sehr erfreut, Sie kennenzulernen, Miss Marner«, begrüßte er sie.

»Ganz meinerseits«, erwiderte sie. Und sie lächelten sich in gegenseitigem Wohlgefallen an.

»Mr. Greenham und seine Familie waren gut mit meinem Vater befreundet.«

»Also sind Sie auch Politiker?« fragte Belinda. »Wie aufregend!«

»Da muß ich Sie leider enttäuschen«, antwortete Gerald. »Ich diene in der Armee. Aber die Politik liegt meiner Familie im Blut. Mein Vater, mein älterer Bruder...«

»Und Sie sind diesem Schicksal entkommen«, sagte Belinda. »Sie wollen sich doch nicht etwa schon verabschieden?« Sie schürzte ein wenig die Lippen, als gefalle ihr dies gar nicht.

»Ich muß leider«, erwiderte er bedauernd.

»Mr. Greenham verläßt morgen England«, erzählte ich ihr.

»Wie aufregend! Darf man fragen, wohin Sie reisen?«

»Nach Afrika.«

»Wie spannend! Selbstverständlich kommt man bei der Armee viel herum...«

Zweifellos hatte sie ihn beeindruckt. Mir entging nicht, daß es ihn schwer ankam, jetzt aufzubrechen. Er schien zwischendurch sogar seinen Plan vergessen zu haben, dessentwegen er bei seiner Ankunft so aufgeregt gewesen war.

Als wir allein waren, stand Belinda vor mir und strich die Fältchen ihres Kleides glatt. »Na, was meinst du?« fragte sie.

»Daß du dich recht angestrengt hast, seine Aufmerksamkeit zu erringen. Und das ist dir perfekt gelungen.«

Sie schaute mich schelmisch an. »Oh... ich meinte doch mein Kleid.«

»Es steht dir gut.«

Und ich dachte: Sie hat sich kein bißchen verändert. Sie ist nicht etwa heimgekommen, um uns zu sehen, sondern um sich einen Ehemann zu angeln, der sie für den Rest ihres Lebens auf Rosen bettet.

Ein paar Tage danach beehrte uns ein anderer Besucher – Jean Pascal Bourdon. Er hatte Celeste brieflich mitgeteilt, daß er für kurze Zeit nach London komme und gern seine Schwester besuchen wolle.

Als sie mir davon erzählte, kam mir sogleich der Gedanke, daß sein plötzliches Interesse mit dem Brief, den Belinda ihm sicherlich geschrieben hatte, in Verbindung stand.

Die Nachricht von seinem bevorstehenden Besuch brachte Belinda ganz durcheinander. Sie stellte mir eine Unmenge Fragen über ihn und schnitt auch gegenüber Celeste dieses Thema an. Diese jedoch äußerte sich ausweichend, so daß Belinda wieder mich über ihn ausquetschte.

Ich erzählte ihr, daß er sich für Wein interessierte und die Familie ein Schloß im Medoc besaß. »Der Medoc«, sagte ich, »ist das größte Weinanbaugebiet Frankreichs... oder zumindest eines der größten. Ich glaube, das Schloß heißt Château Bourdon und gehört seit langem der Familie. Er hat wohl ein kleines Absteigequartier in London, weil er nie bei uns übernachtet, wie man vielleicht annehmen würde. Es wäre doch recht praktisch für ihn, bei seiner Schwester zu wohnen. Ich glaube, er verbringt einige Zeit in Farnborough, wo seine Eltern leben.«

»Am Hof von Kaiserin Eugenie«, sagte Belinda mit funkelnden Augen. »Celeste besucht sie nicht.«

»Nein, nie... und sie kommen auch nicht hierher. Ihr Vater ist vor einiger Zeit gestorben, und die Mutter ist zu schwächlich zum Reisen.«

»Meine Großeltern«, murmelte Belinda.

»Ich glaube, sie legen großen Wert auf Etikette. Jedenfalls lernst du Mr. Bourdon kennen, wenn er am Dienstag zum Abendessen zu uns kommt.«

Ich konnte sehen, daß sie bereits Pläne schmiedete. Sie überlegte, was sie anziehen würde. Sie kaufte ein Buch über Weine und studierte es gründlich. Sie war wild entschlossen, ihn zu beeindrucken.

Sie trug das lavendelblaue Kleid und türmte ihr Haar hoch auf. Sie schaute sehr eindrucksvoll aus.

»Wenn ich doch nur ein wenig Schmuck hätte«, seufzte sie. »Perlen würden genau dazu passen.«

»Du bist auch ohne Schmuck hübsch genug«, meinte ich.

»Lucie, du hast keine Ahnung.«

»Danke«, gab ich zurück. »Dann mische ich mich nicht ein. Ich wollte eben sagen, daß ich eine Perlenbrosche habe – ein Geschenk meines Vaters.«

»O Lucie, im Ernst! Zeig doch mal!«

Ich holte sie, und sie steckte sie sich ans Kleid. »Wie entzückend«, rief sie. »Einfach himmlisch. Elegant und einfach, nicht? Du leihst sie mir doch.«

Ich nickte. Worauf sie mir die Arme um den Hals schlang und mich flüchtig küßte. In Gedanken war sie weit weg, bei der Überlegung, welchen Eindruck sie bei ihrem Vater hinterlassen würde.

Wir gingen zusammen in den Salon hinunter.

Er saß mit Celeste da und erhob sich, als wir hereinkamen. Er war mittelgroß, mit dunklem Haar und lebhaften dunklen Augen. Mit seinen klar geschnittenen, fast klassischen Gesichtszügen sah er gut aus. Er sprach ausgezeichnet Englisch mit lediglich einem Hauch von Akzent und wirkte elegant und zuvorkommend. Irgend etwas an ihm stieß mich leicht ab. Ich war mir nicht sicher, was es war.

»Da sind Lucie und Belinda«, sagte Celeste.

Er drehte sich zu uns um. »Lucie!« Er nahm meine Hand und küßte sie. »Ich bin entzückt!« murmelte er. Und dann: »Belinda!« Er faßte sie an beiden Händen. »Wie wunderschön Sie sind! Ich denke, wir sollten einander kennenlernen, nicht wahr?«

Belinda strahlte nur so. Ihre Augen funkelten. Ich, die ich sie gut kannte, wußte, was in ihr vorging. Sie dachte, es sei leicht, diesen Mann für sich zu gewinnen. Ich war mir da nicht so sicher. Ich glaubte, ihn ein wenig zu kennen – nicht sehr gut, doch genug, um zu wissen, daß man ihn nicht blindlings für den halten durfte, der er zu sein schien. Er war nicht leicht zu durchschauen. Er war Belindas Vater, und ich nahm an, daß sie sich in mancherlei Hinsicht ähnelten. Dadurch zogen sie sich möglicherweise an.

»Das Abendessen wird gleich aufgetragen«, sagte Celeste.

Er schaute seine Schwester an. »Erwartest du noch Gäste?«

»Nein, ich dachte, wir bleiben unter uns... im Familienkreis.«

»Eine ausgezeichnete Idee. Darauf habe ich gehofft.«

»Nun, in ein paar Minuten sollten wir wohl hinübergehen. Wir essen heute im kleinen Eßzimmer.«

»Schön traulich«, meinte er.

Sein Blick ruhte auf Belinda – bewundernd, dachte ich, obwohl man sich bei einem solchen Mann nicht sicher sein konnte.

»Ich freue mich so sehr, daß Sie heimgekommen sind«, sagte er zu Belinda.

»Ich mich auch«, antwortete sie.

»Sie schauen nicht so aus, als kämen Sie aus – wie sagt man denn gleich – aus dem Busch.«

»Ja«, entgegnete Belinda, »so nennt man Australien.«

»Sie schauen eher wie eine junge Dame von feinster Lebensart aus.«

»Was man ist, hängt von einem selber ab«, entgegnete Belinda.

»Wie recht Sie haben.«

»Belinda hat uns viel über ihr Leben auf den Goldfeldern erzählt«, warf Celeste ein. »Es war sehr aufschlußreich.«

»Davon müssen Sie mir berichten... irgendwann einmal«, sagte er zu Belinda.

Damit deutete er an, daß sie sich wieder begegnen würden und daß ihn die Goldfelder nicht gerade brennend interessierten. Belinda verstand die Botschaft. Sie strahlte. Sie war wohl zu dem Schluß gekommen, daß sich alles plangemäß entwickelte.

Bei Tisch plauderte man angeregt, im wesentlichen verlief das Gespräch zwischen Belinda und Jean Pascal. Celeste und ich erkannten, daß sie ihn entzückte und amüsierte und daß er die Begegnung mit seiner erwachsenen Tochter durchaus genoß.

Schweigsamkeit hatte noch nie zu Belindas Charaktermerkmalen gehört. Sie unterhielt sich munter und zeigte lebhafte Anteilnahme an seinem Château in Frankreich und dem Weinhandel.

»Es liegt nicht weit von Bordeaux entfernt«, erklärte er ihr. »Als Weinanbaugebiet bestens geeignet.«

»Der beste Wein der Welt kommt von dort«, ergänzte Belinda.

»Ja, das finden wir auch, verständlicherweise.«

»Und die ganze Welt. Es muß doch befriedigend sein, das Wachsen der Trauben zu beobachten... und sicherzustellen, daß alles in Ordnung ist. Einfach herrlich!«

»Manchmal ist es keineswegs angenehm«, erläuterte er. »Man ist der Natur ausgesetzt... dem Wetter, Krankheiten.«

»Aber das macht es doch nur um so spannender.«

»Ich bin mir nicht sicher, ob meine Leute dem zustimmen würden.«

»Nun, wenn alles glattgeht, muß es doch weniger lohnend erscheinen, wenn am Ende alles geglückt ist.«

»Sie sind ja eine richtiggehende Philosophin.«

»Nur gesunder Menschenverstand.«

»Es gibt Dinge, von denen Sie nichts wissen, Belinda. Vor ungefähr zehn Jahren vernichtete die Weinlaus fast alle Trauben in Frankreich. Das war alles andere als erfreulich, das kann ich Ihnen versichern. Stellen Sie sich nur dies abscheulichen Biester vor, wie sie den Weinstock unter der Erde befallen und den Saft aus den Wurzeln saugen. Es gibt nur eine Möglichkeit, sie loszuwerden – man muß das Gelände überfluten.«

»Wie entsetzlich!« gestand Belinda ein. »Aber auch sehr fesselnd. Erzählen Sie doch bitte vom Château Bourdon. Ist es ein richtiges Schloß?«

»Gemessen an Blois oder Chambord natürlich nicht. Es ist viel, viel kleiner. In Frankreich gab es viele Schlösser, und sie wurden nicht allesamt während der Revolution zerstört. Bourdon ist etwa mittelgroß, ein sehr hübsches Schloß, in einem schönen Landstrich inmitten ausgedehnter Weingärten gelegen.«

Sie klatschte in die Hände und schaute ihn schwärmerisch an.

Er fühlte sich wohl recht zu seiner Tochter hingezogen, aber ich war mir dessen nicht absolut sicher. Denn er gehörte zu jenen Männern, die ihre wahren Gefühle gern unter einem Mantel der Weltgewandtheit verbergen. Zweifelsohne erkannte er alle möglichen Charakterzüge von sich in ihr wieder.

Auch mir schenkte er ein wenig Aufmerksamkeit.

Er fragte mich nach meinen Zukunftsplänen, und ich antwortete ihm, daß ich bisher noch keine Entscheidungen getroffen hätte.

»Lucie hat Schlimmes erlitten«, warf Celeste ein. »Sie braucht Zeit, um sich davon zu erholen.«

Er nickte voll Mitleid.

»Meine liebe Lucie«, sagte er. »Ich fühle mit Ihnen. Celeste hat mir erzählt, wie tapfer Sie waren. Ich muß mich entschuldigen, daß ich dieses Thema bei einer so angenehmen Begegnung anschneide. Aber wenn unsere Gedanken so sehr darum kreisen, scheint es unnatürlich, es unbedingt vermeiden zu wollen. Ich empfinde aufrichtiges Mitgefühl für Sie...

und meine Schwester. Das müssen Sie mir glauben. Aber Sie müssen allmählich darüber hinwegkommen.«

Ich nickte zustimmend.

»Belinda wird sich Ihnen dabei sicher als große Hilfe erweisen.« Er wandte sich an sie. »Ich freue mich so, daß Sie gekommen sind, meine Liebe.«

»Wir uns auch«, bekräftigte Celeste.

»Und jetzt helfen wir Ihnen dabei, die Vergangenheit hinter sich zu lassen«, fuhr er, nun an mich gerichtet, fort. »Nicht wahr, Belinda?«

»Selbstverständlich«, sagte Belinda. »Lucie und ich sind eng befreundet.«

»Wie schön, das zu hören. Es tut mir leid, einen solch dunklen Klang an unserem heiteren Abend angeschlagen zu haben. Jedenfalls wollte ich nicht, daß Sie und Celeste mich für hartherzig halten.«

»Ich verstehe«, erwiderte ich.

»Erzählen Sie uns doch mehr über das Château«, bettelte Belinda.

Dem kam er freudig nach. Das Schloß befand sich seit den Tagen Karls des Klugen, also seit dem 14. Jahrhundert, im Besitz der Bourdons. Es war ein typisch französisches Château. »Davon gibt es in ganz Frankreich Hunderte«, fuhr er fort. »Die meisten haben runde Türme an jeder Seite, die sich nach oben zu verjüngen.«

»Man beschreibt sie als Pfefferstreuertürme«, sagte ich.

»Ein treffender Ausdruck. Grauer Stein... mit diesem mittelalterlichen Aussehen. Natürlich hat man Teile davon restauriert, so daß sich hier und da Spuren späterer Jahrhunderte finden lassen. Aber seit hundert Jahren ist daran nichts mehr gemacht worden. Solche Schlösser sind für die Ewigkeit gebaut. Wir haben selbst die Revolution überstanden. Hoffentlich sehen Sie es sich einmal an.«

Belinda strahlte vor glücklicher Erregung. Das übertraf ihre Erwartungen, dessen war ich gewiß. Zwischen den beiden bestanden tatsächlich Ähnlichkeiten, und sie würden einander verstehen, was ihren Umgang miteinander erleichterte.

Sie war über ihren Vater höchst entzückt. Und ich hatte den Eindruck, als berühre ihn die Entdeckung, eine solch amüsante Tochter zu haben, keineswegs unangenehm.

Er verabschiedete sich erst spät. Belinda kam in mein Zimmer und setzte sich zu mir aufs Bett.

»Was für ein Abend! So etwas habe ich noch nicht erlebt.«

»Nun ja, es passiert nicht oft, daß ein junges Mädchen deines Alters zum erstenmal in ihrem Leben ihrem Vater begegnet.«

»Meinst du, er mag mich?«

»Mögen ist vielleicht zu stark ausgedrückt. Ich glaube, er fand dich... interessant.«

»*Ich* glaube, er mag mich. Die ganze Zeit hat er hauptsächlich mit mir gesprochen und mich beobachtet.«

»Und du hast fast nur mit ihm geredet und ihn nicht aus den Augen gelassen.«

»Ob er mich wohl auf Château Bourdon mitnimmt?«

»Das kann ich nicht sagen.«

»Und zum Hof nach Farnborough?«

»Ich stelle es mir recht schwierig vor, eine illegitime Tochter in Adelskreisen vorzustellen.«

»Du bist ein Biest, Lucie.«

»Ich konstatiere nur eine Tatsache. Die Franzosen legen sehr viel Wert auf Etikette, und wahrscheinlich ganz besonders der Hochadel... selbst im Exil.«

Vorübergehend schaute sie niedergeschlagen aus, so daß ich meinte: »Ja, Belinda, ich glaube schon, daß du ihn beeindruckt hast. Und ich bin mir absolut sicher, daß er dich wiedersehen möchte, und zwar bald.«

Sie umarmte und küßte mich.

»Du bist ein Schatz«, sagte sie.

»Ich freue mich über die bemerkenswerte Verwandlung.

Und all dies nur wegen der Feststellung offensichtlicher Tatsachen.«

»Ja«, meinte sie nachdenklich. »Ich glaube auch, daß er mich mag. Und dich auch, Lucie.«

»Er mag alle jungen Frauen, sofern sie nicht eben auffallend häßlich sind. Aber Töchter gehören wohl einer anderen Kategorie an. Ja, ich bin völlig davon überzeugt, daß er von seiner Tochter nicht enttäuscht war. Und ich spüre, daß er sie bald wiedersehen möchte... sehr bald.«

Auf diese Bemerkung hin sagte sie gute Nacht und ging in ihr Zimmer.

Er besuchte uns wieder. Genau genommen ließ er nur einen Tag verstreichen, währenddessen Belindas Stimmung zwischen Verzweiflung und Hoffnung schwankte.

Mir war klar, daß ihn die Entdeckung einer erwachsenen Tochter ziemlich amüsierte. Und Belinda entsprach genau dem Bild eines jungen Mädchens, auf das er stolz sein konnte. Sie war temperamentvoll und, wenn vielleicht nicht schön im herkömmlichen Sinn, sehr gutaussehend. Sie besaß etwas, das Schönheit übertraf. Leahs Zauber hatte in ihrer Sanftheit bestanden, die ihr das Aussehen einer Madonna verliehen hatte – besonders als wir noch Kinder waren. Damals hatte ich oft die Zärtlichkeit in ihren Augen bemerkt, wenn ihr Blick auf ihrer Tochter ruhte. Doch Belinda hatte nichts Madonnenhaftes an sich. Ihre Attraktivität stach ins Auge; sie wirkte ein wenig geheimnisvoll und schien denen, die sich von ihr mitreißen ließen, alle möglichen Vergnügungen zu verheißen. Sowie sie ins Zimmer trat, fiel sie auf. Die Atmosphäre änderte sich durch sie; sie verfügte über eine ganz besondere Eigenschaft. Selbst hier, in diesem Trauerhaus, hatte sie die Melancholie ein wenig gemildert.

Ihretwegen freute es mich, daß Jean Pascal bereit war, sie als seine Tochter anzuerkennen. Er gehörte zu jener Sorte von Männern, die, wenn sie ihm nicht reizvoll erschienen wäre, gegangen wären und die Sache vergessen hätten. Aber dieses strahlend schöne Mädchen, das sich ihm unvermittelt vorgestellt hatte, fesselte ihn. Ich nehme an, daß er die Situation als ziemlich pikant erlebte.

Ich fragte mich, warum er nie geheiratet hatte. Ich hatte gehört, daß er eine junge Dame aus dem Umfeld des französischen Herrscherhauses hatte ehelichen wollen, eine Verwandte von Kaiser Napoleon III. und von Kaiserin Eugenie. Aber natürlich hatte das Verhängnis von 1870 dem ein Ende gemacht. Jean Pascal hängte sein Herz nicht an einen verglimmenden Stern. Dies war zumindest mein Eindruck, den ich sicherlich dem Einfluß meiner Schwester Rebecca verdankte. Sie hatte nie viel über ihn reden wollen. Doch sie konnte ihn nicht ausstehen.

In den nächsten Wochen sahen wir ihn recht häufig, da er uns regelmäßige Besuche abstattete. Belinda strahlte nur so. Ihre Pläne gingen auf – und übertrafen ihre kühnsten Hoffnungen.

Er schätzte es wohl, mit ihr zusammen gesehen zu werden. Er kaufte ihr Kleider und war begeistert über ihren Geschmack. Sie verfüge über französische Eleganz, sagte er, die sie von der väterlichen Seite geerbt habe. Sie lernte Französisch. Und wenn Belinda sich einer Sache widmete, stürzte sie sich mit einer derartigen Begeisterung darauf, daß sie ihr einfach gelingen mußte.

Jetzt verfolgte sie das große Ziel, ihrem Vater zu gefallen, ihn an sich zu binden. Sie war wild entschlossen, am Leben auf dem französischen Château teilzunehmen und letztlich auch in Farnborough empfangen zu werden.

Während dieser Wochen lebte sie in einem Wirbel von Aufregung und zog mich, das muß ich gestehen, bis zu einem gewissen Grad mit. Auch Celeste ließ sich durchaus mitreißen. Sie freute sich, daß ihr Bruder Gefallen an Belinda fand.

Belindas Freude war überwältigend, als er ihr zu verstehen gab, daß sie eine finanzielle Zuwendung bekommen solle.

»Weißt du, was er gesagt hat, Lucie?« fragte sie.

»Ich habe keine Ahnung.«

»Er sagte: ›Ich kann nicht zulassen, daß meine Tochter bei der reichen Miss Lucie als mittellose Angehörige lebt.‹ Ist das nicht herrlich? Ist es nicht furchtbar aufregend zu entdecken, daß man einen wunderbaren Vater hat? Ich hatte drei Väter – den ersten konnte ich nicht besonders leiden; der zweite war in Ordnung, aber nicht gerade ein feiner Herr; und jetzt habe ich den idealen Vater.«

»Damit tust du aber den beiden ersten Unrecht.«

»Ach, sei doch ruhig, Lucie. Du mußt immer an allem herummäkeln. Ich habe jetzt meinen leiblichen Vater gefunden, und er ist der beste von allen. Und darüber soll ich mich nicht freuen dürfen? Ich kann mir dann endlich wunderbare Kleider kaufen. Ich glaube, ich werde bald nach Frankreich fahren.«

»Hat er das gesagt?«

»Nicht direkt, aber er spricht davon... als würde ich dorthin reisen.«

»Na schön, dann verläßt du uns vermutlich bald und fährst auf dein großartiges Château. Und dann wirst du in den Hochadel eingeführt. Ich frage mich, wie es in Farnborough zugeht. Wie lebt man als Herrscher im Exil? Farnborough dürfte sich von Versailles ziemlich unterscheiden.«

»Ich lade dich dann einmal ein.«

»Wir großzügig von dir. Ach, Belinda, ich freue mich doch so, wirklich, daß sich alles so günstig für dich entwickelt.«

Wie Belinda glaubte ich, daß ihr Vater für sie Zukunftspläne schmiedete. Er verbrachte so viel Zeit in unserem Haus, dem er früher so selten einen kurzen Besuch abgestattet hatte. Mein Vater hatte ihn nie leiden können, und er war kein Mensch gewesen, der Freundschaft nur vorgab, wo sie gar nicht bestand. Vielleicht war Celestes Bruder früher deshalb so selten zu uns gekommen. Jedenfalls hatte sich dies grundlegend geändert.

Er führte uns in die Oper oder ins Theater und danach zum Abendessen aus und bereitete uns so vergnügliche, unterhaltsame Abende. Er hörte gern Belinda ihre Ansichten äußern, und er lauschte ihr immer aufmerksam mit einem belustigten Lächeln auf den Lippen. Wir schauten uns *La Traviata* an, und ich weiß noch, wie wir in dem Restaurant mit den roten, bequemen, divanartigen Plüschsesseln saßen und uns über die Aufführung unterhielten.

Belindas Augen glänzten. Sie hatte den Abend gründlich genossen.

»Aber ich finde, daß es reichlich dumm von ihr war, wegen ihrem alten Vater den Liebhaber aufzugeben«, meinte sie. »Ich mochte *ihn* überhaupt nicht. Das ging ihn doch gar nichts an. Einfach daherzukommen und alles zu verderben!«

»Du meinst, sie hätte ihn im Stich lassen sollen?«

»Das hätte ich an ihrer Stelle getan.«

»Das glaube ich dir aufs Wort.«

»Nun ja, wenn sie nicht getrennt worden wären, hätten sie auch nicht lange zusammenbleiben können«, legte ich dar. »Sie mußte doch auf jeden Fall bald sterben.«

»Wie man sieht, denkt Lucie sehr logisch«, warf Jean Pascal ein. »Überaus ungewöhnlich für eine Frau. Das bewundere ich sehr, Miss Lucie.«

Belinda konnte es nicht leiden, wenn er seine Aufmerksamkeit für einen Augenblick von ihr weg auf eine andere Person richtete.

»Ach, daran habe ich auch gedacht«, gab sie vor.

»Dann sitzen hier also zwei logisch denkende junge Damen. Das müssen wir doch gleich feiern, nicht wahr, Celeste? Am besten mit etwas Champagner.«

Ich beobachtete Belinda. Sie schien nie müde, wohingegen die arme Celeste richtiggehend dahinwelkte. Was mich betraf, so weilte ich in Gedanken noch im Theater bei der armen Violetta; ihre herrliche Stimme klang mir in den Ohren nach. Es war wunderschön.

Zu Hause kam Belinda noch auf mein Zimmer. Sie hatte sich dies zur Gewohnheit gemacht, weil sie gern ihre Meinung über den vergangenen Tag zum besten gab.

»Ein herrlicher Abend!« rief sie. »Ich hoffe, du hast dich auch amüsiert.«

»Die Oper hat mir wirklich ausgezeichnet gefallen.«

»Er will uns ins Theater mitnehmen, zu Ellen Terry und Henry Irving. Ist das nicht großartig? Ich bin heilfroh, daß ich ihm geschrieben habe. Meinst du nicht auf, Lucie, daß die meisten Leute die Dinge nicht selber anpacken. Sie nehmen einfach hin, was so geschieht. Ich sage mir immer, ich möchte, daß etwas geschieht, und dann sehe ich zu, daß es auch passiert.«

»Das hast du schon immer getan.«

»Ist das nicht schlau?«

»Nicht immer, Belinda.«

Ob sie sich wohl an das, was sie Rebecca und Pedrek angetan hatte, erinnerte? Auch damals hatte sie versucht, das Leben nach ihren Wünschen zu beeinflussen. Vorübergehend war ihr dies sogar gelungen. Sie hatte Glück, daß Rebecca und Pedrek leicht verzeihen konnten. Jetzt war sie der Meinung, daß ohne ihren Brief an ihren Vater und ihre Andeutung, sie wolle ihn sehen, sich all dies nicht zutragen würde. Und hierin hatte sie wohl in gewisser Weise recht.

Jean Pascal hielt Wort und führte uns ins Theater aus. Dank der einzigartigen Ellen Terry als Katharina in *Heinrich VIII.* war es ein grandioser Abend. Wir waren alle hingerissen, selbst Jean Pascal spielte nicht wie üblich den spöttischen Mann von Welt, sondern ließ sich von der Aufführung in den Bann ziehen. Hinterher lud er uns wie immer zum Souper.

»Mir hat sie gefallen«, kommentierte Belinda. »Sie wollte nicht nachgeben.«

»Aber am Ende blieb ihr nichts anderes übrig«, legte ich dar. »Er war zu mächtig für sie.«

»Aber nur weil er ein König und ein Mann war«, entgegnete Belinda. »Sie halten alle Macht in Händen.«

»Meinst du damit, daß die Männer über zuviel Macht verfügen?« fragte sie ihr Vater.

»Sie haben wohl nicht soviel, wie sie selbst glauben... und man kann sie dazu bringen, das zu tun, was die Frauen wollen, solange sie selber davon keine Ahnung haben.«

Jean Pascal lachte. »Ganz schön raffiniert, meine Tochter. Ich frage mich allmählich, ob ich nicht besser vor ihr auf der Hut sein sollte.«

»Oh, ich täte doch nichts, was nicht deine Zustimmung fände«, versicherte Belinda eilig.

»Wie könnte ich mir denn dessen sicher sein? Wäre es denn nicht Teil der Tücke und Hinterlist?«

»Das würdest du doch merken. Dir entgeht nichts.«

»Führst du mich noch immer an?«

Belinda wirkte etwas verdutzt. Sie fragte sich wohl, ob sie nicht zuviel von sich preisgegeben hatte.

Bei unserem Gespräch über das Theaterstück schien sie ein wenig angespannt und beklommen.

Im Verlauf des Soupers meinte Jean Pascal: »Ich werde in Kürze wieder nach Frankreich fahren müssen.«

Belindas Gesichtsausdruck verriet herbe Enttäuschung.

Er setzte eine betrübte Miene auf und fuhr fort: »Du verstehst, ich muß mich um meine Angelegenheiten auf dem Château kümmern. Ich bin jetzt sehr lange nicht mehr dort gewesen.«

»Wann kommst du denn zurück?« wollte Belinda wissen.

»Das kann ich im voraus nicht sagen.«

Niedergeschlagenheit breitete sich am Tisch aus. Es war erstaunlich, wie Belinda uns mit ihren Stimmungen beeinflußte.

Dann sagte er: »Ich habe mich gefragt...« Er hielt ein paar Sekunden lang inne. »Ich könnte mir vorstellen, daß dir das Château gefallen würde.«

Belinda riß die Augen weit auf. Freude durchflutete sie. Als er sie anlächelte, wußte ich, daß er sie bezaubernd fand.

»Allerdings«, fuhr er fort, »liegt es in der Provinz... aber selbstverständlich leben wir nicht weit von Bordeaux entfernt...«

»Soll das heißen... daß ich mit dir kommen könnte?«

»Es sollte nur ein Vorschlag sein...«

»Oh, wie wunderbar! Wann reisen wir ab?«

»Gegen Ende der Woche. Oder ist das zu kurzfristig?«

»Einfach großartig! Ich könnte schon morgen fahren.«

»Also ist es abgemacht.« Er hielt kurz inne. »Da ist noch etwas...«

Belinda schaute besorgt. Dann sagte er mit Blick auf mich: »Vielleicht möchte Lucie auch mitkommen?«

»Ich?« wunderte ich mich.

»Ja, Sie sind doch Lucie, oder etwa nicht?«

»Oh, Lucie«, rief Belinda, »du mußt unbedingt mitfahren. Das täte dir doch so gut, nicht wahr, Tante Celeste?«

»Ein Tapetenwechsel wäre sicher gut für sie«, pflichtete ihr Celeste bei.

»Nach Frankreich fahren«, überlegte ich. »Aber...«

»Ach, sei doch nicht so schwerfällig, Lucie«, rief Belinda. »Sie ist ein bißchen fade, mußt du wissen«, wandte sie sich an ihren Vater. »Sie kann sich so schlecht entscheiden. Von jeher.«

»Du mußt dich Lucie gegenüber netter benehmen«, ermahnte Jean Pascal sie. »Sie ist dir eine so gute Freundin.«

»Ich bin nett zu ihr. Oder nicht, Lucie? Ich möchte, daß sie mit uns kommt. Das machst du doch auch, Lucie? Sag ja.«

»Ich... ich möchte mir das erst einmal überlegen.«

»Was willst du denn groß nachdenken? Es ist doch wunderbar. *Ich* möchte, daß du mitkommst.«

»Sie wären mir ein herzlich willkommener Gast«, sagte Jean Pascal. »Und ohne Sie wäre es für Belinda nicht dasselbe.«

»Was ist mit Celeste?«

»Celeste soll auch mitfahren.«

»Nein, nein«, wehrte Celeste ab. »Auf keinen Fall. Lucie, es wäre aber gut für dich, ein wenig von hier wegzukommen.«

»Ich war doch schon in Cornwall.«

»Ja, aber nicht lange genug.«

Jean Pascal beugte sich über den Tisch und nahm meine Hand. »Denken Sie darüber nach«, bat er herzlich.

»Danke für die Einladung«, erwiderte ich. »Ich lasse es mir durch den Kopf gehen.«

Zu Hause stürmte Belinda zu mir ins Zimmer.

»Selbstverständlich fährst du mit«, verkündete sie. »Warum denn nicht? Du bist eine alte Spielverderberin. Ich verstehe nicht, warum du da zögerst. Soll dich denn mein Vater auf Knien bitten, mitzukommen?«

»Natürlich nicht. Aber er möchte mich gar nicht wirklich dabeihaben. Er möchte, daß du dort bist. Und mich fragt er nur, damit du Gesellschaft hast.«

»Aber nicht doch. Er spricht die ganze Zeit von dir. Stellt mir Fragen über dich. Er mag dich... weil du so gut zu mir warst.«

»Ich muß darüber nachdenken. Die Einladung kam so unerwartet. Ich bin mir noch nicht sicher.«

»Ach, du alte Schlafmütze. Du mußt mitfahren, Lucie. Ich hätte dich so gern dabei. Es ist viel lustiger, wenn du mitkommst.«

»Wie bitte? Mit mir alter Schlafmütze?«

»Aber ja doch. Der Gegensatz lenkt alle Aufmerksamkeit auf meinen überwältigenden Charme. Außerdem würde es mir ohne dich nicht halb so gut gefallen.«

»Ich habe gesagt, daß ich es mir überlege.«

»Na schön, dann tu das. Und morgen besprechen wir, was wir alles mitnehmen.«

Ich dachte tatsächlich gründlich darüber nach. Ich wachte

immer wieder auf und fragte mich: Warum eigentlich nicht? Die arme Celeste würde sich einsam fühlen, aber sie wollte anscheinend gern allein sein. Belinda würde mir abgehen. Seit ihrer Ankunft ging es mir viel besser. Ich könnte die Greenhams bitten, mir sofort Bescheid zu geben, wenn es Neuigkeiten gab. Und falls Joel während meiner Abwesenheit nach Hause kam, würde ich mich sofort auf den Heimweg machen.

Bis zum Morgen war ich davon überzeugt, daß es eine gute Idee sei, mit Belinda und ihrem Vater nach Frankreich zu fahren.

Begegnung mit einem Schwan

Freudig begrüßte Belinda meine Entscheidung. Dann meinte sie spöttisch: »Ich habe ja gewußt, daß du zu Verstand kommen würdest. Wir werden uns bestens amüsieren. Ach, wie ich mich freue, daß ich nach England gekommen bin.«

Dann plapperte sie von den Kleidern los, die sie mitnehmen wollte. Sie wollte am Nachmittag einen Einkaufsbummel machen, und ich sollte sie begleiten.

Celeste hielt unsere Frankreichreise für eine gute Sache.

Sie sagte: »Die Situation hat sich geändert, seit Belinda hier lebt, nicht wahr? Sie tut uns beiden gut, Lucie, weil sie uns ein wenig vom Grübeln abhält. Dir wird es in Frankreich bestimmt bessergehen. Dann kommst du endlich einmal von diesem Haus hier weg und kannst dich erholen. Ich habe dir doch geraten, für eine Weile nach Manorleigh zu fahren. Aber ich nehme an, dieser Ort birgt zu viele Erinnerungen. Frankreich ist etwas völlig Neues für dich. Ich schicke Amy hinauf, sie soll dir beim Packen helfen.«

»Ich bin noch nicht soweit.«

»Nun gut, erst wenn du sie brauchst.«

Gegen meinen Willen war ich die folgenden Tage ganz aus dem Häuschen. Belinda redete unentwegt über unsere Reise. Es war das reine Vergnügen, sie in ihrem Glück zu beobachten.

Die Reisevorbereitungen lenkten mich ein wenig von der beständigen Frage ab, was wohl mit Joel geschehen mochte. Ich hatte mir eingeredet, daß ich ihm nicht helfen konnte, wenn ich in London blieb.

Belindas Ankunft hatte unter dem Personal ziemlichen Wirbel verursacht, und ich wußte, daß sie dort das Hauptgesprächsthema war. Amy, das Hausmädchen, das mir beim

Packen half, übernahm die Stelle eines Zimmermädchens, das uns im nächsten Monat verließ, um zu heiraten.

Amy war ungefähr sechzehn Jahre, von frischer Gesichtsfarbe, hübsch und kam ihren Worten zufolge vom Land. Sie war eine ziemliche Plaudertasche und wohl etwas aufgedreht ob der Tatsache, daß sie jetzt in London lebte.

Sie finde sich hier ganz gut zurecht, erzählte sie mir. Die Leute hier seien freundlich. Man habe sie zwar gewarnt, daß dem in London nicht so sei, aber sie könne nicht klagen.

Sie hatte vom Dachboden einige Koffer heruntergebracht und einen davon aufs Bett gelegt. Ich bemerkte, daß sie immer wieder zum Fenster schaute, und fragte sie, ob sie erwarte, jemanden da unten stehen zu sehen.

Sie errötete ein wenig. »Einen... einen Freund.«

»Oh. Sie schließen schnell Freundschaft.«

»Es ist ein besonderer Freund, Miss. Ich kenne ihn seit ungefähr drei Wochen.«

»Ein junger Mann?«

Ihre Röte vertiefte sich, und sie kicherte.

»Er heißt Jack«, gestand sie.

»Wie haben Sie ihn denn kennengelernt?«

»An meinem freien Nachmittag. Ich bin im Park spazierengegangen. Er sagte, daß er in dieselbe Richtung muß. Und so... sind wir ins Gespräch gekommen.«

»Und Sie haben entdeckt, daß Sie viel gemeinsam haben, nicht wahr?«

»Das kann man wohl sagen, Miss. Er hat mir ja so gefallen. Ich habe erzählt, woher ich komme... und er war irgendwie so freundlich.«

»Man hat Ihnen doch wohl gesagt, daß Sie sich vor fremden Männern in acht nehmen sollen?«

»Aber ja, Miss. Aber er gehört nicht zu der Sorte. Er war ja so nett zu mir. Er sagte, wir würden uns wiedersehen, und das haben wir auch. Er kommt ziemlich viel herum. Er trägt Dinge aus, wissen Sie... Papiere in Umschlägen... wichtige

Unterlagen. Ich glaube, er hat gesagt... für so einen Anwalt. Er hat gemeint, daß die Leute das der Post nicht anvertrauen wollen.«

»Das klingt ja interessant.«

»Möchten Sie diesen Rock mitnehmen, Miss? Wenn ja, wollen Sie doch auch die Jacke, die dazugehört. Ach, da ist sie. Ich packe sie in Seidenpapier ein. Dann knittert sie nicht.«

Ich ging zum Fenster und schaute hinaus. Auf der gegenüberliegenden Straßenseite stand ein junger Mann an fast genau derselben Stelle wie der andere Mann damals.

»Da unten ist ein junger Mann, Amy.«

»Ob er das...« Sie stand neben mir. »Ach, das ist Jack.«

»Möchten Sie hinuntergehen und ein paar Worte mit ihm wechseln?«

»Oh, darf ich denn, Miss?«

»Nur zu.« Sie eilte davon.

Ich konnte doch das Packen spielend selbst erledigen. Es war Celestes Idee gewesen, daß ich Hilfe brauchte.

Bei dem Gedanken an Amy und ihren jungen Mann mußte ich insgeheim lächeln. Er würde wohl nicht der einzige bleiben; Amy war ein hübsches Mädchen.

Der Tag unserer Abreise kam. Jean Pascal fuhr mit der Kutsche vor, die uns zum Bahnhof bringen sollte.

»Ich fühle mich geehrt, zwei schöne junge Damen begleiten zu dürfen«, bemerkte er charmant.

Beim Einsteigen in die Kutsche sagte Belinda: »Was für ein Abenteuer, nicht für dich, *mon père*. Du hast schon zu viele Abenteuer erlebt, um dich noch über eines aufzuregen – wenn du dies überhaupt als Abenteuer betrachten könntest, was selbstverständlich nicht der Fall ist.«

Sie hatte beschlossen, ihn *mon père* zu nennen. ›Vater‹ schien ihr irgendwie unpassend. Sie meinte, man könne nicht urplötzlich anfangen, Vater zu jemandem zu sagen. Sie hielt *mon père* für passender, und ihm schien es zu gefallen. Also hieß er nun so bei ihr.

Jetzt antwortete er: »Abenteuer bringen mein Blut noch immer in Wallung, und ich muß zugeben, daß mich dieses mit Vorfreude erfüllt.«

Wir lehnten uns alle vor und winkten Celeste zu, die in der Tür stand. Dabei sah ich Amys Jack flüchtig, den Dokumentenzusteller. Er stand auf der anderen Straßenseite.

»Hast du den jungen Mann gesehen?« fragte ich Belinda. »Er wartet auf einen Blick von Amy.« Während sich die Kutsche entfernte, erzählte ich ihnen von meiner Unterhaltung mit Amy. »Er trägt wichtige Unterlagen aus«, fügte ich hinzu.

»Ein ungewöhnlicher Beruf«, bemerkte Jean Pascal. »Davon habe ich ja noch nie gehört.«

»Vielleicht hat ihn Amy auch nicht richtig verstanden, oder er will nur Eindruck bei ihr schinden.«

»Darum dürfte es sich handeln. Wie geht es Ihrer Schwester Rebecca? Was hält sie denn von Ihrer Frankreichreise?«

»Das kam doch so plötzlich. Ich habe ihr geschrieben, aber ich bin mir nicht sicher, ob sie meinen Brief schon erhalten hat.«

»Ich bringe Rebecca von jeher große Achtung entgegen. Ein großartiger Mensch. Und jetzt lebt sie in meinem früheren Zuhause; ich finde das ziemlich amüsant.«

»Oh, ihnen gefällt es in High Tor ausgezeichnet. Es ist ein schönes altes Gebäude.«

»Dem kann ich nur zustimmen.«

»Für mich ist es ein sehr besonderer Ort«, meinte Belinda ein wenig anzüglich.

Ihr Vater zog es vor, dieser Bemerkung keine Beachtung zu schenken. Und Belinda, die seine Reaktionen immer genau registrierte, verfolgte das Thema nicht weiter.

»Heute früh schaut alles ganz anders aus«, meinte sie. »Weil wir London verlassen.«

Bald darauf erreichten wir den Bahnhof. Obwohl wir durchaus rechtzeitig ankamen, stand der Fährzug schon bereit. Ein Gepäckträger nahm unsere Koffer, und wir wurden auf dem Bahnsteig zu einem Erste-Klasse-Waggon geführt.

»Ich nehme an, die beiden jungen Damen bevorzugen einen Eckplatz«, sagte Jean Pascal.

»Oh, ja bitte«, rief Belinda.

Sie stieg in den Zug. Als ich ihr gerade folgen wollte, schaute ich mich aus einem inneren Antrieb auf dem Bahnsteig um und erkannte zu meiner Überraschung in einem Mann, der nicht weit von uns entfernt stand, Amys Freund Jack.

Nein, dachte ich. Er wartete bei unserer Abfahrt doch vor dem Haus. Unmöglich. Was sollte er denn jetzt hier am Fährzug zu schaffen haben?

»Komm schon«, drängte Belinda. »Worauf wartest du denn?«

Ich stieg ein.

»Hier ist Ihr Fensterplatz«, sagte Jean Pascal. Er nahm meinen Arm, und als ich mich setzte, verweilte seine Hand auf der meinen.

»Haben Sie es bequem?« fragte er.

»Ja, danke.«

Amys Jack ging mir nicht aus dem Sinn. Der Mann auf dem Bahnsteig mußte ihm zum Verwechseln ähnlich sehen. Er war ja ein recht durchschnittlicher junger Mann, man konnte sich also leicht täuschen.

Belinda lehnte sich auf ihrem Platz zurück und schloß die Augen.

»Ist es nicht herrlich?« fragte sie.

Während der Kanalüberfahrt lernte ich die Fitzgeralds kennen.

Der Seegang war ruhig, und Belinda und ich saßen mit Jean Pascal auf dem Deck. Belinda unterhielt sich angeregt mit ihrem Vater. Ich fühlte mich manchmal wie das dritte Rad am Wagen. Doch ich konnte sie gut verstehen. Belinda wollte eigentlich mit ihrem Vater, den sie erst vor kurzem gefunden hatte, allein sein. Sie hatte meine Begleitung gewünscht, sicher, und sehr darauf gedrängt. Dennoch gab es Augenblikke, in denen sie sich gern zu zweit unterhielten; und dies war einer von ihnen.

Ich stand auf: »Ich vertrete mir ein wenig die Beine.«

»Aber gehen Sie nicht zu weit weg«, warnte Jean Pascal.

»Nein, nein. Ich bleibe in Sichtweite.«

Ich schlenderte ein wenig herum, lehnte mich an die Reling und schaute aufs Meer. Es war kein Land in Sicht, und nur eine leichte Brise kräuselte die Wellen leicht. Ich atmete tief durch. Wo steckte Joel jetzt? fragte ich mich wie immer. Wie es Gerald bei seinem vermutlich fruchtlosen Unterfangen erging? Wie sollte er mehr herausfinden können, wo doch andere vor ihm gescheitert waren?

»Ein herrlicher Tag, nicht wahr?« sagte eine Stimme neben mir.

Ich drehte mich um. Eine junge Frau stand neben mir. Sie war größer als ich, blond, und lächelte freundlich.

»In der Tat«, antwortete ich.

»Zum Glück ist die See heute ruhig. Sie kann manchmal ganz schön rauh sein.«

»Das glaube ich gern. Sie setzen öfter über?«

»Nein, nicht sehr oft, aber einmal zeigte sich das Wetter weniger angenehm. Ist dies ihre erste Überfahrt?«

»Ja.«

»Ach, dann freue ich mich für Sie, daß sie ruhig verläuft.«

Schweigend schauten wir aufs Meer. Dann fragte sie: »Bleiben Sie in Frankreich?«

»Ja... einige Zeit.«

»Ein schönes Land.«

»Kennen Sie es gut?«

»Nicht wirklich. Aber ich bin schon mehrmals dorthin gereist. Dieses Mal fahren wir weiter in den Süden als bisher. In die Nähe von Bordeaux.«

»Oh, wir auch!«

»In Urlaub?«

»Ja, sozusagen. Wir machen einen Besuch.«

»Ich fahre zur Erholung hin.«

»Waren Sie krank?«

»Mein Bruder meint, ich solle mich einmal von unserem feuchten Wetter zu Hause erholen. Und er hält Südfrankreich für geeignet. Wenn das Klima dem Wein gut bekommt, meint er, wird es auch mir guttun. Deshalb fährt er mit mir dorthin.«

»Wie nett von ihm.«

»Er ist mir ein sehr lieber Bruder, aber er macht manchmal ein wenig zuviel Aufhebens. Ich beklage mich nicht, es ist recht angenehm. Es gibt nur mehr uns beide, müssen Sie wissen. Ach... da kommt er ja.«

Ein großer Mann trat zu uns. Er hatte das gleiche freundliche Lächeln, das mir an seiner Schwester gefallen hatte. Ich schätzte ihn ein paar Jahre älter als seine Schwester.

»Ach, da steckst du, Phillida«, sagte er und bemerkte mich im ersten Moment gar nicht. »Es weht ein recht kühles Lüftchen. Du solltest dir besser den Mantel zuknöpfen.«

Sie warf mir einen Blick zu und lächelte dabei, als wolle sie sagen: »Na bitte, habe ich es Ihnen nicht gesagt?«

Ich wollte mich gerade zurückziehen, als sie ihn vorstellte: »Das ist mein Bruder Roland, Roland Fitzgerald.«

»Guten Tag«, sagte ich.

Er schüttelte mir die Hand und schaute mich fragend an. »Ich heiße Lucie Lansdon.«

»Wir haben miteinander aufs Meer geschaut und ein wenig geplaudert und uns gratuliert, daß heute kaum Seegang ist«, erklärte Phillida.

Sein Blick voll gespielter Entrüstung verriet mir, daß sie wohl öfter mit Fremden schwatzte und ihm diese Gewohnheit nicht unbedingt gefiel.

»Sie fährt auch Richtung Bordeaux«, verkündete Phillida.

»Nicht genau nach Bordeaux«, sagte ich. »An einen Ort in der Nähe namens Bourdon. Es ist wohl eine Art Dorf.«

»Davon habe ich schon gehört«, meinte er. »Wir bleiben ein paar Meilen südlicher. Gibt es dort nicht ein Schloß? Das Château Bourdon?«

»Ja. Ich nehme an, ich muß mich jetzt verabschieden. Die Fähre legt wohl bald an.«

»Es war sehr reizend, mit Ihnen zu plaudern«, sagte Phillida.

Ihr Bruder hakte sie unter. Ich drehte mich mit einem Lächeln um und ging zu Belinda und Jean Pascal zurück.

Ich fragte mich während der langen Reise nach Bourdon, ob ich die Fitzgeralds wohl wiedersehen würde. Immerhin fuhren sie in dieselbe Richtung; aber wir begegneten uns nicht mehr.

Die Zugfahrt dauerte sehr lange. Erst nach Paris, wo wir umsteigen mußten, dann nach Bordeaux, wo eine Kutsche schon wartete, um uns den mehrere Kilometer langen Weg nach Bourdon zu fahren.

Spät in der Nacht kamen wir an, so daß ich die volle Pracht des Château noch nicht zu sehen bekam. Wir bogen in eine lange, von hohen Bäumen gesäumte Allee ein und schienen fast einen halben Kilometer zu fahren, ehe wir das Schloß erreichten.

Als wir ausstiegen, eilten einige Leute sofort auf uns zu, und auch drinnen schien ein ziemlich geschäftiges Treiben zu herrschen.

Zwei Männer mit Laternen erschienen, um uns in eine riesige Halle zu geleiten. Ein Gefühl des Grauens überkam mich auf einmal, eine törichte Regung, mich umzudrehen und heimzulaufen, bis nach Cornwall, zu Rebecca. Dieses unsinnige Gefühl verdrängte ich sofort. Ich war einfach erschöpft. Zu viele Schicksalsschläge hatten mich in zu kurzer Zeit ereilt. Mein Vater... Joel... Ich spürte eine fast unerträgliche Sehnsucht nach den beiden. Nach dem nüchternen Verstand meines Vaters, nach Joels Sanftheit. Wenn ich sie nur wiedersehen und mich an ihnen freuen könnte.

Ich warf Belinda einen Blick zu. Sie hegte zweifelsohne keinerlei Befürchtungen, sondern war hellauf entzückt.

Das Personal hastete in allen Richtungen umher; Jean Pascal sprudelte auf französisch Anweisungen hervor. Thérèse... Marie... Jeanne... Jacques... Georges... es schien furchtbar viele Dienstboten zu geben. Ich reimte mir zusammen, daß man uns zuerst unsere Zimmer zeigen sollte, wo wir uns vor dem Essen frisch machen und umziehen konnten.

Ich wurde Thérèse anvertraut, einer energischen Frau in mittleren Jahren. Sie führte mich meine breite Treppe zu einem langen, dunklen Korridor hinauf. Sie stellte den Kerzenleuchter ab, den sie getragen hatte, und entzündete drei Kerzen. Dann nahm sie ihn wieder hoch, und ich folgte ihr in das für mich bestimmte Zimmer.

Ich erschauderte ein wenig. Dann redete ich mir zu: Bei Tageslicht sieht es bestimmt anders aus. Ich versuchte, meine Vorahnung abzuschütteln.

Thérèse zeigte auf das heiße Wasser und die Handtücher, die in einer kleinen Nische hergerichtet waren und die man *ruelle* nannte, wie ich später erfuhr. Mir gelang es, ihre Worte zu verstehen. Sie wollte in einer Viertelstunde wieder kommen und mich zum Speisesaal bringen.

Es gab Waschschüssel und -krug, also wusch ich und kämmte mich. Aus einem antiken Spiegel schaute mich im Kerzenschein mein Gesicht an; es schien gefleckt und mir gar nicht ähnlich... fast wie das einer Fremden.

Warum war ich hergekommen? Ich könnte jetzt auf High Tor bei Rebecca sein. Ich hatte gezögert, gewiß, aber Belinda hatte nicht lockergelassen, und sie konnte mich so leicht wie eh und je beeinflussen.

Ich schalt mich närrisch. Ich hatte eine lange, anstrengende Reise hinter mir, befand mich in einem fremden Land; ich hatte einen schweren Schicksalsschlag erlitten, von dem ich mich noch nicht erholt hatte. Am nächsten Morgen würde ich mich besser fühlen.

Thérèse erschien wieder und führte mich hinunter zum Speisezimmer, wo Jean Pascal wartete. Er nahm mich bei beiden Händen und drückte sie fest.

»Es ist mein innigster Wunsch, daß Sie hier glücklich sind, Lucie«, sagte er.

»Vielen Dank.«

»Ich werde mein Bestes tun, damit es Ihnen hier gefällt.«

»Das ist sehr nett von Ihnen.«

Nun gesellte sich auch Belinda dazu.

»Was für ein aufregender Ort!« rief sie. »Ich kann es kaum erwarten, ihn zu erforschen.«

»Womit du morgen früh gleich beginnen kannst«, versicherte ihr ihr Vater. »Ich selber werde dich auf einem Erkundungsspaziergang begleiten... und Lucie selbstverständlich auch.«

»Ich möchte wirklich alles sehen«, begeisterte sich Belinda.

»Heute abend müßt ihr euch mit dem zufriedengeben, was meine Diener euch vorbereitet haben. Ich möchte euch im Dunkeln nicht zu viel von meinem Château zeigen.«

Belinda lachte erfreut.

Das Essen schien sich lange hinzuziehen. Es ging mir etwas besser. Mir hatten einfach die Nerven einen Streich gespielt – etwas, wogegen ich mich bisher gefeit gehalten hatte. Ich war lediglich müde und konnte Belindas Überschwang nicht teilen.

Jean Pascal wollte unbedingt, daß wir den Wein probierten. Er war seinem Bekunden nach einer der besten Jahrgänge. Und er ließ ihn heute abend servieren, weil dies ein besonderer Anlaß war.

»Und das ist dein eigener Wein?« rief Belinda.

»Mein liebes Kind, glaubst du denn, irgend etwas anderes dürfte in meinem Château serviert werden?«

Belinda lachte. Ich sah sie gerne in ihrem Glück. Ihre Heiterkeit wirkte sich auch auf mich aus, indem sie meine Niedergeschlagenheit linderte.

Nach dem Essen schlug Jean Pascal vor, wir sollten schlafen gehen.

»Wir alle spüren die lange Reise«, meinte er. »Die endlose Zugfahrt... die reinste Geduldsprobe.«

Also sagten wir gute Nacht, und Jean Pascal rief die Hausmädchen, damit sie uns zu unseren Zimmern brachten. Thérèse führte mich, was auch nötig war. Allein hätte ich nicht mehr hingefunden.

Kerzen werfen Schatten in einem Zimmer und beeinflussen die Vorstellungskraft. Die Vorhänge waren zugezogen. Ich zog mich aus, aber ehe ich ins Bett schlüpfte, ging ich ans Fenster und öffnete die Vorhänge. Ich konnte gerade eine weite grüne Fläche ausmachen, in deren Mitte sich ein Springbrunnen befand. Es war Neumond, aber die Sterne funkelten hell; und ich fühlte mich glücklicher, als ihr Licht ins Zimmer drang.

Ich fragte mich, ob Belindas Zimmer in der Nähe war. Sie schien in die andere Richtung verschwunden zu sein, als man uns nach dem Abendessen zu unseren Zimmern begleitet hatte.

Im Haus herrschte Stille.

Ich schaute zu der schweren Tür mit den verschlungenen Schnitzereien. Mir kamen einige der Blumen wie menschliche Gesichter vor. Das Ornament war sehr schön, aber irgendwie bedrohlich – zumindest in dieser Nacht.

In solch einer Stimmung befand ich mich.

Dann bemerkte ich den Schlüssel im Schloß. Ich drehte ihn herum. Jetzt hatte ich mich eingesperrt.

Es war verblüffend, um wieviel es mir danach besserging.

Ich ging zu Bett, aber es dauerte lange, bis ich einschlief.

Als ich erwachte, schien die Sonne.

Das Zimmer schaute ganz anders aus. Ich schloß die Tür auf und legte mich wieder hin. Es war sieben Uhr. Ich sinnierte darüber nach, wie hier das Leben wohl sein würde. Ich dachte daran, wie sehr sich doch alles seit Vaters Tod verändert hatte. Ich sehnte mich nach den vergangenen Zeiten... dem vertrauten Haus, unseren Gesprächen. Ich wollte wieder nach den langen Parlamentssitzungen auf ihn warten. Noch einmal diese Abende genießen, wenn ich ihm gegenübersaß und ihm beim Essen zusah, während er mir von den Ereignissen des Tages erzählte. Ich wollte an eine sichere Zukunft mit Joel denken, ihn mit der Zustimmung beider Familien heiraten... mich auf einen Lebensweg begeben, der mir bereits vertraut war.

Ich hatte geglaubt, daß mich dies erwartete, aber das Schicksal hatte mit zwei verhängnisvollen Ereignissen anders entschieden. Und jetzt befand ich mich in einem mittelalterlichen Château, das das Echo der Vergangenheit zurückwarf. Mir schien, als trieben hier Gespenster ihr Unwesen und warteten nur darauf, losspuken zu können. Viele aufwühlende Ereignisse mußten sich hier zugetragen haben... Tod... Unglück... dunkle Geheimnisse. Auch schöne Dinge... Freude... Glück. Warum nur dachte man in solchen Gemäuern immer an die traurigen Geschehnisse? Vielleicht weil sie sich einem eher aufdrängten.

Was sollte ich jetzt tun? Vermutlich würde ein Hausmädchen heißes Wasser bringen. In den letzten Tagen hatte ich versucht, meine Französischkenntnisse, die ich mir bei Miss Jarrett angeeignet hatte, aufzupolieren. Das Sprechen, insbesondere mit Franzosen, unterschied sich sehr vom Lesen und den Unterhaltungen auf französisch mit Miss Jarrett.

Gegen acht Uhr klopfte es an der Tür. Ich rief diejenige Person, die auch immer da draußen stand, herein.

Es war Thérèse. Sie trug ein Tablett mit Brioche und warmen knusprigen Brotscheiben, einem kleinen Buttergefäß, Tasse, Untertasse und zwei Krügen mit Kaffee und heißer Milch unter wollenen Kaffeewärmern herein.

»*Petite déjeuner, Mademoiselle*«, meinte sie.

Begleitet wurde sie von einem anderen Hausmädchen, das einen großen Metallkrug mit heißem Wasser schleppte, den sie in die *ruelle* stellte.

Ich dankte den beiden, und sie ließen mich lächelnd allein.

Der Kaffee schmeckte köstlich, ebenso das warme Brot und die Brioche.

Während des gestrigen Abendessens hatten dienstbare Geister unser Gepäck auf die Zimmer gebracht. Ich war zu müde zum Auspacken gewesen und hatte lediglich die Dinge, die ich unbedingt brauchte, herausgenommen.

Jetzt zog ich ein dunkelblaues Kleid an und hängte die anderen Kleidungsstücke in den Schrank. Noch während ich damit beschäftigt war, klopfte es. Und ehe ich antworten konnte, kam Belinda auch schon herein.

»Bist du noch nicht fertig?« wollte sie wissen. »Na, ist es hier nicht herrlich? Gefällt dir dein Zimmer? Es schaut ziemlich ähnlich wie meines aus.«

»Ich nehme an, die meisten Zimmer sehen ziemlich gleich aus.«

»Ich kann es kaum mehr erwarten, mir alles anzuschauen. Und du?«

»Ja, natürlich.«

»Es ist alles so spannend. Du bist ein Glückspilz, Lucie.«

»Ach ja?«

»Ach, arme Lucie.« Sie stürzte zu mir und nahm mich mit einer beschützenden Geste in die Arme. »Ich trete auch immer ins Fettnäpfchen. Aber du mußt endlich aufhören, daran zu denken. Das Leben geht weiter. *Mon père* sagt, wir müssen dich dazu bringen, daß du das auch erkennst. Wir werden dich hier glücklich machen. Das sagt er.«

»Das ist sehr nett von ihm.«

»Er ist nett… wirklich. Ach, ich weiß, es klingt manchmal

ein wenig zynisch, aber er hat *gelebt*, Lucie, richtig *gelebt*. Das heißt nicht, daß er kein guter Mensch ist. Er spricht viel von dir. Er meint, du sollst das Leben genießen, weil du soviel daraus machen könntest.«

»Es ist zweifellos sehr freundlich von ihm, derart große Aufmerksamkeit meinen Angelegenheiten zu widmen.«

»Er mag dich. Sonst hätte er dich nicht eingeladen.«

»Ach, damit wollte er doch nur dir einen Gefallen tun.«

»O nein... obwohl ich mich darüber freue. Aber er hat es als erster vorgeschlagen.«

»Na schön, jetzt bin ich hier.«

»Und wir werden eine schöne Zeit hier verleben. Ich werde schon dafür sorgen, daß du dich amüsierst.«

»Danke, Belinda.«

»Jetzt mach dich schnell fertig, damit wir hinuntergehen können. Ob wohl *mon père* schon aufgestanden ist?«

»Wo ist denn dein Zimmer, Belinda?«

»Auf der anderen Seite vom Schloß.« Sie ging ans Fenster. »Von dort hat man eine ganz andere Aussicht. Ich schaue auf den See. Zumindest sieht es wie ein See aus. Es gibt auch einen Bach, Teil eines Flusses, glaube ich – und er mündet in den See. Auf dem See schwimmen Schwäne. Zwei schwarze. Ich habe vorher noch nie schwarze Schwäne gesehen. Es ist so hübsch.«

»Also liegen unsere Zimmer ziemlich weit auseinander.«

»Tja, das Schloß ist ziemlich groß.«

»Dein Vater beschrieb es als mittelgroß.«

»Er hat es mit den Königsschlössern verglichen – den Loireschlössern, Blois und so weiter. Dies hier ist das Schloß eines Adligen, nicht das eines Königs.«

»Aha.«

»Beeil dich. Ich gehe schon in die Halle. Findest du hinunter?«

»Ich hoffe doch.«

»Und mach schnell.«

Am Vormittag erkundeten wir das Schloß.

»Ihr müßt es unbedingt gründlich anschauen, sonst verirrt ihr euch hoffnungslos«, erklärte Jean Pascal. »Ich gehe jetzt mit euch hinaus und bringe euch wieder herein, als wärt ihr eben erst angekommen.«

»Gestern nacht haben wir im Dunkeln kaum etwas gesehen«, meinte Belinda.

»Ich möchte, daß euch das Château gefällt. Meiner Familie bedeutet es sehr viel.«

»Und dennoch haben Sie es verlassen«, sagte ich.

»Ach, Lucie, es war ein schmerzlicher Abschied. Aber unser Land befand sich im Aufruhr. Wir wußten nicht, in welche Richtung wir uns bewegten. Die Erinnerungen an die große Revolution vor gerade erst hundert Jahren sind noch wach. Sie können sich nicht ausmalen, was es für uns hieß, als der Kaiser und die Kaiserin ins Exil gingen. Wir dachten, die Geschichte würde sich wiederholen. Glücklicherweise erwies sich das Unglück als nicht so groß wie jenes, das unser Land vorher erlitten hatte.«

»Aber Sie konnten Ihr Château behalten«, wandte ich ein, »und es gehört immer noch Ihnen.«

»Ja, und ich halte mich hier auch häufig auf, wohl häufiger als irgendwo sonst. Der Wein ist sozusagen mein Steckenpferd. Ich wollte, ich könnte meine Mutter zur Rückkehr überreden, aber sie bleibt lieber in der Nähe der Kaiserin. Vielleicht ändert sich das einmal.«

»Celeste kommt nie hierher«, sagte ich.

»Celeste... ach, die arme Celeste! Durch ihre Heirat wurde sie uns genommen. Sie ist eine Politikerfrau geworden.«

»Vielleicht würde sie jetzt gern zurückkehren?«

»Sie äußert sich nicht dazu.« Er hob die Schultern. »Sie weiß, daß dies ihr Zuhause ist – die Heimat der Familie. Sie kann jederzeit zurück, wenn sie möchte.«

»Vielleicht macht sie das auch. Sie ist in London nicht sehr glücklich.«

»Nein. Aber wir wollen uns nicht nur über traurige Dinge unterhalten, sondern eine fröhliche Zeit zusammen verbringen. Darauf bestehe ich. Und auch Belinda, nicht wahr?«

»Ja, unbedingt. Hör auf, so todtraurig zu sein, Lucie. Du mußt das alles hier genießen.«

»Sie sehen«, meinte Jean Pascal, »das ist ein Befehl. Und jetzt nähern wir uns dem Schloß, als wäre es das erste Mal.«

Wir stiegen die imposanten Marmorstufen hinauf, an deren unterem Ende zwei riesige Marmorschalen mit grünwuchernden Büschen standen, deren Blätter sich über die Säulenfüße der Schalen rankten.

Beim Zurückblicken bemerkten wir, daß die von Bäumen gesäumte Zufahrt auf den Rasen unmittelbar vor dem Haus führte.

Jean Pascal bat uns, uns wieder dem Château zuzuwenden.

»Wie ihr seht, wird das Gebäude vom Turm beherrscht«, erläuterte er. »Früher nannte man ihn den Wachtturm; und bei Gefahr wurde ein Mann hier oben postiert. Dessen einzige Aufgabe stand darin, Ausschau zu halten und sofort zu melden, wenn sich eine oder mehrere verdächtige Personen näherten. Er vertrieb sich die Zeit, indem er sang oder Flöte spielte. Man wählte immer einen Musikanten für diese Aufgabe aus, weil er sich währenddessen in seiner Kunst üben konnte. Ich kann mich erinnern, daß dieser Brauch noch in den siebziger Jahren bestand, als wir Unruhen befürchteten. Wenn die Leute Gesang oder Flötenspiel hörten, wußten sie, daß alles in Ordnung war. Wir hatten unseren Wachposten. Die Lieder hießen Wächterlieder und waren oft von ihm selbst komponiert. Auf französisch nennt man sie *chansons de guettes*. Ihr könnt sehen, daß sich der Turm genau in der Mitte befindet... und darunter liegt der Teil des Schlosses, in dem die Familie wohnt.«

Mit einer Geste in Richtung Rasen fuhr er fort: »Hier wurden Ritterspiele abgehalten... Lanzenstechen und andere Turniere. Das Château bildete im Mittelalter den Lebensmittelpunkt der näheren Umgebung. Seht doch das Treppengewölbe. Bettler und Schmarotzer pflegten sich hier zu versammeln. Man gab ihnen nach den Mahlzeiten die Essensreste. Heute ist alles ganz anders.«

Wir stiegen die Stufen hinauf und betraten die Halle.

»Im Mittelalter spielte sich hier das eigentliche Leben ab«, erzählte er weiter. »Wenn ihr nach oben schaut, entdeckt ihr das Loch im Dach, so sich ein Abzug für den Rauch befand. Vor hundert Jahren wurde das renoviert, und heute steht dort drüben unser großer offener Kamin. Der Rauch entweicht jetzt durch den Schornstein. Bei genauem Hinschauen entdeckt ihr in der Mitte der Halle die ehemalige Feuerstelle mit den Fliesen. Das Château hat sich seit dem Mittelalter beträchtlich verändert, aber wir sind noch immer auf unsere Vergangenheit stolz. Und meine Familie hat soviel wie möglich unverändert gelassen. Aber wenn es extrem unbequem wurde, hielten wir es für ratsam, mit der Zeit zu gehen.«

Während er so erzählte, konnte ich mir das Leben in jener alten Zeit bildhaft vorstellen. Ich sah die Bettler unter der Treppe, die Gäste in ihren prächtigen Gewändern an einem lauen Sommerabend auf denselben Stufen sitzen. Ich fragte mich, wie das Leben der lange dahingegangenen Bourdons wohl verlaufen war. Sie schienen noch immer präsent zu sein... selbst bei Tageslicht.

Er zeigte uns den Salon und den *salle à manger*, die man dem Château innerhalb der letzten zwei Jahrhunderte hinzugefügt hatte. Wir sahen den zusätzlichen Flügel, der angebaut worden war, um mehr Schlafräume zu schaffen. Es war ein Gemisch aus antiken und... nicht gerade modernen, aber späteren Epochen als jenen, in denen das Château erbaut worden war.

Ich konnte seinen Stolz auf das Château nachvollziehen und welches Unglück es für seine Familie bedeutet haben mußte, als sie sich zur Flucht genötigt sahen.

Ich gab meiner Verwunderung Ausdruck, warum es sie nicht hierher zurückgezogen hatte.

Jean Pascal meinte: »Meine Eltern waren Napoleon und Eugénie treu ergeben. Sie verbrachten viel Zeit am Hof – weit mehr als hier. Und als der Kaiser und die Kaiserin ins Exil gehen mußten, mußten sie sich ihnen anschließen.«

Es gab so viel zu sehen, daß der Besichtigungsspaziergang durch das Schloß ziemlich lange dauerte.

»Vor langer Zeit«, erzählte er, »schickten die Adeligen ihre Söhne und Töchter zur Erziehung von zu Hause weg. Ich kenne nicht den Grund dafür; vielleicht hielt man die Eltern für zu nachsichtig. Junge Mädchen und junge Männer wurden hier erzogen. Die Männer lernten hier höfische Sitten, das Lanzenstechen und so weiter, um sie angemessen auf das Leben am Hof vorzubereiten.«

»Und was passierte mit den Mädchen?« fragte Belinda.

»Sie lernten, gute Ehefrauen und Mütter zu sein und ihren Gemahl zu erfreuen.«

»Brachte man den jungen Männern auch bei, ihre Gattinnen zu erfreuen?« fragte ich.

»Ach, Miss Lucie, das konnten sie doch ohne besondere Schulung. Ich merke, Sie glauben mir nicht recht, daß dies die Männer ganz von sich aus lernen.«

»Ganz sicher nicht. Ich habe gerade ein wenig darüber nachgedacht, ob es nicht ein guter Einfall gewesen wäre, sie ein wenig darin zu unterweisen, wie man es ja auch als nötig für die Frauen erachtete.«

Er lächelte mich milde an. »Sie haben wohl recht, Lucie«, erwiderte er. »Jetzt will ich euch aber zeigen, wo die Mädchen sticken, singen, musizieren lernten und auch, wie sie die Männer bezaubern konnten. Man nennt den Raum das Mädchenzimmer oder *la chambre des pucelles*. Wir haben ihn immer in seinem ursprünglichen Zustand gehalten. Ich denke gerne an die Mädchen hier ... so jung... so hübsch... so fügsam... so lernbegierig.«

Er schaute mich mit einem Gesichtsausdruck an, den ich nicht deuten konnte, der mir aber ein unbehagliches Gefühl vermittelte.

Ich wünschte, ich könnte jene düstere Vorahnung, die dieses Gemäuer in mir wachzurufen schien, abschütteln. Es war jetzt nicht mehr so stark wie in der vergangenen Nacht, aber es umwaberte mich noch immer. Ich redete mir ein, daß dieser unbekannte Ort daran schuld sei und natürlich meine Vorstellungskraft.

Wir hatten die Besichtigung beendet und standen in der Halle, als plötzlich die Tür aufging und eine Frau eintrat. Sie trug silbergraue Reitkleidung; und ihr üppiges, goldenes Haar schaute unter dem grauen Reithut hervor.

»Jean Pascal!« rief sie, während sie lächelnd auf ihn zukam. »Ich hörte von deiner Ankunft.«

Jean Pascal wirkte deutlich verärgert. Ich hatte ihn nie zuvor so erlebt. Er schien wirklich ungehalten.

»Ach, Clotilde«, sagte er. »Ich habe gerade zu tun... ich zeige meinen Gästen das Schloß.«

»Wie hübsch!« Sie wartete gespannt.

»Wir sehen uns später.«

Sie schaute verdutzt. Ich wunderte mich, warum er uns nicht vorstellte. Auch sie erwartete dies augenscheinlich, denn sie trat näher und sah uns erwartungsvoll an.

Jean Pascal blieb nichts anderes übrig, als zu tun, worauf wir warteten. »Meine Tochter Belinda... Mademoiselle Lansdon«, murmelte er. »Und... äh... Madame Carléon.«

In unserem ein wenig holprigen Französisch bemerkten Belinda und ich, daß wir entzückt seien, ihre Bekanntschaft zu machen.

»Tja, wir müssen weiter«, sagte Jean Pascal. »Bis später, irgendwann einmal, Clotilde.«

Ein oder zwei Sekunden starrte sie ihn an, dann drehte sie sich um und verließ die Halle. Ich lauschte ihren Schritten auf den Marmorstufen.

Jean Pascal erholte sich rasch von der offenbar für ihn unangenehmen Begegnung.

»Ihr habt noch nicht alles gesehen«, sagte er. »Es gibt noch großartige Stallungen und viele Pferde. Ihr werdet also ausreiten und die Umgebung auskundschaften können.«

Ich hörte das Getrappel von Pferdehufen und erriet, daß Madame Carléon verärgert davonritt.

Was dies wohl zu bedeuten hatte?

Die Tage vergingen. Jean Pascal schien fest entschlossen, unseren Aufenthalt zu einem Genuß zu machen. Ob er wohl im Sinn hatte, daß Belinda hier immer leben sollte? Mir schien, er war an ihr interessiert... und fragte sich vielleicht, ob er gern eine erwachsene Tochter im Haus hätte. Eine Weile fand er es wohl unterhaltsam, gewiß, aber würde er es irgendwann satt bekommen? Ich war überzeugt, daß Belinda bei ihm bleiben wollte. Seine Lebensweise würde ihr gefallen. Das Residieren auf einem Château, die Besuche am Hof in Farnborough und die Reisen mit ihrem Vater brächten Glanz in ihr Leben. Ganz anders als unser vergleichsweise langweiliger Alltag in London.

Aber er schloß mich in alles ein. Er fragte mich immer nach meiner Meinung und dachte ernsthaft darüber nach. Es schien tatsächlich, als versuche er, mich zu erfreuen. In der Tat dachte ich bisweilen, Belinda werde ein wenig ungeduldig, weil er mir so viel Aufmerksamkeit schenkte.

Er erzählte mir, daß in der Nachbarschaft einige Freunde und Bekannte wohnten und daß wir sie zum Souper laden sollten. Und er zweifelte nicht daran, daß Gegeneinladungen folgen würden.

Belinda freute sich sehr darauf. Sie war schon nach Bordeaux gefahren, um Kleider zu kaufen. Sie bedauerte, daß Paris so weit entfernt war. Wie gerne würde sie sich die Geschäfte in jener Stadt anschauen!

Ich hielt mich noch immer an meinen Plan, ihnen von Zeit

zu Zeit zu entfliehen. Ich mußte einfach allein sein. Jeden Tag hoffte ich auf Nachricht von Joel. Celeste hatte mir versichert, sie würde mir sofort Bescheid geben, wenn sie etwas hörte. Und die Greenhams würden sie natürlich auf dem laufenden halten. Wußten sie doch, daß ich ebenso besorgt war wie sie.

Ich fand großen Gefallen an den beträchtlichen Ländereien des Château. In einem Kiefernwäldchen konnte man sich zurückziehen und sich fernab jeglichen bewohnten Ortes fühlen. Es bereitete mir immer Vergnügen, aus den Bäumen wieder hervorzukommen und den mittleren Schloßturm und die beiden runden Türme an der Seite zu sehen. In einiger Entfernung beeindruckte mich die symmetrische Schönheit des Gebäudes tief.

Ich spazierte gern am Seeufer entlang und sah den Schwänen zu. Beide hielten sich meist in der Seemitte auf und näherten sich selten dem Ufer. Dem größeren, dem Männchen, folgte immer sein kleineres Weibchen. Er schaute mit ihr im Gefolge sehr würdevoll aus. Die kleinen Enten waren freundlicher. Sie schwammen zum Ufer und hofften wohl immer auf einen kleinen Leckerbissen.

An diesem Tag war ich ungewöhnlich gedankenverloren, ich sagte mir immer wieder, daß es doch Nachricht von Joel geben müsse. Die Zeit verging. Wenn es etwas zu entdecken gab, dann mußte dies unbedingt in der nahen Zukunft passieren. Es war schon so viel Zeit verstrichen, daß ich allmählich verzweifelte und befürchtete, ihn nie mehr wiederzusehen.

Während ich die Schwäne beobachtete, war ich ganz nah ans Ufer getreten. Das Männchen kam zielbewußt auf mich zu, das Weibchen schwamm brav hinter ihm her. Wie schön sie doch waren, so überaus elegant und gelassen. Sie kamen immer näher. Ich war überrascht. Sonst hatten sie sich doch immer hochmütig ferngehalten.

Dann hörte ich das Getrappel von Hufen. Ich drehte mich um. Jean Pascal galoppierte auf mich zu. Er war allein.

Ich wußte nicht, weshalb mich auf einmal dieses unbehagliche Gefühl befiel. Ich war im Château merkwürdigen Stimmungsschwankungen unterworfen. Ich verspürte oft diese Vorahnung, die zu verdrängen mir unmöglich war. Mir war, als beobachte uns das Personal, mich und Belinda – als stellten sie über uns Vermutungen an. Ein oder zweimal schnappte ich die getuschelten Wortfetzen *les anglaises* auf; daher wußte ich, daß sie sich über uns unterhielten.

»Lucie!« Jean Pascal rief mich beim Namen, seine Stimme klang eindringlich. »Kommen Sie. Kommen Sie zu mir... schnell!«

Ich rührte mich nicht... und dann hörte ich Flügelschlagen. Ich drehte mich jäh um. Der große schwarze Schwan flog geradewegs auf mich zu. Jean Pascal war vom Pferd gesprungen. Er stieß mich grob zur Seite. Der Schwan attakkierte nun ihn. Zum Glück lag ein ziemlich dicker Ast am Boden. Mit bewundernswerter Geistesgegenwart hob Jean Pascal ihn auf. Gerade noch rechtzeitig, um mit einem Hieb gegen den Schwan seinen Kopf zu schützen. Er machte ein paar Schritte zurück und schlug zu.

Ein paar Sekunden lang griff ihn der Schwan noch weiter an; dann drehte er sich plötzlich um und flog zum See zurück. Ich stand reglos da, völlig aufgelöst, während der Schwan zur Mitte des Sees schwamm, sein unterwürfiges Weibchen im Schlepptau, gerade so, als sei nichts geschehen.

Jean Pascal legte mir die Hand auf die Schulter. Er pfiff durch die Zähne. »Das war ganz schön ungemütlich«, meinte er.

Er faßte mich an beiden Händen. »Sie zittern ja«, sagte er.

»Es kam so schnell... ich wußte gar nicht, wie mir geschah.«

Er ließ meine Hände los und legte den Arm um mich.

»Liebe kleine Lucie, es ist jetzt vorbei.« Er drückte mich an sich. Und ich wollte vor Angst aufschreien, denn er ängstigte mich ebenso sehr wie der Schwan.

Ich wollte mich losmachen, aber er hielt mich fest. »Sie sehen«, meinte er, »ich war zur Stelle. Ich hoffe, ich bin immer in Ihrer Nähe, wenn Sie mich brauchen.«

Es gelang mir, mich zu befreien. »Ich danke Ihnen«, sagte ich. »Warum griff der Schwan erst mich an... und dann Sie?«

»Man hätte Sie warnen sollen. Er ist ein böser alter Geselle, dieser Schwan, trotz seiner Schönheit. Wir nennen ihn Diable. Seine kleine Gefährtin ist so reizend. Sie würde nie einen Koller kriegen. Das würde sie sich in Diables Nähe auch gar nicht trauen. Wir nennen sie Ange. Sie sehen, es gibt einen Teufel und einen Engel. Sie standen zu nah am See. Diable betrachtet ihn als sein Eigentum. Er will nicht, daß Menschen zu nahe herankommen. Wir müssen aufpassen, daß wir ihn nicht herausfordern. Man hätte Sie warnen sollen.«

»Er ist ziemlich gefährlich, und er wollte eben *Sie* angreifen.«

»Ach, er hat vor keinem Respekt. Er benimmt sich ziemlich undankbar gegenüber denen, die für ihn sorgen. Ein gewisser Hochmut umgibt ihn. Der Himmel weiß, was Ihnen zugestoßen wäre, wenn ich nicht rechtzeitig entlanggekommen wäre. Er hätte sich auf Ihr Gesicht gestürzt... auf Ihre Nase und Augen eingehackt. Er hat große Kraft in seinen Flügeln. Er ist ein beeindruckendes Tier. *Mon Dieu*, der Gedanke, daß Sie verletzt sein könnten... ich bin so wütend auf mich selber. Wir haben uns so an Diable gewöhnt, daß wir vergessen, Fremden zu sagen, wie bösartig er sein kann. Er stellt für die Unachtsamen eine Bedrohung dar. Wagen Sie sich nie mehr zu nahe ans Ufer, und nehmen Sie bei Ihren Spaziergängen einen dicken Knüppel mit, für den Fall, daß Sie Diable begegnen.«

»Warum halten Sie sich ein so gefährliches Tier auf Ihrem See?«

»Er hält ihn sauber... und Sie müssen zugeben, er sieht sehr majestätisch aus.«

»Ja... aber so gefährlich!«

»Tja, wir nehmen ihn einfach hin. Die Diener kennen ihn alle, und jetzt... auch Sie. Sie gehören schon fast zu uns, Lucie.«

»Sie erweisen mir so große Gastfreundschaft.«

Belinda kam uns entgegen. Sie runzelte die Stirn, als sie uns zusammen sah. Ich hätte ihr gern gesagt, wie ich mich freute, sie zu sehen, da ich mich allein mit ihrem Vater nicht recht geheuer fühlte.

Wir erzählten ihr von dem Abenteuer.

»Man stelle sich vor, Lucie, du hast ihn herausgefordert«, sagte Belinda.

»Das hätte jedem passieren können. Selbst dir.«

»Ich wußte, daß Schwäne sich so verhalten können – jedenfalls die Männchen.«

Jean Pascal lachte. »Aha, Belinda kennt sich aus in der Welt. Sie erkennt den gefährlichen Mann, der sich so von der sanften, bezaubernden Frau unterscheidet.«

»So ist es nicht immer«, wandte Belinda ein.

»Das ist etwas, was man im Leben lernen muß, nicht wahr – nicht zu verallgemeinern«, sagte er. »Es gibt überall Ausnahmen.«

Und so erreichten wir das Château. Ich ging auf mein Zimmer. Ich zitterte noch immer, nicht allein wegen des Schwans, sondern wegen der Art, wie Jean Pascal während unseres Gesprächs mich an sich gepreßt und angeschaut hatte.

Die Fitzgeralds

Auf Manorleigh waren Belinda und ich früher oft ausgeritten, in London hingegen weniger häufig. Dies sollte, wie mein Vater sagte, der Wahlkreispflege dienen. Und so ritt ich, später zusammen mit Celeste, zu den verschiedenen Dörfern, die dazugehörten. Auf diese Weise war ich eine ziemlich gute Reiterin geworden.

Jetzt ritt ich hin und wieder mit Belinda und Jean Pascal, aber ich freute mich immer darauf, wenn ich allein unterwegs sein konnte. Jean Pascals Haltung mir gegenüber bereitete mir zunehmendes Unbehagen. Ich war vielleicht unschuldig, aber nicht unwissend. Ich hatte in ihm bereits den Typ von Mann erkannt, der an jeder Frau, die ihm über den Weg lief, Interesse zeigte. Ich hielt mich nicht für besonders gutaussehend, aber ich war nun mal da... und lebte sogar mit ihm unter einem Dach. Mir dämmerte allmählich, daß es Zeit für mich wurde abzureisen.

Tatsächlich versetzte er mich in Angst. Ich machte mir Vorhaltungen. Ich mußte ihm nur den Eindruck vermitteln, daß ich nicht zu jenen Frauen gehörte, die sich leichtherzig auf Liebesgeschichten einlassen, worin er gewiß viel Erfahrungen hatte. Er war Belindas Vater. Das hieß, er könnte vom Alter her auch meiner sein. Nicht daß das Alter unbedingt eine so große Rolle spielte, wenn man sich aufrichtig liebte. Jean Pascal lieben? Der bloße Gedanke stieß mich ab. Er sah gut aus, ja, war zuvorkommend, weltgewandt. Viele Frauen hätten sich wohl in ihn verliebt. Doch ich verspürte nur Widerwillen, wenn er mir nahekam.

Und dabei lebte ich als Gast in seinem Haus! Kein Wunder, daß mir nicht wohl dabei war.

Ich erwähnte Belinda gegenüber, daß wir unseren Aufenthalt nicht auf unbegrenzte Zeit ausdehnen konnten. Sollten wir nicht allmählich über den Abreisetermin nachdenken?

Verblüfft schaute sie mich an. »Wir sind doch noch keine zwei Wochen hier.«

»Eine lange Zeit für einen Besuch bei Bekannten.«

»*Bekannten*! Er ist mein Vater.«

»Ja. Dein Vater, aber nicht der meine. Es war nur eine Überlegung, ich dachte, allmählich sollte ich...«

»Weswegen zieht es dich denn heim? Du sollst dich hier amüsieren. Du mußt über Vergangenes hinwegkommen, und wo könntest du das besser als hier?«

»Ich dachte nur...«

»Sei nicht so dumm, Lucie! Hör doch mit der Grübelei auf! Genieß endlich das alles hier. Es ist doch so herrlich. Und beneide mich nicht um meinen Vater.«

»Als ob ich das täte.«

»Er verhält sich dir gegenüber sehr freundlich. Er bezieht dich in alles mit ein.«

»Ja, ich weiß. Aber ich glaube, ich sollte besser abreisen und euch beide allein lassen.«

»Rede doch keinen Unsinn«, erwiderte sie. Und wie immer, wenn sie etwas entschieden hatte, hielt sie die Angelegenheit für erledigt. Deshalb war mir klar, wie sinnlos es war, mit ihr über unsere Heimreise zu reden.

Ich schätzte jene Tage, an denen ich mich allein fortstehlen konnte. Einmal war ich in der Umgebung umhergeritten und in ein Wäldchen gelangt. Ich wußte, daß Belinda und Jean Pascal an diesem Vormittag in die Weinberge wollten. Sie hatten angedeutet, ich solle sie begleiten, aber wir hatten es nicht hundertprozentig ausgemacht. Also machte ich mich davon und war nicht zu finden, als sie aufbrachen.

Nachdem sie weg waren, fühlte ich mich wunderbar frei. Ich ging zu den Stallungen, wo ein Pferdeknecht mir auf meine Bitte hin ein Pferd sattelte; und dann konnte ich meinen Ausritt allein genießen.

Es war ein schöner Morgen. Später würde es vermutlich sehr heiß werden, aber jetzt war es ideal.

Ich sagte mir, daß ich mir den Weg merken müsse, da ich die Gegend nicht kannte. Ich durfte mich nicht verirren, sonst würde ich nicht mehr allein ausreiten dürfen, was mir doch so großes Vergnügen bereitete.

Ich verließ die zum Schloß gehörenden Ländereien und erreichte nach etwa zehn Minuten ein Kiefernwäldchen. Eine Reiterin kam mir entgegen. Irgendwie kam sie mir bekannt vor. Als wir uns auf gleicher Höhe befanden, schauten wir einander etwas verdutzt an. Wir versuchten uns wohl beide zu erinnern, woher wir uns kannten.

Plötzlich lächelte die Frau. »Ich weiß«, rief sie. »Natürlich – von der Kanalfähre. Ich bin Phillida Fitzgerald. Erinnern Sie sich? Wir haben uns kurz unterhalten.«

Nun dämmerte es mir auch. Die hübsche Frau, die mit ihrem Bruder zur Erholung in die Nähe von Bordeaux reisen wollte.

»Natürlich.«

»Und Sie sind...«

»Lucie Lansdon.«

»Richtig. Was für ein Zufall! Nun ja, vielleicht auch nicht... schließlich verleben wir unsere Ferien in der Nähe. Ist das nicht eine herrliche Gegend?«

»Ja. Geht es Ihnen besser?«

»Ja. Erzählte ich Ihnen von meiner Rekonvaleszenz? Mir geht es in der Tat besser. Selbst mein Bruder ist zufrieden.«

»Ist er hier?«

»Er ist zu Hause geblieben.«

»Wohnen Sie hier in der Nähe?« erkundigte ich mich.

»Ja, nicht weit von hier. Wir haben ein Haus gemietet. Wir machen uns nicht eben viel aus Hotels. Also haben wir uns umgeschaut und etwas gefunden. Hier in der Gegend gibt es derzeit ziemlich viel zu mieten. Manche Leute ziehen das einem Hotelaufenthalt vor.«

»Gewiß.«

»Mein Bruder fühlt sich so wohler. Es ist ein hübsches kleines Haus... entzückend gelegen. Nicht weit von hier entfernt. Ein Ehepaar lebt in einer Art Kate auf dem Grundstück. Sie sorgen recht gut für uns. Sie gehören sozusagen zum Haus. Uns gefällt es.«

»Wie lange bleiben Sie denn?«

»Noch ein paar Wochen, nehme ich an. Aber wir haben uns nicht genau festgelegt. Wir haben das Haus für einen Monat gemietet. Und wenn wir den Vertrag verlängern wollen, dürfte es wohl keine großen Schwierigkeiten geben.«

Sie nickte. »Und wo leben Sie?«

»Auf Château Bourdon.«

»Bei Freunden, sagten Sie wohl. Das ist doch sicher wunderbar. Aber warum kommen Sie nicht auf eine Tasse Kaffee mit zu uns? Angélique kocht ausgezeichneten Kaffee.«

»Das klingt sehr verlockend.«

»Dann kommen Sie. Roland wird sich freuen. Er sagt, ich lese Leute auf. Nun ja, ich bin gern in Gesellschaft. Und wir sind schließlich keine Fremden, nicht wahr? Wir haben uns schon auf dem Schiff kennengelernt.«

»Mit Sicherheit nicht.«

Sie lachte und drehte ihr Pferd zurück auf den Weg, den sie offensichtlich hergeritten war. Ich folgte ihr. Nach etwa einer Meile kamen wir nach Lengore, einem Dorf.

»Ein reizender Ort«, erzählte sie, »vor allem an den Markttagen. Ich gehe so gern einkaufen. Alle lachen über meinen grauenhaften Akzent. Aber das macht mir überhaupt nichts aus. Ich weiß, wie schrecklich er klingt. Das Haus liegt am Dorfrand.«

Es war klein, aus grauem Stein und von einem hübschen Garten umgeben. Sie deutete auf die sogenannte Kate, wo Angélique und ihr Mann lebten. Auf einer kleinen Wiese scharrten Hühner, während ein Hahn stolz auf einem Steinmäuerchen sitzend über seine Hennen wachte.

»Es ist in gewisser Weise ziemlich einfach«, sagte Phillida. »Aber mein Bruder meint, deswegen sind wir hierhergekommen. Es gibt zwei oder drei Schupfen... gut zur Vorratshaltung – und auch ein Feld, so daß wir genug Platz haben. Wir haben auch die Pferde für die Dauer unseres Aufenthalts gemietet. Und Pierre, Angéliques Mann, versorgt sie und auch die Hühner und ein paar Gänse. Wir leben hier also richtig auf dem Land.«

Sie stieß eine Tür auf, und wir befanden uns in einem Raum mit Steinwänden und einem gefliesten Fußboden. Über dem riesigen offenen Kamin hing an einer Kette ein Wasserkessel. Von da aus führte sie mich in das angrenzende Zimmer, in dem zwei Sessel und ein Sofa standen. Ihr Bruder erhob sich und legte das Buch, in dem er gerade geschmökert hatte, beiseite. Er schaute erst einmal verblüfft, bis Phillida ihm alles erklärte.

»Schau mal, wen ich getroffen habe«, rief sie. »Miss Lucie Lansdon. Na komm, Roland, du erinnerst dich doch. Auf dem Schiff von England herüber.« Sie wandte sich wieder mir zu. »Roland hat kein so gutes Personengedächtnis wie ich. Aber wir haben ja auch länger miteinander geplaudert. Er sah Sie nur kurz.«

»Aber gewiß doch erinnere ich mich«, sagte er und streckte die Hand aus. »Guten Tag, Miss Lansdon. Wie schön, Sie wiederzusehen.«

»Zufälle gibt es!« sagte Phillida. »Auf einmal standen wir uns Angesicht zu Angesicht in diesem Kieferngehölz gegenüber. Dann dämmerte es mir wieder... woher wir uns kennen.«

»Es freut mich sehr«, meinte ihr Bruder.

»Wie wäre es mit einem Kaffee?« fragte Phillida. »Ich habe Miss Lansdon mit dem Versprechen auf Angéliques Spezialgebräu hierhergelockt.«

»Nehmen Sie doch bitte Platz«, sagte er.

»Ja, natürlich. Und ich kümmere mich um den Kaffee.«

Sie ging hinaus und ließ mich mit Roland allein.

»Sie haben es gemütlich hier«, bemerkte ich.

»O ja. Viel angenehmer als in einem Hotel.«

»Das kann ich verstehen.«

»Und das Ehepaar erledigt alles, so daß sich meine Schwester um nichts zu kümmern braucht.«

»Geht es ihr besser? Ich habe es so verstanden, daß sie zur Erholung herkam.«

»Die Gegend hier tut ihr gut. Aber ich weiß nicht, wie lange wir bleiben können. Ich muß irgendwann zurückfahren. Doch ich möchte sichergehen, daß es ihr auch wirklich gutgeht, ehe wir heimreisen. Sie ist schwach auf der Brust. Zu Hause ist das Klima zu feucht für sie. Die trockene Hitze tut ihr gut.«

»Sie wirkt so gesund.«

»Typisch Phillida. Sie verdrängt ihre Krankheit und reißt sich zusammen.«

»Sie beide stehen sich offenbar sehr nahe.«

»Bruder und Schwester. Aber ich gebe zu, zwischen uns besteht große Nähe. Unsere Eltern leben nicht mehr. Sie starben bei einem Eisenbahnunglück. Wir verloren beide auf einmal... tja, Sie können sich vorstellen, was das für uns bedeutete. Wir versprachen uns, für einander zu sorgen.«

»Und das scheint Ihnen beiden ausgezeichnet zu gelingen.«

Phillida kam zurück. »Der Kaffee wird bald serviert«, sagte sie, »in der Zwischenzeit zeige ich Miss Lansdon das Haus.«

»Warte doch bis nach dem Kaffee«, wandte ihr Bruder ein.

»Ach, komm. Das dauert doch nur ein paar Minuten.« Sie verzog im Scherz das Gesicht. »Es gibt nicht viel zu sehen, dafür reicht die Zeit, bis der Kaffee fertig ist. In fünf Minuten sind wir durch. Das ist schließlich nicht das Château Bourdon, müssen Sie wissen. Sie sind doch auf Bourdon, nicht wahr? Ich weiß es noch, weil ich schon vorher davon gehört hatte.«

»Ja.«

»Riesengroß und sehr beeindruckend, nehme ich an.«

»Ziemlich.«

»Nun kommen Sie und schauen Sie sich unsere bescheidene Behausung an. Roly, bleib du hier, falls Angélique den Kaffee bringt.«

Sie führte mich eine gewunde Treppe hoch, die vom Wohnzimmer aus hinaufging. Im nächsten Stockwerk befanden sich zwei Zimmer. »Das ist das schönste Schlafzimmer, mein Reich. Roland bestand darauf, daß ich es nahm. Das andere Zimmer dient als Ankleide- und Wohnzimmer. Es gibt noch eine Etage… die Mansarde.« Wir stiegen zu einem Raum hoch, an dessen einer Seite sich die Dachschräge befand. Hier mußte man sich bücken, wollte man aus dem kleinen Fenster hinaus auf die Grünfläche mit den Hühnern schauen. Auch die Gänse tummelten sich dort unten.

Phillida lachte. »Irgendwie macht das Spaß. Ganz anders als Ihr Château, würde ich meinen. Roland schläft hier oben. Er kann zwar nicht überall aufrecht stehen… aber in den Ferien findet man so etwas ziemlich erheiternd. Das war es auch schon – unser Château Fitzgerald. Und jetzt wollen wir wieder hinuntergehen – zu unserem Kaffee.«

Der Kaffee schmeckte in der Tat köstlich.

Ich mochte sie beide. Mir gefiel ihre offensichtliche Zuneigung zueinander. Sie gaben mir das Gefühl, einen Gast aus der Heimat zu bewirten bereite ihnen ein besonderes Vergnügen.

»Findest du es nicht auch herrlich, normal reden zu können, Roland? Und nicht immer über deine eigenen Wörter stolpern zu müssen. Und wenn man endlich einmal einen halbwegs verständlichen Satz über die Lippen gebracht hat, überfluten sie dich mit einem Redeschwall – weil sie irrigerweise meinen, daß du ihre Sprache beherrscht. Dann ist man restlos verloren.« Phillida lachte.

Dann wollten sie mehr über mich wissen. Ich bemerkte an der Art, wie sie das Thema ängstlich vermieden, daß sie sich an mein Unglück erinnerten.

Schließlich sagte ich: »Mein Vater wurde vor unserem Haus erschossen. Sie haben wahrscheinlich davon gehört.«

»Ja«, entgegnete Roland ruhig. »Es muß Sie fürchterlich getroffen haben.«

Ich nickte. »Aber ich habe so viele liebe Freunde. Vor allem meine Schwester. Allerdings lebt sie in Cornwall, ganz schön weit weg von London.«

»Ich nehme an, Sie besuchen sie oft«, sagte Roland.

»Ja, in Zukunft wahrscheinlich noch häufiger. Sie möchte wohl gern, daß ich bei ihr und ihrer Familie lebe.«

»Aber Sie haben sich noch nicht entschieden?« fragte Phillida.

»Nun ja, ich fühle mich ein wenig...«

Ihre Blicke trafen sich. Und ich wußte, daß sie eine Botschaft austauschten. Sie wollten das Thema wechseln.

»Das Landleben ist eine Zeitlang sehr erheiternd und interessant«, bemerkte Roland. »Doch frage ich mich, wie lange man sich daran wirklich erfreuen kann.«

»Von wo kommen Sie denn?« erkundigte ich mich.

»Nun ja, eigentlich aus Yorkshire. Wir sind im Wollgeschäft tätig. Aber ich halte mich ziemlich viel in London auf. Wir haben dort ein kleines Absteigequartier. Früher oder später verschlägt es jeden nach London. Mein Vater beschloß, daß wir dort ein Büro unterhalten müßten – obwohl die meisten Geschäfte natürlich in Yorkshire abgewickelt werden. Er starb, kurz nachdem er die Niederlassung aufgebaut hatte... und ich mußte sie übernehmen.«

»Ich darf Ihnen doch noch einmal einschenken«, sagte Phillida. »Angélique wird ziemlich ärgerlich, wenn man ihren Kaffee nicht ordentlich wertschätzt.«

»Eine Schwäche der guten Köche«, fügte Roland hinzu.

»Wie lange wollen Sie in Frankreich bleiben?« fragte Phillida, während sie mir Kaffee eingoß.

»Das weiß ich nicht genau. Es hängt soviel von Belinda ab.«

»Sie reist mit Ihnen, nehme ich an.«

»Ja.« Ich spürte, daß ich ein wenig ausholen mußte. »Sie ist die Nichte meiner Stiefmutter. Und ihrem Vater gehört das Château.«

»Aha«, sagte Roland.

»Hoffentlich fahren Sie nicht zu früh«, meinte Phillida. »Ich treffe so gerne Landsleute im Ausland.«

Roland lächelte seine Schwester nachsichtig an.

»Du stimmst doch mit mir überein, nicht wahr, Roland?« beharrte sie.

»In diesem Fall gewiß«, erwiderte er.

»Sie müssen uns wieder einmal besuchen«, lud Phillida mich ein.

»Gerne«, versprach ich. »Aber das erinnert mich daran, daß ich aufbrechen muß.« Ich schaute auf die Wanduhr. »*Déjeuner* wird in einer Stunde serviert. Sie werden sich fragen, was mit mir los ist, wenn ich mich verspäte.«

»Wir bringen Sie zurück«, sagte Roland. »Der Rückweg dauert schätzungsweise eine halbe Stunde, oder was meinst du, Phillida?«

»Ja, ungefähr. Wir wohnen ziemlich nahe beieinander.«

»Tja, dann bleibt nicht mehr viel Zeit.«

»Ich sehe, Miss Lansdon wird ein wenig unruhig«, sagte Roland. »Brechen wir also auf.«

Ich hielt ihn für sehr nett und sanftmütig. Er erinnerte mich an Joel – das glatte Gegenteil von Jean Pascal.

Fünf Minuten später verließen wir das Haus. Während wir so dahinritten, plauderten wir über die Landschaft. Ich hatte einen sehr angeregten Vormittag verlebt.

In Sichtweite vom Château ließen sie mich auf Rolands

Vorschlag allein. Phillida wäre sicher gerne noch weiter mitgekommen, in der Hoffnung, Belinda oder Jean Pascal zu begegnen. Aber Roland bestand ruhig und bestimmt darauf. Er zeigte großes Taktgefühl und hielt es für besser, wenn ich allein ankam und so nicht sofort unsere Begegnung erklären mußte.

Ich kam also rechtzeitig zurück. Mir ging es so gut wie schon lange nicht mehr. Das Wissen, Bekannte in der Nachbarschaft zu haben, vermittelte mir ein angenehmes Gefühl.

Als ich zum *déjeuner* herunterkam, saßen Belinda und Jean Pascal schon bei Tisch.

»Wie ist es Ihnen heute morgen denn ergangen, Lucie?« fragte Jean Pascal.

»Ach... ich bin ausgeritten.«

»Wir konnten dich nirgends finden«, schalt mich Belinda. »*Mon père* war äußerst verstimmt.«

»Ich wußte, daß ihr den Weinberg anschauen wolltet, und dachte nicht, daß ich mitkommen sollte.«

»Wir erwarteten natürlich, daß Sie uns begleiten«, sagte Jean Pascal.

»Es war sehr interessant«, fügte Belinda hinzu. »Da hast du etwas verpaßt.«

»Ich habe den Vormittag auch sehr angenehm verbracht.«

»Womit?« wollte Belinda wissen.

»Ich habe Bekannte getroffen.«

Ein paar Augenblicke herrschte Schweigen. Dann fragte Jean Pascal: »Bekannte? Was für Bekannte?«

»Eine junge Frau, mit der ich auf der Fähre ein wenig geplaudert habe. Ich habe doch von ihr erzählt?«

»Davon ist mir nichts bekannt«, entgegnete Belinda.

»Als wir an Deck waren, ging ich ein wenig umher. Ich stand an der Reling – wie sie. So kamen wir ins Gespräch. Sie erzählte mir, daß sie in die Nähe von Bordeaux fuhren.«

»Sie haben sie rein zufällig kennengelernt?« erkundigte sich Jean Pascal.

»Ja. Sie standen gerade in der Nähe.«

»Wen meinen Sie mit sie?«

»Die junge Frau und ihr Bruder. Sie haben für einen Monat ein Haus gemietet. Sie nahm mich zu ihnen mit und lud mich auf einen Kaffee ein.«

»War das nicht etwas unbesonnen von Ihnen?« Er schaute mich besorgt an.

»Wieso? Ich kann darin nichts Unbesonnenes sehen.«

»Aber Sie kennen die Leute doch gar nicht!«

»Ich sagte schon, ich bin ihnen auf der Überfahrt begegnet.«

»Aber dadurch kennen Sie sie doch nicht?«

»Ach, Sie sind so förmlich. Ich habe doch gesehen, daß es sehr nette, völlig normale Leute sind. Sie luden mich ein, ihr Haus anzuschauen und eine Tasse Kaffee zu trinken. Das ist alles. Es war ein sehr netter Vormittag.«

»Wie heißen sie?«

»Fitzgerald.«

»Ich habe den Namen noch nicht gehört.«

»Das ist auch sehr unwahrscheinlich. Sie verbringen lediglich ihre Ferien hier.«

Jean Pascal wirkte verdrossen. Er ärgerte sich wohl ein wenig, weil ich nicht mit ihnen zum Weinberg mitgekommen war.

»Übrigens«, bemerkte er, »habe ich einige Bekannte zum Abendessen für morgen gebeten. Graf de Grellon und seine Gemahlin und Monsieur und Mademoiselle du Pont. Nur eine kleine Abendeinladung für den Anfang.«

Belinda schaute begeistert. »Ein richtiger Graf und eine richtige Gräfin!« rief sie.

Jean Pascal schenkte ihr ein nachsichtiges Lächeln. »Es gibt noch immer welche, mußt du wissen.«

»Erzähl uns doch von ihnen«, bettelte Belinda.

»Der Graf ist ungefähr sechzig Jahre alt und die Gräfin ein oder zwei Jahre jünger. Ihnen gehört ein Château ungefähr fünf Meilen von hier. Sie werden über Nacht bleiben. Nun zu den du Ponts. Monsieur du Pont ist etwa vierzig Jahre alt, verwitwet, und er hat eine bezaubernde Tochter namens Geneviève. Ich bin überzeugt, ihr findet sie alle sympathisch. Und den Rest, meine liebe Belinda, mußt du schon selbst herausfinden.«

Er lächelte jetzt freundlich. Ich glaubte, seine leichte Verärgerung darüber, daß ich ihnen entwischt war und einen angenehmen Vormittag auf eigene Faust verbracht hatte, war verflogen.

Belinda war angesichts der Abendeinladung sehr aufgeregt, obwohl, wie sie mir anvertraute, die Gäste nicht sehr interessant zu sein schienen.

»Wie willst du das denn wissen, wenn wir sie noch gar nicht kennengelernt haben?« fragte ich.

»Ein sechzigjähriger Graf und seine Gemahlin! Und ein anderer alter Mann mit seiner Tochter! *Mon père* hätte doch ein paar junge Leute einladen können... junge Männer.«

»Ich wage zu behaupten, daß er dir den einen oder anderen zu einem späteren Zeitpunkt vorstellen wird.«

»Wozu die Zeitverschwendung?«

Früh am Morgen kam ein Bote mit einer Nachricht für Jean Pascal. Wir erfuhren ihren Inhalt beim *déjeuner*.

»Heute abend kommt noch ein zusätzlicher Gast«, ließ er uns wissen. »Der Graf ließ mich benachrichtigen, daß ein englischer Freund überraschend angekommen ist. Ich ließ ihm meine Freude darüber ausrichten. Und ich bin überzeugt, die jungen Damen werden darüber erbaut sein, daß sie sich mit jemandem auf englisch unterhalten können.«

Wir stimmten dem zu. »Die Franzosen reden so schnell«, klagte Belinda.

»Auch nicht schneller als du, meine Liebe«, gab ihr Vater zurück. »Du kannst ihnen nur nicht so rasch folgen.«

Belinda kleidete sich sorgfältig an. Ihr Vater hatte als

typischer Franzose einen Blick für Eleganz und kritisierte gern. Ich beobachtete oft die Art und Weise, wie er von unserem Aussehen Notiz nahm. Und ich muß zugeben, daß ich mich bisweilen geneigt fühlte, Kleider zu tragen, die nicht seinem Geschmack entsprachen. Belinda hingegen bemühte sich, ihm zu gefallen, was ihr nicht schwerfiel. Ihr war es von Natur gegeben, das für sie Passende zu wählen, und sie kleidete sich gern prachtvoll und auffallend, was auch ihrem Äußeren und ihrem Charakter entsprach.

Wir empfingen die Gäste in der Halle. Die du Ponts kamen als erste. Er war klein von Gestalt, mit glattem dunklen Haar und einem Monokel, das ihn ein wenig ernst aussehen ließ. Seine Tochter Geneviève mochte Anfang Zwanzig sein. Sie wirkte etwas steif und schien sehr an ihrem Vater zu hängen.

Ich bemerkte, daß Belinda sie nach einiger Beobachtung als langweilig abtat. Und damit hatte sie wohl nicht ganz unrecht.

Schließlich kamen der Graf und die Gräfin mit ihrem geheimnisvollen Gast.

Ich spürte Belindas Angespanntheit. Er war groß und blond und hatte einen frischen Teint, hellblaue Augen und nahezu klassisch geschnittene Gesichtszüge. Er war wohl in seinen Zwanzigern und auf eine sanfte Art sehr attraktiv. Der Graf und seine Gemahlin sahen typisch französisch aus. Beide sehr aristokratisch, gaben sie unbewußt zu verstehen, daß sie Ehrerbietung und Etikette gewöhnt waren. Beide hatten graues Haar und waren elegant bis aufs I-Tüpfelchen gekleidet.

Der Graf küßte uns die Hand; wir murmelten höflich, wie entzückt wir über die Begegnung seien. Jean Pascal beobachtete dies mit Wohlgefallen.

Dann stellte der Graf seinen Gast vor – Sir Robert Denver, mit dessen Vater er gut befreundet gewesen war. Sir Robert besuchte auf seinen Frankreichreisen immer den Grafen, so auch diesmal.

Jean Pascal äußerte seine Freude darüber, daß Sir Roberts Besuch mit jenem des Grafen und der Gräfin auf Bourdon zusammenfiel. Einige Zeit tauschte man noch derlei Floskeln aus; dann gingen wir in den Speisesaal.

Sir Robert wurde zwischen Belinda und mir plaziert.

Das Abendessen wurde mit besonderer Förmlichkeit serviert. Ich hatte nicht gewußt, daß derart viele Diener im Château beschäftigt waren. Unaufdringlich und geschickt huschten sie durch den Speisesaal.

Sir Robert war wie Belinda und ich heilfroh, daß er mit jemandem auf englisch plaudern konnte.

Ihn umgab ein gewisser Charme, der besonders in der eher etwas steifen Gesellschaft zum Tragen kam. Er wirkte sehr natürlich und bescheiden.

»Wie gut«, meinte er, »daß die Einladung während meines Besuchs beim Grafen eintraf. Um die Wahrheit zu sagen, ich hatte einen ziemlichen Bammel davor. Ich spreche ein grauenhaftes Französisch und verstehe nur die Hälfte von dem, was gesagt wird. Ich kann Ihnen gar nicht sagen, wie erleichtert ich bin, daß ich hier Englisch reden kann.«

»Uns geht es ganz genauso«, versicherte ihm Belinda.

»Sie sehen also«, fügte ich hinzu, »die Erleichterung ist beiderseits.«

»Mein Vater«, fuhr Belinda fort, »spricht Englisch natürlich perfekt. Er hat ja auch lange in England gelebt.«

»Ja, der Graf hat mir davon erzählt.«

»Fahren Sie oft nach Frankreich?« fragte ich.

Belinda schaute mich unwirsch an. *Sie* wollte sich mit ihm unterhalten und wurde dabei zu oft von mir unterbrochen.

»Nein, nicht allzu oft. Mein Vater kam häufig hierher. Manchmal begleitete ich ihn. Er liebte Frankreich... und hatte gute Freunde hier, beispielsweise den Grafen. Ihm war er ganz besonders verbunden. Bei seinen seltenen Englandaufenthalten wohnte der Graf immer bei uns. Wenn ich also in Frankreich bin, besuche ich ihn immer für ein paar Tage.«

»Also bleiben Sie nur kurz hier«, meinte Belinda ein wenig niedergeschlagen.

Er nickte. »Darum kann ich mich ja so glücklich schätzen, daß ich diese Einladung wahrnehmen konnte.«

Belinda sprühte nur so. »Hat er das nicht hübsch gesagt, Lucie?«

Ich konnte dies nur bejahen.

»Und wo leben Sie?« fragte Belinda.

»In Hampshire.«

»Oh, ganz in der Nähe von London.«

»Genau.«

»Fahren Sie oft nach London?« erkundigte sich Belinda.

»Nur gelegentlich.«

Es folgte ein kurzes Schweigen, als der Fisch aufgetragen wurde.

»Es gibt auf dem Anwesen viel zu tun«, sprach er dann weiter. »Seit dem Tod meines Vaters...«

»Ist Ihr Vater vor kurzem gestorben?« fragte ich.

»Vor ungefähr einem Jahr.«

»Sie sind also ein Gutsherr?« wollte Belinda wissen.

»Gewissermaßen.«

»Wie interessant!«

Er zuckte die Schultern. »Ich habe noch nicht viel Erfahrung sammeln können.«

»Nun ja, aber Sie haben doch wohl Leute, die Ihnen helfen. Haben Sie Familie?«

»Nein, ich war ein Einzelkind. Mein Vater starb ganz plötzlich. Es war ein schlimmer Schlag. Alle dachten, daß er noch viele Jahre vor sich hätte.«

»Und jetzt sind Sie allein. Keine Gemahlin, die Ihnen beisteht, keine Kinder?«

»Nein, ich lebe ganz allein.«

Ich konnte verfolgen, wie Belindas Interesse wuchs. Sir Robert Denver – ein adliger Grundherr in Hampshire, ziemlich gutaussehend. Ein zweifellos ansprechender Junggeselle.

Sie warf mir einen vernichtenden Blick zu, als sie erkannte, daß ich ihre Gedanken erriet.

Ich beobachtete ihre Bemühungen, ihn zu bezaubern, und muß gestehen, daß ihr dies durchaus gelang.

Ich wünschte ihr Glück. Er war ein sehr angenehmer Mensch, nicht unbedingt weltgewandt, was besonders in Gesellschaft solcher Männer wie dem Grafen oder Jean Pascal und vielleicht auch Monsieur du Pont zutage trat. Natürlich war er ein gutes Stück jünger als sie. Aber ich konnte nicht glauben, daß Jean Pascal jemals solche Naivität zu eigen war, wie sie dieser junge Mann offenbar ausstrahlte.

Von nun an beherrschte Belinda bis zum Ende des Mahles das Gespräch, indem sie unentwegt schwatzte. Sie schilderte ihm sehr anschaulich das Leben auf den Goldfeldern und wie sehr es sich vom Londoner Stadtleben unterschied. Er hing an ihren Lippen. Und noch ehe wir uns vom Tisch erhoben, hatte sie ihn um den Finger gewickelt. Er wirkte zwar ein wenig verblüfft, aber nichtsdestotrotz entzückt.

Später im Bett dachte ich noch lange über den Abend und die Gäste nach, vor allem über Sir Robert.

Auf einmal rüttelte jemand an der Tür. Mein Herz fing beängstigend schnell zu schlagen an. Ich sprang auf.

»Wer ist da?« rief ich.

»Ich bin's, Belinda, wer sonst?«

»Sofort.« Ich sperrte die Tür auf. Und sie kam in Morgenmantel und Pantoffeln herein.

»Warum schließt du dich ein?« wollte sie wissen.

»Ich weiß nicht. Wohl aus Gewohnheit...«

Sie war zu sehr mit sich selbst beschäftigt, als daß sie auf meine kleinen Schrullen auch nur einen Gedanken verschwendet hätte.

Ich legte mich wieder ins Bett, sie setzte sich auf die Kante und schaute mich an.

»Wie gefällt er dir?«

»Wer?«

»Sei nicht albern! Das weißt du ganz genau.«

»Ich nehme an, du sprichst von dieser guten, anhanglosen Partie mit dem wohlklingenden Adelsprädikat und dem Gutsbesitz in Hampshire.«

»Von wem sonst?«

»Nun ja, er ist ein sehr netter junger Mann... und noch viel zu naiv, als daß man eine Meute beutehungriger weiblicher Wesen auf ihn loslassen dürfte.«

»Ach, rede doch nicht so geschwollen daher! Er ist nett, oder? Was, glaubst du, hält er von mir?«

»Für eines der soeben erwähnten weiblichen Wesen, das sich beträchtlich für ihn zu interessieren begann, als er seine gesellschaftliche Stellung offenbarte.«

»Hör auf. Ich fand ihn sehr nett.«

»Na schön, ich auch.«

»Lucie, untersteh dich! Naja, aber du hättest ohnehin keine Chance.«

»Gegen dich und deine geheimen Tricks mit Sicherheit nicht.«

»Also versuch es erst gar nicht.«

»Das hatte ich auch keineswegs vor.«

»Er ist doch einfach ideal.«

»Da stimme ich zu.«

»Und *ich* werde dafür sorgen, daß wir ihn noch öfter sehen.«

»Ja. Nicht daß er dir noch entwischt. Das wäre eine Katastrophe.«

»Das höre ich mir nicht mehr länger an.«

»Und dieser gütigen Mitteilung verdanke ich die Ehre, nachts von der künftigen Lady Denver aufgesucht zu werden?«

»Klingt doch ziemlich gut, nicht?« kicherte sie.

»Belinda! Nimm dich in acht!«

»Wovor?«

»Daß du nicht mit der Tür ins Haus fällst. Du bist sicher

nicht die erste, die sich ihn zu schnappen versucht. Er ist schließlich eine ausgezeichnete Partie. Geh also ein wenig diplomatisch vor.«

Sie lachte. »Ich weiß gar nicht, warum ich dir das alles erzähle.«

»Aber ich. Du mußt dich mit jemandem über dieses fesselnde Thema unterhalten.«

»Welches Thema?«

»Über dich natürlich. Meine liebe Belinda, du bist nur an Belinda interessiert und erwartest selbstverständlich dasselbe von allen anderen.«

»Ach, sei doch ruhig. Ich werde *mon père* bitten, ihn noch einmal einzuladen. Oder vielleicht können wir zum Grafen hinüberreiten und treffen ihn dann.«

»Mach das. Ich bin sicher, *ton père* stimmt zu.«

»Gute Nacht.«

»Gute Nacht. Und toi, toi, toi für deine Pläne.«

Als sie gegangen war, stand ich noch einmal auf und sperrte ab.

Wir mußten nach Sir Robert gar nicht erst Ausschau halten. Er ritt am nächsten Morgen zu uns herüber. Belinda sprühte vor Begeisterung. Die Sache lief sogar besser, als sie gedacht hatte.

Jean Pascal zeigte sich erfreut und drängte Sir Robert, doch zum *déjeuner* zu bleiben. Sir Robert kam dieser Einladung nur zu gerne nach.

Während der gesamten Mahlzeit plapperte Belinda angeregt unter den nachsichtigen Blicken Jean Pascals. Ich schloß aus seinem Verhalten, daß ihm Sir Robert als möglicher Schwiegersohn durchaus zusagte.

Später spazierten wir alle zusammen in den Park. Jean Pascal erklärte mit beträchtlichem Fachwissen die Flora und Fauna der Gegend. Sir Robert gab hierzu gedämpft beifällige Kommentare ab, weilte aber in Gedanken ganz sicher bei etwas völlig anderem.

Belinda strahlte. Und als unser Gast sich schließlich, wenn auch höchst zögerlich, verabschiedete, tat er dies mit der Einladung Jean Pascals, doch jederzeit, wann immer er Lust habe, wiederzukommen.

Ich ahnte, daß der nächste Besuch nicht lange auf sich warten lassen würde.

Und in der Tat tauchte Sir Robert am nächsten Tag schon wieder im Château auf.

Ich spazierte in dem herrlichen Park herum, wie ich es so gerne tat. Dank der vielen Sträucher und Bäume und dank des Wäldchens konnte ich mich außer Sichtweite des Schlosses bewegen und mich einem herrlichen Gefühl von Freiheit hingeben.

Meine Gedanken schweiften von einem Thema zum andern. Ich dachte wie so häufig an Joel. Dann erging ich mich in Spekulationen, ob die offensichtliche Anziehung zwischen Belinda und Sir Robert wohl zu einer Verlobung führen würde. Auf einmal hörte ich Schritte. Sie näherten sich dem Wäldchen. Das war bestimmt Jean Pascal. So beschloß ich, den Hain zu verlassen, da ich nicht gerne mit ihm im Verborgenen alleine bleiben wollte.

Rasch schritt ich in Richtung See aus.

Er rief meinen Namen; ich blieb stehen und schaute mich um.

»Lucie, ich hoffte, Sie einzuholen«, sagte er. »Ich sah Sie diesen Weg gehen. Sie mögen den Park gern, nicht wahr?«

»Er ist wunderschön.«

Unter den Bäumen stand eine Bank. Er machte eine einladende Geste, und wir nahmen Platz. »Ich wollte mit Ihnen reden«, sagte er.

Wir saßen nebeneinander. Ich war so unauffällig wie möglich von ihm weggerutscht, da er mir zu nahe gerückt war.

»Was halten Sie von Sir Robert?« fragte er.

»Er ist wohl ein sehr angenehmer junger Mann.«

»Belinda scheint auch dieser Ansicht zu sein.«

»Belinda läßt sich leicht beeindrucken.«

Er lachte. »Sie sicherlich nicht.«

»Nicht so leicht wie Belinda wahrscheinlich.«

»Meinen Sie, da spinnt sich etwas an?«

»Ich weiß es nicht.«

»Mir würde das sehr gefallen. Er scheint eine gute Partie zu sein.«

»Diesen Ausdruck habe ich Belinda gegenüber auch verwendet.«

»Also habt ihr euch über ihn unterhalten. Sie hat ihn offenbar gern?«

»Ob sie an ihm nun die gute Partie oder den Charakter schätzt, wage ich nicht zu beurteilen.«

»Geht das denn nicht Hand in Hand?«

»Nicht unbedingt für jeden, meine ich. Aber in diesen Angelegenheiten bin ich unerfahren.«

»Lucie, Sie erheitern mich. Und ich glaube, daß Sie klüger sind, als Sie vorgeben.«

»Ich gebe nichts vor. Ich bin, wie ich bin.«

»Und ich darf Ihnen verraten, daß ich das entzückend finde.«

»Es ist nett von Ihnen, das zu sagen.« Ich schaute auf die an meiner Bluse befestigte Uhr.

»Wir brauchen uns nicht zu beeilen«, meinte er. »Wir können noch ein wenig plaudern und kommen dennoch pünktlich zum *déjeuner*.«

»Sie machen sich wegen Belinda Sorgen?« fragte ich.

»Nicht wirklich. Ich denke, sie kann sehr gut auf sich selbst aufpassen. Ich wollte nur Ihre Meinung zu dieser – sagen wir – Blitzwerbung hören.«

»Sie halten es für ein Werben?«

»Nun ja, da gibt es diesen englischen Gentleman... und die Engländer gelten als äußerst ehrenwert.«

»Glauben Sie an Verallgemeinerungen?«

»Nein, aber Sir Robert scheint dem Klischee zu entsprechen.«

»Ja, er ist sicher ehrenwert.«

»Dann dürfte es wohl bald ein Paar geben?«

»Und damit sind Sie einverstanden?«

»Ich habe nichts dagegen.«

»Dann werden Sie also Ihre Zustimmung geben?«

»Ich fürchte, Belinda tut ohnehin, was sie will, und würde sich nicht um die Zustimmung anderer kümmern.«

»Sie sind ihr Vater. Ich bin überzeugt, sie würde Ihren Segen wollen.«

»Sie hätte ihn sicher gern. Aber wenn sie sich etwas in den Kopf gesetzt hätte, das meinen Wünschen widerspräche, würde sie auf eine solche Äußerlichkeit verzichten. Denken Sie bitte nicht, ich klagte sie deshalb an. Mir gefällt ihre Einstellung. Sie ist schließlich meine Tochter.«

»Dann müssen die Geschehnisse Sie doch sehr beglücken.«

»Ich bin nicht unzufrieden.«

»Das erspart Ihnen, sich über ihre Zukunft große Gedanken zu machen, wage ich zu behaupten.«

»Da haben Sie wohl recht. Ich habe schon einiges über Sir Robert ausfindig gemacht. Durch meinen guten Freund, den Grafen. Ich könnte noch mehr erfahren, wenn sich tatsächlich etwas Ernsthaftes anspinnt. Aber das, was ich bis jetzt weiß, spricht nur für ihn.«

»Nun, da hat Sir Robert aber großes Glück... und Sie auch.«

»Ich finde die Gespräche mit Ihnen sehr anregend, Lucie. Sie sind so zurückhaltend, fast schon zu bescheiden. Und doch sind Sie eine lebhafte junge Dame, und ich unterhalte mich so gerne mit Ihnen. Haben Sie übrigens diese Leute noch einmal getroffen?«

»Welche Leute?«

»Die beiden, denen Sie auf der Fähre begegnet sind und die Sie vor ein paar Tagen zum Kaffee einluden.«

»Nein.«

»Sie haben Ihnen Gastfreundschaft erwiesen. Möchten Sie, daß ich sie hierher einlade?«

»Das ist sehr nett von Ihnen. Sie würden sich bestimmt sehr darüber freuen.«

»Dann bitten wir sie zum Mittagessen. Schließlich müssen wir ihre Gastfreundschaft erwidern.«

Ich freute mich über die Aussicht, die beiden Geschwister wiederzusehen. Es war eine so angenehme Begegnung gewesen. In so kurzer Zeit hatten wir uns angefreundet; und mir gefiel der Gedanke, gute Bekannte in der Nähe zu wissen.

»Keine Probleme mehr mit Diable?« erkundigte er sich.

»Nein. Ich bin immer sehr vorsichtig und wage mich nicht mehr nahe ans Ufer.«

Er ließ den Blick über den See schweifen, und in ebendiesem Augenblick tauchten die Schwäne auf.

»Sie schauen so anmutig aus«, sagte ich, »von vollendeter Schönheit.«

»Man würde nicht glauben, daß in einem so herrlichen Geschöpf solche Bösartigkeit steckt«, sagte er. »Vergessen Sie nie, daß Sie sich in acht nehmen müssen, denn er kann aus heiterem Himmel angreifen. Er ließ seine Gehässigkeit vor ein paar Jahren an einem der Hausmädchen aus. Sie verlor die Sehkraft auf einem Auge.«

»Wie grauenhaft! Ich bin Ihnen sehr dankbar, daß Sie mich gerettet haben.«

»Sie konnten das ja nicht wissen. Aber denken Sie in Zukunft immer daran. Schwäne sind nicht so, wie sie zu sein scheinen. Darin ähneln sie manchen Menschen.«

»Nun, hoffentlich gibt es nicht allzu viele, die wie Diable sind.«

Er beugte sich zu mir und nahm meine Hand. »Lucie, hüten Sie sich vor den Diables dieser Welt.«

Ich war verwirrt; er lächelte mich noch immer an.

»Ich bin für Sie da, wann immer Sie mich brauchen.«

Er hatte das schon einmal gesagt. Ich glaubte, ihm Dank zu schulden. Er hatte mich zweifellos vor dem Schwan gerettet, er hatte mich auf seinem Schloß willkommen geheißen. Und jetzt wollte er nur deshalb zwei ihm unbekannte Personen einladen, weil sie mir Gastfreundschaft erwiesen hatten. Ja, ich sollte ihm dankbar sein, aber ich konnte mein Gefühl des Widerwillens gegen ihn nicht loswerden.

Äußerst vergnügt ritt ich zu den Fitzgeralds.

Sir Robert war jetzt ein häufiger Gast auf dem Château. Er hatte seine Heimreise nach England verschoben – selbstverständlich wegen Belinda.

Er erzählte uns, daß man ihn Bobby rief, was anscheinend gut zu ihm paßte. Je häufiger ich ihn sah, um so sympathischer fand ich ihn. Ihn umgab eine gewisse Naivität – sehr ungewöhnlich für einen jungen Mann. Und ich spürte unbewußt, daß er sich gegen Belindas Raffiniertheit nicht würde zur Wehr setzen können.

Sie würde ihn heiraten, davon war ich überzeugt. Denn das hatte sie sich in den Kopf gesetzt.

Als ich bei den Fitzgeralds ankam, war Phillida ausgegangen. Aber Roland war da und freute sich offensichtlich, mich zu sehen.

»Wie reizend von Ihnen, bei uns vorbeizuschauen«, begrüßte er mich. »Erst heute früh haben wir von Ihnen gesprochen. Phillida überlegte, ob wir eine Nachricht ins Schloß schicken sollten, um Sie zum Mittagessen einzuladen.«

»Was für ein Zufall!« rief ich. »Ich überbringe eine Einladung. Monsieur Bourdon läßt fragen, ob Sie nicht zum Mittagessen ins Château kommen wollen.«

»Wie reizend. Ich bin sicher, Phillida kommt liebend gern. Und auch ich freue mich sehr.«

»Dann ist es also abgemacht. Würde es Ihnen morgen passen?«

»Wir haben hier keine Verpflichtungen. Ich kann Ihnen

also versichern, daß es uns sehr gut paßt. Aber nehmen Sie doch Platz. Ich sage Angélique Bescheid, daß sie Kaffee kocht.«

Ich setzte mich, und wir unterhielten uns. Er war der Ansicht, seine Schwester sollte noch ein wenig länger bleiben. »Aber Phillida wird unruhig. Sie will sich einfach nicht ihre Krankheit eingestehen.«

»Nun ja, aber sie ist doch jetzt nicht mehr leidend, oder?«

»O nein. Sie hat sich erholt. Aber ich finde, sie braucht dieses Klima noch eine Weile. Sie ist sehr anfällig, müssen Sie wissen.«

»Sie wirkt so voller Schwung.«

»Ich weiß. Aber ich muß auf sie aufpassen.«

»Sie kann sich glücklich schätzen, einen so fürsorglichen Bruder zu haben.«

»Ich bin derjenige, der sich glücklich schätzen darf.«

»Ich würde sagen, Sie beide.«

Angélique servierte den Kaffee; und während wir ihn tranken, sagte Roland: »Sie haben noch nicht viel von sich erzählt. Geht es Ihnen besser?«

Nach kurzem Zögern antwortete ich: »Was mir zugestoßen ist, läßt sich nicht so schnell vergessen.«

»Ich verstehe. Bitte verzeihen Sie, daß ich es erwähnt habe. Bitte sprechen Sie nicht darüber, wenn Sie sich nicht danach fühlen. Ich denke viel über das nach, was Sie erleiden mußten. Das – und die Nachwirkungen – muß schrecklich für Sie gewesen sein.«

»Ja.«

»Der Prozeß und alles. Die Rolle, die Sie darin spielen mußten... von Angesicht zu Angesicht dem...«

Ich nickte.

»Ich wollte das alles nicht noch einmal in Ihnen aufwühlen«, fuhr er fort. »Doch ich möchte Sie wissen lassen, daß ich Sie verstehe... und mit Ihnen fühle. Aber wir sollten jetzt nicht mehr davon sprechen. Das ist nicht gut.«

»Nein. Ach, hören Sie, das ist sicher Phillida.«

Tatsächlich. Mit geröteten Wangen und lachender Miene kam sie herein. Als sie mich sah, leuchteten ihre Augen vor Freude auf.

»Oh, wie schön, Sie zu sehen! Wir haben von Ihnen gesprochen.«

»Ja, ich habe es schon erwähnt«, meinte Roland. »Erst heute früh. Stell dir vor: Wir sind zum Mittagessen eingeladen – auf das Schloß.«

»Wirklich?«

»Und ich habe als dein Bruder auch in deinem Namen zugesagt. Bist du damit einverstanden?«

Sie lachte erheitert. »Mußt du das fragen? Ich komme nur allzu gerne.«

Ich blieb noch eine Weile. Wir lachten viel, und ich vergaß mein vorhergehendes Gespräch mit Roland.

Ich merkte, daß Roland sich Vorwürfe machte, dieses Thema angetippt zu haben. Und so versuchte ich ihm zu vermitteln, daß dies nicht nötig sei. Jedenfalls war dies alles jetzt in weite Ferne gerückt.

Ich dachte daran, wie nett sie doch waren, und ich freute mich über die Freundschaft, die zwischen uns heranwuchs.

Als ich mich wieder im Château befand, war mir der Gedanke, Freunde in der Nähe zu haben, sehr angenehm.

Roland und Phillida besuchten uns wie abgemacht.

Ich wartete im Park auf sie. Ein Knecht stand bereit, um ihre Pferde in den Stall zu bringen. Ich führte sie in die Halle, wo ich sie Jean Pascal, Belinda und Sir Robert Denver, der jetzt täglich ins Château kam, vorstellte. Es war jetzt eine selbstverständliche Tatsache, daß er Belinda den Hof machte.

Jean Pascal verhielt sich den Besuchern gegenüber sehr zuvorkommend und war offensichtlich entschlossen, ihnen das Gefühl, willkommen zu sein, zu vermitteln.

»Miss Lansdon freute sich so darüber, Sie nach dem kurzen Plausch auf der Fähre wiederzusehen. Welch glücklicher Zufall für uns alle, daß Sie sich dort kennengelernt und sich hier wieder getroffen haben.«

»Die Freude war ganz auf unserer Seite«, erwiderte Phillida. »Und es ist so gütig von Ihnen, uns auf Ihr herrliches Schloß einzuladen.«

»Ich muß gestehen«, bekannte Jean Pascal, »daß ich ziemlich stolz darauf bin. Und Sie gewähren mir die Möglichkeit, ein wenig damit zu prunken. *Déjeuner* wird sogleich serviert.«

Die Mahlzeit fand in sehr gelöster Atmosphäre statt. Roland und Phillida sagte augenscheinlich das Tischgespräch sehr zu, ebenso Jean Pascal, da man sehr angeregt miteinander plauderte.

Jean Pascal versuchte auf taktvolle Weise, so viel wie möglich über die beiden herauszufinden, wirkte aber keine Sekunde lang indiskret. Sie erzählten ihm, was sie auch mir schon geschildert hatten... vom Tod ihrer Eltern und wie Roland die Londoner Zweigstelle ihres Unternehmens weiterführte, obwohl er regelmäßig nach Yorkshire fuhr.

»Also handeln Sie mit Wolle und ich mit Wein«, sagte Jean Pascal. »Zwei sehr nützliche Artikel. Die Menschheit würde ungern auf einen der beiden verzichten.«

»Der Wein, den wir hier getrunken haben, hat uns sehr beeindruckt«, erzählte ihm Phillida.

»Wir im Medoc halten unseren Wein für den besten der Welt. Sie müssen unseren Hochmut entschuldigen.«

»Stolz ist nur allzu natürlich, wenn er gerechtfertigt ist«, meinte Roland ernst.

Er stellte viele Fragen über den Weinanbau. Jean Pascal versprach, sie durch den Weinberg zu führen, falls sie dies interessierte. Phillida äußerte ihr Entzücken darüber, und Roland nahm die Einladung mit zwar gedämpfterer, aber keineswegs geringerer Begeisterung an.

Dann schweifte die Unterhaltung zu allgemeinen Themen, in deren Verlauf Sir Robert von einer Nachricht von zu Hause berichtete. Er sagte, er müsse noch vor dem Ende der Woche nach England zurückkehren.

Belinda schaute betroffen. Daraus konnte ich schließen, daß sie davon noch nichts gewußt hatte. Und ich bemerkte, daß Robert den Blickkontakt mit ihr vermied.

»Ich reise fürchterlich ungern ab«, sagte er. »Es hat mir hier ausgezeichnet gefallen. Aber ich hatte von vornherein gar keinen so langen Aufenthalt geplant.«

»Nun ja«, meinte Jean Pascal. »England liegt ja nicht aus der Welt. Und der Kanal zeigt sich auch nicht immer von seiner garstigsten Seite.«

Ich fragte mich, ob die junge Liebe wider Erwarten doch nicht so gut gedieh und ob er womöglich eine Ausrede suchte, um sie zu beenden.

Es folgte ein kurzes, aber unbehagliches Schweigen. Roland brach es, indem er den Wein pries. Jean Pascal nannte unverzüglich den Jahrgang und sagte, er sei speziell für diesen besonderen Anlaß – dem Besuch von Lucies Freunden – aus den Kellern gebracht worden.

Roland schaute mich aufmerksam an. Er schien ein wenig verdutzt. Mir schwante, daß er sich über die Beziehung zwischen Jean Pascal und mir wunderte.

Nach dem Mittagessen schlug Jean Pascal vor, wir sollten unsere Gäste auf dem Besichtigungsspaziergang begleiten. Wir wanderten also durch den Weinberg und schauten den Männern und Frauen bei der Arbeit zu, die die Reben beschnitten, sie auf Krankheitsanzeichen hin untersuchten, die Weinstöcke an Pflöcken festbanden und Spaliere reparierten.

Ich hatte noch selten Jean Pascal von einem Thema derart begeistert wie jetzt erlebt. Er verfügte ganz offensichtlich über sehr umfangreiches Wissen und fand großen Gefallen daran, den Weinanbau Leuten, die davon wenig verstanden, zu erklären. Er erzählte ausführlich von gefürchteten Seuchen, Schädlingsbekämpfungsmitteln und all den Übeln, die die Trauben befallen können.

Die Fitzgeralds genossen die Besichtigung. Phillida konnte ihre Aufgeregtheit nicht verbergen und stellte in einem fort Fragen.

»Sie müssen mich ja für entsetzlich dumm halten, Monsieur Bourdon«, sagte sie. »Ich bin eine gräßliche Ignorantin. Aber es ist so interessant, und ich möchte schrecklich gern mehr darüber erfahren.«

Jean Pascal war nur zu glücklich, sie belehren zu können. Er kam mir wie umgewandelt vor. Zum ersten Mal begeisterte er sich für eine Sache. Jeglicher Zynismus fiel von ihm ab. Ich konnte ihn an diesem Nachmittag so gut leiden wie nie zuvor. Vielleicht war ich ihm dankbar, weil er sich den Fitzgeralds gegenüber, die ich als meine Freunde betrachtete, so freundlich benahm.

Jean Pascal zeigte uns die Weinpresse, die man vor dem Einsatz der Holzzylinder benutzt hatte.

»Sie arbeiten sehr effektiv«, erklärte er. »Sie pressen die Trauben ausgezeichnet und stellen so sicher, daß der ganze Saft verwendet werden kann.«

Wir schauten Männern zu, wie sie die großen Bottiche säuberten und für die Ernte vorbereiteten.

»Sie sind aus Stein«, sagte Jean Pascal. »Wenn sie gut geschrubbt sind, legt man sie in Ätzkalk, um die Säure zu sättigen, die sich noch darin befindet.«

»Das ist ja ungemein spannend«, meinte Roland.

»Wie können wir Ihnen nur danken, Monsieur Bourdon«, fügte Phillida hinzu, »für solch einen informativen und unterhaltsamen Nachmittag?«

»Indem Sie wiederkommen, Miss Fitzgerald«, erwiderte Jean Pascal charmant.

Wir spazierten am See vorbei zum Schloß zurück. Als wir daran vorbeigingen, schaute uns Diable, mit Ange im Gefolge, mißtrauisch an.

»Welch schöne Schwäne!« rief Phillida. »Und schwarze obendrein. Ich glaube nicht, daß ich schon jemals einen schwarzen Schwan gesehen habe. Immer nur weiße. Sie wirken so majestätisch.«

Jean Pascal warf mir einen Blick zu und lächelte. »Lucie wird Ihnen verraten, daß man nicht immer nach dem Aussehen gehen darf. Das Männchen mag zwar dem Äußeren nach wunderschön sein, aber er hat einen bösen Charakter. Er greift jeden an, der sich auf sein Territorium vorwagt. Er versetzte erst vor kurzem Lucie einen gehörigen Schrecken.«

»Ja«, erklärte ich. »Ich stand da und bewunderte ihn, als er sich urplötzlich zum Angriff entschloß.«

»Zum Glück war ich gerade zur Stelle«, fuhr Jean Pascal fort, »und konnte ihr zur Rettung eilen. Ich schlug den alten Teufel mit einem Knüppel. Mir blieb nichts anderes übrig.«

»Sonst hätte er Sie angegriffen!« rief Phillida. »Aber er kennt Sie doch sicher.«

»Diable – so heißt er, ein ziemlich passender Name, nicht wahr – Diable bringt niemandem Respekt entgegen. Ich sagte Lucie, daß ihr dies eine Lehre sein soll. Man soll sich nie von Schönheit täuschen lassen, denn man weiß nie, was sich dahinter verbirgt.«

»Ich glaube, Sie sind ein Zyniker, Monsieur Bourdon.«

»Doch wohl eher ein Realist. Aber Lucie wird in Zukunft sehr vorsichtig sein, nicht wahr?«

»Was den Schwan betrifft, mit Sicherheit.«

Beim Abschied begleiteten wir alle die Gäste noch zu den Stallungen. Zweifellos hatten wir alle einen überaus kurzweiligen Nachmittag verlebt.

»Nette Leute«, lautete Jean Pascals Kommentar.

Sir Robert erhielt eine Einladung, doch noch zum Abendessen zu bleiben, die er bereitwillig annahm. Die Unterhaltung verlief etwas schleppender als gewöhnlich. Roberts bevorstehender Abschied hing bedrohlich über uns. Jean Pascal äußerte sein Bedauern darüber. Wir würden ihn vermissen.

Robert erwiderte, daß auch wir ihm fehlen würden... und zwar sehr, sehr stark. Dabei ruhten seine Augen auf Belinda, die sich ungewöhnlich still verhielt.

»Nun ja«, meinte Jean Pascal leichthin, »Sie kommen doch sicher wieder einmal her.«

»O ja... gewiß.«

Ich war froh, als das Abendessen vorbei war, und ging zeitig schlafen. Arme Belinda, dachte ich, obwohl ich ihr nicht ganz abnahm, daß sie sich tatsächlich zu sehr innigen Gefühlen hatte hinreißen lassen. Ihr hatte wohl vor allem die Vorstellung gefallen, einen vorzeigbaren jungen Mann mit einem noch vorzeigbareren Hintergrund zu heiraten.

Ich lag schmökernd im Bett und war keineswegs überrascht, als es klopfte.

»Wer ist da?«

»Ich, Belinda, natürlich.«

Ich sperrte auf, und sie schlüpfte herein. »Ich habe dich schon erwartet«, sagte ich.

Strahlend saß sie auf meinem Bett.

»Ich bin verlobt«, verkündete sie. »Bobby hat mich gebeten, seine Frau zu werden.«

»Wie schön! Meinen herzlichen Glückwunsch! Dann hast du es also doch geschafft.«

»Was meinst du damit – es geschafft? Du bist neidisch, Lucie Lansdon.«

»Kein bißchen. Nur voller Bewunderung.«

»Ich bin so glücklich. Bobby ist ja so süß. Er wollte mich schon früher fragen... aber er befürchtete, es sei noch zu früh. Dann bekam er diese Nachricht. Er muß nach Hause fahren, und er wollte es mir nicht sagen... weil er mit dem Gedanken spielte, um meine Hand zu bitten, und Angst hatte, ich könnte ablehnen.«

»Wie bitte? Mit einem Adelstitel und einem gutaussehenden Gesicht und einigem Vermögen, wie ich vermute! Der Mann ist wohl verrückt!«

»Jetzt spotte nicht. Dazu ist es zu wichtig.«

»Na schön. Er hat dich also gebeten, ihn zu heiraten, und du hast freudig zugestimmt. Und jetzt müssen wir nur noch warten, bis die Hochzeitsglocken läuten.«

»Manchmal hast du eine ganz schön spitze Zunge, Lucie. Das würde man dir gar nicht zutrauen. Du wirkst so sanftmütig.«

»Ich verstehe dich nur zu gut, Belinda.«

»Bobby mag mich eben.«

»Offensichtlich. Jetzt erzähle es mir mal in allen Einzelheiten.«

»Er war recht schweigsam, nachdem er beim Mittagessen von seinem Aufbruch gesprochen hatte. Er überlegte, ob er mich sofort fragen sollte oder lieber erst nach England fahren und danach wieder hierherkommen sollte, um mir dann einen Antrag zu machen. Wir kennen uns doch erst so kurze Zeit.«

»Wahre Liebe überwindet Zeit und Raum«, kommentierte ich.

»Sei doch still. Nach dem Abendessen bist du verschwunden, und *mon père* – er ist ja so taktvoll – erriet, daß Bobby und ich gern unter vier Augen miteinander sprechen wollten. Also ließ er uns allein, schob irgendeine Erledigung vor und meinte, er käme später noch einmal wieder. Und da platzte Bobby dann heraus, daß er es vom ersten Moment, als er mich sah, gewußt hat. Es hat bei ihm wie der Blitz eingeschlagen.«

»Und da du ihn bereits als dein Opfer auserkoren hattest, gab es nichts, was die wahre Liebe hätte aufhalten können.«

»Wir sind ja so glücklich, Lucie. Als *mon père* zurückkam, erzählten wir es ihm. Er sagte: ›Es scheint, als hätte ich Belinda nur gefunden, um sie sogleich wieder an einen anderen zu verlieren.‹ Ist das nicht goldig? Aber er freute sich. Er möchte, daß ich glücklich bin – und das erspart ihm wohl eine kostspielige Ballsaison und all das Trara, einen Ehemann für mich zu finden.«

»Überall nur eitel Wonne«, bemerkte ich.

»Du magst Bobby, nicht wahr, Lucie?«

»Ja. Ich befürchte allerdings eines.«

»Und das ist?«

»Daß er zu gut für dich ist.«

Sie lachte über mich, und dann besprachen wir weiter ihre Pläne.

»Wir werden so bald wie nur möglich heiraten. Wahrscheinlich in London. Celeste kann die Hochzeit ausrichten. Hier können wir wohl kaum heiraten. So viele Leute wissen nicht, daß *mon père* eine Tochter hat, wohingegen Celeste seit jeher als meine Tante gilt. Bobby kommt zurück, sobald er kann, und dann treffen wir alle Vorbereitungen. Da sind wir uns beide einig. Wir wollen bald heiraten.«

Nachdem sie gegangen war, lag ich im Bett und empfand, das muß ich gestehen, ein wenig Bitterkeit. Belindas Leben verlief so glatt. Wohingegen ich nicht nur meinen geliebten Vater verloren hatte, sondern auch den Mann, den ich hatte heiraten wollen.

Arme traurige Lucie... und glückliche Belinda.

Es war eine Ironie des Schicksals, daß mich am nächsten Morgen die nächste Hiobsbotschaft ereilte. Sie kam mit einem Brief von Celeste.

Meine liebe Lucie!

Gerald Greenham ist heimgekehrt. Ich muß Dir leider eine schlechte Nachricht übermitteln. Es scheint keinen Zweifel mehr zu geben, daß Joel nicht mehr lebt. Gerald hat Beweise dafür gefunden. Offenbar wurden Joel und James Hunter auf dem Weg zum Hotel überfallen. Sie wurden ausgeraubt und müssen sich wohl zur Wehr gesetzt haben, denn die Räuber brachten sie um. Man hat sie an einem ziemlich auffallenden Ring, den James Hunter zu der Zeit trug und über dessen Beschreibung die Behörden verfügten, identifiziert. Offenbar handelt es sich bei dem Ring um ein Erbstück der Familie – Massivgold mit einer Gravur auf der Innenseite. In seiner Familie galt er als eine Art Talisman. James wurde von seiner Mutter gedrängt, ihn auf die Reise mitzunehmen. Ich fürchte, liebe Lucie, es besteht kein Zweifel mehr.

Gerald ist wieder zu Hause. Die Familie trauert sehr. Schreibe ihnen nicht. Es würde ihr Leid nur vergrößern. Sie haben mich gebeten, Dir die Geschehnisse mitzuteilen. Die Räuber wurden gefaßt und zum Tode verurteilt. Sie haben gestanden... daher weiß man, daß es stimmt.

Ich weiß nicht, was Du jetzt fühlst. Vielleicht wäre es für Dich besser, wenn Du noch eine Weile in Frankreich bleiben würdest. Dort ist es möglicherweise leichter für Dich. Hier erinnert Dich so viel.

Die Entscheidung liegt bei Dr. Vertraue mir, ich möchte nur Dein Bestes. Du bist jung und wirst darüber hinwegkommen... irgendwann. Gott segne Dich.

Ich bin in Gedanken bei Dir und fühle mit Dir.

Deine Celeste

Ich wollte mit niemandem reden. Also machte ich mich heimlich davon, lief in den Park und setzte mich in einiger Entfernung vom See nieder. Ich beobachtete die Schwäne, wie sie hoheitsvoll ihre Runden auf dem See zogen. Vermutlich ließ mich Diable nicht aus den Augen.

Sie schauten so schön und elegant aus, waren so sehr ein Teil dieser romantischen Szenerie. Wer würde ahnen, daß dieses herrliche Tier plötzlich zu einem Symbol des Hasses werden konnte?

Und dennoch verhielt es sich so.

Aber wer hätte denn geglaubt, daß ich vor gar nicht langer Zeit glücklich und zufrieden war und vor mir nur eine Fortsetzung dieser Zufriedenheit sah und daß sich alles von Grund auf verändert hatte.

Lange saß ich da und schaute auf den See.

Ich erwähnte Celestes Brief nicht. Ich brachte es nicht über das Herz, von Joel zu sprechen. Belinda strahlte nur so vor Glück und bemerkte natürlich meine Trauer nicht.

Ich saß da und hörte mir ihr endloses Gerede an: über ihre Hochzeitspläne, das alte Herrenhaus, das sie sich erst noch anschauen mußte, die Hochzeitsreise, deren Ziel sie festlegen würde, wahrscheinlich Venedig. Eine romantische Stadt. Oder vielleicht Florenz. Auf jeden Fall Italien.

»*Mon père* hilft mir sehr«, erzählte sie mir. »Er hat insgeheim Erkundigungen über Bobbys gesellschaftliche Stellung und seinen Hintergrund, seine finanziellen Verhältnisse und all das, angestellt. Offensichtlich ist alles in bester Ordnung, selbst nach seinen strengen französischen Maßstäben.«

»Wie schön«, murmelte ich. Doch ich dachte die ganze Zeit an Joel... entschloß sich, zu Fuß zum Hotel zurückzugehen... machte sich mit James Hunter auf den Weg... in den Tod.

Ich muß eine gewisse Bitterkeit eingestehen. Das Leben spielte so grausam mit mir, während es so gütig zu Belinda war. Und ich kam gegen den stechenden Groll auf ein Schicksal, das so hart gegen mich und so wohlwollend ihr gegenüber verfuhr, nicht an.

Ich machte mir es zur Gewohnheit, am See zu sitzen. Die Beobachtung der Schwäne verschaffte mir eine gewisse Befriedigung. Ein oder zwei Mal wagte ich mich nahe ans Ufer, auf Diables Territorium. Und erst wenn er auf mich zugeschwommen kam, wich ich zurück.

Die Schwäne fesselten mich. Seltsam genug heiterten sie mich in jenen traurigen Tagen in gewisser Weise ein wenig auf.

Sie schienen mir zu erzählen, daß ich fürs Leben gewappnet sein müsse. Denn das Leben hielt nicht immer, was es versprach. Und es geschehe nicht selten, daß man inmitten des Glücks das Krebsgeschwür entdecke, das sich als schreckliches Unheil entpuppe.

Ich saß da und beobachtete die Schwäne, als Jean Pascal daherkam.

»Ach, hier stecken Sie, Lucie«, sagte er. »Der See fasziniert Sie, nicht wahr? Ich glaube, Sie mögen den alten Diable.«

»Er beeindruckt mich. Er ist so schön. Da draußen mitten auf dem See schaut er so gelassen und harmlos aus.«

»Ja, ich weiß, Lucie. Sie wirken in letzter Zeit ein wenig geistesabwesend.«

»Ich? Das tut mir leid.«

»Sie müssen sich dafür nicht entschuldigen. Ich fragte mich, ob Sie vielleicht etwas bedrückt. Kann ich Ihnen denn irgendwie helfen?«

»Sie sind zu freundlich.«

»Es ist mir ein großes Vergnügen, Sie auf meinem Château zu wissen.«

»Es muß Ihnen große Freude bereiten, mit Ihrer Tochter zusammenzusein.«

»Ich dachte auch an Sie.«

»Sie sind sehr gütig. Aber mir ist eingefallen, daß ich Ihre Gastfreundschaft nicht überstrapazieren sollte. Es ist wohl an der Zeit, heimzufahren.«

»Sie können doch jetzt nicht fahren, Lucie! Was würde dann aus Belinda?«

»Belinda müßte doch nicht notwendigerweise mitkommen.«

»Ihre Abreise würde sie schrecklich aufregen. Mich auch. Robert kommt zurück, sowie er seine Geschäfte geregelt hat. Dann geben sie ihre Verlobung bekannt. Ich wollte mich mit Ihnen über die Feierlichkeiten unterhalten.«

»Belinda wird das mit Ihnen besprechen. Ich denke wirklich...«

»Lucie, ich möchte Ihnen schon seit langem etwas sagen. Ich habe Sie sehr ins Herz geschlossen. Ich weiß, ich bin um einiges älter als Sie, aber im Herzen bin ich jung geblieben. Lucie, ich möchte Sie heiraten.«

»Mich heiraten!«

»Sie klingen überrascht. Wir sind doch immer gut miteinander ausgekommen, nicht wahr?«

»Ja, aber...«

»Warum denn nicht? Sie waren hier im Château glücklich, oder etwa nicht?«

Ich gab keine Antwort. Ich konnte das nicht wahrheitsgemäß bejahen. Ich hatte immer jene dunkle Vorahnung gespürt. Weil ich vielleicht unterbewußt gefühlt hatte, daß er für meinen Geschmack zu großes Interesse an mir hegte? Weil ich hierhergekommen war, um den Tod meines Vaters zu betrauern, und mir meiner Rolle nicht sicher war, die ich bei der Verurteilung des Mordverdächtigen gespielt hatte. Weil der Mann, den ich hatte heiraten wollen, vermißt wurde? Ich war beladen mit all diesen Bürden gekommen. Nein, ich war hier alles andere als glücklich gewesen.

»O Lucie«, sagte er, »dann habe ich Fehler gemacht.«

»Sie haben mir große Gastfreundschaft erwiesen; es war sehr freundlich von Ihnen, mich zusammen mit Belinda einzuladen. Aber ich konnte nicht glücklich sein. Mein Vater...«

»Natürlich ja, ich verstehe. Ich habe mich taktlos und dumm benommen.« Er nahm meine Hand. »Lucie, ich liebe Sie. Ich weiß, ich könnte Sie glücklich machen. Ich könnte Ihnen ein erfülltes, glückliches Leben schenken. Wir werden eine fröhliche Familie gründen. Ich verspreche Ihnen, Ihr Wohlergehen wird mir das Wichtigste im Leben sein.«

Ich verspürte den Drang, fortzulaufen – die Marmorstufen hinauf ins Schloß, in mein Zimmer, und dann meine Koffer packen und nichts wie weg.

Die Vorstellung, ihn zu heiraten, erfüllte mich mit Abscheu.

»Es tut mir leid«, sagte ich. »Aber der Gedanke an Heirat liegt mir sehr fern.«

»Vielleicht habe ich mich Ihnen zu früh offenbart?«

»Nein. Ich möchte nicht heiraten. Ich weiß Ihre Güte zu schätzen, aber ich könnte Sie nicht heiraten.«

»Überlegen Sie es sich bitte noch einmal.«

»Das ist nicht nötig. Auch durch noch soviel Nachdenken würde ich meine Meinung nicht ändern.«

Seine Miene verdüsterte sich. Ich spürte wieder diese stechende Vorahnung, die mich ab und zu überkam. Sein Zorn wäre mit Sicherheit zum Fürchten.

Er lehnte sich zurück und blickte auf den See.

Diable begann ans Ufer zu schwimmen. Mir kam der Gedanke, der Schwan nehme Jean Pascals Wut wahr und beziehe sie auf sich.

Ich sagte: »Schauen Sie! Der Schwan kommt her.«

Ich stand auf und wollte weggehen. Denn ich wußte, daß der Schwan wieder zurückschwamm, wenn wir ihm zeigten, daß wir uns ihm nicht näherten.

Auch Jean Pascal hatte sich erhoben. Aber er machte keine Anstalten zurückzuweichen. Er suchte nach einer Waffe. Mit einer schnellen Bewegung brach er einen Ast von einem der Bäume und ging zum Wasser. Der Schwan flog plötzlich auf uns zu und versuchte, Jean Pascal anzugreifen, der heftig auf ihn einhieb. Ein paar Sekunden lang war es ungewiß, wer den Sieg davontragen würde. Aber Jean Pascal beherrschte den Kampf. Vielleicht erkannte der Schwan dies, denn auf einmal flog er davon und ließ sich auf dem See nieder, wo sein Weibchen geduldig auf ihn wartete.

Ich fürchtete mich. Jean Pascal hatte den Angriff mutwillig provoziert. Und ich vermutete, dies hatte etwas zu bedeuten. Jean Pascal ärgerte sich, war fürchterlich wütend, und zwar auf mich, weil ich seinen Antrag abgelehnt hatte. Er hatte seine Wut an jemandem abreagieren müssen und sich dafür den Schwan ausgesucht.

Ich zitterte vor Angst. In der Art, wie er das herrliche Tier attackiert hatte, lag ein gewisser Wahnsinn. Hatte er sich vorgestellt, er schlage auf mich ein?

Ich ging zum Schloß zurück. Sehr bald war er an meiner Seite, lächelnd und zuvorkommend wie eh und je.

»Höchste Zeit, daß jemand Diable eine Lektion erteilte«, sagte er.

Ich gab keine Antwort, und er fuhr fort: »Lucie, ich akzeptiere ein Nein nicht als Antwort. Denken Sie darüber nach. Versprechen Sie mir das. Überlegen Sie es sich. Erwägen Sie doch, was das für Sie bedeuten würde. Wir könnten glücklich sein, Lucie. Ich weiß es. Versprechen Sie mir, darüber nachzudenken.«

Ich war feige, das war mir klar. Aber ich hielt mich als Gast in seinem Haus auf. Ich war völlig durcheinander von dem, was ich mitangesehen hatte. Ich konnte ihm nicht sagen, welchen Abscheu ich empfand. Also nickte ich zustimmend.

Ich wollte weg und wußte nicht, wie ich es anstellen sollte. Ich war mit Belinda hergekommen. Konnte ich die Rückreise allein unternehmen? Konnte ich den Versuch wagen, es Belinda zu erklären? Sie würde mich auf keinen Fall verstehen.

Ich spielte verschiedene Möglichkeiten durch. Etwa: »Dein Vater hat mich gebeten, ihn zu heiraten. Ich kann nicht, also kann ich nicht mehr auf seinem Château bleiben.« Nein. So ging es nicht. Belinda würde mich für verrückt halten, ihrem Vater einen Korb zu geben. Ich konnte mir ihre Antwort vorstellen: »Aber das wäre doch wunderbar für dich. Mein Vater ist reich und ein bedeutender Mann. Und, Lucie, du bist schließlich keine Helena von Troja oder Kleopatra. Du solltest einen älteren Mann heiraten. Du bist ein ziemlicher Trauerkloß. Junge Männer mögen so etwas nicht. Etwas Besseres hätte dir gar nicht passieren können.«

Wie konnte ich es ihr nur erklären: Er ängstigt mich. Ich bekomme eine Gänsehaut, wenn er in meine Nähe kommt. Ich konnte doch nicht ahnen, daß er mich heiraten will. Ich muß schnell fort von hier.

Ich mußte mich davonstehlen, um nachdenken zu können.

Im Park war die Wahrscheinlichkeit groß, auf Jean Pascal zu stoßen. Ich ging zu den Stallungen und konnte ungesehen davonreiten.

Ich bemerkte, daß ich in Richtung auf das Haus der Fitzgeralds zugaloppierte. Ich konnte mich ihnen natürlich nicht anvertrauen. Aber ich verspürte das Bedürfnis nach angenehmer Gesellschaft. Mir fiel ein Stein vom Herzen, als ich sie unterwegs traf. Sie saßen ebenfalls hoch zu Roß und wollten offensichtlich irgendwohin.

Sie begrüßten mich fröhlich.

»Wollten Sie uns besuchen?« fragte Phillida.

»Nun ja, nicht direkt. Ich dachte, es wäre nett, wenn ich Ihnen begegnen würde.«

»Wie wahr. So ein Pech, daß wir gerade jemanden besuchen wollen.«

»Schauen Sie doch morgen nachmittag vorbei«, schlug Roland vor. »Dann sind wir zu Hause.«

»Oh, gerne. Um wieviel Uhr?«

»Um zwei, oder halb drei?«

»Ja gern, bis dahin.«

Sie winkten und ritten davon. Ich fühlte mich irgendwie erleichtert. Ich wollte über meine Lage nachdenken und nichts überstürzen. Ich konnte sie vielleicht wegen der Heimreise um Rat fragen. Jean Pascal hatte sich auf der Hinfahrt um uns gekümmert. Ich mußte daran denken, daß ich halb Frankreich durchqueren mußte und mein Französisch alles andere als perfekt war. Ich kannte mich mit den Zügen nicht aus und so weiter. Ich würde Hilfe brauchen. Ich war nicht sicher, ob ich Jean Pascal um Beistand bitten könnte. Mir schwante, daß er mich an der Heimfahrt hindern wollte.

Ich fragte mich, ob ich meine Abreise mit den Fitzgeralds besprechen konnte. Ich brauchte Zeit zum Überlegen. Also traf es sich gut, daß sich unser Gespräch auf den nächsten Tag verschoben hatte.

Irgendwie verging auch dieser Tag. Ich saß wie auf Kohlen

und grübelte nach, ob mir wohl die Flucht gelingen könnte, ohne daß Belinda und Jean Pascal Lunte rochen.

Am nächsten Tag machte ich mich gleich nach dem Mittagessen auf den Weg zu den Fitzgeralds. Bei meiner Ankunft war ich überrascht, einen anderen Gast bei ihnen vorzufinden. Eine junge Dame, die mir irgendwie bekannt vorkam. Sowie ich ihren Namen hörte, erinnerte ich mich.

»Das ist Madame Carléon«, stellte Roland sie vor. »Eine Nachbarin von uns.«

»Ich habe sie angesprochen«, erläuterte Phillida, »was sehr klug von mir war.«

»Darauf versteht sich Phillida ausgezeichnet, wie Sie wissen«, fügte Roland hinzu.

Ich wußte jetzt, wo ich sie schon gesehen hatte. Sie war in die Schloßhalle gekommen und hatte durch ihre bloße Gegenwart Jean Pascals Unwillen erregt.

»Und das ist Lucie Lansdon«, fuhr Roland fort.

»Sehr erfreut, Sie zu sehen«, sagte Madame Carléon auf englisch mit starkem Akzent.

»Ganz meinerseits«, entgegnete ich.

»Wir sind uns schon auf Château Bourdon begegnet«, sprach sie weiter.

»Ganz kurz«, sagte ich.

»Dies Mal sehen Sie sich länger«, meinte Roland. »Bitte nehmen Sie Platz. Madame Carléon hat uns so viel über die Gegend erzählt. Wir hatten hier eine glückliche Hand in der Wahl unserer Bekannten.«

Madame Carléon sah sehr gut aus. Sie hatte üppiges blondes, raffiniert frisiertes Haar und trug ein marineblaues Reitkostüm, das ihre Haarfarbe noch betonte. Sie hatte tiefblaue Augen, ein zierliches Näschen und eine ziemlich volle Unterlippe. Das verlieh ihr ein kindliches, sehr ansprechendes Aussehen. Sie unterheilt sich angeregt, wobei sie hin und wieder ins Französische verfiel. Aber sie bemühte sich sehr, unsere Sprache zu sprechen.

Sie erkundigte sich, wie mir das Schloß gefiel.

»Es ist wunderschön«, sagte sie. »Ich kenne es gut. Und Sie sind mit Mademoiselle Bourdon befreundet... der neuen Tochter, glaube ich.«

»Ja. Bis zum Alter von zehn Jahren wuchsen wir zusammen auf. Dann ging Belinda nach Australien. Sie ist erst seit kurzem wieder in Europa.«

»Sehr interessant. Ein sehr hübsches Mädchen, diese Miss Belinda.«

»O ja. Sie hat sich gerade verlobt.«

»Hier?«

»Ja, ihr Verlobter kennt Monsieur Bourdon nicht eben lange. Er ist Engländer und hat hier Freunde besucht. Sie haben ihn zu einer Einladung mitgebracht... und es war Liebe auf den ersten Blick.«

»Wie entzückend!« meinte Madame Carléon.

»Und beide Familien sind damit einverstanden?« erkundigte sich Roland.

»Belindas sicherlich. Soviel ich weiß, hat Sir Robert nicht viel Familie.«

»Wie spannend«, warf Phillida ein.

Dann plauderten wir über die verschiedenen Sehenswürdigkeiten der Umgebung. Madame Carléon lebte in Bordeaux und hatte den Fitzgeralds schon eine Menge über die Stadt erzählt.

»Bordeaux hat mich seit jeher fasziniert«, sagte Roland, »weil es einst zu England gehörte. Es kam durch die Heirat der Eleanor von Aquitanien mit Heinrich II. unter englische Herrschaft. Richard II. wurde hier geboren.«

»Deshalb interessiert uns die Geschichte von Bordeaux so sehr«, spann Phillida den Faden weiter. »Uns hat es in Frankreich ausgezeichnet gefallen. Roland und ich haben uns schon überlegt, ob wir nicht auf dem alten Pilgerweg nach St. Jakob de Compostela reisen sollten.«

»Eine sehr respekteinflößende Reise, fürchte ich«, meinte

Roland. »Dabei kommt man geradewegs durch den Medoc in das Tal der Dordogne.«

Madame Carléon zuckte die Schultern und hob abwehrend die Hände. »Ach, Sie sind aber abenteuerlustig.«

»Vielleicht wagen wir es eines Tages«, sagte Roland.

So schwatzten wir, bis der Tee serviert wurde.

»Angélique schätzt das gar nicht«, meinte Phillida. »Aber sie trägt unsere englische Sitte, nachmittags Tee zu trinken, mit Fassung.«

»Ich halte das für einen reizenden Brauch«, sagte Madame Carléon.

Ich fand die Unterhaltung interessant, aber ich wollte eigentlich mit den Fitzgeralds über die Heimreise reden. Ich glaubte aber, in Gegenwart von Madame Carléon dieses Thema nicht anschneiden zu können. Vielleicht sollte ich morgen nochmals herkommen. Ich mußte doch so bald wie möglich abreisen.

Beim Abschied bemerkte Madame Carléon: »Ich begleite Sie ein Stück. Ich muß noch bei jemandem vorbeischauen und habe daher denselben Weg sie Sie.«

Wir brachen gemeinsam auf. Wir waren noch nicht weit gekommen, als mir einfiel, unsere Begegnung könne absichtlich arrangiert worden sein, da sie fast unverzüglich von Jean Pascal zu sprechen begann. Sie sagte: »Ich hoffe, Sie fühlen sich im Schloß wohl.«

»Aber... ja.«

»Hoffentlich sind Sie mir nicht böse... für meine offenen Worte.«

»Böse? Weshalb denn?«

»Es könnte Ihnen ein wenig – wie heißt es doch auf englisch – unverschämt vorkommen. Sagt man denn so?«

»Das kann ich erst beurteilen, wenn ich weiß, was Sie mir sagen wollen.«

»Ich muß Ihnen gestehen, daß ich Jean Pascal sehr gut kenne.«

»Ach ja?«

»Ja... so gut, wie sich zwei Menschen nur kennen können. Sie verstehen?«

»Ja, ich glaube schon.«

»Man kann ihm nicht über den Weg trauen... schon gar nicht als junges Mädchen.«

»Ich weiß wohl, was Sie sagen wollen.«

»Er kann... gefährlich sein.«

»Ja.«

»Ich spüre, daß ich Ihnen das sagen muß, Sie warnen muß. Drücke ich mich richtig aus?«

»Ich glaube ja.«

»Es gab so viele. Dieses Mädchen, Ihre Belinda, sie ist nicht sein einziges Kind. Hier in der Gegend leben viele Abkömmlinge von ihm. Weil ihm das Schloß hier gehört, meint er, sich das Recht anmaßen zu dürfen...«

»*Le droit de seigneur*, wollen Sie sagen?«

»*Exactement*.«

»Ich verstehe vollkommen, was Sie mir sagen wollen. Ich habe schon so etwas vermutet.«

»Er und ich... wir waren lange Zeit ein Liebespaar. Mein Gemahl, oh, ich bin eine durchtriebene Frau... ich habe ihn betrogen. Ich wollte es nicht. Ich liebe ihn... in gewisser Weise... aber ich war so hingerissen, Sie verstehen?«

»Ja.«

»Mein Ehemann... er hat es herausgefunden. Es brach ihm das Herz. Er ist bald darauf gestorben. Er war schwer krank. Ich glaube, wir haben ihn umgebracht. Und Jean Pascal... ihn kümmert das überhaupt nicht. Er schnippt nur mit den Fingern. Er hat mir die Heirat versprochen... aber nein. Jetzt nicht mehr. Er ist meiner überdrüssig. Er schaut sich lieber nach neuen Frauen um.«

»Warum erzählen Sie mir das?«

»Um Sie zu warnen.«

»Man muß mich nicht warnen.«

»Sie sind so jung, und glauben Sie mir, Mademoiselle Lansdon, Jugend zieht einen so... abgestumpften... Menschen ganz besonders an.«

»Ja«, versicherte ich ihr. »Abgestumpft. Ich weiß das alles, und er reizt mich kein bißchen.«

»Das freut mich für Sie. Dann hätte ich mich Ihnen gar nicht erklären müssen.«

»Ich weiß es wirklich zu schätzen. Sie waren sehr gütig... aber es wäre aufgrund meiner Gefühle nicht nötig gewesen.«

»Dann bin ich beruhigt. Er wäre nicht der Richtige. Er macht keine Frau glücklich. O ja, er ist sehr charmant... am Anfang... aber danach...«

»Es war großherzig von Ihnen, mich warnen zu wollen.«

»Sie sind noch so jung... so unverdorben... so naiv.«

»Das bin ich, aber ich kenne mich dennoch ein bißchen aus in der Welt. Und es ist absolut unwahrscheinlich, daß ich auf ihn hereinfalle.«

»Vergeben Sie mir?«

»Es gibt nichts zu vergeben. Ich danke Ihnen für Ihre Güte. Sie konnten doch nicht wissen, daß es nicht nötig war.«

»Ich fühle mich verletzt, müssen Sie wissen.«

Ich konnte die Gefühle einer verstoßenen Geliebten nachempfinden. Ein unangenehmer Gedanke kam mir. Hatte er wegen seiner Pläne mit mir mit ihr gebrochen? Ich mußte sofort weg. Ich konnte nicht länger im Schloß bleiben.

»Ich lasse Sie jetzt allein«, meinte Madame Carléon. »Nun bin ich zufrieden. Ich habe mit Ihnen geredet. Ich habe jetzt ein gutes Gewissen. Auf Wiedersehen. Vielleicht treffen wir uns noch einmal?«

Ich sagte, daß auch ich dies hoffte, und ritt zum Château zurück.

Belinda wollte wissen, wo ich gesteckt hatte.

»Ich habe dich überall gesucht. Ich wollte mit dir reden.

Ich habe Celeste geschrieben. *Mon père* hält es für das Beste, die Hochzeit in London abzuhalten.«

»Du lieber Himmel! Du bist noch nicht lange verlobt. Und das alles geschah in Windeseile, weil der arme Bobby wieder nach Hause mußte. Er ist doch derjenige, den du wegen der Hochzeit zu Rate ziehen mußt.«

»Ach, er richtet sich da ganz nach mir.«

»Aber du mußt ihn doch wenigstens um seine Meinung fragen.«

»Na ja, das schon. Aber das hat Zeit, bis wir die Planung abgeschlossen haben.«

»Ganz die alte Belinda. Immer muß alles nach deinem Kopf gehen.«

»Selbstverständlich.«

Auch Jean Pascal äußerte Mißfallen.

»Was war denn heute nachmittag mit Ihnen los, Lucie?« fragte er.

»Ich bin ausgeritten und habe die Fitzgeralds getroffen.«

»Das wird ja allmählich eine richtige Gewohnheit.«

»Es macht doch Spaß, im Ausland seinen Landsleuten zu begegnen.«

»Vermutlich. Aber ich habe Sie vermißt.«

Ich wich seinem Blick aus. Ich dachte an Madame Carléon. Was würde er sagen, wenn er erfuhr, daß ich den Nachmittag mit ihr verbracht hatte? Und wenn er überdies wüßte, was sie mir über ihn erzählt hatte? Nichts, was ich nicht schon selbst erraten hatte, aber sie hatte meine Vermutungen bestätigt.

Ich mußte unbedingt abreisen.

Ich fragte mich, ob ich nicht doch Belinda ins Vertrauen ziehen sollte. Nein, das wäre sinnlos. Sie war auf jeden Fall zu sehr mit ihren eigenen Angelegenheiten beschäftigt. Sie wollte noch nicht fahren. Sie mußte Bobbys Rückkehr abwarten und mit ihm Pläne schmieden. Wie lange konnte ich es noch im Schloß aushalten?

Dann fiel mir Rebecca ein. Mein Leben lang hatte ich mich bei Problemen an sie gewandt. Das hätte ich früher tun sollen.

Ich würde ihr schreiben. Ich würde ihr erklären, daß ich schnell von hier weg mußte. Ich wußte, wie Rebecca reagieren würde. Sie würde nach Frankreich kommen – zusammen mit Pedrek. Und sie würden mich in Sicherheit, nach Cornwall, bringen. Oder konnte ich vielleicht allein reisen?

Ich beschloß, mich zuerst an Rebecca zu wenden. Noch am selben Abend schrieb ich ihr.

Liebe Rebecca!

Ich muß unbedingt von hier fort. Belinda hat sich verlobt und reist noch nicht ab. Ich könnte vermutlich allein reisen, aber ich fühle mich sehr unsicher. Ich müßte mit dem Zug nach Paris fahren, dann von Paris nach Calais und so weiter. Auf der Fähre würde ich mich leicht zurechtfinden. Mich ängstigt lediglich die fremde Sprache.

Liebe Rebecca, ich muß wirklich sofort heimfahren. Bitte hilf mir. Wenn Du nur herkommen könntest – oder Pedrek – oder Ihr beide zusammen. Ich weiß, das ist viel verlangt. Aber ich wußte von jeher, daß Du immer für mich da bist. Ich fühle mich angesichts der vergangenen Ereignisse sehr mitgenommen. Ich habe die schreckliche Nachricht erhalten, daß Joel umgebracht worden ist. Das ist einfach zu viel. Ich komme mir schwach und töricht vor. Aber ich weiß, Du verstehst mich. Ich möchte so gerne nach Hause... zu Dir.

Alles Liebe

Deine Schwester Lucie

Danach ging es mir besser. Ich dachte daran, wieviel Rebecca mir mein Leben lang bedeutet hatte. Ich wußte, sie würde mich nicht im Stich lassen.

Die Tatsache, daß ich etwas unternommen hatte, war mir

eine große Beruhigung. Morgen konnte ich den Brief aufgeben. Wie lange er wohl bis nach Cornwall brauchte? Aber zumindest hatte ich etwas getan.

Ich ging zu Bett. Ich konnte nicht einschlafen. Auf einmal war ich hellwach, denn ich hörte ein leises Geräusch auf dem Korridor. Ich setzte mich erstaunt auf. Jemand stand vor meinem Zimmer.

Lautlos glitt ich aus dem Bett und huschte zur Tür. Der Türknauf drehte sich langsam.

Ich lehnte mich gegen die Tür. Ich konnte ein Atemgeräusch von der anderen Seite hören. Ich wußte, wer da stand, und bebte vor Angst.

Belinda würde mit deutlicher Stimme verlangen, hereingelassen zu werden. Und es war dafür auch zu spät. Sie wäre früher aufgetaucht.

Ich wußte, wer da atmete. Jean Pascal, und er versuchte, mich im Schlaf zu überrumpeln.

Ich wartete. Ich hörte einen enttäuschten Seufzer – und dann sich entfernende Schritte.

Er war gegangen.

Noch immer zitternd lehnte ich an der Tür. Ich dachte daran, wie er verärgert und voller Zorn auf den Schwan eingedroschen hatte.

Wenn ich nicht abgesperrt hätte, stünde er nun in meinem Zimmer. Der Gedanke daran erfüllte mich mit Grauen.

Ich mußte weg. Ich konnte keine einzige Nacht mehr hierbleiben.

Morgen mußte ich handeln.

Ich verbrachte eine schlaflose Nacht, aber gegen Morgen beruhigte ich mich ein wenig. Falls nötig, mußte ich mich allein auf den Heimweg machen. Ich konnte die Zugverbindungen auskundschaften. Alles war einer weiteren Nacht auf dem Château vorzuziehen. Ich hatte noch einmal Glück gehabt. Er hatte nicht angeklopft und gebeten, eintreten zu dürfen. Er hatte gewußt, wie ich reagieren würde. Er hatte geplant, sich in mein Schlafzimmer zu schleichen, mich zu überraschen... und was dann?

Ich war wie gelähmt angesichts der Bilder, die mein gequältes Gehirn heraufbeschwor. Ich stand auf und schloß die Tür auf. Denn bald kam Thérèse mit dem Frühstück.

Ich zwang mich zum Essen. Dann wusch ich mich und zog mein Reitkostüm an. Denn mir war etwas eingefallen.

Ich würde abreisen. Die Fitzgeralds konnten mir raten. Sie reisten schließlich viel herum.

Ich schlich mich zu den Stallungen. Der Haushalt war noch nicht zum Leben erwacht. Ich sattelte mir ein Pferd und ritt zu den Fitzgeralds hinüber.

Als ich ankam, saßen sie noch am Frühstückstisch.

»Lucie!« rief Phillida. »Das ist aber eine Überraschung!«

Roland sprang auf, um mich zu begrüßen.

»Hoffentlich komme ich nicht ungelegen«, setzte ich an.

»Überhaupt nicht, Sie sind uns immer ein willkommener Gast.«

»Vielleicht mache ich davon zuviel Gebrauch...«, stammelte ich. »Aber... äh... ich möchte fort vom Château. Ich muß sofort abreisen.«

»Was ist denn passiert?« erkundigte sich Phillida.

Roland hob die Hand, um sie zum Schweigen zu bringen. »Sie nehmen den Zug nach Paris«, erläuterte er. »Das dauert einige Zeit. Dort steigen Sie in den Zug nach Calais um. Und da müssen Sie zu den Anlegestellen für die Kanalfähre. Sagten Sie, Sie wollen noch heute fahren? Das wird kaum möglich sein. Der Zug nach Paris fährt um zehn Uhr. Nein... den erwischen Sie nicht mehr.«

»Dann reise ich morgen. Ich muß eben noch eine Nacht aushalten...«

»Etwas ist geschehen, nicht wahr?« sagte Phillida.

»Wir holen Ihnen noch einen Kaffee«, meinte Roland. »Und dann können Sie es uns erzählen, wenn Sie möchten.«

»Danke, nein, ich möchte lieber keinen Kaffee.«

Ich schaute sie fest an. Sie waren mir gute Freunde, das wußte ich. Ich beschloß, mich ihnen anzuvertrauen.

»Jean Pascal Bourdon hat mich gebeten, seine Frau zu werden.«

Phillida konnte ihr Entsetzen nicht verbergen. Madame Carléon hatte vermutlich mit ihnen über Jean Pascal gesprochen.

»Sie haben doch nicht etwa ja gesagt!« rief sie bestürzt.

»Nein, natürlich nicht!«

Ich bemerkte, daß sie einen Blick wechselten, vermutlich einen Blick der Erleichterung. Ich erwärmte mich noch mehr für sie. Obwohl ich sie erst so kurze Zeit kannte, konnte ich ihnen vertrauen.

»Er versetzt mich in Schrecken«, fuhr ich fort. »Ich kenne diese Sorte Mann. Schon seit langem. Er hat Leahs Leben verpfuscht. Deshalb ließ sie sich überreden, bei einem wirklich gemeinen Spiel mitzumachen. Sie war Belindas Mutter. Sie war eigentlich ein guter Mensch und hat nur aus lauter Verzweiflung schlecht gehandelt... durch seine Schuld. Aber das tut jetzt gar nichts zur Sache. Leah lebt nicht mehr, und für Belinda ist es ja gut ausgegangen.«

Mir wurde klar, daß ich deshalb vom Thema abschweifte, weil es mir schwerfiel, von Jean Pascal zu sprechen. Sie schienen das zu verstehen.

»Nun haben Sie ihn abgewiesen«, sagte Roland. »Und das war meines Erachtens sehr klug von Ihnen. Jetzt wollen Sie nicht mehr unter demselben Dach mit ihm bleiben. Das ist nur allzu verständlich.«

»Ja, aber heute nacht – ich sperre immer die Tür ab, müssen Sie wissen. Ich habe das von Anfang hier getan. Es schien wie eine Vorahnung. Ich mußte es einfach tun. Aber – heute nacht versuchte er, in mein Zimmer zu gelangen. Deshalb entschloß ich mich zur sofortigen Abreise. Ich habe meiner Schwester geschrieben. Ich habe sie gebeten zu kommen, damit ich mit ihr heimfahren kann. Aber nach dieser Nacht kann ich nicht noch länger bleiben – und dabei habe ich den Brief noch nicht einmal abgeschickt.«

»Sie fahren also morgen?«

»Ja. Irgendwie werde ich mich schon zurechtfinden. Bitte sagen Sie mir genau, was ich tun muß. Ich spreche nicht besonders gut Französisch, und so ganz alleine...«

Sie sahen sich kurz an.

»Es ist nur ein Vorschlag«, begann Roland.

»Sprich weiter, Roy!« rief Phillida. »Ich weiß schon, was du sagen willst. Ich sehe nichts, was dagegen spricht. Wir würden ohnehin nächste Woche unsere Zelte hier abbrechen.«

»Wenn wir morgen abreisen würden, könnten Sie uns begleiten«, schlug Roland vor.

Ich konnte meine Freude und Erleichterung kaum zügeln. Am liebsten wäre ich den beiden um den Hals gefallen.

»Sie – Sie würden das tatsächlich tun?« murmelte ich. »Aber Sie wollten doch gar nicht morgen fahren.«

»Warum sollten wir nicht?«

»Oh, das ist ja wunderbar von Ihnen.«

»Nein, nein, überhaupt nicht«, wehrte Phillida ab. »Wir freuen uns über Ihre Gesellschaft. Zu dritt macht uns die Heimreise viel mehr Spaß, nicht wahr, Roland? Und ich kann ohnehin jederzeit von hier aufbrechen.«

»Sie müssen allerdings noch eine Nacht im Schloß zubringen, fürchte ich«, meinte Roland.

»Das schaffe ich schon. Ich schließe die Tür ab und erzähle ihnen, daß ich morgen heimreise. Ich dürfte wohl keine weiteren Schwierigkeiten mehr bekommen.«

»Sie könnten vielleicht hier übernachten«, schlug Phillida vor. »Oder in Bordeaux?«

»Das könnte ich schlecht machen. Schließlich habe ich ihn in der Nacht nicht von Angesicht zu Angesicht gesehen. Ich könnte es mir auch nur eingebildet haben. Nein, ich werde mich einigermaßen sicher fühlen – solange ich morgen abreisen kann.«

»Na schön, dann ist es also abgemacht«, sagte Roland. »Und jetzt wollen wir genau planen, was zu tun ist.«

Ich konnte es nicht glauben. Ich saß im Zug nach Paris, Phillida neben mir und Roland gegenüber. Phillida war deutlich aufgeregt angesichts unseres Abenteuers, wie sie es nannte, wohingegen Roland sie nachsichtig anlächelte und mich in dieses Lächeln gleich einbezog. Ich mochte sie so gut leiden. Sie waren mir zu Hilfe geeilt, als ich ganz dringend Freunde brauchte. Und jetzt fuhr ich mit ihnen heim und mußte mir keine Sorgen mehr wegen der Reise machen. Für alles wurde gesorgt.

Der gestrige Tag war schwierig gewesen. Und mein Abschied vom Château war überschattet gewesen. Ich hatte Schuldgefühle, weil ich mich durch meine übereilte Abreise sehr unhöflich verhielt.

Als ich nach meinem Besuch bei den Fitzgeralds wieder aufs Château zurückkam, stieß ich dort auf Bestürzung.

Man hatte mich vermißt. Einer der Diener hatte mich zu den Stallungen gehen sehen. In aller Herrgottsfrühe war ich davongeritten, ohne jemandem zu sagen, wohin. Ich hatte zumindest sehr unüberlegt gehandelt.

Ich konnte Jean Pascal natürlich den Grund nicht sagen – weil er nachts in mein Zimmer einzudringen versucht hatte.

»Warum in aller Welt hast du dich einfach so davongemacht?« rief Belinda.

»Ich muß euch sagen, daß ich morgen abreise.«

Sowohl sie als auch Jean Pascal sahen mich verblüfft an.

»Morgen?« wiederholte Jean Pascal ungläubig.

»Warum denn?« wollte Belinda wissen.

»Ich denke, es wird Zeit. Und da ich nicht allein reisen möchte, habe ich mich mit den Fitzgeralds, die morgen fahren, abgesprochen.«

»Ich verstehe nicht«, bemerkte Jean Pascal abweisend.

»Ich habe schon eine Weile überlegt, daß ich Ihre Gastfreundschaft nicht unendlich in Anspruch nehmen sollte. Und als sich mir die Gelegenheit bot, habe ich sie ergriffen. Wir werden also morgen mit dem Zehn-Uhr-Zug von Bordeaux abfahren.«

»Aber das kommt so plötzlich«, sagte Jean Pascal. Doch ich erkannte am Ausdruck seiner Augen, daß er wußte, daß ich wegen seines nächtlichen Übergriffs so handelte. Ich konnte die Wut in seinen Augen aufblitzen sehen. Und ich mußte wieder daran denken, wie er auf den Schwan eingeschlagen hatte. Ich glaubte damals, daß er am liebsten den Knüppel gegen mich gerichtet hätte.

Wie froh ich war... wie dankbar meinen lieben Freunden, den Fitzgeralds.

»Du benimmst dich furchtbar schlecht, daß du hinter unserem Rücken all diese Verabredungen triffst«, maulte Belinda.

»Ich habe gerade erst von der bevorstehenden Abreise der Fitzgeralds erfahren und hielt es für eine gute Idee, mich ihnen anzuschließen.«

»Wir sollten es nicht zulassen«, meinte Belinda mit Blick auf ihren Vater.

»Ich fürchte, du kannst mich nicht aufhalten«, sagte ich scharf. Ich wandte mich an Jean Pascal. »Ich hoffe, Sie halten mich nicht für undankbar. Angesichts der Umstände...«

Er wußte genau, was ich meinte, und bekam seinen Zorn schnell unter Kontrolle.

»Sie müssen natürlich selbst wissen, was Sie wollen«, meinte er kühl. »Wenn Sie mich in Kenntnis gesetzt hätten, hätte ich die nötigen Vorbereitungen für Sie getroffen. Ich hätte Sie persönlich heimbegleitet.«

»Oh, das hätte ich doch nicht zulassen können. Sie und Belinda möchten doch hierbleiben. Sie müssen bei Roberts

Rückkehr so viel erledigen. Aber trotzdem herzlichen Dank. Und jetzt muß ich auf mein Zimmer und packen.«

»Wie kommen Sie morgen nach Bordeaux?«

»Wir haben eine Kutsche bestellt, die erst mich und dann die Fitzgeralds abholt und uns anschließend nach Bordeaux bringt.«

»Sie haben sich anscheinend sehr eng mit ihnen angefreundet. Halten Sie es denn für klug, ihnen so großes Vertrauen entgegenzubringen? Sie kennen sie doch nicht besonders gut?«

»Ich spüre, daß sie mir wohlgesonnen sind. Und was könnte mir schon zustoßen? Ich reise doch nur mit ihnen heim. Jetzt muß ich aber wirklich packen.«

Belinda hielt sich untertags von mir fern; sie war sehr wütend auf mich. Auch Jean Pascal ließ mich tun und machen, was ich wollte, worüber ich sehr erfreut war. Ich ging früh zu Bett, sperrte die Tür ab und war bereit, am nächsten Morgen aufzubrechen.

Ich spürte, daß ich eine heikle Situation geschickt meisterte.

Wie erwartet, verbrachte ich eine ziemlich unruhige Nacht. Als ich tatsächlich einschlief, hatte ich einen Alptraum, in dem Jean Pascal in mein Zimmer eindrang. Und ich erwachte im Traum und sah ihn neben meinem Bett stehen. Plötzlich verwandelte er sich in den schwarzen Schwan. Welche Erleichterung, als ich aufwachte und wußte, daß ich lediglich geträumt hatte! Danach brachte ich kaum mehr ein Auge zu.

Wie froh war ich, als der Tag anbrach!

Thérèse klopfte eine Stunde früher als sonst an, um mir Kaffee und Brioche zu bringen.

»Sie müssen etwas im Magen haben, Mademoiselle«, meinte sie.»Sie haben einen anstrengenden Tag vor sich.«

Sie lächelte voll Mitgefühl. Ob sie wohl den wahren Grund für meine Abreise ahnte? Es würde mich nicht überraschen.

Wahrscheinlich kannte sie die Gewohnheiten des Schloßherrn ziemlich gut. Ich dankte ihr herzlich.

Als ich in die Halle hinunterkam, wartete Jean Pascal schon.

Er sagte: »Ich sorge dafür, daß Ihr Gepäck hinuntergebracht wird.«

Dann nahm er mich an den Händen und schaute mich ernst an. »Es tut mir leid, daß Sie uns auf diese Weise verlassen, Lucie.«

»Ich fürchte... es ging nicht anders.«

»Mein liebes Kind, ich verstehe. Aber hoffentlich versuchen Sie, mir Verständnis entgegenzubringen. Ich liebe Sie von Herzen und habe überstürzt gehandelt. Das sehe ich ein. Bitte vergessen Sie nicht, daß Sie immer auf meine Hilfe zählen können. Sie verstehen das, nicht wahr, Lucie?«

»Das ist sehr freundlich von Ihnen...«, setzte ich an.

Er schüttelte den Kopf. »Ich würde immer für Sie sorgen. Eines Tages werde ich Sie davon überzeugen.«

»Vielen Dank für Ihre Gastfreundschaft. Es tut mir leid, wenn ich Ihnen unhöflich erscheine.«

»Nein, meine Liebe, der Fehler lag auf meiner Seite. Ich verstehe Sie. Ich bin jetzt geläutert. Gönnen Sie sich Zeit. Meine arme Lucie, Sie müssen mit so viel fertig werden, und ich konnte meine Ungeduld nicht zügeln. Doch nur deshalb, weil Sie mir so sehr am Herzen liegen. Aber lassen wir das... fürs erste einmal. Und dann werde ich zurückkommen und das zu gewinnen versuchen, was mir so wichtig ist.«

Ich spürte ein mächtiges Verlangen fortzulaufen. Die Kutsche stand schon vor dem Portal. Er küßte mir die Hand, als das Gepäck eingeladen wurde.

Belinda kam nicht, um von mir Abschied zu nehmen. Wie typisch. Sie ärgerte sich schrecklich über mich und wollte es auch nicht verbergen.

Die Kutsche zuckelte gemächlich davon. Jean Pascal stand

mit derart trauriger Miene da, daß ich mich ein bißchen zerknirscht fühlte.

Als die Fitzgeralds sich mir anschlossen und wir nach Bordeaux rumpelten, ging es mir allmählich besser.

Und dann saßen wir im Zug und brausten Richtung Paris.

Eine Hochzeit in aller Stille

Die Reise verlief reibungslos. Roland brachte uns quer durch Paris, und wir erreichten den Zug nach Calais rechtzeitig. Während der Reise erkannte ich oft, daß ich ohne die Fitzgeralds ziemlich aufgeschmissen gewesen wäre.

Schließlich mußten wir noch auf die Fähre gelangen. Mir fiel ein Stein vom Herzen, als endlich Dover am Horizont auftauchte.

Die Fitzgeralds erzählten von ihrem Londoner Absteigequartier, das Roland während seiner Geschäftsaufenthalte nutzte. Aber er fuhr auch häufig zur Hauptniederlassung nach Bradford.

Bei unserer Ankunft in London sagten sie, daß sie mich erst absetzen und danach zu ihrem Häuschen fahren würden. Sie würden nicht mit mir hineinkommen. Schließlich käme ich unerwartet nach Hause, und da sei es besser, wenn ich allein sei und alles erklären könne. Sie würden uns am nächsten Vormittag einen Besuch abstatten, um sich nach meinem Befinden zu erkundigen.

Sie begleiteten mich bis an die Haustür, wo meine Koffer abgestellt wurden. Die Droschke wartete noch so lange, bis der Butler aufmachte.

Ich drehte mich noch zu ihnen um und winkte. Dann fuhr die Kutsche ab.

Der Butler wunderte sich nicht schlecht. »Miss Lansdon, wir haben nicht erwartet... wir haben keine Nachricht erhalten...«

»Nein«, erwiderte ich. »Für eine Nachricht blieb keine Zeit mehr. Ist Mrs. Lansdon zu Hause?«

»Ja, Miss Lansdon. Ich werde ihr Bescheid sagen. Und ich lasse gleich Ihr Gepäck in Ihr Zimmer bringen.«

»Wo ist denn Mrs. Lansdon?« fragte ich.

»Wahrscheinlich im Salon, Miss.«

»Ich finde sie schon. Wenn Sie sich um die Koffer kümmern wollen...«

»Selbstverständlich, Miss.«

Ich stieg hinter ihm die Treppe hoch.

Celeste hatte jemanden kommen gehört und stand schon oben auf der Treppe, um zu sehen, was los war.

»Lucie!« rief sie.

»Ach, Celeste, ich freue mich so, dich zu sehen.«

Sie drückte mich an sich.

»Aber was ist denn?« fragte sie. »Wo sind denn Belinda und mein Bruder?«

»Sie sind noch in Frankreich. Ich bin mit Bekannten heimgefahren.«

»Du mußt sehr erschöpft sein.«

»Vermutlich, aber im Augenblick bin ich so froh, wieder daheim zu sein, daß ich mich kein bißchen müde fühle.«

»Etwas ist vorgefallen...«

Nach kurzem Zögern fuhr sie fort: »Es tut mir so leid. Joel, natürlich. Ich hoffe, ich habe richtig gehandelt, als ich dir davon schrieb. Ich war mir nicht sicher. Ich hätte es dir behutsamer beibringen sollen. Aber ich dachte, du solltest es erfahren.«

»O ja. Liebe Celeste, ich mußte es erfahren. Wie... wie verkraften es die Greenhams?«

»Schlecht. Ich habe sie nur einmal seitdem gesehen. Ich besuchte sie... aber ich glaube, sie wollen im Grunde gar niemanden empfangen. Nur allzu verständlich. Sir John, nun ja, bei ihm weiß man nicht so recht, aber Lady Greenham kann ihren Kummer nicht verbergen. Ich spürte, daß ich ihnen keinen Kondolenzbesuch hätte abstatten sollen. Es schien, als riefe ich wieder alles in ihnen wach, aber vermutlich können sie ohnehin an nichts anderes denken. Ich habe mich sehr bald verabschiedet.«

»Hast du mit Gerald gesprochen?«

Sie schüttelte den Kopf. »Es ist ein solches Unglück. Bei Joels Abreise waren alle so guter Dinge. Die Teilnahme an der Delegation schien so wichtig für seine Karriere zu sein. Alles wirkte so positiv. Doch jetzt hat sich alles völlig gewandelt. Aber wir dürfen nicht davon sprechen. Wie schön, daß du wieder da bist. Es war so still ohne dich und Belinda.«

»Belinda heiratet bald.«

»Ja, ich weiß.«

»Es trifft sich alles so gut. Es kam ganz plötzlich. Ihr Vater ist damit einverstanden. Sir Robert scheint in jeglicher Hinsicht ein wünschenswerter Schwiegersohn zu sein. Bei beiden war es Liebe auf den ersten Blick; sie werden vermutlich eine bombastische Hochzeit feiern.«

»Ja«, meinte Celeste mit einem leicht beunruhigten Ton in ihrer Stimme. »Sie werden hier heiraten.«

»Du wirst ihnen eine herrliche Hochzeit ausrichten«, versicherte ich ihr.

»Und was ist mit dir, Lucie?«

Nach kurzem Zögern beschloß ich, mich ihr anzuvertrauen.

»Die Situation wurde ein wenig peinlich. Dein Bruder hat mich gebeten, ihn zu heiraten.«

»Nein!«

»Doch! Celeste, ich konnte seinen Antrag nicht annehmen. Er glaubt anscheinend, daß ich meine Meinung noch ändere, aber das werde ich nicht. Niemals.«

»Das kann ich verstehen.«

»Nun ja, ich konnte doch in solch einer Situation nicht länger dort bleiben. Und ich hatte Leute kennengelernt, die zurückfuhren, also habe ich mich ihnen angeschlossen.«

»Franzosen?«

»Nein, Engländer. Ich bin ihnen zuerst auf der Hinreise auf der Fähre begegnet – nur ganz kurz. Und dabei stellte sich heraus, daß sie ganz in der Nähe des Château bleiben wollten.

Wir haben uns angefreundet. Du weißt ja, wie das ist, wenn man seine Landsleute im Ausland trifft. Ich habe sie ein paar Mal gesehen. Und als ich von ihren Heimreiseplänen hörte, dachte ich, ich sollte die Gelegenheit beim Schopf ergreifen und mit ihnen fahren. Sie wollen morgen kurz vorbeischauen. Da lernst du sie kennen.«

»Wie schön, daß du wieder hier bist«, sagte sie.

»Ich freue mich, wieder zu Hause zu sein«, erwiderte ich.

»Ohne dich habe ich mich recht einsam gefühlt.«

»Liebe Celeste, du hättest mitkommen sollen. Das Château ist wunderschön. Du mußt doch jeden Winkel genau kennen.«

»Ja, dort bin ich zur Welt gekommen und habe meine frühe Kindheit verbracht. Aber ich habe mir hier ein neues Leben aufgebaut. Jetzt bin ich hier zu Hause.«

Wir gingen zusammen in mein Zimmer hinauf. Mein Gepäck stand schon da.

»Ich schicke dir eins der Mädchen hinauf, damit sie dir beim Auspacken hilft«, sagte Celeste.

»Das mache ich lieber allein.«

»Möchtest du, daß man dir eine Kleinigkeit hochbringt... und dann kannst du dich hinlegen?«

»Heißes Wasser, damit ich mir den Staub von der Reise abwaschen kann. Und erst danach etwas zu essen.«

»Ich kümmere mich darum. Und später unterhalten wir uns.«

»Danke, Celeste. Du hast mir einen schönen Empfang bereitet.«

Erst wusch ich mich. Dann brachte man mir ein Tablett mit einem Imbiß. Erstaunlicherweise hatte ich tatsächlich Hunger.

Da ich nicht müde war, schrieb ich Rebecca einen Brief, daß ich zu Hause angekommen sei. Ich hatte große Sehnsucht nach ihr und spielte mit dem Gedanken, gleich am nächsten Tag nach Cornwall zu fahren.

Aber das konnte ich nicht tun. Die Fitzgeralds kamen morgen. Und ich konnte Celeste, die sich so über meine Heimkehr freute, nicht gleich wieder allein lassen.

Ich würde mindestens eine Woche in London bleiben, so daß ich mich in der Zwischenzeit mit einem Brief an Rebecca tröstete.

Ich schrieb ihr ziemlich ausführlich, daß ich wieder in London weilte. Aber ich erwähnte Jean Pascal nicht. Das wollte ich lieber unter vier Augen mit ihr besprechen.

Am nächsten Tag würde ich den Brief aufgeben.

Eins der Hausmädchen kam herein, nahm das Tablett wieder mit und fragte, ob ich noch etwas brauche. Ich verneinte.

Welch friedvolle Atmosphäre hier herrschte! Ganz anders als jenes Zimmer im Château, das in mir solche Vorahnungen geweckt hatte. Als ob ich gewarnt werden sollte. Vor einer Ehe mit Jean Pascal? Allein schon der bloße Gedanke jagte mir einen Schauder über den Rücken. Warum hatte ich solche Angst? Man konnte doch niemanden gegen seinen Willen zur Heirat zwingen.

Hier fühlte ich mich vor Jean Pascal sicher. Jetzt mußte ich meine Tür nicht mehr abschließen.

Bevor ich mich in jener Nacht schlafen legte, ging ich ans Fenster und schaute auf die Grünanlage und die Laterne auf der anderen Straßenseite. Einen Augenblick lang wähnte ich eine Gestalt im Dunkel herumlungern zu sehen. Zwar kam dies nur vom Spiel von Licht und Schatten; doch für eine Sekunde hatte es mich erschreckt.

Ein Gedanke kam mir: Wird mich das denn mein ganzes Leben lang verfolgen?

Am nächsten Tag machten uns die Fitzgeralds ihre Aufwartung. Phillidas Fröhlichkeit und Rolands stilles einnehmendes Wesen hinterließen einen guten Eindruck bei Celeste.

Phillida erzählte unterhaltsame Geschichten über ihre

Abenteuer in Frankreich und ihre Sprachschwierigkeiten. Damit brachte sie Celeste etliche Male zum Lachen, was für Celeste sehr ungewöhnlich war.

Ehe sie sich verabschiedeten, erhielten sie eine Einladung zum Abendessen am nächsten Tag, die sie freudig annahmen.

»Ich möchte Ihnen danken, daß Sie sich so rührend um Lucie gekümmert haben«, meinte Celeste.

»Das war uns ein Vergnügen«, erwiderte Roland.

»Die Reise hat uns solchen Spaß gemacht«, fügte Phillida hinzu, »vor allem, als wir dachten, wir würden den Zug in Paris nicht mehr erwischen. Dann merkten wir, daß wir uns in der Zeit geirrt hatten. Es ist so schwierig, müssen Sie wissen, wenn sie einen mit einem Redeschwall überschütten… und Zahlen sind besonders knifflig.«

Celeste war auf ihre ruhige Art sehr angeregt.

»Sehr reizende Leute«, meinte sie, nachdem sie gegangen waren. »Bei solchen Menschen taut man schnell auf. Ich freue mich schon auf morgen abend.«

Mich entzückte es, wie sehr sich doch alle offenbar mochten.

An jenem Nachmittag stattete ich den Greenhams einen Besuch ab. Ich wußte, daß dies schmerzvoll werden würde, aber ich wollte alles nur Erdenkliche über Joel in Erfahrung bringen. Und ich nahm an, daß sie angesichts meiner besonderen Beziehung zu ihm mich als zur Familie gehörig betrachten würden.

Man führte mich in den Salon, wo sich nur Sir John, nicht aber Lady Greenham aufhielt.

Er faßte mich an beiden Händen und sagte: »Wie geht es dir, Lucie?«

»Gut«, antwortete ich.

»Meiner Frau geht es sehr schlecht«, erzählte er mir. »Sie fühlt sich wirklich nicht imstande, jemanden zu empfangen.«

»Ich verstehe. Es muß sie schlimm getroffen haben.«

»Uns alle. Ich fürchte, es nimmt sie arg mit.«

»Ich fragte mich, ob Sie vielleicht Genaueres wissen. Gerald…«

»Gerald hat seinen Dienst wieder angetreten. Wir wissen nur, was man auch dir mitgeteilt hat. Mehr gibt es nicht zu sagen.«

»Das ist alles ziemlich rätselhaft.«

»Solche Dinge geschehen, Lucie.«

»Ich dachte, vielleicht…«

»Wir versuchen alle, darüber hinwegzukommen. Du verstehst, was ich meine. Es ist vorbei. Wir können nichts tun.«

Wir schwiegen.

»Möchtest du ein Glas Sherry?« brach er endlich die Stille.

»Nein, danke.«

Ich erkannte, daß dieses Gespräch für ihn ebenso schmerzvoll wie für mich war, und wollte es so schnell wie möglich beenden.

»Ich sollte jetzt besser gehen«, sagte ich. »Bitte grüßen Sie Lady Greenham herzlich von mir.«

»Gern«, sagte er und wirkte erleichtert.

Ich fühlte mich ein wenig verletzt, weil mein Besuch anscheinend nicht willkommen war.

Merkwürdig – früher hatten sie mich immer so freundlich aufgenommen. Sie hatten mich wie ein Familienmitglied behandelt. Natürlich hatte eine innige Freundschaft mit meinem Vater bestanden, aber ich hatte mich bei ihnen immer als gern gesehener Gast gefühlt. Und in Anbetracht meiner Beziehung zu Joel fühlte ich mich ihnen sehr nah. Ich war überrascht und ein wenig niedergedrückt, daß ich mir jetzt wie eine Fremde vorkam, die sich in ihre Trauer drängte, obwohl sie doch bestimmt wußten, daß ich ihren Schmerz teilte.

In Gedanken versunken fuhr ich heim. Allmählich erkannte ich, daß mein Besuch die Tragödie ihnen noch lebhafter ins Bewußtsein gerufen hatte.

Ich erwähnte dies Celeste gegenüber.

»Das ist dir also auch aufgefallen«, entgegnete sie. »Ich habe Lady Greenham auch nicht gesehen. Man sagte mir, ihr gehe es nicht gut, sie ruhe sich aus. Aber Sir John... na ja, er schien nicht eben hoch erfreut, mich zu sehen.«

»In gewisser Weise kann ich es verstehen. Sie waren mit meinem Vater so gut befreundet, und erst verließ er uns... und jetzt Joel. Wir müssen versuchen, uns in sie hineinzuversetzen. Sie wollen niemanden sehen, der sie daran erinnert. Irgendwie war mir, als wisse ich nicht die ganze Wahrheit.«

»Was gibt es da zu wissen? Er ging voller Hoffnungen nach Buganda und fand dort einen schrecklichen Tod. Das Schicksal meint es bitter mit seinen Eltern.«

»Ja, ich kann ihre Gefühle nachempfinden. Aber ich hoffte, noch mehr zu erfahren. Jetzt weiß ich nur, daß Joel dorthin fuhr und dann... verschwand.«

»Nun ja, das ist schließlich auch geschehen. Lucie, du mußt meines Erachtens versuchen, Joel zu vergessen. Wir beide müssen die Vergangenheit verdrängen und in die Zukunft schauen. Diese netten Leute, die du kennengelernt hast... ich denke, wir könnten mit ihnen Freundschaft schließen. Das Mädchen plaudert sehr unterhaltsam, und er ist eher ernst... aber das gefällt mir an ihm.«

»Wie schön, daß du sie magst. Mir sind sie auch sehr sympathisch.«

»Jetzt warten wir erst einmal die Einladung morgen ab.«

Sie verlief äußerst angenehm. Danach besuchten uns die Fitzgeralds häufig und luden uns auch in Restaurants ein. Ihr Londoner Quartier eignete sich ihren Worten nach nicht für Einladungen.

Unsere Freundschaft entwickelte sich rasch.

Zu meiner großen Freude besuchte uns Rebecca.

Gleich als sie meinen Brief bekommen hatte, hatte sie ihre Fahrt nach London vorbereitet.

Ich konnte mich mit niemandem so gut wie mit ihr unterhalten. Und bald vertraute ich ihr meine Erlebnisse mit Jean Pascal an.

Beim Zuhören verdüsterte sich ihr Gesicht.

»Du tatest gut daran abzureisen, Lucie. Das war das einzig Richtige. Was für ein Glück, daß deine netten Bekannten zur gleichen Zeit heimfuhren.«

»Ich glaube nicht, daß sie es tatsächlich so geplant hatten. Sie verschoben ihre Abreise einfach um eine Woche, damit sie mich begleiten konnten.«

»Dann sind sie mir gleich noch sympathischer.«

»Du wirst sie bald kennenlernen. Wir haben uns gut angefreundet. Celeste, und das freut mich sehr, mag sie auch gern, und du sicher auch. Ich habe dir vom Château aus geschrieben, aber den Brief nicht aufgegeben. Ich bat dich zu kommen. Aber dann besuchte ich am nächsten Tag die Fitzgeralds und erfuhr, daß ich mit ihnen fahren konnte.«

Bei meiner Schilderung, wie Jean Pascal versucht hatte, in mein Zimmer einzudringen, verfinsterte sich ihre Miene noch mehr als vorher.

»Was bin ich froh, daß deine Tür abgesperrt war! Einem solchen Mann muß man aus dem Weg gehen. Ich machte mir ziemliche Sorgen, als ich von eurer Frankreichreise mit ihm erfuhr. Allerdings dachte ich, daß sich sein Hauptaugenmerk auf Belinda richtete.«

»Ich auch. Ich glaube, er ist stolz auf seine Tochter. Sie ähnelt ihm in vielerlei Hinsicht. Und natürlich schaut sie sehr hübsch aus.«

»Und er hat dir tatsächlich einen Heiratsantrag gemacht!«

»Ich fiel aus allen Wolken. Natürlich hatte er sich die ganze Zeit mehr um mich gekümmert... und dann passierte das, und ich wollte nur noch davonlaufen.«

Sie nickte. Dann sagte sie langsam: »Mir ist ein Gedanke gekommen, Lucie. Man könnte dich jetzt wohl eine reiche junge Frau nennen.«

»Du meinst deshalb...«

»Er würde sich vermutlich als Realisten bezeichnen. Er wollte einmal ein junges Mädchen aus dem Hochadel heiraten... aber dann kam derlei in Frankreich aus der Mode. Ich hielt dies immer für den Grund, weshalb die Heirat aufgeschoben und schließlich ganz fallengelassen wurde. Und jetzt möchte er vielleicht eines Vermögens wegen eine Ehe eingehen. Andererseits bist du jung, und in seinem Alter zieht ihn Jugend wahrscheinlich besonders an.«

»Er sagte, er sei in mich verliebt.«

»Er verliebt sich so leicht, wie er atmet. Das ist für ihn nur eine vorübergehende Laune. Aber ein Heiratsantrag... Lucie, das gefällt mir überhaupt nicht. Ich kann dir gar nicht sagen, wie erleichtert ich bin, daß du über soviel gesunden Menschenverstand verfügst und dich nicht hast von ihm umgarnen lassen.«

»Er stieß mich ab.«

»Ich weiß. Mich auch. Mir hat er früher auch Avancen gemacht. O nein... nicht in bezug auf eine Heirat. Er besaß doch glatt die Frechheit und Unverschämtheit, mir vorzuschlagen, er könne mich in die Kunst, meinem Gatten verführerischer zu erscheinen, einweihen. Ich war schrecklich wütend auf ihn. Und dann – das war auf High Tor – versuchte er, mich zu vergewaltigen. Damit wollte er mich wohl auf den Geschmack jener unwiderstehlichen Freuden, die er zu vergeben hat, bringen. Und für die ich seiner Meinung nach zu dumm und unerfahren bin, um überhaupt nur etwas von ihnen zu ahnen.«

»Was für eine Unverfrorenheit! Er kann so höflich sein und sich manchmal nach außen so ritterlich geben, während er solche Dinge plant. Er erinnert mich an den Schwan.«

»An welchen Schwan?«

»Auf dem See im Schloßpark gibt es einen Schwan. Ein schönes, majestätisches Tier. Wenn er über dem Wasser gleitet, wirkt er so friedlich. Und dann wird er aus heiterem

Himmel bösartig. Eines der Hausmädchen verlor ein Auge, als er sie angriff – das hat Jean Pascal mir wenigstens erzählt.«

»Wie entsetzlich! Wie gut, daß du heimgefahren bist. Lucie, jetzt mußt du nach vorne schauen. Du darfst nicht mehr so viel grübeln. Es ist falsch, in der Vergangenheit zu leben. Du hast zwei Menschen, die du liebst, verloren … auf grausame, gewalttätige Weise. Aber es gibt auch Gutes auf der Welt. Du mußt danach Ausschau halten.«

»Ich weiß, Rebecca, ich werde es versuchen.«

Sie beugte sich zu mir und küßte sich. Und wie immer schenkte mir Rebecca Trost.

Rebecca konnte nur kurz bleiben; sie wollte ihre Familie nicht allzu lange allein lassen. Mehr als zwei Wochen durften wir keinesfalls erwarten.

Sie hoffte, mich nach Cornwall mitnehmen zu können. Ich spürte, daß ich mich auf High Tor würde gut erholen können.

Rebecca mochte die Fitzgeralds sehr gern. Wir sahen sie jeden Tag; zwischen den beiden Familien entwickelte sich eine enge Freundschaft.

Sie kamen beispielsweise zum Mittag- oder Abendessen und erwiderten unsere Gastfreundschaft durch Einladungen ins Theater oder in die Oper.

Rebecca sagte, sie hätten mir einen einzigartigen Freundschaftsdienst erwiesen, als sie mit mir heimfuhren, damit ich nicht allein reisen mußte. Und damals kannte ich sie noch nicht so gut wie heute. Je besser wir sie kennenlernten, um so mehr schätzten wir sie.

Rebecca hielt es für sehr erfreulich, wenn Bruder und Schwester einander so zugetan waren. Und es rührte einen an mitzuerleben, wie sie sich ständig umeinander bemühten. Das kam natürlich durch den tragischen Verlust ihrer Eltern. Sie waren wirklich außergewöhnlich nett – so lautete das einhellige Urteil.

Ich hatte mich fast entschlossen, mit Rebecca nach Cornwall zu fahren, als die Briefe ankamen. Jean Pascal hatte Celeste geschrieben und Belinda mir.

Liebe Lucie!
Ich heirate in sechs Wochen. Ist das nicht aufregend? Bobby besteht darauf. Er vergeht vor Ungeduld.
Wie versprochen kehrte er zum Château zurück, und wir verlobten uns offiziell. Es gab ein wundervolles großes Fest. Musiker spielten in der großen Halle und im Park. Viele bedeutende Leute waren eingeladen. *Mon père* führte mich voller Stolz als seine Tochter vor. Niemand stellte peinliche Fragen, wo ich denn die ganze Zeit gesteckt hatte. In Frankreich versteht man so etwas. Jedenfalls, da war ich, seine liebe Tochter mitsamt ihrem netten Verlobten.
Bobby ist ein Schatz. Er liest mir jeden Wunsch von den Augen ab. Er bedauerte, daß Du nicht dabei warst. Und ich erzählte ihm, daß Du dich abscheulich benommen hast, einfach fürchterlich, ein richtiger sturer Esel. Nach allem, was wir für Dich getan haben – uns ständig mit großem Trara um Dich gekümmert –, haust Du einfach aus heiterem Himmel ab, weil diese Leute heimfahren. Bobby meinte, er fände Esel recht nett. Auf seinem Gut gibt es welche. Aber so ist Bobby nun mal. Er mag einfach alles. Weil er nämlich so glücklich unseretwegen ist.
Tatsache ist, wir kommen heim. *Mon père* erteilt Celeste Anweisungen, weil ich in London heiraten soll. Mir wäre es auf dem Château lieber… aber *mon père* lehnt das ab. Wir müssen schließlich an Bobby denken, und er kann nicht gut in Frankreich heiraten. Also bleibt es bei London. Du mußt mir bei meiner Aussteuer helfen. Mein Brautkleid habe ich mir schon ausgesucht. Es wird – nein, das erzähle ich Dir nicht. Das verdienst Du nicht, so wie Du Dich aufgeführt hast. *Mon père* wird Celeste mitteilen,

was es zu tun gibt. Das wird die Hochzeit des Jahres. Dazu sind wir fest entschlossen.

Du bist eine dumme Pute, einfach so davonzulaufen. *Mon père* meint, Du hattest Angst, uns auf die Nerven zu fallen. Was für ein Blödsinn! Er sagte, Du habest die Lage falsch eingeschätzt, aber er könne Deine Gefühle gut nachempfinden. Er hat Dir Deinen überstürzten Abschied verziehen. Ich aber nicht. Macht aber nichts. Du hilfst mir doch bei den Vorbereitungen?

Ist das nicht grandios? Wir kommen nächste Woche heim, und wenn Du diesen Brief in Händen hältst, sind wir schon fast da.

Bis dann!

Belinda

Celeste war bei der Lektüre ihres Briefes ein wenig verstimmt.

»Die Hochzeit wird eine ziemlich pompöse Angelegenheit«, sagte sie. »Und mein Bruder möchte, daß ich sie ausrichte.«

»So habe ich auch Belinda verstanden. Sie scheint sehr glücklich zu sein.«

Celeste nickte und schaute weiterhin besorgt drein. »Du hilfst mir doch, nicht wahr, Lucie?«

Ich dachte an die friedvolle Atmosphäre bei Rebecca in Cornwall. Aber Celeste warf mir einen flehenden Blick zu.

»Wenn ich dir irgendwie nützlich sein kann... selbstverständlich.«

Die unendliche Erleichterung in ihren Augen war mir Belohnung genug.

Die Fitzgeralds nahmen meine Neuigkeiten äußerst interessiert auf.

»Glauben Sie, wir werden auch zu der Hochzeit eingeladen?« fragte Phillida.

Roland schaute bestürzt, aber Celeste antwortete rasch: »Das sind Sie hiermit.«

Phillida klatschte in die Hände. »Was für ein wundervoller Tag«, rief sie, »als wir uns auf der Fähre begegneten.«

Rebecca verstand jetzt, daß ich sie nicht nach Cornwall begleiten konnte.

»Aber danach besuchst du uns«, sagte sie. »Und darauf wollen wir uns jetzt schon freuen.«

Belinda kam mit Jean Pascal nach London. Ich freute mich nicht gerade auf das Wiedersehen mit ihm. Doch bei meiner Ankunft verhielt er sich taktvoll und freundlich und erwähnte mit keinem Wort meine keineswegs den Gepflogenheiten entsprechende Abreise vom Château. Ich war allerdings froh, daß er nicht bei uns wohnte, obwohl ich in den nächsten Wochen mit seinem häufigen Besuch rechnete.

Belinda war überglücklich. Sie plapperte pausenlos, und zwar ausschließlich über ihre unmittelbar bevorstehende Heirat. Den Zielort ihrer Hochzeitsreise hatte sie bereits fünf oder sechs Mal geändert.

Zuerst sollte die Reise nach Rom gehen. »Ach, die Katakomben und all das. Das Kolosseum. Wir werden sehen, wo die Römer die Christen den Löwen zum Fraß vorwarfen.«

Dann hieß es: »Ich weiß nicht so recht. Ich glaube, ich will mir diese alten Ruinen gar nicht anschauen. Aber es gibt da wohl einen ganz hübschen Brunnen. Wenn man eine Münze hineinwirft, heißt es, daß man dorthin zurückkommt. Das gefällt mir recht gut. Aber vielleicht ist Florenz...«

Ein paar Tage lang lag sie uns mit all den florentinischen Palästen in den Ohren, bis ihr Venedig einfiel.

»Die vielen Kanäle. Wie eindrucksvoll. Man sitzt in einer Gondel und läßt sich von einem gutaussehenden Gondoliere herumfahren.«

»Du solltest dich nicht für gutaussehende Gondoliere interessieren, sondern nur noch für deinen Ehemann.«

»Ich muß ihn doch hin und wieder ein wenig eifersüchtig machen, oder meinst du etwa nicht?«

»Nein, das finde ich ganz und gar nicht.«

»Du würdest das natürlich nie... aber was verstehst du schon davon?«

»Genug, um zu wissen, daß die Flitterwochen nicht gerade gut anfangen, wenn die Braut anderweitige Eroberungen plant.«

Sie streckte mir wie früher in unserer Kindheit die Zunge heraus.

Schließlich wurde Venedig ihr bevorzugtes Ziel.

»Hat denn der arme Bobby kein einziges Wörtchen mitzureden?« fragte ich.

»Er möchte nur, was auch ich will.«

»Aha, er ist also fest entschlossen, dich bei Laune zu halten.«

Sie liebte solche Scheingefechte und konnte sie nur mit mir führen. Sie mochte mich wohl irgendwie, wie ich sie. Trotz allem, was geschehen war, bestanden zwischen uns feste Bande, die man nicht zerschneiden konnte.

Die Tage huschten immer schneller vorbei. Es gab so viel zu erledigen, und alles schien so wichtig, daß es – dies muß ich gestehen – ziemlich lange Zeitabschnitte gab, in denen ich nicht an meinen Vater und Joel dachte.

Celeste bemerkte dies und meinte, ihr gehe es genauso. »Die Hochzeit bekommt uns gut, Lucie«, sagte sie. Und ich wußte genau, was sie meinte.

»Es ist ein Zeichen«, fuhr sie fort, »daß wir mit der Zeit über die Geschehnisse der Vergangenheit hinwegkommen.«

Nach Jean Pascals Willen sollte die Hochzeit ein großes Ereignis werden. Er hatte Belinda wohl sehr ins Herz geschlossen. Sie erheiterte ihn, und das gefiel ihm, überdies sah sie sehr hübsch aus, weswegen er auf sie stolz war. Was wohl Leah sagen würde, wenn sie ihre Tochter jetzt sehen könnte?

Das Brautkleid war angekommen. Es war traumhaft schön, aus exquisiter Spitze und Satin. Im Haar würde Belinda einen Kranz aus Orangenblüten tragen, und ihr Brautstrauß sollte aus Gardenien bestehen.

»Alles wird ganz in Weiß sein«, sagte sie.

»Ein Zeichen der Unschuld«, erinnerte ich sie.

Es überraschte mich, welche Wirkung meine Worte auf sie ausübten. Sie schaute mich grimmig an: »Warum sagst du das?«

»Weil es stimmt, oder etwas nicht?«

»Ich dachte, du...«

»Was? Was dachtest du?«

»Ach, nichts.«

»Du hast eben ziemlich böse dreingeschaut.«

»Ich habe gemeint, du erlaubst dir einen Scherz.«

»Wir machen doch immer Scherze, oder?«

»Ja, aber das war etwas anderes.«

»Was ist denn auf einmal in dich gefahren?«

»Ach nichts, das sind nur die Aufregungen der Hochzeitsvorbereitungen.«

»Du und aufgeregt? Das soll wohl ein Witz sein.«

»Natürlich, du Dummerchen.«

Aber irgend etwas ging ihr im Kopf herum. Ich fragte mich eine Weile, was es denn sei, aber dann dachte ich nicht mehr daran.

Und dann kam endlich der Tag der Hochzeit. Es waren ziemlich viele Gäste geladen, und natürlich trat auch die Presse in Erscheinung. Belinda wurde als Nichte Benedict Lansdons bezeichnet. Die Zeitungen zeigten vor allem daran Interesse. Es wurde daran erinnert, daß Belinda von jenem Haus aus verheiratet wurde, vor dem das Attentat stattgefunden hatte.

Glücklichere Tage, kommentierte eine Zeitung. *Der Geist der Vergangenheit ist gebannt. Heute trat aus der Tür, auf deren Schwelle Benedict Lansdon an jenem verhängnisvollen Tag seinem Mörder begegnet war, eine bezaubernde Braut. Miss Belinda Bourdon, die Nichte von Mrs. Celeste Lansdon, wurde heute von jenem Haus aus verheiratet, vor dem Benedict Lansdon vor nicht einmal zwei Jahren erschossen wurde.*

Welch ein Jammer, daß sie uns wieder daran erinnern mußten.

Belinda wurde also Lady Denver. Sie war eine bildschöne Braut. Ich werde nie das Bild vergessen, wie sie und Robert die Hochzeitstorte anschnitten. Sie strahlte nur so vor Glück. Und ich bin von der Echtheit ihrer Gefühle für ihn überzeugt.

Celeste und ich halfen ihr beim Umziehen, als sie in ihr – wie sie es nannte – Reisegewand schlüpfte. Sie schaute bezaubernd aus in dem pfauenblauen, mit Feh besetzten Kostüm und dem Hütchen aus farblich dazu abgestimmten blauen Federn.

Sie küßte uns ungestüm und beteuerte, wie gern sie uns hatte, was uns angesichts der Tatsache, daß dies von Belinda kam, sehr rührte. Und dann winkten wir ihnen Lebewohl auf ihrer Reise nach Venedig.

Nachher saß ich mit Roland und Phillida beisammen.

»Was für eine wundervolle Hochzeit«, meinte Phillida. Sie schaute ein wenig wehmütig. »Es muß doch herrlich sein, derart glücklich zu sein.«

Roland stimmte ihr zu.

»In diesem Augenblick erreicht die Stimmung immer einen gewissen Tiefpunkt«, gab ich zu bedenken. »Braut und Bräutigam sind abgereist. Und hier sitzen wir Zurückgebliebenen.«

»Mit Freunden zusammen«, ergänzte Roland und schaute mich lange an.

»Ja, gewiß doch«, entgegnete ich. »Mit Freunden.«

Nach der Hochzeit fühlte ich mich in der Tat niedergeschlagen. Ich vermißte meine Wortgefechte mit Belinda, die mir irgendwie die Tage erhellt hatten. Überdies hielt sich Jean Pascal in London auf, weswegen ich den Drang fortzufahren verspürte.

Rebecca bereitete ihre Heimfahrt nach Cornwall vor und drängte mich, sie zu begleiten. Ich zögerte. So gern ich auch mit ihr und ihrer Familie zusammen war, so glaubte ich nicht, daß ich ebendies im Augenblick wollte. Ich redete mir ein, daß mich Celeste hier brauchte. Und noch ein anderer Gedanke kam mir. Ich würde in Cornwall die Fitzgeralds nicht treffen können, und das brachte mir zu Bewußtsein, wieviel mir die Freundschaft mit ihnen bedeutete.

Dann fiel mir Manorleigh ein. Als Kind hatte ich dieses Haus geliebt. Es war mir so geheimnisvoll erschienen, und das Leben hatte dort viel Abwechslung geboten. Belinda und ich waren immer auf unseren Ponys um den Teich geritten. Es gab den von Gespenstern heimgesuchten Garten mit der Eiche und der Bank, auf der einst Belinda den Geist gespielt hatte. Und jetzt gehörte Manorleigh *mir*, was seinen Reiz noch erhöhte.

Ich erzählte Rebecca, daß ich gerne für etwa eine Woche nach Manorleigh fahren würde.

»Eine gute Idee«, pflichtete sie mir bei. »Dann kommst du einmal aus London heraus und bleibst doch in der Nähe.«

»Ich frage Celeste, ob sie mich nicht für ein paar Tage begleiten will. Wenn ich weiter verreise, kommt sie sich wahrscheinlich sehr einsam vor.«

Rebecca verstand mich.

Celeste meinte, sie käme liebend gern mit nach Manorleigh.

»Wann immer du gerne möchtest, Celeste. Du bist dort zu Hause... genauso wie ich mich hier daheim fühle.«

Ich begleitete Rebecca zum Bahnhof und wäre bei ihrer Abfahrt sicher sehr deprimiert gewesen, wenn ich nicht eigene Reisepläne geschmiedet hätte.

Als mich die Fitzgeralds besuchten, erzählte ich ihnen, daß ich für eine Weile wegfahren wolle. Angesichts ihrer bestürzten Mienen fühlte ich mich einfach geschmeichelt.

»Es ist überhaupt nicht weit von London entfernt«, erklärte ich ihnen. »Manorleigh war der Wahlkreis meines Vaters. Deshalb kaufte er ja auch Manor Grange. Und jetzt gehört es mir. Es ist ein schönes altes Herrenhaus. Ich war schon lange nicht mehr dort. Aber jetzt fahre ich endlich wieder einmal hin.«

»Vielleicht könnten wir Sie dort besuchen«, schlug Roland vor.

»Aber natürlich. Ich rechne mit Ihrem Besuch. Am Montag fahre ich. Warum kommen Sie nicht am Wochenende? Dann hätte ich ein wenig Zeit, um mich dort niederzulassen und das Personal auf Ihren Besuch vorzubereiten. Sie könnten am Freitag kommen, wenn Ihnen das paßt.«

Roland schaute Phillida an. Deren Augen glänzten vor Freude.

»Aber gerne, gewiß doch, nicht wahr, Roland?« rief sie.

Er schaute mir fest in die Augen. »Darauf können Sie sich verlassen.«

Und so brach ich nach Manorleigh auf. Celeste begleitete mich. Sie wollte allerdings am Mittwoch wieder heimfahren und sich lediglich vergewissern, daß ich mich dort gut zurechtfand.

Bei unserer Ankunft hieß man uns freundlich willkommen. Mr. und Mrs. Emery, die schon jahrelang für uns arbeiteten, erwarteten uns zusammen mit dem Zimmermädchen, zwei Hausmädchen und Mrs. Grant, der Köchin, in der Halle.

Am Anfang verhielten sich alle etwas steif. Sie hatten mich schon als Kind gekannt – als Außenseiterin, als das Mädchen, das ihre geliebte Miss Rebecca gegen alle Gebräuche ins Haus geschleppt hatte. Damals hatten sie ja nicht ahnen können, daß ich Benedict Lansdons Tochter war. Und vermutlich hatten sie sich nie an diese Tatsache gewöhnt.

Mrs. Emery hatte Rebecca vergöttert. Es hätte sie zweifellos in Verzückung versetzt, wenn meine Halbschwester das Haus geerbt hätte. Aber nun war ich eben da.

Als Wirtschafterehepaar von Manor Grange waren sich Mr. und Mrs. Emery ihrer exponierten Stellung im Hause sehr wohl bewußt und lebten in beständiger Angst, man könne sie ihnen streitig machen. Vermutlich fragten sie sich, warum ich mich so plötzlich entschlossen hatte, hierherzukommen.

Man brachte uns auf unsere Zimmer. Meines lag neben Rebeccas altem Zimmer. Von dort aus sah man die Eiche mit der Holzbank. An dieser Stelle versammelten sich der Sage nach die Geister.

Eine Weile schaute ich zum Fenster hinaus und dachte an Vergangenes. Ich hatte gewußt, daß in diesem Haus die Erinnerungen über mich hereinbrechen würden.

Ich schlief gut und wachte früh am Morgen auf. Mir fiel plötzlich ein, daß die Fitzgeralds bald kommen wollten. Wie viel Spaß es mir bereiten würde, ihnen das Haus zu zeigen.

Nach dem Frühstück fragte mich Mrs. Emery, ob ich nicht auf einen kleinen Plausch zu ihr kommen wolle.

»Miss Rebecca hat es immer so gehalten«, sagte sie. »Sie und ich kamen blendend miteinander aus. Eine so reizende junge Dame! Ich hoffe, sie und Mr. Cartwright sind wohlauf.«

»Es geht ihnen sehr gut, Mrs. Emery. Meine Schwester wäre gerne für ein paar Tage mitgekommen, ehe sie nach der Hochzeit wieder nach Cornwall reiste. Aber sie befürchtete, sie habe ihre Familie schon zu lange allein gelassen.«

»Ja, natürlich.«

»Mr. Cartwright und die Kinder möchten nicht, daß sie zu lange fortbleibt.«

»Nein, das gefällt ihm sicher nicht. Und was die Kleinen angeht – Gott segne sie. Solange es ihr gutgeht und sie glücklich ist...«

»Das ist sie, Mrs. Emery.«

Sie schaute mich besorgt an. »Sie haben eine schlimme Zeit hinter sich, Miss Lucie.«

Ich nickte. »Ich muß darüber hinwegkommen.«

»Ich habe mich gefragt, Miss Lucie, ob Sie vielleicht Pläne haben...?«

»Was für Pläne?«

»In bezug auf das Haus. Ich meine, Emery und ich, nun ja, wir fragen uns...«

»Ach, jetzt verstehe ich, was Sie meinen. Ich möchte natürlich, daß Sie hierbleiben, Mrs. Emery – Sie und Mr. Emery. Nein, ich habe keinerlei Pläne. Das alles hat mir einen solchen Schock versetzt. Dann fuhr ich nach Frankreich, und bald darauf hat Belinda geheiratet.«

»Tja«, meinte Mrs. Emery. »Das war schon eine Sache. Und jetzt ist sie also Lady Denver. Ich kann mich gut an sie erinnern, obwohl ich sie seit Jahren nicht mehr gesehen habe. Sie muß sich ganz schön verändert haben.«

»Sie ist erwachsen geworden. Aber sie ist noch immer... die alte Belinda.«

»Ich verstehe, was Sie sagen wollen«, meinte Mrs. Emery und nickte weise. »Werden Sie jetzt hier leben, Miss Lucie?«

»Im Augenblick kann ich das überhaupt nicht sagen. Ich nehme an, das hier ist jetzt mein Zuhause. Aber Mrs. Lansdon hätte es wohl gerne, wenn ich bei ihr wohnen würde. Ich werde mich wohl abwechselnd hier und in London aufhalten und gelegentlich nach Cornwall fahren. Es wird dann wieder wie früher sein.«

»Aha, ich denke, das wird gutgehen. Sie haben doch immer so an Manorleigh gehangen... und jetzt gehört es Ihnen! Ein wunderbares Haus. Emery und ich, nun ja, wir fühlen uns hier recht verwurzelt, wenn Sie verstehen, was ich meine.«

»Gewiß, Mrs. Emery. Und Sie dürfen nicht denken, daß ich hier etwas verändern will. Irgendwie spüre ich, daß dies mir zur wirklichen Heimat werden wird. Übrigens erwarte ich für das Wochenende Gäste.«

Ihre Miene hellte sich deutlich auf. »Oh, wie schön. Wie viele, wenn ich fragen darf?«

»Zwei, Bruder und Schwester. Ich habe sie in Frankreich kennengelernt.«

»Dann sind es wohl Franzosen, Miss Lucie?«

»Nein, Engländer. Sie haben sich in Frankreich in der Nähe des Schlosses, wo ich war, aufgehalten. Ich bin ihnen schon auf der Kanalüberfahrt begegnet. Und es war ganz schön aufregend, als sich herausstellte, daß sie fast das gleiche Reiseziel hatten. Nun ja, dann haben sie uns in London besucht, und jetzt möchte ich ihnen gern Manor Grange zeigen.«

»Geschwister also. Das Blaue Zimmer wäre doch nett für die Dame. Und ich rede mit Emery, wo wir den Herrn am besten unterbringen. Also am Freitag... sie kommen vermutlich zum Mittagessen?«

»Ja.«

»Wie schön, wenn sich hier in diesem Haus wieder etwas rührt«, sagte sie. »Ich kann Ihnen gar sagen, wie sehr ich mich freue, daß Sie gekommen sind. Und Emery auch.«

Celeste fuhr wieder nach London. Ich erwartete die Ankunft der Fitzgeralds mit erstaunlich großer Ungeduld.

Sie kamen am Vormittag an. Ich freute mich, sie zu sehen, so daß sich meine Gemütsverfassung sofort besserte. Ich brachte sie zu ihren Zimmern, wo schon alles für sie vorbereitet war. Dann zeigte ich ihnen das Haus, was sie entzückte.

Phillida brannte darauf, die Geschichte des Spuks im Garten zu hören, und war ganz Ohr, als ich ihr von der jungen Frau erzählte, die bei der Geburt ihrer Tochter starb und dann wiederkam, um sie zu trösten. Und wie die Tochter zu einer wunderlichen Frau heranwuchs, die auf der von Geistern heimgesuchten Bank unter der Eiche zu sitzen pflegte und mit ihrer toten Mutter sprach.

Phillida gefiel diese Geschichte außerordentlich. »Glauben Sie daran?« fragte sie mich.

»Ich weiß nicht genau. Und Sie?«

»Ja, wohl schon«, erwiderte sie. »Ich nehme an, daß Menschen nach ihrem Tode wiederkehren können... unter bestimmten Umständen. Wenn sie ganz plötzlich verstorben sind... wie die Frau, die ihr Kind zurücklassen mußte. Das wäre doch aus Liebe, nicht wahr? Jemand anderes käme vielleicht aus Haß zurück.«

»Phillida«, tadelte Roland sie.

»Naja, stellen wir uns einmal vor, jemand wurde ermordet. Könnte dann dieser Mensch sich nicht irgendwie gedrängt fühlen, zurückzukommen und denjenigen zu verfolgen, der ihn ins Grab geschickt hat?«

»Oder diejenige«, warf Roland leichthin ein.

»Ja, natürlich. Du lachst über mich. Er lacht mich bekanntlich hin und wieder aus. Ich nehme an, ich habe eine blühende Phantasie. Zumindest denkt das mein Bruder. Aber ich bin mir bei diesen Dingen nicht sicher. *Sie* verstehen doch, was ich sagen will, Lucie, nicht wahr? Ich glaube, Sie sind für so etwas auch sehr empfänglich.«

»Ja, vermutlich.«

»Was für ein schauriges Gesprächsthema«, bemerkte Roland. »Und das in diesem schönen Haus!«

»Mit diesem schönen Haus hat das Gespräch ja angefangen«, wies ihn seine Schwester hin. »Mit diesen Leuten unter dem Baum und all dem.«

Roland schaute sie zwar liebevoll, zugleich aber auch leicht gereizt an. Dann meinte er: »Ich sehe, es gibt hier einen guten Stallbestand, Lucie. Reiten Sie oft aus?«

»Ja. Das mochte ich schon immer. Das hat mich an Manorleigh immer besonders gereizt.«

»Könnten wir während unseres Aufenthalts vielleicht einmal ausreiten?«

»Das wäre großartig.«

»Wir machen dann einen der Gasthöfe ausfindig, von denen man immer hört«, sagte Phillida. »Sie wissen schon – solche, die es schon seit dreihundert Jahren gibt, mit unterirdischen Gewölben, wo man Schmugglergut zu verstecken pflegte. Man leitete die Schiffe in die Irre, damit sie auf den Felsen aufliefen und die Seeleute den Tod fanden. Man hängte die Steuereintreiber auf und verscharrte ihre Leichen im Keller.«

»Nur daß wir meilenweit vom Meer entfernt sind«, wandte ich ein, »und ich nicht weiß, wo Ihre Strandräuber ihren üblen Machenschaften hätten nachgehen können.«

»Da haben Sie mit etwas angefangen«, sagte Roland lachend. »Sie haben Phillidas ungesunden Sinn für das Übernatürliche angestachelt.«

»Es stimmt«, fuhr Phillida fort. »Des Nachts hört man diejenigen, die eines gewaltsamen Todes starben, stöhnen.«

Wieviel wir an diesem Wochenende doch lachten! Wir erkundeten das Haus und führten lange Tischgespräche. Wir fanden immer ein interessantes Thema. Wir durchstreiften die Gegend und besuchten jene kleinen Dörfer, wo Celeste und ich während des Wahlkampfes auf Stimmenfang gegangen waren. Wir stießen auf einen Gasthof, der Phillida gefiel. Doch der Wirt erwies sich als reichlich phantasielos und keineswegs zu einem Plausch aufgelegt – was sie natürlich enttäuschte. Wir genossen das Wochenende, und ich bedauerte sehr, als der Abschied nahte.

»Könnten Sie nicht noch einen Tag länger bleiben?« fragte ich am Montag.

»O ja, bitte. Sag ja, Roland«, rief Phillida.

Er schaute sie betrübt an. »Ich muß doch schon bald nach Yorkshire fahren«, meinte er.

Mein Gesichtsausdruck mußte meine Enttäuschung verraten haben, denn Phillida kam auf mich zu und legte mir den Arm um die Schultern. »Wir sind so glücklich über unsere Freundschaft mit Ihnen«, meinte sie mit ziemlich belegter Stimme. »Ich kann mein Glück noch immer kaum fassen, daß ich Sie an jenem Tag auf der Fähre angesprochen habe. Roland möchte mir gern derlei verbieten, aber da lasse ich mir nicht dreinreden. Und Sie sehen ja, wie schön sich diesmal alles gefügt hat. Ich habe recht behalten, Roland – das mußt du doch zugeben –, denn andernfalls hätten wir Lucie nie kennengelernt.«

»Laß es uns so ausdrücken, daß du in diesem Fall recht hast«, gab Roland zu.

»Bitte beweise doch, daß du das auch so meinst, indem du noch einen Tag länger bleibst«, bettelte Phillida.

Er zögerte. »Nun ja...«

»Oh, bitte, sagen Sie ja«, schaltete ich mich ein. »Ich würde mich so darüber freuen.«

»Nun, dann vielleicht...«

Also blieben sie.

Phillida hatte das Herz von Mrs. Grant, der Köchin, erobert. Von Anfang an hatte sie ihr Lob für die verschiedenen Gerichte ausgesprochen und ihr gestanden, daß sie selber – wie sie es formulierte – sich gerne an besonderen, ausgefallenen Speisen versuchte.

Am Sonntag hatte Mrs. Grant ein Soufflé zum Mittagessen serviert. Phillida hatte es in höchsten Tönen gepriesen und wollte genau wissen, wie sie es zubereitet hatte.

Die geschwätzige Mrs. Grant war entzückt. Sie stammte aus einer Familie von Köchen; tatsächlich hatte schon ihre Mutter in diesem Haus als Köchin gearbeitet, und vorher ihre Großmutter. Sie war es gewesen, die Rebecca damals als erste die Geschichte von der Spukbank erzählt hatte.

Und so kam es, daß Mrs. Grant verkündete, sie wolle auch Montag mittag ein Soufflé machen. Wenn Phillida in die Küche komme, würde sie ihr zeigen, wie man es zubereite.

Hocherfreut nahm Phillida die Einladung an.

»Du läßt uns also im Stich«, bemerkte Roland. »Ich dachte, wir würden am Montag noch einmal ausreiten. Ich würde mir gerne noch einmal dieses Dorf anschauen, das mit der normannischen Kirche.«

»Na, warum reitet nicht ihr beide, Lucie und du, aus?« erwiderte Phillida.

Roland schaute mich an.

»Ja, warum eigentlich nicht«, meinte ich.

»Wenn Phillida die Küche der schönen Gegend vorzieht, soll sie es tun«, fügte Roland hinzu.

Und so verbrachten Roland und ich diesen Vormittag allein miteinander.

Wir besichtigten die normannische Kirche und gingen auf den alten Friedhof. Die Eiben standen hier schon seit vielen, vielen Jahren, ebenso manche der Grabsteine. Viele der Inschriften waren schon fast bis zur Unleserlichkeit verwittert. Einige der Daten konnte man gerade noch entziffern; es war ernüchternd zu sehen, daß viele von ihnen vor zweihundert Jahren eingemeißelt worden waren.

»Wie friedvoll es hier ist«, sagte Roland.

»Man spürt geradezu die Anwesenheit der Toten«, meinte ich.

»Bedrückt Sie das?«

»Nein, ich spüre nur die Ruhe und den Frieden.«

Wir gingen den Pfad entlang, an jenem Brunnen vorbei, wo die Friedhofsbesucher das Wasser für die Blumen holen konnten, die sie an den Gräbern niederlegen wollten. In der Nähe davon stand eine Holzbank.

»Wollen wir uns nicht ein wenig setzen?« schlug Roland vor. »Ich möchte mich mit Ihnen über etwas unterhalten.«

»Ja, gern«, antwortete ich.

So setzten wir uns denn.

»Wie still es hier ist«, bemerkte ich.

»Die Leute arbeiten alle. Schließlich ist heute Montag. Sonntags dürften viele Leute hier sein. Lucie... ich möchte etwas mit Ihnen besprechen.«

»Ja?«

»Es ist etwas schwierig«, begann er. »Ich weiß, was sie durchmachen mußten...«

»Sie und Phillida haben mir sehr geholfen.«

»Phillida ist ein so heiterer Mensch. Es ist schwer, in ihrer Gegenwart unglücklich zu sein. Aber das heißt nicht, daß es ihr an Mitgefühl mangelt...«

»Oh, ich weiß. Ihre Gegenwart ist für mich eine Wohltat.«

»Uns geht es genauso. Und deshalb möchte ich Ihnen etwas gestehen. Durch Sie hat sich für uns viel geändert. Ich weiß, daß Phillida Sie liebt. Und Lucie, ich liebe Sie auch.«

Ich schwieg, denn ich war mir nicht sicher, worauf er hinauswollte.

Die Tatsache, daß er Phillidas Liebe für mich im Zusammenhang mit seiner eigenen erwähnte, deutete an, daß sie beide mir gegenüber geschwisterliche Gefühle hegten. Das hatte ich schon bemerkt. Oder... meinte er etwa, daß er in mich verliebt war?

Er fuhr fort: »Wir haben uns die letzten Monate sehr gut kennengelernt. Ich weiß, daß Sie entsetzliches Leid erfahren haben. Und Sie haben das Gefühl, als sei Ihr früheres Leben völlig zunichte gemacht. Aber Sie können nicht in der Vergangenheit verharren, Lucie. Sie müssen sich davon befreien. Ich weiß, Sie fühlen sich ein wenig unsicher. Das kann ich gut verstehen. Aber ich habe mich in Sie verliebt, Lucie. Nahezu seit unserer ersten Begegnung gehen Sie mir nicht mehr aus dem Kopf...«

»Wollen Sie mir einen Heiratsantrag machen?«

»Ja. Ich wünsche mir von ganzem Herzen, daß Sie meine Frau werden. Und ich glaube, daß Sie auf diese Weise ein neues Leben beginnen könnten... die Vergangenheit hinter sich lassen könnten.«

Schweigend dachte ich darüber nach. Ich konnte nicht behaupten, daß ich mich in ihn verliebt hatte. Ich mochte ihn sehr gern, und der Gedanke, daß er und Phillida nach Yorkshire zurückgehen würden, hatte mich sehr betrübt.

Natürlich entging ihm mein Zögern nicht. »Lucie«, sagte er besorgt, »woran denken Sie?«

»Ich weiß nicht, was ich sagen soll.«

»Aber Sie mögen uns doch, Phillida und mich...«

»Gewiß. Die Freundschaft mit Ihnen ist wunderbar.«

»Ich verspreche Ihnen, unsere Beziehung noch wunderbarer zu gestalten.«

Er nahm meine Hand und hielt sie fest, während er sich zu mir herüberbeugte und mich zart auf die Wange küßte.

»Haben Sie Phillida davon erzählt, daß Sie mich bitten, Ihre Frau zu werden?« wollte ich wissen.

Er nickte. »Phillida ist sehr scharfsichtig. Sie sagte mir: ›Ich weiß, daß du Lucie liebst. Bitte sie, dich zu heiraten. Es ist richtig, das zu fragen.‹ Phillida hofft natürlich, daß Sie ja sagen. Sie kennen sie ja. Sie sagte, sie würde wegziehen und uns beide dann allein lassen. Eheleute sollten allein miteinander leben, meint sie. Sie ist ein wunderbarer Mensch, Lucie. Ich habe Ihnen doch erzählt, daß wir immer zusammengelebt haben, und seit dem Tod unserer Eltern... Nun, Sie wissen, wie einen das trifft. Ich weiß nicht, was sie tun würde, aber...«

»Ich würde nicht im Traum daran denken, Sie beide auseinanderzureißen.«

»Dann würden wir alle zusammenleben, wir drei. Ach, Lucie, wir könnten ein so schönes Leben führen.«

»Sie beide«, wandte ich ein, »sind so glücklich miteinander. Was mich betrifft,...«

»Ich hätte noch warten sollen«, sagte er. »Aber ich mußte Sie einfach vor meiner Reise nach Yorkshire fragen.«

»Wie lange bleiben Sie denn dort?«

Er hob die Schultern. »Das kann ich nicht sagen. Ich halte mich derzeit meistens in London auf, aber ich muß gelegentlich in den Norden reisen; und dann weiß ich nie genau, wie lange ich dort bin. Deshalb wollte ich heute vormittag auch mit Ihnen darüber reden.«

Ich stellte mir vor, wie es mir wohl nach ihrer Abreise ging. Celeste war in London. Ich könnte auch wieder dorthin fahren, aber das Haus dort barg so viele Erinnerungen. Jeden Tag würde ich an der Stelle vorbeikommen, wo mein Vater niedergestreckt worden war. Ich würde aus dem Fenster schauen und mich fragen, ob der Mann mit dem Umhang und dem Zylinder wohl unten stünde.

Natürlich konnte ich auf Manorleigh bleiben. Aber jetzt wäre alles anders. Wenn Belinda bei mir wäre... Doch nun hieß sie Lady Denver. Und ich war allein. Das mußte nicht sein.

Und denoch... ich war nicht in Roland verliebt. Ich schätzte ihn. Ja, ich hatte ihn in der Tat ins Herz geschlossen. Ich genoß seine Gegenwart sehr – und die seiner Schwester. Beim Rückblick auf die vergangenen Monate erkannte ich, daß ich nur dank Phillida und Roland das Leben überhaupt noch hatte ertragen können. Ich vergaß es ihnen nicht, daß sie ihren Frankreichaufenthalt verkürzt hatten, damit ich nicht auf eigene Faust heimreisen mußte.

Was würde geschehen, wenn ich seinen Heiratsantrag ablehnte?

Er würde nach Yorkshire fahren, und ich würde ihn für eine Weile nicht sehen. Ich würde sie beide vermutlich überhaupt nicht mehr oft sehen. Dieser Gedanke bedrückte mich.

Er wartete auf eine Antwort.

»Es tut mir leid, Roland.« Ich wandte mich ihm zu, und seine jammervolle Miene schnitt mir ins Herz. Und in ebendiesem Augenblick erkannte ich, daß er mir viel bedeutete. Ich mochte sowohl ihn als auch seine Schwester sehr gern. Ihre lebhafte Unterhaltung, seine ruhige Kraft hatten mir seit jenen Tagen in Frankreich viel gegeben. Ich wollte sie nicht verlieren. Ich fuhr fort: »Roland, Sie müssen verstehen, was geschehen ist, war so verheerend. Es kam so plötzlich.«

»Ich weiß. Ich verstehe Sie sehr gut.«

»Ich fühle mich noch immer wie benommen von dem Schlag.«

Er nickte.

»Es war nicht nur mein Vater. Da ist noch etwas.«

»Bitte erzählen Sie es mir, Lucie.«

»Meine Verlobung sollte schon bald bekanntgegeben werden.«

»Ihre Verlobung!«

»Ja. Mit jemandem, den ich schon lange kannte. Seine Familie war mit meinem Vater eng befreundet. Er war Politiker und fuhr nach Buganda... dort wurde er ermordet.«

»Oh, meine arme Lucie. Davon ahnte ich ja nichts. Jetzt erinnere ich mich... wurden nicht einige Abgeordnete auf eine Delegation dorthin entsandt?«

»Ja. Joel und ich wollten unsere Verlobung bei seiner Rückkehr bekanntgeben.«

»Und Sie waren in ihn verliebt?«

»Ja.«

Er legte den Arm um mich und drückte mich an sich. Ich fühlte mich geborgen.

»Und jetzt glauben Sie, daß Sie niemand anderen lieben können«, sagte er freudlos.

»Ich... weiß nicht.«

»Sie müssen sehr jung gewesen sein.«

»Nun ja, es ist noch nicht sehr lange her, aber seither bin ich wohl um vieles reifer geworden.«

»Ich verstehe. Sie haben sich von diesem Schicksalsschlag noch nicht erholt. Aber Sie mögen uns – Sie mögen mich und Phillida, nicht wahr?«

»Natürlich. Ich habe Sie beide sehr gern.«

»Sie haben so Schlimmes durchmachen müssen. Erst ihr Vater und dann dieser junge Mann... und das so kurz nacheinander.«

»So ist das Leben nun mal. Ein Unglück kommt selten allein.«

»Ich bin froh, daß Sie mir davon erzählt haben. Sie haben ihn sehr geliebt, nicht wahr?«

»Ja.«

»Aber Sie waren sehr jung.«

»Ich weiß, daß ich sehr glücklich war, als er mich bat, seine Frau zu werden. Und jetzt weilt er nicht mehr unter uns. Er ist tot, wie mein Vater.«

»Ich möchte für Sie sorgen. Ich möchte Sie wieder glücklich machen. Ich möchte Ihnen zeigen, daß das Leben wieder schön sein kann.«

Ich saß einfach da, während er mich im Arm hielt und ich auf die Gräber starrte und über das Leben und die Lieben derer nachsann, die da unter den Grabsteinen lagen. Auch sie hatten vermutlich ihre Prüfungen und Unglücksfälle erlebt, hatten Entscheidungen treffen müssen, die ihr Leben grundlegend bestimmten.

Ich wußte, ich wollte hier mit ihm an meiner Seite bleiben. Ich wollte nicht, daß er wegging. Ich wollte mir die Möglichkeit erhalten, die Tragödien der Vergangenheit zu vergessen. Und in seiner und Phillidas Gegenwart konnte ich lachen und für eine Weile Vergessen finden.

Er hatte recht. Ich mußte noch einmal von vorne anfangen. Und selbst Rebecca konnte mir dabei nicht helfen, weil sie von dem Unglück selbst betroffen war.

Dennoch zögerte ich. Bei dem Gedanken an Rebecca wußte ich, daß ich mit ihr darüber reden mußte.

»Roland, ich habe Sie und Phillida so liebgewonnen. Aber ich bin mir nicht sicher. Eine Heirat darf man nicht leichtfertig eingehen.«

»Keineswegs. Sie wollen sagen, daß Sie Zeit brauchen, um darüber nachzudenken. Das ist völlig richtig. Sie sollten dies wirklich bedenken. Das meinten Sie doch, nicht wahr, Lucie?«

»Ja.«

Er hielt mich fest an sich gedrückt. »Dann darf ich also noch hoffen«, sagte er.

»Wenn Sie nach Yorkshire fahren, werde ich wohl meine Schwester Rebecca in Cornwall besuchen.«

»Das scheint mir eine gute Idee zu sein.«

»Sie war mir wie eine Mutter.«

»Sie ist eine wunderbare Frau. Das meinen wir beide, Phillida und ich. Wir haben sie auf der Stelle ins Herz geschlossen, weil wir sehen konnten, wie sehr sie sich um Sie kümmert.«

»Ja«, sagte ich. »Ich werde zu Rebecca fahren.«

»Und darf ich dann bei Ihrer Rückkehr mit Ihrer Antwort rechnen?«

Ich nickte.

Er küßte mich leicht auf die Wange. »Ach, Lucie«, sagte er. »Sie ahnen gar nicht, wie wichtig mir ihr Jawort ist.«

Als wir gemächlich zu unseren Pferden zurückgingen, hakte er sich bei mir unter. Ich fühlte ein starkes Bedürfnis, ihm mein Jawort zu geben; doch irgend etwas hielt mich davon ab. Ich wollte unbedingt erst mit Rebecca sprechen.

Wir kamen gerade rechtzeitig zum Mittagessen zurück. Phillida erwartete uns schon. Gespannt musterte sie uns. Sie hatte gewußt, daß Roland mir einen Heiratsantrag machen würde. Das überraschte mich nicht. Sie standen einander so nahe. Und sie gehörte zu jenen Menschen, die genau Bescheid wissen, was gerade abläuft. Also kannte sie seine Gefühle für mich. An ihrem erwartungsvollen Gesichtsausdruck konnte ich ablesen, daß sie unsere Heirat sehr stark befürwortete. In diesem Augenblick wurde mir klar, wie schön es wäre, wenn wir drei zusammensein könnten. Ich konnte mir ein glückliches Leben mit ihnen vorstellen.

»Wie war euer Ausflug?« fragte sie.

»Interessant«, antwortete Roland.

»Die Kirche ist so alt«, sagte ich. »Es ist erstaunlich, wie diese normannischen Bauwerke dem Zahn der Zeit standhalten. Und wie ist es Ihnen mit dem Soufflé ergangen?«

»Das werden Sie gleich selber beurteilen können.«

Ich spürte ihre Enttäuschung.

Ich fand es herrlich, wieder mit Rebecca zusammenzusein. Auf High Tor hieß man mich herzlich willkommen. Alvina und Jake wollten mich sogleich ins Kinderzimmer entführen, um mir ihre Spielsachen zu zeigen. Und Pedrek sagte, er freue sich, mich zu sehen, und ich käme nicht häufig genug nach Cornwall.

Rebecca, die mich so gut kannte, bemerkte sofort, daß mir etwas im Kopf herumging. Am ersten Abend kam sie, nachdem ich mich zurückgezogen hatte, sogleich auf den üblichen Plausch in mein Zimmer.

»Was ist los?«, fragte sie. »Weshalb bist du hergekommen?«

»Ich wollte unbedingt etwas mit dir besprechen.«

»Ja?«

»Roland Fitzgerald hat mich gebeten, seine Frau zu werden.«

Ich konnte sehen, daß sie sich freute. »So ein netter Mann. Er war mir sympathisch... und seine Schwester auch. Wie sie dich von Frankreich heimbegleiteten, zeigt doch, wie nett und gütig sie sind.«

»Ja, ich weiß.«

»Ja, und, wird es nun eine Hochzeit geben?«

»Ich weiß es nicht, Rebecca. Ich kann mich überhaupt nicht entscheiden.«

»Denkst du noch immer an Joel?«

»Natürlich.«

Sie legte mir die Hände auf die Schultern und sah mich an. »Du kannst nicht immer und ewig um ihn trauern, Lucie.«

»Ja. Roland sagt das auch.«

»Er weiß... von Joel?«

»Ich habe es ihm erzählt.«

»Lucie, je eher du dich von der Vergangenheit losreißt, um so leichter ist es für dich.«

»Das hat auch Roland angedeutet.«

»Er hat recht. Er ist ein guter Mensch, und er liebt dich.«

»Ja, vermutlich. Aber es gehört noch mehr dazu.«

»Du meinst, du machst dir nichts aus ihm?«

»Doch, schon... auf gewisse Weise. Sie waren so gut zu mir... er und seine Schwester...«

»Ach ja, seine Schwester. Ich nehme an, sie fühlt sich ein bißchen ausgeschlossen.«

»O nein, nein. Sie kannte bestimmt seine Pläne. Weißt du, wir sind ausgeritten, nur wir beide... aber ich spürte, daß er es vorher mit ihr besprochen hatte. Was nur verständlich ist. Sie hatte sich eine Ausrede ausgedacht, um daheim zu bleiben. Sie wartete auf unsere Rückkehr, und als wir nichts von einer Verlobung verkündeten, war sie wohl ein wenig enttäuscht.«

»Ach! Du meinst also wirklich, sie möchte, daß du ihn heiratest?«

»Ja. Weißt du, wir drei kommen blendend miteinander aus. Wir sind einfach ein eingefleischtes Dreigespann, zu dem sie unbedingt dazugehört. Roland ist ein ziemlicher stiller Mensch. Sie führt meistens das Wort, sie ist sehr heiter.«

»Und du magst sie.«

»Man muß sie einfach sympathisch finden. Sie ist so bezaubernd und freundlich, wirklich ein wunderbarer Mensch.«

»Mir scheint, du möchtest gern zu diesem Trio gehören«, meinte Rebecca.

»Ich denke schon. Aber... ich bin mir nicht sicher. Vor noch gar nicht langer Zeit wollte ich Joel heiraten.«

»Du mußt aufhören, immer an Joel zu denken. Könntet ihr euch nicht probeweise verloben?«

»Ich glaube, Roland erwartet eine endgültige Antwort.«

»Natürlich. Aber er wird Verständnis dafür aufbringen, daß du dazu noch nicht bereit bist.«

»Das würde er wohl verstehen. Es ist ja nur, daß ich noch so hin und her schwanke.«

»Mir erscheint es eine ausgezeichnete Idee, wenn du ganz von vorne anfangen würdest und die Vergangenheit hinter dir lassen könntest. Wenn du immer weitergrübelst, kommst du nie darüber hinweg. Dich umgibt so vieles, was dich daran erinnert. Ich halte es nicht für günstig, wenn du in diesem Haus in London lebst. Celeste sollte es lieber verkaufen und wegziehen. Schließlich ist es dort passiert. Und dann Manor Grange… du warst dort so oft mit deinem Vater.«

»Ich könnte Manor Grange niemals verkaufen, Rebecca. Was sollte dann aus den Emerys werden?«

»Ja, ich weiß. Es würde ihnen das Herz brechen. Sie haben die Einladungen, die dort gegeben wurden, so geliebt! Sie haben viel mit uns erlebt.«

»Mrs. Emery verehrt dich sehr.«

»Wir sind immer gut miteinander ausgekommen und haben uns oft in ihrem Wohnzimmer ein wenig unterhalten… bei ihrem guten Darjeeling.«

»Sie mag mich wohl auch, aber im Grunde gibt es nur eine für sie – und das bist du, Rebecca. Du siehst also, ich brächte es nicht übers Herz, sie da herauszureißen.«

»Nun ja, warum gehst du also nicht und bleibst dort, während du zu einer Entscheidung kommst?«

»Und du bist also der Meinung, ich sollte Roland heiraten?«

»Nun ja, wir wissen nicht viel über ihn, aber er ist bestimmt sehr charmant und verfügt gewiß über die Eigenschaften, die ich dir für deinen Gemahl wünsche. Mir gefällt seine innige Beziehung zu seiner Schwester. Sie vergöttert ihn zweifelsohne. Und das zeigt doch etwas von seinem Charakter, nicht wahr? Eine derart tiefe Zuneigung muß man sich erst einmal verdienen, und ihrem Fall beruht sie auf Gegenseitigkeit. Ja, ich glaube wirklich, daß es wahrscheinlich am besten für dich wäre, ihn zu heiraten.«

»Aber noch nicht so bald. Das denke ich jedenfalls.«

»Aber du mußt das doch vergessen; je eher, desto besser. Ich bin so froh, daß du zu mir gekommen bist.«

»Ich mußte unbedingt mit dir darüber sprechen, Rebecca.«

»Ja, und jetzt legen wir uns schlafen. Wir haben noch genug Zeit, um darüber zu reden.«

Sie gab mir einen Gutenachtkuß. Zu meiner eigenen Überraschung schlief ich die ganze Nacht, ohne einmal aufzuwachen.

Die Tage flogen nur so dahin. Ich verbrachte ziemlich viel Zeit mit den Kindern.

Rebecca und ich ritten gemeinsam aus und besuchten einige Leute auf den umliegenden Höfen. Man hieß uns immer freundlich willkommen und bot uns für gewöhnlich etwas an – meist selbstgekelterten Apfelwein und selbstgebackenen Kuchen, die abzulehnen ziemlich unhöflich gewesen wäre.

Rebecca liebte das Landleben; aber sie hatte natürlich Pedrek und die Kinder.

Sie hatte mir gestanden, daß sie mit Pedrek über mein Anliegen gesprochen hatte. Er glaubte, daß Roland – und seine Schwester – genau das Richtige für mich sei. Und je mehr ich an Pedreks und Rebeccas harmonischem Familienleben teilhaben konnte, um so mehr glaubte ich, daß eine Ehe mit Roland das Beste für mich sei.

Ich mochte Roland. Ich liebte ihn vermutlich. Ich erkannte, wie verzweifelt ich wäre, wenn ich ihn nie mehr wiedersehen würde. Mir wurde klar, wie sehr ich seine und Phillidas Gesellschaft schätzte. Phillida konnte mich immer zum Lachen bringen. Und es ließ sich nicht leugnen, daß ich in ihrer beider Gegenwart die Vergangenheit leichter als irgendwann sonst vergessen konnte.

In Joel hatte ich mich ganz romantisch verliebt, aber damals war ich jung und unerfahren gewesen. Obwohl ich jetzt nicht so viel älter an Jahren war, waren mir doch außerordentlich schlimme Schicksalsschläge widerfahren; und dies hatte mich natürlich reifer gemacht.

Rebecca und ich sprachen oft über die Zukunft. Immer

und immer wieder redeten wir über dasselbe Thema, aber es schien Rebecca nichts auszumachen. Sie wünschte sehnlichst, daß ich zur besten Lösung gelangte. Und ich erkannte, daß sie zu dem Schluß gekommen war, daß dies die Heirat mit Roland sei.

Ich wußte, daß sie sich die Zukunft ausmalte und mich in einem behaglichen Heim mit Roland und Phillida vor Augen hatte... und mit Kindern. Rebecca glaubte fest an die heilende Wirkung, die Kinder auf einen ausüben können.

So vergingen die Tage, und ich glaubte allmählich, daß sie recht hatte. Als ich Cornwall verließ, hatte ich mich entschieden.

Ich würde Roland heiraten.

Ich fuhr nach Manor Grange zurück. Nach ein paar Tagen kamen auch Roland und Phillida wieder hierher. Sie hatten nervenaufreibende Tage in Yorkshire verlebt, erzählten sie mir; und sie freuten sich, wieder im Süden zu sein.

Als ich Roland sagte, daß ich ihn heiraten wolle, strahlte er derart, daß es mir gleich besserging. Er umarmte mich fest und küßte mich zärtlich.

»Ich möchte es gleich Phillida erzählen, Lucie«, sagte er. Wir gingen zu ihrem Zimmer. Er klopfte, und wir standen Hand in Hand auf der Türschwelle. Ich sah, wie ihre Augen vor Freude aufleuchteten.

»Es ist wahr!« rief sie. »Es ist wirklich wahr!«

Sie stürzte zu mir und umarmte mich.

»Ich bin so aufgeregt!« rief sie. »Ich hatte so schauderhafte Angst. Ach, Roland, ist das nicht herrlich? Jetzt sind wir also zu dritt.« Sie hielt inne und ließ mich mit ernster Miene los. »Das wird doch so bleiben, oder? Aber... vielleicht wollt ihr mich gar nicht dabeihaben. Zwei sind Gesellschaft, drei ein ganzer Haufen.«

»Was für ein Unsinn!« sagte ich empört. »Wir drei sind doch etwas ganz Besonderes.«

»Allerdings!« Sie küßte mich noch einmal. Ihr Jubel entzückte mich.

»Phillida war ein wenig besorgt«, erklärte Roland.

»Besorgt!« sagte sie. »Ich lebte in Angst und Schrecken. Ich befürchtete, du würdest dir die Chance deines Lebens entgehen lassen und den wunderbarsten Mann der Welt verschmähen.«

»Aber Phillida!« protestierte Roland lachend.

»Doch, doch, das stimmt. Und wer könnte das besser als ich beurteilen? Ach, Lucie, ich bin ja so glücklich. Entschuldige bitte, daß ich mich ein wenig albern benehme. Das kommt daher, weil ich so glücklich bin. Aber ich weiß, daß nichts Schöneres hätte passieren können. Wir haben dich in Yorkshire so sehr vermißt. Ich habe zu Roland gesagt: ›Ohne Lucie ist es nicht dasselbe. Ohne sie fehlt etwas.‹ Und ich hatte natürlich recht. Lucie fehlte. Bist du sicher, daß du mich dabeihaben willst? Ich werde es euch nicht verderben, nicht wahr? Ach, ich hoffe ja so...«

Ich lachte mit Roland über sie. »Aber natürlich möchten wir mit dir leben«, beteuerte ich. »Es wäre nicht dasselbe ohne Phillida.«

Nun war die Neuigkeit also verkündet. Mrs. Emery hielt es für ›sehr passend‹. »Hoffentlich werden Sie auf Manor Grange leben, Miss Lucie«, sagte sie.

»Ich weiß nicht. Wir haben noch nichts festgelegt bisher... aber ich kann Ihnen versichern, daß sich auf Manor Grange nichts ändern wird.«

Celeste zeigte sich entzückt. Ich hatte ihr die Neuigkeit geschrieben, woraufhin sie nach Manor Grange eilte.

»Ich freue mich so für dich, Lucie«, meinte sie. »Etwas Besseres konnte gar nicht passieren. Du mußt die Vergangenheit endlich loslassen.«

»Das sagt mir Rebecca auch immer.«

»Du fängst ein neues Leben an. Du wirst glücklich sein, das weiß ich. Roland ist ein herzensguter Mensch.«

Bei diesen Worten wirkte sie wehmütig. Ob sie sich wohl, wenn sie an meinen Vater dachte, an die Jahre der Enttäuschungen und Einsamkeit, die sie hatte aushalten müssen, erinnerte? Arme Celeste, ich wünschte, auch ihr könnte das Glück begegnen.

Wir wollten in aller Stille heiraten und wünschten keinesfalls eine Neuauflage jenes Aufsehens, das Belindas Hochzeit erregt hatte.

»Das alles ist schließlich noch nicht lange her«, sagte Celeste. »Bei Belinda war es etwas anderes. Sie stand deinem Vater nicht so nahe. Aber mir ist klar geworden, daß das ganze Tamtam ein Fehler war und auch ihre Hochzeit in kleinerem Rahmen hätte abgehalten werden sollen.«

Roland meinte, daß die Hochzeitsfeier ihm völlig gleichgültig sei, solange wir überhaupt heirateten.

Als Belinda von meiner bevorstehenden Eheschließung erfuhr, machten sie und Bobby eine Stippvisite auf Manor Grange.

Ihre Ehe schien sehr glücklich. Belinda sah jetzt noch hübscher aus. Sie hatte sich einige hochmodische und schöne Kleider zugelegt und war so quirlig wie eh und je. Bobby stand völlig unter ihrer Fuchtel.

»Das Eheleben bekommt dir«, bemerkte ich.

»Dazu habe ich mich auch fest entschlossen.«

»Bobby ist ein so reizender Mensch.«

»Er ist ein ausgesprochener Schatz; und das Verheiratetsein macht mir großen Spaß. Er hat das gigantischste Haus in der ganzen Gegend... Ihr müßt uns besuchen kommen, du und Roland. Unter uns gesagt, ich finde das Landleben ja ein bißchen langweilig. Aber ich überrede Bobby gerade, ein Haus in London zu kaufen, und wir werden dort die meiste Zeit leben.«

»Und Bobby stimmt dem zu?«

»Bobby stimmt immer zu.«

»Aha, mir leuchtet ein, warum die Ehe so gut läuft.«

»Nun sei nicht so despektierlich. So heißt das doch, du alte Spielverderberin? Ich hätte nie gedacht, daß du mal heiraten würdest. Und jetzt zauberst du diesen netten Roland hervor. Celeste findet, daß er sehr charmant ist und gut zu dir paßt. Er stammt aus Yorkshire, nicht? Heißt das, ihr werdet in Yorkshire leben? Hoffentlich nicht. Das liegt ja am Ende der Welt.«

»Roland lebt meistens in London; dort haben er und seine Schwester eine kleine Absteige. Er muß nicht besonders oft nach Yorkshire. Ich nehme also an, daß wir die meiste Zeit hier in der Gegend sein werden.«

»Ein Haus in London, nehme ich an, und Manor Grange als Landsitz. Es gehört dir ja ohnehin. Der gute Roland hat ganz schön Glück, heiratet eine reiche Erbin!«

Diese Bemerkung verstimmte mich ein wenig. Ich war überzeugt, daß Roland mich nicht für eine reiche Erbin gehalten hatte. Er wußte wenig über meine finanzielle Angelegenheiten und hatte sich auch nie danach erkundigt. Dennoch hatte Belinda einen unangenehmen Gedanken in mir wachgerufen. Typisch Belinda, immer mußte sie einem einen Nadelstich versetzen!

»Plant ihr denn eine große Hochzeit?« fragte sie.

»Nein, nur im engsten Kreis.«

Belinda verzog das Gesicht.

»Na, bei dem Haufen Geld, das du hast, würde man denken, du feierst ein richtig großes Fest.«

»Wir haben nicht alle einen solchen Hang zum Bombastischen wie du«, erinnerte ich sie.

Sie lachte. »Ich empfehle dir Venedig für die Flitterwochen. Unsere Hochzeitsreise war herrlich. Aber du bevorzugst wahrscheinlich Florenz. Wegen Dante und Beatrice und so weiter. Das war doch in Florenz, oder etwa nicht?«

»Wir haben uns noch nicht entschieden.«

»Na, dann macht doch mal. Das ganze Planen macht doch solchen Spaß. Ich frage mich, was ich bei der Hochzeit anziehen soll.«

»Da bist du ja eine Zeitlang beschäftigt.«

Sie lachte und knuffte mich freundschaftlich. »Im Ernst, Lucie. Ich hätte nie gedacht, daß du es schaffst. Du hast dich nie dahintergeklemmt, Männer zu becircen. Und sie wollen nämlich gejagt werden.«

»Ich dachte immer, das sei Aufgabe der Männer.«

»Das beweist, wie wenig du vom Lauf der Welt weißt.«

Wie immer erheiterten mich die Wortgeplänkel mit ihr, und ich war froh, daß sie zu unserer Hochzeit kommen würde. Unglücklicherweise hatte Jean Pascal sie begleitet.

Celeste erzählte mir, daß er sie alles mögliche über Roland gefragt habe.

»Das geht ihn gar nichts an«, protestierte ich.

»Er sagt, daß er sich in gewisser Weise für dich verantwortlich fühlt, wie ja auch für Belinda.«

»Na schön, aber das ist nicht nötig.«

Ich hoffte, er würde sich mir nicht nähern, doch vergebens. Er erwischte mich, als ich gerade allein war.

»Also«, setzte er an, »heiraten Sie bald.«

»Ja.«

»Ich bin auf meinen erfolgreichen Rivalen ziemlich eifersüchtig.«

»Es gab niemals Anlaß zur Gegnerschaft.«

»Das haben Sie mir deutlich gezeigt. Ich sollte eigentlich eingeschnappt sein. Aber ich habe Sie aufrichtig gern, Lucie, und ich möchte mich vergewissern, daß alles in Ordnung ist.«

»Dann kann ich Ihnen versichern, daß dem so ist.«

»Dieser Mann, Ihr Verlobter, scheint völlig aus dem Nebel aufgetaucht zu sein, nicht wahr? Er war auf der Kanalfähre, er reiste durch Frankreich. Ist das alles, was Sie über ihn wissen?«

»Ich weiß, was ich wissen will«, erwiderte ich. »Sie müssen sich wirklich nicht den Kopf zerbrechen.«

»Aber das tue ich trotzdem. Schließlich sind Sie Celestes Stieftochter, und dadurch sind wir in gewisser Weise miteinander verwandt, nicht wahr? Wer außer mir kümmert sich denn um Sie? Rebeccas Gatte? Er ist weit weg, in Cornwall.«

»Warum glauben Sie denn, daß ich einen männlichen Beschützer brauche?«

»Die meisten Frauen haben einen. Wenn Ihr Vater noch lebte...«

»Aber er ist tot, und ich versichere Ihnen, ich brauche Ihren Beistand nicht.«

Er neigte den Kopf und hob dann die Schultern.

»Tatsächlich«, fuhr ich fort, »würde ich es vorziehen, wenn Sie nicht versuchten, mich zu – wie Sie es ausdrücken – beschützen.«

»Ich muß Ihre Entscheidung natürlich akzeptieren«, sagte er. »Aber Sie dürfen nicht außer acht lassen, daß Sie nicht gerade bettelarm sind. Dies könnte manche Leute in Versuchung führen.«

Ich schaute ihn abweisend an und gab scharf zurück: »Ich bin überzeugt, daß es sehr wohl solche Leute gibt...«

Er bedachte mich mit einem sarkastischen Lächeln; er hatte meine Botschaft verstanden. Er wirkte nicht im geringsten verletzt. Mein Verdacht, daß mein erst kürzlich geerbtes Vermögen der Hauptgrund für seinen Heiratsantrag gewesen war, war also nicht aus der Luft gegriffen.

Ich fühlte mich abgestoßen. Ich verglich ihn mit Roland, der so gänzlich anders war und der, dessen war ich mir sicher, die Höhe meines Vermögens überhaupt nicht erahnte. Ich fühlte mich in diesem Moment sehr glücklich und geborgen.

Jeden Tag malte ich mir in immer leuchtenderen Farben aus, was für ein schönes Leben ich als Rolands Frau führen würde.

Zu Belindas Leidwesen heirateten wir in aller Stille. Wir hatten beschlossen, daß wir auf Manorleigh feiern wollten. Dadurch würde die Presse nicht so schnell Wind davon bekommen. Ich konnte mir auch nicht vorstellen, aus dem

Londoner Stadthaus als Braut jene Stelle zu überschreiten, an der mein Vater ermordet worden war. Nicht an meinem Hochzeitstag! Celeste hatte Manor Grange vorgeschlagen. Eine Woche vor der Hochzeit kam sie dorthin, um alles vorzubereiten.

Auch Rebecca war mit Pedrek und den Kindern angereist. Schließlich, so meinte sie, sei dies ein besonderes Ereignis. Wir hatten beschlossen, daß Alvina Brautjungfer und Jake Page sein sollte. Pedrek würde mich zum Altar geleiten, und Jean Pascal hatte sich als Rolands Trauzeuge angeboten.

»Roland kennt hier niemanden«, erklärte Celeste. »Und Jean Pascal hat sich, halb im Spaß, angeboten; sein Angebot wurde freudig angenommen.«

Es schien mir eine Ironie des Schicksals, daß ein Mann, der erst vor kurzem um meine Hand gebeten hatte, diesen Part übernehmen sollte. Aber vermutlich entsprach eine solche Situation Jean Pascals Art von Humor.

Auch Belinda und Robert hielten sich auf Manorleigh auf. Ansonsten hatten wir sehr wenige andere Gäste eingeladen.

»Es ist nur für die allernächsten Angehörigen«, sagte Celeste.

Mrs. Emery hatte für uns das Zimmer hergerichtet, das sie hartnäckig das Hochzeitsgemach nannte. Sie befand sich im Stockwerk über meinem alten Zimmer und war einer der größten Räume im ganzen Haus, mit einem zusätzlichen Ankleidezimmer. Durch die großen Fenster schaute man auf die Eiche und die Spukbank. In der Tat hatte man von hier die gleiche Aussicht wie von meinem Zimmer eine Etage tiefer.

Man hatte frische Vorhänge angebracht und den Teppich geklopft. Ein großes Doppelbett stand darin, in dem schon Sir Ronald Flamstead und seine junge Gemahlin geschlafen hatten – jene Lady Flamstead, die der Sage nach aus dem Totenreich wiedergekehrt war, um bei ihrem Kind zu sein, dessen Geburt sie das Leben gekostet hatte.

Nach der Trauung wollten wir eine Nacht hier verbringen,

ehe wir am nächsten Tag unsere Hochzeitsreise antraten, die uns – so hatten wir es nach langen Diskussionen beschlossen – nach Amalfi führen sollte.

Wir wollten am Tag nach der Hochzeit in aller Frühe aufbrechen. Phillida würde mit Celeste auf Manor Grange bleiben. Trotz ihrer unterschiedlichen Charaktere hatten die stille Celeste und die so überschwengliche Phillida Freundschaft geschlossen. Das überraschte mich zwar ein wenig, freute mich aber nichtsdestotrotz.

Ich erwähnte es Roland gegenüber. »Ach, Phillida hat es sich in den Kopf gesetzt, auf gutem Fuß mit jedermann zu stehen«, sagte er. »Sie freut sich so über uns... und sie hat sich entschlossen, alle in deinem Umfeld gern zu haben.«

»Was für ein wundervoller Mensch sie doch ist! Das Leben muß leicht für sie sein.«

Er schaute mich zärtlich an und meinte: »Seit dem Tod unserer Eltern hat sie kein Unglück mehr erlebt. Es ist mein aufrichtiger Wunsch, daß dies für immer so bleiben möge. Und ebendies wünsche ich auch dir, Lucie, ich werde alles in meiner Kraft Stehende tun, damit dem so ist.«

In diesem Augenblick dachte ich: Ja, ich hatte recht. Ich hatte mich auf den richtigen Weg begeben.

Die Hochzeit war vorbei. Ich war nun Mrs. Roland Fitzgerald und trug als Beweis einen goldenen Ehering.

Ich hatte den ersten Schritt weg von meinem Leid gewagt. Natürlich würde ich hin und wieder noch daran denken. Solch folgenschwere Geschehnisse kann man nicht so leicht vergessen... aber ich gewann tatsächlich Abstand dazu. Ich war dabei, ein neues Leben zu beginnen.

Ich fürchtete mich ein wenig vor der unvermeidbaren Intimität meiner Beziehung zu Roland. Ich kam mir so unwissend vor. Ich dachte an Jean Pascal. Man stelle sich vor, ich hätte ihn geheiratet! Ein solcher Mann hätte mich zu Tode erschreckt. Aber selbstverständlich hätte ich Jean Pascal niemals geheiratet. Mein Gemahl war Roland... mein lieber, gütiger Roland, dessen einziges Anliegen es war, mir Glück und Geborgenheit zu schenken.

Ich hätte mir keine Sorgen zu machen brauchen. Roland erwies sich als zärtlich und verständnisvoll, wie ich es geahnt hatte. Er bemerkte mein Unbehagen und nahm Rücksicht auf meine Unschuld.

Als ich das große Doppelbett anschaute, wünschte ich mir, wir hätten ein anderes Zimmer bekommen. Ich mußte dauernd an die schöne junge Lady Flamstead denken und wollte in meiner Hochzeitsnacht nicht über Gespenster sinnieren.

Ich ging ans Fenster und schaute auf die Eiche und die Bank darunter. Roland stellte sich neben mich.

»Du mußt keine Angst haben«, sagte er. »Ich will dich um alles in der Welt nur glücklich machen. Was hat es denn mit dieser Stelle auf sich, die offenbar so eine schauerliche Anziehung ausübt?«

Ich erzählte ihm von dem Gespenst, das hier gesessen hatte. Und noch während ich redete, fiel mir meine Mutter ein, die, Rebeccas Worten zufolge, zu ihr gekommen war, obwohl sie sie nicht gesehen hatte. Aber sie hatte darauf beharrt, daß Rebecca mich in dieses Haus holte.

Kehrten die Menschen aus dem Totenreich in die reale Welt zurück? Und wenn ja, was war dann mit dem Mann, zu dessen Verurteilung ich beigetragen hatte?

Ich verbannte diesen Gedanken, oder versuchte es zumindest. Dieses Thema paßte nicht gerade zu einer Hochzeitsnacht.

Ich drehte mich zu Roland; und er nahm mich in die Arme.

»Liebste Lucie«, sagte er, »du brauchst dich nicht zu fürchten. Ich tue alles, was du willst. Von jetzt an werde ich dich beschützen.«

Er führte mich zum Bett. Eine Weile lag ich ruhig in seinen Armen, und später liebte er mich sanft und zärtlich. Und ich spürte keine Angst mehr.

Ich denke oft an die zwei Wochen in Amalfi. Trotz allem verlebten wir herrliche Flitterwochen.

Wir hatten eine ausgezeichnete Wahl getroffen. Es kann kaum einen schöneren Flecken auf der Welt geben. Es war warm, aber nicht zu heiß, und wir wohnten in einem reizenden Hotel in der Nähe der Kathedrale. Vom Balkon unseres Zimmers aus schauten wir auf das tiefblaue Meer.

Alle schienen freundlich und froh, uns zu sehen. Wir gingen viel spazieren und ergötzten uns an dem großartigen Anblick der hohen Klippen und weißen Häuschen am Abhang. Wir saßen stundenlang einfach da und plauderten... und waren glücklich. Seit Vaters Tod hatte ich solch inneren Frieden nicht mehr erlebt.

Ich spürte, daß ich Roland nicht dankbar genug für all das, was er für mich getan hatte, sein konnte. Als ich ihm davon erzählte, war er sehr bewegt. Er nahm meine Hand und küßte sie.

»Ich habe vorher nie solches Glück gekannt«, sagte er. »Ich danke dir, Lucie.«

»Ich spüre jetzt«, entgegnete ich, »daß sich für mich jetzt alles ändern wird. Ich werde glücklich sein. Ich habe tatsächlich geglaubt, daß dies nie mehr möglich sein könne. Roland, es war entsetzlich. Mein Vater bedeutete mir so viel... und ihn dann auf diese Weise zu verlieren. Wenn er krank gewesen wäre, wenn er sich darauf hätte vorbereiten können... ich weiß nicht. Aber so zu sterben. Und dann der Prozeß...«

Er legte seine Hand auf die meine. »Denk nicht mehr daran. Es ist vorbei, Lucie.«

»Ja. Aber ich schaffe es einfach nicht. Weißt du, meine Aussage gab den Ausschlag. Dieser Mann...«

»Er starb«, sagte Roland mit leiser Stimme.

»Er hatte meinen Vater getötet. Was konnte er anderes erwarten?«

Roland antwortete nicht. Mit einem seltsamen Gesichtsausdruck starrte er auf das blaue Meer. Dann drehte er sich lächelnd wieder zu mir her. Er küßte mich, erst behutsam, dann leidenschaftlich.

»Roland«, japste ich überrascht.

»Liebe Lucie«, entgegnete er. »Mach dir bitte keine Sorgen.« Dann fügte er langsam hinzu: »Was sein muß, muß sein.« Und ein Klang, den ich nicht zu deuten vermochte, schwang dabei in seiner Stimme mit.

Lange saßen wir noch da und schauten auf das Meer.

Ich liebte unsere Stadterkundungen. Es gab so viele Sehenswürdigkeiten. Sowohl Roland als auch mich zog die Vergangenheit ganz in ihren Bann, und wir liebten es, auf Entdeckungsspaziergänge zu gehen. Vorher hatten wir von Amalfi lediglich den Namen gekannt. Jetzt erfuhren wir, daß das Städtchen im 6. Jahrhundert unter byzantischer Herrschaft ziemliche Bedeutung erlangt hatte und daß es später eine der ersten Seerepubliken Italiens geworden war.

Ich besuchte gern die Kathedrale St. Andrea mit ihren schönen Bronzeportalen aus dem, wie man uns sagte, 11. Jahrhundert. Dann gab es den Glockenturm und das Kloster in der Nähe der Kirche. Es gab so viel zu besichtigen. Ach, wie gerne ich durch die Gassen bummelte und im Schatten der blauweißen Sonnenschirme Wein oder Kaffee trank.

Wir unterhielten uns über die meisten Plätze, die wir uns schon angeschaut hatten, und schmiedeten Pläne, was wir uns noch alles ansehen wollten.

Als sich unsere Flitterwochen allmählich dem Ende zuneigten, schlug Roland einen Abstecher nach Neapel vor. Dort verbrachten wir ein paar Tage und schauten jeden Morgen über die Bucht auf den bedrohlichen Gipfel des Vesuv. Wir unternahmen einen aufregenden Tagesausflug nach Pompeji. Es war spannend und ernüchternd zugleich, sich seinen Weg durch jene freigelegten Ruinen zu bahnen, die einst eine große Stadt gewesen waren, bis die Lavaströme des gewaltigen Vulkans sie dem Erdboden gleichgemacht hatten. Mir wurde wieder bewußt, wie launisch das Schicksal doch war und wie schnell an einem einzigen Tag Tod und Verderben das Leben von Grund auf ändern konnten.

Roland erriet meine Gedanken. »Pompeji hat dich wohl bei allem Interesse ein wenig niedergeschlagen«, sagte er.

»Wie könnte man denn auf solche Zerstörung schauen, ohne traurig zu werden?« fragte ich. »Wie kann man denn über diese Pflastersteine gehen, die einst Straßen waren, und nicht an jenen schrecklichen Tag denken, an dem die Katastrophe hereinbrach?«

Natürlich war ihm klar, daß ich an ein anderes Unglück, das ebenfalls unerwartet, vielleicht sogar noch überraschender hereingebrochen war, dachte.

Als wir an jenem Abend nach Neapel zurückkehrten, waren wir ein wenig melancholisch gestimmt. Und während unseres restlichen Aufenthalts in dieser Stadt konnte ich die Vergangenheit nicht vergessen. Denn wohin ich auch schaute, fühlte ich doch die ganze Szenerie von dem hochaufragenden, bedrohlichen Vulkan überschattet.

Endlich fuhren wir wieder nach Amalfi zurück – in das schöne, friedvolle Amalfi. Und dort verbrachten wir die letzten paar Tage unserer Flitterwochen.

Ich war ein anderer Mensch geworden, nicht mehr das unwissende junge Mädchen, sondern eine erwachsene Frau. Ich sah die Dinge in einem anderen Licht. Roland und ich liebten einander; und Liebe – so sagt man wohl zu Recht – ist das Wunderbarste auf der Welt. Ich fühlte mich auf einmal nicht mehr allein. Mein Ehemann stand mir jetzt näher als je ein anderer Mensch – sogar näher als mein Vater, Joel und Rebecca. Uns verband noch größere Vertrautheit; und ich fühlte mich geborgener, als ich es seit dem Tod meines Vaters für möglich gehalten hatte. Das alles verdankte ich Roland, und mehr brauchte ich nicht.

Ich versuchte, ihm dies zu erklären, was ihn sehr anrührte.

Alles schien jetzt verwandelt. Ich freute mich auf unser Heim. Wir mußten jetzt Pläne schmieden und entscheiden, wo wir von jetzt an leben wollten. Ich wollte Manor Grange behalten, und warum auch nicht? Wir konnten kaum ein schöneres Haus finden.

Ich hatte seine sogenannte Absteige in London gesehen. Es war ein schmales Haus mit zwei Zimmern auf jedem Stockwerk, mit den zwei Räumen im Keller insgesamt acht.

»Für Phillida und mich reichte es ja«, erklärte er, »und wir sahen keine Veranlassung, uns nach etwas anderem umzusehen.«

Vor kurzem hatte er ihr Landhaus in Yorkshire veräußert, erzählte er mir. »Etwa vor einem Jahr. Das schien uns damals ratsam. Wir konnten nicht oft hinfahren. Und seit dem Tod unserer Eltern fühlten wir uns dort nicht mehr heimisch. Wir hätten es schon vor längerer Zeit verkaufen sollen. Bei meinen Aufenthalten in Yorkshire übernachte ich immer in einem Hotel in Bradford.«

Also war die Absteige sein einziges Zuhause.

»Phillida und ich haben uns nie viel aus Besitz gemacht«, meinte er.

»Dann machen wir doch Manor Grange zu unserem Wohnsitz, und wenn du geschäftlich in London zu tun hast, gibt es immer noch eure Absteige.«

»Ja. Vielleicht sollten wir es für eine Weile so belassen. Warten wir ab, wie es läuft. Hauptsache, wir sind zusammen.«

Auf Manor Grange wurden wir aufs wärmste empfangen.

Phillida stand schon in der Halle, die Augen vor Aufregung weit aufgerissen. Sie fiel uns beiden um den Hals.

»Wie schön, daß ihr wieder da seid«, rief sie. »Ich habe euch so vermißt und die Tage bis zu eurer Rückkehr gezählt. Meine Güte, schaut ihr gut aus... alle beide. Euch hat richtig die Sonne erwischt. Mit der Sonne im Ausland heißt es aufpassen.«

»Na, weißt du, die Sonne bleibt doch dieselbe«, amüsierte sich Roland.

»Ja, aber sie scheint in einem anderen Winkel oder so. Jedenfalls muß ich sagen, ihr schaut gut aus.« Einen Augenblick lang wirkte sie ein wenig besorgt. »Und ihr hattet doch auch eine wunderbare Reise?«

Mir war fast, als dränge sie uns, ihr dies zu versichern, so daß sie bestimmt wußte, daß alles gutgegangen war. Wie lieb von ihr, sich derart um uns zu sorgen.

»Unsere Flitterwochen waren in der Tat herrlich. Wir haben auch einen Abstecher nach Neapel gemacht«, erzählte ich ihr.

»Heißt es nicht ›Neapel sehen und sterben‹?«

»Das bedeutet, es ist derart schön, daß man es vor seinem Tod unbedingt einmal gesehen haben muß.«

»Eine komische Art, das auszudrücken, nicht wahr, Lucie? ›Neapel sehen und sterben.‹« Sie lachte wie über einen guten Witz.

Roland unterbrach sie fast brüsk: »Wir haben uns gut amüsiert und sehr kurzweilige Flitterwochen verlebt.«

»Und jetzt seid ihr wieder zurück, und ich freue mich darüber. Ich habe euch schon eine Wärmflasche ins Bett gelegt.«

»War das nötig?« fragte ich.

»Ich dachte, es ist vielleicht ein wenig naßkalt. Und ich habe Anweisungen gegeben, ein Feuer im Kamin zu machen. Abends wird es ziemlich frisch.«

»Und wie bist *du* zurechtgekommen?« erkundigte ich mich.

»Ausgezeichnet. Mir gefällt es ungemein in diesem wundervollen alten Gemäuer.«

Wir gingen in unser Zimmer; es sah gemütlich und einladend aus. Ich widerstand der Versuchung, zum Fenster zu gehen. Roland würde den Grund erraten, also nahm ich davon Abstand.

Er ließ mich allein, damit ich in Ruhe auspacken konnte. Plötzlich klopfte es, und Mrs. Emery kam herein.

»Ich hoffe, Sie haben alles zu Ihrer Zufriedenheit vorgefunden, Miss Lucie. O je, ich darf Sie wohl gar nicht mehr so nennen. Sie heißen jetzt ja Mrs. Fitzgerald.«

»Nennen Sie mich ruhig weiter so, Mrs. Emery. Ich glaube, es dauert noch eine Weile, bis man sich an meinen neuen Namen gewöhnt. Übrigens ist alles hier in bester Ordnung.«

»Oh.« Sie nickte, aber an ihren geschürzten Lippen und dem schiefgelegenen Kopf konnte ich ablesen, daß irgend etwas nicht stimmte. Ich wollte sie schon danach fragen, aber verschob es doch lieber auf später. Denn in einer halben Stunde sollte das Abendessen serviert werden.

»Morgen setzen wir uns auf ein Schwätzchen zusammen, Mrs. Emery«, versprach ich.

»Ja«, erwiderte sie. »Vielen Dank, Miss Lucie. Ich weiß das zu schätzen.«

»Es ist schön, wieder daheim zu sein.«

»Hoffentlich hatten sie eine schöne Hochzeitsreise.«

»Es war einfach herrlich.«

»Emery freut sich gewiß, das zu hören... und ich mich auch.«

»Also dann bis morgen, Mrs. Emery.«

Sie schaute wieder einigermaßen zufrieden drein, aber ich fühlte mich ein wenig beunruhigt. Was konnte denn bloß schiefgelaufen sein? Dennoch muß ich der Angelegenheit keine große Bedeutung bei. Schließlich wußte ich, daß sie, trotz ihrer unbestreitbaren Verdienste als Wirtschafterin, leicht eingeschnappt war, wenn sie sich in ihrer Autorität nicht genügend respektiert sah.

Bei Tisch redete Phillida ausgiebig – sie war kaum mehr zu bremsen.

»Meine Zunge galoppiert mir geradezu davon«, sagte sie. »Ich höre Roland schon sagen ›Völlig normal bei dir‹, aber ich freue mich ja so, daß ihr wieder da seid. Die ganze Zeit habe ich mir den Kopf zerbrochen, wie ich es euch gemütlich machen könnte. Nein, nein, damit will ich nicht sagen, daß es hier nicht behaglich wäre – und die Diener sind einfach großartig, aber, ihr wißt schon, was ich meine, ein paar Extras hier und da. Ich habe euch Blumen ins Zimmer gestellt. Hoffentlich gefallen sie dir, Lucie.«

Ich dankte ihr und bekundete mein Entzücken darüber. Ich hatte sie in der Tat beiläufig bemerkt. Aber ich hatte so eifrig unsere Koffer ausgepackt, und als Mrs. Emery offenbar mit Kummer beladen zu mir gekommen war, hatte ich die Blumen völlig vergessen.

»Ich dachte, der Strauß wäre ein zusätzlicher Willkommensgruß.«

»Das war er auch«, erwiderte ich. »Wie aufmerksam von dir.«

»Ich möchte mich hier gerne nützlich machen. Weißt du, Lucie, das hier ist dein Haus...«

Sowohl sie als auch Roland sahen mich beklommen an.

»Aber das ist doch recht praktisch, nicht wahr?« sagte ich. »Roland und ich haben uns unterhalten, wo wir wohnen wollen. Und dieses Haus erscheint mir einfach ideal. Wir haben genug Platz. Und wenn Roland in London arbeitet, gibt es noch euer Häuschen. Er kann bequem von hier aus nach London fahren.«

»Wir haben beschlossen, daß wir einen Versuch wagen und schauen, ob es so funktioniert«, warf Roland ein.

»Und ihr habt nichts dagegen, wenn ich hierbleibe?«

»Meine liebe Phillida, selbstverständlich *möchte* ich dich hier haben. Das ist doch gar keine Frage. Glaube mir das doch, bitte.«

»Hm... ja. Ich wollte es nur noch einmal von dir hören.«

»Da fällt mir ein«, meinte Roland. »Ich muß morgen früh nach London fahren, nur für einen Tag, und schauen, wie die Geschäfte stehen.«

»Ich muß dir noch etwas beichten«, sagte Phillida ein wenig kleinlaut. »Ich habe Kitty hergeholt.«

»Wirklich!« rief Roland.

»Wer ist denn Kitty?« fragte ich.

»Eine Frau, die für uns in London arbeitet. Mr. und Mrs. Gordon haben dort eine Wohnung im Keller, und Kitty kommt jeden Tag und hilft uns, mehr oder weniger als meine Zofe. Sie ist mir ziemlich abgegangen. Also habe ich sie hergeholt. Hoffentlich hast du nichts dagegen.«

»Was meinst du mit – arbeiten?«

»Na ja, nur für mich. Sie kümmert sich um meine Kleidung, näht, bessert aus und so. Sie ist da sehr geschickt. Ich habe sie vermißt... na ja, und dann war ich hier und Roland auf Hochzeitsreise. Sie hatte also in London eigentlich nichts zu tun, so daß sie ganz zappelig wurde. Also habe ich sie herkommen lassen. Hoffentlich stört es dich nicht.«

»Aber überhaupt nicht«, beruhigte ich sie. »Wie ist sie denn so?«

»In mittleren Jahren, sehr geschickt in Handarbeit – beim Nähen und dergleichen. Sie ist ein richtiges Juwel. Ich bin überzeugt, du findest etwas, was sie für dich tun kann.«

»Nun ja, im Moment fällt mir allerdings nichts ein.«

»Sie hat sich schon Sorgen gemacht«, fuhr Phillida fort. »All diese Veränderungen. Ich weiß, daß sie auf ihren Lohn angewiesen ist. Ich könnte sie nicht auf die Straße setzen, und da wir hier oft sein werden...«

»Ich kann dich gut verstehen.«

Phillida wirkte unendlich erleichtert. »Ich wollte nicht, daß du meinst, ich mische mich hier ein – oder spiele die Hausherrin.«

»Nein, das würde mir doch nicht im Traum einfallen.«

»Phillida handelt manchmal ziemlich unüberlegt, fürchte ich«, sagte Roland. »Vielleicht hättest du besser abgewartet und Lucie erst einmal um ihr Einverständnis gebeten.«

»Ja, das ist mir auch klar geworden... als sie schon hier war. Aber die arme Frau machte sich doch solche Sorgen. Ich mußte ihr einfach sagen, daß alles in Ordnung kommt. Verzeihst du mir, Lucie?«

»Aber selbstverständlich. Hast du denn während unserer Abwesenheit schon Bekanntschaften geschlossen, mit Leuten aus dem Dorf vielleicht?«

»Nein, ich hatte zu viel zu tun. Ich mußte ja erst einmal das Haus erkunden. Ist es nicht faszinierend? Ich bin ganz aus dem Häuschen, weil ich jetzt hier leben werde – fürs erste zumindest.«

Wir gingen früh schlafen.

»Reisen strengt einen doch mehr an, als man währenddessen merkt«, meinte Roland.

Wir hielten uns erst wenige Minuten in unserem Zimmer auf, als es klopfte. Phillida brachte ein Tablett mit zwei Gläsern herein.

»Kostet das doch einmal«, sagte sie. »Es schmeckt wirklich sehr gut. Ein sogenannter Schlaftrunk. Man kann ihn in einem Geschäft in St. James kaufen, einem sogenannten Reformhaus. Es gibt dort alle möglichen Kräuter. Ich habe ihn schon probiert. Schmeckt ein bißchen wie Haferschleim, nur besser. Man trinkt ihn jeden Abend mit heißer Milch, dann kann man gut schlafen.«

»Und du glaubst daran?« wollte Roland wissen.

»Mein lieber Bruder, ich weiß es. Wenn ich den Schlaftrunk nicht selber ausprobiert hätte, würde ich ihn euch nicht anbieten.«

Sie stellte das Tablett auf einen Tisch, während Roland und ich uns nebeneinander aufs Bett setzten.

»Man muß erst noch umrühren«, sagte sie, »so, jetzt ist er fertig. Lucie...« Ich nahm das Glas, das sie mir reichte. »Roland.«

»Ich trinke ihn jeden Abend vor dem Schlafengehen«, berichtete sie. »Wohl bekomm's.«

Während wir gehorchten, beobachtete sie uns.

»Schmeckt gut, nicht wahr?«

Wir pflichteten ihr bei.

»Jetzt verschwinde ich.« Sie gab uns beiden noch einen Kuß. »Gute Nacht, meine Teuersten. Ich kann euch gar nicht sagen, wie froh ich bin, daß ihr wieder hier seid. Ich war ganz schön besorgt um euch... als ihr da im Ausland herumgezogen seid.«

Sie lächelte uns noch etwas ärgerlich zu, nahm das Tablett und ging hinaus.

Am nächsten Tag verließ Roland zeitig das Haus, um den Zug zu erwischen. Er versprach, am Abend wiederzukommen.

Mir fiel meine Verabredung mit Mrs. Emery ein. Also suchte ich sie in ihrem Wohnzimmer auf. Sie bot mir eine Tasse von ihrem Darjeeling an. Da ich wußte, daß meine Ablehnung sie noch mehr kränken würde, nahm ich dankend an.

Es folgte die Zeremonie der Teezubereitung, und als die

Tassen vor uns dampften, brachte sie ihr Anliegen zur Sprache.

»Ich arbeite ja nun schon viele Jahre hier in diesem Haus, Miss Lucie«, fing sie an. »Und ich denke, daß ich meinen Platz kenne und meine Arbeit ordentlich erledige.«

»Aber gewiß tun Sie das, Mrs. Emery.«

»Und soviel ich weiß, gab es auch nie irgendwelche Beschwerden.«

»Mit Sicherheit nicht. Alle, mein Vater eingeschlossen, waren voll des Lobes auf Sie.«

»Ich habe diesen Haushalt länger geführt, als ich mich erinnere.«

»Bitte erzählen Sie mir doch, was Sie aus der Fassung gebracht hat, Mrs. Emery.«

»Nun ja, Miss Lucie, das Einstellen des Personals gehört zum Aufgabenbereich der Wirtschafterin und des Butlers. Die Wirtschafterin die weiblichen Kräfte, der Butler die männlichen...«

»Ja.«

»Gewisse Leute scheinen zu glauben, sie könnten einfach kommen und alles über den Haufen werfen.«

Jetzt wußte ich, woher der Wind wehte. »Sie haben etwas gegen das neue Mädchen, das Miss Fitzgerald mitgebracht hat?«

»In der Tat, Miss Lucie. Seit jeher habe ich die Angestellten in diesem Haus ausgesucht, und ich sehe keinen Grund, warum das jetzt geändert werden sollte.«

»Ich glaube nicht, daß sich Miss Fitzgerald in Ihren Aufgabenbereich mischen wollte.«

»Ich habe diese Kitty, oder wie immer sie heißt, jedenfalls nicht engagiert.«

»Hat sie irgend etwas getan, was Ihnen nicht recht war?«

»Nun ja, das kann ich nicht eben behaupten. Aber sie spaziert einfach in die Küche. Das wird Mrs. Grant nicht passen.«

Ich konnte mir nicht vorstellen, daß Mrs. Grant, unsere dicke, gemütliche Köchin, etwas dagegen haben könnte. Sie verfolgte keine so strengen Regeln wie Mrs. Emery.

»Ich habe mit Mr. Emery darüber gesprochen, und er teilt meine Ansicht«, fuhr sie fort.

Zeigte er nicht immer so viel gesunden Menschenverstand, mit Mrs. Emery einer Meinung zu sein? Ich erkannte jetzt, daß sie sich in ihrer Würde bedroht fühlte, und ich mußte das richtigstellen.

»Ich glaube, ich kann Ihnen das Ganze erklären«, sagte ich. »Mr. und Miss Fitzgerald haben ein kleines Haus in London, in dem ein Ehepaar lebt, das ihnen zur Hand geht. Und Kitty kam jeden Tag zum Arbeiten hin. Es gab dort nicht mehr genug Arbeit für Kitty, und sie ist auch eine Art Zofe von Miss Fitzgerald... also kam sie hierher. Sie hat mit dem Haushalt hier eigentlich gar nichts zu schaffen. Sie wird sich nur für Miss Fitzgerald nützlich machen, ja?«

»Nun ja, man hat mich übergangen, Miss Lucie.«

»Ich bin sicher, Miss Fitzgerald hielt es für korrekt, da Kitty nur für sie persönlich arbeitet. Es würde sie ziemlich verstören, wenn sie erführe, daß sie Sie dadurch gekränkt hat.«

Mrs. Emery war ein wenig besänftigt.

»Ach, ich bin froh, da Sie wieder da sind, Miss Lucie. Sie sind schließlich hier die Herrin, und das sollte niemand vergessen.«

»Aber das tut doch auch niemand. Miss Fitzgerald hat mir gegenüber Kitty erwähnt. Ihre Voreiligkeit war ihr recht peinlich. Sie sagte, sie habe ganz spontan gehandelt. Kitty hatte in London nichts zu tun, und sie wollte das arme Mädchen nicht auf die Straße setzen.«

»Sie ist kein Mädchen, sondern so an die Vierzig, wenn Sie mich fragen.«

»Aha. Ich habe sie noch nicht kennengelernt. Aber Miss Fitzgerald meinte es wirklich nicht böse. Und Kitty muß hierbleiben. Bitte nehmen Sie es ihr nicht übel, Mrs. Emery.«

»Solange ich weiß, wo ich stehe, Miss Lucie.«

»Ich denke, Sie wissen, wie sehr ich Sie schätze. Und die Vorstellung, daß Sie unglücklich sind, betrübt mich sehr.«

»Oh, das habe ich nicht gesagt. Aber ich habe meine Arbeit hier immer so gut wie möglich erledigt. Und mir kam es immer so vor, als wüßte man das auch. Ich habe meinen Platz immer genau gekannt und habe das auch von den anderen angenommen. Ich mag bloß nicht, wenn Fremde hierherkommen und ihre eigenen Regeln aufstellen.«

»Tja, wissen Sie, Miss Fitzgerald kann man kaum als fremd bezeichnen. Schließlich ist sie jetzt meine Schwägerin. Und ich hoffe, daß wir alle gut miteinander auskommen.«

»Nun ja, wenn Sie es so sehen, Miss Lucie...«

»So liegen die Dinge, Mrs. Emery. Und nun muß ich Ihnen gestehen, Sie brühen mit den besten Tee auf, den ich je getrunken habe.«

Sie war wieder beruhigt.

Ein Sturm im Wasserglas, dachte ich und lächelte insgeheim.

Im Lauf des Tages lernte ich Kitty kennen. Sie war ganz anders, als ich erwartet hatte; korpulent, an die Vierzig. Sie erwies sich als wortkarg, als Phillida sie vorstellte.

»Das ist Kitty«, sagte Phillida. »Sie macht sich hier sehr nützlich.«

»Hoffentlich gefällt Ihnen das Landleben, Kitty«, bemerkte ich.

»O ja, M'am«, antwortete sie.

Und das war alles.

Am Abend kam Roland wieder heim. Ich hatte ihn die wenigen Stunden schon vermißt. Es freute ihn, als ich ihm das gestand.

Beim Abendessen erzählte er, daß sich im Büro die Arbeit arg angehäuft hatte. Der Angestellte hatte ziemlich viele Vorgänge liegenlassen müssen, damit Roland sich persönlich darum kümmerte. Er müsse deshalb kurze Zeit in London bleiben, vielleicht für vier oder fünf Tage.

»Du sitzt dann wahrscheinlich ohne Unterbrechung den ganzen Tag und die halbe Nacht daran«, sagte Phillida. »Ich weiß, du arbeitest eher unregelmäßig und gönnst dir anscheinend viel Freizeit.« Sie wandte sich an mich. »Aber wenn er einmal arbeitet, dann schuftet er ununterbrochen.«

»Sie hat recht«, gab Roland zu. »So arbeite ich tatsächlich, richtig anfallsartig. Aber ich muß wirklich bald nach London. In den nächsten Tagen – vielleicht am Montag – und dann bleibe ich wahrscheinlich die ganze Woche.«

»Solange es nicht länger dauert, erlauben wir es dir«, meinte Phillida. »Lucie und ich werden die Tage bis zu deiner Rückkehr zählen.«

»Können wir dich denn nicht begleiten?« schlug ich vor.

Als Roland zögerte, antwortete Phillida rasch: »Na, ich weiß aus Erfahrung, daß er am besten die Arbeit möglichst schnell erledigt. Er würde sich die ganze Zeit Sorgen um uns machen, wenn wir mitfahren würden. Statt einer knappen Woche würde es dann zwei oder drei dauern. Fahr du nur am Montag, Roland, dann bist du am Freitag wieder hier, und wir können ein schönes, unbeschwertes Wochenende miteinander genießen.«

Er zögerte noch und schaute mich kleinlaut an.

»Die Entscheidung liegt bei dir«, sagte ich.

»Tja«, meinte er. Man hörte ihm an, wie sehr es ihm widerstrebte. »Phillida hat vermutlich recht. Vielleicht ist es besser, wenn ich zügig drauflos arbeite – ohne Ablenkungen, wie willkommen sie auch sein mögen, muß ich dazu sagen. Aber ich muß mich ganz auf meine Aufgaben konzentrieren und werde nahezu rund um die Uhr beschäftigt sein.«

»Also fahre und komme bald wieder zurück«, sagte ich.

»Dann ist es also abgemacht.« Roland klang traurig.

»Die Zeit wird schnell vergehen«, versicherte ich ihm. An

diesem Abend kam Phillida wieder mit ihrem Spezialgebräu zu uns aufs Zimmer.

»Hat es euch letzte Nacht geholfen?« fragte sie.

Wir schauten uns an und lächelten.

»Na, kommt schon«, sagte sie. »Natürlich hat es etwas genützt. Da bin ich mir ganz sicher. Ich beschäftige mich mit diesen Dingen. Dieser Schlaftrunk enthält alle Bestandteile, die hier auf der Packung aufgeführt sind; und jedes einzelne wirkt auf seine ganz besondere Weise. Roland, versprich mir, daß du das auch in London trinkst. Ich werde dir davon mitgeben, und ich erwarte dein feierliches Versprechen.«

»Schon gut, schon gut, ich verspreche es dir.«

Sie schaute ihn fragend an.

»Soll er denn einen Eid auf die Bibel schwören?« wollte ich wissen.

»Meine liebe Lucie, wenn er es mir verspricht, dann hält er sich auch daran. Schließlich ist mein Bruder ein Ehrenmann. So und jetzt benehmt euch wie brave Kinder und trinkt schön aus.«

»Wir sind keine braven Kinder«, meinte Roland. »Zumindest keine Kinder mehr.«

»Ja, ja, ich weiß, ich benehme mich manchmal wie eine aufgescheuchte alte Henne. Aber seht ihr, ich liebe euch beide so sehr. Ihr seid mir schrecklich abgegangen, und jetzt da ich euch endlich wiederhabe, muß Roland schon wieder fort!«

»Nun übertreibe doch nicht«, besänftigte sie Roland. »Schließlich bleibt dir noch immer Lucie zum Verhätscheln.«

Sie umarmte uns und küßte uns mit verschleiertem Blick. »Meine Guten«, sagte sie, »ich liebe euch ja so sehr.«

Wir tranken unseren in der Tat wohlschmeckenden Schlaftrunk. Dann nahm sie wie am Abend zuvor das Tablett und ließ uns allein.

Nach dem Wochenende brach Roland nach London auf. Ich wußte, ich würde ihn vermissen. Denn jetzt hegte ich nicht mehr den geringsten Zweifel an den tiefen Gefühlen, die er in mir erweckt hatte. Ich empfand für ihn nicht das gleiche wie für Joel. Als ich mich damals in Joel verliebt hatte, war ich wohl unschuldig und romantisch gewesen. Meine Zuneigung für Roland war nüchternerer Natur. Ich fühlte mich bei Roland geborgen und erkannte, daß ich ebendies schon so lange gebraucht hatte.

Ich hatte Rebecca von meinen Gefühlen geschrieben, denn ihr gegenüber konnte ich mein Herz öffnen. Sie antwortete postwendend und äußerte, wie sehr sie sich für mich freute. Sie war von der Richtigkeit meiner Entscheidung überzeugt und hatte sofort, als sie Roland kennengelernt hatte, gewußt, daß er gut zu mir paßte.

Ich verbrachte viel Zeit mit Phillida. Sie interessierte sich für alle auftauchenden Fragen und wollte alles über die Orte, die wir in Italien besichtigt hatten, erfahren. Wir suchten die Bibliothek auf – mein Vater hatte eine ziemlich umfangreiche Bibliothek auf Manor Grange aufgebaut –, wo wir alle möglichen Nachschlagewerke auf Artikel über Neapel, Pompeji und Amalfi durchstöberten. Phillida meinte, es wäre herrlich, wenn wir alle zusammen noch einmal dorthin reisen könnten.

»Aber vielleicht möchtest du gar nicht zu dritt verreisen«, sagte sie ein wenig bedrückt.

»Doch, doch das würde ich sehr gerne«, versicherte ich ihr. »Und Roland auch. In Italien haben wir die ganze Zeit über dich geredet. Und Roland meinte immer: ›Das würde doch Phillida bestimmt gefallen.‹«

»Manchmal mache ich mir schon Sorgen deswegen. Vielleicht wäre es besser, wenn ich wegziehen und mir eine eigene Wohnung nehmen würde. Irgendwie scheint es mir nicht richtig euch gegenüber, wenn ihr mich immer als fünftes Rad am Wagen mitschleppen müßt.«

»Jetzt schlage dir doch bitte diesen Unsinn aus dem Kopf.«

»Ach, Lucie, ich bin ja so froh, daß Roland dich geheiratet hat.«

Ich fragte sie, wie Kitty zurechtkam.

»Ach, recht gut. Sie hat zum Glück ein ziemlich dickes Fell. Sie spürt gar nicht die Pfeile, die manchmal auf sie abgeschossen werden.«

»Pfeile?«

»Von dem alten Drachen, von Mrs. Emery. Ich fürchte, die Dame mag Kitty nicht besonders... und das ist nicht etwa Kittys Fehler, sondern meiner, weil ich sie einfach hierher mitgeschleift habe. Aber sie war eben meine Zofe. Und es ist mir nicht eingefallen, daß ich erst das Orakel hätte befragen müssen.«

Ich seufzte. »Ach, geht der Ärger noch immer weiter.«

»Hat sie mit dir darüber gesprochen?«

»Ja. In aller Form, bei einer Tasse von ihrem besten Darjeeling, den sie nur bei ganz besonderen Anlässen serviert. Offensichtlich hat es gegen das Protokoll verstoßen, daß du eine Angestellte ins Haus gebracht hast, ohne vorher einen Emery zu Rate zu ziehen.«

»Das war allein meine Schuld. Sollte ich mich bei Mrs. Emery entschuldigen?«

Ich zögerte. »Das könnte nicht schaden. Es würde vielleicht sogar die Dinge klarstellen. Mrs. Emery möchte nur, daß man ihre Stellung respektiert.«

»Das werde ich tun und dabei so taktvoll wie nur irgendmöglich vorgehen.«

Wir mußten beide lachen.

Auch an diesem Abend brachte sie mir meinen ›Schlaftrunk‹ und wir plauderten noch ein wenig, während ich ihn trank. Das war schon zu einem richtigen Ritual geworden.

Die folgenden Tage vermißte ich Roland sehr. Ich fieberte seiner Rückkehr entgegen. Bei seiner nächsten Fahrt nach London würde ich ihn begleiten. Ich würde mich schon zu beschäftigen wissen, während er arbeitete. Ich konnte Celeste besuchen und Einkäufe erledigen. Das wollte ich ihm gleich bei seiner Heimkehr vorschlagen.

An diesem Abend brachte mir Kitty den Schlummertrunk. Sie war korpulent und hatte kräftige, geschickte Hände, bemerkte ich. Sie begegnete mir mit großer Ehrerbietung und redete nur, wenn man sie fragte. Das sprach für sie.

Ich dachte, ich sollte mich dennoch ein wenig mit ihr unterhalten. Als sie das Glas abstellte, meinte ich: »Ach, Sie sind es, Kitty.«

»Ja, M'am. Miss Fitzgerald hat mich gebeten, Ihnen dies zu bringen.«

»Danke. Haben Sie sich gut eingelebt?«

»Ja, M'am.«

»Es muß eine große Umstellung von London sein.«

»Ja, M'am.«

Mir dämmerte, daß aus ihr nicht viel herauszukitzeln war, also wünschte ich ihr gute Nacht.

Beinahe hätte ich vergessen, das Glas zu leeren, da Phillida nicht wie üblich währenddessen bei mir saß und mit mir schwatzte. Ich trank schnell aus und stellte das Glas wieder auf das Tablett, damit eins der Hausmädchen es am Morgen wegbringen konnte.

Roland war nun schon drei Tage in London. Bald kommt er heim, redete ich mir gut zu.

Ich war ausgeritten. Diesmal hatte mich Phillida nicht begleitet. Bei meiner Rückkehr schoß eines der Hausmädchen gleich heraus, um mir mitzuteilen, daß Besuch bei Miss Fitzgerald im Salon auf mich warte.

Zu meiner Überraschung erhob sich dort Belinda und kam auf mich zu.

»Guten Tag, Lucie«, begrüßte sie mich. »Da bin ich.«

»Das sehe ich. Was für eine hübsche Überraschung! Geht es dir gut?«

»O ja«, antwortete sie. Aber ich merkte sofort, daß etwas nicht stimmte. Sie klang irgendwie gedämpft. Und warum sollte sie kommen, wenn sie nicht etwas von mir wollte?

»Miss Fitzgerald hat mir erzählt, wie gut ihr euch hier eingelebt habt und was für herrliche Flitterwochen ihr verbracht habt.«

»Ich habe ihr gesagt, daß sie doch ihren Gatten hätte mitbringen können«, ergänzte Phillida.

»Ja«, sagte ich. »Warum hat er dich denn nicht begleitet?«

»Ach, er muß sich um Geschäftliches kümmern... auf dem Gut natürlich. Und ich dachte, ich packe die Gelegenheit beim Schopf und schaue, wie es dir so geht.«

»Du bleibst doch hoffentlich eine Weile.«

»Wenn ich darf... aber nur ein paar Tage.«

»Natürlich. Wir würden uns freuen, nicht wahr, Phillida?«

»Gewiß. Roland wäre sehr enttäuscht, wenn er Sie nicht mehr treffen würde. Wir erwarten ihn nicht vor Freitag oder gar Samstag zurück. So lange bleiben Sie doch, nicht wahr?«

»Das... kann ich nicht sagen. Mal sehen...«

Ich vermutete, daß sie mich unbedingt unter vier Augen sprechen wollte.

Also sagte ich: »Wir geben dir am besten das Rote Zimmer. Ich gehe und bespreche das mit Mrs. Emery.«

»Das mache ich schon«, bot sich Phillida ein wenig zögernd an.

»Nein, nein, laß schon«, lehnte ich schnell ab.

Phillida verstand. Obwohl sie Mrs. Emery Kittys Fall erklärt hatte, stand ihr Mrs. Emery noch immer reichlich reserviert gegenüber.

»Soll ich sie suchen und ihr sagen, daß du sie sprechen willst?« schlug Phillida vor.

»Ja, bitte. Und sag auch gleich einem der Mädchen, man möchte das Zimmer herrichten.«

Phillida ließ uns allein.

»Was ist denn los, Belinda?« erkundigte ich mich.

»Etwas Schreckliches ist geschehen.«

»Na, dann schütte mir doch dein Herz aus.«

»Aber Mrs. Emery kann jeden Moment kommen.«

»Gut, dann warten wir, bis dein Zimmer fertig ist und wir uns dort ungestört unterhalten können.«

Mrs. Emery tauchte bald darauf auf.

»Nein«, rief sie, »wenn das nicht Miss Belinda ist. Ich bitte um Verzeihung... Lady Denver, muß ich jetzt ja sagen.«

»Ich bin es«, sagte Belinda. Sie ging auf Mrs. Emery zu und küßte sie.

Das entsprach zwar keineswegs den üblichen Regeln, schien aber durchaus entschuldbar, denn Mrs. Emery schaute sehr froh drein.

»Na, das ist ja schön, Sie zu sehen, Miss Be... Lady Denver.«

»Für Sie bleibe ich doch Miss Belinda«, sagte Belinda. »Die durchtriebene Belinda.«

»Ja, ja, Sie konnten schon ganz schön ungehörig sein. Das bestreite ich nicht. Aber ich freue mich, Sie zu sehen. Es ist wie in alten Zeiten, Miss Lucie und Sie – zusammen hier auf Manor Leigh.«

»Belinda bleibt ein paar Tage, Mrs. Emery.«

»Oh, wie schön.«

»Ja, nicht wahr? Ich dachte an das Rote Zimmer.«

»Ich kümmere mich persönlich darum, daß alles in Ordnung ist. Was für eine Überraschung.«

Als sie hinausging, schaute mich Belinda an. Sie war den Tränen nahe.

»Erzähl es mir doch, Belinda.«

»Nicht hier... es könnte jemand hereinkommen.«

»Dein Zimmer ist bald hergerichtet. Du weißt doch, wo es ist. Ganz in der Nähe von unserem.«

»Dem Hochzeitsgemach?«

»Sozusagen.«

»Das ist das schönste Schlafzimmer im ganzen Haus – und der Balkon mit Blick auf den Garten.«

»Du erinnerst dich also noch an das alte Gemäuer, Belinda?«

»Wie könnte ich es vergessen? Ach, hoffentlich beeilen sie sich mit dem Zimmer.«

»Mrs. Emery sagt uns, wenn wir hinaufkönnen. Möchtest du etwas trinken... eine kleine Erfrischung?«

»Ich brächte jetzt nichts hinunter.«

»Geht es Bobby gut?«

»Ja, es stimmt auch, er ist auf dem Anwesen ziemlich beschäftigt. Andauernd kommen irgendwelche Leute, und er reitet umher und kümmert sich um alles. Er nimmt sehr stark Anteil an dem Gut. Seit Generationen befindet es sich im Familienbesitz und so... eine feierliche Aufgabe, die es fortzuführen gilt...«

»Und was ist mit dir, Belinda? Bist du nicht glücklich?«

»Ich war es.«

»Heißt das, jetzt nicht mehr?«

»Ich sage dir doch, ich kann es dir hier nicht erzählen.«

»Schon gut, hat es mit dir und Bobby zu tun?«

Sie nickte. »Es ist nur, ich habe Angst... ich möchte, daß alles so schön bleibt. Wirklich, das wünsche ich mir.«

»Warum auch nicht?«

»Ich habe es dir schon gesagt, nicht jetzt.«

Es dauerte ziemlich lange, bis Mrs. Emery wiederkam.

»Das Rote Zimmer ist jetzt hergerichtet, Miss Belinda. Ich denke, Sie werden sich da oben wohl fühlen.«

»Oh, vielen Dank, Mrs. Emery«, sagte Belinda.

»Ich muß Ihnen sagen, Sie schauen hervorragend aus, Miss Belinda. Das Eheleben bekommt Ihnen. Miss Lucie gleichfalls. Ich sagte Mr. Emery, wie schön es ist, Miss Lucie als verheiratete Frau zu erleben... und jetzt auch Sie, Miss Belinda.«

»Wir machen Ihnen also Ehre, Mrs. Emery«, meinte Belinda.

Mrs. Emery lachte kopfschüttelnd. »Sie waren schon immer ein Original, Miss Belinda. Bei Ihnen weiß man nie, was Ihnen als nächstes einfällt.«

»Das ist wahr«, sagte ich. »Und jetzt gehen wir ins Rote Zimmer. Hat man Belindas Koffer schon hinaufgetragen?«

»Ja«, entgegnete Mrs. Emery.«

»Gut, dann bringe ich sie hinauf.«

»Darf ich denn noch etwas servieren? Eine Tasse Tee oder Kaffee oder vielleicht ein Glas Wein?«

»Nein, danke«, erwiderte Belinda.

»Dann komm mit.«

Wir stiegen die Treppe hinauf. Belinda kannte den Weg.

»Wie vertraut mir das alles ist!« rief sie. »Ich fühle mich zurückversetzt in alte Zeiten. Gleichgültig, wie lange ich weg war, ich würde mich hier mit verbundenen Augen zurechtfinden.«

Im Roten Zimmer schloß sie die Tür und setzte sich aufs Bett. Ich nahm auf dem Stuhl gegenüber Platz.

»So und jetzt möchte ich alles erfahren.«

»Ich stecke in einem fürchterlichen Schlamassel, Lucie. Ich weiß nicht mehr ein noch aus. Das kann das Ende von allem bedeuten.«

»Um Himmels willen, nun schieß doch los.«

»Ich weiß gar nicht, wo ich anfangen soll. Es war in Australien. Ich habe dir doch von Henry Farrell erzählt, oder? Ach, du hast es vergessen. Er hat doch die Mine übernommen.«

»Ich erinnere mich. Und was ist nun mit diesem Henry Farrell?«

»Er war sehr in mich verliebt... und eine Zeitlang... dachte ich, ich auch in ihn. Ich war damals erst sechzehn, er ein gutes Stück älter, Mitte Zwanzig. Er überredete mich.«

»Wozu? Jetzt tu doch nicht so schüchtern, Belinda. Das paßt gar nicht zu dir.«

»Ich bringe es kaum über die Lippen, Lucie. Es ist schauderhaft. Wir – wir haben geheiratet.«

»Geheiratet!«

Sie nickte todunglücklich. »In Melbourne. Heimlich.«

»Und er lebt noch! Wie also…?«

Sie nickte noch einmal. Das reinste Häufchen Elend.

»Wenn du also«, fügte ich hinzu, »mit ihm verheiratet bist, ist deine Ehe mit Bobby ungültig.«

»Das sage ich dir doch. Und was soll ich jetzt tun?«

Ich starrte sie voller Bestürzung an. Dann sagte ich: »Weiß Bobby davon?«

»Natürlich nicht.«

»Dann mußt du es ihm sagen.«

»Henry will, daß ich mit ihm nach Australien zurückgehe.«

»Mit ihm? Ist er denn hier in England?«

Sie nickte abermals. »Was soll ich denn machen, Lucie? Ich konnte nicht mehr zu Hause bleiben. Ich mußte einfach zu dir fahren und dir alles erzählen. Du mußt mir helfen.«

»Dir helfen? Aber wie denn? Was kann *ich* denn tun?«

»Ich weiß nicht. Ich dachte, vielleicht kämen wir gemeinsam auf eine Idee.«

»Ach, Belinda, wie konntest du das nur machen? Hast du denn gar nicht an Henry Farrell gedacht, als du Bobby geheiratet hast?«

»Er war doch so weit weg… es lag schon so lange zurück. Ich dachte, es braucht niemand erfahren. Und ich muß dir noch etwas gestehen, Lucie. Ich erwarte ein Baby. Bobby ist ganz aus dem Häuschen. Und was jetzt?«

»Mit so etwas hätte ich doch nicht im Traum gerechnet. Wie konntest du dir nur so etwas einbrocken?«

»Mir ist, als würde ich den Verstand verlieren.«

»Du mußt es Bobby sofort sagen.«

»Das bringe ich nicht über mich. Es würde ihm das Herz brechen. Er ist doch so glücklich. Ich kann es ihm nicht sagen, Lucie.«

»Hast du Henry Farrell in letzter Zeit getroffen?«

»Ja, er hält sich in London auf. Ich habe ihn heute gesehen. Und dann bin ich schnurstracks zu dir gefahren.«

»Ich dachte, er lebt in Australien.«

»Tut er auch. Aber die Zeitungen haben doch groß über unsere Hochzeit berichtet. Und eine davon ist in Australien aufgetaucht. Er sagte, er konnte es erst gar nicht glauben. Dann ließ er Nachforschungen anstellen und fand heraus, daß es stimmte. Er machte Celestes Adresse ausfindig und schrieb mir, daß er kommt. Celeste sandte mir den Brief nach. Ich sagte Bobby, daß ich für das Baby Einkäufe erledigen müsse. Ich wußte, daß Bobby das Gut jetzt nicht verlassen konnte, also fuhr ich nach London. Und traf mich dort mit Henry Farrell. Er meint, ich bin nach wie vor seine Frau, und er will mich nach Australien mitnehmen. Ich mußte ihn irgendwie loswerden, Lucie. Also versprach ich, darüber nachzudenken. Aber ich gehe nicht zurück. Ich bin jetzt mit Bobby verheiratet.«

»Das bist du nicht, Belinda. Du hast dich der Bigamie schuldig gemacht und damit gegen das Gesetz verstoßen.«

»Ich gehe nicht zurück. Ich bin Bobbys Frau.«

»Versteh doch, Belinda. Es hat keinen Sinn, die Augen vor der Wahrheit zu verschließen. Du hast mir gerade erzählt, daß du diesen Mann in Australien geheiratet hast, lang bevor du Bobby kennengelernt hast. Also ist Bobby nicht dein rechtmäßiger Ehemann. Das ist schlicht und ergreifend die Wahrheit. Wenn wir denn überhaupt einen Ausweg finden, dann keinesfalls, indem wir die Tatsachen leugnen und so tun, als existierten sie nicht. Jetzt schildere mir genau, wie es dazugekommen ist.«

»Nach Toms Tod wollte ich fort. Es war nicht übel, solange die Mine gut lief und wir manchmal nach Melbourne fuhren. Damals gefiel es mir dort. Wir blieben ein oder zwei Wochen, wenn Tom dort geschäftlich zu tun hatte, trafen uns mit Bekannten und amüsierten uns. Aber dann begann der Niedergang der Mine … und Tom wurde krank. Wir saßen in diesem gräßlichen Minenkaff fest. Es gab überhaupt nichts zu tun … Na ja, da kümmerte sich Henry so freundlich um mich; das fand ich damals recht aufregend. Ich war ja erst sechzehn, und Henry meinte, wir könnten in aller Stille heiraten. Das taten wir auch. Ich habe es meiner Mutter verschwiegen. Sie wollte, daß ich wieder nach England gehe und dort einen reichen Mann heirate. Ich war ja als eine Lansdon erzogen worden. Und sie wollte, daß ich einmal solch ein Leben führe, als ob ich wirklich Benedict Lansdons Tochter wäre, für die mich am Anfang jeder gehalten hatte. Also habe ich es ihr gegenüber verheimlicht. Ich wollte sie nicht aus der Fassung bringen... sie war schließlich krank. Alles war so trostlos... ich mußte einfach irgend etwas unternehmen, und damals schien es so spannend.«

»Ich kann mir genau vorstellen, wie das passiert ist«, sagte ich. »Aber der springende Punkt ist, was machen wir jetzt?«

Sie schaute mich hilflos an.

»Meiner Ansicht nach mußt du Bobby alles erzählen«, meinte ich.

»Unmöglich, das bringe ich nicht fertig.«

»Aber es betrifft ihn doch.«

»Ich weiß. Aber ich schaffe es nicht. Er ist so ein lieber Kerl. Er ist so glücklich... und was wird mit dem Baby?«

»Ach, Belinda. Du steckst ja in einer üblen Patsche.«

»Ich dachte, dir würde etwas einfallen.«

»Warum denn ausgerechnet mir?«

»Naja, du bist so besonnen und vernünftig und so. Du hättest dich nie in so etwas hineingeritten. Ich dachte, du wüßtest vielleicht einen Ausweg.«

»Es gibt nur zwei Möglichkeiten, soweit ich das beurteilen kann.«

»Und die wären?«

»Du gehst mit Henry Farrell nach Australien zurück, schließlich bist du mit ihm verheiratet...«

»Das kommt überhaupt nicht in Frage. Und die andere?«

»Du beichtest Bobby alles. Dann läßt du dich von Henry Farrell scheiden und heiratest Bobby noch einmal.«

Sie stieß einen tiefen Seufzer aus.

»Das ist die Lösung«, sagte sie. »Das müssen wir machen. Unbedingt.«

»Du vergißt natürlich, daß dazu Henry Farrell seine Zustimmung geben muß.«

Ihre Miene verfinsterte sich. »Er... er wird mich nicht gehen lassen. Das hat er schon angedroht. Er sagt, er liebt mich. Er will mich wiederhaben.«

»Aber er hat dich doch ziehen lassen. Er wollte sich doch schon einmal von dir trennen.«

»Ich weiß. Wir zankten uns fürchterlich, mußt du wissen. Ich habe schnell erkannt, daß ich einen Riesenfehler gemacht hatte.«

»Und das hast du ihn spüren lassen!«

»Er wurde immer schrecklich wütend. Manchmal dachte ich schon, er bringt mich um. Ich bekam richtig Angst. Und niemand wußte davon, weil es meine Mutter nicht erfahren sollte. Wir haben gar keine richtige Ehe miteinander geführt.«

»Ach, Belinda, wie konntest du nur so leichtfertig handeln?«

»Weil ich ein Dummkopf bin. Du weißt, ich habe schon von jeher gehandelt, ohne groß darüber nachzudenken.«

Ich nickte.

»Tja, was soll ich jetzt machen?«

»Liebst du Bobby denn wirklich?«

»Von Tag zu Tag mehr. Ich bin so gern mit ihm zusammen, und er betet mich an.«

»Und es ist auch ganz nett, Lady Denver zu sein?«

»Tja, wohl schon«, meinte sie trotzig.

»Viel besser als Mrs. Farrell, die du ja wohl in Wirklichkeit bist.«

»Es ist nicht nur das. Wenn du Henry Farrell sehen würdest, wäre dir klar, warum ich bei Bobby bleiben will.«

»Hast du nicht gewußt... Nein, es nützt nichts, das

immer wieder durchzukauen. Was machst du denn jetzt, das ist der springende Punkt. Und wie kann ich dir dabei helfen?«

»Henry hält sich in London auf. Wenn jemand mit ihm reden könnte...«

»Du, beispielsweise?« schlug ich vor.

Sie schüttelte den Kopf. »Nein. In meiner Gegenwart dreht er zu leicht durch. Ich glaube, er haßt mich und liebt mich gleichermaßen. Er kennt mich nur zu gut. Er würde mir nicht über den Weg trauen... und ich glaube fast, er haßt sich selbst, weil er mich zurückhaben will. Du warst doch immer so ruhig und vernünftig. Du kannst das nicht verstehen...«

»O doch. Ich weiß, wie sehr du einen in Rage bringen kannst. Und dennoch mag ich dich. Du hast schon entsetzliche Dinge angestellt, Belinda. Denk mal an Pedrek und Rebecca... und doch haben sie dir verziehen. Warum – das ist mir schleierhaft. Doch, doch ich kann mich in Henry Farrell durchaus hineinversetzen.«

Sie kam auf mich zu und umarmte mich stürmisch.

»Du hilfst mir also, Lucie? Du schaffst das... bestimmt.«

»Wie?«

»Auf dich hört er vielleicht.«

»Warum sollte er denn? Er kennt mich nicht einmal. Wir sind uns noch nie begegnet.«

»Er weiß viel über dich. Ich habe ihm oft von dir erzählt. Er sagte: ›Deine Lucie scheint ein sehr netter Mensch zu sein. Was du mir über sie erzählst, klingt sehr sympathisch.‹«

»Erstaunlich, daß deine Beschreibung von mir solche Achtung hervorrief.«

»Hör auf, wie eine Gouvernante daherzureden. Die Angelegenheit ist für so etwas zu ernst. Ich dachte, du könntest dich mit ihm treffen und in Ruhe mit ihm reden... ihm erklären, daß ich nie zu ihm zurückkehren werde... daß ich jetzt mit Bobby glücklich bin. Ich habe genau das gefunden, was ich brauche. Wenn er nur wieder heimfahren und mich vergessen würde...«

»Du wärst trotzdem noch immer rechtmäßig mit ihm verheiratet.«

»Das braucht doch keiner zu wissen.«

»Und was ist mit dem Kind? Es wäre unehelich.«

»Ich sage doch, das muß niemand erfahren.«

»Es wäre besser, die Sache ein für allemal zu bereinigen. Angenommen, Henry Farrell erklärte sich einverstanden, wegzugehen und keinerlei Ansprüche auf dich zu erheben, dann würde dein ganzes Leben lang dieses Damoklesschwert über dir schweben. Du könntest nie sicher sein, daß nicht doch einmal alles herauskommt. Du mußt doch auch an das Kind denken.«

»Was soll ich denn bloß machen?«

»Du könntest Bobby alles gestehen. Und das bist du ihm doch auch schuldig. Er ist so gut und lieb zu dir, er liebt dich aufrichtig. Er wird dich nicht im Stich lassen.«

Sie nickte bedächtig. »Ja«, sagte sie, »und was dann?«

»Vielleicht kannst du Henry Farrell überzeugen, einer Annullierung zuzustimmen. Vielleicht könnte man das ganz im geheimen über die Bühne gehen lassen. Dann könntest du Bobby noch einmal in aller Stille heiraten.«

Sie klatschte in die Hände und schaute mich bewundernd an.

»Das ist es, Lucie. Genau.« Ihre Augen schimmerten. Es versetzte mich in Erstaunen, wie schnell ihre Stimmung umschlagen konnte.

»Du brauchst dazu Henry Farrells Zustimmung«, fuhr ich fort. »Das wird vielleicht nicht leicht sein. Du hast immer gedacht, alle müßten nach deiner Pfeife tanzen.«

»Ihn könnte man überreden, da bin ich mir sicher.«

Das war typisch für Belinda. Ich wollte ihr vermitteln, daß auch andere ihr Leben leben mußten und andere Menschen ihr Leben ebenso wichtig nahmen wie Belinda das ihre. Sie meinte anscheinend, daß nun, da wir eine mögliche Lösung gefunden hatten, wir einzig die Schauspieler in diesem Drama richtig herumdirigieren mußten – wie ein Dramatiker ihnen ihren Text vorschreibt –, so daß sie gehorsam ihren Part spielen können.

Vor lauter Aufregung strahlte sie. Ihr hübsches Gesicht leuchtete vor Entschlußkraft. Ich ertappte auch mich bei einem Lächeln. Ich konnte ihre Anziehungskraft durchaus verstehen. Manchmal war sie einfach unwiderstehlich.

»Ich weiß jetzt, was wir zu tun haben«, verkündete sie.

Bei meinem fragenden Blick fuhr sie fort: »Du triffst dich mit Henry Farrell und sagst ihm genau, was er tun muß.«

»Belinda! Er wird mir gar nicht zuhören!«

»Du kannst ihm erzählen, wie glücklich ich bin... daß ich Bobbys Kind erwarte... daß er unbedingt in die Scheidung einwilligen muß... ohne Staub aufzuwirbeln... damit ich Bobby heiraten kann... weil ich ein Kind bekomme... und auf Kinder muß man doch immer Rücksicht nehmen.«

»Ich meine, du solltest ihm das alles selber erklären.«

Sie schüttelte traurig den Kopf. »Mir hört er ja doch nicht zu, Lucie. Er wird vor lauter Zorn auf mich ganz wild. Lucie, bitte, tu es für mich. Rede mit ihm. Erklär ihm alles auf deine herrlich besonnene Art... mach ihm das Ganze verständlich... Du schaffst das. Du kannst alles so gut darstellen... und so logisch. Bei dir würde es ihm einleuchten, davon bin ich überzeugt.«

»Mir erscheint das lächerlich. Ich kenne ihn nicht einmal.«

»Du weißt, was ich dir erzählt habe«, bettelte sie. »Tust du mir den Gefallen, Lucie? Bitte, bitte... es hängt doch so viel davon ab.«

»Ich... ich muß es mir erst durch den Kopf gehen lassen.«

Langsam trat ein Lächeln auf ihr Gesicht. »In Ordnung. Denk darüber nach. Aber mach schnell, bitte.«

Sie schien fast selbstzufrieden in ihrem unerschütterlichen Glauben an ihre Überzeugungskraft.

Den Rest des Tages grübelte ich über Belinda und ihr Problem nach. Ich konnte es mir genau ausmalen: das Minenstädtchen, die Langeweile dort, der Niedergang der Mine, Belindas Sehnsucht nach Aufregung und Abwechslung.

Und ich hatte ihr nun so halb versprochen, ihr aus den Schwierigkeiten, die sie sich selbst eingebrockt hatte, herauszuhelfen.

Ich fühlte mich ziemlich erleichtert, als wir einander gute Nacht sagten und ich mich zurückziehen konnte.

Aber als ich mich gerade entkleidet hatte und ins Bett schlüpfen wollte, klopfte es.

Ich meinte, es sei Phillida mit ihrem Schlummertrunk. Aber statt dessen kam Kitty herein.

»Oh, danke schön, Kitty«, sagte ich. »Stellen Sie es auf den Tisch.«

Das tat sie ohne ein Wort.

»Gute Nacht, Kitty.«

»Gute Nacht, M'am.« Die Tür schloß sich.

Ich ging zu Bett, noch immer über Belinda nachsinnend. Würde es mir gelingen? Konnte ich denn diesen Mann überzeugen? Ich mußte es zumindest versuchen. Hatte ich mich nicht schon immer Belindas Führung überlassen?

Sie tat mir sehr leid. Und auch Bobby. Er vielleicht noch mehr. Er war ein so netter junger Mann, und ich wollte nicht, daß man seine Gefühle verletzte. Ich konnte mir seine Freude auf das Baby gut vorstellen.

Seltsamerweise dachte ich, daß Belinda mit ihm durchaus glücklich werden könnte. Er gehörte zu jener Sorte Mann, der treu sein und nur mehr für die schöne, faszinierende Belinda leben würde. Ich fragte mich allerdings, wie er wohl reagierte, wenn er erfuhr, daß sie ihm ihre Ehre mit Henry Farrell mutwillig verheimlicht hatte.

Es klopfte noch einmal. Diesmal riet ich richtig. Es war Belinda.

»Ich muß mit dir sprechen«, sagte sie und setzte sich aufs

Bett. »Ich kann nicht schlafen. Du triffst dich doch mit Henry, oder?«

Ich zögerte.

»O ja... bitte sag ja. Mir geht es sonst ganz elend.«

»Ich glaube wirklich nicht, daß es einen Sinn hat.«

»Doch bestimmt. Alle hören dir zu. Du bist so gescheit und sympathisch. Denk mal an deinen Vater.«

»Was hat denn mein Vater damit zu tun?«

»Denk mal daran, wie er sich dir gegenüber verhalten hat. War er nicht heilfroh, daß du dich statt meiner als seine Tochter entpuppt hast?«

»Darum geht es doch nicht.«

»Doch. Es zeigt nämlich, wie klug und vernünftig du bist. Die Leute hören dir zu. Ach, ich mache mir solche Sorgen. Ich habe vergangene Nacht überhaupt nicht geschlafen... und heute kriege ich sicher auch kein Auge zu.«

»O doch.«

»Wenn du mir versprichst, mit Henry zu reden...«

»Na schön, ich versuche es. Aber ich glaube nicht, daß viel dabei herauskommt.«

»Du machst es! Du bist doch ein Engel! Wir fahren gleich morgen nach London. Er ist in einem kleinen Hotel in Bayswater abgestiegen. Tausend Dank, Lucie! Es geht mir schon viel besser. Ich setze alle Hoffnungen auf dich.«

»Da setzt du sie auf die falsche Person.«

Sie schüttelte langsam den Kopf und entdeckte auf einmal das Glas auf meinem Nachttisch.

»Was ist denn das«, wollte sie wissen.

»Phillidas Schlaftrunk. Sie verlangt, daß wir ihn trinken... Roland und ich. Sie meint, er tut uns gut und schenkt uns tiefen, erholsamen Schlaf.«

»Und wirkt er?«

»Ich habe nichts Besonderes festgestellt. Ich schlafe für gewöhnlich gut. Roland und ich trinken ihn, um ihr einen Gefallen zu tun.«

Sie nahm das Glas und leerte es.

»Entschuldige bitte. Ich brauche heute tiefen Schlaf mehr als du. Das schmeckt recht gut. Und jetzt verrate ich dir, was wir machen. Wir fahren morgen nach London. Wir können bei Celeste übernachten. Ich war vorige Nacht auch schon dort. Sie freut sich immer über meinen Besuch. Vielleicht könntest du bei Roland bleiben. Erzähl ihm einfach, daß du es ohne ihn nicht mehr ausgehalten hast. Und dann suchst du Henry auf und sagst ihm, was er zu tun hat.«

»Du bist doch unmöglich, Belinda. Du meinst, du kannst uns wie Schachfiguren herumschieben.«

»Überhaupt nicht. Aber ich denke, wenn man die Dinge wirklich nach seinen Wünschen zu beeinflussen versucht, gelingt es einem manchmal auch. Und warum sollte es dir nicht gelingen? Ich muß das doch wieder in Ordnung bringen, Lucie... schon wegen Bobby und dem Kind.«

»Und wegen Belinda«, murmelte ich.

Sie gab mir einen Kuß.

»Ich liebe dich, Lucie. Ich kann dir gar nicht sagen, wie glücklich du mich machst. Ich weiß, daß du ihm alles richtig erklärst. Du wirst ihm klarmachen, was geschehen muß.«

»Mach dir keine zu großen Hoffnungen.«

»Mir geht es um so viel besser, seit ich mit dir darüber geredet habe. Ich merke, ich kann heute schlafen, weil alles gut ausgehen wird.«

»Ich werde tun, was ich kann.«

»Gute Nacht, Lucie! Bis morgen früh. Wir brechen zeitig auf, nicht?«

»Ja«, stimmte ich zu.

An der Tür drehte sie sich um und warf mir einen Handkuß zu.

»Schlaf gut«, sagte sie.

Und dann war sie verschwunden.

Was hatte ich da nur versprochen? Was würde ich denn schon ausrichten können?

Na schön, es hatte keinen Sinn, mir Sorgen darüber zu machen. Morgen oder übermorgen würde ich Henry Farrell sehen. Ich war schon gespannt darauf, ihn kennenzulernen und herauszufinden, was für ein Mensch er war.

Belinda strengte mich ziemlich an, ich war müde.

Ich blies die Kerze aus und legte mich schlafen.

Ich mußte sofort eingeschlafen sein, aber plötzlich wachte ich auf. Irgend etwas war passiert. Ich konnte ein seltsames Geräusch hören. Ich schlug die Augen auf und schaute mich um. In meinem Zimmer glomm ein merkwürdiges Licht. Das konnte doch nur ein Traum sein. Ich konnte die Umrisse der Möbel erkennen. In dem seltsamen Licht schauten sie ganz anders aus.

Dann bemerkte ich auf einmal die Hitze. Jetzt war ich hellwach. Ich setzte mich auf und sah sofort, daß die Bettvorhänge brannten. Der beißende Geruch stach mir in die Nase. Daher kam also der merkwürdige Schein. Eine Flamme züngelte geradewegs bis zu meinem Betthimmel hoch.

Ich sprang aus dem Bett und schaute mich um. Auf der einen Seite des Bettes brannten die Vorhänge lichterloh.

Ich rannte auf den Flur hinaus, schlug die Türen hinter mir zu und schrie: »Feuer!«

Es folgte ein Alptraum.

Emery erwies sich als großartig. Er war ein ruhiger Mann, dessen hervorragende Eigenschaften in solch einer Krisensituation zum Vorschein kamen. Und allein seine Geistesgegenwart verhinderte, daß ein kleiner Zwischenfall zu einer großen Feuersbrunst ausartete.

Durch einen glücklichen Zufall war ich rechtzeitig erwacht, ehe das Feuer völlig von meinem Bett Besitz ergriffen hatte.

Emery hatte als erster meinen Schrei gehört und war

innerhalb von Sekunden an Ort und Stelle. Er packte Teppiche und schlug in Windeseile die schlimmsten Flammen aus, bis Mrs. Emery mit Phillida und den meisten Dienern erschien.

Mr. Emery übernahm das Kommando, und bald schleppten wir alle Wasser an das schwelende Bett. Eine halbe Stunde nach Entdeckung des Feuers war es gelöscht. Mr. Emery hatte sich als Held erwiesen. Phillida pries unermüdlich seine Tat und umarmte mich gleichzeitig stürmisch. »Gott sei Dank«, stammelte sie immer wieder. »Gott sei Dank.«

Gegen halb zwei riß Mrs. Emery das Ruder an sich.

»Miss Lucie, heute nacht können sie nicht hier schlafen.«

Sie wies zwei der Mädchen an, mir mein früheres Zimmer herzurichten.

Dann meinte sie: »Und für die anderen ist es Zeit, schlafen zu gehen. Vor morgen früh können wir ohnehin nichts mehr machen. Wäre Mr. Emery nicht gewesen, hätte es ganz schlimm gebrannt. Wir alle sollten ihm dankbar sein, daß wir noch leben und putzmunter sind.«

»Nicht der Rede wert«, wehrte Mr. Emery ab. »Ich bin nur froh, daß Miss Lucie rechtzeitig aufgewacht ist... bevor das Feuer sich ausbreiten konnte.«

»Was für ein Segen«, sagte Mrs. Emery. Sie schaute mich an. »Ich glaube, Mr. Emery könnte einen Schluck vertragen«, fuhr sie fort. »Und Sie, Miss Fitzgerald und Miss Lucie, doch sicher auch.«

»Gehen wir in die Bibliothek«, schlug ich vor, »und trinken wir einen Brandy.«

Dort saßen die Emerys, Phillida und ich zusammen.

»Ich frage mich die ganze Zeit, wie das passieren konnte«, sagte Phillida. »Was, meinst du, war wohl die Ursache, Lucie?«

»Ich habe keine Ahnung.«

»Emery geht davon aus, daß es die Kerze war. Sie war heiß und fiel vielleicht um und brachte den Samt zum Schwelen.«

»Aber ich schlief doch schon«, sagte ich. »Ich hatte schon vor einer ganzen Weile die Kerze ausgeblasen.«

»Vielleicht fiel sie um, als Sie sie gelöscht haben. Manchmal glimmt etwas eine ganze Weile, ehe es dann richtig Feuer fängt.«

»Wie dem auch sei«, sagte ich, »es ist geschehen, und wir schulden Ihnen Dank, Mr. Emery, daß Sie das Feuer so schnell unter Kontrolle bekamen, ehe es viel Schaden anrichten konnte.«

»Die Vorhänge sind kaputt«, meinte Phillida kläglich. »Und wie das Bett wohl ausschaut nach all dem Wasser!« Sie lachte hysterisch auf. »Aber was macht das schon, solange du heil davongekommen bist? Ich muß ständig daran denken, was hätte passieren können. Wie hätte ich es nur Roland beibringen können?«

»O Phillida!« rief ich. »Es ist gut ausgegangen. Es war nur... ein Unfall. Gott sei Dank nicht mehr!« Plötzlich fiel mir etwas ein. »Ich habe Belinda nicht gesehen...«

Phillida rief: »Ja, natürlich. Ich habe völlig vergessen, daß sie hier ist. In dieser ganzen Aufregung...«

»Aber sie hat das alles doch nicht verschlafen können«, sagte ich. »Ich schaue mal nach, ob alles in Ordnung ist.«

Ich rannte aus dem Zimmer, Phillida dicht hinter mir, die Treppe hoch, an dem zerstörten Zimmer vorbei zu Belindas Zimmer.

Ich riß die Tür auf und rief sanft: »Belinda.«

Keine Antwort.

Belinda lag auf dem Rücken und schlief fest. Ein leichtes Lächeln umspielte ihre Lippen, als träume sie etwas Schönes.

Phillida stand neben mir. Ich sah sie an und legte den Finger auf die Lippen. Wir schlichen auf Zehenspitzen hinaus.

»Sie ist anscheinend gar nicht aufgewacht«, sagte Phillida. »Das ist schier unglaublich.«

Die Emerys standen dicht hinter uns.

»Ist alles mit ihr in Ordnung?« fragte Mrs. Emery.

»Sie schläft tief. Gehen wir in die Bibliothek zurück und trinken wir aus.«

»Sie muß ja wie ein Murmeltier schlafen«, wunderte sich Mrs. Emery. »So etwas soll es geben.«

»Sie war wohl ziemlich erschöpft«, sagte ich. »Sie erwähnte, daß sie vergangene Nacht schlecht geschlafen hat.«

»Wenn ich das gewußt hätte, hätte ich ihr von meinem Schlaftrunk angeboten«, meinte Phillida.

»Offensichtlich hat sie ihn gar nicht gebraucht«, entgegnete ich. »Obwohl, jetzt fällt es mir ein... sie hat meinen ausgetrunken, den mir Kitty gebracht hat. Vielleicht ist sie deshalb nicht aufgewacht, und ich eben schon.«

Phillida lachte. »Gott sei Dank«, murmelte sie. »Er soll einen aber nicht gleich in einen so tiefen Schlaf versetzen, sondern einem nur eine gute natürliche Nachtruhe schenken.«

»Sie hat wohl einfach einen tiefen Schlaf«, sagte Mrs. Emery.

Ich gähnte und meinte: »Ich denke, wir sollten jetzt versuchen, noch einmal ein wenig zu schlafen.«

»Ihr Zimmer ist gleich fertig«, versicherte Mrs. Emery.

»Danke, Mrs. Emery. Dann gehe ich wohl besser hinauf.«

Und dann stand ich in meinem alten Zimmer. Aus irgendeinem Grund mußte ich ans Fenster gehen und auf die Eiche und die Spukbank hinunterschauen.

Es hatte sich in dieser Nacht Schlimmes ereignet, und wie erwartet brachte ich kaum mehr ein Auge auf.

Aufgrund der schrecklichen Ereignisse der vergangenen Nacht verschoben Belinda und ich unsere Reise und fuhren am nächsten Morgen nicht nach London. Der ganze Haushalt wurde von einem einzigen Gesprächsthema beherrscht. Jeder mußte sich den Schaden anschauen. Phillida war ganz außer sich. Sie schaute mich die ganze Zeit mit einer Mischung aus Entsetzen und Zuneigung an.

»Ach, Phillida«, beschwichtigte ich sie, »es ist doch nichts passiert.«

»Nein, aber es wäre um ein Haar. Wenn du nicht aufgewacht wärst... Es geht mir nicht mehr aus dem Kopf. Ich hätte es nicht ertragen können, Lucie. Ich muß immerzu an Roland denken. Was hätte ich ihm denn sagen können?«

»Aber es ist nicht passiert.«

»Dem Himmel sei Dank!«

Belinda äußerte ihre Verblüffung, als sie von dem Vorfall hörte.

»Gebrannt! In deinem Zimmer! Großer Gott! Und ich habe fest geschlafen!«

Sie schaute sich die Bescherung an.

»Die Vorhänge! Und du hast da gelegen! Du hättest ja verbrennen oder zumindest schwere Verletzungen davontragen können. Ach, Lucie, und ich habe tief geschlafen und nichts mitbekommen!«

Ob sie wohl, wie ich, an den Vorfall von damals dachte, als sie eine Kerze vom Christbaum genommen und damit mein Kleid berührt hatte – ein Kleid, das Rebecca dem armen Kind aus der bescheidenen Hütte gegeben hatte, damit es auch zur Feier kommen konnte. Erinnerte sich Belinda daran? Gewiß doch, schließlich hatte Belindas unbesonnenes Handeln Jenny das Leben gekostet. Und nur deshalb war ich nach Cador gebracht worden, damit ich dort aufwachsen sollte.

Aber ich war mir nicht sicher, ob nun dies ihr Denken hauptsächlich beschäftigte oder nicht vielleicht doch die Tatsache, daß dadurch unsere Reise nach London verschoben worden war.

»Wie eigenartig, daß Sie den Tumult nicht gehört haben«, bemerkte Phillida.

»Ich war so müde«, entgegnete Belinda. »Ich bin auf der Stelle eingeschlafen.«

Phillida betrachtete sie aufmerksam. Ich ahnte, daß Phillida Belinda nicht besonders gut leiden konnte.

Dann meinte Phillida, sie wolle mit meiner Erlaubnis das alte Bett wegschaffen und durch ein neues ersetzen lassen.

»Der bloße Anblick regt mich auf«, sagte sie. »Ich muß immerzu an die möglichen Folgen denken.«

»Du mußt aufhören, darüber nachzugrübeln, Phillida.«

»Ich wollte, das könnte ich. Also – soll ich es wegbringen lassen? Und ich will auch nicht, daß Roland es im jetzigen Zustand sieht. Ich weiß welchen Schock ihm das versetzen würde.«

»Dann mach das, während wir in London sind.«

»Oh, ja, Lucie. Natürlich, du fährst ja mit Belinda.«

»Ja.«

»Hoffentlich ist alles mit dir in Ordnung.«

»In Ordnung? Natürlich. Was meinst du damit?«

»Ich weiß nicht... genau. Ich bilde mir einiges ein, nach dem, was geschehen ist.«

»Einbilden... in bezug auf Belinda?«

»Ja, sie hat so irgend etwas an sich. Sie ist ein sonderbarer Mensch. Ziemlich unbeherrscht. Ich spüre irgendwie, daß man nie genau weiß, was sie gerade vorhat.«

»Nun ja, Belinda ist manchmal ein wenig unberechenbar. Aber ich kenne sie gut. Wir sind wirklich ganz eng befreundet.«

Phillida nickte, aber sie schaute noch immer ein wenig besorgt.

Die Rückkehr

Am nächsten Tag reisten Belinda und ich nach London.

Wir fuhren zuerst zu Celeste, die darüber entzückt war.

»Lucie, du auch«, sagte sie. »Wie schön. Ich hoffe doch sehr, daß du ein wenig bleibst.«

»Nun ja, Celeste«, erwiderte ich. »Ich wollte eigentlich Roland besuchen. Er arbeitet gerade hier in London.«

»Sie hält es ohne ihn nicht mehr aus«, fügte Belinda hinzu. »Sie mußte unbedingt zu ihm.«

Warum mußte sie völlig unnötig von der Wahrheit abweichen? Ich war auf ihre Bitte, mich mit Henry Farrell zu treffen, hierher gereist; und das wußte sie ganz genau. Warum mußte sie also absichtlich die Tatsachen verdrehen?

»Roland erwartet dich also?« fragte Celeste.

»Nein, er weiß gar nicht, daß ich komme. Ich bin einer momentanen Laune gefolgt. Ich dachte, ich wollte erst dich besuchen und dann zu ihm fahren. Er wird tagsüber zu tun haben, und Belinda und ich müssen ein paar Sachen in London erledigen.«

Das klang durchaus plausibel.

Wir aßen mit Celeste zu Mittag, und unterdessen wurde es drei Uhr nachmittags.

Belinda wurde ganz ungeduldig, aber ich sagte, ich wolle erst morgen Henry Farrell aufsuchen. Schließlich wollte ich mich darauf vorbereiten, was ich ihm sagen würde. Und zuerst mußte ich Roland sehen.

Belinda nahm meinen Entschluß ziemlich ungnädig auf, aber sie wollte mich aus Angst, ich könne die ganze Sache fallenlassen, nicht kränken.

Ich ließ sie mit Celeste allein und fuhr mit einer Droschke nach Welling Gardens zu Rolands und Phillidas Absteige.

Hohe, schmale Häuser säumten die Straße. Ich war zuvor nur einmal dort gewesen, und auch das nur kurz. Weder Roland noch Phillida hatten einen weiteren Besuch vorgeschlagen, und es war auch nicht als nötig erschienen. Sie hatten das Haus – als vorübergehenden Wohnsitz – nur gemietet. Und wenn sie uns eingeladen hatten, so hatten sie uns stets in Hotels und Restaurants ausgeführt. Uns gegenüber hatten sie das Haus immer verschwommen als Absteige klassifiziert.

Vor Nummer 70 stieg ich aus und bezahlte den Droschkenkutscher. Ich stieg die Stufen zur Eingangstür hoch und sah beim Hinunterschauen eine schattenhafte Frauengestalt im Keller. Das war wohl die Frau, die zusammen mit ihrem Mann den Haushalt führte und im Untergeschoß wohnte. Roland hatte mir erzählt, daß dieses Ehepaar den jeweiligen Mietern zur Hand ging.

Ich klopfte, nach einer Weile öffnete die Frau. Sie war in mittleren Jahren, ziemlich mollig und hatte rötliches Haar.

»Ich bin Mrs. Fitzgerald«, stellte ich mich vor.

Ein paar Sekunden lang starrte mich die Frau an, dann lächelte sie breit.

»O bitte, treten Sie ein«, sagte sie. »Ich sage Mr. Fitzgerald Bescheid...«

»Oh, er ist zu Hause? Ich fragte mich, ob er jetzt hier ist. Ich wollte ihn eigentlich bei seiner Heimkehr hier überraschen.«

Dann sah ich ihn. Er kam die Treppe hinunter und blieb kurz stehen, um mich einen Augenblick verdutzt anzustarren. Dann sagte er: »Lucie!«

»Da bist du aber überrascht, nicht wahr?« meinte ich. »Ich habe einen Abstecher nach London gemacht, und da bin ich nun.«

Sein Erstaunen wich Herzlichkeit. »Ach, Lucie...«

Er umarmte mich. Ich war mir bewußt, daß uns die Frau lächelnd beobachtete.

»Vielen Dank, Mrs. Green«, sagte er, als er sie bemerkte. »Das ist meine Frau. Wir würden gerne Tee trinken.«

Er legte mir den Arm um die Schulter. »Komm doch herauf. Wie schön, dich zu sehen. Ich kann dir gar nicht sagen, wie sehr ich mich freue.«

»Ich dachte, du wärst in deinem Büro.«

»Ich habe tatsächlich bisher die meiste Zeit dort gearbeitet. Für heute habe ich mir Unterlagen mit nach Hause mitgenommen, sozusagen als Tapetenwechsel. Und ich dachte, ich käme ohne Unterbrechungen flotter voran. Ich will so schnell wie irgendmöglich nach Manorleigh zurück.« Er öffnete eine Tür. »Setzen wir uns doch ins Wohnzimmer. Ich fürchte, verglichen mit Manor Grange ist es arg bescheiden.«

»Nun ja, es ist eben... eure Absteige.«

»Sie erfüllt ihren Zweck. Es ist nicht eben ein gemütliches Zuhause... aber die Greens kümmern sich rührend um alles.«

»Mir gefällt es ganz gut. Behaglich. Man könnte schon etwas daraus machen.«

»Das meinte Phillida auch immer. Aber es gehört nicht uns... wir haben es nur gemietet. Wir wollten uns ein Haus kaufen, doch soweit ist es dann nie gekommen. Aber die Hauptsache ist jetzt, daß du hier bist. Erzähl mir, wie bist du denn darauf gekommen? Hattest du Sehnsucht nach mir?«

»Natürlich. Aber ich glaube, ich hätte dich bei deiner Arbeit nicht gestört, wenn nicht Belinda nach Manorleigh gekommen wäre und mir nicht mehr oder weniger das Versprechen abgeluchst hätte, sie für ein paar Tage nach London zu begleiten.«

»Die ungestüme Belinda«, bemerkte er.

»Ja, ja. Wir wollten eigentlich gestern schon fahren, aber dann brannte es in der Nacht.«

»Es brannte?«

»O ja. Das muß ich dir erzählen. In unserem Zimmer. Das Bett ist ruiniert... und die hübschen Vorhänge schauen schön aus. Wir wissen die Ursache nicht genau. Emery meint, daß die Kerze umgefallen ist und die Vorhänge erfaßt hat. Die haben dann eine Weile vor sich hingeschwelt, ehe sie richtig Feuer fingen. Jedenfalls glauben wir zumindest, daß es sich so abgespielt haben muß.«

»Aber wann – wann ist denn das passiert?«

»Vorgestern nacht.«

»In der Nacht... während du... im Bett lagst!«

»Es ist ja nichts passiert, Roland. Ich bin rechtzeitig aufgewacht.«

»Um Himmels willen«, stöhnte er.

»Es hatte gerade erst angefangen zu brennen. Ich bin sofort hinausgerannt und habe das ganze Haus aufgeweckt. Emery hat sich grandios verhalten.«

Er drückte mich fest an sich. »Lucie...«

»Es ist doch vorbei, Roland. Phillida hat sich schrecklich darüber aufgeregt.«

»O ja... Phillida.«

»Sie redet andauernd darüber, was mir hätte zustoßen können. Aber ich bin ja heil davongekommen... und es soll mir eine Lehre sein, in Zukunft besser aufzupassen.«

»Ich – ich kann gar nicht verstehen, wie so etwas geschehen konnte.«

»Emery ist davon überzeugt, daß die Kerze schuld daran war, und er hat wohl recht. Jedenfalls war alles im Nu vorbei.«

Er ließ mich los, setzte sich und vergrub das Gesicht in den Händen.

Ich ging zu ihm und zog seine Hände weg. Sein Gesicht war schmerzverzerrt. Ich empfand eine ungeheure Zärtlichkeit für ihn. Wie sehr er mich doch liebte. Ich mußte versuchen, ihn immer zu lieben. Ich mußte mich um ihm kümmern. Mich ergriff auf einmal eine Woge der Fürsorglichkeit.

»Denk nicht mehr daran, Roland. Es ist doch vorbei.

Phillida läßt das Bett fortschaffen. Wenn wir heimkommen, steht schon ein neues da.«

Er schien gar nicht zuzuhören. Er starrte ins Leere. Er sah jetzt bestimmt das Zimmer vor sich, wie die Flammen am Vorhang emporzüngelten und ich ahnungslos dalag.

Er konnte nicht aufhören, darüber zu reden.

Dann klopfte es, und Mrs. Green brachte den Tee.

Während wir den Tee tranken, erzählte ich ihm von Belindas Besuch.

Er hörte nicht besonders aufmerksam zu. In Gedanken weilte er wohl noch immer in unserem Schlafzimmer auf Manor Grange.

»Ich unternehme morgen etwas mit ihr«, sagte ich. Ich fragte mich, ob ich ihm von ihren Problemen erzählen sollte. Aber ich entschied, daß Belinda mir ihr Vertrauen geschenkt hatte und es nicht in ihrem Sinne war, wenn ich ihre Geheimnisse auch nur meinem Gatten gegenüber ausplauderte.

»Aha«, meinte er.

»Du mußt natürlich arbeiten. Wirst du wohl bis Freitag damit fertig sein?«

»Gewiß. Dann fahren wir gemeinsam heim.«

Dann sprachen wir über uns, und er gestand mir, wie sehr er mich vermißt hatte.

»Ich hätte dich begleiten sollen«, sagte ich.

Er lächelte zustimmend. Dann gab er zu bedenken: »Phillida wäre nicht gerne allein auf Manor Grange geblieben. Sie glaubt, daß das Personal sie ablehnt und meint, daß sie dir deine Rolle als Herrin streitig machen will.«

Ich gab keine Antwort. Ich wußte, daß darin ein Körnchen Wahrheit lag.

»Du weißt doch, wie das Personal so ist«, meinte ich schließlich. »Die Emerys arbeiten schon seit den Lebzeiten meiner Mutter für uns. Ich habe meine Mutter ja nicht gekannt. Sie starb bei meiner Geburt. Aber Rebecca hat mir so viel von ihr erzählt, daß ich sie richtig zu kennen glaube.

Ehe die Emerys nach Manor Grange kamen, dienten sie meiner Mutter in ihrem kleinen Londoner Haus, und dann nahm sie sie mit nach Manor Grange. Du siehst also, wie lange sie sich schon um unser Hauswesen kümmern.«

»Gewiß. Phillida bringt dafür auch Verständnis auf. Ich glaube, sie hätte es gern, wenn wir etwas Eigenes hätten... von vorne anfingen...«

»Davon hat sie mir nichts gesagt.«

»Nein, das würde sie auch nicht. Manchmal befürchtet sie, daß sie uns im Weg steht... das fünfte Rad am Wagen ist... wenn du verstehst, was ich meine. Das beschäftigt sie ziemlich. Sie fragt sich die ganze Zeit, ob sie uns jetzt, da wir verheiratet sind, nicht allein lassen sollte.«

»Ach nein. Wo sollte sie denn hinziehen? Ich habe sie so liebgewonnen, und du würdest doch sehr darunter leiden, wenn sie wegginge.«

»Wir haben immer zusammengelebt. Es würde uns beiden schrecklich weh tun.«

»Mir auch. Ich habe sie doch aufrichtig lieb. Sie ist doch wie eine Schwester für mich.«

»Ich weiß, daß sie dasselbe für dich empfindet.«

»Sie hat sich entsetzlich über den Brand aufgeregt.«

»Das kann ich mir gut vorstellen. Na, was hältst du von dieser Idee? Vielleicht irgendwo in Yorkshire? Das läge nahe bei Bradford und wäre recht praktisch. Und es ist eine schöne Gegend.«

Ich schwieg. Ich würde mich so weit weg von London und Manorleigh nicht wohl fühlen.

»Wir würden selbstverständlich dieses Haus behalten.«

Ich schaute mich um. Ich konnte mir das nicht als meinen Wohnsitz vorstellen. Dies hohe, schmale Haus in einer Straße mit lauter solchen Gebäuden erschien mir düster im Vergleich mit den großen, luftdurchfluteten Räumen unseres Londoner Hauses, das jetzt Celeste gehörte, und mit Manor Grange. Das Letztere mit seinen großen Zimmern und seiner beeindruckenden geheimnisvollen Atmosphäre bedeutet mir sehr viel.

»Könntest du Manor Grange nicht verkaufen?« fragte Roland zögernd.

»Nein, wohl kaum. Selbst wenn ich wollte. Ich war so entsetzt beim Tod meines Vaters, daß ich leider die Einzelheiten des Testaments in seinen praktischen Auswirkungen gar nicht so recht erfaßte. Ich habe seither allerdings erkannt, daß mir zwar alles vermacht wurde, aber lediglich als Treuhandvermögen. Ich darf das Vermögen nicht angreifen, und ich nehme an, das Haus fällt auch unter diese Kategorie. Auf jeden Fall müßte ich die Anwälte vor einem solchen Schritt konsultieren. Mein Vater fürchtete wohl, ich könnte einem Mitgiftjäger zum Opfer fallen.«

Angesichts Rolands erschreckter Miene mußte ich lachen.

»Oh, aber das trifft doch nicht auf dich zu, Roland. Aber es gibt Leute...« Ich dachte an Jean Pascal, an dessen Beweggründe ich nicht zweifelte. »Mein Vater war ein sehr kluger Mensch«, fuhr ich fort, »und er wollte mich unbedingt beschützen. Selbstverständlich hatte er keineswegs mit einem frühen Tod gerechnet. Jedenfalls hinterließ er mir alles in sogenannter Treuhandschaft. Das heißt, ich kann über das Kapital nicht frei verfügen. Es ist für meine Kinder gedacht und, falls ich keine bekommen sollte, für Rebeccas Kinder, ich nehme also nicht an, daß ich Manor Grange ohne größere Probleme verkaufen könnte.«

»Ich verstehe«, meinte Roland. »Nun ja, es war auch nur so eine Idee von Phillida. Und sie hängt sehr an Manor Grange. Es ist nur, weil sie eine gewisse Ablehnung spürt...«

»Das wird schon vergehen. Die Emerys sind wirklich sehr nett. Aber sie haben bestimmte Regeln aufgestellt und erwarten von jedem, daß er sich daran hält.«

»Und Phillida hat gewisse Grenzen übertreten.«

»Weil sie Kitty ins Haus brauchte, ohne sich vorher mit Mrs. Emery abzusprechen. Ihr obliegt eigentlich die Anstellung des Personals. Und sie empfindet das als einen Angriff auf sie.«

»Wenn wir das nur geahnt hätten.«

»So tragisch ist es nun auch wieder nicht. Sie wird das schon verkraften. Ach, es ist schön, hier zu sein und dich in deinem Londoner Zuhause zu erleben.«

»Zuhause ist reichlich übertrieben. Eher ein Schlafplatz. Jedenfalls sehen Phillida und ich es so. In deiner Gegenwart erscheint es allerdings ganz anders.«

Ich lächelte beglückt.

Am nächsten Tag löste ich mein Versprechen gegenüber Belinda ein. Ich nahm eine Droschke und fuhr zu der Adresse, die sie mir gegeben hatte – einem kleinen Hotel in Bayswater.

Am Empfang fragte ich nach Mr. Henry Farrell. Er war gerade nicht da, wurde aber jeden Augenblick zurückerwartet. Ich sagte, ich würde so lange warten.

Ich machte mir Vorwürfe, daß ich keine Verabredung mit ihm getroffen hatte. Aber wenn ich dies versucht hätte, hätte er sich womöglich geweigert, mich zu empfangen.

Zehn Minuten lang saß ich da und übte meinen Text ein. Meine Überzeugung, daß es falsch war, Belinda nachzugeben, wuchs immer mehr. Was für ein Mensch war er denn? Eindrucksvoll, vermutlich. Er war hierhergereist, um auf seinen Rechten zu beharren. Er würde mich gar nicht anhören. Am besten stand ich jetzt auf und verließ das Hotel.

Ich hätte dies mit Roland besprechen, ihn um Rat bitten sollen. Ich kannte seine Meinung schon: Misch dich nicht ein. Belinda soll sich die Suppe, die sie sich eingebrockt hat, selbst auslöffeln. Natürlich, das hätte ich auch tun sollen. Aber ich mochte sie wirklich... auf eine gewisse, merkwürdige Weise. Ich hatte mich aufrichtig gefreut, daß sie, wie ich zumindest dachte, endlich zur Ruhe gekommen war.

Während ich so grübelte, hörte ich eine Stimme: »Mr. Farrell, eine Dame wartet auf Sie.«

Er kam auf mich zu. Er war mittelgroß, mit sonnengebleichtem blonden Haar, sein Gesicht verriet deutlich, daß er in einem anderen Klima als dem unseren lebte. Die tiefe Sonnenbräune ließ seine Augen tiefblau erscheinen. Seine Züge waren klar, und ihn umgab unzweifelhaft ein Hauch von Stärke. Er sah gut aus, und ich konnte verstehen, daß Belinda zu unbesonnenem Handeln versucht war, ehe sie erkannte, daß ein weitaus prächtigeres Leben als das in den Goldfeldern auf sie wartete.

»Mr. Farrell?« sagte ich und erhob mich.

»Ja«, sagte er mit unverkennbar australischem Akzent. »Sie wollten mich sprechen?«

»Ja. Ich bin Lucie Fitzgerald, geborene Lansdon. Ich weiß nicht, ob Belinda Ihnen von mir erzählt hat.«

»Oh«, rief er. »Sie sind also Lucie.« Er nahm meine Hand und schüttelte sie herzlich. »Sehr erfreut, Sie kennenzulernen.«

Ich stellte fest, daß er mir sympathisch war.

»Sie wollten also mit mir reden?« Er wirkte überrascht, aber erfreut.

»Wo können wir uns denn ungestört unterhalten?«

»In der Halle. Um diese Uhrzeit ist es dort ziemlich ruhig.«

»Schön. Ich wäre Ihnen dankbar, wenn Sie mir ein paar Minuten für ein Gespräch gönnten.«

Er schaute verdutzt drein und führte mich in die Halle. Er hatte recht. Es saßen kaum Leute drin, was mir nur angenehm war.

»Bitte setzen Sie sich«, sagte er, »und erzählen Sie mir, was das alles bedeuten soll.«

Wir nahmen auf Sesseln in einer Ecke Platz, und ich fing an: »Belinda besuchte mich. Sie ist sehr unglücklich.«

»Das geschieht ihr recht.«

»Ja, ich weiß. Sie hat mir alles erzählt. Sie hat etwas Fürchterliches angestellt.«

Er nickte. Ich schwieg und fragte mich, wie ich fortfahren sollte.

Er gab mir das Stichwort. »Was wollten Sie mir denn sagen?«

Ich zögerte. »Sehen Sie, sie war... sehr jung damals.«

»Das ist unwichtig. Sie wollte es schließlich. Sie wußte genau, was sie tat. Sie war ganz wild darauf. Wenn sie es sich jetzt anders überlegt hat, dann ist das ihr Pech.«

»Ich kann Ihre Gefühle nachempfinden.«

»Ich weiß nicht, warum sie Sie hergeschickt hat. Was hat sie Ihnen denn aufgetragen?«

»Sie hat mich nicht gerade hergeschickt. Ich komme aus freien Stücken. Sie hat mir alles gebeichtet. Sie ist todunglücklich und bedauert zutiefst...«

»Das hat sie mir auch schon alles erzählt. Aber sie ist meine Frau, und ich werde sie wieder mit nach Hause mitnehmen.«

»Und Sie glauben, das geht so einfach?« fragte ich. »Könnten Sie denn unter diesen Umständen tatsächlich eine glückliche Ehe führen?«

»Was wollen Sie damit sagen?«

»Nun ja, wenn Sie auf einer Ehe beharren, während sie sich dagegen sträubt.«

»Es entspricht dem Recht.«

»O ja, das bezweifle ich nicht. Aber im Recht zu sein ist keine Garantie für Glück.«

»Schauen Sie, ich weiß wirklich nicht...«

»Ich kann Sie gut verstehen. Ich mische mich in Ihre Angelegenheiten ein. Das geht mich gar nichts an.«

»Da haben Sie absolut recht.«

»Aber ich weiß es sehr wohl zu schätzen, daß Sie mir zuhören... selbst wenn Sie mir sagen, daß es mich nichts angeht. Mir liegt eben viel an Belinda. Wir haben einen großen Teil unserer Kindheit miteinander verbracht. Wir stehen uns nahe... und sie ist sehr unglücklich.«

»Ich sagte es Ihnen schon, sie ist mit mir verheiratet.«

»Ich weiß, aber wenn jemand mit einem nicht zusammenleben möchte, kann man ihn denn dazu zwingen?«

»Ja«, gab er heftig zurück. »Man kann. Sie wird sich ändern, wenn sie wieder daheim ist.«

Ich schüttelte den Kopf.

»Ich kenne sie gut«, beharrte er.

»Ich auch. Darf ich Ihnen etwas sagen? Ich weiß es sehr zu schätzen, daß Sie sich mit mir unterhalten. Wirklich. Es muß Ihnen als große Unverschämtheit erscheinen… und ist es in gewisser Weise auch.«

»Warum fahren Sie nicht fort?«

»Belinda kam auf die Goldfelder, als sie noch ein halbes Kind war. Das Fremde daran, das Neuartige zog sie in seinen Bann. Sie war eine Weile dort glücklich, aber sie ist hier aufgewachsen, und sie kannte eine andere Lebensart. Ich weiß nicht genau, was sich in Ihrer Ehe abgespielt hat. Aber besonders harmonisch verlief sie wohl nicht? Ich meine, schon vorher. Hatten Sie nicht einer Trennung zugestimmt?«

»Das geschah im Zorn. Ich gebe zu, daß ich manchmal ein wenig hitzig bin.«

»Sie stimmten zu, daß Sie sich besser trennen sollten.«

Er schwieg, also redete ich weiter: »Sie kam hierher, bis ans andere Ende der Welt. Alles, was sich in Australien zugetragen hatte, schien ihr ganz weit weg. Sie verdrängte es völlig. Sie lernte diesen Mann kennen. Sie verliebten sich ineinander und heirateten.«

»Wie konnte sie das, wo sie doch schon meine Frau ist?«

»Sie hat die üblichen Hochzeitsfeierlichkeiten durchlaufen. Er glaubt, daß sie miteinander verheiratet sind. Sie paßt zu ihm… und er zu ihr. Sie erwarten ein Baby.«

»Was? Davon hat sie mir nichts gesagt.«

»Bedenken Sie das, Mr. Farrell. Ich halte Sie für einen guten, rechtschaffenden Menschen.«

Verblüfft starrte er mich an. »Sie kennen mich doch gar nicht.«

»Ich verfüge über gute Menschenkenntnis und habe mir ein Bild von Ihnen gemacht.«

Ein leichtes Lächeln trat auf seine Lippen, was mich doch ein wenig hoffen ließ. Die Erwähnung des Kindes hatte durchaus Eindruck auf ihn gemacht.

Ich entschloß mich, diesen Punkt zu betonen. »Denken Sie doch an das unschuldige Kind«, hakte ich nach. »Soll es denn mit dem Makel der Unehelichkeit geboren werden?«

Er starrte mich noch immer an. »Was hat das mit mir zu tun?« fragte er. »Es ist doch ihr kleiner Bankert, nicht meiner. Sie ist mit mir verheiratet. So stehen die Dinge.«

»Ich weiß, ich weiß.«

»Was wollen Sie eigentlich?«

»Ich möchte, daß alles in Ordnung kommt... für Belinda, für Sie alle.«

»Warum denn?«

»Weil ich sie gern habe. Sie verstehen das. Sie haben sie schließlich auch gern.«

Er schwieg.

»Ich weiß, sie hat Ihnen wüst zugesetzt«, fuhr ich fort. »Sie hat mir auch manchesmal übel mitgespielt. Aber ich mag sie, und ich glaube, sie kann den Lebensweg finden, der ihr entspricht.«

»Ja, als Lady XY.«

»Schon möglich. Aber das will sie eben. Wenn Sie sie zur Rückkehr zwängen, würden Sie sich und sie ins Unglück stürzen. Und was würde aus dem Kind?«

»Sie könnte es zur Welt bringen und hier zurücklassen.«

»Mr. Farrell, eine Mutter verläßt ihr Kind nicht.«

»Manche schon – und Belinda könnte meiner Meinung durchaus dazugehören, wenn es ihr in den Kram paßt.«

»Das glaube ich kaum. Nun schön. Zerstören Sie eine harmonische Familie. Denken Sie auch nicht an das Kind. Seien Sie egoistisch. Es gibt ein Rezept, wie Sie glücklich werden können.«

Er lächelte mich langsam an. »Sie reden wie ein Rechtsanwalt! Aber, wissen Sie, wenn ich in der Klemme säße, würde ich es schätzen, wenn Sie mich herauspauken würden.«

»Danke«, entgegnete ich. »Aber ich möchte, daß Sie mich ernst nehmen.«

»Ich höre Ihnen gern zu. Reden Sie weiter. Erzählen Sie mir, warum sie Sie dazugebracht hat, zu mir zu kommen.«

»Es gibt einen Ausweg aus dieser verfahrenen Situation«, sagte ich.

»Für sie?« fragte er, wobei seine Augenbrauen zuckten und seine Belustigung verrieten.

»Für Belinda, für Sie und für alle Beteiligten.«

»Mhm?«

»Schauen Sie, Ihre Ehe besteht doch nur mehr auf dem Papier, nicht wahr?«

»Nein, eine Ehe verpflichtet. Sie heiraten... und zwar für immer.«

»Wenn Sie sich nicht entschließen, das Band zu lösen.«

»Scheidung, meinen Sie?«

»So sehe ich es. Sie könnten sich in aller Stille scheiden lassen, und dann könnte Belinda nachher gleich Robert Denver heiraten. Das könnte alles ohne großes Aufsehen geschehen.«

»Scheidung«, wiederholte er ungläubig.

»Sie hätten doch gewiß allen Grund dazu?« wies ich ihn hin.

»Grund genug schon. Aber... eine Scheidung...« Er schüttelte den Kopf.

»Sie hätten doch keinen glücklichen Moment miteinander«, fuhr ich fort. »Die Gefühle zwischen Ihnen sind doch erloschen.«

»Warum sollte ich das für sie tun, wo sie mich derart behandelt hat?«

»Sind Sie rachsüchtig?«

»Was soll das heißen? Ich bestehe nur auf meinem Recht.«

»Ihrem Recht? Und zu was soll das gut sein – ohne Zuneigung, ohne Liebe?«

»Sie liebte mich früher einmal.«

»Damals war sie noch ein Kind.«

»Sie war ein selbstsüchtiges, kleines Biest.«

»Vielleicht, aber sie wird Sie nicht mehr lieben. Sie würde immer dem Leben, das ihr entgangen ist, nachtrauern. Ihnen wird es ohne sie besser ergehen. Sie werden da unten wahrscheinlich eine liebenswerte Frau finden. Sie könnten eine wunderbare Familie gründen. Ich glaube wirklich, daß Sie das tun werden.«

»Und warum denken Sie das?«

»Weil Sie vernünftig und einsichtig sind. Ein guter Mensch im Grunde Ihres Herzens.«

Er mußte lachen. »Sie wissen genau, wie Sie einen Kerl um den Finger wickeln können. Darf ich Ihnen etwas verraten, Lucie, ich mag Sie zusehends.«

»Das freut mich, denn ich finde Sie auch immer sympathischer.«

»Ich nehme an, Sie sind eng mit ihr befreundet.«

»Ich kenne sie gut.«

»Dann überrascht es mich, daß Sie sich so für sie einsetzen.«

»Tja, sehen Sie. Sie sind ohne sie besser dran.«

»Daran besteht kein Zweifel.«

»Und was soll es dann für einen Sinn haben, daß Sie hierherkommen und versuchen, sie wieder mit nach Australien zu nehmen?«

»Nun ja, sie ist eben Belinda. Ich weiß nicht, was sie so anziehend macht. Sie ist so selbstsüchtig wie keine zweite. Sie paßt nicht zu so einem Mannsbild wie mir. Und trotzdem möchte ich sie wiederhaben, ehrlich.«

»Sie könnten sie vergessen.«

»Da bin ich mir nicht sicher.«

»Doch, doch, bestimmt. Stellen Sie sich einmal vor, da gibt

es eine nette Frau... liebevoll, zärtlich. Sie sind verheiratet und haben eine Familie... Sie erinnern sich dann an all dies und beglückwünschen sich, wie gut Sie davongekommen sind, Mr. Farrell.«

»Henry klingt viel netter.«

»Nun, Henry, denken Sie darüber nach. Ich bitte Sie inständig darum, lassen Sie es sich durch den Kopf gehen. Denken Sie an das Kind.«

»Ja«, meinte er nachdenklich. »Das Kind.«

»Geben Sie ihr eine Chance. Ich glaube wirklich, sie könnte ihr Glück finden und neu anfangen. Ich nehme an, sie hat Ihnen von ihrer Kindheit erzählt.«

»Ein bißchen.«

»Ihr ist Merkwürdiges als Kind widerfahren. Und mit dem Mann, den sie für ihren Vater hielt, war sie nicht sehr glücklich. Vom ersten Augenblick schien er gegen sie eingestellt zu sein. Das tut einem Kind nicht gut, es hat ihr geschadet. Und jetzt hat sie endlich eine Chance. Henry, geben Sie sie ihr doch.«

Lange Zeit sprach er kein Wort. Dann bemerkte er endlich: »Sie hat mich ziemlich übel behandelt. Ich wüßte nicht, warum ich ihr jetzt einen Gefallen erweisen sollte.«

»Weil Sie so glücklicher würden.«

»Ohne sie, wollen Sie sagen?«

Ich nickte.

»Ich glaube, Sie haben recht.«

»Natürlich könnten Sie sich rächen. Aber das führt doch zu nichts. Wenn Sie sie ziehen lassen... Werden Sie das tun? Werden Sie darüber nachdenken?«

Plötzlich streckte er die Hand aus und nahm die meine. »Ja, Lucie«, versprach er, »Ihnen zuliebe werde ich es mir durch den Kopf gehen lassen.«

»Ach, wie mich das freut. Ich bin sicher, Sie werden es von der richtigen Warte aus sehen. Darf ich wiederkommen, wenn Sie Ihren Entschluß gefaßt haben?«

Er nickte.

»Wann? Morgen?«

»Sie lassen mir nicht eben viel Zeit.«

»Ich würde gern wissen, daß alles bereinigt ist, ehe ich aufs Land zurückfahre.«

»Ich kann es nicht bestimmt versprechen. Nur weil Sie sich mit mir so freundlich und nett unterhalten haben, heißt das nicht, daß ich...«

»Ich bin überzeugt, nach einigem Nachdenken werden Sie mit mir übereinstimmen.«

»Gibt es nicht ein altes Sprichwort – meine Mutter hat das wohl immer gesagt – einem Honig ums Maul schmieren?

»Ja, das gibt es.«

»Bedeutet es, einem anderen schmeicheln?«

»Ja, das nehme ich an.«

»Sie haben mir ganz schön viel Honig ums Maul geschmiert.«

»Nein. Ich habe Sie nur mit der Wahrheit konfrontiert.«

Er lachte über mich. »Wie kommen Sie zurück, Lucie?« fragte er.

»Ich rufe eine Droschke.«

»Ich begleite Sie und kümmere mich darum.«

Und das tat er denn auch.

Ich fuhr ganz beflügelt zurück. Ich war mir sicher, wir würden das Rennen machen.

Ich fuhr geradewegs zu Celeste, wo Belinda ungeduldig auf mich wartete. Sie drängte mich auf ihr Zimmer.

»Und?«

»Vielleicht macht er es.«

»Macht er was?«

»Der Annullierung zustimmen... damit alles ruhig über die Bühne geht.«

»Wirklich? Ach, Lucie, du bist ein Schatz. Ich wußte, du würdest es schaffen. Du hast so etwas Ernsthaftes, überzeugendes an dir. Wie eine Gouvernante oder Lehrerin.«

»Er hat mich mit einem Anwalt verglichen.«

»Wie treffend. Was hat er gesagt?«

»Daß du mich schlecht behandelt hast, was natürlich stimmt.«

Sie streckte mir die Zunge heraus – diese alte Angewohnheit, an die ich mich aus Kindertagen so gut erinnerte.

»Ja, ja«, sagte sie ungeduldig.

»Ich habe ihm von dem Kind erzählt.« Ich schaute sie mißtrauisch an. »Du erwartest doch wirklich eines?«

»O ja. Ich bin mir ganz sicher. Du meinst doch nicht etwa, ich hätte das nur erfunden, oder?«

»Ja«, sagte ich.

»Und, was noch?«

»Ich habe ihn darauf hingewiesen, daß du ihm im Falle deiner Rückkehr nach Australien das Leben zur Hölle machen würdest... da stimmte er mir zu.«

»Ach, Lucie, du bist einfach wunderbar.«

»Ich bin noch nicht fertig. Er hat nur versprochen, es sich zu überlegen.«

»Oh, aber das macht er schon. Er muß. Was hältst du von ihm?«

»Ein bißchen rauhbeinig, aber unter der dicken Schale steckt ein weicher Kern. Ein netter Mensch. Ich meine, er hat dich nicht verdient.«

»Nein, wirklich nicht. Der arme, alte Henry. Glaubst du im Ernst...?«

»Ich kann dir nur sagen, daß er versprochen hat, darüber nachzudenken.«

»Wie lange braucht er dazu?«

»Ich weiß nicht. Aber ich treffe mich morgen mit ihm.«

»Oh, gut... wunderbar! Nicht auszudenken, wenn du verbrannt wärst!«

»Welche Katastrophe – denn dann hätte ich deine Angelegenheiten nicht in Ordnung bringen können!«

»So habe ich es nicht gemeint!«

»Das ist dir doch als erstes eingefallen. Wie dem auch sei, ich kam mit dem Leben davon und konnte mich mit Mr. Henry Farrell treffen.«

Sie umarmte mich stürmisch.

Wie sehr sie sich doch von Phillida und von Roland unterschied! Die beiden hegten aufrichtige Gefühle für mich. Aber so war Belinda nun einmal.

Mein Erfolg verblüffte mich. Das kam nur daher, weil Henry Farrell im Grunde ein herzensguter junger Mann war.

Die Sache mit dem Kind hatte wohl den Ausschlag gegeben. Er war verletzt und wütend, doch klug genug zu erkennen, daß er mit Belinda nie wahres Glück würde erfahren können.

Bei unserem nächsten Treffen am folgenden Tag in der Halle des Bayswater Hotels erwartete er mich und wirkte ziemlich erfreut, mich zu sehen.

Er erzählte mir nicht sofort seine Absichten, aber ich ahnte es wahrscheinlich von Anfang an. Er wollte mich erst ein wenig auf die Folter spannen, und ich nehme an, daß er meinen weiteren Fürsprachen noch ein wenig lauschen wollte.

Ich plädierte wie am Tag vorher und trug dieselben Argumente nochmals vor. Er hörte geduldig zu und sagte nach einer Weile: »Und wie sollen wir bezüglich der Scheidung vorgehen?«

Ich erklärte ihm, ich wisse nicht Bescheid, würde mich aber kundig machen.

»Man wird sich um alles kümmern«, sagte ich.

»Und dann heiratet sie diesen Lord vermutlich ein zweites Mal.«

»Sie wird Sir Robert Denver heiraten.«

»Stimmt er dem zu?«

»Ich glaube nicht, daß er es schon weiß.«

»Was?«

»Sie muß es ihm erst sagen.«

»Und wenn er sie nicht mehr will?«

»Das kann ich mir nicht vorstellen.«

»Ist wohl ganz verrückt nach ihr?«

»Ich denke schon.«

Ich empfand einen Moment Unbehagen. Ich erkannte an seinem Blick, daß er sich an früher erinnerte. Belinda übte eine ungeheure Anziehungskraft auf Männer aus. Da gab es Bobby, der sie vergötterte, und dieser junge Mann war vom anderen Ende der Welt angereist, um sie aufzustöbern.

Wie hold mir doch das Glück gewesen war, daß ich ihn trotz seiner noch immer bestehenden Gefühle für sie hatte überzeugen können.

Aber er war kein Narr. Er hatte den springenden Punkt erkannt. Es war am besten für alle Beteiligten, die Ehe zu beenden.

Beim Abschied hatte ich sein Versprechen, daß er die Scheidungsklage gegen Belinda einreichen würde. Sie würde natürlich keinen Einspruch dagegen erheben, und mit ein wenig Glück würde die Presse nichts davon erfahren.

Belinda wartete schon auf mich, als ich siegesgewiß heimkam.

»Er macht es!« verkündete ich ihr.

»Du bist großartig! Ich wußte, du würdest es schaffen. Ach, Lucie, du warst immer meine beste Freundin.«

»Vergiß nicht, du stehst erst am Anfang. Als erstes mußt du es Bobby gestehen.«

»Ich weiß«, sagte sie düster.

»Dann solltest du meiner Ansicht nach sofort zu ihm zurückkehren. Hoffentlich dringt nichts an die Öffentlichkeit. Das wäre ziemlich unangenehm für dich, aber du mußt dich darauf vorbereiten. Schließlich ist dies ein kleiner Preis für all deine Schandtaten.«

»Das mache ich, Lucie. Ich fahre sofort heim und erzähle Bobby alles.«

»Hoffen wir, daß er sich als so nachsichtig erweist und dir verzeiht, wie du meinst.«

»Natürlich macht er das. Er betet mich an.«

Ihre traurige Stimme war völlig verflogen. Wieder einmal wollte sie das Leben anderer so beeinflussen, wie es ihr am besten in den Kram paßte. Sie reiste am selben Tag ab; ich blieb noch einen Tag und eine Nacht in Welling Gardens.

Dann fuhren Roland und ich zurück nach Manor Leigh.

Phillida äußerte ihre Wiedersehensfreude höchst überschwenglich.

»Man könnte glauben, wir wären mindestens einen Monat weggewesen«, meinte Roland.

»Ich habe euch so vermißt. Beide zur gleichen Zeit fort! Wie schön, daß ihr wieder da seid! Schaut euch erst einmal euer Schlafzimmer an. Es sieht ganz anders aus. Roland, Lucie hat dir doch erzählt, daß ...« Ihre Stimme wechselte jäh von Freude zu Entsetzen.

»Ja«, sagte ich. »Ich habe ihm von dem Brand erzählt.«

Mit qualvollem Blick wandte sie sich ihm zu. »Ich wäre wohl gestorben ... wenn etwas passiert wäre.«

»Aber es ist gut ausgegangen«, sagte ich.

»Es hätte aber sein können. Stell dir mal vor, Roland!«

»Ich muß die ganze Zeit daran denken«, entgegnete Roland. »Man darf es sich gar nicht ausmalen. Aber du darfst dich nicht derart aufregen. Es ist vorbei und glimpflich ausgegangen. Wir haben großes Glück gehabt. Und jetzt wollen wir uns das Zimmer ansehen.«

Ohne das große Doppelbett schaute es verändert aus. Nun stand ein Bett im Regency-Stil da, das im Vergleich mit seinem Vorgänger ziemlich einfach wirkte. Doch es war schön und geschmackvoll.

»Das Zimmer schaut ganz anders aus«, bemerkte ich.

»Nicht so überladen«, fügte Roland hinzu. »Gut gemacht, Phillida, du hast eine ausgezeichnete Wahl getroffen.«

»Ich wollte auf keinen Fall noch einmal Bettvorhänge«, verkündete Phillida schaudernd. »Sie würden mich immer daran erinnern.«

Roland hakte sich bei ihr unter. »Grübel nicht mehr darüber nach«, befahl er ihr.

»Ich werde es versuchen, Roland.«

Ich genoß es, wieder zu Hause zu sein, und war ziemlich stolz darauf, wie ich Belindas Probleme zu einem guten Ende gebracht hatte.

Ich verbannte sie aus meinen Gedanken. Für eine Weile brauchte ich nicht an sie zu denken und konnte mich ganz einem Leben widmen, das sehr angenehm geworden war.

Die friedvolle Atmosphäre wurde jedoch gestört, als mich Mrs. Emery am nächsten Vormittag zu sich einlud. Ich vermutete gleich irgendwelche Schwierigkeiten, als sie die Dose mit dem Darjeeling hervorkramte.

Ich hörte bald, worum es sich handelte.

»Das Letzte, was mir einfiele, Miss Lucie, wäre es, unpassende Bemerkungen zu machen« setzte sie an und begann gleich damit. »Ich weiß, es handelt sich um die Schwester... aber das ist etwas anderes als die Hausherrin. Und mir scheint – und Emery stimmt hierin mit mir überein –, daß sie sich manchmal für die Gebieterin hier hält.«

»Ich bin überzeugt, daß sie das nicht tut, Mrs. Emery.«

»Nun ja, ich bin mir da ziemlich sicher.«

»Was beunruhigt Sie denn?«

»Dieses Bett. Sie benimmt sich in jeder Hinsicht, als gehörte das alles ihr. Ich habe zu Emery gesagt: ›Ist es denn ihre Sache, das Bett auszusuchen? Darf sie denn entscheiden, ob man das alte wegschafft?‹ Das war ein gutes Bett, wirklich. Es stand schon seit Ewigkeiten hier. Und ich schätze, es war auch ganz schön was wert. Und sie läßt es mir nichts, dir nichts fortbringen. Der Himmel weiß, wo es jetzt überhaupt ist.«

»Es war doch durch den Brand und das ganze Wasser, das man darübergekippt hat, völlig ruiniert.«

»Ruiniert, Unsinn. Ich denke, man hätte es schon wieder richten können.«

»Das Feuer hat sie doch ganz aus der Fassung gebracht, Mrs. Emery. Sie wollte alles loswerden, was uns daran erinnern könnte. Damit hat sie nicht ganz unrecht.«

»Ich hätte gedacht, es wäre Sache der Hausherrin, dies zu entscheiden, Miss Lucie. Weder Emery noch ich würden sagen ›Das muß weg‹ oder ›Das darf bleiben‹. Das muß die Herrin bestimmen. Und genau das gefällt mir gar nicht. ›Was kommt als nächstes?‹ frage ich Emery, und er schaut mich nur an und sagt: ›Ja, was kommt als nächstes?‹«

»Nun ja, wir wollen doch hoffen, daß wir so bald keine Betten mehr fortschaffen müssen. Mr. Fitzgerald und ich sind mit dem Ersatz sehr zufrieden.«

»Das mag schon sein. Aber mir kommt es nicht richtig vor. Aber wenn Sie es sagen. Und da ist noch etwas.«

»Oh? Und was?«

»Na ja, sie schleicht sich überall herum. Sie hat im Speicher in den Truhen und so herumgeschnüffelt...«

»Es ist ein altes Haus, das übt einen besonderen Reiz auf sie aus, Mrs. Emery. Sie wird hier mit uns leben, müssen Sie wissen, also wird sie hier zu Hause sein.«

»Offen gestanden, eben davor habe ich Angst, Miss Lucie. Zwei Damen als Herrin... ich wüßte nicht, wie das funktionieren soll.«

»Ach, das wird schon gehen. Sie ist schließlich meine Schwägerin und überdies eine sehr gute Freundin. Sie wäre sicher ganz überrascht, wenn sie erführe, daß sie Sie verärgert hat.«

»Na ja, und ich möchte auch noch erwähnen, daß es nicht nur der Speicher war. Sie ist im Garten umhergeschlichen, hat alles ganz genau wissen wollen, mit dem Personal geredet... sie über den Geist ausgefragt.«

»Hatten die Leute etwas dagegen?«

»Die doch nicht! Denen gefällt so was. Da fühlen sie sich gleich ganz wichtig. Sie halten anscheinend was auf sie. Aber die meisten von ihnen sind auch ziemliche Hohlköpfe. Ohne einen Gedanken an das Haus. Aber wenn es Sie nicht stört... Ich mag nur nicht mitansehen, wie man einen so ruhigen und gutmütigen Menschen ausnützt.«

»Das ist nett von Ihnen, Mrs. Emery, aber ich glaube nicht, daß sie das beabsichtigt. Ich bin sicher, sie wäre sehr entsetzt, wenn sie wüßte, daß Sie sich verletzt fühlen.«

Mrs. Emery nickte wortlos, aber an ihrem heftigen Umrühren im Tee erkannte ich, daß sie nicht mit mir übereinstimmte.

Ein paar Tage verstrichen. Ich fragte mich, wie es Belinda wohl erginge. Ich stellte mir vor, daß alles ruhig verlaufen müsse, andernfalls hätte ich davon erfahren. Wenn es ihr gutging, vergaß sie mich völlig. Nur wenn sie mich brauchte, erinnerte sie sich an mich.

Ich malte mir aus, wie sie dem nachgiebigen Bobby alles beichtete. Gewiß würde er sich ihren Wünschen anschließen. Sie würden die besten Anwälte beauftragen. Und wenn Henry Farrell tatsächlich die Scheidung betrieb, würde die Sache nicht zu sehr verzögert.

Ich hoffte, daß alles schnell und ohne Aufsehen vor der Geburt des Kindes vonstatten ginge.

Ich konnte mir Belinda nur schwer als Mutter vorstellen, aber die Menschen überraschten einen oft – vor allem in dieser Hinsicht.

Ich hatte einen angenehmen Tag verbracht. Ich war seit etwa einer Woche zurück, und wir lebten wie gewohnt weiter. Ich fragte mich ständig, wann Roland wieder nach London fahren müsse. Denn ich nahm an, daß diese Reisen einen Teil unseres Alltagslebens bilden würden. Er hatte ein wenig über den Wollhandel berichtet, den er in Yorkshire betrieb. Vermutlich konnte ich ihn auf seinen Geschäftsreisen nach Norden begleiten, die er wohl häufiger als in letzter Zeit unternehmen würde.

Wir waren nach dem Abendessen noch sitzen geblieben und hatten uns unseren Frankreichaufenthalt wieder ins Gedächtnis zurückgerufen. Phillida hatte das Gespräch mit ihrer Schilderung von ein oder zwei ihrer Erlebnisse aufgemuntert. Sie erzählte sie recht unterhaltsam, und sie handelten von irgendwelchen Schnitzern, die sie sich geleistet hatte.

Wir lachten bei der Erinnerung ziemlich viel.

Nachher saßen wir noch im Salon und plauderten. Phillida verabschiedete sich als erste. Auch Roland und ich gingen bald darauf in unser Zimmer.

Es war an diesem Abend recht kühl geworden, und Mrs. Emery hatte veranlaßt, daß in unserem Zimmer ein Feuer angefacht wurde, wenn es kühler wurde. Das Feuer im offenen Kamin verbreitete eine sehr heimelige Atmosphäre, als es Schatten an die Wand warf.

»Ich denke, Phillida wird den Schock wegen des Brandes überwinden, nicht wahr, Roland?« fragte ich.

»O ja. Aber sie hat sich wirklich sehr aufgeregt. Sie mag dich so gern. In der Tat habe ich sie seit dem Tod unserer Eltern nie derart aufgewühlt erlebt. Sie wird es wohl nie vergessen, solange sie hier ist. Sie betritt dieses Zimmer auch nicht mehr, oder?«

»Nein, ich glaube nicht.«

»Und wie geht es dir dabei?«

»Nun ja, ich habe wohl das meiste vergessen. Alles war so schnell vorbei. Ich bin aufgewacht, sah die Flammen – und in einer halben Stunde war der Brand schon gelöscht. Obendrein schaut es hier jetzt auch ganz anders aus.«

»Ach, wenn sich Phillida doch nur nicht so leicht aufregen würde.«

»Das macht einen Teil ihres Charmes aus. Sie birst doch geradezu vor Begeisterung und Energie. Alles, was sie tut und sagt, erfolgt mit diesem Überschwang. Sie genießt das Leben.«

»Und deshalb nehmen manche Ereignisse sie auch so sehr mit.«

Roland lag im Bett und schaute mir zu. Bevor ich mich auch hinlegte, zog ich noch die Vorhänge zurück, weil wir beide gern bei Tageslicht aufwachten.

Dabei schaute ich wie immer auf die Bank unter der Eiche. Mich packte großes Entsetzen. Jemand saß auf der Bank. Ich sah ihn deutlich im Sternenlicht und in der Beleuchtung von unserem Zimmer.

Er erhob sich. Er trug einen Zylinder und einen Umhang. Ich stand wie versteinert da... brachte kein Wort heraus... konnte mich nicht bewegen. Und währenddessen nahm er den Hut ab und verbeugte sich. Er schaute mich geradewegs an. Ich erkannte zweifelsfrei den spitz in die Stirn zulaufenden Haaransatz.

Es war derselbe Mann, den ich von meinem Zimmer in unserem Londoner Haus aus gesehen hatte – der Mörder meines Vaters, der mit meiner Hilfe am Galgen geendet hatte.

Ich vernahm Rolands Stimme. »Lucie... Lucie... stimmt etwas nicht?«

Ich drehte mich vom Fenster weg, sank auf einen Stuhl nieder und vergrub das Gesicht in den Händen.

Roland stand neben mir. »Was ist denn, Lucie? Was hast du denn?«

»Da... da unten.«

Er ging ans Fenster.

»Was? Was ist da unten? Was hat dich erschreckt?«

Ich stand auf und stellte mich neben ihn. Es war niemand unten.

»Ich habe ihn gesehen. Ganz deutlich. Er stand da... wie damals vor unserem Haus in London. Es war Fergus O'Neill.«

»Fergus O'Neill«, er wiederholte den Namen verständnislos.

»Der Mann, der meinen Vater umgebracht hat.«

»Lucie, beruhige dich. Erzähl mir genau, was du gesehen hast. Wen, dachtest du, hast du da unten entdeckt?«

»Fergus O'Neill«, wiederholte ich. »Ich habe ihn mit meiner Aussage belastet. Ich sah ihn, ehe er meinen Vater umbrachte. Er wartete vor dem Haus auf ihn... ich schaute hinunter und bemerkte ihn schon am Abend zuvor... und als er meinen Vater erschoß, erkannte ich ihn.«

»Lucie, versuchen wir herauszufinden, was das alles soll. Wie könnte er denn da unten stehen? Er wurde gehenkt, nicht wahr?«

Ich nickte.

»Du meinst, es war...?«

»Ich glaube, er ist zurückgekommen, um mich zu verfolgen.«

»Ach nein! Das bildest du dir ein.«

»Nein. Ich habe ihn deutlich gesehen. Ich dachte gar nicht an ihn. Warum sollte ich mir das jetzt einbilden... noch dazu hier?«

»Geh zu Bett. Es ist alles in Ordnung. Du mußt dich vor nichts fürchten, hier in meiner Gegenwart.«

Ich lag in seinen Armen, während er liebevoll und besänftigend auf mich einsprach. Ich schüttete ihm mein Herz aus, sprach von meinen Ängsten, daß ich den falschen Mann belastet hatte. Das hatte ich gedacht, als er mir beinahe unmittelbar danach auf der Straße, wo ich ihn die Nacht vor dem Mord an meinem Vater gesehen hatte, erschienen war. Ich hatte mir damals große Sorgen gemacht, und dann hatte ich mich davon überzeugt, daß ich töricht war. Rebecca hatte gemeint, ich hätte mir das nur eingebildet. Und ich hatte angefangen, ihr zu glauben. Aber er war es. Daran gab es nichts zu rütteln. Dieser auffallende Haaransatz...

»Ich glaube, du hast dir das eingebildet.«

»Warum sollte ich… auf einmal? Ich habe ihn ganz deutlich gesehen.«

»Das kommt von diesem alten Gemäuer. Man erzählt sich hier Geistergeschichten. Sitzt nicht der Sage nach einer auf der Bank?«

Ich nickte.

»Nun ja, das ist genau die Stelle, wo man ein Gespenst erwarten würde, und mit dieser Geschichte im Hinterkopf…«

»Ich habe doch gar nicht daran gedacht. Schon seit längerer Zeit nicht mehr.«

»Es kann sich um gar nichts anderes als Einbildung handeln.«

»Du glaubst also nicht, daß der Geist nach dem Tode wiederkehren kann?«

»Nein«, antwortete er im Brustton der Überzeugung.

»Selbst nach einem gewaltsamen Tod nicht? Selbst wenn jemand dazu beigetragen hat, ihn an den Galgen zu bringen?«

»Nein, das glaube ich nicht, und du solltest es auch nicht. Du warst müde, und Bilder der Vergangenheit kamen dir in den Sinn. Du sagst, du hast ihn gesehen… vor dem Mord. Ja, und dieses Bild hast du irgendwo in deinem Gedächtnis gespeichert. Du warst schläfrig, und dazu kam noch dieses Gerede, daß es im Garten spuken soll. Das Bild tauchte vor deinem inneren Auge auf, und du dachtest, du sähest es tatsächlich.«

»Du läßt das alles so einsichtig erscheinen… so logisch.«

»Es muß doch für alles einen vernünftigen Grund geben, Lucie, aber manchmal erkennt man ihn nur schwer.«

»Dank deiner Hilfe geht es mir gleich viel besser, Roland.«

»Dann bin ich ja beruhigt, meine Liebste.«

Er spielte mit einer meiner Locken und sagte sanft: »Ich passe auf dich auf. Ich werde dich immer vor allen Geistern dieser Welt schützen.«

Ich lehnte mich an ihn und beruhigte mich allmählich.

Wahrscheinlich hatte ich mir alles wirklich nur eingebildet. Aber ich konnte keinen Grund dafür finden, denn ich hatte schon länger nicht mehr an den Mann gedacht.

Auf einmal fragte Roland: »Du beschäftigst dich in Gedanken noch immer damit, nicht wahr? Weißt du, meiner Ansicht nach sollten wir von hier wegziehen.«

»Wegziehen!«

»Ich denke schon länger darüber nach. Schließlich ist dies *dein* Haus. Jetzt da wir verheiratet sind, sollten wir doch ein eigenes Haus haben... das ich erworben habe.«

»Ich kann Manor Grange nicht aufgeben.«

»Du könntest ab und zu herkommen, aber du mußt doch nicht die ganze Zeit hier leben. Auf alle Fälle sollten wir uns das durch den Kopf gehen lassen. Selbstverständlich sollten wir die Dinge nicht überstürzen. Es ist alles ein wenig verzwickt. Eigentlich sollte ich näher bei Bradford leben. In letzter Zeit war ich nicht eben oft dort oben. Die Bekanntschaft mit dir und die Hochzeit – dadurch hat sich alles verändert. Aber jetzt wo alles seinen gewohnten Gang geht, sollte ich mich aus geschäftlichen Gründen wieder häufiger dort aufhalten. Wenn wir nichts dagegen unternehmen, sind wir lange Zeit getrennt, und das würde mir nicht gefallen. Dir hoffentlich auch nicht.«

»Natürlich nicht.«

»Das habe ich mir gedacht... ich sollte etwas kaufen, dir ein Zuhause schaffen. Das ist es, was ich möchte, Lucie.«

»Du meinst... wir sollten da oben leben... die meiste Zeit?«

»Nicht unbedingt. Wir könnten die Absteige für unsere Londonbesuche behalten. Und du hättest noch immer Manor Grange. Ich weiß, daß dir das viel bedeutet. Du hängst an den Dienern. Aber mir geht das schon länger im Kopf herum. Tatsache ist, Lucie, ich glaube, dieses Haus tut dir nicht gut. Es birgt zu viele Erinnerungen... und heute nacht spüre ich, wie dringend die Sache ist. Denk darüber nach.«

»Roland, ich weiß nicht. Auf Manor Grange habe ich mich immer zu Hause gefühlt, viel mehr als in London.«

»Aber dieses Gespenst...«

»Gewiß, ich habe gehört, daß es hier Gespenster geben soll, aber doch nur wohlgesonnene... eine liebende Mutter, die zu ihrer Tochter zurückkommt. Das unterscheidet sich grundlegend von dem, was ich heute nacht sah – oder zu sehen glaubte.«

»Ich will schon länger mit dir darüber sprechen, Lucie. Aber ich wußte, daß du einen schrecklichen Schock erlitten hattest. Solche Dinge wirken nach. Selbst wenn man meint, es verarbeitet zu haben, kann es einen plötzlich wieder anspringen. Du hast mich geheiratet, und meiner Meinung nach würde eine andere Art zu leben dich leichter vergessen machen. Aber hier lebst du wie in alten Tagen. Du kannst hier nicht vergessen finden.«

»Und du meinst, wenn wir von hier wegziehen würden...«

»Ja. Ich will nicht drängen. Wir könnten ein Haus mieten, während wir uns nach etwas Passendem umschauen, etwas, wo du von der Vergangenheit loskommst. Und da ich in Yorkshire arbeiten muß..., naja, vielleicht könnten wir uns in der Nähe von Bradford etwas suchen. Sollen wir es nicht versuchen, Lucie? Ich glaube, das wäre die Lösung.«

Ich fragte mich, ob er wohl recht hatte. Gut möglich. Ich hatte mich so auf Manor Grange gefreut, aber meine Hoffnungen hatten sich nicht erfüllt. Und Mrs. Emery konnte Phillida nicht ausstehen. Und nach dem, was ich im Garten gesehen hatte – oder zu sehen geglaubt hatte –, sollten wir uns vielleicht anderswo eine Bleibe suchen.

Ich war mir nicht sicher, was ich wollte.

»Reden wir ein andermal darüber«, schlug ich vor.

»Gewiß«, erwiderte er und küßte mich. »Es war ungeschickt von mir, dieses Thema jetzt anzuschneiden. Ich fürchte, es ist mir einfach so herausgerutscht.«

»Es war lieb und aufmerksam von dir. Du bist immer so lieb und fürsorglich. Ich nehme an, du hast recht. Es liegt wohl an diesem Haus und all dem Gerede über Gespenster ... und an den Erinnerungen an meinen Vater natürlich.«

»Ja«, meinte er. »Laß uns über diese Idee mit dem Haus nachdenken.«

Ich schlief lange nicht ein, und als ich es endlich doch tat, hatte ich einen Alptraum. Ich schaute mir ein Haus mit dem Hintergedanken an, es zu kaufen. Ich betrat ein altes Gemäuer. Es ähnelte Manor Grange, und als ich in der Halle stand, kam eine Gestalt die Treppe herunter. Er trug einen Zylinder und einen schwarzen Umhang. Und als er sich verneigte und den Hut abnahm, sah ich sein Haar in einem Spitz auf der Stirn verlaufen. Ich bemerkte die weiße Haut auf seiner Wange.

Schreiend erwachte ich. Roland hielt mich fest und tröstete mich.

Am nächsten Morgen schlief ich lange und wurde durch Phillida an meinem Bett aufgeweckt.

»Lucie«, sagte sie sanft, »Du hattest eine schlimme Nacht. Roland hat mir davon erzählt.«

Ich fuhr hoch, mein Blick wanderte zum Fenster. Sie bemerkte dies, und ich wußte, daß sie bei den Worten ›Roland hat mir davon erzählt‹ meinte, daß er ihr alles über meine Sinnestäuschungen erzählt hatte, wie er es nennen würde.

»Du solltest dich heute morgen ausruhen, finde ich«, fuhr sie fort. »Ich werde dich bequem aufsetzen, und wenn du erst einmal etwas im Magen hast, geht es dir auch besser. Hier ist dein Frühstück. Ich habe es eigenhändig zubereitet ... Kaffee, Toast, Orangenmarmelade und ein weich gekochtes Ei.«

»Oh, Phillida, das ist doch nicht nötig. Mir geht es gut.«

»Nein, nein.« Sie konnte beharrlich sein. Mir wurde klar, was Mrs. Emery nicht behagte. Und es würde wieder Ärger geben, weil sie mir das Frühstück hergerichtet hatte. In ebendiesem Augenblick konstatierte Mrs. Emery wahrscheinlich, daß gewisse Leute anscheinend nicht wußten, daß in einem Hause wie diesem die Dienerschaft das Frühstück zubereitete.

Phillida bestand darauf, mich auf Kissen zu stützen, und stellte stolz das Tablett vor mich. Obwohl ich keinen Hunger verspürte, aß ich seltsamerweise nahezu geistesabwesend, was sie mir gebracht hatte. Aber dann fühlte ich mich in der Tat ein wenig besser. Es überraschte mich, wie das Tageslicht doch die Phantasien vertrieb. Natürlich, so redete ich mir zu, hatte ich mir alles nur eingebildet. Das Bild war irgendwo in meinem Hirn gespeichert und kam von Zeit zu Zeit hervor. Bezeichnenderweise hatte ich ihn auf der Spukbank zu sehen geglaubt.

»So ist es besser«, sagte sie. »Es tut mir so leid, Lucie. Roland hat mir alles erzählt. Hoffentlich hast du nichts dagegen. Er machte sich solche Sorgen. Er bat mich um Rat.«

»Ich muß überreizt gewesen sein – obwohl ich nicht wüßte wodurch. Ich war natürlich müde.«

»Es kommt wohl von diesen Gespenstergeschichten in diesem Haus.«

»Redet man denn davon?«

»Ja, die Dienerschaft. Lady XY, die seit langem verstorben ist, soll herumspuken und dem Personal zufolge noch immer hier erscheinen.«

»Ich hatte nicht daran gedacht. Aber ich habe mich hier so oft mit Celeste und meinem Vater aufgehalten.«

»Das ist es. Es hängt alles mit diesen schrecklichen Dingen zusammen. Roland und ich haben uns ernsthaft darüber unterhalten, ob wir nicht wegziehen sollten.«

»Er erwähnte es gestern abend.«

»Nun ja, du mußt wissen, er hat seine Geschäfte in Yorkshire in letzter Zeit ziemlich schleifen lasen. Er müßte wirklich näher bei Bradford wohnen.«

»Das hat er mir auch gesagt.«

»Ein so entzückendes Haus. Glaub nicht, wir lebten nicht gerne hier... sehr gerne sogar. Aber Roland meint, wir leben von deiner Mildtätigkeit. Na ja, du weißt ja, wie Männer denken. Sie möchten sich gerne als Versorger fühlen.«

»Das verstehe ich.«

»Das freut mich. Er weiß, was du für dieses Haus empfindest. Du willst es nie aufgeben. Roland erwähnte etwas von einer Treuhandschaft...«

»Ich bin mir nicht sicher, ob sich das auf das Haus erstreckt, aber es bezieht sich auf alles andere.«

»Nun ja, von solchen Dingen verstehe ich nichts. Aber ich weiß, wie sehr du an dem Haus hängst. Und du würdest natürlich auch die absolut unentbehrliche Mrs. Emery nicht aus der Fassung bringen wollen.« Sie verzog das Gesicht. »Irgendwie habe ich es mir mit ihr verscherzt. Aber das ließe sich wohl mit der Zeit bereinigen.«

»Ganz bestimmt.«

»Jedenfalls wäre sie derzeit entzückt, mich gehen zu sehen. Ich weiß, was sie gegen mich hat. Sie meint, wir nützen dich aus. In gewisser Weise verstehen wir sie. Glaubst du, wir könnten es uns... woanders nicht gemütlicher machen? Roland meint, du solltest ein Haus in der Nähe von Bradford suchen. Was hältst du davon?«

»Ich muß Manor Grange behalten, egal, was geschieht. Verstehst du das?«

»Gewiß. Du könntest dich häufig auf Manor Grange aufhalten. Dann könnten wir kurze Abstecher nach London machen. Das würde Mrs. Emery sicher besänftigen.«

»Sie mag es, wenn das Haus voller Besuch ist. Zu Lebzeiten meines Vaters...«

Phillida legte die Finger auf die Lippen und schüttelte den Kopf. »Na«, sagte sie, »was meinst du dazu? Sich umschauen schadet doch nichts.«

»Wohl kaum.«

»Es ist sogar ziemlich spannend. Ich schaue mir gerne Häuser an, und du?«

»Ja, das hat durchaus seinen Reiz.«

»Vielleicht würde dir ein modernes Haus gefallen, wo noch niemand – oder nur sehr wenige Leute – vorher gelebt haben, so daß es keine Geheimnisse oder gar Gespenster beherbergt.«

»Ich weiß nicht so recht. Ich habe von jeher alte Häuser gemocht.«

»Na schön, wäre es nicht vergnüglich, wenn wir uns nach einem Haus umschauten? Roland sagt, die Wahl liegt bei *dir*. Er hat sich diese Nacht solche Sorgen um dich gemacht.«

»Wo steckt er denn jetzt?«

»Unten. Er hat einen Brief aus Bradford bekommen. Er soll nächste Woche hinauffahren. Darüber hat er sich ziemlich aufgeregt. Ich glaube, er will dich mitnehmen. Ich fahre ganz sicher mit, weil ich einige Dinge erledigen muß. Und er will dich wohl hier nicht allein lassen.«

»Er ist immer so lieb und aufmerksam.«

»Nun ja, schließlich ist er dein Ehemann, nicht wahr? Und ich habe dich auch lieb, Lucie. Ich muß dauernd an diese entsetzliche Nacht denken und was alles hätte passieren können. Ja, natürlich, das ist es! Der Schock von damals!«

»Was willst du damit sagen?«

»Was in jener Nacht geschah.«

»Meinst du den Brand? Das hat doch damit nichts zu tun.«

»Aber es ist in diesem Haus geschehen. Es hätte sein können... ach, ich kann es gar nicht sagen. Das war der Schock. So etwas kann schlimme Auswirkungen haben. Du hast nach außen nicht sehr aufgelöst gewirkt. Deine Gefühle haben sich nach innen verlagert und sind durch die Vision im Garten wieder zutage getreten.«

»Das scheint mir doch ein wenig an den Haaren herbeigezogen«, sagte ich und stellte fest, daß ich wieder lachen konnte.

Phillida stimmte in mein Lachen mit ein. »Du lachst mich aus, wirklich. Du und Roland, ihr seid schon so ein Paar. Roland lacht immer über mich und meine verrückten Mätzchen, wie er es nennt. Aber ich halte das für eine gute und plausible Erklärung deiner Vision in der Nacht.« Sie wurde mit einem Mal ernst. »Ich kümmere mich um dich; Lucie... wie ich mich um Roland gekümmert habe. Und je mehr ich an einen Umzug denke, um so mehr halte ich das für die richtige Lösung.«

Sie schaute mit Wohlgefallen auf das Frühstückstablett, denn ich hatte alles aufgegessen.

»Mir geht es ausgezeichnet«, sagte ich. »Ich stehe jetzt auf.«

Sie küßte mich flüchtig auf die Stirn.

»Danke, Phillida.«

»Mach dir keine Sorgen«, meinte sie. »Roland und ich sind bei dir. Wir sind das großartige Dreiergespann. Wir halten zusammen wie Pech und Schwefel und verjagen alle Gespenster Englands, wenn nötig.«

Es war ihr zweifellos gelungen, die Schrecken der vergangenen Nacht zu vertreiben, wenn auch nicht völlig – was wohl kaum möglich war –, so doch zu einem bestimmten Grad.

Die nächsten paar Tage sprachen wir oft über die Suche nach einem Haus in Yorkshire. Ich erwärmte mich immer mehr für diesen Plan. Denn ich konnte die Erinnerung an das, was ich gesehen hatte, nicht abschütteln. Jeden Abend trat ich vor dem Schlafengehen ans Fenster und schaute hinaus, wobei ich insgeheim erwartete, den Mann oder den Geist – was immer es auch war – unten sitzen zu sehen. Mit einer Anwandlung von Angst und Beklemmung näherte ich mich dem Fenster. Mir fiel ein zentnerschwerer Stein vom Herzen, wenn ich niemanden auf der Bank entdeckte.

Tagsüber setzte ich mich dorthin und dachte nach. Die

Vergangenheit hatte mich eingeholt. Ich mußte immer wieder an die Nacht denken, als ich auf die Rückkehr meines Vaters vom Parlament gewartet und er bei den Greenhams übernachtet hatte, wodurch ihm noch ein paar Stunden mehr vergönnt waren. Ich dachte an den folgenden Tag, als ich dem Mann geradewegs ins Gesicht geschaut hatte, nachdem er die tödlichen Schüsse auf meinen Vater abgegeben hatte.

Ich lebte wieder in der Vergangenheit. Sie würde mich niemals völlig loslassen. Nicht bis ich die Wahrheit wußte – ob es zwei Männer mit solch markantem Haaransatz und narbiger Wange gab, ob die Gestalt, die mich heimsuchte, tatsächlich ein Mensch oder ein meiner gequälten Vorstellungskraft entsprungenes Trugbild war.

Doch wenn ich einen Unschuldigen an den Galgen geliefert hatte und der wahre Mörder noch immer lebte und mich verfolgte, wie hatte er dann nach Manor Grange kommen können? Wie hatte er auf der Spukbank sitzen können?

Die plausibelste Erklärung war natürlich, daß ich mir das alles eingebildet hatte. Ich hatte einen größeren Schock erlitten, als mir zum Zeitpunkt des Geschehens klar war. Und der Brand mußte mich stärker als geahnt mitgenommen haben.

Diese Gedanken beherrschten mich während der nächsten Tage, dann ereilte mich ein weiterer Schicksalsschlag.

Die örtliche Tageszeitung wurde immer am Vormittag gebracht. Ich nahm mein Exemplar und ging in den Garten, um sie durchzublättern. Kühn setzte ich mich auf die Spukbank und fing mit der Lektüre an. Es gab die üblichen Lokalnachrichten… eine Hochzeitsanzeige und zwei Beerdigungen. Die Leute zeigten größeres Interesse an ihrer unmittelbaren Umgebung als an der großen weiten Welt.

Dann fiel mir ein Artikel ins Auge, und beim Lesen begann mir das Herz in der Brust zu hämmern. Er war kurz und prägnant:

Die zwei vermißten Parlamentsmitglieder, Mr. James Hunter und Mr. Joel Greenham, befinden sich auf dem Heimweg nach England. Wie bereits berichtet, nahmen sie an einer Delegation nach Buganda teil. Beim Rückweg zum Hotel verschwanden eines Abends die beiden Herren. Man glaubte, sie seien beraubt und von den Tätern ermordet worden. Tatsächlich hatte man sie entführt und mehrere Monate gefangengehalten. Jetzt wurde ihre Freilassung erreicht, und sie haben ihre Heimreise nach England angetreten, wo sie von ihren Angehörigen erwartet werden.

Ich las den Artikel mehrere Male. Träumte ich? Erlag ich einer weiteren Sinnestäuschung? War Joel denn tatsächlich am Leben?

Ich ging ins Schlafzimmer hoch. Ich war heilfroh, daß mir niemand über den Weg lief. Ich konnte mir nur immer wieder vorsagen: »Joel kommt heim. Er lebt.«

Erinnerungen an ihn blitzten vor meinem geistigen Auge auf. Ich hatte ihn so lange Zeit geliebt... mein ganzes Leben lang, so schien es mir. Die Nachricht von seinem Tod, so kurz nach dem Mord an meinem Vater, hatte mich völlig niedergeschmettert. Ich war mir allein und verloren vorgekommen.

Ich konnte es nicht fassen. Joel lebte! Er kam heim!

Was bedeutete das für mich? Ich war jetzt verheiratet. Ich durchlitt schreckliche Qualen; es schien, als ob sich eine Last der Trauer und Verzweiflung über mich senke.

Joel kehrte heim... und ich war mit Roland Fitzgerald verheiratet!

Ich liebte Roland, sagte ich mir. Er war mir ein guter Ehemann. Hatte er mich denn jemals anders denn liebevoll und aufmerksam behandelt?

Aber... Joel kehrte heim. Wir hatten einander ewige Liebe geschworen. Und ich hatte Roland geheiratet.

Ich war wie betäubt von der Nachricht, was Roland und Phillida sofort bemerkten. Ihnen entging nichts, dachte ich ein wenig ärgerlich. Sie glaubten, daß mich meine sogenannten Sinnestäuschungen noch mehr aus der Fassung gebracht hatten als ursprünglich vermutet. Phillida ereiferte sich mit ihren Heilmitteln. Zusätzlich zu dem Schlaftrunk brachte sie mir ein weiteres Gebräu aus Kräutern.

»Wenn wir wieder zusammen in London sind, nehme ich dich mit zu diesem Reformhaus. Dort gibt es alles, was der Gesundheit nützt.«

Sie redeten viel über das Haus, das Roland in Yorkshire kaufen wollte. Phillida wußte genau, wie viele Zimmer wir brauchten. Sie schnatterte pausenlos davon. Ich ließ sie gewähren. Ich wollte nicht, daß sie meine Gleichgültigkeit erriet.

Wo sich Joel wohl gerade befand? Auf der Heimreise, hatte es in dem Artikel geheißen. In den Londoner Zeitungen würde mehr darüber stehen. Ich wünschte, ich wäre dort.

Was er wohl dachte? Er würde an mich denken, würde glauben, daß ich auf ihn wartete... wie wir es einander versprochen hatten. Das schien Jahre her. So viel war seither geschehen.

Die Fahrt nach Yorkshire bestimmte Rolands und Phillidas Gespräche. Ich hörte ihnen nur mit halbem Ohr zu.

Allerdings hörte ich Roland sagen: »Ich dachte, wir könnten ein Haus für etwa einen Monat mieten, damit du dich umschauen kannst. Wir wollen uns nicht voreilig festlegen.«

»Eine großartige Idee!« rief Phillida.

»Sagt dir der Gedanke auch zu, Lucie?«

»Oh ja, ja... eine gute Idee.«

»Meinst du wirklich?« Roland ließ nicht locker.

»Aber gewiß meint sie das«, antwortete Phillida für mich.

»Wir sollten nächste Woche fahren. Ich kann es nicht länger aufschieben, und das wäre doch eine glänzende Gelegenheit.«

»Ich freue mich so darauf«, fügte Phillida hinzu. »Häuser anschauen macht doch solchen Spaß, nicht wahr, Lucie?«

»O ja.«

»Die Moorlandschaft ist bekannt für ihre Schönheit«, sagte Phillida. »Irgendwo in der Nähe der Moore wäre es wohl sehr hübsch. Nicht zu sehr abgelegen, natürlich. Und dann gibt es diese wundervollen alten Abteien... Fountains und Rievaulx. Die Ruinen davon natürlich. Heinrich VIII., nicht wahr? Was für eine grauenhafte Tat! Aber die Ruinen sind wirklich faszinierend. Nächste Woche, meinst du, Roland? Ich kann es kaum noch erwarten.«

Ich wollte sie anschreien: Hört auf, über Häuser in Yorkshire zu reden! Ich wollte ihnen sagen: Joel kommt heim. Ich kann an nichts anderes denken.

Am nächsten Tag traf ein Brief von Belinda ein.

> Liebe Lucie!
> Bobby und ich fahren nach London. Wir möchten Dich unbedingt sehen. Alles wird nun gut. Ich habe ihm gesagt, was Du für mich getan hast. Bobby, der Schatz, versteht mich. Er hält Dich für einen wundervollen Menschen. Wir wollen Dich beide unbedingt treffen. Wir bleiben bei Celeste, der es nicht sehr gut geht. Ich glaube, sie fühlt sich ein wenig einsam.
> Also komme nach London und verbringe ein paar Tage mit uns. Bitte, bitte. Celeste würde sich auch sehr über Deinen Besuch freuen.
> Es grüßt Dich herzlich
>
> Belinda

Aber nächste Woche sollte ich mir Häuser anschauen... Häuser, die mich nicht die Spur interessierten, weil Joel heimkehrte und ich mich immer mehr fragte, was ich mit meinem Leben angefangen hatte.

Seit ich diesen Artikel über Joel gelesen hatte, hatte ich nicht mehr vor dem Schlafengehen Ausschau nach dem Mann auf der Spukbank gehalten. Der Gedanke an Joels Rückkehr hatte alles andere aus meinen Gedanken verdrängt.

Der Einfall kam mir plötzlich in der Nacht. Ich würde nicht mit ihnen nach Yorkshire fahren. Häuser waren mir ziemlich gleichgültig. Ich wollte nach London fahren. Ich mußte erfahren, was mit Joel los war. Es zerrte an meinen Nerven, daß ich keine Einzelheiten über ihn erfuhr.

Ich entschloß mich zu einer kleinen List und schwindelte ein wenig: »Belinda hat mir geschrieben. Sie fährt nach London. Sie glaubt, daß es Celeste nicht gut geht.«

»Oh, du meine Güte!« sagte Roland, ganz beunruhigt. Er fühlte immer mit anderen.

»Belinda meint, ich sollte auch nach London kommen und Celeste besuchen.«

»Du könntest doch nach unserer Rückkehr aus Yorkshire zu ihr fahren«, schlug Roland vor.

»Ich... ich würde wohl kaum wirklich froh sein können bei dem Gedanken, daß sie krank ist und ich sie nicht besuche.«

»Was fehlt ihr denn?«

»Ich weiß nicht. Aber ich möchte wirklich nach London, um es herauszufinden.«

»Wann?« fragte Phillida.

»Nun ja... jetzt gleich. Ich will nicht warten, bis sie richtig krank ist.«

»Steht es so schlimm?«

»Belinda hat so etwas angedeutet...« Ich unterbrach mich und dachte: Warum muß ich solche Erklärungen abgeben, ihnen Halbwahrheiten auftischen, bloß weil ich sie nicht begleiten möchte? Weil ich alles, was in meiner Macht steht, über Joel herausfinden muß.

Mit fester Stimme sprach ich weiter: »Ich halte es für eine gute Idee, wenn ihr beide nach Yorkshire reist. Schließlich kommt ihr ja von dort und kennt euch im Gegensatz zu mir da gut aus.«

»Aber du hast dich doch auf die Häusersuche schon gefreut«, gab Roland zu bedenken.

»Na ja, ihr werdet nicht von heute auf morgen ein Haus finden. Warum fahrt ihr beide nicht erst einmal voraus? Wenn euch dann ein Objekt gefällt, kann ich ja später nachkommen und es mir anschauen. Aber so etwas dauert einige Zeit... und ich würde mir währenddessen Sorgen um Celeste machen.«

»Da vergeht uns der ganze Spaß.« Phillida zog eine Schnute.

»Ich verstehe Lucies Gefühle«, warf Roland sanft ein. »Sie würde dauernd nur an Celeste denken.«

»Genau das meine ich«, sagte ich dankbar.

»Dann mache es so, wie du willst, meine liebe Lucie. Phillida und ich fahren nach Yorkshire und schauen uns um. Wenn uns etwas geeignet erscheint, lassen wir dich nachkommen, damit du es dir anschauen kannst. Wir werden ohne dich keine Entscheidung treffen, dessen kannst du dir sicher sein.«

Ich schenkte ihm ein herzliches Lächeln. Immer zeigte er sich so liebevoll und verständnisinnig.

Ich empfand ein Gefühl der Scham, aber gleichzeitig auch der Erleichterung. Ich konnte ihnen nicht von Joel erzählen. Ob ich ihn wohl sehen würde? Ich hatte keine Ahnung, wie er auf mich reagieren würde.

Und so saß ich denn im Zug und brauste nach London. Eine Droschke brachte mich zu Celeste, die schon auf mich wartete.

Sie stürzte auf mich zu und umarmte mich.

»Wie schön, dich zu sehen!«

»Belinda sagte mir, du fühltest dich nicht wohl; also bin ich einfach hergefahren.«

»Belinda übertreibt mal wieder.«

»Da bin ich aber froh. Wann kommt sie denn?«

»Morgen. Gut, daß du einen Tag vor ihr da bist. So können wir uns ein wenig unterhalten. Wo ist denn Roland?«

»Auf dem Weg nach Yorkshire. Zusammen mit Phillida. Celeste, ich habe einen Zeitungsartikel gelesen... über Joel.«

»O ja, die Londoner Zeitungen haben ziemlich viel darüber berichtet. Allerdings haben sie keine Schlagzeilen daraus gemacht. Das sparen sie sich wohl für seine Ankunft auf.«

»Wann kommt er denn?«

»Ziemlich bald, nehme ich an.«

»Hast du gehört, was genau passiert ist?«

»Nein. Ich hatte mir überlegt, ob ich nicht den Greenhams einen Besuch abstatten sollte, mich dann aber dagegen entschieden. Nach seinem Verschwinden haben sie sich so sonderbar mir gegenüber verhalten, daß ich sie in letzter Zeit äußerst selten gesehen habe.«

»Ich dachte, man wüßte hier Genaueres.«

»Die Presse schweigt sich seltsamerweise ziemlich darüber aus. Man würde doch annehmen, das gäbe eine gute Story. Unterhausabgeordneter entführt und die ganze Zeit gefangengehalten...«

»Hat man denn ein Lösegeld gezahlt?«

»Ich weiß auch nicht mehr als das, was in den Zeitungen stand.«

»Wann er wohl heimkommt?«

»Es wird nicht mehr dasselbe sein, nicht wahr? Ich meine, zwischen euch beiden. Du bist jetzt verheiratet.«

»Man hatte mir gesagt, er sei tot, Celeste.«

Sie warf mir einen ziemlich bestürzten Blick zu.

»Aber du führst eine sehr glückliche Ehe. Roland ist doch so lieb, oder? Der arme Joel. Vielleicht solltet ihr euch gar nicht begegnen. Vielleicht sollte ich es ihm erklären.«

»Ich möchte ihn sehen, Celeste. Ich möchte es ihm selbst erklären.«

»Wenn du das für klug hältst. Nun ja... er hat sich womöglich verändert.«

»So lange ist es wirklich nicht her, Celeste.«

»Aber du bist jetzt eine verheiratete Frau.«

Mit einem Nicken wandte ich mich ab.

»Wie lange bleiben Roland und Phillida in Yorkshire?« erkundigte sie sich.

»Das weiß ich nicht genau. Sie suchen dort ein Haus.«

»Ein Haus? Dort oben?«

»Ja. Roland muß von dort aus die meisten seiner Geschäfte abwickeln. Und sie fühlen sich dort mehr als im Süden zu Hause. Roland möchte ein Haus kaufen. Er glaubt wohl, daß Manor Grange nur mir gehört, und er möchte selbst für unseren Hausstand verantwortlich sein.«

Sie nickte. »Das scheint mir nur natürlich. Aber was wird aus Manor Grange? Wirst du es verkaufen?«

»Ich bin mir nicht sicher, ob ich das könnte, selbst wenn ich es wollte. Schließlich steht es doch unter Treuhandschaft. Ich kenne die Details nicht genau, weil ich seinerzeit nicht genau zugehört habe.«

»Damals waren wir alle noch zu erschüttert, nicht wahr. Vermutlich müßten die Treuhänder dem Verkauf zustimmen. Ich weiß da auch nicht mehr als du.«

»Ich würde es ohnehin nicht verkaufen. Denk nur mal an die Emerys.«

»Ich verstehe. Aber wenn ihr in Yorkshire lebt...«

»Ich werde ziemlich oft in den Süden fahren, um dich und Belinda zu besuchen. Ich könnte nicht so völlig abgeschieden da oben leben.«

»Schön, du bist hier jederzeit willkommen... und dann hast du auch noch Manor Grange. Das ist vielleicht gar keine schlechte Idee. Also schauen sie sich erst einmal um, und wenn sie etwas finden...?«

»Dann fahre ich hin und sehe es mir an. Und wenn es uns dreien gefällt, nun, dann kauft Roland es wahrscheinlich.«

»Wie spannend!« sagte Celeste. »Ach, was freue ich mich über deinen Besuch!«

Sie hatte mich in meinem alten Zimmer untergebracht. Beim Schlafengehen konnte ich an diesem Abend der Versuchung nicht widerstehen und ging zum Fenster. Ich starrte auf die Umzäunung der Grünanlage und erwartete halb, ihn dort zu erblicken.

Aber die Straße war menschenleer.

Belinda kam am nächsten Tag. Sie sprudelte nur so über vor lauter Aufregung. Bobby begleitete sie; er wirkte kaum weniger freudig als bei ihrer Hochzeit. Ich stellte mir sein Entsetzen bei Belindas Beichte vor. Aber sie hatte ihn davon überzeugen können, daß alles gut enden würde. Und er schien ihr zu glauben.

Sie kam bald auf einen Plausch in mein Zimmer.

»Es klappt«, frohlockte sie. »Bobby ist ja so ein Schatz, und Henry benimmt sich fast wie ein Gentleman, was ich ja niemals erwartet hätte.«

»Du meinst wohl, er macht genau das, was du willst?«

Sie lachte. »Du hast dich kein bißchen verändert, Lucie!« Und sie streckte mir wie früher die Zunge heraus. »Es wird ein wenig dauern. Warum müssen die Leute immer so herumtrödeln? Warum können sie die Dinge nicht flotter erledigen? *Ich* weiß gar nicht, was diese Verzögerungen immer sollen. Aber es wird ohne viel Trara über die Bühne gehen... und wir hoffen, daß kaum jemand davon erfährt. Bobby und ich werden also bald richtig heiraten – und wir werden dir nie vergessen, was du für uns getan hast, Lucie.«

»Ich habe doch nur das Offensichtliche getan. Es gab schließlich nur eine einzige Lösung.«

»Aber Henry hätte gemein werden können. Er fand dich sehr sympathisch und hält dich für vernünftig. Er tat es höchst ungern, aber er sah ein, daß es keinen Zweck hatte, mich zur Rückkehr zu zwingen. Und da wäre auch noch das Baby.«

»Meinst du, das hat den Ausschlag gegeben?«

Belinda tätschelte sich den Bauch. »Liebes, kleines Baby«, sagte sie. »Er wird stark und kräftig. Schau, was er durch seine bloße Anwesenheit erreicht!«

Die Art, wie sie ihre Probleme anderen aufbürdete und insgeheim glaubte, daß sich alles für sie klären würde – was ja auf wundervolle Weise auch stimmte –, dünkte mir doch ziemlich ungewöhnlich.

Plötzlich sagte sie: »Joel Greenham kehrt heim. Das habe ich in der Zeitung gelesen.« Sie warf mir einen fragenden Blick zu. »Er war doch sehr eng mit dir befreundet.«

»Denk doch einmal scharf nach!« erwiderte ich leicht sarkastisch.

»Natürlich erinnere ich mich! Es war ziemlich spannend, und früher wolltest du ihn heiraten. Und jetzt kommt er zurück.« Sie beobachtete mich mit funkelnden Augen. »Er wurde entführt«, fuhr sie fort. »Er wird bald wieder hiersein.«

»Ja, das nehme ich an.«

»Spiel mir doch nicht die Gleichgültige vor.«

»Ich habe nicht versucht, irgend etwas vorzuspielen. Natürlich stehe ich dem nicht gleichgültig gegenüber. Man hielt ihn für tot. Es ist wundervoll, daß das nicht stimmt... und er heimkommt.«

Sie nickte, und ich konnte sehen, daß ihr alles mögliche im Kopf herumging.

Mir in der Tat auch. Meine Gedanken befanden sich in Aufruhr, wie immer, seit ich diesen Artikel gelesen hatte. Ich sehnte mich nach einem Wiedersehen mit Joel und hatte davor gehörige Angst.

Ein weiterer Tag verging. Celeste war über unsere Anwesenheit gewiß sehr beglückt. Ihr Problem bestand in ihrer

Einsamkeit. Belinda war verblüffend gelassen, was ihre Angelegenheiten anging. Bestimmt war sie von einem baldigen guten Ausgang überzeugt. Bobby war wohl ein wenig verwirrt, aber zweifelsohne liebte er Belinda innig und freute sich ungemein auf das Kind.

In gewisser Weise bewunderte ich Belinda. Ich wünschte, ich könnte meine Probleme mit derselben Haltung wie sie die ihren angehen.

Beständig studierte ich die Zeitungen nach Neuigkeiten. Vergebens.

Belinda wollte während ihres Londonaufenthaltes Einkäufe erledigen. »Für das Baby«, erklärte sie. »Lucie, komm doch bitte mit.«

Also begleitete ich sie. Sie kaufte für sich selbst ebenso viel ein wie für das Baby. Bei unserer Rückkehr wirkte Celeste ein wenig aufgeregt.

Als ich mit ihr allein war, sagte sie: »Joel war hier. Er ist ganz durcheinander.«

»Er wollte mich sehen?« fragte ich.

»Ja. Seine Eltern haben ihm von deiner Heirat erzählt, aber er wollte diese Neuigkeit von dir hören. Als ich ihm sagte, daß du gerade in London bist, stellte er mir ziemlich viele Fragen. Er schaut verändert aus, Lucie. Älter.«

»Das tun wir wohl alle. Und seine Erlebnisse können nicht spurlos an ihm vorübergegangen sein.«

»Er wußte natürlich über deinen Vater Bescheid. Er sagte, er müsse in Kontakt mit dir treten.« Sie schaute mich besorgt an.

»Er wird vermutlich mit mir reden wollen.«

»Er hat dir eine Nachricht hinterlassen.«

»Eine Nachricht? Wo ist sie?«

»Hier.«

Sie langte in die Tasche ihres Kleides und holte sie beinahe widerwillig heraus. Ich riß sie ihr fast aus der Hand.

»Danke, Celeste.«

Ich wollte allein entdecken, was er mir geschrieben hatte. Also ging ich in mein Zimmer, setzte mich aufs Bett und schlitzte den Umschlag auf.

Liebe Lucie!
Ich möchte Dich sehen. Ich konnte nicht glauben, daß Du verheiratet bist. Meine Eltern haben es mir als erste gesagt. Sie hatten viele Erklärungen parat. Aber ich muß Dich bald treffen. Vielleicht morgen? Wollen wir uns um halb elf an unserem Teich in Kensington Gardens treffen? Bitte komme. Ich werde dasein.

Joel

Ich mußte selbstverständlich hingehen. Ich mußte ihn sehen und ihm alles erklären.

Der Rest des Tages wurde mir fast unerträglich. Die Zeit verstrich so langsam, daß es zum Verrücktwerden war. Glücklicherweise war Belinda derart mit sich selbst beschäftigt, daß sie meine Stimmung nicht bemerkte.

Eine unruhige Nacht folgte für mich; aber auch sie verging. Und dann spazierte ich durch Kensington Gardens zum Teich, wo Joel und ich uns in unserer Kindheit so oft begegnet waren. Deshalb war ihm wohl dieser Treffpunkt eingefallen.

Es war ein herrlicher Tag. Viele Kinder ließen ihre kleinen weißen Boote auf dem Teich schwimmen, während wachsame Kindermädchen danebenstanden.

Und da war Joel. Er hatte mich entdeckt und eilte mir entgegen. Er umarmte mich und drückte mich ein paar Sekunden lang fest an sich. Dann ließ er mich los und schaute mir ins Gesicht. Ich bemerkte den Schmerz in seinen Augen, der dem meinen entsprach.

Er faßte mich an den Ellbogen und sah mich weiter an.

»Lucie...«, begann er.

»Ach, Joel«, sagte ich. »Ich dachte, ich würde dich nie mehr wiedersehen.«

In diesem Augenblick erkannte ich, welchen Fehler ich begangen hatte. Ich wußte, daß ich ihn und nur ihn allein auf immer aufrichtig liebte. Ich wußte, daß ich nie wieder wirklich glücklich sein konnte.

Seine Augen verdunkelten sich, als er murmelte: »Wie konntest du?«

»Laß mich es dir erklären.«

»Laß uns ein ruhiges Plätzchen finden, wo wir uns unterhalten können.«

Er nahm meinen Arm, und wir gingen zügig vom Teich weg zu dem von Blumen gesäumten Pfad. Dann bogen wir zu einem Wiesenstück ab. Er führte mich zu einer Bank unter den Bäumen.

Nachdem wir uns gesetzt hatten, drehte er sich zu mir und sagte: »Wie konnte das geschehen?«

»Man sagte mir, daß du tot seist«, antwortet ich. »Ich konnte es kaum ertragen... nachdem mein Vater...«

»Ich weiß, was deinem Vater zugestoßen ist. Und dann haben sie dir gesagt... was haben sie dir denn gesagt?«

»Daß Diebe über dich hergefallen sind, als du nach einem Treffen auf dem Weg zum Hotel warst. Du seist vermißt, sagte man. Nach einiger Zeit hörten wir, daß man deine Leiche gefunden habe. Sie sagten, du seist ermordet worden, du und James Hunter.«

»Sie hätten dir die Wahrheit sagen müssen«, meinte er. »Ich hätte mich nicht darauf eingelassen, wenn ich gewußt hätte, daß sie dich anlügen.«

»Die Wahrheit?« rief ich.

»Es stimmt, daß ich mit anderen Unterhausabgeordneten an der Delegation teilnahm. Als ich schon drüben war, unterbreitete man mir und James Hunter einen Vorschlag. Im Notfall waren wir jünger und körperlich widerstandsfähiger als die anderen. Wir hatten beide in diese Art von Arbeit schon vorher hineingeschnuppert. Und man sagte uns, daß man uns für die Delegation ausgewählt hatte, weil es einen

Geheimauftrag auszuführen galt... einen sehr geheimen Auftrag. Du weißt, Buganda ist kürzlich zum britischen Protektorat erklärt worden. In solchen Fällen gilt es immer, Widerstandsnester in einigen Gegenden auszuheben. Ein Komplott gegen die Briten war am Brodeln, und Hunter und ich sollten die Anführer des drohenden Aufstands ermitteln. Natürlich durften sie nichts von unseren Absichten erfahren, deshalb mußten wir unsere Identität als Abgeordnete aufgeben und unter absoluter Geheimhaltung vorgehen. Als Parlamentsmitglieder würden wir sofort das Mißtrauen jener, die wir aufspüren wollten, wecken. Also... wurden wir entführt, nicht von Räubern, sondern von unseren eigenen Agenten. Dann setzte man uns genau über unsere Aufgabe in Kenntnis. Man gab bekannt, daß wir vermißt wurden, und später, daß man uns ermordet habe. Ich habe mir ausbedungen, daß meine Familie und meine Verlobte die Wahrheit erfahren müßten. Meinem Vater, als bekannter Person des öffentlichen Lebens, war zu trauen, und so gestand man mir dies zu.«

»Dein Vater hat mir nichts davon erzählt.«

»Er hielt dich für zu jung, um dir ein solches Geheimnis anzuvertrauen. Unsere Verlobung war noch nicht offiziell. Er sagte, daß ich nicht verlobt sei. Und ein einziges Wort, ein Blick nur hätte alles verraten und uns womöglich das Leben kosten können. Du muß ihm verzeihen, Lucie. Er bangte um mich.«

»Das wäre nicht nötig gewesen.«

»Ich weiß... aber er hatte Angst um mich.«

»Ich besuchte deine Eltern. Dein Vater benahm sich sonderbar, so reserviert...«

Er nickte.

»Ach, Joel, wenn ich das nur geahnt hätte!«

»Das Schicksal war offenbar gegen uns. Und du, Lucie, du hast diesen Mann geheiratet.«

»Ich war verzweifelt und einsam. Rebecca – überhaupt alle – rieten mir dazu. Sie sagten, ich müßte mir ein neues Leben aufbauen. Das alles war zu viel für mich – der Verlust meines Vaters und dann du. Weißt du, ich war dabei, als mein Vater ermordet war. Ich habe den Mörder mit eigenen Augen gesehen. Ich sah die Waffe, sah Vater fallen, einfach alles. Und dann der Prozeß – meine Aussage führte zur Verurteilung des Mannes. Und dann verlor ich dich auch noch. Ich fuhr mit Belinda und Jean Pascal Bourdon nach Frankreich. Er ist ihr Vater, mußt du wissen. Alle glaubten, ein Tapetenwechsel würde mir guttun. Auf dem Boot lernte ich die Fitzgeralds kennen – Phillida und Roland.«

»Und du hast Roland geheiratet.«

»Sie waren so gut zu mir. *Er* ist gut zu mir. Er hat mir so sehr geholfen. Ich spürte, daß ich mich allmählich in mein Schicksal fügte...«

»Wo ist er jetzt?«

»In Yorkshire. Wir wollen uns dort ein Haus kaufen... damit er näher bei Bradford, wo er seine Geschäfte betreibt, wohnt. Er ist im Wollhandel tätig.«

»Und du hast für mich nichts mehr empfunden?«

»Ich habe es versucht... aber es gelang mir nicht. Ich hätte dich mein Leben lang nicht vergessen. Aber ich hätte mit Roland schon in gewisser Weise glücklich sein können, weil er mir immer so viel Liebe und Verständnis entgegenbrachte. Aber ich konnte dich nie vergessen und ich kann nie vergessen, was meinem Vater zustieß. Ich bin von entsetzlicher Furcht gepeinigt.«

»Erzähl mir davon.«

»Es ist dieser Mann, der meinen Vater ermordet hat.«

»Dieser Fergus O'Neill.«

»Du kennst ihn?«

»Er war ein nicht eben unbekannter Terrorist. Regierung und Behörden hatten ihn unter Beobachtung. Deshalb konnte man ihn auch so leicht festnehmen. Er war in andere Delikte verwickelt und schon mehrmals beinahe gefaßt worden.«

»Du wußtest also von diesen Dingen?«

»Nun ja, ich war in dem Bereich tätig... ähnlich wie in Buganda. Die Probleme mit Irland gehen ja schon jahrelang. Wer sagte doch gleich: ›Man kann die irische Frage nicht lösen, denn wenn man es täte, würden sie nur eine andere Frage finden‹? Seit Cromwells Tagen und früher geht das schon. Es scheint, als dauere es noch ewig, egal, was auch passiert. Ich glaube nicht, daß du dir wegen dieses Mannes Gewissensbisse machen mußt. Indem du zu seiner Verurteilung beigetragen hast, hast du wahrscheinlich vielen Menschen das Leben gerettet.«

»Da ist noch etwas, Joel. Oh, es fällt mir so leicht, mich dir anzuvertrauen. Ich hatte niemand, mit dem ich so sprechen könnte – außer Rebecca –, seit du wegfuhrst.«

Er drückte mir die Hand, und ich fuhr fort. »In der Nacht vor dem Mord an meinem Vater sah ich von meinem Fenster aus einen Mann auf der anderen Straßenseite warten und das Haus beobachten. Es wehte ihm den Hut weg und ich entdeckte, daß sein Haaransatz ganz tief in die Stirn zu einem Spitz zulief. Und auf seiner Wange hatte er eine weiße Narbe.«

»Das war Fergus O'Neill. Dieser auffallende Haaransatz hat ihn immer verraten. Daran erkannte man ihn so leicht.«

»Joel, ich habe diesen Mann an derselben Stelle wiedergesehen – und zwar nach seiner Hinrichtung.«

»Wie das?«

»Das frage ich mich auch. Gibt es einen anderen, der ihm ähnlich sieht? Habe ich den falschen Mann an den Galgen geliefert?«

»Du warst überreizt. Könntest du dir das nicht eingebildet haben?«

»So sagt man. Rebecca hielt dies für des Rätsels Lösung, und ich habe es schließlich geglaubt. Aber es passierte noch einmal.«

»An der gleichen Stelle?«

»Nein, auf Manor Grange.«

»Manor Grange?«

»Ja, erst vor ein paar Tagen. Erinnerst du dich an Manor Grange... an die Spukbank dort?«

»Ja.«

»Ich schaute aus dem Fenster. Der Mann saß da. Als ich hinuntersah, erhob er sich und verbeugte sich. Ich sah seinen Haaransatz, ganz deutlich, die Narbe auf seiner Wange.«

»Nein!«

»Ich schwöre es!«

»Das mußt du dir eingebildet haben. Hat ihn noch jemand gesehen?«

»Nein.«

»Du warst also allein?«

»Roland war bei mir. Er kam ans Fenster... und niemand war mehr da.«

»Sehr seltsam.«

»Ich weiß, was du jetzt sagen wirst. Was alle sagen: Ich habe es mir eingebildet.«

»Wie könnte es denn sonst gewesen sein? Einmal angenommen, es war Fergus O'Neill und er hatte einen Zwillingsbruder, der ihm aufs Haar glich. Entweder hat man den verkehrten Bruder gehenkt, oder, wenn es keinen Bruder gibt, hat Fergus sein Grab verlassen, um dich zu verfolgen. Das ist die einzige logische Erklärung. Ich könnte es verstehen, wenn es nur in London passiert wäre. Aber wie könnte er nach Manorleigh kommen, sich seinen Umhang und Hut anziehen und vom Bahnhof bis zu deinem Landsitz laufen? Das paßt einfach nicht zusammen.«

»Nein. Deshalb beschloß Roland wohl auch letztendlich, daß wir wegziehen müssen.«

»Und ihr beabsichtigt, nach Yorkshire zu gehen?«

»Sie suchen dort ein Haus. Ich wollte sie begleiten, aber dann erfuhr ich von deiner Rückkehr und mußte unbedingt nach London.«

Er nahm meine Hand und hielt sie fest. »Lucie«, sagte er, »was wollen wir jetzt tun?«

»Was können wir tun?«

»Wir könnten alles aufgeben... und weggehen.«

Ich schüttelte den Kopf.

»Heißt das, du wirst bei ihm bleiben?«

»Ich bin mit ihm verheiratet.«

»Ist das absolut unwiderruflich?«

»Ich fürchte ja, Joel.«

»Und was wird dann aus uns?«

»Auf dich wartet eine vielversprechende Karriere in der Politik. Die Sache mit deiner Entführung könnte sich für dich auf lange Sicht ins Gute wenden. Mein Vater würde das so gesehen haben.«

»Wie kann ich daran etwas Gutes sehen, wenn ich dich dadurch verloren habe?«

»Du wirst dich damit abfinden. Dir steht eine große Karriere im Unterhaus bevor.«

»Ich bin deinetwegen zurückgekommen. Ich werde nicht tatenlos zuschauen und das hinnehmen, was über meinen Kopf hinweg ausgehandelt wurde.«

»Es bleibt uns nichts anderes übrig. Ich habe Roland geheiratet, weil mir dies damals als das Beste erschien. Vielleicht war das selbstsüchtig. Ich glaubte damals nicht, daß ich ihn benutzte, weil ich den, den ich wirklich liebte, verloren zu haben glaubte. Aber ich habe mich wohl geirrt. Ich habe diesen Schritt gemacht, und nun führt kein Weg mehr zurück. Joel, du wirst mich vergessen müssen. Wir sollten uns besser nicht mehr sehen. Du mußt dich jetzt auf deine Laufbahn konzentrieren. Sie wird sehr erfolgreich verlaufen. Mein Vater hat immer große Stücke auf dich gehalten, und er mußte es ja wissen. Wir wollten so gern zusammensein... wir planten unsere gemeinsame Zukunft... aber das Schicksal wollte es anders. Wir müssen uns mit den Gegebenheiten abfinden, Joel.«

»Nein«, widersprach er. »Ich kann nicht vergessen, was wir gemeinsam planten... was hätte sein sollen. Du hättest auf mich warten sollen, Lucie.«

»Wenn ich das doch geahnt hätte! Wie herrlich wäre alles gewesen. Ich habe meinen Vater innig geliebt, weißt du. Ich war noch ganz benommen von diesem Schicksalsschlag, als mich der nächste ereilte. Ich hatte euch beide verloren... die zwei Menschen, die mir am meisten am Herzen lagen... die zwei, für die ich am meisten bedeutete. Ich war aller Hoffnungen beraubt. Ich mußte mir ein neues Leben aufbauen. Alle sagten das. Ich mußte so viel Leid überwinden. Und als Roland meinen Weg kreuzte, schien er einen Ausweg zu bieten.«

»Jetzt, da du mir das erzählst, verstehe ich es. Und Roland, du magst ihn, nicht wahr?«

»Sehr gern. Er ist ein guter Mensch. Er ist immer liebevoll und zärtlich zu mir.«

Er zuckte zusammen. »Ich möchte mehr über ihn erfahren«, sagte er.

»Er hängt sehr an seiner Schwester Phillida. Ich bin auch mit ihr eng befreundet. Ja, ich habe sie beide gern. Roland unterhält in London ein Büro. Er muß offenbar sehr viel arbeiten. Hin und wieder muß er nach Yorkshire, aber die meiste Zeit hatte er in London zu tun.«

»Und ihr wart miteinander in Frankreich?«

»Ja, über einen Monat lang.«

»Wo ist denn sein Büro?«

»Ich war noch nie dort. Ich glaube, er hat Marcus Court erwähnt... jedenfalls irgendwo in der Londoner City.«

»Aha. Und hat er ein Haus in Yorkshire?«

»Nein. Das Haus in London heißt bei ihnen Absteigequartier, aber bis jetzt hat er noch kein Haus in Yorkshire. Deshalb ist er auch mit Phillida hinaufgefahren. Sie schauen sich nach etwas Passendem um, das er dann kaufen will und wo wir alle dann leben werden.«

»Ich verstehe. Also möchtest du Manor Grange aufgeben?«

»O nein. Ich werde es behalten. Roland schlug zwar nach dem Brand vor, es zu verkaufen.«

»Nach dem Brand?«

Ich erzählte ihm davon, worauf er sehr besorgt dreinschaute.

»Du hättest bei lebendigem Leibe verbrennen können!«

»Das hat man mir damals auch gesagt. Aber ich bin rechtzeitig aufgewacht. Es bestand keine echte Lebensgefahr.«

Er starrte ins Leere.

»Wir sollten besser aufbrechen«, schlug ich vor. »Sie werden sich schon fragen, wo ich abgeblieben bin.«

»Noch nicht gleich«, antwortete er.

Ein paar Augenblicke schwiegen wir. Dann meinte er: »Wir könnten alles aufgeben und zusammen von hier fortgehen.«

»Nein, das könnte ich nicht, Joel. Ich könnte das Roland nicht antun.«

»Also hängst du wirklich an ihm.«

»Es wäre einfach nicht recht. Er hat so viel für mich getan. Als ich Hilfe brauchte, war er da. Ich muß das Geschehene hinnehmen, Joel, und du auch. Dein Vorschlag ist verkehrt. Ich spüre die Versuchung... genau wie du. Ich will genau das... immer mit dir zusammensein... aber es geht nicht. Und du mußt weitermachen und ein namhafter Politiker werden. Und ich muß Rolands Frau bleiben.«

»Die ganze Zeit, die ich weg war, habe ich daran gedacht, daß ich zu dir zurückkomme«, sagte er.

»Diese Worte machen mich glücklich, Joel, aber gleichzeitig bin ich verzweifelt und traurig, weil es einfach nicht geht. Du mußt weiterhin politisch aktiv sein. Und ich werde nach Yorkshire ziehen. Eine andere Möglichkeit bleibt uns nicht.«

»Ich werde mich nicht damit abfinden«, entgegnete er.

»Du mußt.«

Wir blieben noch ein wenig sitzen, dann erhob ich mich.

»Joel, ich muß jetzt gehen.«

Wortlos stand er auf, und wir gingen niedergeschlagen zurück.

Kaum war ich in meinem Zimmer, stürmte Belinda schon herein.

»Du hast dich mit Joel Greenham getroffen«, sagte sie vorwurfsvoll.

»Woher weißt du das?«

»Ich sah euch die Straße entlangkommen, wie er deine Hand nahm und sie küßte. Ach, Lucie, du schaust so traurig. Liebst du ihn?«

»Ich möchte nicht darüber reden.«

»Das ist mal wieder typisch! So ein Gespräch kann einen erleichtern, weißt du. Ich könnte dir vielleicht helfen.«

»Du? Wie denn?«

»Tu nicht so überrascht. Ich würde alles tun, um dir beizustehen. Und Bobby auch. Denk doch, was du für uns getan hast. Verläßt du Roland jetzt, um mit Joel zu leben?«

»Frag doch nicht so etwas Lächerliches.«

»Wieso ist das lächerlich? Du hast doch Roland nur geheiratet, weil du Joel für tot gehalten hast. Und jetzt ist er wieder da, dem Grabe entronnen, und an euren Gefühlen füreinander besteht doch kein Zweifel.«

»Aha?«

»Das sieht doch ein Blinder.«

»Belinda, laß mich in Ruhe.«

Sie kam zu mir her und gab mir einen Kuß. Sie zeigte bemerkenswertes Einfühlungsvermögen. »Ich weiß, du hältst mich für ein egoistisches Frauenzimmer, aber ich liebe dich, Lucie. Ich möchte dir alles, was ich dir schulde, zurückzahlen. Und das tue ich eines Tages, du wirst schon sehen.«

»Danke, Belinda. Aber das Beste, was du jetzt für mich tun kannst, ist, mich in Ruhe zu lassen.«

Kläglich verließ sie das Zimmer, und ich grübelte weiter. Mit ihm fortgehen? Was würde das bedeuten? Erst einmal das Ende seiner Laufbahn, denn es würde natürlich einen gehörigen Skandal geben. Skandale hatten die Karriere meines Vaters beeinträchtigt, und er war nicht der einzige in der Familie, der auf diese Weise gelitten hatte. Joel hatte sich mit Leib und Seele der Politik und vermutlich den geheimen Missionen, die er von Zeit zu Zeit unternahm, verschrieben. Und ich? Wie könnte ich Roland, der mich liebte, weh tun? Ich wußte, was er für mich empfand. Er war ruhig und sanft, aber bei solchen Menschen gehen die Gefühle tief. Wie könnte ich ihm einen derartigen Schlag versetzen?

Und die Alternative dazu? So weitermachen wie bisher. Ich mußte dem wahren Glück entsagen. Mein ganzes Leben lang mußte ich mich auf einen Kompromiß einlassen... der zweitbesten Lösung zustimmen.

Die Versuchung überkam mich. Zu Joel zurückkehren... alles andere vergessen. Wir waren unseres gemeinsamen Lebens betrogen. Joel wollte, daß wir uns unser Glück einfach nahmen... und ich auch. Aber wie ich mich auch entschied, ein ungetrübtes Glück konnte es nicht geben.

Wenn ich mit Joel ging, würde ich mein Lebtag an Roland denken. Ich würde nie seine freundlichen, geduldigen Augen vergessen können. Ich konnte mir lebhaft seinen Jammer vorstellen, wenn er von meinem Treuebruch erfuhr. Doch wenn ich andererseits zu Roland zurückkehrte, würde ich mich immer an Joel erinnern. Er verschwände nie aus meinen Gedanken. Wie immer ich mich auch entschied, ich konnte nie wieder richtig glücklich sein.

Ich sah Joel noch einmal. Er besuchte mich zu Hause. Er wollte mich unbedingt sehen, mit mir sprechen.

Dann traf ich ihn noch einmal im Park. Wir saßen auf derselben Bank und unterhielten uns.

Er stellte mir viele Fragen über Roland und seine Schwester. Ich schilderte ihr inniges Verhältnis zueinander und wie ihre Eltern bei einem Eisenbahnunglück ums Leben gekommen waren, wie sie sich seither umeinander gekümmert hatten. Er fragte nach dem Wollhandel. Ich konnte ihm so wenig darüber berichten. In Yorkshire würde ich sicher mehr darüber erfahren. Ich interessierte mich nicht sonderlich dafür. Ich konnte nur daran denken, was mir entging; und ich sagte mir, daß ich Joel nicht mehr treffen dürfe, aus Furcht, ich könne der Versuchung, alles aufzugeben und mit ihm zu gehen, nicht widerstehen.

Ich weilte schon seit einer Woche in London und dachte an meine Rückkehr nach Hause. In Kürze würden auch Bobby und Belinda abreisen. Celeste wollte, daß ich bleibe, aber sie wußte, in welchem Gefühlsaufruhr ich mich befand. Und sie mußte erraten haben, daß dies Joel betraf. Im Gegensatz zu Belinda hatte sich Celeste nie eingemischt, sie hatte sich immer zurückgehalten. Sie war da... wenn man sie brauchte. Liebe Celeste! Sie war ihr Leben lang bestimmt nicht glücklich gewesen. Vielleicht, so dachte ich, ist dies nur wenigen Leuten beschieden; und nur die Belindas dieser Welt, die genau wissen, was sie wollen, bekommen dies auch nahezu immer.

Ein Brief von Roland traf ein.

Meine liebste Lucie!

Die ganze Zeit bedauern wir, daß Du nicht bei uns bist. Die Suche hat bisher keine Erfolge gezeitigt. Es ist erstaunlich schwierig, hier oben etwas Passendes zu finden.

Dennoch könnte sich etwas ergeben. Hier gibt es ein einigermaßen geeignetes Haus zu mieten. Phillida und ich überlegen, es als vorübergehende Bleibe zu nehmen, während wir ein Haus, das wir dann auch kaufen, suchen. Offensichtlich läßt sich dies nicht in wenigen Wochen bewerkstelligen... jedenfalls nicht, wenn es uns allen wirklich gefallen soll.

Wir wollten nun in diesem Haus eine Weile bleiben und die Suche vorantreiben. Wie gefällt Dir dieser Plan?

Laß mich Dir mitteilen, daß das Haus Grey Stone House heißt. Es liegt ein paar Meilen außerhalb von Bradford. Es verfügt über Stallungen, und wir könnten uns für etwa einen Monat Pferde mieten. Somit wäre dieses Problem gelöst. Es liegt in der Nähe von einem Dorf namens Bracken. Wir könnten das Haus für drei Monate mieten und nötigenfalls den Vertrag verlängern. Es könnte meiner Meinung nach so lange dauern, bis wir ein Haus gefunden und es dann eingerichtet haben.

Hältst Du das für eine gute Idee? Wir haben das Haus probeweise gemietet. Phillida findet es ganz entzückend, und sie ist überzeugt, daß es Dir auch gefallen wird. Es ist schlecht und recht eingerichtet und hat mehrere Schlafzimmer. Es ist keineswegs groß, aber ausreichend.

Vielleicht kommst du nach? Es lohnt sich nicht, daß wir extra wieder nach Manor Grange fahren. Wie wäre es mit nächstem Mittwoch? Natürlich nur, wenn Dir das auch paßt.

Phillida ist schon ganz zappelig, aber Du kennst sie ja. Sie möchte gerne etwas auf die Beine stellen. Sicherlich werdet Ihr zwei die gemeinsame Haussuche gründlich genießen.

Ich freue mich so auf Mittwoch. Mir erscheint die Zeit bis dahin endlos ohne Dich.

Ich hoffe, daß Du Dich in London wohl fühlst, es Belinda und Bobby gutgeht und Celeste sich erholt hat.

Ich grüße Dich aufs herzlichste und innigste

Dein Dich liebender Gatte

Roland

Dieser Brief schien alles zu besiegeln. Natürlich mußte ich nach Yorkshire fahren. Ich mußte meinen unsinnnigen Träumen von etwas Unerreichbarem ein Ende bereiten.

Am Abend vor ihrer Abreise kam Belinda in mein Zimmer. Ich selber wollte einen Tag später fahren. Sie schaute mich ernstlich besorgt an.

»Ich weiß, was los ist«, sagte sie. »Du grämst dich wegen Joel. Du hast Roland nie richtig geliebt. Nun ja, er war nett und in dich verliebt, und wir rieten dir alle, ihn zu heiraten. Wie sollten wir auch wissen, daß Joel zurückkommen würde? Ach, Lucie, mir tut das alles so leid für dich. Irgendwie scheint mir das nicht gerecht. Du warst immer so gut zu mir und ich manchmal so fürchterlich... und jetzt habe ich meinen wunderbaren Bobby... und Henry tut, was wir wollen, und alles wird bald überstanden sein... und gut für uns ausgehen. Ich muß aber immer an dich denken.«

»Danke, Belinda.«

»Du klingst überrascht.« Sie lachte. »Ich wünsche wirklich, ich könnte etwas tun. Für dich, will ich damit sagen. Ich würde dir gerne zeigen, daß ich mich manchmal tatsächlich um andere sorge – besonders um dich. Nicht oft, das gestehe ich, aber ich würde dir liebend gerne helfen.«

»Du kannst mir nicht helfen, Belinda. Es ist alles ganz klar. Ich muß nach Yorkshire fahren. Es wird schon wieder gut. Das war es ja auch bisher.«

»O ja. Es *schien* in Ordnung, weil wir Joel für tot hielten und du gut mit Roland ausgekommen bist... und da gab es euch als Dreigespann. Es schien alles behaglich, aber es war nur die zweitbeste Lösung, nicht wahr? Es klappte, weil du Joel für immer verloren glaubtest und dich mit den Tatsachen abgefunden hattest. Es gibt nichts, was man tun könnte, wenn jemand nicht mehr lebt. Aber wenn er noch am Leben ist – nun ja, ich denke, du solltest alle Möglichkeiten ausschöpfen.«

»Ich weiß deine Besorgnis zu schätzen, aber sie ist nicht nötig. Ich werde nach Yorkshire fahren, und es wird alles ins Lot kommen.«

»Kauft ihr wirklich da oben ein Haus?«

»Das haben wir vor.«

»Wann reist du ab?«

»Einen Tag nach euch. Sie haben ein Haus zu mieten gefunden. In der Nähe von Bradford, was wohl das Zentrum des Wollhandels ist.«

»Das liegt ja am Ende der Welt.«

»Nein, nicht wirklich. Wir werden uns etwas kaufen, das näher bei Bradford ist, aber für den Anfang bleiben wir in oder bei einem kleinen Dorf namens Bracken. Es klingt ziemlich ländlich.«

»Das wird da oben ganz schön einsam sein.«

»Ach, es gibt Stallungen, und wir werden Pferde haben. Jedenfalls suchen wir dann eifrig nach einem Haus, und wenn wir eines gefunden haben, richten wir es zum Einzug her. Wir werden wohl nicht allzu lange in Grey Stone House bleiben.«

»So heißt eure Bleibe in diesem Bracken, nicht wahr? Grey Stone House?«

»Ja.«

»Klingt ja düster.«

»Fast aller Stein ist grau, und die Gegend rundherum ist schön. Aber ich sagte ja schon, wir bleiben dort nur kurze Zeit.«

Sie kam spontan zu mir her und umarmte mich. »Ich denke an dich, Lucie.«

»Und ich an dich.«

»Ich wünsche mir wirklich, daß du und Joel... ach, das wäre so herrlich. Ihr seid wie geschaffen füreinander.«

»Belinda, bitte.«

Sie ließ sich nicht aus der Ruhe bringen: »Roland ist ja lieb und nett, aber ein bißchen langweilig... nicht wahr? Nicht wie ein Politiker, der an Delegationen teilnimmt und entführt wird.«

»Das hat doch damit nichts zu tun, Belinda.«

»Du wirst deine Meinung noch ändern«, sagte sie mit

funkelnden Augen. »Du wirst dir etwas einfallen lassen. Du wirst auf einmal mutig werden.«

»Ich gehe nach Yorkshire, Belinda. Ich werde mit meinem Ehemann leben.«

»Nach Grey Stone House... nach Bracken, in dieses Kaff.«

Ich nickte.

»Ach, Lucie, Lucie...!«

Ich war überrascht, denn ihr stiegen wahrhaft Tränen in die Augen.

Ich mied Joel vor meiner Abreise. Ich wagte nicht, ihn zu sehen, denn ich spürte, ich könnte der Versuchung, alles aufzugeben und mit ihm zu gehen, nicht länger widerstehen.

Belinda und Bobby waren schon gefahren. Sie waren sehr liebevoll mit mir gewesen. Ich teilte ihnen meine Freude darüber mit, daß sich ihre Angelegenheit offenbar zu ihrer Zufriedenheit entwickelte.

»Du mußt uns bald für länger besuchen kommen, nicht wahr, Bobby«, lud Belinda mich ein.

»Je eher, desto besser«, bekräftigte Bobby.

»Es wäre schön, wenn du zur Geburt des Babys kämst.«

»Das müssen wir so einrichten«, sagte Bobby.

Wie glücklich sie trotz all ihrer Schwierigkeiten waren. Belinda hegte keinerlei Zweifel, daß sie bald behoben würden, und riß Bobby mit.

Wie würde Belinda wohl an meiner Stelle handeln? Sie würde mit Joel gehen. Daran zweifelte ich nicht. Und alle Unannehmlichkeiten, die sich daraus ergaben, würden andere aus dem Weg räumen.

Aber ich wußte, daß ich zu Roland stehen mußte.

Celeste war traurig, mich ziehen lassen zu müssen. Sie wollte mich zum Bahnhof begleiten, aber ich konnte Abschiede auf den Bahnsteigen nicht ausstehen und wollte lieber allein aufbrechen.

Als ich zum Bahnhof kam, überraschte es mich, dort Joel zu sehen. Er hatte mich besuchen wollen, und Celeste hatte ihm mitgeteilt, daß ich schon weg war.

Er begleitete mich auf den Bahnsteig und brachte mich bis ins Abteil. Dann stand er da und schaute mich flehend an.

»Es ist nicht zu spät, Lucie«, sagte er. »Bitte, geh nicht.«

»Ich muß aber, Joel.«

Der Zugführer pfiff, und in wenigen Sekunden würde sich der Zug in Bewegung setzen. Joel nahm meine Hand und hielt sie fest, als wolle er sie nie mehr loslassen.

»Lucie, wenn du es dir doch anders überlegst... ich werde warten.«

Ich sah ihn durch einen Schleier von Tränen, als wir den Bahnhof verließen.

Grey Stone House

Ein Einspänner brachte mich vom Bahnhof nach Grey Stone House. Gleich beim Betreten überrieselte mich ein kalter Schauder. Der Grund hierfür war mir nicht klar, denn das Haus entsprach meinen Erwartungen – aus grauem Gestein erbaut, wie der Name andeutete, ziemlich häßlich und abgelegen. Diese Abgeschiedenheit fiel mir als erstes auf.

Die Umgebung war eine typische Moorlandschaft – flach und schroff. Man konnte meilenweit sehen, und am Horizont zeigte sich lediglich ein einziges Anzeichen einer weiteren Behausung. Es sah wie ein Bauernhaus aus.

Phillida beobachtete mich genau.

»Bradford ist nicht sehr weit entfernt«, erzählte sie mir. »Und wir bleiben auch nicht lange hier.«

»Nein, vermutlich nicht.«

»Komm und schau dir das Haus an.«

Ich betrat die Halle, wobei ich gleich noch verzagter wurde. Ich redete mir ein, dies komme daher, weil ich über Joel grübelte, weil ich ihn nie mehr sehen würde, meiner wahren Liebe den Rücken zuwandte und das hinnahm, wofür ich einmal dankbar gewesen war, ehe ich die Tiefe meiner Gefühle für Joel wirklich erkannte.

Wegen der kleinen, in Blei gefaßten Fenster wirkte die Halle düster, aber sie war durchaus geräumig, und es führten etliche Türen von ihr aus in andere Zimmer.

»Zuerst muß sich Lucie das Haus anschauen«, erklärte Phillida. »Vergiß nicht, Lucie, Liebes, es ist nur für kurze Zeit.«

Roland hakte mich unter. »Das Haus, das wir kaufen, wird ganz anders ausschauen«, versprach er. »Aber es schien uns ein guter Einfall, es für kurze Zeit zu mieten.«

»Mit fremden Möbeln fühlt man sich nie so recht wohl«, meinte Phillida. »Wahrscheinlich weil man sie nicht selbst ausgesucht hätte.«

Sie riß eine der Türen auf und zeigte uns den Salon, wie ich vermutete. Vor den Fenstern hingen schwere Vorhänge, und mir fiel wiederum die Düsterkeit des Raums sogleich auf. Es gab einen Kamin, auf dessen Sims zwei blumengeschmückte Vasen und eine Uhr aus Goldbronze standen. Das Zimmer war nicht eben originell mit einem Sofa und mehreren Sesseln möbliert. Eßzimmer, Küche und Waschküche befanden sich alle ziemlich nah beieinander. Als Phillida die Küchentür öffnete, entdeckte ich Kitty.

»Guten Tag, Kitty«, begrüßte ich sie.

»Guten Tag, Mrs. Fitzgerald«, entgegnete Kitty.

»Wir mußten Kitty selbstverständlich mit hierherbringen«, erklärte Phillida. »Sie sorgt ausgezeichnet für uns, nicht wahr, Kitty?«

»Ich tue mein Bestes«, brummelte Kitty. »Sie wollen wahrscheinlich bald zu Abend essen.«

»Wie recht du hast!« rief Phillida.

Sie schloß die Tür und sagte: »Ach, da wir schon hier stehen, muß ich dir das auch zeigen. Hier unten gibt es noch ein Zimmer. Es ist ziemlich klein, aber mir gefällt es. Hoffentlich stört es dich nicht, aber ich habe es in Besitz genommen und es zu meiner kleinen Kräuterkammer gemacht.«

»Bewahrst du da deine Heilmittel auf?«

»Genau.«

In einer Ecke stand eine Truhe. Als Phillida meinen Blick dorthin wandern sah, fuhr sie fort: »Oben war dafür kein Platz. Außerdem ist sie ziemlich schwer, weil Bücher und Kleidung drin verstaut sind. Ich wollte nicht, daß man sie unter Mühe hochschleppt. Schließlich bleiben wir nicht lange hier.«

»Du kennst ja Phillida und ihren Kräuterfimmel«, meinte Roland.

»O ja. Ich habe in London meinen Schlummertrunk vermißt.«

»Offenbar brauchst du ihn. Du siehst schlechter aus, als wir dich das letzte Mal sahen. Aber du fühlst dich bald wieder wohler.«

»Natürlich... wenn sie wieder bei uns ist, das will ich doch hoffen.« Roland lächelte mich liebevoll an. Ich dachte: Wie könnte ich die beiden je verletzen? Aber was ist mit Joel? Tat ich nicht ihm weh?

»Du wirkst recht nachdenklich, Lucie«, bemerkte Phillida. »Ich fürchte, du bist nicht eben hingerissen von dem Haus.«

»Nun ja, du sagst ja selber, wir nehmen es nur als Ausgangspunkt.«

»Genau. So ist es. Nun komm weiter. Ich möchte dir noch die oberen vier Räume zeigen... ein großes Schlafzimmer für dich und Roland. Das nächstgrößere für mich. Und dann gibt es noch zwei kleinere Zimmer.«

Wir sahen uns die Schlafzimmer an. Ich bemerkte die kurze gewundene Treppe ins Dachgeschoß.

»Kittys Reich«, sagte Phillida.

»Schafft sie denn allein den ganzen Haushalt?«

»Ja, solange wir hier sind. Schließlich bleiben wir, wie gesagt, nicht lange.«

»Mit Sicherheit nicht«, fügte Roland hinzu.

Phillida schaute ihn an und lachte. »Es ist wirklich aufregend«, meinte sie.

Ich wünschte, ich könnte ihr beipflichten.

Es dunkelte. Kitty füllte die Lampen mit Paraffinöl und zündete sie an. In ihrem trüben Schein wirkte das Haus bedrückend. Ich spürte den Drang, hinauszurennen.

Im Eßzimmer nahmen wir den von Kitty zubereiteten Eintopf ein. Er war heiß, schmeckte recht lecker, und mir ging es daraufhin besser. Roland beobachtete mich voller Sorge.

»Du gewöhnst dich daran«, meinte er ruhig. »Vergiß nicht, es ist nur eine Übergangslösung. Wir finden bald etwas anderes, und dann lachst du darüber.«

»Mir gefällt es hier«, sagte Phillida.

Kitty brachte stolz einen Apfelkuchen herein.

»Der Herd taugt etwas«, kommentierte sie.

»Du hast wundervoll gekocht, Kitty«, lobte Phillida sie. »Findest du nicht auch, Lucie?«

»O ja, gewiß.«

Nach dem Essen entschuldigte ich mich damit, daß ich fertig auspacken müsse. Roland wollte noch zu den Stallungen und nach Pferden für uns schauen. Er hatte mich um Rat fragen wollen, morgen würde er losgehen und schauen, was er auftreiben könne.

Ich ging in Rolands und mein Schlafzimmer. Es hatte einen praktischen begehbaren Schrank. Ich versuchte, mich in bessere Stimmung zu versetzen, indem ich Rolands und Phillidas Worte wiederholte: Wir bleiben nicht lange hier.

Doch, kam es mir in den Sinn, es ist für immer.

Ich spielte mit dem Gedanken, mich Roland anzuvertrauen. Er zeigte gewiß Verständnis und Einfühlungsvermögen. Nicht daß er noch befürchtete, ich hätte mich von ihm abgewandt. Ich konnte den Gedanken an seine Liebkosungen nicht ertragen. Jetzt war mir klar, daß ich mit keinem anderen außer Joel glücklich sein konnte.

Es klopfte an der Tür. Phillida stand putzmunter da.

»Wie kommst du zurecht?« fragte sie.

»Ach, ganz gut.«

Sie kam herein. »Ich fürchte, du bist ein wenig enttäuscht von dem Haus.«

»Ach, es ist schon in Ordnung. Es liegt ziemlich einsam.«

»Du kommst dir abgeschieden vor, nicht wahr? Aber wir sind doch zu dritt. Wir lassen es uns gutgehen. Roland und ich gewöhnen uns gerade daran. Wir konnten einfach nichts anderes finden, und da dachten wir… für die kurze Zeit…«

»Bei Sonnenschein schaut es bestimmt viel freundlicher aus.«

»Morgen beginnen wir ernsthaft mit der Suche. Ich schaue mir schrecklich gerne Häuser an, vor allem im Hinblick auf einen möglichen Kauf. Häuser faszinieren mich schon immer. Huch, hier ist es ein wenig kühl, meinst du nicht auch?«

»Ja.«

»Das Fenster steht offen. Sollen wir es nicht zumachen?«

»Ja.« Ich ging zum Fenster. Mir erstarrte vor Entsetzen das Blut in den Adern. Unten stand eine Gestalt in Umhang und Zylinder und schaute zum Fenster hoch.

Ich stieß einen kurzen Schrei aus.

»Derart kalt«, sagte Phillida. »Ich glaube, wir müssen die Schlafzimmer heizen.«

Ich hörte nicht zu. Ich stand bloß da und starrte hinunter. Währenddessen lüftete er den Hut. Ich sah deutlich den spitz zulaufenden Haaransatz.

Dann vernahm ich Phillidas Stimme: »Was ist denn, Lucie?«

Sie erhob sich und stellte sich neben mich. Ich drehte mich beinahe triumphierend zu ihr, weil er noch immer da war. Phillida schaute verständnislos aus dem Fenster.

»Was hast du denn?« sagte sie. »Was siehst du da?«

»Schau... schau doch! Da steht er!«

»Was? Wo?«

»Da unten.« Ich drehte mich zu ihr hin. »Du kannst doch bestimmt *sehen*, daß...«

Ungläubig schaute sie mich an. Ich bemerkte die Angst in ihrem Gesicht. »Oh... mein Gott!« hörte ich sie murmeln. Sie setzte sich aufs Bett.

Ich folgte ihr. »Du hast ihn gesehen, Phillida. Niemand kann behaupten, daß ich mir das jetzt eingebildet habe.«

Sie warf mir einen mitleidigen Blick zu. »Ach, Lucie, Lucie... ich weiß gar nicht, was ich sagen soll.«

Ich zog sie wieder ans Fenster.

Er war verschwunden.

»Du hast ihn gesehen... du kannst bestätigen...«

Sie schüttelte den Kopf und wich meinem Blick aus.

»Lucie, es tut mir leid. Ich habe nichts gesehen. Da unten stand niemand.«

»Das meinst du doch nicht im Ernst. Du lügst.«

»Ach, Lucie, ich wollte, ich täte es.«

Ich war fassungslos und wütend.

»Du hast ihn doch gesehen«, rief ich. »Du *mußte* ihn gesehen haben. Er stand unten. Er nahm den Hut ab und verbeugte sich. Du mußt seinen Haaransatz gesehen haben.«

»Lucie, meine liebe, liebe Lucie, da unten stand niemand.«

»Ich habe ihn gesehen, ich sage dir, ich habe ihn gesehen!«

»Lucie, Liebling, du hast einen schrecklichen Schock erlitten... Manchmal dauert es lange, bis man über so etwas hinwegkommt.«

»Du sagst nicht die Wahrheit! Warum lügst du?«

»Ich wünschte, du hättest recht! Ich wollte, ich könnte sagen, ich hätte ihn gesehen. Ich würde alles dafür geben, das sagen zu können. Aber ich habe ihn nicht gesehen. Wirklich nicht. Ehrlich, da war niemand.«

Ich vergrub das Gesicht in den Händen. Sie lügt, sagte ich mir. Ganz bestimmt. Aber warum?

Roland kam herein. »Was um Himmels willen ist denn hier los?« fragte er.

»Ach, Roland«, sagte Phillida. »Es war schrecklich...«

»Was? Wovon redest du?«

»Lucie sah – oder dachte, sie sah...«

»Ich habe ihn gesehen! Ich habe ihn hundertprozentig gesehen!« schrie ich.

»Es war wieder der Geist.«

»Wo?«

»Da unten. Draußen. Der, den Lucie schon vorher zu sehen glaubte.«

»Ach, Lucie«, sagte Roland. »Meine liebe Lucie.«

»Ich war dabei, Roland. Da unten war niemand.«

»Sie hat ihn auch gesehen«, sagte ich. »Sie muß ihn bemerkt haben. Sie sagt nicht die Wahrheit. Warum nur?«

»Ich finde, du solltest schlafen gehen, Lucie. Phillida...« Er schaute zur Tür und bedeutete ihr zu gehen, weil sie mich aus der Fassung brachte. »Komm, Lucie«, fuhr er fort. »Erzähl mir, was los war. War es... derselbe?«

Phillida stand an der Tür. »Ich hole etwas zu trinken«, sagte sie. »Das wird ihr guttun.«

Roland setzte sich neben mich.

»Erzähl mir alles«, sagte er beschwichtigend.

»Ich ging ans Fenster und sah ihn unten. Ich rief Phillida. Sie kam und stand genau neben mir. Sie behauptete, sie könne nichts entdecken. Sie muß ihn gesehen haben. Er war da... genau da unten.«

Er strich mir übers Haar. »Lucie, warum legst du dich nicht hin. Du bist völlig erschöpft.«

»Bitte behandle mich nicht wie eine Idiotin, Roland«, fuhr ich ihn an.

»Das ist das letzte, was mir einfiele. Aber du bist völlig erschöpft.«

»Mir gefällt es hier nicht.«

»Das tut mir leid.«

»Wir bleiben nicht lange, wirst du jetzt sagen. Ich mag keine Nacht hier bleiben, geschweige denn einen Monat.«

»Schau, Lucie. Du bist doch mit uns hier. Mit mir. Ich bringe alles in Ordnung. Wir werden bald etwas finden. Und es wird uns großen Spaß machen, es nach unserem Geschmack einzurichten.«

Ich wollte ihn anschreien: Ich will kein Haus kaufen. Ich will zu Joel.

»Schau, warum ziehst du dich nicht aus und legst dich ins Bett? Morgen sieht alles ganz anders aus.«

»Warum behauptet Phillida, sie hätte nichts gesehen, wenn sie ihn doch bemerkt haben muß?«

»Vielleicht handelte es sich um eine Täuschung im Licht.«

»Unsinn. Er stand da unten. Ich sah den Zylinder und sein unverwechselbares Haar.«

»Vielleicht konnte Phillida nicht so gut sehen. Das Licht...«

Es hatte keinen Sinn. Mechanisch zog ich mich aus und legte mich hin. Ich wollte alles verdrängen. Ich sehnte mich zurück in die Zeit vor jenem verhängnisvollen Tag, an dem mein Vater umgebracht worden war. Ich verspürte das überwältigende Verlangen, dieses Haus, das zu fürchten ich begonnen hatte, zu verlassen. Ich wollte morgen zu Celeste fahren. Ich wollte mich mit Joel an unserem Teich treffen und mit ihm so lange reden, bis wir eine Lösung fanden. Ich wollte sagen: Ich komme zu dir. Ich kann nicht anders leben.

Es klopfte. Phillida brachte ein Tablett mit zwei dampfenden Bechern herein.

»Euer Schlummertrunk«, sagte sie. »Es war ein anstrengender Tag.« Sie stellte das Tablett hin. »Schlaft gut.« Sie ging hinaus und ließ uns allein.

Ich schlief tatsächlich gut. Beim Aufwachen war ich allein. Es war bereits neun Uhr, worüber ich mich wunderte, da ich für gewöhnlich um sieben aufwachte.

Ich stand auf, ging ans Fenster und schaute hinunter. Ich sah nichts als das Moor, das sich vor mir erstreckte. Es verlief in leichten Wellen. Ich sah die Findlinge, und die Sonne schien glitzernd auf kleine Bäche und ließ sie wie Silber schimmern. In ihrer wilden, ungezähmten Art war die Landschaft schön.

Kitty schaute herein. Sie fragte mich, ob ich jetzt heißes Wasser wolle, was ich bejahte.

Nachdem sie es gebracht hatte, wusch ich mich. Ich hatte so gut geschlafen, daß es mir besserging. Ich mußte immer an die Erscheinung der letzten Nacht denken, aber seltsamerweise kam mir bei Tageslicht alles anders vor.

Ich war überzeugt, ihn da unten gesehen zu haben, aber Phillida hatte nichts bemerkt. Hatte ich mir das etwa doch nur eingebildet? Aber ich hatte ihn doch so deutlich wahrgenommen. Wie war es möglich, daß Phillida ihn nicht gesehen hatte, sofern es nicht ein Geist war, der nur mir und niemandem sonst erschien?

Warum sollte sie lügen? Es schien doch gar kein Sinn darin zu liegen. Das andere Mal, als ich ihn gesehen hatte, war er verschwunden, ehe ich Roland holen konnte. Ich fragte mich, ob er für Roland ebenso unsichtbar wie für Phillida gewesen wäre. Es schien in der Tat, als leide ich an Sinnestäuschungen.

Ich versuchte, die Dinge nüchtern zu betrachten. Ich hatte unter entsetzlicher Anspannung gestanden. Hauptsächlich durch meine Aussage war dieser Mann am Galgen gelandet. Hatte dies an meinen Nerven gezehrt?

Vorige Nacht hatte ich Phillida gehaßt. Aber das war ungerecht. Denn ich hatte gespürt, daß sie sich verzweifelt wünschte, zugeben zu können, daß auch sie den Mann gesehen hatte. Aber natürlich mußte sie die Wahrheit sagen.

Ich durfte sie nicht anklagen, weil ich aufgrund der Ereignisse ein wenig – wie sagte man doch? – geistig verwirrt war.

Ich war tatsächlich geistig verwirrt. Schreckliches war mir zugestoßen. Es muß einen aus dem seelischen Gleichgewicht bringen, mitanzusehen, wie der Mensch, den man innig liebt, unmittelbar vor einem ermordet wird. Und wenn man dann den Mörder identifizieren muß. Dieser Mann war eines gewaltsamen Todes gestorben. Es hieß, daß Leute, die unter derartigen Umständen sterben, manchmal auf diese Welt zurückkehren.

Rebecca hatte an die Wiederkehr Toter geglaubt. Sie war davon überzeugt, daß unsere Mutter ihr erschienen war und sie gebeten hatte, sich um mich zu kümmern. Hin und wieder sprach sie voller Bestimmtheit davon. Wenn meine Mutter wiedergekommen war, warum nicht auch ein Mann, der gehenkt worden war? Und wem sollte er erscheinen – wenn nicht der Person, die zu seinem Ende entscheidend beigetragen hatte? Er war ein Mörder, sagte ich mir immer wieder. Er verdiente den Tod. Er hatte meinen Vater umgebracht, und wäre er am Leben geblieben, hätten noch mehr Menschen auf die gleiche Weise sterben müssen. Zweifellos hatte er bereits andere Menschenleben auf dem Gewissen gehabt. Mein Vater war gewiß nicht der erste. Er war ein politischer Gewalttäter und Anarchist. Er war und blieb ein Mörder, auch wenn er aus Überzeugung getötet hatte.

Ich mußte Vernunft bewahren. Wenn ich ihn gesehen hatte, Phillida aber nicht, mußte es sich um einen Geist handeln. Darin lag für mich ein Quentchen Trost. Denn ich fürchtete, daß ich zur Verurteilung des Falschen beigetragen hatte und der Mörder mich leibhaftig heimsuchte, um mich zu verspotten und meiner geistigen Kräfte zu berauben.

Genauso hatte ich mich in den Tagen nach Vaters Tod gefühlt. Im letzten Jahr hatte ich diesen Alptraum schon ein wenig verwunden, und über längere Zeitabschnitte hatte ich nicht mehr daran gedacht.

Nun fragte ich mich, ob ich je wirklich darüber hinwegkommen konnte.

Die Ereignisse der letzten Nacht hatten mich vorübergehend von dem großen Problem abgelenkt, wie ich mein Leben mit Roland fortführen konnte, wo ich doch nur mit Joel leben wollte.

Ich ging hinunter. Phillida saß im Eßzimmer.

»Oh, guten Morgen, Lucie«, grüßte sie strahlend, als sei am Abend zuvor nichts vorgefallen. »Hast du gut geschlafen?«

»Ja, danke«, erwiderte ich.

»Der Schlaftrunk wirkt immer. Es ist ein Kräutertee und wird von diesem wunderbaren Reformhaus in London wärmstens empfohlen. Erinnerst du dich? Dasjenige, in das ich dich mitnehmen will?«

»Ja. Ich… es tut mir leid wegen gestern nacht. Ich… habe dich der Lüge bezichtigt.«

»Ach das!« Sie lachte. »Denk nicht mehr daran! Du warst überreizt. Ich verstehe das gut. Ich hätte mich genauso verhalten. So etwas kann schon mal passieren, weißt du. Es tut mir leid, daß ich das sagen mußte. Aber du verstehst mich. Mir blieb nichts anderes übrig. Du wirst schon sehen, das geht vorbei. Das ist schon mehreren Leuten so gegangen. Am besten beachtest du es gar nicht, und dann ist es im Nu vergessen. Roland ist unterwegs, um nach Pferden zu schauen. Er sagt, das habe jetzt Vorrang. Wir müssen schließlich beweglich sein. Und gleichzeitig will er sich erkundigen, ob irgendwelche Häuser zum Verkauf angeboten werden. Was möchtest du heute unternehmen?«

»Ich wollte ein wenig spazierengehen.«

»Es macht dir doch nichts, wenn ich nicht mitkomme? Ich will mich noch um das eine oder andere im Haus kümmern. Ich kann das nicht alles Kitty aufbürden. Trink erst einmal Kaffee, und ich sorge dafür, daß Kitty dir Toast macht. Wir müssen wohl auch die Mahlzeiten planen. Mach dir keine Sorgen. Geh nur allein… aber nicht zu weit. Nicht daß du dich verläufst. Die Gegend ist ziemlich weitläufig, nicht wahr? So siehst du, wo du bist.«

Sie ging in die Küche, ich hörte sie mit Kitty reden.

Als sie zurückkam, meinte sie: »Kitty bringt dir gleich das Frühstück. Es dauert nicht lange. Sie ist eine richtige Perle… und ich glaube, sie fühlt sich hier recht wohl. Sie hat Mrs. Emerys Ablehnung deutlich gespürt. Es hätte sich nicht gegen Kitty richten dürfen. Es war nicht ihre Schuld, daß ich sie nach Manor Grange gebracht habe, sondern natürlich meine. Aber ich möchte behaupten, daß ich ohnehin die meiste Ablehnung abgekriegt habe.«

»Du darfst das nicht zu ernst nehmen. Mrs. Emery ist ein guter Kerl, aber sie ist reichlich pedantisch, was Konventionen angeht.«

»Und ich habe sie leider in ihrer Ehre verletzt.«

»Das geht recht schnell.«

Sie lachte, und ich stimmte ein. Sie wirkte sehr erfreut.

»Ein netter, kleiner Spaziergang wird dir guttun«, sagte sie. »Wenn wir einen leichten Einspänner hätten, könnten wir problemlos nach Bradford fahren und dort bequem einkaufen.«

»Das klingt, als würden wir hier länger bleiben.«

»Um Himmels willen, nein! Ich schätze, wir ziehen in ein paar Wochen fort. Aber ein Dogcart wäre praktisch, egal, wo wir wohnen.«

»Ja, vermutlich.«

»Ich rede mit Roland darüber. Wir beide.«

Ich schwieg. Kitty brachte Toast und Kaffee.

Ich ging hinaus an die frische Luft. Das belebte mich wunderbar. Ich stand vor dem Haus und fragte mich, wie ich gehen sollte. Ich schaute zu der Behausung am Horizont und entschied mich, in diese Richtung zu spazieren.

Die scharfe Luft weckte bis zu einem gewissen Grad meine Lebensgeister, und ich setzte meine Schritte auf dem nachgebenden Untergrund sorgfältig. Ich sinnierte, ob ich Roland von meinem Wiedersehen mit Joel berichten sollte. Er war so liebevoll und brachte mir gegenüber immer Verständnis auf. Manchmal hielt ich es für hilfreich, mit ihm darüber zu sprechen, aber dann wieder erkannte ich, wie schwierig dies wäre.

Ich konnte jetzt das Bauernhaus sehen. Es schien in einer kleinen Mulde zu liegen, vermutlich, damit es geschützter war. Ich malte mir aus, wie der Wind über das offene Land pfiff.

Das Land wurde hier landwirtschaftlich genutzt. Ich sah Schafe grasen und, als ich näher zum Haus gelangte, einen Kuhstall. Die Leute, die hier lebten, waren unsere nächsten Nachbarn. Nicht für lange, hörte ich Phillida sagen.

Irgendwo in meinem Hinterkopf hielt ich es für tröstlich,

Nachbarn zu haben – selbst in einer knappen Meile Entfernung.

Ich war jetzt nahe am Haus. Ich sah deutlich das graue Gestein, ähnlich wie das von unserem Haus. Ich sah den Hof mit einigen herumflatternden Hühnern, die von der Erde Futter aufpickten. Seitlich vom Haus befand sich offenbar ein Obstgarten. Ich ging darauf zu. Eine Kinderstimme rief: »Guten Tag!«

Ein Mädchen saß auf einer an zwei Bäumen befestigten Schaukel, und ein Junge schubste sie an. Ich schätzte beide auf etwa acht oder neun Jahre.

»Guten Tag«, entgegnete ich. »Wohnt ihr hier?«

Sie nickten, und der Junge deutete auf das Bauernhaus. Das Mädchen streckte die Beine aus und holte Schwung. Einen Moment blieb ich stehen und schaute zu.

Dann fragte der Junge: »Sind Sie von Grey Stone?«

»Ja. Und ihr seid sicher unsere nächsten Nachbarn.«

»Schätze schon.«

Das Mädchen schabte mit den Füßen über den Boden und hielt so die Schaukel an. »Werden wohl nicht lange bleiben«, gab sie von sich. »Tut nie jemand.«

Ich beobachtete sie einen Augenblick, und als ich mich zum Weggehen anschickte, hörte ich eine Stimme rufen: »Daisy, bist du im Obstgarten?«

»Ja, Mami.«

Eine Frau trat ins Blickfeld. Sie trug eine bedruckte Schürze über einem dunkelbraunen Rock und einer Baumwollbluse. Ihr Haar hatte sie tief im Nacken zu einem Knoten gezurrt, und etliche Strähnen hatten sich daraus gelöst.

»Oh«, sagte sie und hielt inne, als sie mich bemerkte. »Sie sind doch bestimmt eine aus Grey Stone House.«

»Ja. Wir sind gerade erst eingezogen.«

»Wie lange bleiben Sie da? Da wohnt niemand lange.«

»Nein. Es wird wohl nur für kurze Zeit vermietet.«

»Nun, da wir Nachbarn sind – wenn auch nicht für lange –,

kommen Sie doch rein und trinken Sie ein Glas Apfelwein.«

Die Einladung erfolgte spontan, und ich hielt es für unhöflich, sie abzulehnen. Also äußerte ich mein Entzücken.

Sie führte mich quer durch den Obstgarten zum Haus. Wir überquerten den Hof, wo die Hühner nach Futter scharrten, und kamen in eine große Küche. Hier war es warm, denn es gab einen großen Kamin mit einem Herd daneben. Ich roch, daß etwas Schmackhaftes darauf köchelte.

»Ich bin Mrs. Hellman«, stellte sie sich vor, »die Frau vom Bauern. Und die zwei draußen bei der Schaukel sind unser Jim und unsere Daisy.«

»Sehr erfreut, Sie kennenzulernen. Und vielen Dank für Ihre freundliche Einladung. Ich bin Mrs. Fitzgerald.«

»Sie kommen wohl nicht aus der Gegend.«

»O nein.«

»Aus dem Süden, schätze ich.«

»Ja.«

»Und Sie wohnen mit Ihrem Mann in Grey Stone House?«

»Mit meinem Mann und meiner Schwägerin.«

»Ach, zu dritt. Haben Sie eine Hilfe?«

»Wir haben ein Hausmädchen mit hierhergebracht.«

»Da haben Sie Glück. Hier kriegt man nicht leicht jemanden, außer man läßt sie im Haus wohnen.«

»Ja. Wir leben ein wenig abgeschieden.«

Sie ging zu einem Faß, an dem sich seitlich ein Zapfhahn befand, und füllte zwei Zinnkrüge mit Apfelwein. Dann stellte sie sie auf den Tisch und lächelte mich an.

»Wir pflegen hier gerne gute Nachbarschaft, wissen Sie«, erklärte sie. »Wir sind geradeheraus und ehrlich. Nicht immer dieses Getue, mit dem man nur verschleiert, was man eigentlich sagen will, nur damit es netter klingt. Wir sagen geradeheraus, was wir meinen... und wenn das jemandem nicht paßt, na, dann muß er es nehmen, wie es kommt.«

»Das ist vielleicht der beste Weg.«

»Sie bleiben also nur kurze Zeit?«

»Wir suchen ein Haus.«

»Also wollen Sie sich hier niederlassen?«

»Wenn wir etwas Geeignetes finden.«

»In Bradford, nehme ich an. Eine hübsche Stadt.«

»Ich freue mich schon darauf, mir Bradford anzuschauen.«

»Nach was für einem Haus suchen Sie denn?«

»Es sollte nicht allzu modern sein. Ich mag lieber alte Häuser.«

»Davon gibt's hier ziemlich viele. Mich hat's durch meine Heirat hierher verschlagen, und ich schätze, ich möchte nicht wegziehen, bis sie mich mit den Füßen voran raustragen. Hellmans Familie hat hier schon lange ihren Hof. Ein schlechtes Ackerland. Zu moorig. Hellman sagt oft, wir sollten es verkaufen und woanders hinziehen, wo der Boden fruchtbarer ist. Aber für die Schafe taugt die Gegend hier.«

»Ja, ich weiß. Mein Mann ist im Wollhandel tätig.«

»Ach, das erklärt es, warum Sie hier sind und so. Wie schmeckt Ihnen der Apfelwein?«

»Ausgezeichnet.«

»Sehen Sie das alte Faß? Die Großmutter von meinem Mann und ihre Großmutter haben in dem schon ihren Apfelwein gemacht. Das gibt erst den richtigen Geschmack. Wir keltern ihn immer selber.«

»Sie haben sicher viel Arbeit.«

Sie lachte mich an. »Immer in Bewegung die meiste Zeit. Darum ist es auch so nett, sich mal hinzusetzen und bei einem Glas Apfelwein mit einer Nachbarin zu schwatzen. Mein Mann kennt sich hier gut aus. Na ja, er lebt hier auch schon immer. Er reitet ziemlich oft nach Bradford. Fitzgerald, sagten Sie? Ich kann nicht behaupten, daß ich den Namen schon mal gehört habe, aber Hellman kennt ihn bestimmt.«

»Mein Ehemann war nur selten hier oben. Er unterhält in London ein Büro, aber er denkt, er sollte häufiger hiersein. Deshalb suchen wir jetzt eine Bleibe.«

»Das freut mich. Grey Stone hat über ein Jahr leer gestanden. Ich mag nicht, wenn Häuser unbewohnt sind... und wie ich schon gesagt habe, es ist nett, Nachbarn zu haben. Wenn Sie etwas brauchen sollten, kommen sie einfach rüber zu uns – jederzeit.«

»Das ist sehr freundlich von Ihnen. Leider sind wir recht weit weg.«

»So ist es auf dem Land. Da lebt man nicht so dicht aufeinander. Sie kommen aus London, schätze ich. Sie schauen ganz danach aus.«

Sie lächelte ein wenig belustigt. In ihre Bewunderung für mich mischte sich eine Spur Verachtung für einen Menschen, der mit den brausenden Stürmen des offenen Landes nicht vertraut ist.

»Ich habe lange in London gelebt... und auch auf dem Land.«

»Auf dem Land! Aber nicht in Yorkshire.«

»Nein, in der Nähe von London, in einem Dorf namens Manorleigh.«

»Manorleigh. Kommt mir bekannt vor.«

Ich dachte sofort: Ich hätte es nicht erwähnen sollen. Sie erinnert sich daran. Ich sah wieder die Schlagzeilen vor mir: *›Abgeordneter von Manorleigh heute vor seinem Haus in London erschossen.‹*

Von dem Moment, als ich die Kinder sah, hatte ich bis jetzt nicht mehr daran und an meine verzwickte Situation gedacht.

»Ja«, sagte sie. »Ich habe wohl schon mal davon gehört.«

»Und jetzt ziehen wir nach Yorkshire«, beeilte ich mich, »wenn wir etwas Passendes auftun.«

»Sie werden in ganz England keine hübschere Gegend finden.«

»Hier ist es wirklich schön«, bestätigte ich. Der Augenblick der Gefahr war verstrichen. Sie hatte Manorleigh vergessen.

»Übrigens, wenn Sie frische Eier wollen«, sagte sie, »können die Kinder Ihnen jederzeit welche bringen... oder ich selber. Hellman sagt, die Eier sind meine Sache. Na ja, dadurch verdiene ich ein bißchen was eigenes, und es macht auch nicht viel Mühe.«

»Vielleicht könnte ich welche mitnehmen«, schlug ich vor.

»Gern, wenn Sie wollen.« Sie ging zur Tür und schrie: »Patty!«

Aus einiger Entfernung antwortete eine Stimme. Mrs. Hellman kam an den Tisch zurück. »Patty ist unsere Milchmagd. Ich sage ihr, daß sie Ihnen ein paar Eier herrichten soll. Wie viele hätten Sie denn gern? Ein Dutzend?«

»Ja, gern.«

Die Tür ging auf, und Patty kam herein – ein wenig mollig wie ihre Chefin, mit rosigen Wangen und blondgelocktem Haar.

»Das ist Mrs. Fitzgerald, Patty«, sagte Mrs. Hellman. »Ist gerade in Grey Stone eingezogen.«

»Oh«, meinte Patty, »wie nett.«

»Sie nimmt ein Dutzend Eier mit. Such ihr die großen braunen heraus, damit sie merkt, wie ein gutes Landei schmeckt. Sie kommt nämlich aus London.«

»Ich hole ein paar von den schönen, großen braunen, Mrs. Hellman.«

»Mach das«, sagte meine Gastgeberin.

Während wir unseren Apfelwein austranken, schilderte sie mir die Schwierigkeiten des Bauernstandes: die Dürren, die Stürme, das unvorhersehbare Wetter im allgemeinen. Sie wünschte uns einen angenehmen Aufenthalt in Grey Stone House, das nicht weit von Bracken entfernt war.

»Es ist nur ein kleines Dorf, aber es gibt ein paar Geschäfte da. Ungefähr eine Meile weg. Hellman geht alle drei, vier Tage hin und holt die Post. Na, man kann kaum erwarten, daß sie sie bis hierher austragen. Schließlich sind hier nur wir und Grey Stone. Also das kann man nicht verlangen, oder? Er geht alle paar Tage hin und holt die Post. Es gibt ein kleines

Postamt in Bracken. Das klappt ganz gut. Sie haben es in Grey Stone gemütlich, schätze ich. Es liegt ein bißchen höher als unser Hof, und der Wind pfeift da manchmal ganz schön arg. Die Leute sagen, es spukt dort, aber auf so was hören Sie sicher nicht. Sie schauen nicht so aus, als würden Sie so einen Unfug glauben, wo Sie aus London sind. Wir halten hier oben auch nicht viel davon. Aber manche Leute lassen sich schon Flausen in den Kopf setzen, und wenn ein Haus leersteht, na Sie kennen das ja.«

»Ich wußte nicht, daß dem Haus ein solcher Ruf vorausgeht.«

»Na ja, das sagt man doch von allen alten Häusern, vor allem wenn niemand drin wohnt.«

»Wird es denn schon immer vermietet?«

»Seit der alte Hargreaves gestorben ist. Also so an die acht oder neun Jahre. Er hat dort mit seiner alten Haushälterin gelebt. Seine Familie hat sich nicht viel um ihn gekümmert. Sie waren nur hinter seinem Geld her. Dann kam sein Sohn mit seiner Frau daher und wollte sich seiner annehmen. Und es dauerte nicht lange, und da lag er unter der Erde. Natürlich haben die Leute gemunkelt. Ist der alte Mann von alleine gestorben, oder haben sie ein bißchen nachgeholfen? Sie haben das Haus gekriegt. Wir haben alle gemeint, sie würden es verkaufen, aber denkste. Sie vermieten es, und Leute ziehen ein… nur für kurze Zeit. Dann gehen sie wieder weg.«

Patty brachte die Eier herein.

»Hier bitte«, sagte Mrs. Hellman. »Ein Dutzend von meinen besten.«

Ich zahlte ihr den geforderten Preis, und sie verwahrte mit zufriedener Miene das Geld in einer Schachtel auf dem Bord.

Ich dankte ihr für den Apfelwein und ihre Gastfreundschaft. Ich freute mich außerordentlich, eine so nette Nachbarin ganz in der Nähe zu wissen.

»Ich bin mir sicher, daß wir mehr Eier brauchen. Obwohl

meine Schwägerin den Haushalt führt. Könnten Sie uns in einer Woche noch einmal ein Dutzend bringen lassen?«

Sie strahlte vor Freude. »Entweder bringe ich sie Ihnen oder eins von den Kindern.«

Ihre Augen funkelten. Sie platzte gewiß vor Neugier auf ihre neuen Nachbarn. Und als ich mich zum Gehen erhob, äußerte sie ihre Freude über meinen Besuch.

»Wenn mir etwas am Herzen liegt, dann gute Nachbarschaft«, sagte sie. »Schließlich sind wir nur einmal hier, nicht? Da können wir doch das Beste daraus machen. Und hier sind wir nun, wo sich Fuchs und Hase Gutnacht sagen. Da ist es doch nur vernünftig, wenn man sich kennt.«

Ich pflichtete ihr bei, verabschiedete mich und trug die Eier behutsam nach Grey Stone House.

Roland war schon heimgekehrt; er und Phillida begrüßten mich, als ich eintrat.

»Wie geht es dir?« fragte Roland besorgt.

»Viel besser, danke. Ich habe einen ausgedehnten Spaziergang unternommen, es war recht interessant. Ich habe unsere nächste Nachbarin kennengelernt und ein paar Eier mitgebracht. Außerdem habe ich für nächste Woche noch einmal ein Dutzend ins Haus bestellt. Ist das in Ordnung?«

Phillida nahm gleich die Eier. »Wunderbar. Oh, wie schön. So werden uns also regelmäßig Eier ins Haus geliefert.«

»Dann müssen wir sie nicht mit dem Einspänner von Bracken herschaffen«, meinte ich.

»Mit dem Einspänner?« hakte Roland nach.

Wir erzählten ihm von unserem Plan, und er hielt ihn für einen guten Einfall.

»Sie hat mich hereingebeten und mir Apfelwein angeboten«, berichtete ich ihnen.

»Du meine Güte«, Roland mußte lächeln. »Das geht ja schnell bei dir.«

»Die Leute sind hier sehr freundlich. Sie wirken vielleicht

ein wenig schroff, und unsere diplomatische Londoner Art macht sie ungeduldig. Hier nennt man die Dinge beim Namen, denke ich. So habe ich sie verstanden. Jedenfalls versteckt sich unter der rauhen Schale...«

»Ich weiß«, warf Phillida ein. »...ein weicher Kern. Ach, freue ich mich über die Eier.«

»Sie heißen Hellman«, erläuterte ich. »Und sie haben zwei Kinder, Jim und Daisy.«

»Du hast eine Menge herausgefunden.«

»Ich habe erfahren, daß Mr. Hellmans Großvater und Urgroßvater denselben Hof bewirtschafteten. Sie halten auch Schafe und kennen sich mit Wolle aus. Mrs. Hellman glaubt, daß ihr Mann auf gutem Fuß mit allen Wollhändlern in Bradford steht.«

»Ach?« sagte Roland ziemlich gedämpft.

»Hast du ihr erzählt, daß wir im Wollgeschäft tätig sind?« erkundigte sich Phillida.

»Selbstverständlich. Das Gespräch konnte doch nicht ganz einseitig verlaufen. Sie meint, sie hat den Namen Fitzgerald noch nie gehört.«

»Ich nehme an, sie hat deinen Besuch genossen«, sagte Phillida. »Sie muß sich da draußen recht einsam vorkommen. Da freut man sich über einen Gast.«

»Bestimmt. Ich bin ja so froh, daß du die Eier brauchen kannst.«

»Und jetzt hör dir Rolands Neuigkeiten an«, wechselte Phillida das Thema.

»Ich habe Pferde besorgt. Sie werden heute nachmittag gebracht. Dir habe ich eine nette, kleine braune Stute ausgesucht, Lucie.«

»Wie hübsch. Und wir bekommen sie heute nachmittag?«

»Ich habe die Besitzer gebeten, sich zu beeilen. Ich will, daß du und Phillida mit dem, was ihr habt, zufrieden seid.«

»Aber sicher sind wir das!« jauchzte Phillida. »Erzähl weiter, Roland.«

»Wir haben ein Haus in Aussicht. Am Stadtrand. Die Beschreibung klingt sehr reizvoll.«

»Wie alt?«

»Das wird dir gefallen. 18. Jahrhundert. Es ist wohl vornehm und recht geräumig. Soweit ich verstanden habe, verfügt es über interessante Einzelheiten.«

»Wann können wir es uns anschauen?«

»Die Besitzer wohnen noch dort. Sie sind noch nicht ausgezogen.«

»Es würde also lange dauern, ehe wir hinein könnten.«

»Nein, sie ziehen sofort nach Unterzeichnung des Kaufvertrags aus. Sie sind lediglich für ein paar Tage verreist, aber sowie sie wieder hier sind, können wir es besichtigen.«

»Ist das nicht herrlich?« jubelte Phillida. »Ich muß gestehen, ich kann es wie du kaum noch erwarten.«

»Wir müssen uns also bloß ein paar Tage bis zu ihrer Rückkehr gedulden«, sagte Roland, »und dann... nun ja, hoffentlich entspricht alles den Beschreibungen des Maklers.«

»Der Vormittag ist somit erfolgreich verlaufen«, meinte ich.

»Allerdings«, erwiderte Roland. »Und am besten von allem finde ich, daß es dir bessergeht.«

»Es gibt bald Mittagessen«, kündigte Phillida an. »Wie wäre es mit einem Omelette aus Mrs. Hellmans Eiern?«

»Das klingt verlockend«, erwiderte ich. »Ich gehe nur schnell hinauf und ziehe mir andere Schuhe an.«

»Beeil dich. Ich bringe Kitty inzwischen die Eier.«

Ich ging in Rolands und mein Zimmer. Ich will dieses Haus nicht, dachte ich. Ich werde es Roland erklären müssen. Es ihm zu verschweigen ist nicht fair ihm gegenüber. Er ist so lieb und aufmerksam, ihm muß doch mein verändertes Verhalten auffallen. Ich muß es ihm sagen.

Ich zog die Stiefel aus und schlüpfte in ein Paar Schuhe. In der Kanne war Wasser, also wusch ich mir die Hände.

Als ich hinunterkam, saßen Phillida und Roland im Eßzimmer. Sie unerhielten sich sehr leise, aber durchaus heftig, was sehr ungewöhnlich für sie war. Ich schnappte ein paar Brocken von Phillida auf: »Es muß bald passieren. Es sollte schon längst vorbei sein. Daran bist du schuld. Du wolltest unbedingt warten.«

Als ich eintrat, unterbrach sie sich abrupt. Und ich fand, daß sie ein wenig erschrocken aussah. Dann meinte sie leichthin: »Ich habe Roland gescholten. Wenn er sich früher um die Pferde gekümmert hätte, hätten wir sie schon längst.« Sie lachte. »Ich war richtig wütend auf ihn, was nicht sehr nett von mir war. Jetzt wollen wir aber essen, man kann ein Omelette nicht warten lassen.«

Kitty brachte das Essen herein, und es schmeckte uns allen ausgezeichnet.

»Die Eier sind ganz frisch«, sagte Phillida. »Wahrscheinlich heute früh erst gelegt. Wie gut, Lucie, daß du auf so nützliche Weise die Nachbarschaft erkundet hast.«

In den folgenden Wochen stand ich mehrmals nahe davor, Roland zu gestehen, daß ich Joel liebte und deshalb unsere Beziehung nicht die alte bleiben konnte. Ich dachte daran, daß ich geglaubt hatte, ihn zu lieben, daß ich furchtbar gerne eine normale, glückliche Ehe geführt hätte. Aber jetzt, nach der Begegnung mit Joel, erkannte ich, was ich verloren hatte und daß ich mich nie damit abfinden könnte.

Roland bemerkte meine Verstörtheit und machte das, was ich gesehen hatte – oder, wie er sagen würde, ›zu sehen geglaubt hatte‹ –, dafür verantwortlich. Er wußte, daß ich aufgewühlt war. Das stimmte tatsächlich, sowohl wegen der Visionen als auch wegen Joels Verlust.

Roland war kein leidenschaftlicher Mann. Seine Zärtlichkeiten waren nie besonders feurig gewesen. Unwissend wie ich in derlei Dingen war, kam mir dieser Gedanke erst jetzt. Er war ein lieber, sanfter, einfühlsamer Mensch. Er schien mich vor allem umsorgen zu wollen. Manchmal meinte ich, daß er mehr als alle anderen verstand, was ich durch den Verlust meines Vaters erlitten hatte. Ich hätte keinen gütigeren, liebevolleren Ehemann finden können. Wenn wir zu Bett gingen und ich allein mit ihm war, gab er mir irgendwie zu verstehen, daß er nichts von mir fordern würde. Ich war ganz durcheinander, deutete er an. Ich machte eine schlimme Zeit durch. Mir würde es bald bessergehen, aber jetzt brauchte ich Ruhe und viel Schlaf.

Ich war ihm dankbar und gleichzeitig kämpfte ich mit mir, ob ich mich ihm anvertrauen sollte oder nicht. Mir kam der Gedanke, daß ich mich von ihm befreien, mich wie Belinda scheiden lassen und dann Joel heiraten könnte.

Wenn Belinda das ohne größere Schwierigkeiten geglückt war, warum nicht auch mir? Ich wußte, was Belinda an meiner Stelle tun würde. Sie würde mich für verrückt erklären, daß ich mich nicht um eine Scheidung bemühte. Aber ihr Fall lag anders. Sie und Henry Farrell hatten sich vorher getrennt; sie hatten sich heftig gestritten. Wohingegen Roland mir nichts als Liebe und Verständnis geschenkt hatte und ich mir seiner tiefen Zuneigung gewiß war.

Wie konnte ich ihm weh tun? Und dennoch... was wurde aus Joel?

Wenn ich zu Joel ging, würde ich Roland niemals vergessen können; und wenn ich bei Roland blieb, würde ich nie Joel aus meinen Gedanken verbannen können. Es schien, als würde mich in jedem Fall entsetzliche Reue überfallen oder eine immerwährende Sehnsucht nach dem, was mir entgangen war.

Jeden Tag verbrachte ich in dieser Unsicherheit. Sollte ich? Konnte ich? Wie konnte ich nur so weiterleben?

Wie dankbar war ich Roland, daß er mich in Frieden ließ.

Wir hatten jetzt unsere Pferde. Meine Ausritte schenkten mir Erleichterung. Manchmal ritten wir zu dritt aus und erkundeten die Gegend, aber meistens waren Roland und ich allein unterwegs. Wie oft war ich auf unseren Ausritten knapp davor, ihm alles zu gestehen. Aber es gelang mir nie. Ich war jedesmal heilfroh, wenn er eine Weile in Bradford mit Geschäftlichem verbrachte. Dann waren Phillida und ich auf uns allein gestellt.

Phillida war sehr liebevoll und sanft. Sie interessierte sich sehr für gesunde Lebensführung und hielt sich selbst für eine Autorität auf diesem Gebiet. Ich erwähnte, daß sie doch ihr Londoner Reformhaus vermissen müsse.

»Ach, wer weiß?« sagte sie munter. »Vielleicht entdecke ich eines in Bradford. Sie schießen auf einmal im ganzen Land hervor. Sie sind ein wahrer Segen. Ich garantiere, ich heile dich, Lucie. Es dauert ein bißchen.«

»Mich heilen?«

»Nun ja, von deinen nervösen Zuständen.«

Ich schwieg, und sie legte ihre Hand auf die meine. »Du mußt dich mehr bewegen. Ich bin so froh, daß Roland die Pferde besorgt hat. Du hast so gesund ausgeschaut, als du von deinem Galopp zurückkamst. Ich dachte mir: Das ist es. In einem gesunden Körper wohnt ein gesunder Geist. Irgendein weiser Mann hat das wohl einmal gesagt, und wie recht er damit hatte! Du brauchst jedenfalls diese kleinen Stärkungen von Zeit zu Zeit.«

»Du und Roland, ihr seid so gut zu mir.«

»Natürlich. Wir haben dazu auch allen Grund.«

»Unsere Begegnung auf der Fähre... und all das. Das Leben geht manchmal seltsame Wege, nicht wahr?«

»Sehr seltsame.. und wundervolle. Ich glaube, es ist, was wir daraus machen.«

»Ach, du glaubst, man sollte dem Schicksal einen kleinen Schubs geben, nicht?«

Sie warf den Kopf in den Nacken und lachte sehr herzhaft. »Ja, warum denn nicht? Wer hilft dir denn, wenn du dir nicht selbst? Bist du nicht schon ganz gespannt, weil wir uns heute nachmittag das Haus anschauen?«

»O ja, das wird sicher interessant.«

»Du klingst nicht eben sehr begeistert.«

»Na ja, Phillida, ich weiß nicht genau. Wir sind hier so weit vom Schuß...«

»Unsinn. Wenn wir uns erst einmal richtig niedergelassen haben, kannst du nach Manorleigh fahren und dort ein wenig bleiben... und Abstecher nach London machen. Vergiß nicht, Roland unterhält dort auch ein Büro.«

»Ja, natürlich.«

»Also sei ein bißchen heiterer. Ich denke, wir sollten früh zu Mittag essen. Dann gehen wir und besichtigen dieses wundervolle Haus. Roland müßte bald zurück sein. Horch mal... ich glaube, ich höre ihn schon.«

Es war tatsächlich Roland. Er schaute mich beklommen an, als er hereinkam.

»Freust du dich darauf, das Haus anzuschauen, Lucie?« fragte er fast flehend.

»Ja, gewiß«, log ich.

Wir brachen nach dem Mittagessen auf und ritten auf die große Stadt zu – durch das Dörfchen Bracken, das anscheinend aus einer langen Straße, einem Gasthof und einer Kirche bestand. Ich erhaschte einen Blick auf den Laden, der alles mögliche zu verkaufen schien. Darüber war ein Schild befestigt, daß es sich um das Postamt handelte. Ich erinnerte mich daran, was mir Mrs. Hellman über das Abholen der Briefe gesagt hatte.

Es würde keiner für mich dasein. Ich hatte niemandem meine Adresse gegeben. Ich mußte Celeste und Rebecca, vielleicht auch Belinda schreiben. Eine Nachricht von ihnen würde mich aufmuntern. Und ich würde mir dann weniger einsam vorkommen.

Wir fanden das Haus zur rechten Zeit. Es stand ein wenig von der Straße zurückgesetzt in einem schönen Grundstück. Wir ritten die Auffahrt hoch, und als wir das Haus erreichten, kam ein Stallknecht heraus und nahm uns die Pferde ab.

Dann erschienen ein Mann und eine Frau, sie hatten uns offensichtlich erwartet.

»Sie sind bestimmt Mr. und Mrs. Fitzgerald«, sage der Mann. »Bitte treten Sie doch ein. Wir freuen uns, daß Sie sich das Haus anschauen wollen.«

»Es ist sehr hübsch«, sagte Phillida. »Was für ein schöner Garten! Ich mag diese Art Architektur sehr gerne.«

»Meines Erachtens handelt es sich um eine der interessantesten Bauepochen«, erwiderte der Mann. »Übrigens, ich heiße George Glenning, und das ist meine Frau.«

Wir schüttelten ihnen die Hand und gingen dann die Steintreppe bis zur Vordertür mit ihrem feinverzierten, fächerförmigen Oberlicht und dem auf Hochglanz polierten Messingtürklopfer. Dann standen wir in der vornehmen und geräumigen Halle. An deren anderen Ende führte eine anmutig geschwungene Treppe nach oben.

»Die Haupträume befinden sich im ersten Stock«, sagte Mrs. Glenning. »Der Salon ist recht hübsch. Er würde richtiggehend als Ballsaal taugen, nicht wahr, George?«

»Nun ja, manchmal haben wir ihn als solchen benutzt. Aber unsere Gäste sollen selbst entscheiden. Wollen wir im Erdgeschoß beginnen?«

Wir spazierten durch mehrere Räume. Ich konnte mir nicht vorstellen, hier zu leben. Ich wollte fort. Gewiß, das Haus war sehr schön, und natürlich wollte Roland einen eigenen Hausstand gründen. Ich mußte ihm alles erklären.

Wir gingen in den Salon. Er war recht prachtvoll, aber ich konnte mich nicht konzentrieren.

Mrs. Glenning schaute mich erwartungsvoll an. Phillida zeigte große Begeisterung und bekundete ihr Entzücken.

»Mrs. Fitzgerald…«, begann Mrs. Glenning.

Ich versuchte mich am Riemen zu reißen, Interesse an diesem Haus vorzutäuschen.

Phillida sagte in beschwichtigendem Ton: »Meine Schwägerin fühlt sich in letzter Zeit nicht recht wohl.«

Sie warf Mrs. Glenning einen bedeutungsvollen Blick zu, als versuche sie ihr etwas zu vermitteln.

Dann fuhr sie fort: »Ihr gefällt es wirklich sehr gut, nicht wahr, Lucie?« Sie sprach fast tadelnd mit mir, wenngleich nachsichtig, als spräche sie mit einem Kind.

»Ja, ja«, sagte ich rasch. »Es ist bezaubernd.«

»Gefällt Ihnen dieses Fenster?« fragte Mrs. Glenning. »Es ist typisch für diese Epoche, nicht wahr, George? George hat bei unserem Einzug damals ein paar Einzelheiten nachgeschlagen. Er war von allem sehr angetan.«

»Das wären wohl die meisten Leute«, sagte Roland.

Phillida hatte mir schutzgewährend den Arm umgelegt. »Ist es nicht einfach hinreißend, Lucie?«

Und so ging es durch das ganze Haus. Es war zweifellos bezaubernd. Ich dachte daran, wie begeistert ich davon wäre, wenn mich jetzt Joel begleiten und es unser gemeinsames Haus werden würde.

Wir kamen zu den Kinderzimmern – zwei schönen, luftdurchfluteten Räumen ganz oben. An den Fenstern waren Gitter angebracht.

»Zur Sicherheit der Kinder«, erklärte Mrs. Glenning. »Aber man könnte sie leicht entfernen.«

»O nein. Sie könnten sich als sehr nützlich erweisen.«, sagte Phillida schnell.

»Sie meinen, wenn Kinder kommen?« fragte Mrs. Glenning fast schelmisch.

»Nun ja, ja, daran dachte ich«, erwiderte Phillida mit einem Anflug von Verlegenheit.

Als wir alles gesehen hatten, lud man uns zum Tee im Salon ein.

»Wie nett!« sagte Phillida. »Ach, mir gefällt das Haus so gut. Hoffentlich gehört es bald uns.«

Roland warf mir einen besorgten Blick zu. »Ich... ich finde, wir sollten das in Ruhe besprechen«, schlug er vor.

Die Glennings musterten mich ziemlich neugierig.

»Aber selbstverständlich«, sagte Mrs. Glenning. »Man soll keine voreiligen Entschlüsse fassen. Morgen kommen allerdings weitere Interessenten. Falls Sie sich für den Kauf entscheiden, sollten Sie uns also sofort Bescheid geben.«

»So eine Villa ist natürlich begehrt«, meinte Phillida. Sie warf mir einen beinahe flehenden Blick zu. »Dir gefällt es doch auch, Lucie?«

»Es ist ein sehr schönes Haus«, erwiderte ich.

»Wunderbar.« Sie schaute jetzt Roland gespannt an.

»Lucie und ich werden uns noch einige Dinge überlegen wollen«, meinte er.

Phillida seufzte offenbar leicht verärgert. Es war typisch für sie, daß nach ihrem Willen Roland sich sofort hätte entscheiden sollen

»Wenn Sie es sich noch einmal anschauen wollen...«, schlug Mrs. Glenning vor.

»Das brauche ich nicht«, sagte Phillida. »Roland, du auch nicht. Dir gefällt es, oder? Das kann ich doch sehen. Es entspricht genau unseren Vorstellungen. Und es liegt ideal, sogar nahe der Stadt. Und der Bahnhof ist auch nicht weit entfernt, so daß wir bequem zum Zug nach London kommen.«

»Es scheint zweifellos unsere Anforderungen zu erfüllen.« Roland schaute mich an, aber ich sagte nichts.

Wir tranken Tee und schickten uns dann zum Gehen an. Ich stand mit Roland in der Halle. Phillida war in die Küche gegangen, wo sie sich noch etwas anschauen wollte.

Roland unterhielt sich mit Mrs. Glenning über den Gebrüder-Adam-Eingang, ich stand ein wenig abseits. Da hörte ich Phillidas Stimme. »Ich halte es für nahezu abgemacht. Uns gefällt es ausgezeichnet, meinem Bruder und mir. Meine Schwägerin... ihr geht es nicht gut. Wir müssen wohl aufpassen.« Sie machte eine Pause. Dann ein Flüstern.

Daraufhin meinte Mrs. Glenning: »Die Arme. Ich hoffe, daß sie bald wieder gesund ist.«

»Dafür sorgen wir schon«, erwiderte Phillida. »Sie braucht nur ein wenig Pflege, dessen bin ich mir sicher.«

Sie kamen wieder in die Halle und schlossen sich uns mit einem strahlenden Lächeln an.

Ich hatte das Gefühl, daß Mrs. Glenning mich seltsam, fast mitleidig ansah. Wir verabschiedeten uns, und Roland versprach, sehr bald mit ihnen wieder in Kontakt zu treten.

Bei unserer Rückkehr wirkte Grey Stone House im Vergleich mit der Villa, die wir gerade besichtigt hatten, düsterer denn je.

»Welch ein Unterschied!« rief Phillida. »Hoffentlich müssen wir nicht recht viel länger bleiben. Ich fand das Haus entzückend. Genau das, was wir uns vorgestellt haben. Was hast du denn daran auszusetzen, Lucie?«

»Mir... mir gefällt es auch sehr«, erwiderte ich. »Ich weiß nur nicht genau, ob ich gerne hier leben will.«

»Sehnst du dich noch immer nach London und Manorleigh? Na schön, das ist auch verständlich, nicht wahr, Roland? Du bist nie von dort weggekommen. Natürlich fühlst du dich anderswo am Anfang ein wenig fremd. Aber das geht vorbei. Wenn es dir bessergeht, erkennst du schon, wie schön es hier ist.«

»Phillida«, entgegnete ich bestimmt, »ich bin nicht krank.«

»O nein, natürlich nicht. Du bist nur ein bißchen durcheinander. Dir geht es bald wieder ausgezeichnet. Und es wird dir hier gefallen. Roland und ich kümmern uns um dich.«

Ich lächelte sie matt an. Es war undankbar von mir, aber ich fühlte mich gereizt.

An diesem Abend vertraute ich mich Roland an, als wir allein in unserem Zimmer waren. Phillida hatte uns unseren Schlaftrunk gebracht und uns dann gute Nacht gesagt.

Auf einmal brach es aus mir heraus: »Roland, ich muß mit dir sprechen. Ich muß dir alles erklären.«

»Ja?« sagte er.»Erzähl mir, was dich bedrückt. Ich weiß, du hast etwas auf dem Herzen. Es ist nicht nur...« Er zögerte. Er wußte, daß ich es nicht mochte, wenn man es als Sinnestäuschungen oder Gespenst bezeichnete.

»Es hat mit Joel Greenham zu tun.«

Er schaute mich erstaunt an, und ich fuhr rasch fort: »Joel und ich wollten heiraten. Wir hatten unsere Verlobung noch nicht offiziell bekanntgegeben, aber es war fest zwischen uns ausgemacht. Dann ging er fort, und es hieß, er sei tot. Du siehst, deshalb... Alles schien so hoffnungslos. Mein Vater tot, Joel auch. Ich hätte es nicht tun sollen, Roland. Ich hätte dich niemals heiraten dürfen.«

»Lucie!«

»Warte. Hör dir erst an, was ich dir zu sagen habe. Roland, ich liebe Joel. Schon immer, schon als junges Mädchen. Es lag nur an meiner Jugend, daß wir nicht schon vorher geheiratet habe. Aber wir wollten unsere Verlobung bei seiner Rückkehr bekanntgeben.«

»Und jetzt ist er zurückgekommen«, sagte Roland traurig. »Ich glaube, ich verstehe dich. Du warst überzeugt, daß du ihn nie wiedersehen würdest, und zutiefst unglücklich. Und du mochtest uns, du mochtest Phillida... und mich. Wir kamen so gut miteinander aus. Wir waren glücklich miteinander, nicht wahr?«

Ich nickte.

»Und du wärst glücklicher... wenn er nicht zurückgekehrt wäre.«

Das stimmte wohl. Ich hatte mich allmählich damit abgefunden. Ich hätte mir ein ungetrübtes Leben mit Roland ausmalen können. Wir hätten vielleicht Kinder bekommen, und sie hätten viel wettgemacht. Phillida war mir eine gute Freundin.

»Schon möglich«, gab ich zu. »Aber er ist nun mal heimgekommen.«

»Du hast ihn getroffen?«

»Ja, in London.«

»Und er hat mit dir gesprochen... über uns?«

»Ja.«

»Was möchte er?«

Ich gab keine Antwort. Roland fuhr fort: »Ich weiß, was er möchte. Er will, daß du mich verläßt und zu ihm zurückkehrst.«

Es herrschte Stille. Ich schaute ihn kläglich an und spürte, daß ich nie glücklich sein konnte, was auch geschah.

»Und du?« fragte er.

»Ich... ich...«, ich konnte nur stammeln.

Er lächelte freudlos. »Was willst du, Lucie? Hab keine Angst, es mir zu sagen.«

Ich konnte ihm einfach nicht antworten.

»Ich liebe dich sehr«, sagte er.

»Ja, ich weiß.«

»Ich kann mir mein Leben ohne dich nicht vorstellen.«

»Du warst immer so gut zu mir. Das vergesse ich nie.«

»Aber du liebst ihn.«

»Ich mag dich gern, Roland... und ich möchte dir auf keinen Fall weh tun.«

»Unsere Zeit miteinander war wundervoll für mich. Ich weiß nicht, ob ich dich freigeben könnte. Aber das möchtest du. Darum bittest du mich doch.«

Einige Sekunden schwiegen wir. Dann fuhr er fort: »Ich wußte, daß da etwas war. Seit deiner Rückkehr aus London – sogar schon vorher – stimmte etwas nicht.«

Er stand auf, ging ans Fenster und schaute hinaus. Es schien, als könne er meinen Anblick nicht ertragen.

Ich ging zu ihm und schaute hinunter, halb in der Erwartung, die gefürchtete Gestalt zu sehen. Da war nichts... nur das einsame Moor. Wind war aufgekommen, und es klang wie ein Ächzen, als er übers Gras fegte.

Er wandte sich mir zu und packte mich an der Hand. »Lucie, bitte handle nicht überstürzt.«

»Überstürzt?« wiederholte ich.

»Warte erst ein wenig. Denk gut darüber nach. Versprich mir, daß du nichts unternimmst, ohne es mir zuerst zu sagen. Das bist du mir doch schuldig, nicht wahr?«

»Ach, Roland, du verdienst das Beste, nur das Allerbeste. Ich wünschte...«

»Du wünschtest, die Dinge lägen anders. Ach, ich auch, Lucie. Und wie. Ich denke, du könntest hier glücklich sein... mit mir. Du kannst doch nicht einfach fortspazieren und mich allein lassen.«

»Nicht einfach so, Roland«, sagte ich. »Und ich würde dich nie vergessen... was auch geschieht.«

»Es ist vielleicht nicht das Richtige für dich, Lucie. Ich möchte nur dein Glück. Nur das liegt mir am Herzen. Aber du mußt sicher wissen, daß es das Richtige für dich ist.«

»Heißt das, wenn du es für das Beste für mich halten würdest, würdest du zustimmen?«

»Ich weiß nicht. Ich kann nicht klar denken. Das hat mich zu sehr getroffen. Es ist natürlich nicht deine Schuld. Es sind die Umstände. Ich brauche Zeit – Zeit zum Nachdenken. Das ist es, Lucie. Gib uns Zeit. Denken wir darüber nach, reden wir darüber. Ich weiß nicht, ob ich auf dich verzichten könnte. Ich weiß, daß es gut und edel wäre und ich es tun sollte – weil du es willst. Ich weiß nicht, ob ich stark genug dafür bin. Wenn ich genau wüßte, daß es das Richtige für dich ist, würde ich es vielleicht tun. Aber ich bin mir nicht sicher, Lucie, überhaupt nicht sicher.«

»Ich weiß, ich weiß.«

»Lucie, ich glaube, du schwankst auch.«

Er nahm mein Gesicht in seine Hände und küßte mich zart auf die Stirn.

»Denken wir darüber nach«, sagte er. »Wir wollen keine voreiligen Entscheidungen treffen.«

Ich nickte. »Ach, Roland«, rief ich. »Ich bin so froh, daß ich es dir gesagt habe.«

»Ja«, sagte er. »Ich auch. Selbst bei so etwas ist es besser, die Wahrheit zu wissen.«

Am nächsten Morgen ging Roland fort, ehe ich aufgestanden war. Ich fühlte mich erleichtert, daß ich mit ihm gesprochen hatte. Er ist selbst hatte gemeint, es sei besser, die Wahrheit zu wissen, und er hatte recht. Ich fragte mich, was er wohl tun würde. Er ein sehr uneigennütziger Mensch. Ich war überzeugt, daß er hinter seinen Worten stand. Daß er mich gehen ließe, wenn er sich davon überzeugt hatte, daß ich so mein Glück fand. Er würde mich freigeben; er würde sich von mir scheiden lassen – wie Henry Farrell von Belinda. Und damit würde ich frei für eine Ehe mit Joel.

Der Gedanke erfüllte mich nicht mit Freude, wie es vielleicht der Fall gewesen wäre, wenn mein Bekenntnis zu Joel nicht gleichzeitig hieße, Roland zu verletzen. Ich hatte ihn liebgewonnen, und er liebte mich aufrichtig. Aber vielleicht würde er irgendwann eine andere Frau finden, sie heiraten und Kinder haben. Phillida würde eine ausgezeichnete Tante abgeben. Vielleicht würde sie auch heiraten. Ich fragte mich, warum sie sich noch nicht gebunden hatte. Mit ihrer Lebhaftigkeit und ihrem ganz netten Aussehen wirkte sie anziehend. Ich hatte sie nie anders als anmutig und elegant erlebt.

Sie war ungefähr ein Jahr jünger als Roland, also noch keine alte Jungfer.

Ich ging zum Frühstück hinunter. Phillida schaute mich ein wenig ängstlich an: »Wie fühlst du dich?«

»Gut, danke. Und du?«

»Sehr gut«, erwiderte sie. »Roland schaute nicht so gut heute morgen aus. Ich habe ihm ein besonders gutes, gesundes Porridge gekocht. Der Ärmste, er wollte es nicht essen, aber ich habe nicht lockergelassen. Wenn ich nicht wüßte, daß er unverwüstlich ist, würde ich mir Sorgen machen und meinen, er brütet etwas aus. Er hat behauptet, er habe nicht gut geschlafen. Das sei alles.«

»Hat er gesagt, wann er heimkommt?«

»Nein. Er wußte es nicht genau. Er hat heute viel zu erledigen. In den letzten Monaten hat er seine Geschäfte hier oben arg vernachlässigt.«

Nach dem Mittagessen ritt ich nach Bracken. Ich kam wieder an der Mischung aus Kramladen und Postamt vorbei. Mir fiel ein, daß ich Rebecca schreiben mußte. Unter vier Augen hätte ich ihr so viel zu sagen. Es würde mir nicht leichtfallen, das alles niederzuschreiben. Ich wünschte, sie wäre hier und könnte mir einen Rat geben.

Am Spätnachmittag kam ich wieder heim. Phillida saß im Salon und las. Sie fragte mich, ob mein Ausritt angenehm gewesen sei.

»Ja«, entgegnete ich. »Ich bin bis nach Bracken geritten. Ich habe das Postamt entdeckt, von dem mir Mrs. Hellman erzählt hat. Man muß sich dort seine Post selber abholen, weißt du.«

»Tja, es kennt ohnehin niemand unserer Adresse, nicht wahr?«

»Nein. Aber das ist nicht gut. Ich will schon lange Celeste und meiner Schwester schreiben. Aber ich habe es bisher immer aufgeschoben.«

»Das eilt doch nicht. Hast du dir schon Gedanken über das Haus gemacht?«

Das Haus hatte ich völlig vergessen. Wie konnte ich an dem Erwerb interessiert sein, während eine solche Entscheidung über mir schwebte? Und das galt doch auch für Roland.

»Wir sollten uns schnell entschließen«, sagte Phillida. »Andere Interessenten wollen es sich anscheinend auch anschauen.«

»Vielleicht haben sie das nur gesagt, um uns zu drängen«, wies ich sie hin.

»Möglich. Aber es ist so schön. Ich bin schon ganz vernarrt.«

Ich ging unter dem Vorwand hinauf, mich umkleiden zu

wollen. Oben setzte ich mich hin und schrieb Rebecca einen Brief.

Liebe Rebecca!

Ich bin todunglücklich. Wenn Du doch nur hier wärst, damit ich Dir alles erzählen könnte. Joel ist wieder da. Ich hätte Roland nie heiraten sollen. Joel möchte, daß ich Roland verlasse und zu ihm gehe. Ich möchte es auch, Rebecca. Ich weiß, daß es für mich nie einen anderen Mann als Joel geben kann. Aber was kann ich machen? Ich habe Roland geheiratet. Es scheint, als habe ich ihn benützt, als ich jemanden brauchte... und das entspricht wirklich der Wahrheit. Damals schien es richtig. Er war so gut zu mir. Ich habe ihm von Joel erzählt. Er ist sehr traurig, aber er möchte mein Bestes. Ich weiß nicht, ob das bedeutet, daß er mich freigibt. Er bat mich um Zeit zum Nachdenken. Stell Dir vor, er würde mich freigeben. Stell Dir vor, er ließe sich von mir scheiden. Das wäre die einzige Möglichkeit. Ich nehme an, eine geschiedene Frau wäre nicht eben förderlich für einen aufstrebenden Politiker. Was kann ich tun, Rebecca? Mir scheint, wie ich mich auch entscheide, werde ich doch immer einen zutiefst verletzten...

Ich zerriß den Brief.

Ich konnte ihr doch keinen solchen Brief schreiben. Das klang fast völlig zusammenhanglos. Wenn ich doch nur mit ihr reden könnte. Und wenn ich nach Cornwall fuhr? Ich könnte Roland erklären, wie nahe wir uns immer gestanden hatten, wie sie mir über alle Schwierigkeiten hinweggeholfen hatte.

Mir wirbelten die Einfälle nur so im Kopf herum.

Nein, ich mußte ihr schreiben.

Liebe Rebecca!

Ich bin unter obengenannter Anschrift zu erreichen. Wir haben dieses Haus vorübergehend gemietet, während wir uns nach etwas anderem umschauen. Es gibt so viel, was ich Dir erzählen möchte. Ich wünschte, Du wärst hier. Vielleicht komme ich Dich bald besuchen. Es muß aber bald sein.

Belinda hat auch mit kleinen Schwierigkeiten zu kämpfen, aber ihre Angelegenheiten klären sich von allein. Ich erzähle Dir alles, wenn wir uns sehen. Bis dahin sind vielleicht schon all ihre Probleme gelöst.

Liebe Rebecca, ich muß Dich unbedingt sehen. Es fällt mir so schwer, das schriftlich darzulegen. Ich fahre sehr bald nach High Tor. Du hast gesagt, daß ich jederzeit kommen dürfe.

Also mache Dich bitte auf meinen Besuch gefaßt. Ich muß mit Dir sprechen.

Liebe Grüße an Pedrek, die Kinder und an Dich, liebe Schwester,

von Deiner Lucie.

Ich las ihn noch einmal durch. Was für ein merkwürdiger Brief. Er klang reichlich rätselhaft, daher würde sie wissen, daß etwas nicht stimmte.

Ich würde Roland sagen, daß ich so schnell wie möglich fort mußte. Rebecca war vernünftig und sehr klug. Überdies lagen ihr meine Angelegenheiten am Herzen. Ich mußte zu ihr.

Ich versiegelte den Brief und steckte ihn in eine Schublade. Morgen würde ich nach Bracken reiten und ihn aufgeben. Ich würde heute abend mit Roland sprechen und ihm von meiner Reise nach Cornwall erzählen.

Roland erschien erst kurz vor dem Abendessen. Bis zum Schlafengehen fanden wir keine Zeit für eine Gespräch.

Er wirkte bleich und sehr unglücklich. Er schaute mich

traurig an, als ich sagte: »Roland, ich möchte Rebecca besuchen.«

»In Cornwall!« rief er.

»Ja. Du weißt, wir bedeuten einander viel, außerdem sind wir Halbschwestern. Ich möchte das Ganze mit ihr besprechen.«

Er nickte.

»Du verstehst«, fuhr ich fort, »ich glaube, wenn ich mit ihr spreche... sie ist so einfühlsam... und versteht mich... das würde mir sehr helfen.«

»Kannst du denn nicht mit mir sprechen? Können wir unsere Probleme nicht selber lösen?«

»Wir lassen uns zu sehr von unseren Gefühlen mitreißen. Ich fühle mich so elend. Ich mag dich nicht verletzen... und ich kann Joel nicht weh tun. Rebecca ist ruhig und verständnisvoll.«

»Wenn du weggehst«, sagte er, »kommst du nie mehr zurück. Warte ein wenig, Lucie. Triff keine voreiligen Entscheidungen.«

Es klopfte. Phillida stand mit einem Tablett draußen und strahlte uns an.

»Davon könnt ihr gut schlafen«, versprach sie. »Du schaust aus, als könntest du das brauchen, Roland.«

Sie stellte das Tablett auf den Tisch, im selben Moment hörte ich von unten ein Geräusch... es klang wie Schritte unter dem Fenster.

Ich ging hin und schaute hinaus. Entsetzt schrie ich auf. Er stand da, nahm seinen Hut ab und hob mir mit seinem bösen Lächeln das Gesicht entgegen.

Ich schrie auf. Roland war an meiner Seite, Phillida auf der anderen. Die Gestalt mit dem Hut in der Hand enthüllte ihr Haar. Noch einmal verbeugte er sich ironisch. Während ich ihn beobachtete, packte mich das nun schon bekannte Grauen.

Roland hatte den Arm um mich gelegt.

»Da! Da unten!« schrie ich. »Ihr habt ihn gesehen. Ihr habt ihn jetzt beide gesehen…«

Roland schüttelte den Kopf.

»Liebe Lucie«, sagte Phillida, »da unten steht niemand.«

»Was?« rief ich. »Schaut! Schaut doch! Wie könnt ihr behaupten…«

Roland zog mich gewaltsam vom Fenster weg. Er nahm meinen Kopf zwischen die Hände und drückte ihn fest an seine Brust. Ich entwand mich seinem Griff.

»Ich gehe jetzt zu ihm hinunter«, sagte ich.

»Lucie… Lucie«, Roland sprach beschwichtigend. »Da unten ist niemand.«

»Ich gehe hinunter und schaue nach. Ich nehme euch nicht ab, daß ihr ihn nicht gesehen habt. *Ich* habe ihn gesehen. Ihr müßt ihn auch gesehen haben.«

»O je«, sagte Phillida. Sie schaute Roland an. »Was sollen wir tun… mit ihr?«

Ich spürte, wie plötzlich Wut auf sie in mir aufstieg. »Da unten ist etwas«, sagte ich. »Ich gehe nachschauen.«

»Da ist niemand.« Roland zerrte mich ans Fenster. Die Gestalt war verschwunden.

»Wo ist er?« rief ich.

»Es ist nichts, Lucie. Es ist nur etwas, was dir im Kopf herumspukt.«

»Ich habe doch gar nicht daran gedacht.«

»Aber es geht dir noch immer im Kopf herum«, rief Phillida. »So etwas passiert gar nicht so selten. Manche Leute leiden eben unter Halluzinationen. Du hast schließlich einen schrecklichen Schock erlitten.«

Ich machte eine Geste der Ungeduld. Ich hatte all dies schon vorher gehört.

»Ihr habt ihn gesehen«, wiederholte ich. »*Ich* habe ihn eindeutig gesehen. Ihr müßt ihn auch bemerkt haben. Ihr habt ihn geradewegs angeschaut, alle beide.«

»Da war nichts«, wiederholte Phillida im Brustton der

Überzeugung. »Sonst hätten wir es doch gesehen. Das mußt du uns glauben, Lucie.«

Hilflos sank ich aufs Bett. Roland setzte sich neben mich, legte mir den Arm um die Schultern und streichelte mir übers Haar.

»Ich glaube, du legst dich jetzt am besten schlafen«, sagte er.

»Genau«, bestätigte Phillida. »Hier, trinkt euren Schlummertrunk, ehe er kalt wird.«

Folgsam gehorchten wir ihr.

»Ihr müßt euch beide gut ausschlafen. Danach geht es dir sicher besser.« Phillida legte mir die Hand auf den Arm. »Mach dir keine Sorgen, Lucie. So etwas kann schon mal geschehen. Du mußt es einfach nur vergessen. Was meinst du, wie unterhaltsam der Umzug in das neue Haus wird. Das wird dich ablenken. Und genau das brauchst du. Du grübelst zuviel. Es ist nicht ungewöhnlich, weißt du. Das passiert Leuten nach einem fürchterlichen Schock. Manchmal dauert es ziemlich lange, bis man sich erholt. So, jetzt lasse ich euch allein. Gute Nacht. Schlaft gut.«

Sie küßte mich flüchtig und danach auch Roland.

»Bis morgen früh.«

Nachdem sie gegangen war, meinte Roland: »Wir wollen jetzt nicht mehr davon reden. Du mußt schnurstracks ins Bett und schlafen. Phillida hat recht. Dir geht der Schlaf ab. Morgen geht es dir besser.«

Schlafen? Ausruhen? Phillidas Schlummertrunk wirkte nicht gerade Wunder. Ich lag die ganze Nacht reglos da. Was hatte das zu bedeuten? fragte ich mich. Warum verfolgten mich diese Visionen? Und sowohl Roland als auch Phillida hatten die Gestalt nicht wahrnehmen können. Wenn es sich um eine reale Person gehandelt hätte, hätten sie sie doch sehen müssen. Also mußte es ein Geist sein ... der Geist von Fergus O'Neill, dem Mann, den ich an den Galgen geliefert hatte.

Erst bei Anbruch der Dämmerung schlief ich ein.

Das Geräusch von Rädern weckte mich auf. Ich war erstaunt. Es war sehr spät, schon zehn Uhr.

Roland war aufgestanden, und vermutlich hatte Phillida Anweisung gegeben, mich nicht zu stören.

Ich wollte wissen, wer da gekommen war, und ging zum Fenster. Ich konnte mich ihm nie ohne einen Schauder nähern, aus Furcht, was ich unten sehen würde.

Mrs. Hellman stieg aus einem Einspänner. Ihre kleine Tochter Daisy begleitete sie.

Ich hörte Mrs. Hellmans durchdringende Stimme: »Guten Morgen, Miss Fitzgerald. Ihre Schwägerin hat gesagt, Sie bräuchten vielleicht ein paar Eier.«

Phillida stand unten, charmant und freundlich wie immer.

»Wie nett von Ihnen! Die Eier haben uns ausgezeichnet geschmeckt. Wir hätten gern noch welche.«

»Ist die junge Mrs. Fitzgerald zu Hause?« fragte Mrs. Hellman.

»Sie schläft noch. Ihr geht es nicht gut.«

»Ach, du liebes bißchen. Hoffentlich nichts Schlimmes.«

»Tja, wir machen uns Sorgen, mein Bruder und ich. Sogar große Sorgen.«

»Ja, um Himmels willen!«

»Nun ja«, sagte Phillida. »Sie benimmt sich – äh – ein wenig wunderlich.«

»Oh?«

»Sie sieht Dinge. Sie hat Halluzinationen. Das jagt uns ziemliche Angst ein, aber wir hoffen, daß sie sich erholt.«

Ich fühlte mich elend. Wie konnte sie es wagen, das einer wildfremden Frau zu erzählen!

Mrs. Hellman kam näher zu Phillida heran. »Na, ich hätte sie für eine ganz normale, nette junge Frau wie alle anderen gehalten.«

»Sie hat es nur manchmal«, erwiderte Phillida.

»Ein bißchen...« Mrs. Hellman tippte sich an die Stirn.

»Möchten Sie gern hereinkommen?« fragte Phillida.

»Ja, gerne. Daisy, komm mit.«

»Ich fahre gerade nach Bracken«, erzählte Mrs. Hellman beim Hineingehen. »Und da wollte ich auf dem Hinweg schnell die Eier bei Ihnen vorbeibringen.«

Ich setzte mich. So dachten sie also von mir! Und Phillida hatte es Mrs. Hellman weitergetratscht, fast als wolle sie sie vor mir warnen. Ich war entsetzt.

Sei vernünftig, sagte ich mir. Gestern abend war ich hysterisch gewesen. Ich hatte ihn so deutlich gesehen, und sie hatten beide neben mir gestanden und ihn nicht bemerkt... keiner von beiden.

Ich blieb den ganzen Vormittag über in meinem Zimmer.

Gegen Mittag kam Phillida mit einem liebevollen Lächeln herein.

»So ist es richtig«, sagte sie. »Roland und ich finden, daß du Ruhe brauchst. Wie fühlst du dich jetzt?«

»Besser, danke.«

»Schön. Ich schicke Kitty mit einem kleinen, leichten Mittagessen hinauf. Wie wäre das?«

»Danke. Dann stehe ich besser auf.«

»Warum nicht? Wenn du gern möchtest. Kitty kann dir heißes Wasser bringen.«

»Ja, erst wasche ich mich, und dann esse ich.«

»Eine gute Idee. Iß schön geruhsam auf deinem Zimmer, und wenn dir dann danach ist, würde dir vielleicht ein kleiner Spaziergang guttun.«

»Danke, Phillida.«

»Es freut uns doch, wenn wir für dich sorgen können. Damit du wieder gesund wirst.«

Sie stand lächelnd da. Ich dachte: Wie konntest du nur so etwas über mich weitererzählen – noch dazu einer Fremden? Aber was hatte sie denn schon gesagt? Nichts als die Wahrheit. Aber sie hatte etwas Scheußliches angedeutet. Aber andererseits, ich litt tatsächlich unter Halluzinationen...

»Hättest du Lust auf ein Omelette? Ich habe ganz frische

Eier. Deine Mrs. Hellman kam am Vormittag vorbei und hat welche gebracht. Wie schade, daß du noch geschlafen hast. Sie hat sich nach dir erkundigt. Das ist vielleicht eine Quasseltante! Wahrscheinlich hat sie auf ihrem Bauernhof nicht viel Ansprache.«

»Ich hörte sie«, sagte ich.

»Ach ja? Also warst du wach. Nun ja, jetzt kümmere ich mich erst um dein heißes Wasser. Kitty bringt es dir gleich.«

Sie lächelte mich freundlich an und ging hinaus.

Ich war froh, eine Weile allein in meinem Zimmer zu sein. Ich wollte nicht mit Phillida reden. Ich könnte mich vielleicht verplappern, daß ich ihr Gespräch mit Mrs. Hellman mitangehört hatte.

Verzweifelt sehnte ich mich nach Rebecca. Es drängte mich, nach Bracken zu reiten und mich in den Zug nach London zu setzen. Ich könnte eine Nacht bei Celeste bleiben und dann nach Cornwall weiterreisen.

Aber wie konnte ich so etwas übertriebenes tun? Ich mußte heute abend mit Roland reden. Ich könnte ihm von meinen Entschluß, Rebecca sofort zu besuchen, erzählen. Er würde mich verstehen. Wie immer.

Dann fiel mir mein Brief an Rebecca ein. Ich ging zur Kommode. Da lag er. Ich könnte ihn zumindest abschicken. Am Nachmittag wollte ich zu dem kleinen Postamt nach Bracken reiten.

Jetzt da ich mich zum Handeln entschlossen hatte, ging es mir besser.

Das heiße Wasser kam. Ich wusch mich, und Kitty brachte das Omelette. Ich war überrascht, daß ich hungrig war und mit Appetit essen konnte.

Dann zog ich meine Reitkleidung an und ging hinunter.

Phillida hielt sich in ihrer Kräuterkammer auf. Sie kam heraus und schaute verdutzt, als sie meinen Aufzug bemerkte.

»Geht es dir denn gut genug?« erkundigte sie sich besorgt.

»Ja. Ich glaube, ein Ausritt tut mir gut.«

»Aber reite nicht zu weit aus.«

Ich nickte, als stimme ich zu. Sie kam mit zur Tür und winkte mir nach.

Ich fühlte mich besser. Warum hatte ich diese Sinnestäuschungen? Mich beunruhigte vor allem, daß andere daneben standen und nichts wahrnahmen.

Ich sehnte mich nach Joel. Wenn ich mich nun zu ihm aufmachte? Nein, das war nicht der richtige Weg. Er würde mich zum Bleiben überreden, und ich konnte Roland nicht derart verletzten. Ich mußte zuerst Rebecca sehen. Ihr klarer, gesunder Menschenverstand würde mir weiterhelfen. Ich faßte den Brief in meiner Tasche an. Wie lange er wohl bis nach Cornwall brauchte? Aber ich mußte ja nicht auf die Antwort warten, sondern konnte einfach auf High Tor aufkreuzen. Rebecca und Pedrek hatten mir immer das Gefühl vermittelt, ich sei dort zu Hause. Wenn sie jetzt doch nur bei mir wäre!

Aber mir ging es besser, weil ich etwas unternahm. Heute abend würde ich Roland von meinem Entschluß erzählen, morgen abzureisen, weil ich Rebecca sehen mußte.

In Bracken ritt ich geradewegs zum Postamt. Ich band mein Pferd draußen an, bevor ich hineinging.

Das Geschäft war ein typischer Dorfkrämer. Es gab dort die meisten Dinge, die man in einem normalen Haushalt benötigt. Man versorgte zwar nur eine kleine Gemeinde, aber dafür hielt man alles Nötige bereit: Kuchen, Kekse, Zucker, Tee – alle Lebensmittel, und auch Kleidung, Stiefel, Schuhe, Obst, Hustensaft und ähnliche Heilmittel. Und in einer Ecke des Ladens befand sich das Postamt.

Eine dünne Frau in mittleren Jahren saß hinter einer Art Drahtgitter mit einer Öffnung unten. Ich kaufte eine Briefmarke. Außer mir war keine Kundschaft im Laden. Und mir entging nicht, daß sie neugierig war und sich fragte, wer ich war. Wahrscheinlich kannte sie alle, die hierherkamen, bestens. Und hier stand nun jemand, den sie noch nie gesehen hatte.

Sie lobte das Wetter und fragte, ob ich von weiter weg käme.

»Nun ja, von Grey Stone House«, antwortete ich. »Kennen Sie es?«

»Schätze schon«, sagte sie munter.

Ich war mir nicht sicher, was das bedeutete. Aber mir wurde bald klar, daß sie es nicht nur kannte, sondern auch bereits wußte, daß neue Mieter darin wohnten. Und daß diese Mieter sich umschauten und in der Nähe ein Haus kaufen wollten.

Mir fiel sofort Mrs. Hellman ein, die die Neuigkeiten bestimmt sofort allen, die sie traf, kundgetan hatte. In einer Gemeinde wie diese, wo wenig passierte, zeigte man an Neulingen größtes Interesse.

»Na«, meinte sie. »Das ist ja ein Segen, daß Sie heute hereinschneien. Sie sind Mrs. Fitzgerald – oder Miss?«

»Ich bin Mrs. Fitzgerald.«

»Nun denn, ich wollte Ihnen gerade eine Nachricht schikken. Wir liefern die Post nicht ins Haus. Die Briefe an Leute in den entlegeneren Häusern kommen hier ans Postamt, und dann holen die Empfänger sie selbst ab.«

»Das hat mir schon eine Nachbarin gesagt. Haben Sie denn etwas für mich?«

»Das war bestimmt Mrs. Hellman. Ich wollte ihn ihr mitgeben, aber sie hat heute nicht vorbeigeschaut.«

»Was ist es denn?« drängte ich.

»Einen Moment.« Sie zog eine Schublade auf. »Hier. Gestern gekommen. Ein Brief für Sie.«

»Oh, vielen Dank.« Ich warf einen Blick auf den Umschlag. Belindas Schrift. »Das... das freut mich.«

»Schauen Sie ein oder zwei Mal die Woche rein. Wir heben die Post für Sie auf. Sie sollten eine Nummer haben. Postfach nennt man das. Postfach 22. Das wäre dann Ihres. Geben Sie als Anschrift Postfach 22 an, Postamt Bracken, bei Bradford. Haben Sie das verstanden? Und dann kommen Sie so oft her, wie Sie Ihre Post abholen möchten.«

»Was bin ich froh, daß ich vorbeigeschaut habe.«

Sie lächelte. Ich konnte es kaum erwarten, Belindas Brief zu lesen, aber sie schwatzte weiter: »Sie sehen, der ist an Mrs. Fitzgerald, Grey Stone House, Bracken, Bradford adressiert. Na ja, das ist in Ordnung, weil wir wissen, wer Sie sind. Ich wußte ja, daß Sie nach Grey Stone gezogen sind. Aber geben Sie lieber Postfach 22 an – obwohl es keinen großen Unterschied macht.«

»Sie haben mir sehr geholfen.«

»Wie gefällt es Ihnen denn auf Grey Stone?«

»Sehr gut.«

»Hier ist ihr Beleg. Bißchen einsam da oben.«

»Wir wollen nicht lange bleiben. Vielen Dank. Wie gut, daß ich vorbeigeschaut habe.«

Sie ließ mich nur widerwillig gehen. Und gewiß hätte sie größere Anstrengungen unternommen, mich aufzuhalten, wenn nicht im gleichen Augenblick jemand anders hereingekommen wäre.

»Oh, Mrs. Copland«, rief sie. »Da sind Sie ja – und wie geht es denn Ihrer Schwiegertochter?«

Ich blieb nicht länger, um den Zustand von Mrs. Coplands Schwiegertochter zu erfahren, sondern trat mit Belindas Brief in der Hand auf die Straße.

Ich konnte es kaum erwarten, ihn zu lesen, aber hier ging das nicht. Ich stieg also auf mein Pferd und verließ Bracken. Bei einem von Bäumen gesäumten Pfad stieg ich ab, band das Pferd an einen Zaun und setzte mich mit meiner Lektüre unter einen der Bäume.

Liebe Lucie!

Ich schicke Dir diesen Brief in der Hoffnung, daß er Dich erreicht. Hoffentlich habe ich die Anschrift richtig ge-

schrieben. Du hast Grey Stone House als Name des Hauses erwähnt – erinnerst Du dich? Und ich bin sicher, daß es in der Nähe von einem Ort namens Bracken war.
Hier entwickeln sich die Dinge sehr gut. Alles läuft reibungslos, und da Henry keine Einwände erhebt und die Schuld eindeutig bei mir liegt, hoffen wir, daß alles gutgeht.
Wir fürchten die Presse ein wenig, aber Bobbys Familie ist einflußreich und setzt sich sehr für uns ein. Das liebe kleine Baby ist der Grund, weshalb sie sich alle so engagieren – Bobbys Familie, meine ich. Sie wollen unbedingt, daß es ehelich geboren wird. Wenn es allerdings nicht ganz klappen sollte, läßt sich das schon vertuschen. Und Bobby und ich werden die Zeremonie, sowie alles vorbei ist, in aller Stille durchlaufen. Ich mache mir also keine Sorgen.
Ich wünschte, Du könntest uns längere Zeit besuchen kommen. Was könnten wir für einen Spaß haben. Es ist wirklich sehr hübsch. Ich genieße es, Hausherrin zu sein. Niemand auf dem Anwesen weiß, daß ich kein Anrecht auf den Titel habe. Und hoffentlich können wir die Angelegenheit im Dunkeln belassen.
Jedenfalls ist alles ziemlich aufregend und auch amüsant – oder wird es zumindest sein, wenn alles vorbei ist.
Warum brauchen diese Leute nur so lang?
Nun, soviel zu mir. Wie geht es Dir auf Grey Stone? Das klingt so düster. Und wie geht es Roland und seiner Schwester?
Joel hat uns übrigens besucht und blieb eine Nacht. Er wollte mit mir reden – über dich natürlich. Er fragte mich, ob ich wüßte, wo du steckst. Ich gab ihm die Anschrift, die ich auch auf den Brief schreibe. Er fragte mich, ob ich Dir schreiben würde, und er wollte, daß ich Dir etwas Bestimmtes mitteile. Deshalb schreibe ich Dir jetzt auch. Er sagte: ›Könnten Sie Lucie sagen, daß ich mich mit der Angelegenheit befasse?‹ Er erzählte, daß alles sehr rät-

selhaft sei und er den Tatsachen auf den Grund gehen wolle. Und eines muß ich Dir unbedingt sagen, meinte er, und zwar: Fergus O'Neill hatte einen Bruder…

Ich hielt inne. Einen Bruder! Hieß das, daß sein Bruder vorgab, Fergus zu sein? Sahen sie sich ähnlich? Hatten beide den gleichen Haaransatz? Dann hatte womöglich der Bruder sich entschlossen, mich heimzusuchen? Wie war das möglich? Sowohl Roland als auch Phillida hatten neben mir gestanden und ihn nicht gesehen.

Und Joel hatte dies herausgefunden. Ich fühlte mich gleich viel glücklicher. Er befaßte sich mit meinen Problemen. Mir fiel ein Stein vom Herzen!

Wenn ich Joel nur sehen könnte!

Ich las weiter.

Joel meinte, der Bruder sei genauso tief in ihren Kampf verwickelt wie Fergus. Sie würden alle für ihre sogenannte ›Sache‹ arbeiten. Joel stellt genaue Nachforschungen an. Und bis jetzt konnte er ein oder zwei Dinge nicht eindeutig klären. Sobald er das gelöst hat, kommt er zu dir. In der Zwischenzeit, sagte er – und zwar nachdrücklich –, muß Du allergrößte Vorsicht walten lassen. Er hätte es am liebsten, wenn Du nach London kämst. Er war sehr ernst. Er schaut blendend aus. Wenn ich Bobby nicht so gern hätte…

Genug davon.

Liebe Lucie, bitte komm mich besuchen. Mir gefällt der Gedanke gar nicht, daß du dermaßen weit weg bist.

Ich hoffe sehr, daß Du diesen Brief bekommst. Warum hast Du mir übrigens nicht geschrieben? Dann hättest Du mir die genaue Anschrift geben können. Wenn Du mir schreibst, gebe ich sie an Joel weiter. Ich kann gar nicht verstehen, warum Du nichts von Dir hören läßt.

Liebe Grüße von Belinda – und Bobby und diesem

kleinen Kerlchen, das im August auf die Welt kommen wird.

Lächelnd las ich den Brief noch einmal. Joel dachte an mich! Nachforschungen anstellen, sagte er. Wie ich mich nach ihm sehnte!

Was für ein Glück, daß ich den Brief an Rebecca aufgegeben hatte. Ich fühlte mich jetzt deutlich besser. Was für eine gute Eingebung mich heute nachmittag nach Bracken geführt hatte. Irgendwann hätte mich der Brief schon erreicht, aber er war genau das, was ich heute gebraucht hatte.

Wieder in der Realität

Ich brachte mein Pferd in den Stall und ging ins Haus. Ich rief Phillida, um ihr zu zeigen, daß ich zurück war, aber sie antwortete nicht. Offensichtlich war sie ausgegangen. Ich wollte Kitty bitten, mir Tee zu kochen, und schaute in die Küche. Kitty saß dösend auf einem Stuhl. Ich weckte sie nicht.

Ich war mir nicht sicher, daß ich Roland und Phillida von Belindas Brief und der Entdeckung, daß Fergus O'Neill einen Bruder hatte, erzählen wollte. Dadurch brächte ich das Gesprächsthema nur wieder auf meine Visionen. Und ich wollte auch nicht erwähnen, daß diese Information ursprünglich von Joel stammte. Aber gewöhnlich trank ich um diese Zeit mit Phillida Tee. Mir kam plötzlich der Gedanke, sie könne sich in ihrer Kammer aufhalten, denn sie verbrachte viel Zeit mit der Zubereitung ihrer Kräutermischungen.

Ich ging hin und klopfte. Da niemand antwortete, machte ich die Tür auf und schaute hinein.

Ich hatte diesen Raum selten betreten. Roland bezeichnete ihn als Phillidas Privatheiligtum.

Der überwältigende Duft der Kräuter stieg mir sogleich in die Nase. Ich wagte mich ein paar Schritte hinein. Von einem Haken an der Wand hingen ganze Büschel von Kräutern. Sie widmete sich ganz ihrem Studium. Vermutlich ein fesselndes Gebiet. Auf dem Schreibtisch lag ein Löschblatt und daneben ein Bündel, das wie getrocknete Sonnenblumen aussah. Meine Aufmerksamkeit wurde sogleich von dem Gekritzel auf dem Löschblatt in Anspruch genommen, denn sie erinnerten mich an meinen eigenen Namen, schauten aber ziemlich merkwürdig aus, da sie von rechts nach links liefen. Ich schaute genauer hin. Natürlich, so erschienen die Buchstaben, wenn man das Löschpapier auf das Geschriebene gelegt hatte. Es war, als habe jemand meinen Namen geschrieben und das Löschpapier daraufgelegt, als die Tinte noch sehr naß war.,

Hatte Phillida gar etwas über mich geschrieben?

Meine Neugier war geweckt. Ich untersuchte das Löschblatt genauer. Es war noch anderes Geschreibsel darauf, das ich nicht entziffern konnte. Mein Name stand ganz unten, als hätte ich einen Brief unterzeichnet. Ich war wirklich erstaunt, weil dies meiner Schrift täuschend ähnelte.

Ich mußte herausfinden, was das bedeutete. Meine Sinne waren auf einmal in Alarmbereitschaft versetzt. Vielleicht weil ich soeben erfahren hatte, daß Fergus O'Neill einen Bruder hatte und dieser ihm womöglich ähnlich sah und sich vielleicht gar dieses Spiel mit mir erlaubte? Ich hatte meine Theorie aufgeben müssen, weil weder Roland noch Phillida ihn gesehen hatten, als ich geglaubt hatte, er stehe unten.

Aber was schrieb da Phillida über mich? Seit ich ihr Gespräch mit Mrs. Hellman über mich belauscht hatte, war mir bange. Das hatte mich zutiefst aufgewühlt. Ich wußte, daß sie und Roland mich für hysterisch hielten, und verstand auch den Grund. Aber es hatte mich unangenehm überrascht, daß sie dies Mrs. Hellman, einer wildfremden Person, verriet.

Ich spürte eine unwiderstehliche Neugierde, mehr herauszufinden. Dies zwang mich zu einer Handlung, vor der ich früher zurückgeschreckt wäre.

Ich öffnete eine Schublade und schaute hinein. Etwas Papier, ein Federhalter und ein Tintenfaß lagen darin. Ich warf einen Blick auf die zuoberst liegenden Blätter. Sie waren leer. Ich zog eine zweite Schublade auf und entdeckte ein Buch über Gesundheit und Kräuteranbau.

Unter dem Buch befanden sich andere, beschriebene Blätter. Sie waren in der Schrift geschrieben, die der meinen so sehr ähnelte. Mir kam der furchtbare Gedanke, daß Phillida meine Handschrift nachgeahmt hatte. Das war doch... der Kringel, mit dem ich einen Großbuchstaben begann und die Art, wie ich die Unterlängen meiner ›Gs‹ nicht ganz zu Ende brachte.

Ich packte ein Blatt: Entsetzt las ich:

Lieber Roland!

Verzeih mir. Ich weiß, daß ich wahnsinnig werde. Ich habe versucht, dagegen anzukämpfen, aber vergebens. Ich danke Dir für alles. Du warst mir ein guter Ehemann und Phillida eine liebe Freundin. Aber ich halte es nicht länger aus. Du weißt wie ich, daß es schlimmer wird. Ich bin überzeugt, so ist es für uns alle am besten.

Lucie

Das war der Abschiedsbrief eines Selbstmörders. Mir wurde voller Entsetzen klar, was hier vor sich ging. Phillida plante, mich umzubringen, und wollte es so darstellen, als habe ich mir selbst das Leben genommen.

Ein anderer schrecklicher Verdacht kam mir. Ich schaute mich um. Barg dieses Zimmer noch mehr Geheimnisse?

Ich ging zur Tür und verschloß sie von innen. Ich würde es herausfinden. Unbedingt.

Fiebernd öffnete ich alle Schubladen. Nichts. In einer Zimmerecke stand eine Truhe. Sie war verschlossen. Ich suchte verzweifelt nach dem Schlüssel und fand einen in einer der Kommodenschubladen. Ich hatte ihn bemerkt, als ich die Blätter durchstöberte.

Er paßte. Ich öffnete die Truhe und schaute hinein. Es lagen Kleider darin, Phillidas Kleider. Ich durchsuchte sie, und dann entdeckte ich, wonach ich unterbewußt gesucht hatte: einen Zylinder, einen Umhang und eine dunkle Perükke, deren Haaransatz spitz in die Stirn zulief.

Phillida! dachte ich. Phillida! Und Roland? Was wußte er davon? Es war alles rätselhaft und sehr beängstigend.

Einige Male war Phillida während meiner Visionen bei mir gewesen. Konnte das Roland gewesen sein? Einmal hatten sie beide neben mir gestanden. Wer war es denn dann?

Ich konnte das nicht von Roland glauben, der sich mir gegenüber immer so liebevoll und zärtlich gezeigt hatte.

Während ich so stand, hörte ich jemanden ankommen. Phillida! Sie durfte mich nicht in diesem Zimmer entdecken. Ich raffte Kleider, Perücke und Abschiedsbrief an mich, schloß die Tür auf und rannte hinauf. Ich war gerade oben angekommen, als Phillida zusammen mit Roland das Haus betrat.

Ich mußte fort... auf der Stelle. Ich würde mich aufs Pferd setzen, nach Bradford reiten und den nächsten Zug nach London nehmen.

Ich durfte es keinem der beiden sagen. Ich mußte das Haus sofort verlassen. Ich versteckte die belastenden Kleidungsstücke zusammen mit der Perücke im begehbaren Kleiderschrank. Den Abschiedsbrief steckte ich in meine Tasche.

Ich lauschte auf Geräusche von unten, hörte aber nur meinen Herzschlag.

Wie würde ich von hier fortkommen? Wenn sie doch nur wieder das Haus verlassen würden!

Dann vernahm ich ihre Stimmen. Ich mußte versuchen, mich so zu verhalten, als sei nichts vorgefallen, und bereit sein, bei der erstbesten Gelegenheit fortzulaufen.

Ich konnte nicht glauben, daß Roland eingeweiht war. Dennoch hatte er neben mir gestanden und hinuntergeschaut auf jene Gestalt, die diese Kleider trug. Und er hatte vorgegeben, nichts zu sehen.

Die einzige andere Person im Haus war Kitty.

War es möglicherweise Kitty gewesen? Bestimmt. Könnte es sein, daß Roland und Phillida nichts davon wußten? Hatte etwa Kitty diesen Brief geschrieben? Und ihn in Phillidas Kommode gesteckt? Vielleicht war sie plötzlich wahnsinnig geworden.

Doch es ließ sich nicht leugnen, daß sowohl Roland als auch Phillida geleugnet hatten, die Gestalt in Umhang und Perücke zusehen. Beide hatten mich behandelt, als sei ich übergeschnappt.

Es war alles zu rätselhaft. Was immer ich auch dachte, eines war klar. Ich mußte ohne Verzögerung das Haus verlassen.

Roland und Phillida waren noch unten. Ich konnte sie reden hören.

Dann kam Roland ins Zimmer.

»Lucie… Liebstes… was ist denn?«

»Ich besuche Rebecca«, sagte ich.

»Aber doch nicht heute?«

»Doch, ich halte es für das Beste.«

»Was ist geschehen? Du wirkst mitgenommen?«

»Ich bin es auch. Es ist etwas passiert.«

»Was denn? Lucie, Liebes, erzähl doch.«

»Belinda hat mir geschrieben.«

»Wie wußte sie denn, wo du zu erreichen bist?«

»Ich hatte den Namen des Hauses erwähnt. Der Brief lag auf dem Postamt. Man gab ihn mir, als ich dort war.«

»Belinda…«, sagte er.

»Ja. Fergus O'Neill hat einen Bruder«, platzte ich heraus.

Ich konnte seinen Gesichtsausdruck nicht deuten. Leise fragte er: »Wie hast du das erfahren?«

»Joel hat es herausgefunden. Das kann er, weißt du. In seiner Stellung verfügt er über besondere Quellen. Da ist noch etwas…« Da ich einmal angefangen hatte, konnte ich nicht mehr aufhören. Und sosehr ich es auch versuchte, konnte ich nichts Böses von Roland denken. Ich ging zum Wandschrank und holte Hut, Umhang und Perücke heraus. Ich legte die Sachen aufs Bett.

»Da«, sagte ich. »Was hältst du davon?«

Er starrte sie entsetzt an, ein paar Sekunden lang verschlug es ihm die Sprache. Dann stammelte er: »Wo?«

»In Phillidas Kräuterkammer. In einer Truhe. Und das

habe ich auch gefunden. Ein Brief an dich, angeblich von mir verfaßt. Darin steht, warum ich mir das Leben genommen habe.«

»O mein Gott!« sagte er. Dann wandte er sich an mich. »Lucie, wir müssen dieses Haus verlassen. Wir dürfen keine Sekunde verlieren. Wir müssen sofort weg – ohne daß man es merkt. Wir nehmen die Pferde, reiten zum Bahnhof, steigen in den nächstbesten Zug. Hoffentlich fährt er nach London. Aber wir müssen weg – schnell.«

Ich hatte noch bei keinem Menschen einen solch verzweifelten Gesichtsausdruck gesehen. Mir schoß ein Gedanke durch den Kopf: Es ist Phillida... und er weiß es.

»Komm«, drängte er. »Vergeude keine Zeit. O mein Gott, was kann ich tun?«

Er suchte nach Geld. In einer Schublade fand er etwas und stopfte es sich in die Hosentasche. »Es zählt jede Minute«, murmelte er.

Er öffnete die Tür und lugte hinaus. Dann drehte er sich zu mir um.

»Komm«, drängelte er. Auf Zehenspitzen schlichen wir die Treppe hinunter. Wir erreichten die Tür, die er leise aufmachte. Dann eilten wir zum Stall.

Atemlos sattelten wir die Pferde. Plötzlich hörte ich ein Geräusch. Die Stalltür ging auf, und Phillida stand da. Sie schaute uns an; ich sah den Haß in ihren Augen. Das war ein ganz anderer Mensch als die Phillida, die ich bis dahin gekannt hatte. Ein flüchtiges Bild des schwarzen Schwans, dem ich auf Jean Pascals Besitz begegnet war, blitzte vor meinen Augen auf. So elegant... so anmutig... und dann dieser plötzliche Umschwung zu Haß.

Jean Pascal hatte mir gesagt: »Es gibt auch solche Menschen. Sie müssen sich vor ihnen in acht nehmen.«

Mit Entsetzen sah ich, daß sie ein Gewehr in der Hand hielt. Roland hatte es auch bemerkt. Ich hörte ihn vor Angst und Schrecken um Atem ringen.

Sie schaute ihn an. »Du Feigling!« schrie sie. »Du Verräter! Du hättest es schon vor Monaten tun sollen.« Die Beschimpfungen strömten nur so aus ihr heraus. Sie konnte ihre Verachtung nicht zügeln. Bestürzt hörte ich zu. »Du mit deinen verrückten Einfällen. Alles hätte so schön geklappt. Nur weil du sie am Leben lassen wolltest, Roland, wie konntest du nur? Du hast uns alle verraten.«

Roland sagte nicht. Er legte den Arm um mich... Schutz gewährend.

»Na schön, die Pläne haben sich geändert, Bruder«, fuhr Phillida fort. »Dann machen wir es anders. Wir müssen uns eine andere Lösung ausdenken. Sie hat es hier getan – im Stall. Das wird schon klappen. Ja, warum nicht, im Stall?«

Sie kam näher.

Ich wußte, sie würde mich umbringen. Sie würde den Brief in meinem Schlafzimmer hinterlegen. Ich hatte ihn in meiner Manteltasche. Vielleicht würde es ihr nicht einfallen, da nachzuschauen. Sie würde glauben, er liege noch in der Kommode in ihrem Zimmer. Aber das würde nichts ausmachen. Sie würde eben einen neuen schreiben. Der Brief würde meine wachsende Furcht vor dem Wahnsinn erklären. Ich hatte unter Sinnestäuschungen gelitten. Ich hatte Rebecca davon erzählt. Joel, Rebecca... ihr werdet es glauben. Es klingt so einleuchtend. Sie werden die Perücke vernichten und die Kleider, sie werden den Abschiedsbrief hervorzaubern. Die Leute in dem anderen Haus und Mrs. Hellman werden sagen, daß man sie vor meinen Wahnvorstellungen gewarnt hatte. Und Roland... er war mein Ehemann, was auch immer er sonst war.

Ich würde es nie erfahren, weil ich jetzt sterben mußte.

Mit der Waffe in der Hand kam sie näher. Sie mußte aus nächste Nähe den Schuß abgeben, da mein Tod wie Selbstmord aussehen mußte. Es gab sicher Mittel, solche Dinge nachzuweisen.

Jetzt... jeden Moment konnte es geschehen. Sie hatte den

Finger am Abzug. Da machte Roland eine plötzliche Bewegung und warf sich vor mich. Ich hörte zwei Schüsse. Roland und ich gingen zu Boden. Ich spürte warmes Blut auf meinem Gesicht... und dann nichts mehr.

Ich schien aus Nebelschwaden aufzutauchen. Ich hörte eine Stimme sagen: »Die Dame ist nicht ernstlich verletzt. Wohl nur an der Schulter!«

Ich befand mich im Stall. Ich sah das Licht der Laternen.

»Sie müssen ins Krankenhaus, alle beide.«

»Ich hörte Schüsse und kam gleich her, ich und mein Schweizer«, sagte eine Männerstimme. »Von Hellmans Hof, das bin ich. Dachte, es wären Diebe oder so.«

Ich erinnerte mich an nichts mehr, bis ich im Krankenhaus aufwachte und erfuhr, daß mittlerweile schon der nächste Tag begonnen hatte.

Eine Krankenschwester kam herein. Ich sagte: »Roland... Mr. Fitzgerald?«

»Er ist hier. Man kümmert sich um ihn.«

»Er ist nicht...?«

Sie zögerte. »Man kümmert sich sehr um ihn.«

Was bedeutete das alles? Warum wollte ihn Phillida umbringen? Ich erkannte allmählich, daß ich im Mittelpunkt eines Komplotts gestanden und die Gefahren überhaupt nicht bemerkt hatte. Und Roland war darin verwickelt gewesen.

Am Vormittag schaute ein Arzt nach mir.

»Sie hatten Glück«, sagte er und schaute mich freundlich an. »Die Kugel prallte ab. Sie hat Sie nur leicht gestreift. In etwa einer Woche sind Sie wieder wohlauf.«

»Und Mr. Fitzgerald?«

»Wir sorgen für ihn.«

»Sie meinen...?«

»Wir geben unser Bestes«, fügte er vage, aber bedeutungsvoll hinzu. Da wußte ich, daß Roland sehr schlimm verletzt war. Ihn hatte die für mich bestimmte Kugel getroffen.

Sie kamen später noch einmal herein und fragten, wen sie benachrichtigen sollten.

Ich gab ihnen Celestes Adresse, auch Rebeccas und Belindas... dann fügte ich noch Joels Anschrift hinzu.

Sie werden kommen, dachte ich. Und dabei spürte ich eine gewisse innere Ruhe.

Am Spätnachmittag kam die Schwester und setzte sich zu mir ans Bett. »Ihr Ehemann. Er fragt nach Ihnen.«

Ich versuchte, mich aufzurichten, aber sie hielt mich zurück. »Nein, nein, versuchen Sie nicht aufzustehen. Wir bringen Sie zu ihm. Er – er ist schwer krank.«

»Liegt er im Sterben?« fragte ich.

»Eigentlich dürften Sie ihn gar nicht besuchen. Aber er ist sehr aufgewühlt, und der Arzt hält es in Anbetracht der Umstände für das Beste.«

»Dann bringen Sie mich bitte sofort zu ihm.«

Sie schob mich in ein kleines Zimmer, wo er lag. Er wirkte ganz fremd.

»Roland...!«

Er schlug die Augen auf, und ich sah die Freude in ihnen aufblitzen.

Ich warf der Schwester einen Blick zu. Daraufhin meinte sie: »Ich lasse Sie allein, aber nur ein paar Minuten.«

»Danke«, sagte ich.

»Lucie«, Roland lächelte mich an. »Liebe Lucie... du bist gekommen.«

»Aber selbstverständlich.«

»Es geht nicht mehr lange mit mir«, murmelte er.

Schweigend nahm ich seine Hand, die schlaff auf der Bettdecke lag, und drückte sie.

Er lächelte. »Du siehst, ich liebe dich«, sagte er. »Ich... ich brachte es nicht über mich.«

»Sprich nicht, wenn es dir weh tut, Roland.«

»Ich muß. Du mußt es erfahren. Ich bin der Bruder von Fergus O'Neill.«

»Du! Dann ist Phillida seine Schwester!«

»Es war für unseren Kampf... Freiheit für unser Land. Wir alle glaubten, daß es richtig sei. Wir haben uns alle dafür engagiert... mein Vater... die gesamte Familie.«

»Dein Vater lebt doch nicht mehr. Das hast du mir erzählt. Deine Eltern kamen beide bei einem Eisenbahnunglück ums Leben.«

»Nein... nein. Er ist einer der Anführer unseres Kampfes. Wir, seine Kinder, wurden von jeher so erzogen, daß auch wir daran teilnehmen sollten. Wir wollten dich töten, als Fergus gehenkt wurde. Aus Rache, weißt du, und um der Welt zu zeigen, daß man unsere Helden nicht wie gewöhnliche Verbrecher behandeln darf. Sie sind Märtyrer und müssen gerächt werden. Dann heckten wir den anderen Plan aus. Du warst reich. Ich sollte dich heiraten und dann deinen Selbstmord inszenieren. Das Geld, das ich dann erben würde, würde unserem Kampf zufließen. Es erheiterte unsere Mitkämpfer, daß das Vermögen unserer Feinde für die Unterstützung unserer Sache verwendet würde. Es sollte für die Vernichtung anderer Gegner genutzt werden.«

»Das kann nicht wahr sein...«

»Das verstehst du nicht, Lucie. Wir haben uns alle dieser Aufgabe geweiht. Und ich war auch davon überzeugt, bis... Es wird nicht das letzte Mal sein... außer für mich. Wir wollten das Geld.« Er lächelte gequält. »Unsere Vorhaben kosten viel Geld. Reisen nach Frankreich, Häuser auf dem Land. Als wir erfuhren, daß wir das Geld nicht bekommen würden, weil es einer Treuhandschaft unterstellt war, mußten wir den Plan ändern. Wir wollten dich sofort töten. Du erinnerst dich an den Brand. Phillida war sehr geschickt mit ihren Kräutern. Ihre Schlummergetränke waren so ausgeklügelt, daß sie dich jederzeit in tiefsten Schlaf versetzen konnte, ohne daß es auffiel. Die anderen Male waren sie ziemlich harmlos.«

Meine Gedanken schweiften zu jener Nacht, als Belinda

den für mich bestimmten Becher geleert hatte. Hätte sie das nicht getan, wäre ich natürlich nicht rechtzeitig aufgewacht, um mich in Sicherheit zu bringen. »Belinda hat mir das Leben gerettet«, murmelte ich.

»Ja. Wenn sie nicht den Schlaftrunk zu sich genommen hätte, wärst du in tiefen Schlaf versunken und nicht eher aufgewacht, bis es zu spät für dich gewesen wäre. Ich sollte nicht im Haus sein. Das hatten wir so eingerichtet. Wohl zu diesem Zeitpunkt erkannte ich, wie sehr ich dich liebte. Als ich dich in London sah, wo ich dich für tot hielt, durchströmte mich solches Glücksgefühl, solche Freude. Ich erkannte in diesem Augenblick, was du mir bedeutest.«

Ich durchlebte das alles noch einmal, sah vor mir, wie Belinda die ganze Nacht hindurch tief schlief.

Langsam sagte ich: »Also gab es nie eine Verbindung mit dem Wollhandel in Bradford?«

»Diesen Hintergrund hatten wir uns ausgedacht. Ich sollte dich heiraten und sicherstellen, daß ich dein Vermögen bekommen würde. Dann wollten wir dich umbringen. Wir konnten dich natürlich nicht offen hinrichten. Das wäre zu riskant gewesen. Also mußten wir deinen Selbstmord inszenieren. Da wir mit dem Opfer so eng zusammenlebten, gingen wir ein großes Risiko ein. Wir mußten alles bis ins kleinste Detail planen. Wir hatten durch das Hausmädchen, mit dem sich einer unserer Mitstreiter angefreundet hatte, von deiner Frankreichreise erfahren. Ihr hat man leicht die Informationen herauskitzeln können.«

Ich erinnerte mich. Amy, so hieß sie wohl. Und da war dieser Jack, der ›Dokumente zugestellt hatte‹. Wie sorgfältig sie doch alles ausgetüftelt hatten!

Roland fuhr fort, wobei seine Stimme ein wenig verwaschen klang: »Die englische Polizei kannte unsere Familie... die O'Neills, nicht die Fitzgeralds. Phillida hat meistens den Geist gespielt, das konnte sie ausgezeichnet. Ich habe es einmal gemacht, Lucie. Ich schäme mich, dir das sagen zu müssen. Beim letzten Mal war es Kitty. Sie gehört natürlich auch zu uns. Ich habe es gehaßt, Lucie, aber ich mußte es tun. So lautete schließlich unsere Plan.«

»Jetzt wird mir alles klar«, meinte ich.

»Das Ganze war nur möglich, weil Joel Greenham verschwunden war und als tot galt. Und wenn du meinen Heiratsantrag abgelehnt hättest, hätten wir uns etwas anderes einfallen lassen müssen. Aber die Vorstellung, daß uns dein ganzes Vermögen zufallen würde, schien einfach zu verlokkend.«

»Das klingt unglaublich.«

»Wenn du unsere Organisation besser kennen würdest, würde dir aufgehen, daß unglaublich Erscheinendes ganz selbstverständlich ist. Phillida hat sich immer viel mehr als ich engagiert, und sie stand Fergus sehr nahe. Er war auch Vaters Liebling. Er war der Abenteurer. Fergus war nicht nur von unserem Kampf überzeugt, ihm gefiel auch das, was er tat. Er brachte eine gewisse Theatralik mit ins Spiel. Phillida ähnelt ihm. Ich war da anders. Irgendwie verachteten sie mich. Und jetzt natürlich erst recht.«

»Du hast mitgespielt«, sagte ich. »All diese Pläne ausgeheckt... und mir doch am Ende das Leben gerettet.«

Er sagte schlicht: »Ja... aber weißt du, ich habe dich lieben gelernt, und das war mir wichiger als alles andere.«

Ich saß bewegungslos da. Meine Kehle war wie zugeschnürt, so daß ich einen Augenblick kein Wort herausbrachte. Endlich sagte ich: »Roland... was passiert denn jetzt?«

»Mit mir? Ich werde sterben.«

»Du bist hier bestens versorgt. Man tut alles, um dein Leben zu retten.«

Er schüttelte den Kopf. »Wozu denn? Es ist besser so.«

Er legte sich zurück. Seine Augen waren geschlossen, und um seinen Mund lag ein bläulicher Schatten. Da erkannte ich, welche Anstrengung ihn das Gespräch gekostet hatte.

Nachdenklich saß ich da und beobachtete ihn. Er hatte sein

Leben für mich geopfert. Er, der politische Gewalttäter, der geplant hatte, mich auf höchst heimtückische Weise zu ermorden, hatte mir das Leben gerettet... und sein eigenes dafür gegeben. Und alles aus Liebe.

Seine Lippen bewegten sich. Er sprach undeutlich. Das Reden hatte ihn so sehr angestrengt, aber er hatte mir alles erklären wollen. Er hatte nicht gewollt, daß ich es auf anderen Wegen erfuhr. Und er hatte mich wissen lassen wollen, wie sehr er mich ins Herz geschlossen hatte.

Was für ein seltsames Leben mußte er doch geführt haben! Er hatte mir einen flüchtigen Einblick in seine machtvolle Familie gegeben. Sein Vater, der unerbittliche Revolutionär, und Phillida, die aus dem gleichen Holz geschnitzt war.

Sie war ein vielschichtiger Mensch. Sie war so lieb mir gegenüber aufgetreten, so freundlich, immer heiter, unbekümmert, lebensfroh. Aber wie anders war sie doch in Wahrheit: ganz einem bestimmten Ziel ergeben, das sie keine Sekunde aus den Augen verlor. Sie hatte mich als ihr Opfer auserkoren, und während sie Zuneigung heuchelte, plante sie den Mord an mir.

Beim Nachsinnen über sie fiel mir der schwarze Schwan auf dem friedvollen See wieder ein, und die plötzliche Erkenntnis, daß er auf mein Näherkommen wartete, ehe er mich angriff. Ich war Phillida zu nahe gekommen, und sie hatte mich zur Vernichtung bestimmt.

Die Krankenschwester war hereingekommen. Mit einem einzigen Blick auf Roland erkannte sie, daß unser Gespräch zu viel für ihn gewesen war.

Sie fuhr mich schnell hinaus, Ärzte eilten herbei.

Roland starb in derselben Nacht.

Ich blieb nur eine Woche im Krankenhaus. In dieser Zeit überstürzten sich die Ereignisse.

Mein ganzes Leben hatte sich von Grund auf verändert.

Es ist eine ernüchternde Erfahrung, dem Tod ins Auge zu schauen und dann zu erfahren, daß man sein Leben einem anderen Menschen verdankt, der dabei sein eigenes Leben verlor.

Einige Zeit beherrschte dieser Gedanke mein Denken und Fühlen. Ich wußte, daß ich bestimmte Ereignisse meines Lebens mit Roland niemals vergessen würde.

Ich hatte ihn gern gehabt, und auch Phillida. Sie war eine hervorragende Schauspielerin. Ich sah sie jetzt immer als der schwarze Schwan.

Und Roland? Ich konnte kaum glauben, daß er anfangs in das Mordkomplott gegen mich verwickelt war. Wie leicht hatte ich mich doch hinters Licht führen lassen!

Ich lag in meinem Krankenhausbett, und vor meinem geistigen Auge tauchten Bilder auf, was an jenem Abend geschehen sein mußte. Später konnte ich nachprüfen, daß vieles, was ich angenommen hatte, sich tatsächlich so ereignet hatte. Vielleicht war es logisch, daß ich, die so sehr darin verwickelt war, das Unausweichliche deutlich erkennen konnte.

Als Phillida Roland und mich blutüberströmt auf dem Stallboden hatte liegen sehen, mußte sie ihre Geschichte dahingehend ändern, daß ich, am Rande des Wahnsinns, erst meinen Ehemann und dann mich selbst erschossen hatte. Sie mußte sehr erschüttert sein, schließlich hatte sie ihren Bruder umgebracht. Ich weiß nicht, ob sie je einen anderen Menschen wirklich gern hatte. Menschen, die sich einer Sache mit solcher Überzeugung hingeben, empfinden selten wahre Liebe für andere. Andererseits war er ihr Bruder. Sie hatten eng zusammengearbeitet. Vielleicht brachte sie ihm eine gewisse Zuneigung entgegen. Aber ihr war er gewiß als Verräter erschienen. Er hatte ihren Plan zu einem unwürdigen Ende gebracht. Er hatte versagt – nur weil er sich in mich verliebt hatte. Ich konnte nachfühlen, was ein Mensch wie sie empfinden mußte. Roland hatte sie, sich selbst und ihre gemeinsame

Überzeugung verraten. Er hatte seine Gefühle die Oberhand über seine Pflichten gewinnen lassen.

Aber ihn da tot oder an der Schwelle zum Tode liegen zu sehen, mußte sie arg getroffen haben. Sonst hätte sie sich nicht so unbesonnen verhalten. Sie hatte mir die Waffe in die Hand gedrückt, aber sich nicht von meinem Tod vergewissert. Ich mußte allerdings – so blutüberströmt – leblos ausgeschaut haben. Es zerrte sicher an ihren Nerven, daß sich die Dinge so gänzlich unplangemäß entwickelt hatten.

Sie brauchte einen neuen Abschiedsbrief; das war ihre dringlichste Sorge. Denn wie sollte sie wissen, daß er in meiner Tasche steckte? Es fiel ihr nicht leicht, meine Handschrift genau nachzuahmen. Und sie würde bestimmt mehrere Anläufe brauchen.

Während sie am Abschiedsbrief saß, mußten Mr. Helman und sein Schweizer angekommen sein.

Der Schweizer wurde sofort losgeschickt, um Hilfe zu holen. So erschienen ein Polizist und ein Arzt aus Bracken, ehe Phillida den Schauplatz nach ihren Plänen verändern konnte. Sie entdeckten Phillidas Briefversuche – es waren ihrer mehrere, weil sie nur unter Schwierigkeiten meine Schrift fälschen konnte. Sie fanden auch Umhang, Zylinder und Perücke in meinem Schlafzimmer.

Dann erfuhr sie, daß ich entgegen ihrer voreiligen Annahme noch lebte. In kurzer Zeit würde ich aus meiner Sicht das Geschehen schildern können. Und es würde nicht lange dauern, bis man Phillida Fitzgerald als Deirdre O'Neill identifizierte, die unter ihrem richtigen Namen den Behörden bekannt war. Und damit wäre die verhängnisvolle Verbindung zu Fergus, dem Mörder meines Vaters, hergestellt.

Sie hatte versagt – nach all den monatelangen, ausgefeilten Planungen. Sie hatte ihren Bruder, nicht mich getötet. Und ihre Festnahme war nur mehr eine Frage weniger Stunden.

Ihre nächste Handlung war bezeichnend für sie. Durchaus möglich, daß sie angesichts ihrer Lebensführung immer gewußt hatte, daß sie irgendwann etwas Derartiges tun müsse.

Sie tat das einzige, das ihr noch möglich erschien. Sie nahm die Waffe und richtete sich selbst.

Es gab wieder dicke Schlagzeilen. Alles wurde wieder ans Licht gezerrt, und wir mußten es noch einmal durchleben. Aber das war ein geringer Preis für die Erlösung. Ich litt nicht unter Sinnestäuschungen. Ich wurde nicht verrückt. Ich befand mich in Sicherheit. Der Alptraum war zu Ende, der damit begonnen hatte, daß ich auf meinen Vater wartete, aus dem Fenster schaute und Fergus O'Neill entdeckte, der eine Gelegenheit zum Mord abpassen wollte.

Eine Woche nach Rolands Tod durfte ich das Krankenhaus verlassen und fuhr mit Joel, Rebecca und Celeste nach London.

»Sobald du wieder auf den Beinen bist«, meinte Rebecca, »nehme ich dich mit nach Cornwall. Du brauchst jetzt vor allem die friedliche Atmosphäre von High Tor.«

Ich wollte bei ihr sein. Ich wollte ihr von Roland erzählen, der zuerst den Mord an mir geplant hatte und schließlich sein Leben für mich geopfert hatte.

Ich dachte oft an ihn... an die vielen Gesten der Zuneigung, der zärtlichen Liebe, die er mir geschenkt hatte. Ich glaube, er hat mich aufrichtig geliebt. Der arme Roland, er war kein starker Mensch gewesen. Er war in eine Familie hineingeboren, die mit der Waffe in der Hand lebte. Er war zum Haß erzogen worden; und so ein Mann hatte aus Liebe sein größtes Gut hingegeben.

Es war herrlich in Cornwall. Rebecca hatte mich auf ihrer Heimreise mitgenommen. Pedrek und die Kinder hatten mir einen herzlichen Empfang bereitet.

Ich liebte die friedvolle Ruhe auf High Tor, die mir jeden Morgen beim Aufwachen aufs neue auffiel. Natürlich gab es Zeiten, in denen ich voller Bangen aus dem Fenster schaute.

Dann erinnerte ich mich wieder an den Hut, den Umhang und die Perücke, wie sie vor mir auf dem Bett in jenem Zimmer in Grey Stone House vor mir gelegen hatten. Gelegentlich kehrten auch die Träume wieder. Obwohl selbst in diesen Träumen das Wissen, daß dieser Abschnitt meines Lebens beendet war, immer häufiger zutage trat.

Joel besuchte mich auf High Tor. Wir ritten zusammen aus. Wir suchten den Branok-Teich auf, und da dachte ich an Jenny Stubbs, die – wie Roland – ihr Leben für mich geopfert hatte. Wie seltsam, daß es zwei Leute in meinem Leben gegeben hatte, die mich so sehr liebten.

Joel kannte den Ort und seine besondere Bedeutung für mich.

Während wir so standen und auf jenen gruseligen Teich blickten, sagte Joel: »Bei meiner Rückkehr aus Buganda wollten wir unsere Verlobung bekanntgeben. Weißt du noch?«

Selbstverständlich erinnerte ich mich daran.

»Haben wir das nicht schon viel zu lange hinausgeschoben?«

Da stimmte ich voll Überzeugung zu.

Ein Jahr nach dem gräßlichen Erlebnis im Stall heirateten Joel und ich in aller Stille, so wie wir es beide gewünscht hatten.

Belinda kam zur Hochzeit – jetzt unverbrüchlich mit Bobby vermählt –, und beide waren ungemein stolz auf ihren Sohn und Erben, den kleinen Robert.

Ich bin zutiefst glücklich. Ich habe die Vergangenheit überwunden, obwohl ich noch manchmal von dem schwarzen Schwan träume, wie er so anmutig über den See gleitet. Dann kommt er, verwandelt in die Gestalt mit Zylinder und Umhang, auf mich zu und betritt das Ufer – er nimmt den Hut ab und verneigt sich.

Ich wache voller Angst auf. Aber Joel ist bei mir. Er nimmt mich in den Arm und sagt: »Es ist alles in Ordnung, Liebste.

Ich bin doch da, Lucie. Du mußt dich vor nichts mehr fürchten.«

Und ich kann über meine Dummheit lachen. Denn ich weiß, daß mit der Zeit die Realität der Gegenwart die Alpträume der Vergangenheit besiegt und ich nicht mehr vom schwarzen Schwan träumen werde.